DAVID BALDACCI

AM LIMIT

THRILLER

Aus dem Amerikanischen von Uwe Anton

W0378348

WILHELM HEYNE VERLAG
MÜNCHEN

Die Originalausgabe THE FORGOTTEN erschien bei Grand Central Publishing/Hachette Book Group, Inc., New York

Der Verlag weist ausdrücklich darauf hin, dass im Text enthaltene externe Links vom Verlag nur bis zum Zeitpunkt der Buchveröffentlichung eingesehen werden konnten. Auf spätere Veränderungen hat der Verlag keinerlei Einfluss. Eine Haftung des Verlags ist daher ausgeschlossen.

FSC www.fsc.org
MIX
Papier aus verantwortungsvollen Quellen
FSC® C014496

Verlagsgruppe Random House FSC®N001967

Vollständige deutsche Taschenbuchausgabe 06/2016
Copyright © 2012 by Columbus Rose, Ltd.
Copyright © 2015 der deutschen Ausgabe by Wilhelm Heyne Verlag, München, in der Verlagsgruppe Random House GmbH,
Neumarkterstr. 28, 81673 München
Redaktion: Wolfgang Neuhaus
Printed in Germany
Umschlaggestaltung: © Nele Schütz Design, München, unter Verwendung von shutterstock/ostill
Satz: Christine Roithner Verlagsservice, Breitenaich
Druck und Bindung: GGP Media GmbH, Pößneck
ISBN: 978-3-453-41892-9

www.heyne.de

Für Tante Peggy, ein Engel auf Erden,
falls es je einen gab.

1

Er sah aus wie ein Mann, der befürchtete, dass bald sein letztes Stündchen schlagen würde.

Er hatte guten Grund für diese Annahme. Die Aussichten, dass es tatsächlich sein letzter Abend auf Erden war, lagen bei fünfzig zu fünfzig. Je nachdem wie die nächste Stunde verlief, standen seine Chancen vielleicht noch schlechter, so gering war der Spielraum für Fehler.

Das Röhren der zwei Motoren, die das Boot mit nahezu vollem Schub vorantrieben, verscheuchte die nächtliche Stille über dem Meer. Zu dieser Jahreszeit ging es auf dem Golf von Mexiko normalerweise nicht so ruhig und friedlich zu, denn die Hochphase der Hurrikan-Saison war angebrochen. Doch bisher hatte keiner der zahlreichen Stürme, die sich auf dem Atlantik zusammenbrauten, ein beständiges Zentrum gebildet und war zum Golf vorgestoßen. Sämtliche Küstenbewohner drückten die Daumen und hofften, dass es so blieb.

Der Fiberglas-Rumpf durchschnitt das dunkle Wasser wie eine scharfe Klinge. Das Boot konnte zwanzig Passagiere aufnehmen, aber dreißig waren an Bord. Sie hielten sich verzweifelt an allem fest, was sie zwischen die Finger bekamen, um nicht über Bord zu gehen. Ein hoffnungslos überladenes Boot, das mit einer Geschwindigkeit im Grenzbereich dahinjagte, war auch auf ruhiger See unberechenbar.

Dem Captain war das Wohlbefinden seiner menschlichen Fracht herzlich gleichgültig. Ihm ging es vor allem um das eigene Überleben. Eine Hand auf dem Steuerrad, die andere am Gashebel, warf er einen besorgten Blick auf den Geschwindigkeitsanzeiger.

Komm schon, du schaffst das!, machte er sich Mut. *Du kriegst das hin!*

Vierzig Knoten die Stunde, gut siebzig Stundenkilometer. Er schob den Gashebel vor, erhöhte das Tempo langsam auf fünfundvierzig, näherte sich der absoluten Höchstgeschwindigkeit. Selbst mit den zwei Heckmotoren würde er kaum schneller fahren können, ohne den Benzintank vorzeitig zu leeren. Und hier gab es keine Jachthäfen, in denen man nachtanken konnte.

Trotz des Fahrtwinds war es heiß hier draußen. Wenigstens musste man sich keine Sorgen um Moskitos machen – nicht bei dieser Geschwindigkeit und so weit vom Land entfernt.

Der Captain ließ den Blick über die Passagiere schweifen und zählte rasch die Köpfe, obwohl er die Zahl bereits kannte. Er hatte vier bewaffnete Leute dabei, die die menschliche Fracht im Auge behielten. Bei einer Meuterei wäre das Zahlenverhältnis fünf zu eins zugunsten der Passagiere, aber die hatten keine Maschinenpistolen. Ein einziges Magazin könnte sie alle ins Jenseits befördern, und es wäre immer noch Munition übrig. Außerdem handelte es sich vor allem um Frauen und Kinder, weil die am gefragtesten waren.

Nein, der Captain machte sich keine Sorgen um eine Meuterei.

Er machte sich Sorgen über den Zeitplan.

Er schaute auf das beleuchtete Ziffernblatt seiner Uhr. Es wurde knapp, so viel stand fest. Sie hatten den letzten Außenposten spät verlassen. Dann hatte ihr Bootsnavi dreißig nervenaufreibende Minuten lang verrücktgespielt und sie in die falsche Richtung geschickt. Der Golf von Mexiko war verdammt groß und sah fast überall gleich aus. Nirgends eine Landmarke, die bei der Navigation helfen konnte. Außerdem befuhren sie Schifffahrtswege fernab der großen Routen. Ohne ihren elektronischen Navigator waren sie aufgeschmissen. Genauso gut hätten sie ein Flugzeug ohne Instrumente durch dichten Nebel fliegen können. Das konnte nur in einer Katastrophe enden.

Aber sie hatten den Plotter wieder hinbekommen und den Kurs korrigiert. Der Captain hatte sofort vollen Schub auf beide Motoren gegeben und dann noch eine Schippe draufgelegt, bis an die Belastungsgrenze. Nun huschte sein Blick immer wieder zum Armaturenbrett: Öltemperatur, Treibstoffreserve, Temperaturanzeige. Eine Panne hier draußen bedeutete das Ende. Die Küstenwache konnten sie schwerlich um Beistand bitten.

Der Captain schaute auf die roten und grünen Navigationslichter am Bug, die einzigen Farbtupfer in der schwarzen, mondlosen Nacht. Dann blickte er zum Himmel, hielt Ausschau nach elektronischen Beobachtern, die sein Boot ausspähten und eine Flut digitaler Daten an irgendeine ferne Zentrale schickten. Die Eingreiftruppe, die darauf reagierte, würden er und seine Leute erst hören, wenn es zu spät war: Die Schnellboote der Küstenwache würden sie in die Zange nehmen, entern und sofort wissen, was hier ablief. Und dann würde er viel Zeit im Knast verbringen, vielleicht den Rest seines Lebens.

Aber die Küstenwache war nicht sein größtes Problem. Es gab andere Leute, die ihm *wirklich* Angst einjagten.

Der Captain erhöhte die Geschwindigkeit auf fast fünfzig Knoten und sprach ein stummes Gebet, dass ihm die Motoren nicht um die Ohren flogen. Noch ein Blick auf die Uhr. Dann schaute er wieder nach vorn auf die Wasseroberfläche, die unter dem Boot dahinhuschte, während er stumm die Minuten zählte.

»Sie werden mich den Haien zum Fraß vorwerfen«, stieß er hervor.

Nicht zum ersten Mal bedauerte er, sich auf dieses riskante Geschäft eingelassen zu haben. Aber er kassierte so viel bei der Sache, dass er nicht hatte Nein sagen können, trotz des Risikos. Außerdem hatte er bereits fünfzehn solche Fahrten gemacht. Noch einmal so viele, und er konnte sich auf einen schönen ruhigen Landsitz auf den Florida Keys zurückziehen und wie ein König leben – was viel erstrebenswerter war, als mit bleichen Touristen aus dem Norden aufs Meer zu schippern, die einen Thunfisch oder Marlin angeln wollten, bei rauer See aber nur sein Boot vollkotzten.

Aber erst muss ich diese Fuhre ans Ziel bringen.

Lautlos zählte der Captain weitere Minuten ab, wobei er immer wieder einen Blick auf die Armaturen warf.

Scheiße!

Der Treibstoff ging zur Neige. Die Anzeige näherte sich bedenklich der Reserve. Der Captain fühlte, wie sein Magen sich verkrampfte. Sie hatten zu viel Gewicht. Und das Problem mit dem Navigationssystem hatte sie eine Stunde Zeit, viele Seemeilen und wertvollen Treibstoff gekostet. Trotz einer stillen Reserve von zehn Prozent, die der Captain jedes Mal drauflegte, um sicherzugehen, reichte es wahrscheinlich nicht.

Wieder ein Blick auf die Fracht. Die meisten waren Frauen und Teenager, aber es waren auch stämmige Männer darunter, jeder gut zwei Zentner schwer. Und einer war ein wahrer Riese. Aber ein paar von ihnen über Bord zu werfen, um das

Treibstoffproblem zu lösen, war ein Ding der Unmöglichkeit. Genauso gut hätte er sich die Maschinenpistole an den Kopf halten und abdrücken können.

Der Captain überschlug noch einmal die Berechnungen wie ein Flugzeugpilot die Frachtliste. Letztendlich war es dieselbe Frage, egal, ob man auf dem Wasser fuhr oder 10.000 Meter darüber flog.

Reicht der Treibstoff, um ans Ziel zu kommen?

Der Captain bemerkte, dass einer seiner Männer ihn beobachtete, und winkte ihn zu sich. Der Mann hörte sich an, was der Captain zu sagen hatte, und meinte: »Das wird knapp.«

»Ja, verdammt. Und wir können nicht einfach Leute über Bord werfen«, sagte der Captain.

»Stimmt. Die Auftraggeber haben die Liste. Wenn wir Leute über Bord werfen, können wir gleich hinterherspringen.«

»Ach? Erzähl mir lieber mal was Neues!«, fuhr der Captain ihn an.

Dann traf er eine Entscheidung und verringerte den Schub. Die beiden Schrauben drehten sich geringfügig langsamer, die Geschwindigkeit ging auf vierzig Meilen zurück. Aber damit war das Boot noch immer sehr schnell; auf dem Wasser gab es für das bloße Auge kaum einen Unterschied zwischen vierzig und siebenundvierzig Meilen. Aber das war nicht der Punkt, sondern der geringere Treibstoffverbrauch. Der konnte den Ausschlag geben, ob sie es schafften oder nicht. Waren sie erst am Ziel, konnte sie auftanken, und die Rückfahrt mit nur fünf Mann an Bord stellte kein Problem mehr dar.

»Lieber ein bisschen später ankommen als gar nicht«, sagte der Captain.

Doch seine Worte klangen hohl, was dem anderen Mann nicht entging. Er umklammerte seine Waffe fester.

Der Captain wandte den Blick ab. Angst überkam ihn, schnürte ihm die Kehle zu. Für die Leute, die er belieferte, war das Timing entscheidend. Zu spät zu kommen, selbst wenn es nur ein paar Minuten waren, konnte schlimme Folgen haben. *Sehr* schlimme Folgen. In diesem Fall war nicht einmal die riesige Gewinnspanne das Risiko wert. Schließlich konnten Tote kein Geld mehr ausgeben.

Als eine halbe Stunde später die Motoren zu stottern begannen, weil sie Luft statt Treibstoff einsogen, sah der Captain sein Ziel vor sich. Wie der gigantische Thron eines Meeresgottes ragte es in den düsteren Himmel.

Wir sind da.

Ziemlich verspätet, aber sie hatten es geschafft.

Die Passagiere starrten mit großen Augen auf das stählerne Ungetüm, das vor ihnen aufragte. Obwohl es nicht das erste Gebilde dieser Art war, das sie zu Gesicht bekamen, war es ein monströser Anblick, besonders bei Nacht. Sogar dem Captain jagte es noch immer Angst ein, trotz der vielen Fahrten, die er bereits unternommen hatte. Er würde schnellstens seine Ladung absetzen, auftanken und dann nichts wie weg, Richtung Heimat. Sobald seine menschliche Fracht von Bord war, war sie nicht mehr sein Problem.

Er nahm den Schub zurück und legte vorsichtig an einer Metallplattform an, die mit der riesigen Konstruktion verbunden war. Nachdem die Seile gesichert waren, griffen Hände ins Boot und zogen die Passagiere auf die Plattform, die leicht auf und ab schaukelte.

Der Captain ließ den Blick schweifen.

Seltsam.

Das größere Schiff, das normalerweise wartete, um Männer, Frauen und Kinder an Bord zu nehmen, war nirgends zu sehen. Es musste bereits mit einer anderen Fuhre aufgebrochen sein.

Nachdem der Captain mehrere Papiere unterschrieben und sein Geld in Gestalt eingeschweißter Plastikbündel kassiert hatte, warf er einen letzten Blick auf die Passagiere, die eine lange Stiege hinaufgetrieben wurden. Sie wirkten verschreckt und verängstigt.

Sie haben auch allen Grund dazu, ging es dem Captain durch den Kopf. *Die armen Schweine wissen genau, was mit ihnen geschieht und dass kein Mensch sich für sie interessiert.*

Sie waren nicht reich.

Sie waren nicht mächtig.

Sie waren die Vergessenen.

Ihre Zahl wuchs exponentiell, während die Welt immer schneller und selbstverständlicher akzeptierte, dass es auf der einen Seite die Reichen und Mächtigen gab, auf der anderen Seite den großen Rest. Und die Mächtigen bekamen fast immer, was sie wollten.

Als der Captain eines der Plastikbündel öffnete, erstarrte er. Er begriff nicht sofort, was er sah. Als ihm klar wurde, dass er kein Geld in der Hand hielt, sondern Zeitungspapier, hob er den Blick.

Die Mündung der Maschinenpistole war direkt auf ihn gerichtet, keine drei Meter entfernt, gehalten von einem Mann, der auf Neptuns Thron stand. Auf so kurze Entfernung war eine MP eine mörderische Waffe.

Wie sich Augenblicke später zeigte.

Dem Captain blieb noch die Zeit, die Hand zu heben, als könnten Fleisch und Knochen die Geschosse abwehren, die schneller auf ihn zukamen, als ein Jumbojet fliegen konnte. Sie trafen ihn mit fürchterlicher Wucht. Zwanzig Salven schlugen fast zur gleichen Zeit in seinen Körper ein und zerfetzten ihn.

Die Wucht des Kugelhagels riss ihn von den Füßen und schleuderte ihn über das Schandeck. Bevor er in den Wellen versank, gesellten seine vier Männer sich zu ihm. Das, was von ihnen übrig war. Ihre zerfleischten Körper verschwanden in den schwarzen Tiefen, ein Festmahl für die Haie.

Manchmal war Pünktlichkeit nicht nur eine Tugend, sondern eine Frage von Leben und Tod.

2

Treibstoff, Öl und Wasser wurden aus dem Boot abgepumpt. Dann wurde es versenkt, damit sich kein Ölfilm auf der Wasseroberfläche bildete, den Patrouillenflugzeuge der Küstenwache und der Drogenfahndung bemerken könnten.

Tagsüber sah die verlassene Bohrinsel einfach … nun ja, verlassen aus. Von dem menschlichen Vieh war nichts zu sehen. Sie befanden sich allesamt im Hauptgebäude, sorgfältig abgeschirmt vor allen Blicken. Frische Lebensmittel wurden nur nachts gebracht. Tagsüber kamen sämtliche Aktivitäten zum Erliegen. Das Risiko, gesehen zu werden, war einfach zu groß.

Es gab Tausende verlassener Bohrinseln im Golf, die auf den Abriss oder die Umwandlung in künstliche Riffe warteten. Obwohl die Gesetze vorschrieben, dass der Abriss oder die Umwandlung binnen eines Jahres nach Aufgabe der Bohrinsel stattfinden mussten, verstrich in den meisten Fällen wesentlich mehr Zeit. Bis dahin standen die Plattformen – groß genug, um Hunderte von Menschen zu beherbergen – einsam auf hoher See und konnten von profitgierigen Kriminellen genutzt werden, die Landestellen brauchten, um ihre kostbare Fracht übers Meer zu transportieren.

Während das Boot langsam in den Tiefen des Golfs versank, wurde seine menschliche Fracht steile Treppen hinaufgescheucht. Man hatte die Leute im Abstand von dreißig Zentimetern aneinandergefesselt. Die Jungen hatten Schwierigkeiten, mit den Erwachsenen Schritt zu halten. Stürzten sie, stieß man sie zurück in die Reihe und schlug sie auf Schultern und Arme. Mit äußerster Sorgfalt achteten die Peiniger darauf, nicht die Gesichter der Gefangenen zu treffen.

Ein Mann war wesentlich größer als seine Leidensgefährten. Beim Marsch die Stahltreppen hinauf hielt er den Blick starr auf den Boden gerichtet. Er war über zwei Meter groß, mit breiten Schultern, schmalen Hüften und harten, sehnigen Muskeln. Ober- und Unterschenkel waren kräftig wie die eines Profisportlers, und er hatte das abgezehrte Gesicht eines Menschen, der in seiner Jugend hatte hungern müssen. Der Mann würde einen guten Preis erzielen, auch wenn die Mädchen aus naheliegenden Gründen mehr einbrachten. Schließlich zählte allein der Profit, und mit den Mädchen, vor allem mit den jüngeren, ließ sich das meiste Geld machen – mindestens zehn Jahre lang. In dieser Zeit würden sie ihren Besitzern Millionen Dollar einbringen.

Das Leben des hünenhaften Mannes würde vergleichsweise kurz sein. Er würde sich buchstäblich zu Tode schuften müssen. Zumindest glaubten das seine Entführer. Deshalb hatte man ihn als Ware mit geringer Gewinnspanne eingestuft. Die Mädchen hingegen bezeichnete man als »Gold«.

Der Hüne schien vor sich hin zu murmeln, aber niemand in seiner Umgebung konnte die Sprache verstehen. Er verfehlte eine Stufe, stolperte. Sofort droschen die Bewacher mit Schlagstöcken auf seine Schultern und Beine ein. Ein Hieb traf sein Gesicht. Blut spritzte ihm aus der Nase. Das Aussehen des riesenhaften Mannes war den Bewachern offensichtlich egal.

Der Hüne rappelte sich auf, ging weiter, murmelte wieder vor sich hin. Die Schläge schienen ihm nichts auszumachen.

Direkt vor ihm ging ein junges Mädchen. Sie hatte rasch über die Schulter geschaut, doch der hünenhafte Mann hatte ihren Blick nicht erwidert. Die ältere Frau, die hinter ihm ging, schüttelte den Kopf, flüsterte ein Gebet in Spanisch, ihrer Muttersprache, und bekreuzigte sich.

Wieder stolperte der Mann, wieder hagelte es Schläge. Die Wächter brüllten ihn an, schlugen mit ihren rauen Händen auf ihn ein. Erneut ließ der Riese die Bestrafung über sich ergehen, kämpfte sich hoch, ging weiter. Und murmelte wieder vor sich hin.

Eine Sekunde lang erhellte ein Blitz den Himmel im Osten. Ob der Mann das grelle Licht als göttliche Aufforderung zum Handeln betrachtete, war unmöglich zu sagen. Doch was er vorhatte, war unmissverständlich.

Er stieß einen Wächter mit solcher Kraft zur Seite, dass der Mann übers Geländer kippte und drei Meter tief auf die Stahlplattform stürzte. Beim Aufprall brach er sich das Genick.

Unbemerkt hatte der Hüne sich das Messer aus dem Gürtel des Wächters geschnappt. Nur deshalb hatte er ihn angegriffen. Ehe die anderen Wächter ihre Waffen hochreißen konnten, hatte der Mann schon seine Fesseln durchtrennt und sich eine Schwimmweste geschnappt, die am Treppengeländer von einem Haken hing. Er schlüpfte hinein und sprang gegenüber von der Stelle, wo der Wächter abgestürzt war, in die Tiefe.

Er landete nicht auf hartem Stahl, sondern tauchte in das warme Wasser des Golfs.

Sekunden später zerfetzten mehrere Salven MP5-Geschosse die Wasseroberfläche und verursachten Hunderte winziger Schaumkronen. Ein paar Minuten später machte sich ein Boot auf die Suche nach dem Mann, aber der war spurlos verschwunden. In der Dunkelheit konnte er in jede Richtung geschwommen sein, und die Fläche, die abgesucht werden musste, war riesig.

Schließlich kehrte das Boot zurück. Das Wasser des Golfs beruhigte sich wieder.

Die Verfolger gingen davon aus, dass der Mann tot war.

Wenn nicht, würde er es bald sein.

Das menschliche Vieh, jetzt nur noch vierundzwanzig Stück, trotte weiter zu den Zellen, in die man sie einsperren würde, bis ein anderes Boot sie abholte. Jeweils zu fünft steckte man sie in einen Käfig zu anderen Verlorenen, die ebenfalls auf die Fahrt zum Festland warteten. Auch sie waren Ausländer, Männer und Frauen sämtlicher Altersstufen, allesamt arm oder Außenseiter der Gesellschaft. Manche waren gezielt ausgesucht und gejagt worden, andere hatten einfach nur Pech gehabt, dass sie jetzt hier waren.

Aber hier auf der Bohrinsel, das war erst der Anfang. Es würde noch viel schlimmer kommen, wenn sie diesen Ort verließen.

Die Wächter, auch sie größtenteils Ausländer, nahmen niemals Blickkontakt zu dem menschlichen Vieh auf. Sie nahmen nicht einmal deren Existenz zur Kenntnis, abgesehen von den kurzen Augenblicken, wenn sie ihnen Teller mit Essen und Wasserkanister in die Käfige schoben. Die Gefangenen waren namenlose Gegenstände, die eine Zeit lang im Golf von Mexiko trieben.

Sie hockten sich hin. Einige starrten zwischen den Gitterstäben der Käfige hindurch, die meisten aber hielten den Blick zu Boden gerichtet. Sie hatten resigniert, wollten sich nicht mehr wehren oder einen Weg in die Freiheit finden. Sie schienen ihr Schicksal akzeptiert zu haben.

Die ältere Frau, die hinter dem Hünen gegangen war, schaute sporadisch nach unten zur Oberfläche des Meeres. Aus dem eingeschränkten Blickwinkel ihres engen Gefängnisses hätte sie unmöglich etwas im Wasser wahrnehmen können, doch ein-, zweimal glaubte sie, etwas gesehen zu haben, tat es dann aber als Einbildung ab.

Als Essen und Wasser kamen, aß und trank sie die kleine Ration, die man ihr zugeteilt hatte. Dabei dachte sie über den riesigen Mann nach, der den Fluchtversuch gewagt hatte. Im Stillen bewunderte sie seinen Mut, auch wenn er ihn das Leben gekostet hatte. Wenigstens war er frei. Der Tod war viel besser als das, was sie erwartete.

Ja, vielleicht hat er wirklich Glück gehabt, dachte die Frau, steckte sich ein Stück Brot in den Mund und trank einen Schluck von dem warmen Wasser im Plastikbecher.

Und vergaß den Mann.

Der Hüne schwamm eine halbe Meile von Neptuns Thron entfernt durch den nächtlichen Golf. Er schaute zurück in Richtung der Bohrinsel, die für ihn längst unsichtbar geworden war. Er hatte gar nicht vorgehabt, eine so lange Strecke bis zur Küste zu schwimmen. Ursprünglich hatte er ein Flugzeug von Texas nach Florida nehmen wollen. Sein derzeitiges Dilemma war das Ergebnis unvorsichtigen Verhaltens, das ihn zum Opfer gemacht hatte.

Aber er *musste* aufs Festland, also blieb ihm keine Wahl, als zu schwimmen.

Er rückte die Schwimmweste zurecht, die viel zu klein für ihn war, aber für den nötigen Auftrieb sorgte. Dabei trat er Wasser und versuchte, sich so wenig wie möglich zu bewegen, um Kräfte zu sparen. Dann drehte er sich um und ließ sich auf dem Rücken treiben, denn mit der Dunkelheit kamen die Haie; jede Bewegung lockte sie an. Aber irgendwann würde er schwimmen müssen. Und trotz der Gefahr durch die Haie war die Nacht die beste Zeit dafür. Das Tageslicht würde ihn noch mehr Gefahren aussetzen, die größtenteils von Menschen verursacht wurden.

Er blickte zum Himmel, orientierte sich am Stand der Sterne und schlug den Weg zum Festland ein. Hin und wieder blickte er zurück in die Richtung, in der sich die Bohrinsel befand. Er versuchte, sich ihre Position in der Weite des Golfs einzuprägen. Es war unwahrscheinlich, aber vielleicht musste er sie eines Tages wiederfinden.

Seine Schwimmstöße waren kräftig und scheinbar mühelos. Durch den Auftrieb der Weste konnte er dieses Tempo stundenlang halten. Das musste er auch, wollte er sein Ziel erreichen. Und das hatte er vor, denn er hatte beschlossen, eine potenzielle Katastrophe in einen Vorteil zu verwandeln.

Er würde dieselbe Richtung einschlagen, in die ihn zu einem späteren Zeitpunkt ein anderes Schnellboot gebracht hätte. Vielleicht würde er vor seinen Mitgefangenen an ihrem Zielort eintreffen – vorausgesetzt, die Haie machten ihm keinen Strich durch die Rechnung, indem sie ihm die Beine abrissen und ihn verbluten ließen, einsam und allein in der nächtlichen Weite des Golfs.

Mit der Zeit wurden seine Schwimmstöße zu einer Art Reflex – eine Bewegung, die ganz von selbst erfolgte, sodass er die Gedanken auf andere Dinge richten konnte. Das Schwimmen würde eine lange, kräftezehrende und gefahrvolle Angelegenheit sein. Auf jedem Meter konnte der Tod lauern. Aber er hatte Schlimmeres überlebt. Er musste hoffen, dass es auch diesmal reichte.

Bisher hatte es in seinem Leben, das mehr von Tragödien und Schmerzen geprägt war als von Normalität, noch jedes Mal gekappt. Wenn es diesmal nicht klappte, hatte er eben Pech gehabt.

Stoisch akzeptierte er sein Schicksal.

Und schwamm weiter.

3

Die alte Frau war hochgewachsen, doch während der letzten zehn Jahre hatte ihre Wirbelsäule sich gekrümmt, was sie sechs Zentimeter Körpergröße gekostet hatte. Das Haar trug sie kurz geschnitten, was ihrem Gesicht einen strengen Ausdruck verlieh – ein Gesicht, in dem sechsundachtzig Lebensjahre, zwanzig davon an der heißen Küste Floridas, ihre Spuren hinterlassen hatten.

Die Frau bewegte sich mithilfe eines Gehgestells voran. Zwei Tennisbälle, über die beiden Vorderbeine gestülpt, sorgten für zusätzliche Stabilität. Ihre großen Hände umklammerten die Gummigriffe. Über der Schulter hing ihre Handtasche. Groß und voluminös, drückte sie gegen den Körper der Frau. Ihre Schritte waren zielstrebig, der Blick unverwandt nach vorn gerichtet, was ihr einen Ausdruck der Entschlossenheit verlieh.

Auf der Straße machten die Leute ihr freiwillig Platz. Einige belächelten die vermeintlich schrullige alte Dame, die sicher ein bisschen verrückt war und der es bestimmt nichts bedeutete, was andere über sie dachten.

Tatsächlich war es der Frau völlig egal, was andere über sie dachten.

Und sie war alles andere als verrückt.

Ihr Ziel war nun direkt vor ihr. Ein Briefkasten. Sie stellte das Gehgestell davor ab und stützte sich mit der freien Hand gegen das stabile Eigentum der Post der Vereinigten Staaten.

Mit der anderen Hand griff sie in die Tasche und zog einen Brief hervor. Ein letztes Mal schaute sie auf die Adresse.

Sie hatte viel Zeit in diesen Brief investiert. Die junge Generation mit ihren Tweets und Facebook, den SMS und E-Mails, für die es weder richtiger Grammatik noch vernünftiger Worte bedurfte, würde nie verstehen, dass man sich für einen handgeschriebenen Brief Zeit nehmen musste. Zumal wenn es um außergewöhnliche Dinge ging, wie in ihrem Fall.

Der Name des Adressaten war in Druckbuchstaben geschrieben, damit er so gut wie möglich zu lesen war. Auf diese Weise wollte die alte Frau sichergehen, dass der Brief sein Ziel nicht verfehlte:

GENERAL JOHN PULLER SEN. (I.R.)

Sie schickte ihn an das Veteranenkrankenhaus, das seit längerer Zeit sein Zuhause war. Mit seiner Gesundheit stand es nicht zum Besten, wie die alte Dame wusste, aber sie wusste auch, dass er ein Mann war, der sich durchzuschlagen verstand, sonst hätte er es beim Militär nicht so weit gebracht.

Er war ihr Bruder. Ihr jüngerer Bruder.

Große Schwestern waren für ihre kleinen Brüder immer etwas Besonderes. In ihrer gemeinsamen Kindheit hatte John sich jede erdenkliche Mühe gegeben, ihr, Betsy, das Leben zur Hölle zu machen. Er hatte ihr eine endlose Reihe böser Streiche gespielt, hatte sie vor ihren Freundinnen lächerlich gemacht und mit ihr um die Liebe ihrer Eltern konkurriert. Doch je größer sie beide geworden waren, umso mehr hatte es sich ins Gegenteil verkehrt, wollte John die Boshaftigkeiten gegenüber seiner älteren Schwester wettmachen.

Betsy konnte sich darauf verlassen, dass John auch diese Sache regelte. Und was noch viel wichtiger war – er hatte einen Sohn, ihren Neffen, der sich ausgesprochen gut darauf verstand, Dingen auf den Grund zu gehen. Bestimmt würde dieser Brief den Weg in seine Hände finden. Betsy hoffte, dass er nach Paradise kam. Es war lange her, seit sie ihren Neffen das letzte Mal gesehen hatte, viel zu lange.

Betsy öffnete die Klappe des Briefkastens und beobachtete, wie der Brief in den Metallschacht rutschte. Sie schloss die Klappe und öffnete sie dann noch zweimal, um sicherzugehen, dass der Brief tatsächlich unten im Kasten lag.

Schließlich drehte sie das Gehgestell herum und trat den Rückweg zum Taxistand an. Ihr Lieblingstaxifahrer hatte sie an ihrem Haus abgeholt und würde sie jetzt zurückfahren. Sie konnte zwar noch selbst fahren, hatte heute Abend aber darauf verzichtet.

Der Briefkasten stand am Ende einer Einbahnstraße. Für den Taxifahrer war es einfacher gewesen, dort zu parken und Betsy das kurze Stück zum Briefkasten zu Fuß gehen zu lassen. Natürlich hatte er sich angeboten, den Brief für sie einzuwerfen, aber sie hatte abgelehnt. Nein, das musste sie selbst erledigen. Außerdem hatte sie die Bewegung gebraucht.

Der Fahrer war viel jünger als sie, erst Ende fünfzig. Er trug eine altmodische Chauffeurskappe, aber der Rest seiner Kleidung war ausgesprochen leger: khakifarbene Shorts, blaues Polohemd, Segeltuchschuhe. Seine Haut war so dunkel, dass sie aussah wie nach endlosen Stunden auf der Sonnenbank oder wie in einer Reklame für ein Bräunungsmittel.

»Vielen Dank, Jerry«, sagte Betsy, als sie nun mit seiner Hilfe auf die Rückbank stieg. Jerry klappte das Gehgestell zusammen und lud ihn in den Kofferraum, bevor er einstieg.

»Alles in Ordnung, Mrs. Simon?«

»Ich hoffe es«, erwiderte sie. Zum ersten Mal sah sie nervös aus und fühlte sich auch so.

»Möchten Sie jetzt nach Hause?«

»Ja, bitte. Ich bin müde.«

Jerry drehte sich im Sitz um und musterte sie. »Sie sehen blass aus. Vielleicht sollten Sie mal zum Arzt gehen. Davon gibt's in Florida ja mehr als genug.«

»Vielleicht tue ich das. Aber jetzt nicht. Ich brauche nur ein bisschen Ruhe.«

Jerry fuhr die alte Dame zurück zu ihrer kleinen Wohnsiedlung am Strand, die den wenig originellen Namen »Sunset by the Sea« trug, »Sonnenuntergang am Meer«.

Der Fahrer brachte sie bis vor ihr Haus in der Orion Street und führte sie dann zur Tür. Das Haus war typisch für diesen Teil Floridas, ein zweistöckiges Gebäude aus beige verputzten Betonziegeln mit einem roten Terrakottadach und einer Garage, die Platz für zwei Wagen bot. Das zweihundertneunzig Quadratmeter große Haus verfügte über drei Schlafzimmer; das von Betsy lag direkt neben der Küche. Eigentlich war das Haus viel zu groß für sie, aber sie wollte nicht ausziehen. Es würde ihr letztes Zuhause sein, das wusste sie schon seit langer Zeit.

Auf einem kleinen Rasen vor dem Haus stand eine Palme inmitten von Ziersteinen. Hinter dem Gebäude grenzte ein Zaun das Grundstück ein, außerdem gab es einen kleinen Gartenbrunnen und eine Bank mit einem Tisch, an dem Betsy Kaffee trinken und den kühlen Morgen oder die letzten Strahlen des Abendsonne genießen konnte. Zu beiden Seiten standen Häuser, die sich kaum voneinander unterschieden. Sunset by the Sea war in allem ziemlich gleich, als hätte der Bauherr eine große Maschine benutzt, die Häuser am Fließband ausspuckte, sodass man sie überall in den Vereinigten Staaten einfach in die Landschaft stellen konnte.

Ein Stück hinter Betsys Haus lag das Meer. Es war nur eine kurze Fahrt oder ein längerer Spaziergang bis zum weißen Sand der Emerald Coast.

Es war Sommer. Um achtzehn Uhr herrschten hier noch über zwanzig Grad – immerhin zehn Grad weniger als zur Mittagszeit, was für Paradise, Florida, der Normalzustand war.

Paradise, dachte Betsy. Ein alberner Name. Dennoch traf er die Sache ziemlich genau. Die meiste Zeit war es hier wunderschön. Und Betsy zog Wärme jederzeit der Kälte vor. Wer tat das nicht? Vermutlich hatte man Florida deshalb erfunden. Und Paradise erst recht. Das war auch der Grund, dass die Kokser jeden Winter in Scharen hierherkamen.

Betsy setzte sich ins Wohnzimmer und betrachtete die Erinnerungen eines ganzen Lebens. An den Wänden und auf Regalbrettern waren Fotos von Freunden und Familie. Am längsten verharrte ihr Blick auf einem Bild ihres Mannes. Sie hatte sich nach dem Zweiten Weltkrieg in Lloyd verliebt. Er war der geborene Verkäufer gewesen. Vermutlich hatte er sich auch ihr, Betsy, bestens verkauft. Er hatte sich immer viel erfolgreicher dargestellt, als er in Wirklichkeit war. Er *war* ein guter Verkäufer gewesen, ohne Zweifel, aber ein noch besserer Geldverschwender, wie Betsy hatte herausfinden müssen. Aber er war witzig, brachte sie zum Lachen, hatte keine gewalttätige Ader und trank nicht übermäßig.

Und er hatte sie geliebt. Soweit Betsy wusste, hatte Lloyd sie nie betrogen, obwohl er in seinem Job ständig auf Reisen war, sodass sich ihm bestimmt zahlreiche Gelegenheiten geboten hatten, das Ehegelöbnis zu vergessen.

Sie vermisste ihren Lloyd.

Erst nach seinem Tod hatte Betsy erfahren, dass er eine Lebensversicherung in beträchtlicher Höhe laufen hatte. Sie hatte das Geld in die Aktien zweier Unternehmen investiert, Apple und Amazon – die beiden A auf ihrem Auszug, wie Betsy sie gern nannte. Die Investition hatte ihr genug eingebracht, um die Hypothek auszulösen und sich mit viel mehr Geld, als die Rentenversicherung allein ihr gebracht hätte, ein schönes Leben zu ermöglichen.

Betsy bereitete sich einen Eistee und eine leichte Mahlzeit zu. Ihr Appetit war auch nicht mehr, was er mal gewesen war. Dann sah sie fern und schlief vor dem Gerät ein. Als sie erwachte, war sie einen Augenblick lang desorientiert und schüttelte den Kopf, um ihn freizubekommen.

Zeit fürs Bett, sagte sie sich.

Mithilfe ihres Gehgestells stemmte sie sich hoch und schlurfte in Richtung Schlafzimmer. Sie würde sich noch ein paar Stunden aufs Ohr legen und dann aufstehen, um mit dem neuen Tag wieder von vorn anzufangen. Das war jetzt ihr Leben.

In diesem Moment bemerkte sie eine schattenhafte Bewegung hinter sich, hatte aber keine Gelegenheit mehr, sich bedroht zu fühlen.

Es war Betsy Puller Simons letzte Wahrnehmung auf Erden.

Der Schatten, der hinter ihr aufragte.

Wenige Minuten später war in ihrem Garten ein lautes Platschen zu hören.

4

Das Timing hätte nicht besser sein können. Ein paar letzte Schwimmstöße, und der riesenhafte Mann spürte festen Boden unter den Füßen.

Er hatte Glück gehabt. Zwei Stunden nach der Flucht von der Bohrinsel hatte ihn ein kleines Fischerboot aus dem Wasser geholt. Die Fischer hatten keine Fragen gestellt. Sie gaben ihm zu essen und zu trinken und nannten ihm ihre Position. Indem er den Kurs zurückverfolgte, bekam der Riese eine bessere Vorstellung vom Standort der Bohrinsel draußen im Golf. Er konnte die Gefangenen dort nicht vergessen. Sie würden verschwunden sein, bevor er dorthin zurückkehren konnte, aber andere würden ihren Platz einnehmen.

Das Fischerboot fuhr zuerst weiter aufs Meer; schließlich konnten die Fischer nicht alles stehen und liegen lassen, um den Schiffbrüchigen auf kürzestem Weg zu seinem Ziel zu bringen.

Auf der Fahrt half der Hüne den Männern bei der Arbeit, um sich wenigstens ein bisschen für ihre Hilfe erkenntlich zu zeigen. Die Fischer staunten über seine Kraft und schienen ihn ungern gehen zu lassen.

Als sie zu der Stelle gelangten, an der er von Bord gehen musste, weil das Fischerboot unmöglich bis ans Ufer konnte, zeigten die Fischer ihm die Richtung, in der sich das Festland befand. Sie gaben ihm eine Schwimmweste, die besser passte als die von der Bohrinsel, und er sprang ins Meer und schwamm los. Bei einem letzten Blick zurück sah er, wie einer der Fischer sich bekreuzigte.

Als er die Küste erreichte, waren seine Muskeln verkrampft, sein Körper dehydriert. Sein Kopf und seine Schultern schmerzten noch immer von den Schlägen der Wächter und dem Sprung von der Ölplattform, und die Prellungen und Schnittwunden brannten vom Salzwasser.

Aber er lebte.

Und war an Land.

Endlich.

Die Dunkelheit verbarg seine langen Schritte durch die letzten flachen Wellen, bis er den weißen Sand der Emerald Coast an Floridas Panhandle erreichte, den »Pfannengriff« im Nordwesten des Staates. Er schaute nach rechts und links, ob sich zu dieser späten Stunde noch Leute am Strand aufhielten, entdeckte aber niemanden. Dann erst ließ er sich auf die Knie sinken, rollte sich auf den Rücken und nahm lange, tiefe Atemzüge, während er hinauf zum sternenklaren Himmel blickte.

Er dankte Gott, dass Er ihn am Leben gelassen hatte. Er war bereits viele Stunden geschwommen, als das Fischerboot ihn gefunden hatte. Angesichts der Größe des Golfs von Mexiko war allein das schon ein Wunder gewesen. Ohne göttliche Fügung hätte er keine Überlebenschance gehabt, schon wegen der Haie. Und seine Entführer hatten ihn nicht verfolgt. Auch das musste er in seine Gebete mit einschließen.

Und jetzt hatte er schon wieder Glück, dass der Strand verlassen dalag.

Aber das stimmte nicht ganz.

Diesmal schien Gott etwas übersehen zu haben.

Der hünenhafte Mann kauerte sich hin, als er hörte, dass jemand näher kam.

Wieder lauschte er.

Ja, da kam jemand.

Er streckte sich lang aus und bedeckte sich mit Sand, ließ seinen gut zwei Meter großen, hundertdreißig Kilo schweren Körper mit den weißen Körnchen verschmelzen.

Es waren zwei Personen, das verrieten ihm die Stimmen.

Ein Mann und eine Frau.

Ganz leicht hob er den Kopf und schaute in ihre Richtung. Sie gingen nicht mit ihrem Hund spazieren. Wieder ein Grund für ein Dankgebet. Ein Hund hätte ihn gewittert.

Solange sie ihn nicht entdeckten, würde er nichts unternehmen. Und selbst wenn sie ihn sahen, würden sie vermutlich annehmen, dass er einfach nur am Strand lag und den Abend genoss.

Andererseits bestand bei seiner Größe immer die Möglichkeit, dass die Leute in Panik gerieten, das wusste er nur zu gut. Hinzu kam, dass er nach seiner langen Reise auf dem Meer ziemlich mitgenommen aussehen musste.

Er spannte jeden Muskel an und wartete darauf, dass die beiden an ihm vorbeigingen.

Sie waren jetzt auf zehn Meter herangekommen. Die Frau blickte in seine Richtung. Das Mondlicht war nicht besonders hell, aber es reichte aus.

Er hörte, wie sie etwas rief und dann aufgeregt zu ihrem Begleiter sprach.

Erst dann sah er, dass die Frau gar nicht in seine Richtung blickte.

Eine schlanke Gestalt trat aus der Deckung einer Düne.

Ein dumpfer Knall, und der Mann stürzte in den Sand. Die Frau fuhr herum, wollte davonlaufen.

Ein weiterer Knall. Auch die Frau fiel zu Boden.

Die Gestalt steckte die Pistole weg, während sie sich den beiden im Sand liegenden Gestalten näherte. Sie packte die Hände der Frau und zerrte sie vier Meter weit ins Wasser. Der Körper versank und wurde vom Gezeitenstrom hinaus aufs Meer gezogen.

Dann kam der Mann an die Reihe.

Die Gestalt blieb nahe am Wasser stehen und betrachtete die Wellen, vergewisserte sich vermutlich, dass die Körper nicht wieder angespült wurden. Dann drehte sie sich um und verschwand auf dem Weg, auf dem sie gekommen war.

Der Hüne hielt sich flach an den Boden gedrückt. *Du hättest ihnen helfen müssen,* schoss es ihm durch den Kopf. Aber alles war so schnell gegangen, dass er ihren Tod niemals hätte verhindern können.

Und manchmal war Gott mit anderen Dingen beschäftigt, das wusste er nur zu gut. Gott war oft beschäftigt gewesen, wenn *er* ihn gebraucht hatte. Andererseits brauchten viele Menschen Gottes Hilfe. Er war nur einer von Milliarden, die hin und wieder um göttlichen Beistand baten.

Er wartete, bis er sicher sein konnte, dass der Schütze verschwunden war. Er hatte keine Ahnung, warum das Pärchen hatte sterben müssen oder wer sie ermordet hatte. Es ging ihn auch nichts an.

Aber jetzt konnte er nicht mehr am Strand bleiben. Er eilte zur Uferpromenade und entdeckte ein Fahrrad, das an einen Pfosten gekettet war. Er riss den Pfosten aus dem Boden und löste die Kette. Nachdem er sie um den Rahmen des Rades gewickelt hatte, stieg er in den Sattel und fuhr los.

Die Straßen der Stadt hatte er größtenteils im Gedächtnis. Er hatte eine Unterkunft, wo er sich umziehen, ausruhen, essen und den Wasserbedarf seines Körpers stillen konnte.

Dann konnte er seinen Kreuzzug beginnen, der wahre Grund für sein Kommen.

Als der Hüne in der Nacht verschwand, murmelte er wieder vor sich hin. Er betete um Vergebung, weil er dem Paar nicht geholfen und ihren Angreifer getötet hatte. Er war ein Ass im Töten, vielleicht sogar der Beste. Aber das bedeutete nicht, dass es ihm gefiel.

Er war ein Riese von Gestalt, aber sanftmütig. Es sei denn, es gab Gründe, dass er böse wurde.

Er hatte solche Gründe. Mehr als genug.

Solange er hier war, würde er alles andere als sanft sein.

Seine Wut war das Einzige, was ihn antrieb. Das Einzige, was ihn wirklich am Leben erhielt.

Er fuhr weiter, während die beiden Leichen langsam hinaus aufs Meer gezogen wurden.

5

John Puller bog scharf links ab und fuhr über die schmale zweispurige Straße. Auf der Rückbank saß Unab, ein fetter, orange und braun gescheckter Kater, der eines Tages unerwartet in Pullers Leben gewandert war und es vermutlich genauso unerwartet wieder verlassen würde. Deshalb war Unab nach dem militärischen Begriff »Unerlaubte Abwesenheit« benannt.

John Puller, ein ehemaliger Ranger, war Spezialagent der Criminal Investigation Division, kurz CID, der Militärstrafverfolgungsbehörde der Army. Derzeit bearbeitete er keine Fälle. Nach den dramatischen Erlebnissen in einer kleinen Bergbaustadt in West Virginia, die ihn und viele andere Menschen um ein Haar das Leben gekostet hätten, hatte er sich ein wenig Urlaub gegönnt.

Puller fuhr auf den Parkplatz seines Apartmenthauses in der Nähe von Quantico, Virginia, wo das Hauptquartier der CID zusammen mit der 701. M.P. Group untergebracht war, Pullers Einheit bei der Militärpolizei. Die Nähe erleichterte die Fahrt zur Arbeit, auch wenn Puller sich nur selten in Quantico aufhielt. Viel öfter reiste er durchs Land und untersuchte Verbrechen, die Angehörige der US Army verübt hatten. Leider gab es viele solche Fälle.

Er parkte den Wagen, einen schnittigen, vom Militär zur Verfügung gestellten Malibu, holte seinen Rucksack aus dem Kofferraum, öffnete die hintere Beifahrertür und wartete geduldig, bis Unab langsam herauskam. Der Kater folgte ihm hinauf zu seiner Wohnung. Puller lebte auf fünfundfünfzig Quadratmeter gerader Linien und geringster Unordnung. Er hatte den größten Teil seines Erwachsenendaseins beim Militär verbracht; jetzt, mit Mitte dreißig, war seine Abneigung gegen Nachlässigkeiten jeder Art unwiderruflich in ihm eingebrannt.

Er kümmerte sich um Futter und Wasser für Unab, holte sich ein Bier aus dem Kühlschrank, setzte sich in seinen Ledersessel, legte die Füße hoch und schloss die Augen. Er konnte sich nicht erinnern, wann er das letzte Mal eine Nacht durchgeschlafen hatte, und beschloss, sofort etwas dagegen zu unternehmen.

Die letzten Wochen hatten es nicht gut mit Puller gemeint. Er hatte fast fünf Kilo verloren, weil ihm der Appetit fehlte. Doch körperlich war er mit seinen knapp zwei Metern Größe und zwei Zentnern Gewicht noch immer fit. Er hatte jeden Test bestanden, den das Militär hinsichtlich Kraft, Ausdauer oder Schnelligkeit verlangte. Doch psychisch ging es ihm nicht besonders. Und er war nicht sicher, dass es ihm in dieser Hinsicht jemals wieder gut gehen würde. An manchen Tagen glaubte er es, an anderen Tagen nicht. Heute war einer der anderen Tage.

Puller war verreist, um nach den höllischen Erlebnissen in West Virginia wieder einen klaren Kopf zu bekommen. Es hatte nicht funktioniert. Es ging ihm eher noch schlechter. Die zurückgelegten Meilen hatten ihm lediglich zu viel Zeit zum Grübeln gelassen, und er wollte nicht mehr grübeln. Er wollte etwas tun, das ihn in die Zukunft führte, nicht in die Vergangenheit.

Sein Handy klingelte. Er schaute auf die Anzeige im Display.

USDB. Die United States Disciplinary Barracks in Fort

Leavenworth, Kansas. Das Gefängnis für die gefährlichsten Kriminellen des Militärs.

Puller kannte diesen Knast gut. Er hatte ihm oft genug einen Besuch abgestattet. Sein älterer und einziger Bruder Robert würde dort den Rest seines Lebens verbringen. Noch länger, wenn es nach dem Pentagon gegangen wäre.

»Hallo?«

Eine resolute Frauenstimme sagte: »Bitte warten Sie.«

Im nächsten Augenblick hörte Puller eine andere Stimme. Eine Stimme, die er nur zu gut kannte. Sie gehörte Bobby, einem ehemaligen Major in der Air Force, den ein Kriegsgericht wegen Verrats verurteilt hatte. Weshalb sein Bruder sich dieses Verbrechens schuldig gemacht hatte, wusste Puller nicht. Und wenn, hätte er kein Verständnis dafür aufgebracht.

Sein Schädel begann zu pochen. »Hallo, Bobby.«

»Wo steckst du?«

»Bin eben erst zurückgekommen«, erwiderte Puller gereizt. »Habe gerade die Füße hochgelegt. Was ist los?«

»Wie war die Fahrt? Ist der Kopf wieder klar?«

»Mir geht's gut.«

»Bist du sicher?«

»Nein.«

»Was ist los?«

»Nichts.«

»Du willst mich abwimmeln, stimmt's? Schon in Ordnung. Macht mir nichts aus.«

Normalerweise freute Puller sich, mit seinem Bruder zu sprechen, denn ihre Anrufe waren selten. Aber dieses Mal wollte er einfach nur mit seinem Bier im Sessel sitzen und an nichts denken.

»Was ist los?«, fragte Bobby noch einmal, diesmal energischer.

»Okay, okay, du sprichst laut genug«, sagte Puller. *Leg endlich auf, verdammt, ich will nicht reden.*

»Ich würde dir ja nicht auf die Nerven gehen, wäre ich nicht angerufen worden.«

Puller klappte den Sessel nach vorn und stellte das Bier ab.

»Was für ein Anruf war das? Der alte Herr?«

Im Leben der Brüder Puller gab es nur einen alten Herrn: John Puller senior, genannt Durchbruch-Puller, Drei-Sterne-General und Legende auf dem Schlachtfeld. Er war ein alter Bastard und Anhänger der Patton-Strategie, die lautet: Mach den Gegner gnadenlos platt.

Nun aber befand sich der einstige Kommandeur der legendären 101. Airborne Division in einem Veteranenkrankenhaus, weil er unter kurzen, aber intensiven Anfällen von Demenz und längeren Phasen von Depression litt. Die Demenz war vermutlich auf das Alter zurückzuführen, die Depressionen darauf, dass er keine Uniform mehr trug und keinem Soldaten mehr Befehle erteilen konnte – mit der Folge, dass er keinen Sinn mehr im Leben sah. Durchbruch-Puller existierte nur aus einem Grund: um Soldaten zum Sieg zu führen. Zumindest sah er sich selbst so. Seine Söhne hätten dieser Einschätzung uneingeschränkt zugestimmt.

»Ja, der Alte«, antwortete Bobby. »Jemand hat für ihn aus dem Krankenhaus angerufen. Er konnte dich nicht erreichen, also hat er sich bei mir gemeldet. Aber ich kann hier schlecht weg, um ihn zu besuchen.«

»Worum ging es bei dem Anruf? Ist es wieder schlimmer geworden mit der Demenz? Ist er hingefallen und hat sich die Hüfte gebrochen?«

»Weder noch. Ich glaube nicht, dass es um ihn selbst geht.

Sie haben nicht klar und deutlich gesagt, was Sache ist. Vermutlich, weil Vater sich ihnen gegenüber unklar ausgedruckt hat. Irgendwie geht es wohl um einen Brief, den er bekommen hat, aber beschwören kann ich das nicht.«

»Ein Brief? Von wem?«

»Keine Ahnung. Deshalb rufe ich an. Du wohnst in der Nähe, du könntest dich danach erkundigen. Angeblich war er sehr aufgebracht.«

»Die Leute in der Klinik wussten nicht, was in dem Brief steht?«

»Nein.«

»Wie kann das sein?«

»Das weißt du doch«, erwiderte Robert. »Unser Vater mag alt und senil sein, aber wenn er nicht will, dass man seine Briefe liest, dann liest man sie auch nicht. Selbst in seinem Alter und in seinem Zustand kann er Leuten noch ganz schön in den Arsch treten. Es gibt keinen Arzt in der Veteranenklinik, der es mit ihm aufnehmen könnte.«

»Okay. Ich fahre hin.«

»Lassen wir den ganzen Mist mal beiseite, John«, sagte Bobby. »Geht es dir wirklich gut?«

»Wenn wir den ganzen Mist beiseitelassen, dann nein. Mir geht es beschissen.«

»Und was willst du dagegen tun?«

»Ich bin in der Army.«

»Und das bedeutet?«

»Dass ich einfach weitermache, wie jeder Soldat.«

»Du könntest mit jemandem reden. Die Army hat Spezialisten für solche Probleme. Du musstest in West Virginia zu viel Dreck fressen. Das würde jeden aus dem Gleichgewicht bringen. Es ist wie eine posttraumatische Belastungsstörung.«

»Ich brauche niemanden«, sagte Puller. »Ich komme allein zurecht.«

»Da wäre ich mir nicht so sicher.«

»Pullers sprechen nicht über ihre Probleme.« Er konnte Bobby vor sich sehen, wie er verständnislos den Kopf schüttelte.

»Ist das Familienregel Nummer drei oder vier?«

»Nummer eins«, erwiderte Puller. »Jedenfalls im Augenblick. Und für mich.«

6

Als Puller über die Flure im Veteranenkrankenhaus ging, fragte er sich, ob er eines Tages auch hier landen würde. Der Anblick der alten, kranken, invaliden Soldaten deprimierte ihn noch mehr.

Vielleicht wäre eine Kugel in den Kopf besser, sollte ich je so weit kommen.

Er wusste, wo sein Vater untergebracht war, und konnte den Schreibtisch der Schwester umgehen. Er hörte den Alten schon, bevor er ihn sah. John Puller senior hatte immer eine Stimme wie ein Megafon gehabt, und weder das Alter noch die Krankheit hatten etwas daran ändern können. Seine Stimme schien sogar noch schneidender zu sein als früher.

Die Tür zum Zimmer seines Vaters öffnete sich, und eine sichtlich genervte Schwester trat heraus.

»Mein Gott, bin ich froh, Sie zu sehen.« Sie blickte zu Puller hoch. Er trug keine Uniform, aber die Schwester hatte ihn anscheinend mühelos erkannt.

»Wo liegt das Problem?«, fragte er.

»*Er* ist das Problem«, erwiderte die Schwester. »Er hat die letzten vierundzwanzig Stunden immer wieder nach Ihnen gefragt. Er gibt keine Ruhe.«

Puller legte die Hand auf den Türknauf. »Er hatte drei Generalssterne. Es ist immer persönlich, und Männer wie er lassen niemals etwas auf sich beruhen. Das liegt in ihrer Natur.«

»Viel Glück«, sagte die Schwester.

»Glück hat nichts damit zu tun.« Puller trat ein und schloss die Tür hinter sich.

Im Zimmer lehnte er den breiten Rücken an die Wand und ließ den Blick schweifen. Der Raum war klein, vielleicht zehn Quadratmeter, wie eine Gefängniszelle. Tatsächlich war er ungefähr so groß wie der Ort, den Pullers Bruder für den Rest seines Lebens sein Zuhause nennen würde.

Die Möbel bestanden aus einem Krankenhausbett, einem Nachttisch aus Holz, einem Vorhang zum Schutz der Privatsphäre und einem Stuhl, der noch unbequemer war, als er aussah. Dann gab es noch ein Fenster, einen winzigen Wandschrank und ein Bad mit Haltestangen und einer Vielzahl von Notrufknöpfen.

Und schließlich war da Pullers alter Herr selbst, John Puller senior, ehemaliger Kommandeur der wohl berühmtesten Einheit der Army, der Screaming Eagles: die Fallschirmjäger der 101. Airborne Division.

»XO, wo haben Sie gesteckt, verdammt noch mal?«, fragte Puller senior und starrte seinen Sohn an, als würde er ihn über Kimme und Korn anvisieren. »XO«, ausführender Offizier – so nannte er ihn meistens.

»Ich hatte einen Auftrag, Sir. Bin gerade erst zurückgekommen. Wie ich hörte, gibt es ein Problem, Sir.«

»Da haben Sie verdammt recht.«

Puller trat einen Schritt vor und blieb neben dem Bett stehen, auf dem sein Vater lag. Er trug ein weißes T-Shirt und eine lose sitzende blaue Krankenhaushose. Einst so groß wie sein Sohn, war der alte Mann auf etwas über eins fünfundachtzig geschrumpft. Er war noch immer groß, aber bei Weitem nicht mehr der Beinahe-Hüne, der er einst gewesen war. Ein weißer, weicher Haarkranz verlief um seinen Kopf herum;

oben war alles kahl. Seine Augen waren von einem eisigen Blau und wechselten zwischen lodernder Intensität zu völliger Leere, manchmal binnen weniger Sekunden.

Die Ärzte waren sich nicht einig, was Puller senior nun genau fehlte. Offiziell wollte es niemand als Alzheimer bezeichnen, nicht einmal als Demenz. Die Ärzte umschrieben es mit »Alterserscheinungen«.

Puller hoffte nur, dass sein Vater heute klar genug war, um ihm von dem Brief zu erzählen. Oder ihm zumindest erlaubte, dass er ihn sich ansah.

»Sie haben einen Brief bekommen, Sir?«, fragte er nachdrücklich. »Eine streng geheime Meldung? Vielleicht aus dem Pentagon?«

Pullers Vater war seit mittlerweile fast zwei Jahrzehnten aus der Army ausgeschieden, schien sich dessen aber nicht bewusst zu sein. Puller hatte herausgefunden, dass es die Dinge erleichterte, wenn er so tat, als wäre sein Vater noch immer beim Militär.

Das beruhigte den alten Mann, und es brachte die Unterhaltung in Schwung. Puller kam sich dabei zwar albern vor, aber die Ärzte hatten ihm erklärt, es sei eine sinnvolle Vorgehensweise, kurzfristig zumindest. Und vielleicht war alles, was Pullers Vater noch geblieben war, kurzfristig.

Der alte Mann nickte und schaute grimmig drein. »Möglicherweise, XO, möglicherweise. Hat mich beunruhigt.«

»Dürfte ich die Meldung lesen, Sir?«

Sein Vater zögerte, blickte zu ihm hoch, wobei er den Ausdruck eines Mannes zeigte, der sich nicht sicher war, was oder wen er anschaute.

»Dürfte ich die Meldung lesen, General?«, fragte Puller erneut, leiser diesmal, aber auch energischer.

Sein Vater zeigte auf sein Kissen. »Darunter. Hat mich beunruhigt.«

»Jawohl, Sir. Darf ich, Sir?«

Puller zeigte auf das Kissen. Sein Vater nickte und setzte sich auf.

Puller trat vor und nahm das Kissen hoch. Darunter lag ein aufgerissener Briefumschlag. Puller nahm ihn und betrachtete ihn. Die Adresse war in Druckbuchstaben geschrieben. Der Brief war an seinen Vater gerichtet. In diesem Veteranenkrankenhaus. Abgestempelt in einem Ort namens Paradise, Florida. Der Ortsname klang irgendwie vertraut. Puller las den Namen des Absenders in der oberen linken Ecke des Umschlags.

BETSY PULLER SIMON.

Deshalb hörte es sich vertraut an. Betsy war seine Tante, die Schwester seines Vaters. Sie war fast zehn Jahre älter als ihr Bruder. Lloyd Simon war ihr Mann gewesen. Er war vor vielen Jahren verstorben. Damals war Puller junior gerade nach Afghanistan abkommandiert worden. Er erinnerte sich, dass sein Vater ihn über den Tod seines Onkels informiert hatte. Seit damals hatte Puller nicht oft an Betsy gedacht.

Warum eigentlich?, fragte er sich.

Nun, jetzt hatte sie seine Aufmerksamkeit.

Sie hatte an ihren Bruder geschrieben, den General. Und der war aufgebracht. Puller hoffte, dass es nicht um ein verschwundenes Haustier oder offene Rechnungen ging. Oder dass seine alte Tante noch einmal heiratete und den Wunsch hatte, dass ihr jüngerer Bruder als Brautführer fungierte. Das war ein Ding der Unmöglichkeit.

Puller zog das einzelne Blatt Papier aus dem Umschlag und faltete es auseinander. Es war dickes Papier mit einem hübschen Wasserzeichen. In fünf Jahren wurde so etwas wahrscheinlich nicht mehr hergestellt. Wer schrieb heute noch Briefe?

Puller konzentrierte sich auf die spinnenhafte Handschrift. Der Brief war mit blauer Tinte geschrieben, sodass die Schrift über dem cremefarbenen Untergrund zu schweben schien.

Das Schreiben bestand aus drei Absätzen. Puller las alle drei, und das zweimal. Seine Tante hatte mit den Worten geendet: »Alles Liebe, Johnny. Betsy.«

Johnny und Betsy?

Es machte seinen Vater beinahe menschlich.

Beinahe.

Puller wusste jetzt, warum die Lektüre des Briefes seinen Vater so sehr aus der Fassung gebracht hatte. Seine Schwester war offensichtlich verängstigt gewesen, als sie den Brief geschrieben hatte.

In Paradise, Florida, ging irgendetwas vor, was ihr nicht gefiel. Sie kam nicht auf Einzelheiten zu sprechen, aber was sie geschrieben hatte, reichte vollkommen, um Pullers Interesse zu wecken. Mysteriöse Geschehnisse in der Nacht. Leute, die nicht waren, was sie zu sein schienen. Das unbestimmte Gefühl, dass etwas nicht stimmte.

Namen hatte Betsy keine genannt. Doch sie hatte den Brief mit der Bitte um Hilfe beendet. Aber die sollte nicht von ihrem Bruder kommen.

Sie hat ausdrücklich um meine *Hilfe gebeten,* dachte Puller.

Betsy musste gewusst haben, dass er Ermittler bei der Army war. Vielleicht hatte ihr Bruder es ihr erzählt. Vielleicht hatte sie es selbst herausgefunden. Schließlich war es kein Geheimnis, was John Puller tat.

Puller faltete den Brief zusammen und steckte ihn ein. Sein Vater schaute mittlerweile auf das kleine Fernsehgerät, das an einem Metallarm befestigt an der Wand hing. Gerade lief *Der Preis ist heiß*. Puller senior schien fasziniert zu sein – der Mann, der nicht nur die 101. kommandiert, sondern den Befehl über ein ganzes Korps gehabt hatte, fünf Divisionen im Kampfeinsatz, insgesamt fast 100.000 hervorragend ausgebildete Soldaten. Und jetzt galt seine ganze Aufmerksamkeit einer Fernsehshow, in der Leute den Preis von irgendwelchem Krempel erraten mussten, um irgendwelchen Krempel zu gewinnen.

»Darf ich den Brief behalten, General?«, fragte Puller.

Jetzt, da er herbeizitiert worden war und sowohl den Brief wie auch die Angelegenheit anscheinend fest im Griff hatte, schien sein Vater nicht mehr interessiert oder beunruhigt zu sein. Er fuchtelte mit der Hand herum, eine unbestimmte Geste, die besagte: *Du kannst gehen.*

»Kümmern Sie sich darum, XO. Erstatten Sie mir Bericht, wenn die Sache erledigt ist.«

»Danke, General. Ich werde mein Bestes tun, Sir.«

Obwohl sein Vater ihn nicht anschaute, salutierte Puller schneidig, machte auf dem Absatz kehrt und ging. Bei ihrer letzten Begegnung hatte er sich einfach umgedreht und das Zimmer verlassen, verbittert und angewidert zugleich, woraufhin der alte Mann ihn als »Schütze Arsch« beschimpft und ihm nachgebrüllt hatte. Aber das schien er vergessen zu haben. Zusammen mit vielen anderen Dingen. In Pullers Erinnerung jedoch war diese Szene noch immer lebendig.

Als Pullers Hand sich auf den Türknauf legte, sagte sein Vater: »Kümmern Sie sich um Betsy, XO, sie ist ein guter Mensch.«

Puller schaute zu seinem Vater. Der alte Mann starrte ihn an. Seine kalten blauen Augen blickten so klar wie einst. Er befand sich nicht mehr im *Der Preis ist heiß*-Land, sondern im Hier und Jetzt.

»Wird gemacht, Sir. Sie können sich darauf verlassen.«

Auf dem Weg nach draußen begegnete Puller dem Arzt seines Vaters, einem kleinen Mann mit beginnender Glatze. Er war ein guter Mediziner, der hier für eine weitaus geringere Bezahlung schuftete, als sein Studium in Yale ihm in der freien Wirtschaft eingebracht hätte.

»Wie macht er sich?«, wollte Puller wissen.

»So gut, wie man es erwarten kann. Sein körperlicher Zustand ist noch immer erstaunlich. Ich würde nicht beim Armdrücken gegen ihn antreten wollen. Aber im Oberstübchen scheinen die Dinge weiterhin in Schieflage zu sein.«

»Und man kann nichts dagegen tun?«

»Ihr Vater bekommt die Medikamente, die man Patienten in seinem Zustand normalerweise verabreicht. Natürlich ist eine Heilung ausgeschlossen. Derzeit ist es uns nicht einmal möglich, den ursprünglichen Zustand wiederherzustellen, obwohl es einige vielversprechende Ansätze gibt. Aber das ist Zukunftsmusik. Ich glaube, für Ihren Vater wird es ein langer Abstieg nach unten, John. Und dieser Abstieg könnte sich im Laufe der Zeit beschleunigen. Tut mir leid, dass ich keine besseren Nachrichten habe.«

Puller bedankte sich bei dem Arzt. Das alles war ihm nicht neu, trotzdem fragte er bei jedem Besuch. Vielleicht glaubte ein Teil von ihm, dass die Antwort eines Tages anders ausfiel.

Er verließ das Krankenhaus und ging zu seinem Wagen. Nun ja, eigentlich gehörte der Wagen der United States Army, aber er *war* die United States Army, also lief es vermutlich auf dasselbe hinaus.

Unterwegs holte er den Brief wieder hervor. Seine Tante hatte ihre Telefonnummer in Paradise angegeben; das war hilfreich. Als Puller seinen Wagen erreichte, setzte er sich auf die Motorhaube, holte das Handy hervor und gab die Nummer ein.

Er gehörte nicht zu denen, die etwas aufschoben, wenn sie es sofort erledigen konnten.

Es klingelte viermal, dann schaltete sich die Voicemail ein. Puller hinterließ seiner Tante eine Nachricht und steckte das Handy weg.

Auf der Motorhaube seines Malibu sitzend las er den Brief ein drittes Mal. Ein beunruhigender Brief. Aber er hatte bis jetzt nur einmal versucht, Betsy zu erreichen. Vielleicht war sie gerade beim Arzt. Alte Leute verbrachten viel Zeit bei Ärzten. So hatte er es schon bei seinem Vater erlebt.

Puller seufzte. In vieler Hinsicht war das nicht sein Problem. Vermutlich hatte sein Vater den Brief längst vergessen. Und er, Puller, hatte Betsy lange nicht gesehen. Sie war kein Teil seines Lebens mehr.

Aber früher, in seiner Kindheit und Jugend, war sie es gewesen. Eine Art Ersatz für eine Mutter, die nicht da war, weil sie nicht da sein konnte.

Obwohl sehr viel Zeit vergangen war, konnte Puller sich lebhaft an Tante Betsy erinnern. An bestimmte Augenblicke. Wenn er etwas gebraucht hatte, das es in seinem Leben nicht gab, war Betsy für ihn da gewesen. Dinge, die kleine Jungs nun mal brauchen. Dinge, für die Väter nicht sorgen konnten, selbst wenn sie immer für ihre Kinder da waren, was auf Pullers Vater allerdings nicht zutraf. Der war viel zu sehr damit beschäftigt gewesen, Tausenden von Männern zu befehlen, bestimmte Dinge so zu tun, wie er selbst sie zu tun pflegte.

Betsy Simon hatte diese Leere gefüllt. Damals war sie sehr wichtig für Puller gewesen. Er hatte mit ihr über alles gesprochen, Probleme und Triumphe. Betsy war eine wunderbare

Zuhörerin gewesen. Und Puller hatte im Lauf der Zeit erkannt, dass die Ratschläge, die sie ihm während des Erwachsenwerdens gegeben hatte, so meisterhaft erteilt worden waren, dass er sie für seine eigenen Ideen hielt.

Noch hatte er Urlaub. Niemand erwartete ihn zurück. Und er konnte dieser Sache nicht einfach den Rücken zuwenden. Betsy erst recht nicht.

Und es ging nicht allein um Altruismus. Ein Teil von ihm fragte sich, ob Betsy ihm noch einmal durch eine schwere Zeit hindurchhelfen konnte. Die schwere Zeit, die er im Moment durchlebte. Das hatte nicht nur mit seinem Vater zu tun, es ging vor allem um die Ereignisse in West Virginia. Puller hatte noch nie richtig mit jemandem darüber gesprochen, nicht einmal mit seinem Bruder. Auch wenn er Bobby gegenüber das Gegenteil behauptet hatte – es *gab* Dinge, über die er reden musste. Ihm fehlte nur jemand, bei dem er sich sicher genug fühlte.

Vielleicht konnte seine Tante diese Lücke füllen. Wieder einmal.

Wie es aussah, musste Puller ins Paradies.

7

Es gab viele Möglichkeiten, nach Paradise zu kommen. Puller entschied sich für einen Flug mit der Delta Airlines über Atlanta, der ihn viereinhalb Stunden nach seinem Aufbruch in Washington zum Northwest Florida Regional Airport brachte. Der Flughafen befand sich auf regierungseigenem Gelände innerhalb der Eglin Air Force Base, einem der größten Luftwaffenstützpunkte der Welt; Puller hatte ihn während seines Aufenthalts auf der Rangerschule schon einmal besucht.

In diesem Teil Floridas galt Sommerzeit, deshalb nahm er sich auf dem Weg zum Schalter der Hertz-Autovermietung einen Moment Zeit, um seine Uhr umzustellen. Der Sommerzeit zufolge war es jetzt zehn Uhr dreißig. Er hatte eine Stunde gewonnen. Es herrschten bereits über sechsundzwanzig Grad.

»Willkommen an der Emerald Coast«, begrüßte ihn die Frau hinter dem Hertz-Schalter. Sie war klein und stämmig, ihr graues krauses Haar war braun gefärbt.

»Ich hatte mit ›Willkommen im Paradies‹ gerechnet«, erwiderte Puller.

Sie lächelte ihn an. »Wahrscheinlich sage ich das manchmal. Aber die Stadt ist vierzig Minuten von hier entfernt, und ich versuche den Spruch zu variieren.«

»Ich schätze, mit der Zeit wird selbst das Paradies ein bisschen langweilig.«

»Ja, gut möglich. Möchten Sie ein Cabrio? Das will eigentlich jeder. Ich habe eine wunderschöne Corvette, die gerade wieder reingekommen ist.«

»Wie teuer?«

Als die Frau den Preis nannte, schüttelte Puller den Kopf. »Kann ich mir nicht leisten. Die Army zahlt mir nicht genug.«

»Sie sind bei der Army?«

»Seit dem College.«

»Mein Sohn auch. Er ist Ranger.«

»Ich war Ausbilder bei den Rangers und dann zwei Jahre auf der anderen Straßenseite bei der 75. aus Fort Benning, bevor ich in den Nahen Osten abkommandiert wurde.«

»Die Rangers ebnen den Weg.«

»Der Meinung war ich auch immer, egal, was die Marines und die SEALs sagen.«

Sie musterte ihn in nachdenklichem Schweigen. »Möchten Sie die Corvette immer noch?«

»Wie schon gesagt, Ma'am, das sprengt mein Budget.«

»Wie viel können Sie denn zahlen?«

Puller sagte es ihr.

»Dann reicht es für die Corvette.« Sie tippte auf der Tastatur ihres Computers.

»Dürfen Sie das?«

»Ich hab's gerade eben getan. Und das Navi gibt es kostenlos dazu.«

»Vielen Dank.«

»Ich habe *Ihnen* zu danken.«

Puller fühlte sich gut, als er in der goldfarbenen Corvette losfuhr. Er nahm den Highway 85 nach Süden und fuhr durch Orte namens Shalimar, Cinco Bayou und Fort Walton Beach. Auf dem Miracle Strip Parkway überquerte er Okaloosa Island, das ebenfalls zum riesigen Gelände des Luftwaffenstützpunkts gehörte, und dann eine Brücke. Er fuhr durch Destin, immer weiter nach Osten, und traf kurze Zeit später in Paradise ein.

Als er sich umsah, konnte er ansatzweise verstehen, weshalb der Ort diesen Namen trug. Alles war ziemlich neu, sauber und unverkennbar von der gehobenen Preisklasse. Es gab einen Postkartenblick aufs Meer, einen malerischen Hafen mit Fischerbooten, der einem Hollywoodfilm entsprungen zu sein schien, nobel aussehende Restaurants, Geschäfte auf Gucci-Niveau, schöne Frauen mit wenig Bekleidung, Autos, die seine Corvette billig aussehen ließen, und eine Atmosphäre, die zu verkünden schien, dass es unmöglich besser werden konnte.

Er fand einen Parkplatz, stieg aus dem flachen Wagen – für jemanden von seiner Größe keine leichte Übung – und schaute sich um. Er trug Jeans, ein locker sitzendes weißes Hemd mit langen Ärmeln, das nicht unter die Hose gesteckt war, und Slipper ohne Socken. Die M11, die er im Gürtelhalfter auf dem Rücken trug, wurde vom Hemd verdeckt. Als Agent der CID war er verpflichtet, seine Dienstwaffe ständig bei sich zu führen. Und selbst wenn es nicht verlangt worden wäre – Puller hätte es trotzdem getan. Mehrere Einsätze im Nahen Osten sorgten dafür, dass ein Mann so dachte. Sich zu bewaffnen war so normal und selbstverständlich wie das Atmen. Denn ohne Waffen hatte man gute Chancen, dass jemand versuchte, einen für immer am Atmen zu hindern.

Die Sonne kletterte hoch in den Himmel. Es war heiß, aber die Brise war angenehm und trocknete die Schweißperlen auf Pullers Stirn. Ein paar junge, kurvenreiche und kaum bekleidete Damen warfen ihm interessierte Blicke zu, als sie auf ihren Jimmy Choos vorbeistöckelten, die It-Bags von Kate Spade oder Hermès in den manikürten Händen.

Er reagierte nicht darauf. Zwar hatte er noch immer Urlaub, aber er war nicht zu seinem Vergnügen hier. Das hier war eine Mission, wenn auch eine persönliche.

Er schlüpfte aus den Schuhen und betrat den nur wenige Schritte entfernten Strand. Es war der weißeste Sand, den er je gesehen hatte, und ganz weich unter den Füßen. Der Sand im Nahen Osten war anders, viel grobkörniger. Aber vielleicht war es ihm auch nur so vorgekommen, weil irgendwelche Leute sich alle Mühe gegeben hatten, ihn auf ebendiesem Sand mit Gewehren, Sprengstofffallen, Messern oder bloßen Händen zu töten. Und so etwas hatte ziemliche Auswirkungen darauf, welchen Eindruck ein Ort auf einen machte.

Auch das Wasser war einzigartig. Jetzt wusste Puller, warum man die Emerald Coast nach Smaragden benannt hatte: Das Wasser sah wie eine gigantische Schale voller funkelnder grüner Edelsteine aus. Die Wellen waren an diesem Tag ganz sanft; die Holztafel, die die Wasserbedingungen anzeigte, war gelb, was für leichte Brandung und mittlere Gefahrenstufe stand.

Aber Puller war nicht zum Schwimmen gekommen.

Seine dritte und letzte Phase der Ranger-Ausbildung hatte in Florida stattgefunden. Allerdings nicht in Paradise, sondern in den Sümpfen des Sonnenstaates, in denen es von Alligatoren, Mokassinschlangen, Klapperschlangen und Korallenschlangen wimmelte. Puller konnte sich nicht erinnern, dass es im Umkreis von hundert Meilen heiße Mädchen im Bikini oder mit Gucci-Taschen gegeben hätte. Noch viel schlimmer waren die Ausbilder gewesen, die ihn von einem Ende der Florida-Sümpfe zum anderen gescheucht hatten.

Sonnenbadende saßen unter blauen Sonnenschirmen oder lagen auf Handtüchern. In seinem ganzen Leben hatte Puller noch nie so viele fast nackte Hintern und winzige Bikinioberteile auf einem Haufen gesehen. Und nicht wenige Ladys waren nicht unbedingt in bester Form. Es wäre weitaus vorteilhafter für sie gewesen, hätten sie sich ein wenig schicklicher gekleidet.

Pullers Blick fiel auf einen gebräunten Rettungsschwimmer, der hoch oben auf seinem Thron saß und auf dem Wasser nach Problemen Ausschau hielt. Ein weiterer gebräunter, muskulöser Rettungsschwimmer raste auf einem Threewheeler durch den Sand. Ein nettes Leben, wenn man es sich verschaffen konnte.

Puller schaute hinauf zur Sonne, genoss ein paar Strahlen und sagte sich dann, dass seine Bräunungszeit zu Ende war. Die Army hielt nicht viel vom Herumlungern, ob man nun Urlaub hatte oder nicht.

Er ging zurück zum Wagen, rieb sich den Sand von den Füßen und schlüpfte wieder in die Slipper. Ein Streifenwagen mit der Aufschrift »Paradise PD« und airgebrushten Palmen auf den Türen rollte vorbei. Zwei Cops saßen in dem Wagen, ein Mann und eine Frau. Der Fahrer war ein stämmiger Bursche mit kahl geschorenem Kopf und verspiegelter Sonnenbrille. Er verringerte das Tempo, musterte zuerst Pullers Wagen, dann den hochgewachsenen Mann.

Er nickte ihm zu.

Puller erwiderte die Geste, obwohl er nicht die leiseste Ahnung hatte, was der Bursche ihm damit zu verstehen geben wollte. Ob er überhaupt etwas damit bezweckte. Aber es war immer besser, sich mit der Ortspolizei gut zu stellen, selbst wenn sie ihre Autos mit Grünzeug bemalte.

Auch die Polizistin betrachtete Puller hinter ihrer Sonnenbrille. Sie war blond, Anfang dreißig. Im Unterschied zu ihrem

Kollegen nickte sie Puller nicht zu. Als sie den Kopf drehte, sagte sie etwas zu ihrem Partner, und der Streifenwagen jagte los.

Puller blickte ein paar Sekunden hinter ihnen her, dann stieg er in seine Corvette und fuhr los. Die Adresse seiner Tante hatte er ins Navi eingegeben. Das Gerät behauptete, es sei nur fünf Minuten entfernt.

Fünf Minuten, und er hatte nicht die leiseste Ahnung, was ihn erwartete. Es hatte Ähnlichkeit mit einem Kampf. Nur dass man bei einem Kampf für gewöhnlich Rückendeckung hatte. Hier war er ganz allein.

Nachdem er bereits in West Virginia auf sich allein gestellt gewesen war, fand Puller diese Strategie langsam ärgerlich.

Wenn er Glück hatte, würde Tante Betsy ihm die Tür öffnen und ihn zu einem Eistee einladen.

8

Er war eine willkommene Verstärkung für die Landschaftsgärtnerei, weil er so stark war wie drei normale Männer und härter schuften konnte als alle zusammen, was er am ersten Tag in seinem neuen Job über jeden Zweifel hinaus bewiesen hatte.

Nach seiner Flucht vom Strand, von dem die Leichen zweier Menschen langsam in den Golf hinausgezogen wurden, war der Hüne auf dem gestohlenen Fahrrad in einen Teil von Paradise gefahren, der nicht so malerisch war wie der Rest. Die Unterkunft hatte man vorher für ihn besorgt, die Miete einen Monat im Voraus bezahlt und für Vorräte gesorgt. Seine neue Bleibe bestand nur aus einem dreizehn Quadratmeter großen Raum mit einer Kochplatte, aber eine so große Wohnung hatte er nie zuvor besessen. Es machte ihn glücklich, diese Unterkunft zu haben.

Er hatte sich mehrere Stunden ausgeruht, seinen Wasserbedarf gestillt, gegessen, seine Verletzungen versorgt und über seine nächsten Schritte nachgedacht.

Es war die Art von Viertel, in dem die Leute entweder jahrzehntealte Pick-ups oder Schrottmühlen mit abgefahrenen Reifen und qualmenden Auspuffen fuhr. Oder Motorräder. Oder man ließ sich von finanzkräftigeren Freunden mitnehmen, wenn man irgendwohin wollte. Nachts war die Gegend gefährlich, falls man nicht unter dem Schutz einer der Gangs stand, die diese Ecke von Paradise kontrollierten. Das Meer war hier weit weg; niemand würde jemals herkommen, um als Tourist Fotos zu machen. Aber hier lebten die meisten jener Männer und Frauen, die für die reicheren Einwohner von Paradise die Rasen mähten, die Pools säuberten, die Klamotten wuschen oder die Häuser putzten.

Es war bereits dunkel gewesen, als er sich ein paar Tage zuvor auf den Weg gemacht hatte, um sich bei einer der größeren Landschaftsgärtnereien der Stadt vorzustellen. Ein Blick auf seine Größe und seinen Körperbau genügte dem Vorarbeiter, um ihn als hoch qualifiziert zu bezeichnen. Auf dem Rückweg zu seinem Zimmer war er vier jungen Männern begegnet, die Straßensoldaten einer Gang namens *dueños de la calle* oder Street Kings waren.

In einer stillen Nebenstraße hatten sie ihn umzingelt und seinen riesenhaften Körper beäugt. Wie ein Elefantenbulle, der von einem Rudel Löwinnen umzingelt wurde. Sie versuchten einzuschätzen, ob sie ihn gemeinsam schaffen konnten. Er sah die Waffen, die sich unter ihren Hemden abzeichneten. Im Licht der Straßenlaternen funkelten Messer in ihren Händen.

Der Hüne fragte sich nicht, ob sie ihn schaffen würden.

Er wusste, sie würden scheitern, bewaffnet oder nicht.

Er hatte bereits entschieden, wie er sie töten würde, jeden von ihnen, wenn sie dumm genug waren, ihn anzugreifen. Das Töten war nicht seine erste Wahl, weil es den Zweck seiner Anwesenheit komplizieren würde, aber aus naheliegenden Gründen konnte er nicht zulassen, dass sie ihn umbrachten.

Er ging weiter.

Die Gang folgte ihm, kreiste ihn erneut ein wie eine sich bewegende Blase aus Fleisch, Blut und Knochen. Schließlich blieb er stehen, blickte sie an.

Sie sprachen ihn auf Spanisch an. Er schüttelte den Kopf, behauptete in gebrochenem Spanisch, er beherrsche die Sprache kaum, obwohl er sie fließend sprach. Er tat das nur, um sie abzulenken, um es ihnen zu erschweren, sich mit ihm zu verständigen, denn das schadete der Konzentration.

Dann redete er in seiner Muttersprache, was sie zu verwirren schien. Genau wie beabsichtigt.

Der größte der Straßenschläger kam näher. Wahrscheinlich wollte er sich selbst und den anderen zeigen, dass er sich von dem Riesen nicht einschüchtern ließ.

»Wo kommste her?«, fragte er auf Englisch.

Der Riese zeigte in Richtung Meer.

Die Schläger schienen das nicht besonders witzig zu finden.

Der Kleinste von ihnen stürmte auf den Hünen los, mehr von Mut und Adrenalin als von gesundem Menschenverstand angetrieben, und versuchte, ihm sein Messer in den Bauch zu rammen. Der Hüne bewegte sich mit einer Schnelligkeit, die für seine Größe mehr als erstaunlich war. Er entwaffnete den Angreifer und stemmte ihn mit einem Arm in die Höhe, als wäre er leicht wie ein Kind. Dann hielt er die Klinge an den Hals des Mannes, wo sie die pochende Halsschlagader kitzelte. Mit einer blitzartigen Bewegung schleuderte er das Messer quer über die Straße in eine Holztür, in der es zitternd stecken blieb.

Er ließ den Angreifer fallen wie einen nassen Sack.

Die Gang huschte davon wie Ratten in der Nacht.

Sie waren jung und ungebildet, doch selbst ihre Dummheit hatte offensichtlich Grenzen.

Der Hüne ging weiter.

Am nächsten Tag hatte er zwölf Stunden geschuftet, für acht Dollar die Stunde. Das Geld wurde am Ende des Tages bar ausgezahlt, aber man zog fünf Dollar für Verpflegung ab, die aus einer Flasche Wasser, einem Sandwich und einer Tüte Chips bestand. Ein weiterer Dollar die Stunde wurde für die steigenden Benzinpreise abgezogen, wie man ihm erklärte.

Er nickte bloß. Das Geld war bedeutungslos für ihn. Er nahm es, schob es in die Tasche und fuhr auf der Ladefläche eines klapprigen Pick-ups mit, der ihn unweit seiner Unterkunft absetzte.

An diesem Tag hatte die Temperatur die Sechsunddreißig-Grad-Marke erreicht, und er hatte die ganze Zeit in der Sonne verbracht. Während selbst die abgehärtetsten Arbeiter der Landschaftsgärtnerei in der Hitze und Luftfeuchtigkeit die Kräfte verlassen hatten, sodass sie in jedem verfügbaren Schatten immer wieder Pausen einlegen mussten, hatte der Riese weitergearbeitet. Die Hitze hatte ihn so wenig interessiert wie die Stunden, die er durch den Golf von Mexiko geschwommen war.

War man erst in der Hölle gewesen, konnte einen so etwas Banales nicht mehr einschüchtern.

Früh am nächsten Morgen saß er auf seinem Bett. Schweiß strömte ihm über den Rücken, weil die Miete keine funktionierende Klimaanlage mit einschloss. Zu den Dingen, die man in seiner Unterkunft für ihn deponiert hatte, gehörte ein Handy mit bestimmten Nummern und Informationen, die bei der Erfüllung seiner Aufgabe nützlich sein würden.

Jeden Tag ging er auf dem Display des Handys durch, was er brauchte, und löschte gewisse Dinge, die keiner je entdecken sollte. Als er fertig war, setzte er sich auf dem Bett zurück, hob ein Glas kaltes Wasser an die Lippen und ließ den Blick durch seine Bleibe schweifen. Vier kahle Wände und ein Fenster, das hinunter auf die Straße schaute, von wo man den Lärm der spätabendlichen Feiernden am Strand hören konnte, obwohl er weit von hier entfernt war. Je näher man dem Strand kam, umso teurer wurde es.

Eigentlich hätte er mit dem Flugzeug anreisen sollen. Stattdessen hatte er sich auf der Straße einer mexikanischen Grenzstadt direkt gegenüber von Brownesville, Texas, einem der gefährlichsten Orte der Welt, einen Betäubungspfeil in die Brust eingefangen. Dabei hatte er Glück gehabt, dass man ihn nur betäubt hatte. Verschnürt wie ein Hai im Netz war er in einem Schiff auf dem Meer aufgewacht. Man hatte ihn von Boot zu Boot gebracht, von einer verlassenen Ölbohrplattform zur nächsten, bis er die erste echte Chance zur Flucht genutzt hatte.

Er holte tief Luft, lehnte sich an die Wand. Dabei ächzte das klapprige Bettgestell, als es versuchte, das Gewicht des Riesen zu tragen. Die Tür war abgeschlossen, eine Kommode davorgeschoben. Sollte es jemand in der Nacht auf ihn abgesehen haben, würde er ihn keinesfalls überraschen. Der Hüne hatte mit einem gezackten Messer in der Hand geschlafen. Wenn jemand kam, würde er diesen Jemand töten. So war sein Leben, er kannte es nicht anders.

Er stand auf, um zur Arbeit zu gehen.

9

Puller lenkte die Corvette an den Straßenrand und blickte schräg über die Straße zum Haus seiner Tante. »Sunset by the Sea« war der Name der Siedlung. Puller kam zu dem Schluss, dass dieser Name passte: Die Siedlung befand sich in der Nähe des Wassers, und die Sonne ging jeden Tag pünktlich wie ein Uhrwerk unter.

Das Haus seiner Tante war ein schmucker zweistöckiger Bau mit Garage. Puller hatte sie hier nie besucht. Schon bevor er zur Army gegangen war, hatte Betsy in seinem Leben kaum noch eine Rolle gespielt. Ursprünglich hatte sie mit ihrem Ehemann Lloyd in Pennsylvania gewohnt. Puller erinnerte sich, dass sie vor über zwanzig Jahren nach Florida gezogen war, als Lloyd sich zur Ruhe gesetzt hatte.

Im Lauf der Jahre hatte seine Tante ihm nur selten geschrieben. Sein Bruder hatte sich besser darauf verstanden, die Verbindung zu Betsy Simon aufrechtzuerhalten. Aber dann war Bobby im Gefängnis gelandet, ihr Vater hatte den größten Teil seines Verstandes eingebüßt und war im Veteranenkrankenhaus geendet, und Puller hatte völlig den Kontakt zu der Frau verloren, die als kleiner Junge so wichtig für ihn gewesen war.

Aber so war das Leben nun mal. Es löschte wichtige Dinge aus und ersetzte sie durch andere wichtige Dinge.

Puller verbrachte ein paar Minuten damit, die Gegend einzuschätzen. Nett, gehobenere Preisklasse, Palmen. Aber keine

Villen. Auf dem Weg hierher war er an einer ganzen Reihe exklusiver Anwesen vorbeigekommen. Sie standen meist nahe oder direkt am Wasser, groß wie Apartmenthäuser – riesige Pools, hohe Tore und Bugattis oder McLarens auf der runden Auffahrt, deren Mitte gewaltige Springbrunnen zierten. Diese Art Lebensstil war Puller so fremd, wie es das Leben in Pjöngjang, Nordkorea, gewesen wäre. Und vermutlich genauso abstoßend.

Er würde nie viel Geld verdienen. Dass er jeden Tag Kopf und Kragen riskierte, um für Amerikas Sicherheit zu sorgen, war anscheinend nicht wichtig oder gar wertvoll genug. Da war es einfacher, an der Wall Street Milliarden zu scheffeln – auf Kosten des Normalbürgers, dem am Ende nur die leeren Versprechungen blieben, die vom Amerikanischen Traum übrig waren.

Aber seiner Tante war es offensichtlich gut gegangen. Ihr Haus war groß und schön, der Vorgarten gewässert und gepflegt. Anscheinend war ihr nicht das Geld ausgegangen.

Puller konnte niemanden entdecken, der sich im Freien aufhielt oder zu Fuß oder im Auto unterwegs war. Aber die Hitze war wirklich unerträglich; vermutlich hielten die Leute jetzt Siesta. Er warf einen Blick auf die Uhr. Es war kurz vor eins. Er stieg aus dem Wagen, überquerte die Straße, ging langsam zur Tür seiner Tante und klopfte.

Niemand reagierte.

Er klopfte erneut, ließ den Blick nach rechts und links schweifen, um zu sehen, ob die unmittelbaren Nachbarn den Neugierdetektor ausgefahren hatten.

Nichts. Keine wissbegierig blickenden Augen. Keine Schritte, die sich näherten.

Puller ging zur Garagentür und spähte durch die Scheibe.

Drinnen parkte ein Toyota Camry. Der Wagen sah ziemlich neu aus. Puller fragte sich, ob seine Tante wohl noch selbst fuhr. Er versuchte, das Garagentor zu öffnen, aber es war abgeschlossen. Vermutlich öffnete es sich elektrisch. Auf keinen Fall würden sich alte Leute ständig bücken und schwere Tore in die Höhe stemmen, nur weil sie mal eben irgendwo hinfahren wollten.

Puller ging weiter zur Seite des Hauses. Seine Größe gestattete ihm, über den Zaun zu blicken, der die Privatsphäre schützen sollte. In der Mitte eines kleinen Gartens stand ein Brunnen.

Er versuchte, das Tor zu öffnen. Es war verriegelt, aber das Schloss war ziemlich simpel. Ein kurzes Rütteln, und es öffnete sich. Puller betrat den Garten und ging zu dem Brunnen. Als Erstes bemerkte er die Furche in der Erde direkt neben der Mauer, die das Becken bildete. Er kniete nieder, betrachtete die Furche genauer und entdeckte eine weitere, die im Abstand von neunzig Zentimetern parallel zur ersten verlief.

Dann nahm er den Gartenbrunnen in Augenschein. Jemand hatte die Pumpe abgestellt, denn das Wasser, das vom oberen Teil des Brunnens ins Becken plätschern sollte, floss nicht.

Puller beugte sich vor, betrachtete den Beckengrund. Da lagen ein paar dekorative Steine, aber irgendetwas hatte sie durcheinandergebracht. Einige waren so weit verschoben, dass der Betonboden zu sehen war. Als Puller sich näher beugte, entdeckte er, dass sich einer der Einfassungssteine gelöst hatte und auf dem Grund des Beckens lag. Der Stein wies einen dunklen Fleck auf.

Puller betrachtete ihn genauer.

Blut?

Er kniete nieder, studierte die Topografie in Bezug auf die

Hinterseite des Hauses. Wieder fielen ihm die Furchen im Boden auf. Konnten sie von einer Gehhilfe stammen? Fußabdrücke konnte er keine entdecken. Das Gras war hart und ziemlich trocken, also waren keine erkennbaren Abdrücke zu erwarten.

Er besah sich das Becken genauer. Es war schätzungsweise sechzig Zentimeter tief und maß im Durchmesser ungefähr eins achtzig. Die niedrige Steinmauer bildete den Rand.

Puller suchte die Brunnenmauer nach anderen Spuren ab. Er fand kein Blut, kein menschliches Gewebe und auch keine Haare. Er spähte in das klare Wasser und betrachtete erneut die Stellen, an denen die Steine in Unordnung geraten waren.

Schließlich stand er auf und tat so, als würde er ins Becken stürzen, die Hände nach vorn ausgestreckt, um den Sturz abzufangen. Eine Hand hier, die andere da. Die Knie landeten auf der Dekoration. Er veränderte seine Körperhaltung ein wenig, um die Wirkung eines Gehgestells zu simulieren. Dann verglich er seine Pantomime mit dem, was er sah. Keine genaue Übereinstimmung, doch irgendetwas *hatte* den Beckengrund durcheinandergebracht.

Aber seine Tante hätte sich auf die Seite rollen und das Gesicht aus dem Wasser heben können. Falls sie nicht bewusstlos gewesen war. Also … aus irgendeinem Grund bewusstlos, kopfüber im Wasser. Sechzig Zentimeter würden mühelos den Kopf bedecken. Der Tod würde schnell eingetreten sein.

Puller schüttelte den Kopf.

Ich sehe überall Verbrechen. Mach halblang, Puller.

Es gab nicht den geringsten Beweis, dass seine Tante tot oder verletzt war.

Jetzt bist du in der Hitze in Tante Betsys Garten herumgekrochen, um nach Beweisen für ein Verbrechen zu suchen, das es nicht gibt.

Das hatte er davon, dass er berufsmäßig Straftaten untersuchte. Falls nötig, konnte er sie einfach erfinden.

Doch als Puller einen Schritt zurücktrat, erhielt er die Bestätigung, dass hier doch etwas Ungewöhnliches geschehen war.

Im Gras waren zwei parallele Reihen zu sehen, wie Miniaturgleise, die die Halme nach unten drückten. An einer anderen Stelle des Rasens entdeckte er eine weitere Parallelspur.

Puller wusste, was das zu bedeuten hatte. Er hatte es schon oft gesehen.

Eilig ging er zur Hintertür und griff nach der Klinke. Abgeschlossen. Wenigstens achtete Tante Betsy auf Sicherheit. Aber auch hier war das Schloss kein Hindernis. Puller brauchte genau fünfzehn Sekunden, um es zu knacken. Er trat ein, zog hinter sich die Tür zu.

Der Grundriss des Hauses schien relativ einfach zu sein: ein gerader Flur, von dem die Zimmer abzweigten. Vorn und hinten führten Treppen nach oben, zweifellos zu Schlafzimmern im ersten Stock. In Anbetracht des fortgeschrittenen Alters seiner Tante vermutete Puller, dass sie ihr Domizil im Erdgeschoss aufgeschlagen hatte. Er hatte gehört, dass dieses Arrangement in Rentnersiedlungen beliebt war.

Puller kam an einer Waschküche, einem kleinen Arbeitszimmer und der Küche vorbei. Davon zweigte ein Hauptraum ab. Er hatte das große Wohnzimmer gefunden, das zum Foyer führte. Es wurde durch eine taillenhohe Wand von der Küche getrennt. Die Möbel wiesen größtenteils tropische Motive auf. An der einen Wand erhob sich ein Gaskamin aus Schiefer. Puller hatte sich über Floridas Panhandle informiert und dabei entdeckt, dass es selbst mitten im Winter kaum einmal Minusgrade gab, aber er konnte verstehen, dass seine Tante, die aus dem schneereichen Keystone State stammte, aus Pennsylvania, ihre Knochen mit einem gemütlichen Feuer wärmen wollte, für das man kein Holz brauchte.

Die Alarmtastatur neben der Haustür entging Puller nicht. Das grüne Licht ließ erkennen, dass der Alarm nicht eingeschaltet war – was Puller aber bereits wusste, weil die Alarmanlage schon beim Öffnen der Hintertür nicht reagiert hatte.

Auf Regalbrettern und ein paar kleinen Tischen, die überall im Zimmer verteilt standen, erblickte Puller jede Menge Fotos, vor allem alte Aufnahmen. Er betrachtete sie eins nach dem anderen und entdeckte ein paar Bilder von seinem Vater, ihm selbst und seinem Bruder Bobby in ihren jeweiligen Uniformen, zusammen mit Tante Betsy. Das letzte stammte aus der Zeit, als Puller zur Army gegangen war. Unwillkürlich fragte er sich, wann es in der Familie zur Spaltung gekommen war, aber er kam einfach nicht drauf. Es gab auch ein paar Fotos von Betsys Ehemann Lloyd. Er war etwas kleiner als seine Frau gewesen. Auf seinem Gesicht spiegelte sich Lebensfreude. Es gab ein Bild von den beiden, das sie in Uniform zeigte: Lloyd in seiner grünen Armeeuniform aus dem Zweiten Weltkrieg, Betsy in der Uniform des WAC, des Frauen-Hilfskorps. So, wie sie sich auf dem Foto anschauten, sah es nach Liebe auf den ersten Blick aus.

Puller hörte es, bevor er es hätte sehen können.

Er trat ans Fenster. Vorsichtig zog er den Vorhang eine Winzigkeit zurück. Seit seinen Einsätzen im Nahen Osten zeigte er nie mehr von sich als unbedingt nötig – weder physisch noch emotional.

Der Streifenwagen hielt am Straßenrand. Der Fahrer stellte den Motor ab.

Keine Sirene, kein Blaulicht. Die beiden Cops im Wagen waren offensichtlich auf Schleichfahrt. Sie stiegen aus und zogen die Waffen, kontrollierten die Umgebung. Ihre Blicke näherten sich langsam der Fassade.

Jemand hatte Puller im Garten gesehen, hatte vielleicht sogar beobachtet, wie er das Haus betrat, und die Polizei gerufen.

Der Officer war kahl und stämmig; es war derselbe Mann, den Puller am Strand gesehen hatte. Sein Oberkörper war dick und muskulös, aber seine Beine waren dünn. Zu viel Bankdrücken, nicht genug Kniebeugen. Puller erschien er wie Ausschussware vom Militär, aber das konnte er nicht mit Sicherheit sagen. Vielleicht lag es an dem herablassenden Nicken, mit dem der Mann ihn zuvor bedacht hatte.

Seine Partnerin war gut fünf Zentimeter größer und schien besser in Form zu sein. Sie war eins fünfundsiebzig groß und hatte ihr blondes Haar straff nach hinten gekämmt, wo es von einer Klammer gehalten wurde. Obwohl kräftig gebaut, bewegte sie sich mit der Geschmeidigkeit einer Turnerin.

Ihr Partner hielt seine Dienstwaffe, eine 9-Millimeter, unbeholfen, sogar unprofessionell, als hätte er es sich aus dem Fernsehen abgeschaut, oder aus dem Kino, wo er sich den Hintern plattsaß und verfolgte, wie die Actionstars mit ihren Waffen umgingen. Seine Partnerin trug ihre Waffe entspannt und mit perfekter Kontrolle, das Gewicht gleichmäßig auf beide Beine verteilt, die Knie leicht gebeugt, den Körper ein wenig zur Seite gedreht, um die Zielfläche zu verkleinern. Puller fand, dass die beiden wie die Teilnehmer eines Pro-Am-Wettbewerbs wirkten, bei dem die Paare sich aus Profi und Amateur zusammensetzten.

Falls seine Tante tot war und eine Ermittlung stattgefunden hatte, hoffte er inständig, dass nicht Kahl und Stämmig dafür zuständig gewesen waren. Das konnte nur mit einem Desaster enden.

Puller beschloss, die Sache zu verkürzen. Hauptsächlich weil er vermeiden wollte, dass der Typ sich aus Versehen selbst erschoss.

Er nahm ein Foto aus seinem Rahmen, schob es in die Hemdentasche, öffnete die Haustür und trat hinaus ins grelle Sonnenlicht von Paradise.

10

»Keine Bewegung!«

Der Befehl kam von der Frau.

Puller gehorchte.

»Hände hinter den Kopf«, fügte ihr Partner hinzu.

»Was denn nun? Keine Bewegung oder Hände hinter den Kopf?«, fragte Puller. »Beides geht nicht. Und ich will nicht wegen einem Missverständnis erschossen werden.«

Die beiden Cops kamen näher, der Mann rechts von Puller, die Frau links.

Puller bemerkte, dass die Frau seine Hände beobachtete, während der Mann an seinen Augen festzukleben schien. Die Frau machte es richtig: Mit den Händen konnte er töten, mit den Augen nicht.

»Die Hände hinter den Kopf«, sagte die Frau. »Finger ineinander verschränkt. Runter auf den Bauch, Beine gespreizt, Gesicht auf dem Boden.«

»Hinten in meinem Gürtelhalfter steckt eine M11. Und mein Army-Ausweis und die Dienstmarke sind in meiner Hosentasche.«

Die beiden Cops machten den Fehler, den jeweils anderen anzuschauen.

In den zwei Sekunden, die dieser Blickaustausch dauerte, hätte Puller beide erschießen können. Aber er tat es nicht, also würden sie den nächsten Tag noch erleben.

»M11? Was ist eine M11, verdammt?«, fragte der Officer.

Bevor Puller antworten konnte, sagte die Frau: »Die Army-Version der Sig P228.«

»Stimmt.« Puller musterte sie mit neu erwachtem Interesse. »Wenn ich ganz langsam in meine Hosentasche greifen dürfte, zeige ich Ihnen meinen Dienstausweis.«

Dieses Mal blickte die Frau ihren Partner nicht an. »Welche Einheit?«

»701. In Quantico, Virginia.«

»CID oder Militärpolizei?«

»CID. Ich bin CWO.«

Die Frau übersetzte, bevor ihr Partner fragen konnte. »Chief Warrant Officer.«

Puller betrachtete sie neugierig. »Waren Sie früher beim Militär?«

»Mein Bruder.«

»Darf ich meinen Ausweis rausholen?«

»Aber schön langsam«, sagte der Officer und packte seine Pistole fester.

Genau das Verkehrte, dachte Puller. *Schon wieder.*

Ein zu fester Griff bedeutete, dass man seine Fehlerrate um dreißig Prozent oder mehr erhöhte. Aber noch größere Sorgen bereitete Puller der Gedanke, dass der Typ Mist baute und versehentlich auf ihn schoss.

»Mit zwei Fingern in die Tasche greifen, verstanden?«, sagte die Frau. »Die andere Hand bleibt auf dem Kopf.« Ihre Stimme war fest und energisch. Das gefiel Puller. Im Gegensatz zu ihrem Partner gingen ihr nicht die Nerven durch.

Mit zwei Fingern zupfte Puller sein Ausweisetui aus der Tasche und hielt zuerst den Ausweis, dann die Dienstmarke in die Höhe. Das Wappen der CID mit dem einäugigen Adler war unverwechselbar.

Die beiden Cops kamen jetzt nahe genug heran, dass Puller der Frau seinen Ausweis reichen konnte, während ihr Partner die Waffe weiterhin auf ihn gerichtet hielt. Andersherum wäre es Puller lieber gewesen, denn der Kerl sah angespannt genug aus, um sie alle drei zu erschießen.

Die Frau nahm den Blick vom Ausweisetui und verglich das Foto dort mit dem Gesicht des Mannes, der vor ihr stand. »Okay«, sagte sie, »aber als Vorsichtsmaßnahme muss ich Ihre Waffe an mich nehmen, bis wir das hier geklärt haben.«

»Im Kreuz«, sagte Puller. »Gürtelhalfter.«

Die Frau trat hinter ihn, während ihr Partner einen Schritt zurück machte und Puller ins Visier nahm.

Sie klopfte ihn schnell und effizient ab. Ihre Hände glitten über sein Hinterteil, dann nach unten und die Innenseite seiner Beine wieder hoch. Dann zog sie die Pistole aus dem Halfter und stand im nächsten Augenblick wieder vor ihm, die M11 in der Hand. Sie hielt die Waffe an der Mündung und zu Boden gerichtet.

»Man hat uns wegen eines Einbruchs gerufen«, sagte sie. »Was tun Sie hier?«

»Das ist das Haus meiner Tante Betsy Simon. Ich wollte sie besuchen. Es hat keiner aufgemacht, also bin ich hinten rein.«

»Ist ein langer Weg von Virginia«, sagte der Officer, der seine Pistole noch immer auf Pullers Kopf gerichtet hielt.

Puller schaute ihn nicht an, er konzentrierte sich auf die Frau. »Könnten Sie Ihren Partner bitten, die Waffe wegzustecken? Ein Unfall ist schnell passiert.«

»Der Ausweis ist echt, Barry, und er ist jetzt unbewaffnet. Du kannst dich entspannen.« Sie wandte sich wieder an Puller. »John Puller. Und Ihre Tante war Betsy Simon?«

Puller nickte. »Und Sie sind?« Er hatte bereits an der Tür einen Blick auf ihr Namensschild geworfen, es wegen der grellen Sonne aber nicht lesen können.

»Officer Landry, Cheryl Landry. Und das ist Officer Barry Hooper.«

Sie gab ihm Ausweis und Marke zurück.

»Haben Sie eine Ahnung, wo meine Tante ist?«, fragte Puller.

Landry wechselte einen unruhigen Blick mit ihrem Partner.

Puller entging es nicht. »Ich habe hinter dem Haus ein paar interessante Dinge entdeckt. Ist da irgendwas passiert?«

»Wie kommen Sie darauf?«, fragte Landry misstrauisch.

»Spuren am Brunnen. Und es gab Abdrücke im Gras, wo man eine Trage hin und her gefahren hat. Ich gehe mal davon aus, dass auf dieser Trage jemand transportiert wurde. War es meine Tante?«

»Wir waren als Erste hier«, sagte Landry leise.

»Worum genau ging es?«

»Die Dame, die hier gewohnt hat, ist in dem kleinen Brunnen hinter dem Haus ertrunken«, verkündete Hooper.

Seine Partnerin warf ihm einen vorwurfsvollen Blick zu. »Wie es aussieht, war es ein Unfall«, sagte sie. »Es tut mir leid, Agent Puller.«

Puller stand da und versuchte, die Informationen zu verarbeiten. In gewisser Weise war er nicht überrascht. Zugleich war er wie betäubt. Er hatte gehofft, dass es sich bei dem Opfer nicht um Tante Betsy handelte.

»Können Sie mir in allen Einzelheiten erklären, was passiert ist?«, bat er schließlich.

»Wir wurden wegen eines Einbruchs alarmiert, und der Einbrecher sind Sie«, sagte Hooper gereizt. »Wir sind nicht hier, um mit Ihnen zu reden. Wir sollten Ihnen Handschellen anlegen und Ihnen Ihre Rechte vorlesen.«

Landry nickte. »Er hat recht. Wir wissen nicht, ob Betsy Simon Ihre Tante war. Und noch viel weniger, was Sie in ihrem Haus zu suchen hatten.«

»Da ist ein Foto in meiner Hemdtasche. Ich habe es im Haus an mich genommen.«

Landry zog das Foto heraus und betrachtete es.

»Es ist ein paar Jahre alt, aber falls Sie meine Tante gesehen haben … ich glaube nicht, dass sie sich sehr verändert hat. Und ich sehe auch noch so aus, nur mit ein paar Falten mehr. Hinten drauf stehen unsere Namen.«

Landry betrachtete das Foto und seine Rückseite, dann zeigte sie es Hooper.

»Er ist es, Barry«, sagte sie.

»Für mich ist es trotzdem nicht eindeutig«, erwiderte Hooper.

Puller zuckte die Achseln und nahm das Foto wieder entgegen. »Okay, fahren wir zum Revier und klären die Sache. Ich wollte sowieso dorthin, nachdem ich mir hier alles angesehen hatte.«

»Ich sagte doch, die Lady ist gestürzt und in ihrem kleinen Brunnen ertrunken«, sagte Hooper. »Es war ein Unfall.«

»Hat der Gerichtsmediziner das bestätigt?«

»Das weiß ich nicht«, antwortete Landry. »Mittlerweile müsste die Autopsie erledigt sein.«

»Es war ein Unfall«, sagte Hooper stur. »Die Lady ist gestürzt und ertrunken. Wir haben uns den Schauplatz gründlich angesehen.«

»Ja, das können Sie wohl gar nicht oft genug sagen. Wollen Sie sich auf diese Weise selbst davon überzeugen, dass es stimmt?«

»Er hat recht, Agent Puller«, pflichtete Landry ihrem Partner bei. »Ich kann verstehen, dass es schwerfällt, eine solche Tragödie zu akzeptieren, aber so etwas passiert. Vor allem bei älteren Leuten.«

»Und in Florida wimmelt es davon«, fügte Hooper hinzu. »Die sterben hier wie die Fliegen.«

Puller wandte sich ihm zu und trat einen Schritt näher an ihn heran, um den Unterschied in ihrer Statur hervorzuheben. »Nur dass sie keine sind.«

»Keine was?« Hooper sah verwirrt aus.

»Fliegen. Und für den Fall, dass Sie es nicht wissen, in fünfundzwanzig Prozent aller Fälle kommen bei Autopsien andere Todesursachen zum Vorschein, als zuerst angenommen wurde.«

»Wir können zum Revier fahren«, sagte Landry in beschwichtigendem Ton. »Und alles klären, wie Sie bereits sagten.«

»Soll ich Ihnen folgen oder bei Ihnen mitfahren?«, fragte Puller.

»Da gibt es keine Wahl. Sie fahren in unserem Wagen«, verkündete Hooper, bevor Landry antworten konnte. »Mit Handschellen und Rechtsbelehrung.«

»Sie wollen mich *tatsächlich* verhaften?«, fragte Puller.

»Wollen Sie *tatsächlich* behaupten, dass Sie nicht ins Haus eingebrochen sind?«, gab Hooper hitzig zurück.

»Ich bin ins Haus gegangen, weil ich nach meiner Tante sehen wollte.«

»Wenn Sie besorgt waren, warum haben Sie dann nicht die Polizei gerufen?«, fragte Landry. »Wir hätten Sie über alles informiert.«

»Ja, vielleicht, aber ich erledige gewisse Dinge nun mal nicht auf diese Art.«

»Die Army kann sich den Luxus leisten, ihre Leute im Land herumreisen zu lassen, damit sie tun, was ihnen gefällt?«, höhnte Hooper. »Kein Wunder, dass unsere Steuern so unverschämt hoch sind.«

»Selbst die Army gibt ihren Leuten Urlaub, Officer Hooper.«

»Wir lassen Ihren Wagen hier«, meldete Landry sich zu Wort. »Sie fahren mit uns, aber ohne Handschellen oder Rechtsbelehrung.«

»Danke«, sagte Puller, während Hooper seine Partnerin finster anstarrte.

»Wenn Ihre Geschichte sich nicht bestätigt«, warnte sie, »ändert sich das sofort.«

»Kein Problem. Aber sobald Sie herausgefunden haben, dass ich die Wahrheit sage, möchte ich die Leiche meiner Tante sehen.« Puller ging zum Streifenwagen. »Fahren wir«, rief er über die Schulter.

Die beiden Cops folgten ihm langsam.

11

Das Polizeirevier von Paradise befand sich zwei Querstraßen vom Strand entfernt in einem zweistöckigen Gebäude aus Stein und Stuck mit orangefarbenem Terrakottadach und zwei Palmen an der Vorderseite. Es stand neben einem Riz-Carlton-Hotel und sah eher wie ein Country Club aus, nicht wie ein Ort, an dem Polizisten ihre Arbeit zugeteilt bekamen und dann in ihre Streifenwagen stiegen, um Verbrecher zu jagen.

Als Puller aus dem Auto stieg und sich umschaute, sagte er zu Hooper: »Habt ihr euer Quartier absichtlich in der Gegend mit der höchsten Verbrechensrate der Stadt aufgeschlagen, um die kriminellen Elemente im Auge zu behalten?«

Hooper beachtete ihn nicht, nahm aber Pullers Ellbogen, um ihn ins Gebäude zu führen, als wäre er in Gewahrsam, und ihm müssten nur noch Handschellen angelegt werden, während ihm die Belehrung über seine Rechte in den Ohren dröhnte.

Drinnen sah das Gebäude fast genauso nobel aus wie von außen. Teuer, sauber, ordentlich. Tatsächlich war es das sauberste und ordentlichste Polizeirevier, das Puller je gesehen hatte. Das Personal, das an säuberlich abgegrenzten Arbeitsplätzen arbeitete, hob nur vereinzelt den Blick, als das Trio eintrat. Die Kleidung der Cops war gestärkt und makellos. Sie sahen aus, als kämen sie frisch aus einer Maßschneiderei. Kein Telefon läutete, niemand brüllte nach seinem Anwalt oder verkündete, er sei unschuldig und man habe ihm irgendwelche Beweise untergejubelt. Kein betrunkener Gefangener schlug um sich, um anschließend auf den Boden zu kotzen. Keine fetten, verschwitzten Cops mit üblem Körpergeruch und noch üblerer Laune watschelten auf der Suche nach einem Herzinfarkt in Gestalt eines mit Schokolade und Salzbrezeln vollgestopften Automaten durch die Gänge.

Es kam Puller so irreal vor, dass er nach einer versteckten Kamera Ausschau hielt und sich einen Augenblick fragte, ob man ihm einen Streich spielte.

Er wandte sich an Landry, die neben ihm ging. »Ich habe noch nie ein so ruhiges Polizeirevier gesehen.«

»Wirklich? Was ist denn so besonders?«

»Waren Sie schon mal in einem anderen Revier?«

»Ein paar Mal.«

»Tatsache? Also, ich habe draußen nach einem Parkdienst und einem Kellner Ausschau gehalten, um einen Drink zu bestellen, bevor ich meinen Butler losschicke, um mir die Golfschläger aus meinem Bentley zu holen.«

Hooper fasste seinen Ellbogen fester. »Wir haben hier nun mal ein festes Steuerfundament. Oder ist das Aussehen unseres Reviers ein Problem für Sie?«

»Ich habe nicht gesagt, dass es ein Problem für mich ist. Ich habe nur gesagt, dass es *anders* ist.«

»Dann sollten die anderen vielleicht unserem Beispiel folgen«, erwiderte Hooper. »Denn ich bin der Meinung, dass wir es richtig gemacht haben, indem wir in Sauberkeit und ein angenehmes Arbeitsumfeld investiert haben.«

»Ein angenehmes Arbeitsumfeld, soso. Wenn ich das nächste Mal in Kabul bin, erzähle ich denen davon.«

»Wir sind hier in den Vereinigten Staaten von Amerika,

nicht in einem idiotischen Land, wo man komisch redet und wo die Leute glauben, dass ihre alberne Gottheit besser ist als unser richtiger Gott.«

»Ich glaube, *das* behalte ich lieber für mich«, erwiderte Puller.

»Interessiert mich einen Scheiß, was Sie für sich behalten und was nicht.«

Puller versuchte, den Ellbogen aus Hoopers Griff zu befreien, aber der Mann hielt so fest, als wäre er ein Magnet und Puller ein Stück Metall. Der Kerl tat das nur, um ihn sauer zu machen, das war Puller klar, aber er konnte nichts daran ändern, es sei denn, er wollte in einer Zelle landen, was die Ermittlungen in Sachen Tante Betsy ernsthaft behindern würde.

Hooper führte Puller zu einem Stuhl, der vor einem von Milchglasscheiben umschlossenen Büro stand. *Henry Bullock, Polizeichef* war fein säuberlich auf die Tür gepinselt. Landry klopfte zweimal. Eine raue Stimme sagte: »Herein.«

Landry verschwand in dem Büro, während Hooper sich neben Puller aufbaute.

Da er im Moment nichts Besseres zu tun hatte, schaute Puller sich um. Seine Aufmerksamkeit wurde von einem Mann und einer Frau Anfang vierzig angezogen, die in diesem Meer der Ruhe als Einzige verzweifelt erschienen. Beide saßen am Schreibtisch eines Mannes in schwarzer Hose und einem Hemd mit weißem Kragen, dessen Ärmel bis zu den Ellbogen aufgerollt waren. Dazu trug der Mann eine dezente Krawatte. Von seinem dünnen Hals hing ein Plastikband mit einer Dienstmarke.

Puller schnappte nur Fetzen der Unterhaltung auf, hörte aber »später Abendspaziergang« und die Namen »Nancy und Fred Storrow«.

Die Frau tupfte sich die Nase mit einem Taschentuch ab, während der Mann auf seine Hände starrte. Der Polizist hinter dem Schreibtisch tippte etwas in seinen Computer ein und gab dabei Geräusche von sich, die offenbar sein Mitgefühl bekunden sollten.

Puller vergaß die Szene, als sich die Tür zu Bullocks Büro öffnete und Landry mit einem Mann herauskam, bei dem es sich vermutlich um den Polizeichef handelte.

Henry Bullock war fast eins achtzig, mit breiten Schultern und dicken Armen, die seine Uniform spannten. Sein Bauch setzte den Stoff einer noch größeren Belastung aus als seine Muskeln. Immerhin war sein Körper besser ausgewogen als Hoopers, denn die dicken Beine des Mannes endeten in ungewöhnlich kleinen Füßen. Er schien Ende fünfzig zu sein. Sein graues Haar wurde dünn, die Augenbrauen waren buschig, die Nase dick. Seine Haut hatte zu viel Sonne und Wind mitbekommen. Die tiefen Falten auf seiner Stirn verliehen ihm das Aussehen ständiger Gereiztheit.

Hätte er eine andere Uniform getragen, hätte Puller geschworen, dass sein ehemaliger Drill-Sergeant vor ihm stand.

»Puller?«, fragte der Mann und starrte auf ihn hinunter.

»Der bin ich.«

»Kommen Sie rein. Landry, Sie auch. Hoop, Sie können draußen warten.«

»Aber Chief«, protestierte Hooper. »Ich war ebenfalls an der Verhaftung beteiligt.«

Bullock sah ihn nur an. »Es gibt keine Verhaftung, Hoop. Noch nicht. Wenn es sie gibt, lasse ich es Sie wissen.«

Diese wenigen Worte verrieten Puller, dass Bullock ein kluger Mann war, der die Grenzen von Officer Hooper sehr genau kannte.

Hooper stand mürrisch da und starrte Puller finster an, als wäre diese Zurücksetzung irgendwie seine Schuld. Puller stand auf und ging an Hooper vorbei, der endlich seinen Ellbogen freigab.

»Warten Sie, *Hoop*«, sagte Puller. »Wir kommen auf Sie zurück.«

12

Gefolgt von Landry betrat Puller das Büro. Landry schloss die Tür.

Das Büro war ein dreieinhalb Meter breites, zweieinhalb Meter langes Rechteck. Es war auf nüchterne, beinahe spartanische Weise eingerichtet, was der Persönlichkeit seines Benutzers entsprach, wie Puller annahm.

Bullock setzte sich hinter seinen Holzschreibtisch und bedeutete Puller, den einsamen Stuhl ihm gegenüber zu nehmen. Landry baute sich diagonal von Pullers linker Schulter auf und nahm fast so etwas wie Haltung an.

Puller setzte sich und schaute Bullock erwartungsvoll an.

Der Polizeichef spielte ein paar Augenblicke am Nagel seines rechten Zeigefingers herum, bevor er das Schweigen beendete.

»Wir überprüfen gerade, ob Sie der sind, der Sie zu sein behaupten.«

»Kann ich danach den Tatort inspizieren?«

Bullock warf ihm einen verärgerten Blick zu. »Es gibt keinen Tatort.«

»Technisch gesehen vielleicht nicht, aber das könnte sich ändern.«

»Wie alt war Ihre Tante?«

»Sechsundachtzig.«

»Dem Bericht zufolge hat sie eine Gehhilfe benutzt. Sie ist gestürzt, schlug sich den Kopf an und ist ertrunken. Das tut mir sehr leid. Meine Großmutter ist ebenfalls ertrunken, wissen Sie.

Hatte einen Anfall in der Wanne. Sie war auch sehr alt. Es ist einfach passiert. Keiner konnte etwas tun. Sieht so aus, als wäre es in diesem Fall das Gleiche. Sie sollten sich deswegen nicht schuldig fühlen«, fügte er hinzu.

»Ist es denn amtlich?«, fragte Puller, ohne auf die letzte Bemerkung einzugehen.

»Was?«, fragte Bullock.

»Dass meine Tante ertrunken ist.«

Als niemand antwortete, fügte er hinzu: »Nun ja, falls in Florida nicht *alles* ganz anders ist, sollte in dem Kästchen ›Todesursache‹ auf dem Totenschein irgendetwas stehen, sonst werden manche Leute nervös.«

»Wasser in den Lungen. Also ja, sie ist ertrunken«, sagte Bullock. »Die Gerichtsmedizinerin hat die Autopsie gestern Abend abgeschlossen. Der technische Begriff lautet, glaube ich … warten Sie mal …«

»Asphyxie. Kann ich den Bericht sehen?«

»Nein, können Sie nicht. Die Papiere sind für niemanden einzusehen außer für die nächsten Angehörigen und Personen mit einem Gerichtsbeschluss.«

»Ich bin der Neffe.«

»Das behaupten Sie. Außerdem ist meiner persönlichen Definition zufolge mit nächsten Angehörigen die unmittelbare Familie gemeint.«

»Meine Tante hat keine Familie mehr. Ihr Mann ist tot, und ihr einziger Bruder befindet sich in Virginia in einem Veteranenkrankenhaus und hat nicht mehr die geistigen Fähigkeiten, um das hier zu erledigen. Und Kinder hatte sie auch nicht.«

»Es tut mir leid. Da kann ich wirklich nichts tun«, beharrte Bullock. »Ich kann die Privatsphäre der Verstorbenen nicht auf die leichte Schulter nehmen.«

»Aber dass jemand sie ermordet haben könnte schon, oder wie?«

»Mir gefällt nicht, was Sie da andeuten!«, fauchte Bullock.

»Wollten Sie ihre nächsten Angehörigen denn nicht informieren?«

»Wir waren dabei. Wir haben uns im Haus der Toten umgesehen, konnten aber keine hilfreichen Informationen finden. Und wir sind hier in Florida. Viele alte Leute, viele Todesfälle. Wir haben noch vier andere Tote, bei denen wir auf der Suche nach den nächsten Angehörigen sind, und mir steht nur begrenztes Personal zur Verfügung.«

»Wenn der Gerichtsmediziner als Todesursache Ertrinken angibt, sagt uns das nur, *was* sie umgebracht hat«, entgegnete Puller. »Es verrät uns nicht, wie sie ins Wasser gekommen ist.«

»Sie ist gestürzt.«

»Das ist eine Annahme, keine Tatsache.«

Landry öffnete den Mund, wollte anscheinend etwas sagen, überlegte es sich dann jedoch anders und hüllte sich weiter in Schweigen.

Puller entging es nicht, aber er reagierte nicht darauf. Bestimmt konnte er später mit Landry reden, wenn ihr Boss nicht in der Nähe war.

»Es ist eine begründete professionelle Annahme, die auf den Tatsachen vor Ort basiert«, verbesserte Bullock ihn.

»Eine begründete Annahme ist bloß eine geschönte Vermutung. Eigentlich bin ich wegen einem Brief hier, den meine Tante geschrieben hatte.« Puller zog das Schreiben aus der Tasche und reichte es dem Polizeichef. Landry stellte sich hinter ihren Vorgesetzten und las über dessen Schulter mit.

Als Bullock fertig war, faltete er den Brief zusammen und

gab ihn Puller zurück. »Das beweist gar nichts. Hätte ich jedes Mal einen Dollar kassiert, wenn eine alte Frau geglaubt hat, etwas Seltsames geschieht, könnte ich mich als Millionär zur Ruhe setzen.«

»Tatsache? Dazu würde man eine Million verrückte alte Damen brauchen. Paradise hat aber nur 11.457 Einwohner. Ich hab's vor meiner Anreise nachgeschlagen. Da müssen Sie noch viele verrückte alte Damen rekrutieren, wenn Sie sich zur Ruhe setzen wollen.«

Ehe Bullock antworten konnte, erwachte ein Faxgerät auf einem Büfett hinter ihm zum Leben. Ein Blatt wurde ausgespuckt. Bullock riss es heraus und las es, wobei er immer wieder zu Puller schaute.

»Okay. Sie sind, wer Sie zu sein behaupten.«

»Schön, dass ich es amtlich habe.«

»Landry sagte mir, Sie arbeiten für die CID.«

»Seit ungefähr sechs Jahren.«

»Nun, ich bin seit fünfzehn Jahren Polizeichef dieses kleinen Städtchens. Davor war ich fünfzehn Jahre Streifencop. Ich habe genug Morde und Unfälle gesehen. Und hier haben wir es mit einem Unfall zu tun, nicht mit einem Mord.«

»Bekomme ich irgendwas nicht mit?«, fragte Puller. »Gibt es einen Grund, weshalb Sie die Sache nicht gründlicher untersuchen wollen? Wenn es eine Frage des verfügbaren Personals ist – ich bin hier, um meine Dienste anzubieten. Und auch ich habe viele Unfälle und Morde gesehen. Leider gibt es bei der Army genug davon. Und ich habe Fälle bearbeitet, die anfangs wie ein Unfall aussahen und sich dann in etwas ganz anderes verwandelt haben. Und umgekehrt.«

»Vielleicht sind Sie in Ihrem Job nicht so gut wie wir«, gab Bullock zurück.

»Vielleicht. Finden wir's heraus. Wir haben es hier mit einer Frage der Gerechtigkeit zu tun, die beantwortet werden will.«

Bullock rieb sich übers Gesicht und schüttelte den Kopf.

»Okay«, sagte er schließlich, »ich glaube, wir sind hier fertig. Sie haben mein Mitgefühl, wenn die Frau Ihre Tante war. Aber ich rate Ihnen dringend ab, den Besitz der alten Dame noch einmal ohne Zugangsberechtigung zu betreten. Beim nächsten Mal verhaften wir Sie.«

»Und wie genau bekomme ich die Zugangsberechtigung?«

»Sprechen Sie mit dem Anwalt der Verstorbenen. Vielleicht kann er helfen. Vermutlich wird er Ihnen nur ein paar Tausend Dollar berechnen.«

»Ich kenne den Anwalt meiner Tante nicht. Darf ich in ihrem Haus nach seiner Nummer suchen?«

»Ihnen ist schon klar, worum es bei einer Zugangsberechtigung geht?«

»Offenbar lautet hier die Frage, was zuerst da war, Huhn oder Ei?«

»Verdammt, die Frau gehörte zu Ihrer Familie, behaupten Sie jedenfalls.«

Puller holte das Foto hervor. »Ich habe das hier.«

Bullock winkte geringschätzig ab. »Ja, Landry hat mir davon erzählt. Das ist kein Beweis.«

»Dann war's das also? Mehr wollen Sie nicht unternehmen?«

»Ich tue hier meinen Job. Dienen und beschützen.«

»Falls Betsy Simon ermordet wurde, haben Sie aber nicht besonders gut gedient. Und beschützt schon mal gar nicht.«

Bullock stand auf und starrte auf Puller hinunter. Einen Augenblick lang glaubte Puller, der Polizeichef würde seine Waffe ziehen, aber dann sagte er bloß: »Ich wünsche Ihnen noch einen schönen Tag, Mr. Puller.« Er nickte Landry zu, die daraufhin erklärte: »Begleiten Sie mich nach draußen, Agent Puller.«

Kaum hatte die Tür sich hinter ihnen geschlossen, stand Hooper an Pullers Seite wie ein Schäferhund bei seinem Schaf und griff nach seinem Ellbogen. Aber diesmal streifte Puller energisch die Hand des Mannes ab. »Danke«, sagte er. »Aber im Unterschied zu meiner Tante kann ich ohne Hilfe gehen.«

Bevor Hooper etwas erwidern konnte, ging Puller den Weg zurück, den er gekommen war. Landry schloss sich ihm an.

»Ich muss meine Waffe wiederhaben«, sagte Puller.

»Die ist im Streifenwagen. Wir können Sie an Ihrem Auto absetzen.«

»Danke, ich gehe lieber zu Fuß.«

»Das ist aber weit.«

Puller drehte sich zu ihr um. »Ich muss über vieles nachdenken. Und ich bin noch nie im Paradies gewesen. Ich möchte jeden Zentimeter davon sehen. Diese Gelegenheit bekomme ich wahrscheinlich nie wieder.«

»Wie meinen Sie das?«, fragte Landry.

»Wenn ich mal ins Gras beiße, geht es für mich sehr wahrscheinlich in die andere Richtung.«

Landry lächelte.

Am Streifenwagen gab sie Puller seine M11 zurück, während Hooper sich im Hintergrund hielt. Er schien noch immer stocksauer zu sein, dass Puller nicht hinter Gittern saß.

Landry gab Puller eine Karte. »Falls Sie Hilfe brauchen«, sagte sie und suchte ganz kurz seinen Blick, bevor sie zur Seite schaute. »Meine private Handynummer steht auf der Rückseite.«

Puller schob die M11 ins Halfter und steckte die Karte in seine Hemdentasche.

»Danke. Vielleicht komme ich sogar darauf zurück, Officer Landry.« Er warf einen Blick über die Schulter auf Hooper. »Ist der immer so freundlich?«

»Er ist ein guter Cop«, sagte Landry leise.

»Ich habe nie etwas anderes behauptet. Aber sagen Sie ihm, er soll mit seiner Einschüchterungstaktik mit dem Ellbogen aufhören. Das nervt nach spätestens dreißig Sekunden.«

Landry rückte ein Stück näher an Puller heran. »Versuchen Sie es bei Baileys Beerdigungsinstitut an der Atlantic Avenue. Da arbeitet unsere Gerichtsmedizinerin. Wir haben in Paradise keine amtliche Forensik. Sie ist praktische Ärztin und hilft uns aus.«

»Danke.« Puller drehte sich um und ging.

»Das nächste Mal kommen Sie nicht so glimpflich davon«, rief Hooper ihm hinterher.

Puller ging einfach weiter.

13

Auf dem Rückweg zu seinem Auto rief Puller das Bestattungsinstitut an. Die Frau am Telefon wollte nicht bestätigen, dass Betsy Simons' sterbliche Überreste sich bei ihnen befanden.

»Falls Sie ihre Leiche haben, ich bin der Neffe. Und wenn Sie für die Bestattung bezahlt werden wollen, brauche ich die Bestätigung, dass die Tote bei Ihnen ist. Sonst können Sie die Kosten selbst tragen.«

Diese Worte schienen das Erinnerungsvermögen der Frau erheblich aufzufrischen.

»Also gut. Ohne private Informationen herauszugeben … ja, wir haben den Leichnam einer alten Dame bekommen, deren Kleider nass waren und die in der Orion Street gewohnt hat.«

»Ich komme später wegen der erforderlichen Formalitäten vorbei. Ich weiß, dass die Gerichtsmedizinerin eine Autopsie vorgenommen hat. Ich nehme an, sie hat die Leiche freigegeben. Aber ich wäre Ihnen sehr verbunden, wenn mit den Überresten nichts mehr gemacht wird, bis ich bei Ihnen bin. Sind wir uns einig?«

»Ich kann Ihnen versichern, dass nichts unternommen wird, bevor der Vertrag unterschrieben ist und die Anzahlung geleistet wurde«, sagte die Frau spröde.

Puller legte auf. *Das Paradies wird immer schöner,* dachte er.

Er fuhr zu einem Café mit Außengastronomie in der Nähe des Strandes. Er hatte es ausgewählt, weil man dort einen guten

Blick auf einen wichtigen Teil der Stadt hatte. Er bestellte ein Truthahnsandwich, Pommes frites und Eistee. Es war zu heiß für seinen üblichen großen koffeinhaltigen Kaffee. Er zog ohnehin in Betracht, damit aufzuhören, denn er befürchtete, es könnte seine Zielfertigkeit beeinträchtigen.

Während er aß und trank, machte Puller geistige Schnappschüsse von allem, was um ihn her vorging. Er sah ein schmuckes Porsche Cabrio neben einem alten Ford Pick-up, dessen Reifen kaum noch Profil hatten. Augenblicke später brauste ein Truck vorbei, dessen Seite der Name einer Landschaftsgärtnerei zierte. Der Lastwagen hielt an einer Ampel.

Puller musterte die fünf Männer in schmutzigen Arbeitshosen und schweißgetränkten T-Shirts mit dem Firmenlogo, die auf der Ladefläche standen. Es waren kleine, stämmige Latinos. Mit einer Ausnahme. Einer wahrhaft *großen* Ausnahme. Der Mann sah aus wie ein Erwachsener in einem Kindergarten. Er hätte sogar Puller überragt, war mindestens fünf Zentimeter größer und dreißig Kilo schwerer, ohne dass sein Körper ein Gramm Fett zu viel hatte. Männer dieser Größe waren für gewöhnlich massig und langsam, aber dieser Kerl wirkte beinahe hager. Seine Hände waren langknochig und knorpelig und sahen kräftig genug aus, um damit einen Elefanten zu erwürgen.

Pullers Blick traf sich ganz kurz mit dem des Hünen, dann fuhr der Truck weiter und verschwand.

Puller sah einen Streifenwagen vorbeifahren. Er rechnete beinahe damit, Landry und Hooper in dem Fahrzeug zu sehen, aber es saßen zwei andere Cops darin, die kaum einen Blick für ihn hatten.

Puller zahlte, trank den Eistee aus und rief das Veteranenkrankenhaus in Virginia an. Er fragte nach dem Arzt seines

Vaters und landete mehrere Male in der Warteschleife, bevor sich eine Frauenstimme meldete. »Dr. Murphy ist beschäftigt. Kann ich Ihnen helfen?«

Puller sagte der Frau, wer er war und was er wollte.

»Ich kann Sie zu Ihrem Vater durchstellen, Mr. Puller. Vielleicht können Sie ihn beruhigen.«

Das bezweifle ich, dachte Puller, sagte aber: »Ich kann es versuchen.«

Die Stimme seines alten Herrn dröhnte aus dem Telefon. »XO? Sind Sie das, XO?«

»Jawohl, Sir.«

»Missionsbericht«, verlangte sein Vater.

»Ich bin in Florida, General, im Feld. Habe die Gegend ausgekundschaftet und mich mit den Ortsansässigen kurzgeschlossen. Später will ich die Verluste bewerten und berichte dann erneut, Sir.«

»Jemand hat meine streng geheime Meldung gestohlen, XO. Aus meinem Safe.«

»Sie selbst haben sie mir gegeben, Sir, nur für Eingeweihte. Sie müssen andere Dinge im Kopf haben, Sir. Die Einhunderterste zu führen erfordert viel Nachdenken.«

»Da haben Sie verdammt recht, XO.«

»Deshalb habe ich die Meldung an mich genommen, Sir. Keine Sorge, ich erstatte um zwanzighundert Bericht.«

»Bestätigt. Viel Glück, XO.«

Puller beendete die Verbindung. Er schämte sich ein wenig vor sich selbst, so wie immer, wenn er den Untergebenen seines Vaters mimte. Aber was war die Alternative? Vermutlich eine, der er sich nicht stellen wollte.

Puller rief das USDB-Gefängnis in Kansas an und traf die nötigen Vorbereitungen, um am Abend mit seinem Bruder sprechen zu können. Nach dem Anruf steckte er das Handy weg.

Es wurde Zeit, zu seiner Tante zu fahren.

Irgendwie war Puller immer davon überzeugt gewesen, Betsy trotz ihres fortgeschrittenen Alters wiederzusehen.

Nur nicht so.

14

Das Beerdigungsinstitut Bailey war ein dreistöckiges Ziegelgebäude drei Querstraßen vom Strand entfernt. Umgeben von einem schmalen Streifen sonnenverbrannten Grases, stand es auf einem halben Morgen Asphalt.

Puller parkte in der Nähe des Eingangs, stieg aus und betrat das Gebäude. Ein kalter Schwall aus der Klimaanlage traf ihn wie eine Flutwelle, als er die Tür hinter sich schloss. Hier drin herrschten mindestens fünfundzwanzig Grad weniger als draußen.

Puller war froh, dass nicht er für die Stromrechnung aufkommen musste. Aber dann fiel ihm ein, dass es in jedem Bestattungsinstitut, das er besucht hatte, unnatürlich kalt gewesen war, selbst in New England mitten im Winter. Als hätten sie keine Heizung, nur eine Klimaanlage. Vielleicht gehörte es ja zur Ausbildung im Bestattungsgewerbe, dass man alles so kalt hielt wie die Kunden in den Särgen.

Ein paar Meter vom Eingang entfernt stand ein kleiner Empfangstisch. Eine ganz in Schwarz gekleidete junge Frau – vielleicht ein weiterer Kunstgriff im Bestattungsgewerbe, immerwährende Trauer zu zeigen – erhob sich von ihrem Stuhl, um Puller zu begrüßen.

»Ich bin John Puller. Ich habe vorhin angerufen. Meine Tante Betsy Puller Simon ist hier?«

»Ja, Mr. Puller. Was können wir für Sie tun?«

»Ich würde gern ihre Leiche sehen.«

Das Lächeln der jungen Frau verschwand. »Ihre Leiche sehen?«

»Ja.«

Die Frau war nur knapp über eins fünfzig groß; Puller überragte sie trotz ihrer hohen Absätze um gut eine Meile. Er konnte die dunklen Wurzeln ihrer blonden Strähnen sehen.

»Dann müssten Sie einen Nachweis Ihrer Familienzugehörigkeit vorlegen, Sir.«

»Sie hat ihren Mädchennamen mit dem Namen ihres Mannes kombiniert. Steht das nicht in Ihren Unterlagen?«

Die Frau setzte sich wieder an ihren Computer. »Wir haben sie nur als Betsy Simon gelistet.«

»Wer hat die Leiche identifiziert?«

»Das kann ich Ihnen nicht sagen.«

»Aus Ihren Unterlagen muss doch hervorgehen, dass die Leiche identifiziert wurde, also muss da auch ein Name stehen. Die Gerichtsmedizinerin hätte das ebenfalls verlangt. Sie können niemanden begraben, ohne zu wissen, ob er tatsächlich derjenige ist, für den Sie ihn halten. Das könnte Sie Ihre Lizenz kosten.«

»Ich kann Ihnen versichern, dass wir alle erforderlichen Gesetze und Vorschriften strikt einhalten«, erwiderte sie eingeschnappt.

»Da bin ich sicher.« Puller zückte den Ausweis und hielt ihn der Frau hin.

»Sie sind bei der Army?«

»So steht es da. Wollen Sie mich nicht lieber an Ihren Vorgesetzten weiterreichen? Diese Sache möchten Sie bestimmt nicht selbst regeln.«

Die Frau schien Pullers Vorschlag mit Erleichterung aufzunehmen. Sie griff nach dem Telefon und sprach ein paar Worte.

Wenige Minuten später kam ein Mann in schwarzem Anzug und weißem Hemd, das dermaßen gestärkt war, dass es seinen Hals rot scheuerte, mit ausgestreckter Hand aus einer Tür.

»Mr. Puller? Ich bin Carl Brown. Wie kann ich Ihnen helfen?«

Puller zeigte dem Mann seinen Ausweis und erklärte die Situation. Brown blickte angemessen mitfühlend drein. Vermutlich eine der vielen Fertigkeiten, die einem auf der Bestatterschule beigebracht wurden.

Brown führte Puller in ein Nebenzimmer, in dem leere Särge auf langen Tischen auf Kundschaft warteten. »In unserer Branche unterliegt man vielen Regeln und Vorschriften«, sagte er. »Wir müssen die Privatsphäre und Würde der Menschen bewahren, die uns ihre geliebten Familienangehörigen anvertrauen.«

»Nun, Betsy Simon wurde Ihnen nicht von ihren geliebten Familienangehörigen anvertraut. Ich wusste bis vor Kurzem nicht mal, dass sie tot ist. Und ich habe nicht darum gebeten, dass man ihre sterblichen Überreste hierherbringt. Wer hat das getan?«

»Die Polizei hat darum gebeten, dass wir uns um die Verstorbene kümmern. Hier in der Stadt gibt es viele Rentner, und viele von ihnen leben allein. Ihre Familien sind meist über das ganze Land verstreut, manchmal sogar auf der ganzen Welt. Sie zu benachrichtigen kostet Zeit. Aber ihre sterblichen Überreste in einem tropischen Klima wie in Florida aufzubewahren ist nicht gerade … wie soll ich mich ausdrücken … respektvoll gegenüber den Verstorbenen.«

»Meines Wissens wurde eine Autopsie vorgenommen. Stimmt das?«

»Das ist korrekt.«

»Und die Gerichtsmedizinerin hat den Leichnam freigegeben?«

Brown nickte. »Heute Morgen. Anscheinend hat man keine Hinweise auf ein Verbrechen oder dergleichen gefunden.«

»Haben Sie den Autopsiebericht gelesen?«

»Aber nein«, sagte Brown hastig. »Den würde man niemals an uns weiterreichen.«

»Haben Sie die Adresse der Gerichtsmedizinerin?«

»Die kann ich besorgen.«

»Hat jemand den Leichnam offiziell identifiziert?«

»Unseren Unterlagen zufolge wurde das von Personen am Ort der Auffindung erledigt, die die Verstorbene kannten. Möglicherweise eine Nachbarin, falls die Verstorbene keine Familie in der Stadt hatte. Aber in solchen Fällen ziehen wir es vor, dass Familienangehörige hierherkommen und den Verstorbenen identifizieren.«

»Nun denn, hier bin ich.«

»Aber wie ich bereits erwähnte, können wir ohne …«

Puller zog das Foto aus der Tasche und zeigte es Brown. »Ich bin der ganz rechts. Tante Betsy ist die vierte neben mir. Das Foto wurde vor Jahren aufgenommen, aber ich kann mir nicht vorstellen, dass Betsy sich so sehr verändert hat. Schauen Sie auf die Rückseite. Da sind unsere Namen aufgelistet. Reicht das? Mir jedenfalls würde kein anderer Grund einfallen, warum jemand so einen weiten Weg auf sich nehmen sollte, um sich eine Tote anzuschauen, die nichts mit ihm zu tun hat. Die Army bezahlt mich, damit ich mit meiner Zeit bessere Dinge anstelle.«

Seine letzte Bemerkung schien Brown zu beschämen. »Auf jeden Fall. Da bin ich sicher.« Er blickte sich um, als wollte er sich davon überzeugen, dass niemand in Hörweite war. »Also gut, wenn Sie mir bitte folgen würden.«

15

In diesem Raum war es noch kälter, und dafür gab es einen guten Grund. Leichen benötigen Kälte, um erhalten zu bleiben. Der Verwesungsprozess macht sterbliche Überreste ansonsten ausgesprochen unerfreulich, vor allem wenn man sich in ihrer Nähe aufhält.

Puller schaute auf die einsame Gestalt auf der Bahre. Abgesehen vom Kopf war sie von einem Laken verhüllt. Puller befand sich allein in dem Raum. Brown wartete vor der Tür, um ihm ein wenig Privatsphäre zu geben.

Die Gesichtszüge der Toten waren aus naheliegenden Gründen sehr bleich, aber sie war mühelos als Tante Betsy zu erkennen. Puller hatte ihren Tod nicht bezweifelt, aber zumindest hatte er jetzt die Bestätigung.

Man hatte ihr Haar gebürstet; es lag flach am Kopf an. Puller streckte die Hand aus und berührte die weißen Strähnen. Sie fühlten sich rau an. Er nahm die Hand zurück. Er hatte viele Leichen in den verschiedensten Stadien der Verwesung gesehen; viele hatten sich in einem schlimmeren Zustand befunden als seine Tante. Aber Betsy hatte zur Familie gehört. Puller hatte auf den Knien dieser Frau gesessen, hatte sich ihre Geschichten angehört, ihr Essen gegessen. Sie hatte ihm geholfen, das Alphabet zu lernen und die Liebe zu Büchern zu entwickeln; sie hatte ihn in ihrem Haus spielen und Krach machen lassen, wann immer er wollte. Aber sie hatte ihm auch Disziplin, Zielstrebigkeit und Loyalität eingeimpft.

Pullers alter Herr hatte sich drei Generalssterne verdient, aber seiner älteren Schwester hätten sie ebenfalls zugestanden, fand Puller.

Er schätzte ihre Größe. Ungefähr eins fünfundsiebzig. Sie war Puller wie eine Riesin erschienen, als er ein Junge gewesen war. Vermutlich hatte das Alter sie genauso schrumpfen lassen wie ihren Bruder. Puller hatte seine Tante lange nicht gesehen, hatte es aber nie allzu sehr bedauert, da andere Dinge seine Zeit in Anspruch nahmen. Kriege führen, zum Beispiel. Und Mörder jagen.

Aber jetzt bedauerte er, die Verbindung zu dieser Frau, die ihm in der Jugend so viel bedeutet hatte, verloren zu haben. Nun war es zu spät, etwas dagegen zu unternehmen.

Würde sie auch hier liegen, wenn er die Verbindung aufrechterhalten hätte? Vielleicht hätte sie sich früher an ihn gewandt, hätte ihn direkt an ihren Sorgen teilhaben lassen.

Die Schuldkarte kannst du nur bis zu einem gewissen Grad spielen, John. Du hättest sie nicht retten können, egal, wie sehr du es gewollt hättest. Aber vielleicht kannst du sie rächen, falls sie ermordet wurde. Nein, nicht vielleicht – du wirst *sie rächen.*

Puller untersuchte sie auf professionellere Weise. Dazu gehörte ein gründliches Abtasten des Kopfes. Er brauchte nicht lange, bis er gefunden hatte, was er suchte. Eine Abschürfung oberhalb des rechten Ohrs, eigentlich ein Bluterguss. Das Haar verdeckte ihn, doch als Puller es zur Seite schob, war er deutlich zu sehen.

Bei der Autopsie hatte man ihre Kopfhaut aufgeschnitten und die Gesichtshaut nach unten gezogen, um das Gehirn freilegen zu können. Puller sah es an den Nähten am Hinterkopf. Er wusste auch, dass man ihren Schädel mit einer Stryker-Säge geöffnet hatte, damit man das Gehirn herausnehmen, untersuchen und wiegen konnte. Ein Y-Schnitt hatte ihre Brust geöffnet. Ein paar der Nähte waren zu sehen. Alle wichtigen Organe hatten die gleiche Aufmerksamkeit erfahren.

Puller konzentrierte sich wieder auf die Abschürfung. Möglicherweise hatte jemand das Trauma durch einen Schlag mit einem stumpfen Gegenstand verursacht. Es konnte aber auch von einem Sturz herrühren, bei dem Betsy sich den Kopf an der Steinumfassung des Brunnens angeschlagen hatte. Ein kleiner Schnitt war zu sehen, aber Puller bezweifelte, dass er stark geblutet hatte. Die Wunde befand sich nicht in der Nähe der Kopfhaut, die wie ein Superhighway aus kleinen Adern war und schon bei einem winzigen Schnitt höllisch blutete. Auf einem der Steine in Betsys Garten hatte er einen Fleck gesehen, möglicherweise Blut. Aber falls Blut ins Wasser gelangt war, hätte es sich schnell aufgelöst.

Die Gerichtsmedizinerin musste zu dem Schluss gekommen sein, dass die Abschürfung durch den Sturz und den Zusammenprall mit dem Stein verursacht worden war. Ein Trauma, hervorgerufen durch gewaltsame Anwendung eines stumpfen Gegenstands, vor allem am Kopf, führte fast immer zu der Schlussfolgerung, dass ein Mord vorlag, doch offensichtlich war man bei Tante Betsy nicht zu diesem Ergebnis gekommen.

Warum nicht?, stellte Puller sich die naheliegende Frage.

Polizeichef Bullock hatte gesagt, die offizielle Todesursache sei Asphyxie. Das konnte viele Ursachen haben, ob nun Krankheiten wie ein Emphysem oder eine Lungenentzündung oder ein Unfall wie Ertrinken. Ging es jedoch um einen Straftatbestand, konnte Tod durch Asphyxie nur auf dreierlei Weise verursacht werden.

Erstens Strangulation, zweitens Ertrinken, durch eine andere Person verursacht, drittens Ersticken.

Puller untersuchte den Hals nach möglichen Ligaturmalen. Aber die Haut war unversehrt. Es gab auch keine venösen Schwellungen – vergrößerte Adern, die sich durch Druck und Einschnüren der Blutgefäße am Ort der Verletzung bildeten. Quetschte man etwas, schwoll es an.

Es gab noch andere Hinweise auf Strangulation, aber die konnte Puller nicht überprüfen. Ein vergrößertes Herz beispielsweise, insbesondere der rechte Ventrikel. Puller untersuchte die Lippen der Toten auf Zyanose, eine blaue Verfärbung der Lippen, die bei einer Strangulation zu beobachten war. Aber davon war nichts zu sehen.

Er schlug das Laken zur Seite und überprüfte Betsys Hände. Die Fingerspitzen wiesen keine Anzeichen für Zyanose auf. Auch Abwehrverletzungen gab es nicht – keinerlei Hinweise darauf, dass Betsy sich gewehrt hatte, falls sie angegriffen worden war. Aber dazu dürfte sie auch keine Gelegenheit gehabt haben, falls man sie schnell gelähmt hatte.

Als Nächstes untersuchte er ihre Augen und das umliegende Gewebe nach petechialen Blutungen, stecknadelkopfgroßen roten Flecken, verursacht vom Druck auf die Blutgefäße. Er fand keine.

Also schieden Ersticken und Strangulation vermutlich aus. Damit blieb nur Ertrinken, was die Gerichtsmedizinerin ja auch als Todesursache angegeben hatte.

Aber war es ein Unfall gewesen, oder hatte jemand nachgeholfen?

Beim Ertrinken gab es verschiedene Stadien, von denen jedes forensische Spuren hinterließ. Geriet eine Person im Wasser in Schwierigkeiten, verfiel sie typischerweise in Panik und bewegte sich wild und unkontrolliert, wobei sie kostbare Energie verschwendete und der Körper an Auftrieb verlor.

Dies führte dazu, dass die Person unterging – mit der Folge, dass sie noch mehr Wasser schluckte, was wiederum die Panik steigerte. Die Person hielt den Atem an, bis sie schließlich Luft holen musste und noch mehr Wasser einatmete, woraufhin rosafarbener Schaum ausgeatmet wurde. Schließlich trat der Atemstillstand ein, und dann kam der letzte Kampf, ein paar schnelle Atemzüge auf der Suche nach Luft. Dann war es vorbei.

Ist es so abgelaufen, Tante Betsy?, dachte Puller.

Falls sie sich den Kopf angeschlagen und das Bewusstsein verloren hatte, bevor sie im Wasser gelandet war, hätte sie keine Panik verspürt. Wäre sie aber bei Bewusstsein gewesen und hätte lediglich den Kopf nicht aus dem Wasser heben können, weil sie zu schwach oder zu desorientiert gewesen war oder weil ihr jemand den Kopf unter die Oberfläche gedrückt hatte, wäre es eine schreckliche Todesart gewesen.

Wie Waterboarding, nur dass am Ende der Tod stand.

Puller blickte zur Tür, hinter der Brown wartete. Er wollte den Körper seiner Tante einer genauen Untersuchung unterziehen, aber falls Brown hereinkam und ihn dabei überraschte, wie er den nackten Körper der Frau abtastete, würden die Dinge vielleicht ein bisschen außer Kontrolle geraten, und er fand sich in einer Gefängniszelle wieder, aller möglichen Perversitäten angeklagt.

Puller beschloss, stillschweigend davon auszugehen, dass seine sechsundachtzigjährige Tante nicht vergewaltigt worden war. Dennoch schob er das Laken ein Stück weiter zur Seite und untersuchte flüchtig Arme und Beine. Am Ansatz ihrer rechten Wade fand er einen weiteren Bluterguss, der möglicherweise vom Sturz herrührte. Falls dem so war, stützte es die Unfalltheorie.

Puller zog das Laken wieder zurück und betrachtete die Tote.

Dann holte er das Handy hervor und machte aus verschiedenen Winkeln Fotos von dem bedeckten Körper. Das entsprach nicht gerade dem Standard des Tatortprotokolls, aber er musste mit dem arbeiten, was er hatte.

Mehr konnte Puller hier nicht erfahren.

Aber er vermochte den Blick nicht von seiner Tante zu lösen, als er das Handy schließlich wegsteckte. Er konnte sie einfach noch nicht zurücklassen.

Es war seit Langem eine unverrückbare Familienregel, dass Pullers unter keinen Umständen weinten. Puller hatte sich bei den Kämpfen im Nahen Osten immer strikt daran gehalten, obwohl er genug Gelegenheit gehabt hatte, wegen Dutzender gestorbener Kameraden zu weinen. Nur einmal, in West Virginia, hatte er gegen diese Kardinalregel verstoßen, als er jemanden hatte sterben sehen, der ihm ans Herz gewachsen war.

Vielleicht war es ein Zeichen von Schwäche. Oder es war ein Zeichen, dass er menschlicher wurde, nicht mehr wie eine Maschine funktionierte.

Im Augenblick vermochte Puller nicht zu sagen, was von beidem zutraf.

Als er weiter auf Betsys sterbliche Überreste blickte, fühlte er, wie seine Augen feucht wurden, doch er wehrte sich dagegen. Später würde noch Zeit zum Trauern sein. Jetzt musste er erst einmal herausfinden, was genau mit seiner Tante passiert war.

Betsys Brief hatte Puller davon überzeugt, dass ihr Tod kein Unfall gewesen war. Bis er schlüssige Beweise hatte, die etwas anderes besagten, blieb es für ihn dabei: Seine Tante war ermordet worden.

Er ließ die Toten zurück und wandte sich wieder den Lebenden zu.

Aber er würde Betsy nicht vergessen.

Und er würde sie im Tod nicht im Stich lassen, wie er es im Leben getan hatte.

16

Puller erhielt von Carl Brown den Namen der Gerichtsmedizinerin, Louise Timmins, und verließ das Beerdigungsinstitut. Draußen trafen ihn Hitze und Luftfeuchtigkeit wie eine Granate aus einem Abrams-Panzer. Nach der Kälte im Bestattungsinstitut war es ein richtiger Schock. Er holte tief Luft, schüttelte sich und ging weiter.

Er musste ein paar Besuche machen. Zuerst bei der Gerichtsmedizinerin, von der er eine Kopie des Autopsieberichts zu bekommen hoffte. Dann musste er herausfinden, ob Tante Betsy einen Anwalt hatte und ob es ein Testament gab. Und er musste mit ihren Nachbarn reden, vor allem mit dem, der sie identifiziert hatte. Möglicherweise kannten die Nachbarn auch den Namen von Betsys Anwalt, falls sie einen hatte. Und so organisiert, wie Betsy gewesen war, konnte er damit rechnen.

Puller gab die Adresse der Gerichtsmedizinerin in sein Navi ein und stellte fest, dass der Weg ihn am Haus seiner Tante vorbeiführte.

Er fuhr los. Es gefiel ihm, die Kraft der Corvette zu spüren, auch wenn es schwieriger als gedacht war, seinen Körper in das niedrige Vehikel zu falten.

Vielleicht werde ich alt.

Zwanzig Minuten später hielt Puller gegenüber von Betsys Haus. Ein paar Augenblicke hielt er Ausschau danach, ob Hooper und Landry in der Nähe lauerten, aber es deutete nichts darauf hin. Er entfaltete seine langen Beine und stieg aus.

Dabei entdeckte er einen kleinen, dickbäuchigen Mann auf der anderen Straßenseite, der einen kleinen Hund an einer sehr langen Leine führte. Das Tier sah aus wie ein Fleischklops, den jemand mit verfilzten Löckchen beklebt und dann Zweige hineingesteckt hatte, die Beine darstellen sollten.

Als der Mann auf das Haus neben Betsys zuging, eilte Puller über die Straße. Er erreichte Hund und Herrchen, als Letzterer seinen Schlüssel ins Schloss steckte.

Der dicke Mann drehte sich um und blickte überrascht drein, was Puller gut verstehen konnte, aber es spiegelte sich noch etwas anderes in der Miene des Dicken.

Furcht.

Nun ja, Puller war ein großer Mann und obendrein ein Fremder, und er hatte sich in den persönlichen Bereich dieses Burschen gedrängt. Aber er glaubte zu wissen, warum der Dicke bei dreißig Grad Hitze zu zittern schien.

Der Kerl hat mir die Cops auf den Hals gehetzt.

Puller zückte seinen Ausweis und zeigte dem Dicken die Dienstmarke. »Ich bin Agent der Criminal Investigation Division der Army«, sagte er. Der Mann hörte sofort zu zittern auf. »Betsy Simon war meine Tante. Man hat mich über ihren Tod informiert. Ich bin hergekommen, weil ich mich um Betsys Angelegenheiten kümmern will.«

Auf dem Gesicht des Mannes spiegelte sich das ganze gewaltige Ausmaß seiner Erleichterung. »Ach du meine Güte. Dann sind Sie John Puller junior. Sie hat ständig von Ihnen gesprochen. Nannte Sie Klein-Johnny. Ganz schön ironisch bei Ihrer Größe.«

Die unschuldigen Bemerkungen verstärkten die Schuldgefühle, die Puller noch immer wegen Betsy empfand. »Ja. Ihr Tod war ein ziemlicher Schock.«

»O ja, für mich auch. Ich habe ihre Leiche gefunden. Das war wirklich … schrecklich.« Er schaute nach unten auf den Hund, der stumm neben seinem Herrchen saß. »Das ist Sadie. Sag Hallo zu Mr. Puller, Sadie.«

Sadie bellte kurz und hob die rechte Pfote.

Lächelnd bückte sich Puller und schüttelte sie.

»Ich bin Stanley Fitzsimmons«, sagte der Mann. »Aber meine Freunde nennen mich Cookie.«

»Warum denn das?«

»Ich war früher im Bäckereigeschäft tätig. Vor allem Gebäck.« Er zeigte auf seinen Bauch. »Wie Sie sehen, habe ich alles probiert, was ich gebacken habe. Möchten Sie hereinkommen? Das ist die heißeste Zeit des Tages, und weder Sadie noch ich mögen Hitze. Ich habe Sadie nur ausgeführt, weil sie Gassi gehen musste, und ich selbst konnte auch ein bisschen Bewegung gebrauchen.«

»Warum sind Sie nach Florida gezogen, wenn Sie die Hitze nicht mögen? Ich nehme an, Sie kommen nicht von hier.«

»Das stimmt. Ich komme aus Michigan, von der oberen Halbinsel. Nachdem ich fünfzig Jahre mit drei Meter hohen Schneewehen und die gefühlte Hälfte des Jahres mit Minusgraden und im Dunkeln leben musste, mag ich Kälte noch weniger als Hitze. Und Frühling, Herbst und Winter sind hier spektakulär. Drei von vieren – nicht schlecht, stimmt's? Ich habe frische Limonade gemacht. Wie wär's damit? Ich habe meinen eigenen Zitronenbaum. Und ich kann jede Frage beantworten, die Sie vielleicht haben.«

»Danke, das weiß ich zu schätzen.«

17

Cookie löste Sadies Leine. Der winzige Hund lief sofort zu seiner Wasserschüssel und trank ziemlich lange. Cookie beschäftigte sich in der Küche, holte Gläser und kleine Teller. Puller schaute zu, wie er einen Krug Limonade und Teller mit Keksen und allem möglichen Gebäck ins Zimmer brachte.

Puller blickte sich um. Das Haus war teuer eingerichtet mit schweren Möbeln im karibischen Stil. Die Vorhänge waren dick genug, um das Licht des Nachmittags und die Hitze draußen zu halten, und der Teppich war so flauschig, dass man darin versank.

Cookie musste ein schrecklich guter Bäcker gewesen sein.

In einer Glasvitrine waren ein Dutzend alter Uhren ausgestellt.

Puller trat näher heran.

»Ich habe vor Jahren mit dem Sammeln angefangen«, sagte Cookie. »Einige sind sehr wertvoll.«

»Wollen Sie die Uhren irgendwann wieder verkaufen?«

»Das können meine Kinder tun, wenn ich nicht mehr bin. Mir gefallen die Uhren zu sehr.«

Puller konnte die Klimaanlage arbeiten hören und fragte sich, wie hoch wohl die monatliche Stromrechnung für dieses Haus ausfiel.

Als hätte er seine Gedanken gelesen, sagte Cookie: »Vor zwei Jahren habe ich eine Solarstromanlage eingebaut. Die wirkt Wunder. Ich habe nicht nur kostenlosen Strom, ich erwirtschafte einen Überschuss, den ich an die Stadt Paradise verkaufe. Nicht dass ich das Geld bräuchte, aber ich habe auch nichts dagegen. Und es ist grüner Strom. Das gefällt mir.«

Sie setzten sich und tranken ihre Limonade. Sie war kalt und hatte einen angenehmen Nachgeschmack. Cookie nahm sich ein paar Schokoriegel und drängte Puller, das mit Kokosnuss gefüllte Gebäck zu probieren.

Puller biss hinein und war beeindruckt. »Das ist wirklich gut.«

Cookie errötete vor Freude. »Man sollte glauben, dass ich nach so vielen Jahren vom Backen die Nase voll habe, aber die Wahrheit ist, dass ich es mehr liebe als je zuvor. Wissen Sie, jetzt backe ich für mich und meine Freunde. Es ist kein Job mehr.«

»Haben Sie für Betsy gebacken?«

»O ja. Und für Lloyd, als er noch am Leben war.«

»Dann wohnen Sie schon länger hier?«

»Ich bin drei Jahre nach Betsy und Lloyd hergezogen. Ja, das ist eine lange Zeit.« Er stellte das Glas Limonade ab. »Ich war sehr traurig, als Betsy starb. Sie war ein großartiger Mensch, wirklich. Eine gute Freundin. So mitfühlend. Und wenn in der Nachbarschaft etwas erledigt werden musste, konnte man sich immer auf sie verlassen. Auch auf Lloyd, als er noch am Leben war.«

»So war sie nun mal«, erwiderte Puller. »Sehr aktiv.«

»Sie hat mir viel über Ihren Vater erzählt, die Militärlegende mit den drei Sternen.«

Puller nickte. »Ja.« Er hatte noch nie gern über seinen Vater gesprochen. »Wissen Sie zufällig, ob sie einen Anwalt hatte?«

»Ja, wir haben denselben. Sein Name ist Griffin Mason. Alle nennen ihn Grif. Er ist ein ausgezeichneter Rechtsanwalt.«

»Kümmert er sich auch um Testamente?«

»Jeder Rechtsanwalt in Florida beschäftigt sich mit Erbschaftsangelegenheiten. Bei der Altersstruktur hier ist das gewissermaßen ihr täglich Brot.«

»Haben Sie seine Adresse?«

Cookie zog eine Schublade in einem Schränkchen neben dem Kühlschrank auf, holte eine Visitenkarte hervor und gab sie Puller.

Der warf einen Blick darauf und steckte sie ein. »Sie haben also Betsys Leiche gefunden. Können Sie mir das näher ausführen?«

Cookie setzte sich wieder. Ein trauriger Ausdruck erschien auf seinem Gesicht. Puller konnte sogar Tränen sehen, die sich in den Augenwinkeln bildeten.

»Ich stehe nie früh auf. Ich bin eher eine Nachteule. Jetzt, mit neunundsiebzig Jahren, reichen mir vier oder fünf Stunden Schlaf. Irgendwann, wenn ich ans Ende der Straße komme, habe ich noch genug Zeit zum Schlafen. Nun, wie dem auch sei, ich habe eine gewisse morgendliche Routine. Ich lasse Sadie in den Garten, während ich mich auf die Terrasse setze, meine erste Tasse Kaffee trinke und dabei Zeitung lese. Ich bekomme noch die richtige Zeitung, so wie die meisten der alten Leute hier. Ich surfe viel durchs Internet und halte mich für ziemlich schlau, was Technik angeht, aber die Nachrichten halte ich noch immer gern in der Hand.«

»Wie viel Uhr war es, als Sie Betsy entdeckt haben?«

»So gegen elf. Das ist jetzt ein paar Tage her. Ich saß auf meiner Terrasse und bemerkte, dass Betsys Hintertür offen stand. Von meiner Terrasse konnte ich sie über den Zaun sehen. Ich fand das merkwürdig, weil Betsy nie vor Mittag so richtig in die Gänge kam. Ihre Osteoporose hatte ihrer Wirbelsäule schwer zugesetzt. Selbst mit der Gehhilfe fiel es ihr immer schwerer, sich zu bewegen. Und ich wusste, dass sie Schwierigkeiten hatte, aus dem Bett zu kommen.«

»Ich verstehe«, erwiderte Puller. »Hatte sie eine Pflegekraft?«

»Ja. Jane Ryon, ein liebes Mädchen. Sie kam drei Tage in der Woche, fing morgens um neun an. Sie hat im Haus ein bisschen aufgeräumt und Betsy dann beim Aufstehen und Anziehen geholfen.«

»Warum nur drei Tage die Woche?«

»Ich nehme an, Betsy wollte ihre Unabhängigkeit bewahren. Und eine Vollzeitpflegekraft ist nicht billig. Die Krankenversicherung deckt das auch nicht ganz ab, es sei denn, man ist wesentlich schlimmer dran als Betsy. Aber selbst dann übernimmt sie nicht alle Kosten. Betsy schien keine Geldprobleme zu haben, aber unsere Generation ist sparsam. Jane hilft auch mir. Zweimal die Woche.«

»Sie scheinen doch sehr selbstständig zu sein.«

»Nun ja, Jane erledigt Botengänge und kümmert sich um Sadie, wenn ich nicht da bin. Außerdem ist sie eine tolle Physiotherapeutin, und die vielen Jahre in der Bäckerei haben aus mir eine Brezel gemacht, vor allem die Hände.«

»Haben Sie ihre Adresse?«

Cookie holte ihm eine weitere Visitenkarte. »Davon habe ich Hunderte. Die Leute in Florida verschenken sie wie Bonbons. Wir Alten sind die besten Kunden einer ganzen Dienstleistungsindustrie. Jeder von uns kann bestimmte Dinge, die erledigt werden müssen, nicht mehr selbst erledigen.«

»Verstehe. Also zurück zu diesem Morgen …«

»Ich ging zu dem Zaun zwischen unseren Grundstücken und rief nach Betsy, bekam aber keine Antwort, also verließ ich meinen Garten und klopfte an ihre Haustür. Nicht dass ich erwartet hätte, dass sie aufsteht und zur Tür gerannt kommt, wenn sie noch im Bett lag, aber ich dachte, sie ruft vielleicht. Sie hat im Erdgeschoss geschlafen.«

»Ich weiß«, sagte Puller. »Weiter.«

»Nun ja, keiner machte auf, also beschloss ich, durch den Garten in Betsys Haus zu gehen. Ich hoffte, dass Betsy nichts passiert war. In unserer Gegend hier sind schon Leute gestorben, die man erst nach längerer Zeit gefunden hat. In unserem Alter kann die Pumpe einfach stehenbleiben, und das war's dann.«

»Das ist wohl wahr«, sagte Puller, hielt den Blick auf den alten Mann gerichtet und beschwor ihn stumm, endlich zu den für ihn wichtigen Punkten zu kommen.

»Ich konnte das Gartentor öffnen. Ich hatte die Hintertür im Auge, als ich um die Hausecke bog. Beinahe hätte ich nicht in die Richtung des kleinen Brunnens geschaut, aber zum Glück habe ich's dann doch getan. Ich kann den Brunnen von meiner Terrasse aus nicht sehen, wissen Sie, aber jetzt sah ich ihn natürlich, und …«

Puller unterbrach ihn: »Okay. Könnten wir das einen Schritt nach dem anderen durchgehen? Erzählen Sie mir alles, was Sie gesehen, gerochen und gehört haben.«

Puller zückte ein Notizbuch. Cookie beäugte es nervös. »Die Polizei hat mir gesagt, dass es ein Unfall war.«

»Da könnte die Polizei recht haben. Aber sie könnte sich auch irren.«

»Also sind Sie hergekommen, um die Sache genauer zu untersuchen?«

»Ich wollte nur meine Tante sehen. Als ich von ihrem Tod erfuhr, habe ich ihr meinen Respekt erwiesen und mich am

Riemen gerissen. Ich will die Sache nüchtern betrachten, weil ich sicher sein möchte, dass meine Tante diese Welt nicht gegen ihren Willen verlassen hat.«

Cookie erschauderte sichtlich. »Ich habe sie da im Brunnen liegen sehen. Der ist höchstens sechzig Zentimeter tief. Man sollte meinen, dass niemand da drin ertrinken kann, aber Betsy lag mit dem Gesicht darin. Ihr ganzer Kopf war unter Wasser.«

»In welcher Richtung lag sie?«

»Ihr Kopf zeigte zum Haus.«

»Die Arme ausgestreckt oder an der Seite?«

Cookie dachte kurz nach, versuchte sich den Anblick in Erinnerung zu rufen. »Der rechte Arm lag ausgestreckt über den Brunnenrand, der linke baumelte an der Seite.«

»Ihre Beine?«

»Gespreizt.«

»Ihr Gehgestell?«

»Umgekippt an der rechten Brunnenseite.«

»Was haben Sie anschließend getan?«

»Ich bin zu ihr gerannt. Da wusste ich ja noch nicht, ob sie tot war oder noch lebte. Dann habe ich meine Sandalen abgestreift und bin ins Wasser gestiegen, habe sie bei den Schultern gepackt und ihren Kopf aus dem Wasser gehoben.«

Puller dachte darüber nach. Cookie hatte die Spuren am Tatort zunichtegemacht, hatte es tun müssen, denn genau wie er gesagt hatte, hatte er nicht wissen können, ob Betsy noch am Leben war. Dass Tatorte von Ersthelfern, die Leben retten wollten, kontaminiert wurden, war nicht nur legitim, es stand sogar höher als das Erhalten von Beweisen. Leider war es in diesem Fall umsonst gewesen.

»Da war sie schon tot?«

Cookie nickte. »Ich habe in meinem Leben so einige Tote gesehen, nicht nur bei Beerdigungen. Vor über fünfzig Jahren starb meine kleine Schwester an einer Rauchvergiftung. Einer meiner besten Freunde starb in einem Teich, da waren wir noch Teenager. Betsys Gesicht war totenbleich. Ihre Augen waren weit geöffnet, ihr Mund stand offen. Es gab keinen Puls, kein Anzeichen von Leben.«

»Schaum im Mund?«

»Ja.«

»Waren ihre Extremitäten steif oder schlaff?«

»Die kamen mir ein bisschen steif vor.«

»Aber nur ein bisschen?«

»Ja.«

»Die Oberarme? Steif oder schlaff?«

»Steif.«

»Ihre Hände?«

»Normal. Aber kalt.«

»Was haben Sie dann getan?«

»Ich habe sie genauso hingelegt, wie ich sie gefunden hatte. Ich schaue viel *CSI* und *Navy CIS*, von daher weiß ich, dass man an einem Ort, an dem man eine Leiche findet, nichts verändern soll. Dann ging ich zurück zu meinem Haus und rief die Polizei. Die kam ungefähr fünf Minuten später. Ein Mann und eine Frau.«

»Landry und Hooper?«

»Ja. Woher wissen Sie das?«

»Lange Geschichte. Waren Sie dabei, als die beiden den Ort untersucht haben?«

»Nein. Sie haben meine Aussage aufgenommen und baten mich dann, wieder ins Haus zu gehen und dort zu bleiben für den Fall, dass sie noch Fragen hätten. Andere Streifenwagen kamen. Dann sah ich eine Frau mit einer Arzttasche in den Garten gehen.«

»Die Gerichtsmedizinerin.«

»Ja, genau. Ein paar Stunden später kam ein Leichenwagen. Ich schaute zu, als man Betsy auf einer Trage herausbrachte, mit einem weißen Laken zugedeckt. Sie wurde in den Leichenwagen geschoben, und der fuhr weg.«

Offensichtlich erschöpft und traurig, die Geschichte noch einmal durchlebt zu haben, setzte Cookie sich zurück. »Ich werde sie wirklich vermissen.«

»Ist sie noch selbst gefahren? Ich habe den Wagen in der Garage gesehen.«

»Eigentlich nicht. Ich meine, ich habe sie schon lange nicht mehr in ihrem Auto gesehen.«

»Aber sie konnte noch fahren?«

»Ich würde sagen, nein. Ihre Beine waren kraftlos, und ihre Reflexe funktionierten nicht mehr. Ihre Wirbelsäule war gekrümmt. Ich weiß nicht, wie sie diese Schmerzen ertragen hat.« Er hielt inne. »Wenn ich so darüber nachdenke … an dem Tag, bevor ich sie fand, war sie noch mal weg. Ich habe Jerry vorfahren sehen.«

»Jerry?«

»Jerry Evans. Er hat einen Taxiservice. Ich habe ihn auch schon benutzt. Er hat Betsy gegen achtzehn Uhr abgeholt. Eine halbe Stunde später war sie wieder da.«

»Ein kurzer Ausflug. Haben Sie eine Vorstellung, wo sie gewesen sein könnte?«

»Ja. Ich habe Jerry gefragt. Er sagte, sie hätte einen Brief aufgegeben.«

Puller wusste, dass es *der* Brief war. »Warum hat sie nicht einfach den Briefkasten vor dem Haus genommen?«

»Bei uns kommt die Post früh. Jerry sagte, der Briefkasten, den Betsy benutzt hat, würde spät geleert. Der Brief würde noch am selben Abend aufgegeben.«

Sie hat einen Brief abgeschickt und war kurz darauf tot.

Bevor Puller fragen konnte, gab Cookie ihm eine Visitenkarte mit Jerrys Namen und Nummer.

»Vielen Dank. Ist sie denn oft abends allein in den Garten gegangen?«

»Sie saß gern auf der Bank am Brunnen. Normalerweise am Tag. Um Sonne zu tanken. Ich bin nicht der richtige Ansprechpartner, wenn es darum geht, was sie spät am Abend so gemacht hat. Normalerweise ging sie immer viel früher zu Bett als ich. Ich gehe noch gern raus. Ich weiß, das werden Sie kaum glauben, aber hier im Süden hält man jeden Siebzigjährigen für einen jungen Hüpfer. Wir sind angeblich immer unterwegs und machen Party.«

»Ist Ihnen an dem Abend, bevor Sie Betsy gefunden haben, etwas Verdächtiges aufgefallen? Personen, Geräusche, irgendetwas?«

»Ich hatte Freunde am anderen Ende der Stadt besucht, also wäre mir wahrscheinlich nichts aufgefallen. Ich bin spät nach Hause gekommen, aber mir kam alles vollkommen normal vor.«

»Trug sie ihr Nachthemd oder die normale Tageskleidung?«

»Normale Tageskleidung.«

»Dann ist sie vermutlich am Abend zuvor gestorben. Sie war nicht im Bett.«

Cookie nickte. »Das wäre logisch.«

»Hat meine Tante in den letzten Tagen vor ihrem Tod Ihnen gegenüber etwas erwähnt, das sie beunruhigt hat?«

Cookie schaute ihn neugierig an. »Zum Beispiel?«

»Alles Ungewöhnliche. Hat sie jemanden erwähnt? Ein Vorkommnis? Etwas, das sie gesehen hatte? Vielleicht nachts?«

»Nein, nichts dergleichen. Hat sie sich denn wegen irgendetwas Sorgen gemacht?«

»Ja, ich glaube schon«, erwiderte Puller. »Und wie es aussieht, hatte sie allen Grund dazu.«

18

Puller saß in seinem Mietwagen. Zuerst rief er bei Louise Timmins an, der Gerichtmedizinerin, anschließend bei Rechtsanwalt Grif Mason. Timmins war praktische Ärztin und hatte bis achtzehn Uhr Patiententermine. Mason war wegen einer Besprechung nicht im Büro. Puller verabredete sich mit Timmins um sieben in einem Café in der Nähe und hinterließ in Masons Büro die Nachricht, ihn nach seiner Rückkehr zurückzurufen.

Dann rief er Jerry an, den Taxifahrer, der Cookies Geschichte bestätigte. »Sie sah müde aus«, fügte Jerry hinzu. »Und sie schien sich wegen irgendetwas Sorgen zu machen.«

Puller dankte ihm, legte auf und dachte über Cookies Bemerkungen nach. Steife Oberarme, die Hände normal. Die Leichenstarre begann in den oberen Extremitäten, bevor sie sich ausbreitete. Dann verschwand sie wieder in umgekehrter Reihenfolge. Betsy war nicht lange genug tot gewesen, als dass der Prozess sich hätte umkehren können.

In Gedanken ging Puller den möglichen Zeitablauf durch. Um achtzehn Uhr hatte Betsy den Brief eingeworfen, am nächsten Tag gegen elf Uhr war ihre Leiche gefunden worden. Puller glaubte nicht, dass Betsy unmittelbar nach ihrer Rückkehr vom Briefkasten gestorben war, vermutlich war es später an diesem Abend geschehen. Steife Oberarme verrieten ihm, dass die Leichenstarre gerade erst eingesetzt haben konnte. Das bedeutete, dass Betsy zwölf bis vierzehn Stunden tot gewesen war, als Cookie sie gefunden hatte. Die Hitze in Florida und die hohe Luftfeuchtigkeit konnten die Verwesung zwar beschleunigen, aber zumindest hatte Puller einen Ansatzpunkt, mit dem er arbeiten konnte. Wenn Cookie die Leiche um kurz nach elf gefunden hatte, musste Betsys Tod gegen zweiundzwanzig Uhr am Abend zuvor eingetreten sein – ungefähr vier Stunden, nachdem sie den Brief eingeworfen hatte.

Puller warf einen Blick auf die Uhr. Es war kurz nach fünfzehn Uhr, und er hatte noch keine Übernachtungsmöglichkeit. Es wurde Zeit, sich ein Bett zu besorgen.

Er wollte gerade losfahren, als er den Wagen bemerkte. Eine braune Chrysler-Limousine. Sie parkte vier Fahrzeuge weiter auf der anderen Straßenseite am Bürgersteig. Das Nummernschild aus Florida begann mit ZAT. Den Rest konnte Puller nicht entziffern, weil das Schild verschmutzt war, möglicherweise absichtlich. Das war bedeutsam, denn Puller hatte denselben Wagen gegenüber vom Bestattungsinstitut gesehen.

Er fuhr langsam los. Blickte in den Innenspiegel. Der braune Chrysler folgte ihm.

Gut, das war ein Fortschritt. Jemand interessierte sich für ihn.

Puller holte das Handy hervor und fotografierte den Chrysler im Innenspiegel. In dem Wagen schienen zwei Personen zu sitzen, aber die grelle Sonne machte es schwierig, Einzelheiten zu erkennen.

Auf der Suche nach einer Unterkunft fuhr Puller die Uferpromenade auf und ab, erkannte aber rasch, dass jedes der Häuser weit außerhalb seiner Preisklasse lag. Schließlich suchte er mit dem Handy eine Bleibe. Fünf Querstraßen vom Strand entfernt fand er ein Hotel namens Sierra, in dem man Zimmer auf Tages- oder Wochenbasis mieten konnte. Achtzig Dollar die Übernachtung, Frühstück inklusive, oder vierhundertfünfzig Dollar für sieben Tage im Voraus. Das war zwar auch nicht ohne Weiteres erschwinglich für jemanden, dessen Gehalt Onkel Sam bezahlte, aber es musste gehen.

Das dreistöckige Hotel hatte eine heruntergekommene Stuckfassade und ein hellrotes Terrakottadach, das schon bessere Zeiten gesehen hatte. Es stand zwischen einer Tankstelle und einem Gebäude, das zurzeit renoviert wurde, in einer schmalen Straße. Hier gab es kaum Palmen, dafür reichlich alte Pkws und Pick-ups, von denen einige auf Betonziegeln aufgebockt waren; die anderen sahen aus, als würde sie den Rostlauben bald nachfolgen. Puller schätzte, dass keiner der Wagen nach 1980 gebaut worden war.

Er hielt im Spiegel nach dem Chrysler Ausschau, konnte ihn aber nicht entdecken.

Eine Gruppe barfüßiger Kinder in Shorts und ohne Hemd spielte auf der Straße Fußball. Sie hörten auf, als Puller in seiner Corvette vor dem Sierra hielt. Als er ausstieg, wurden die Kids noch neugieriger und kamen näher.

Puller nahm seine Tasche vom Beifahrersitz, schloss die Tür und verriegelte sie mit einem Piepsen seines Autoschlüssels. Dann ging er langsam auf die Kinder zu.

Einer der Jungen schaute zu ihm hoch und fragte auf Spanisch, ob es sein Auto sei.

Puller antwortete auf Spanisch, ein Freund von ihm, Onkel Sam, habe den Wagen gemietet.

Ob Onkel Sam reich sei, wollte der Junge wissen.

»Nicht so reich, wie er mal war«, antwortete Puller und suchte die kleine Rezeption des Sierra auf.

Er zahlte für zwei Nächte, worauf er seinen Zimmerschlüssel und Instruktionen bekam, wo und wann das Frühstück serviert wurde. Dann erklärte ihm die Frau hinter dem Schreibtisch, wo er seinen Wagen parken könne, und reichte ihm eine Schlüsselkarte, die den Zugang zur Garage erlaubte.

»Ich kann ihn nicht auf der Straße stehen lassen?«, fragte Puller.

Die Frau war eine kleine Latina mit glattem dunklem Haar. »Doch, können Sie, aber möglicherweise ist er am Morgen nicht mehr da.«

»Verstehe«, sagte Puller. »Ich stelle ihn in der Garage unter.«

Als er auf die Straße trat, drängten die Jungen sich um die Corvette, flüsterten und berührten das Fahrzeug.

»Mögt ihr Autos?«, fragte Puller.

Alle nickten.

»Ich lasse euch mal hören, wie er klingt.«

Er stieg ein, ließ den Motor an und gab Gas. Die Kids sprangen bei dem dumpfen Grollen zurück, schauten einander an und fingen an zu lachen.

Puller fuhr zu der Garage, die sich in einer Seitenstraße neben dem Sierra befand. Er steckte die Schlüsselkarte in ein Lesegerät, und das große Metalltor glitt in die Höhe. Dahinter kam eine Halle zum Vorschein. Puller fuhr hinein. Das Tor schloss sich automatisch hinter ihm. Er parkte den Wagen, verließ die Garage durch eine Seitentür und ging zurück zum Sierra.

Aus den Augenwinkeln sah er einen der Jungen, die seinen Wagen bewundert hatten. Er hatte lockiges braunes Haar und schien zehn oder elf zu sein. Er war dünn, beinahe unterernährt, wirkte aber zäh. Seine Muskeln waren hart, sein Blick misstrauisch. Aber Puller war klar, dass man in dieser Gegend vorsichtig sein musste.

»Wohnst du in der Nähe?«, fragte er auf Englisch.

Der Junge nickte. »*Si.*« Er deutete nach links. »*Mi casa.*«

»Wie heißt du?«

»Diego.«

»Okay, Diego. Ich bin Puller.« Sie schüttelten einander die Hand. »Kennst du Paradise gut?«

Diego nickte. »Sehr gut. Ich wohne schon immer hier.«

»Bei deiner Mom und deinem Dad?«

Er schüttelte den Kopf. *»Mi abuela.«*

Also wuchs er bei seiner Großmutter auf.

»Willst du dir was verdienen?«

Diego nickte so heftig, dass seine braunen Locken auf und ab wippten. *»Si. Me gusta el dinero.«*

Puller gab ihm einen Fünfer, holte das Handy hervor und zeigte dem Jungen das Foto vom Chrysler.

»Halte nach diesem Auto Ausschau«, sagte er. »Geh nicht in seine Nähe, sprich nicht mit den Leuten, die drinsitzen, und lass sie nicht merken, dass du sie beobachtest. Aber wenn du kannst, finde den Rest vom Nummernschild heraus und wie die Leute in dem Auto aussehen. *¿Entiendes?«*

»Si.«

Puller hielt dem Jungen die Hand hin, damit er einschlagen konnte. Er tat es. Dabei fiel Puller der Ring an Diegos Finger auf. Er war aus Silber mit eingraviertem Löwenkopf.

»Hübscher Ring.«

»Mi padre hat ihn mir gegeben.«

»Wir sehen uns, Diego.«

»Und wie finde ich Sie?«, fragte Diego.

»Brauchst du nicht. Ich finde dich.«

19

Das Haus war eines der größten an der Emerald Coast, vier Hektar erstklassige Strandlage mit freiem Blick auf den Golf mit seinem unendlichen Horizont. Der Preis betrug weit mehr, als tausend Familien der Mittelschicht in einem Jahr verdienen konnten.

Der Hüne mähte den Rasen, schleppte Säcke mit Gartenabfällen und lud sie auf die Pick-ups, die auf einem Personalparkplatz hinter dem Haus parkten. Die Fahrzeuge der Landschaftsgärtnerei durften den Haupteingang mit der schicken Kopfsteinpflasterauffahrt nicht benutzen. Für sie gab es die Asphaltstraße auf der Rückseite.

Hinten auf dem Gelände gab es zwei Swimmingpools: einen Infinity-Pool und ein Schwimmbecken von olympischen Ausmaßen. Der Pracht des Anwesens entsprach die Schönheit des 3250 Quadratmeter großen Hauses mit den zusätzlichen 1860 Quadratmetern der diversen Nebengebäude, zu denen ein Poolhaus, ein Gästehaus, eine Sporthalle, ein Privatkino und die Quartiere des Sicherheitspersonals gehörten.

Der Hüne hatte gesehen, wie eine der Bediensteten das Haus verließ, um ein Päckchen von einem FedEx-Fahrer entgegenzunehmen, der ebenfalls den Dienstboteneingang benutzen musste. Die Latina trug eine altmodische Hausmädchenuniform, komplett mit weißer Schürze und schwarzem Häubchen. Ihr Körper war schlank, aber fraulich, ihr Gesicht hübsch, ihr Haar dunkel und üppig.

Am Ende der Pier, die direkt in den Golf führte, ankerte eine Fünfundsiebzig-Meter-Jacht, auf deren Heli-Landeplatz achtern ein Hubschrauber stand.

Der Hüne schuftete schwer. Schweiß lief ihm über den Rücken und in die Augen. Während die anderen Arbeiter etwas tranken oder im Schatten Pause machten, schuftete er weiter. Aber sein Fleiß diente einem bestimmten Ziel: So hatte er die Möglichkeit, sich auf dem Gelände zu bewegen. In Gedanken stellte er die Gebäude auf ein Schachbrett und bewegte die Figuren in verschiedenen Szenarien.

Sein besonderes Augenmerk galt der Einteilung der Sicherheitsleute. Am Tag hatten sechs Mann Dienst. Alle schienen Profis zu sein, die als Team arbeiteten – gut bewaffnet, wachsam und loyal gegenüber ihrem Arbeitgeber. Insgesamt schien es nur wenige Schwachpunkte zu geben.

Auch nachts wurden mindestens ein halbes Dutzend ausgeruhte Wachen eingesetzt, vielleicht mehr, da in der Dunkelheit eher mit einem Angriff zu rechnen war.

Der Hüne kam dem Haupteingang nahe genug, um die dort installierten Überwachungskameras und das Tastenfeld zu sehen. Die schmiedeeisernen Torflügel waren groß und schwer und glichen denen vor dem Haupteingang des Weißen Hauses. Die Mauer an der Vorderseite des Besitzes war mit Stuck verziert und über eins achtzig hoch. Der Hausbesitzer legte offensichtlich großen Wert auf seine Privatsphäre.

Der Hüne ließ sich auf ein Knie sinken und beschnitt ein paar Sträucher, als ein Maserati Cábrio vor dem Tor hielt. Ein Mann und eine Frau saßen in dem Sportwagen. Beide waren Anfang dreißig und hatten das gut genährte, zufriedene Aussehen von Leuten, deren Leben keine Entbehrungen kannte.

Sie tippten den Code ein, und die Torflügel schwangen zurück.

Keiner von beiden hatte auch nur einen Blick für den Hünen übrig, als sie an ihm vorbeifuhren. Er jedoch beobachtete sie, prägte sich jede Einzelheit ihrer Gesichter ein.

Nun kannte er auch den sechsstelligen Sicherheitscode des vorderen Tores: Er hatte beobachtet, wie der Mann ihn eingegeben hatte. Jetzt stellte nur noch die Überwachungskamera ein Problem dar.

Während er eine Hecke stutzte, bewegte er sich näher an das Tor heran. Sein Blick glitt den Metallpfosten hinauf, an dem die Kamera befestigt war. Das Stromkabel befand sich im Innern des Pfostens – die Standardpraxis, wie er wusste. Aber da der Pfosten im Boden versenkt worden war, musste die Stromleitung irgendwohin führen.

Der Hüne schlüpfte durch das Tor, bevor es sich ganz geschlossen hatte, und machte sich daran, ein Stück Rasen zu bearbeiten, das vom Kamerapfosten bis zur Grundstücksgrenze verlief. Er ließ sich auf Hände und Knie nieder, schnitt an Unkraut herum und hob ein einsames Blatt auf, das so dreist gewesen war, auf dem üppigen Gras zu landen. Dabei betrachtete er die leichte Erhebung, die über den gesamten Rasen verlief: Hier war der Graben für die Leitung ausgehoben worden, die zum Tor führte und Kamera, Gegensprechanlage und Tastatur mit Strom versorgte.

Er betrachtete die unregelmäßigen Konturen des Rasens, wo er unter dem Zaun verschwand. Hätte man nicht danach Ausschau gehalten, wären die Spuren des Grabens so gut wie unsichtbar gewesen. Aber nicht für ihn.

Der Hüne vermutete, dass die Stromleitung in einem gehärteten Rohr steckte. Er stemmte sich hoch und ging den Zaun entlang. Zurück durch das Tor konnte er jetzt nicht mehr, wenn er nicht verraten wollte, dass er den Code kannte. Wie oft man ihn wohl wechselte? Es war Wochen- und Monatsmitte. Wenn der Code alle sieben oder alle dreißig Tage gewechselt wurde, was durchaus vorstellbar war, hatte er noch Zeit.

Er gelangte zur Hinterseite des Besitzes und blickte hinaus auf den Golf von Mexiko, der sich vor ihm ausbreitete. Seemöwen tauchten in die Tiefe. Boote rasten übers Wasser oder tuckerten langsam dahin.

Tagsüber fischten die Leute, segelten, fuhren Boot. Nachts transportierten sie eine ganz andere Ware. Eine, wie er selbst es gewesen war. Zum Glück war er entkommen. Andere hatten es nicht geschafft.

Er stellte den Müllsack mit den Gartenabfällen auf einen Pick-up und trank aus einem Becher, den er an einem der großen orangefarbenen Wasserkühler gefüllt hatte. Sein Blick fiel auf zwei andere Männer, die auf der anderen Seite des Zaunes einen Baum bearbeiteten. Beide waren Latinos. Außerdem gab es einen Weißen, zwei Schwarze und ihn, den Hünen. Er war von unbestimmter Herkunft. Technisch gesehen war er Weißer.

Technisch gesehen.

Er hatte sich nie auf diese Weise kategorisiert. Seinen Gesichtszügen nach gehörte er einer unverwechselbaren ethnischen Gruppe an. Nicht viele Leute hatten in sein Land kommen und sich mit denen, die dort lebten, vermehren wollen. Es war abgelegen, und es war ein hartes Land; Fremde wurden nicht mit offenen Armen empfangen, sondern mit Misstrauen. Sein Volk war stolz, und es reagierte sauer auf Beleidigungen, um es vorsichtig auszudrücken. Diese Menschen hielten nie die andere Wange hin.

Der Hüne zerdrückte den Pappbecher und warf ihn in den Mülleimer auf der Ladefläche. Dann ging er durchs Hintertor in Richtung Infinity-Pool.

In der Nähe parkte der Maserati. Am Pool faulenzte die Frau, die in dem Sportwagen gesessen hatte. Von dem Mann war nichts zu sehen. Als sie sich auf der Liege ausgestreckt hatte, hatte sie Strandkleid und High Heels ausgezogen, die nun neben ihr auf dem Boden lagen. Ihr Badeanzug war winzig, oben ein Stoffstreifen, unten ein Stringtanga. Als sie sich auf den Bauch drehte, konnte er fast alles von ihren entblößten Pobacken sehen. Sie waren fest, aber an einigen Stellen weich genug, um ausgesprochen feminin zu sein. Sie löste die Riemen des Oberteils und ließ sie an den Seiten fallen. Ihre Beine waren lang, glatt und gebräunt. Ihr hellblondes Haar, im Auto noch zu einem Pferdeschwanz zurückgebunden, fiel nun auf ihre sommersprossigen Schultern.

Sie war eine sehr schöne Frau. Der Hüne konnte verstehen, warum der Mann im Maserati so selbstzufrieden gelächelt hatte, als wäre sie sein Besitz.

Er stellte seine Überlegungen ein, als er begriff, dass er einen Fehler gemacht hatte.

Er hatte die Frau ein paar Sekunden zu lange beobachtet. Schritte ertönten hinter ihm, dann riss jemand an seinem Arm.

»Beweg deinen Hintern«, sagte die Stimme.

Er drehte sich schnell um. Vor ihm stand einer der Sicherheitsleute. Vom Ohrhörer verlief eine Schnur bis zum Netzteil, das hinter seiner Jacke im Hosenbund steckte. Trotz der Hitze trugen hier alle Sicherheitsleute Jacken. Unter den Jacken steckten die Waffen.

»Sofort!« Der Mann starrte zu ihm hoch. »Du bist nicht hier, um die Aussicht zu bewundern, Gartenboy.«

Der Hüne setzte sich in Bewegung. Er hätte den Mann mit einem Schlag gegen den Hals töten können, aber das wäre sinnlos gewesen. Es hätte seinen Plan zunichtegemacht. Aber seine Zeit würde kommen.

Er warf noch einen Blick auf die Frau und sah, dass sie sich ein Stück zur Seite gedreht hatte – nicht genug, um ihre Brüste zu enthüllen, aber beinahe.

Sie schien ihn zu beobachten. Wegen ihrer Sonnenbrille konnte er es nicht mit Sicherheit sagen. Er fragte sich, warum jemand wie sie von jemandem wie ihm Notiz nehmen sollte.

Die Antwort auf diese Frage konnte nichts Gutes für ihn bedeuten.

20

Puller saß in seinem Zimmer auf dem Bett und sah sich um. Nichts Besonderes. Ein Boden, eine Tür, ein Fenster, ein Bett, eine Toilette. Eine doppelte Verbindungstür führte ins Nebenzimmer. Er hatte schon in besseren Läden übernachtet, aber auch in viel schlechteren.

Die Wände waren dünn. Aus den benachbarten Zimmern waren Geräusche zu hören, nicht deutlich genug, um einzelne Worte verstehen zu können, aber die erhobenen Stimmen waren eindeutig. Auf dem Weg nach oben war Puller an mehreren Leuten vorbeigekommen, die offenbar ständig hier wohnten und ihn misstrauisch gemustert hatten. Anscheinend war er hier einer der wenigen Weißen. Vielleicht sogar der Einzige.

Den Blicken und dem Getuschel nach zu urteilen, ging Puller davon aus, dass einige Hotelgäste ihren Missmut über seine Anwesenheit möglicherweise auf eine Weise ausdrücken würden, die eine Gegenreaktion seinerseits erforderte. Das wollte er nicht; er würde es vorziehen, wenn es gar nicht erst so weit käme. Aber falls es geschah, würde er vorbereitet sein.

Er packte die wenigen Kleidungsstücke aus, die er mitgebracht hatte, und warf einen Blick auf die Uhr. Er hatte noch Zeit, bevor er Louise Timmins treffen sollte. Mason, der Anwalt, hatte bisher nicht zurückgerufen.

Puller beschloss, noch ein wenig die Gegend zu erkunden und sich dann mit Timmins zu treffen. Er saß nicht gern in Hotelzimmern, ob es nun eines wie dieses hier war oder das

Ritz – nicht dass er das Innere des Ritz jemals zu Gesicht bekommen würde. Nicht bei dem Gehalt, das Onkel Sam ihm zahlte.

Auf dem Weg hinaus schloss er das Zimmer ab. Er hatte nichts zurückgelassen, auf das er nicht verzichten konnte. Er ging am Aufzug vorbei zur Treppe. Das Gebäude war nicht im allerbesten Zustand, und Puller ging davon aus, dass dies auch für den Aufzug galt. Und mehrere Stunden in einem Lift festzusitzen zählte nicht zu seinem Plan.

Er hörte sie, bevor er sie sah. Ein Mann, eine Frau und allem Anschein nach ein Kind.

Puller öffnete die Tür zum Treppenhaus und trat hindurch. Er hatte sich geirrt. Tatsächlich handelte es sich um drei erwachsene Männer, ein ungefähr sechzehnjähriges Mädchen und einen Jungen von vielleicht fünf Jahren. Einer der Männer war Latino, ein anderer war schwarz, der dritte hatte Pullers Hautfarbe.

Das Mädchen wurde – erkennbar gegen seinen Willen – von dem Latino gegen die Wand gedrückt. Der Schwarze hielt den weinenden Jungen fest, der um sich schlug und jemanden zu treffen versuchte. Der Weiße stand mit breitem Grinsen vor dem Mädchen. Er hatte den Gürtel geöffnet und war dabei, seine Hose aufzuknöpfen. Seine Absicht war so offensichtlich, wie es in derartigen Situationen seit ewigen Zeiten der Fall war.

Als sich die Treppenhaustür öffnete, knurrte der Weiße, ohne hinzuschauen: »Verpiss dich! Wird's bald?«

Puller ließ die Tür hinter sich zufallen. Er sah die Ausbuchtung in der Gesäßtasche des Weißen. Kein guter Platz, um seine Waffe aufzubewahren, aber der Weiße sah ziemlich dämlich aus.

»Ich glaube nicht. Und Sie können Ihren Gürtel wieder zumachen. Das hier läuft nicht nach Plan.«

Die drei Männer drehten sich zu ihm um. Das Mädchen wich zurück und drückte den Jungen fest an sich.

»Willst du das wirklich durchziehen, Arschloch?«, fragte der Weiße.

»Ich heiße Puller. John Puller. Und Sie?«

Der Weiße blickte seine Kumpel an und lächelte. Aber Puller entging nicht, dass sich hinter dem Lächeln Nervosität verbarg. Der Schwarze war der Größte der drei, aber Puller war zehn Zentimeter größer und zwanzig Kilo schwerer. Der Weiße maß eins achtzig und wog schwabbelige fünfundachtzig Kilo. Der Latino war eins siebzig und hatte keine nennenswerten Muskeln.

Puller überragte sie alle. Seine Schultern waren fast so breit wie die Tür. Den Blick fest auf den Weißen gerichtet, setzte er sich langsam in Bewegung, aber sein peripheres Radar behielt dessen Kumpels im Blick.

Der Weiße schnallte den Gürtel zu.

»Willst du, dass wir deinen Arsch an die Wand nageln?«, fragte der Schwarze.

»Nein, da stehe ich nicht drauf. Genauso wenig, wie das Mädchen darauf steht, von drei Schlappschwänzen belästigt zu werden.«

Der Weiße drehte den Kopf leicht zur Seite, während seine rechte Hand sich zur Gesäßtasche bewegte – mit einer offensichtlichen, schlussendlich aber sinnlosen Absicht.

Puller seufzte. Er hatte nicht gewollt, dass es so kam, aber jetzt blieb ihm keine andere Wahl. Er schlug zu, bevor die Waffe zur Hälfte aus der Tasche war, rammte dem Weißen den Ellbogen gegen den Hals und ließ dem Schlag einen Kniestoß in die linke Niere folgen. Noch während der Mann brüllend zu Boden ging, schmetterte Puller ihm eine vernichtende rechte Gerade gegen den Unterkiefer. Der Weiße blieb am Boden liegen. Sein Blut spülte ein paar seiner Zähne aus dem Mund.

Puller spielte mit dem Gedanken, die anderen beiden Typen davonkommen lassen, aber ihre Mienen zeigten deutlich, dass ihre gemeinsame Anwesenheit den Mut des jeweils anderen über jede Vernunft hinaus steigerte.

Zwei gegen einen, dachten sie. Ein leichtes Opfer.

Pech für sie.

Puller schlang dem Latino den Arm um den Kopf, benutzte ihn als Waffe und riss ihn von den Füßen, katapultierte den Schwarzen damit die Stufen hinunter. Bewusstlos blieb er auf dem Treppenabsatz liegen.

Puller schwang den Latino weiter herum, bis er mit dem Kopf gegen die Wand krachte. Er sackte zusammen und gesellte sich zu seinem schwarzen Kumpel ins Land des unfreiwilligen Schlafes.

Einen Augenblick blieb Puller stehen, kein bisschen außer Atem, aber extrem angefressen, dass das alles passiert war.

Er blickte das Mädchen an. »Alles in Ordnung?«

Sie nickte. Sie war hübsch, hatte ein weiches Gesicht und einen großen Busen. Sie sah älter aus, als sie vermutlich war. Puller bezweifelte, dass sie einen solchen Angriff zum ersten Mal erlebt hatte.

Er musterte den kleinen Jungen. »Ist das dein Bruder?«

Sie nickte erneut.

»Wie heißt du?«

»Isabel. Er heißt Mateo«, sagte sie kleinlaut und ängstlich.

»Willst du die Cops rufen?«

Puller glaubte die Antwort zu kennen, fühlte sich aber verpflichtet, die Frage trotzdem zu stellen.

Sie schüttelte den Kopf, noch bevor er ausgesprochen hatte.

»Soll *ich* die Cops rufen?«

»Nein. Bitte nicht.«

Puller betrachtete die am Boden liegenden Männer. Sie waren üppig tätowiert und trugen Kurzhaarschnitte. Er hielt es zwar für unwahrscheinlich, aber man wusste ja nie, deshalb fragte er: »Sind diese Pfeifen beim Militär?«

Das Mädchen schüttelte den Kopf. »Nein.«

Dann liegt es nicht in meinem Zuständigkeitsbereich, dachte Puller. In diesem Fall war er nur ein besorgter Bürger.

»Die werden nicht damit aufhören«, sagte er. »Ich habe sie noch wütender gemacht. Sie könnten es an dir auslassen.«

Das Mädchen schnappte sich die Hand ihres Bruders und rannte mit ihm durch die Tür. Ein paar Sekunden konnte Puller noch ihre Schritte hören, dann war Stille.

Puller schaute rasch nach den drei Männern. Sie atmeten noch. Die Herzen schlugen kräftig. Puller war es egal, ob Knochen gebrochen waren oder Schädel Frakturen davongetragen hatten. Das war nun mal der Preis, den man zahlte, ein Stück Scheiße zu sein, das andere Leute überfiel. Vor allem junge Mädchen und ihre fünfjährigen Brüder.

Als der Weiße stöhnte und sich ein Stück bewegte, trat Puller ihm gegen den Kopf und schickte ihn zurück ins Traumland.

Er überlegte, ob er die Cops rufen sollte, aber ohne die Aussage des Mädchens gab es nur Pullers eigene Darstellung der Ereignisse. Und wenn das Mädchen sie nicht bestätigte – was der Fall sein würde –, sah Puller sich möglicherweise mit einer Anklage wegen Körperverletzung konfrontiert, bei der die Lügen der drei Penner gegen seine Aussage standen.

Also beschloss er, einfach weiterzumachen. Mit den Folgen seines Tuns würde er sich später beschäftigen.

Er kehrte in sein Zimmer zurück, schnappte sich seine Tasche und verließ das Hotel, um seinen Wagen zu holen. Er musste die Gegend auskundschaften. Er war in dieser Stadt, weil er herausfinden wollte, was mit seiner Tante passiert war.

Nichts auf der Welt würde ihn davon abhalten.

Ein gewaltiger Irrtum.

21

Als Puller das Gebäude verließ, betrat es ein anderer Mann. Als ihre Wege sich kreuzten, tat Puller etwas, das er so gut wie nie tun musste, wenn er anderen Menschen begegnete.

Er schaute nach oben.

Es war derselbe Mann, den er bei seiner Mahlzeit an der Strandpromenade auf der Ladefläche des Lastwagens der Landschaftsgärtnerei gesehen hatte.

Aus unmittelbarer Nähe sah der Mann noch größer und einschüchternder aus. Nie zuvor hatte Puller einen so perfekt proportionierten Körper gesehen. Der Bursche hätte als Modell für ein Rekrutierungsposter für Superhelden dienen können. Als die beiden Männer aneinander vorbeigingen, musterten sie den jeweils anderen von der Seite. Geübt und unauffällig hielten sie nach Details Ausschau, die für Nichteingeweihte – also fast jeden auf dem Planeten – nicht offensichtlich waren.

Puller beeindruckte nicht nur der Körperbau des anderen, auch die Präzision seiner Beobachtungen, die in seinen Augen abzulesen war. Es war offensichtlich, dass der Mann ihn wiedererkannte, obwohl ihre Blicke sich zuvor nur sekundenlang getroffen hatten. Um diese Art des Wiedererkennens zustande zu bringen, musste man entsprechend ausgebildet sein.

Puller musterte den Mann von oben bis unten. Er trug die Uniform einer Landschaftsgärtnerei. Dunkelgrünes, schweißgetränktes T-Shirt und dunkelblaue Hose. Neu aussehende Arbeitsschuhe, geschätzte Größe einundfünfzig.

Also hatte der Riese entweder ein neues Paar Schuhe bekommen, was unwahrscheinlich schien, oder er hatte gerade erst bei der Firma angefangen. Das T-Shirt spannte sich viel zu eng um seinen Oberkörper. Der dünne Stoff enthüllte jeden Muskel. Er sah aus wie eine dieser Anatomietafeln, die in Arztpraxen an der Wand hingen.

Puller schloss daraus, dass man vermutlich kein passendes T-Shirt für diesen Mann gehabt hatte. Nur wenige Firmen hatten passende Uniformen für über zwei Meter große Arbeiter.

Als sie aneinander vorbei waren, blickte Puller instinktiv zurück. Es überraschte ihn nicht besonders, dass der andere das Gleiche tat. Sein Blick war nicht drohend, nur wachsam, neugierig, abschätzend.

Puller ging zur Garage, holte seinen Wagen und fuhr los.

Planquadrat für Planquadrat fuhr er Paradise ab und prägte sich so viele Einzelheiten ein, wie er konnte. Schließlich fuhr er auf einen Parkplatz, stellte den Motor ab, lehnte sich zurück und dachte über den Brief seiner Tante nach.

Leute, die nicht waren, was sie zu sein schienen.

Mysteriöse Geschehnisse in der Nacht.

Etwas stimmte nicht.

Puller zerlegte die Dinge mithilfe der Logik in ihre Einzelteile, wie das Militär es ihn jahrelang gedrillt hatte. Auf diese Weise ging er mittlerweile alles im Leben an, selbst Dinge, die nicht unbedingt logisch waren.

Familie, zum Beispiel.

Gefühle.

Beziehungen.

Mit Logik an so etwas heranzugehen war ein sicheres Rezept für lebenslangen Kummer.

Eigentlich die Geschichte seines Lebens.

Puller dachte über die erste Beobachtung seiner Tante nach.

Leute, die nicht waren, was sie zu sein schienen.

Abgesehen von Cookie kannte er keinen von Tante Betsys Bekannten, und Cookie war allem Anschein nach harmlos; er war genau als das erschienen, was er zu sein schien.

Aber es konnte andere Nachbarn geben, auf die Betsy sich mit ihrer Bemerkung bezogen hatte. Puller würde sie alle überprüfen müssen. Da war Jane Ryon, die Pflegerin. Sie würde er sich auf jeden Fall genauer anschauen müssen. Auch Mason, den Anwalt. Möglicherweise noch andere.

Er konzentrierte sich auf die zweite Beobachtung in dem Brief.

Mysteriöse Geschehnisse in der Nacht.

Geschehnisse, Plural. In der Nacht. Meinte sie mysteriöse Geschehnisse in ihrer Nachbarschaft? Falls ja, war einer ihrer Nachbarn in diese Geschehnisse verwickelt? Puller war die Gegend wie ein ganz normales Viertel erschienen, in dem mysteriöse Geschehnisse eher selten vorkamen. Aber seine Tante war tot, und das warf offensichtlich ein neues Licht auf die Dinge.

Schließlich dachte er über die dritte Beobachtung Tante Betsys nach.

Etwas stimmte nicht.

Dafür gab es viele Interpretationen. Puller konnte da auf seine Erfahrungen mit seiner Tante zurückgreifen. Sie war einer der nüchternsten Menschen gewesen, die er gekannt hatte; wenn sie so etwas sagte oder schrieb, glaubte sie es auch. Sie hatte nie voreilige Schlüsse gezogen. Natürlich bestand die Möglichkeit, dass das Alter diese Charakterzüge verändert hatte, aber irgendwie konnte Puller sich das nicht vorstellen. Sie waren viel zu tief in den Genen seiner Familie verwurzelt.

Er musste davon ausgehen, dass alles, was in dem Brief stand, den Tatsachen entsprach. Und wenn Betsy auf irgendetwas gestoßen war – und die Leute, die damit zu tun hatten, hatten es herausgefunden –, war dies ein hervorragendes Motiv, Betsy aus dieser Welt zu entfernen. Falls es so gelaufen war, würde Puller es den Verantwortlichen heimzahlen. Er würde entweder für eine lange Gefängnisstrafe oder ein verfrühtes Ableben sorgen.

Da Puller die Möglichkeiten ausgeschöpft hatte, die sich auf seine bisherigen begrenzten Ermittlungen stützten, stieg er aus dem Wagen und ging über die Uferpromenade zum Strand. Es war fast halb sieben. Das Café, in dem er sich mit Timmins treffen wollte, befand sich in der Nähe. Er beschloss, ein paar Schritte durch den Sand zu gehen, um noch ein wenig nachzudenken, während die Wellen ans Ufer spülten.

Ein paar Leute waren am Strand. Einige machten Powerwalking mit den typischen übertriebenen Arm- und Beinbewegungen, andere spazierten Arm in Arm, wieder andere hatten ihre Hunde dabei und warfen Tennisbälle und Frisbees, die ihre vierbeinigen Gefährten holen sollten.

Puller ließ den Blick vom Meer zur Uferpromenade und darüber hinaus schweifen. Es gab Teile von Paradise, die diesem Namen alle Ehre machten, während andere Ecken der Stadt kein bisschen zu dem Namen passten; das hatte Puller schon in der relativ kurzen Zeit seines Aufenthalts erkannt.

Ein interessanter Ort, ging es ihm durch den Kopf.

Als er sah, was sich ein Stück vor ihm abspielte, schritt er schneller aus. Er wusste nicht, ob es etwas mit dem Tod seiner Tante zu tun hatte, aber im Augenblick interessierte ihn alles, was in Paradise ungewöhnlich erschien.

22

Puller entdeckte zuerst Officer Landry, dann Polizeichef Bullock. Hooper war nirgends zu sehen.

Was er dann sah, ließ ihn langsamer werden. Aus Metallstangen und blauer Plane war ein Sichtschutz errichtet worden, um den Blick auf irgendetwas zu verwehren. Die Anwesenheit der Polizei ließ darauf schließen, dass es sich um eine Leiche handelte.

Puller näherte sich bis auf dreißig Meter und blieb dann stehen, nahm alles in sich auf. Landry stand neben einem Pärchen, das Puller wiedererkannte. Er hatte die beiden auf dem Revier gesehen, besorgt und aufgebracht. Ihm fielen wieder die Namen ein, die das Pärchen erwähnt hatte: Nancy und Fred Storrow. Sie waren spazieren gegangen und nie zurückgekommen. Das schien in Paradise öfters vorzukommen. Puller fragte sich, ob Nancy oder Fred – oder beide – hinter dem Sichtschutz lagen.

Er blickte hinaus aufs Meer. Die Flut kam. Hatte sie die Leiche angespült?

Es war fast sieben Uhr abends, und die Leiche war erst vor Kurzem gefunden worden. Das würde bedeuten, dass man sie am helllichten Tag am Strand abgelegt hatte, einem öffentlichen Ort. Das konnte Puller sich beim besten Willen nicht vorstellen. Es musste eine andere Erklärung für das Auftauchen der Leiche geben.

Wieder schaute Puller aufs Wasser.

Die Gezeiten. Das musste es sein. Puller bezweifelte, dass die Leiche sich in einem guten Zustand befand. Längere Zeit im Wasser zu liegen tat Körpern schreckliche Dinge an.

Die Frau weinte und stützte sich gegen die Schulter des Mannes, während Landry unbehaglich danebenstand. In der herabbaumelnden Hand hielt sie ihr Notizbuch. Bullock stand kopfschüttelnd neben dem Sichtschutz und tippte mit den Fingern nervös an seinen Waffengürtel, als würde er ein SOS-Signal senden.

Sie hatten die Stelle nicht weiträumig abgesperrt, aber die Leute hielten Distanz.

Puller ging auf Bullock zu, bis dieser aufschaute und ihn sah. Instinktiv hielt er die Hände hoch, um Puller zu stoppen, erkannte ihn dann aber und kam auf ihn zu. Seine schwarzen Schuhe versanken im Sand.

»Was tun Sie hier?«, fragte der Polizeichef, als er herangekommen war.

»Ich bin am Strand spazieren gegangen. Was haben Sie hier?«

»Eine laufende Untersuchung. Ich habe nicht die Absicht, einem Zivilisten Einzelheiten anzuvertrauen.«

»Ich bin kein Zivilist.«

»Für mich schon.«

»Eine Leiche oder zwei?«

»Wie bitte?« Bullock trat einen Schritt zurück und musterte Puller argwöhnisch.

»Hinter dem Sichtschutz. Hat die Flut die Leiche angespült?«

»Verdammt, was wissen Sie davon?«

»Nichts. Aber wenn Sie an einem Strand einen Sichtschutz errichten, und gleich daneben steht eine weinende Frau – eine Frau, die ich heute auf dem Revier gesehen habe, wo sie vermutlich eine Vermisstenmeldung aufgegeben hat –, ist das kein großes Rätsel. War es ein Unfall?«

»Ich gebe Ihnen einen guten Rat, Puller. Steigen Sie ins nächste Flugzeug und fliegen Sie nach Hause.«

»Danke für den Tipp, aber Paradise wächst mir allmählich ans Herz. Ich kann verstehen, warum es euch hier im Süden so gut gefällt.«

Bullock machte auf dem Absatz kehrt und stapfte davon. Seine Schuhsohlen ließen den Sand aufstieben. Ein anderer Officer erschien und kümmerte sich um das Pärchen, was es Landry ermöglicht, sich freizumachen und zu Puller zu kommen.

»Was hat Chief Bullock Ihnen gesagt?«, erkundigte sie sich.

»Er wollte, dass ich mich an der Ermittlung beteilige und mein Fachwissen zur Verfügung stelle. Außerdem hat er mich später zu einem Bier in seinem Haus eingeladen.«

Landry lächelte. »Er trinkt kein Bier. Aber ich hätte Ihnen sowieso nicht geglaubt.«

Puller nickte in Richtung der blauen Plane. »Haben Sie schon die Gerichtsmedizinerin gerufen?«

»Sie kommt, so schnell sie kann.«

Puller nickte. Wie es aussah, war sein Sieben-Uhr-Termin mit Timmins soeben verschoben worden.

»Keine Bange, ich frage Sie nicht nach Einzelheiten. Ich will Sie bei Bullock nicht in Schwierigkeiten bringen.«

»Danke.«

»Wo steckt Ihr Partner?«

Die Frage schien Landry Unbehagen zu bereiten. »Er … äh, hatte ein kleines Problem.«

»Hat er gekotzt und ist in Ohnmacht gefallen, als er die Leiche gesehen hat?«

Landry schaute zur Seite, aber ihre Miene verriet Puller, dass er ins Schwarze getroffen hatte.

»Ich habe ziemlich viel Erfahrung mit Wasserleichen«, sagte er.

»Ich dachte, Sie wären bei der Army, nicht bei der Navy.«

»Oh, Sie würden nicht glauben, was es bei der Infanterie so alles gibt. Und viele Stützpunkte liegen in der Nähe von Gewässern.«

»Ich bezweifle, dass der Chief einverstanden wäre, wenn Sie sich an den Ermittlungen beteiligen.«

»Das ist mir schon klar. Aber ich wollte es trotzdem anbieten. Und falls Sie mich je etwas fragen möchten – inoffiziell, versteht sich –, tun Sie sich keinen Zwang an.«

»Danke. Wir haben hier keine herkömmlichen Detectives in Zivil, wissen Sie. Die Uniformierten erledigen alles. Wenn wir überfordert sind, können wir Hilfe vom County oder von der State Police anfordern.«

»Verstehe.«

»Haben Sie sich fleißig um alles gekümmert, was der Tod Ihrer Tante so mit sich gebracht hat?«

»Ein wenig.«

»Wenn Sie herausfinden, dass es kein Unfall war, informieren Sie mich dann?«

»Mach ich.«

»Sie werden nicht den einsamen Rächer spielen?«

»Ich suche keinen Ärger.«

»Aber der Ärger findet Sie trotzdem?«

»Manchmal. Ich wohne drüben im Sierra.«

»Nicht gerade der exklusivste Teil der Stadt.«

»Wenn man sich die wirklich exklusiven Viertel nicht leisten kann, dann schon. Und achtzig Mäuse für eine Übernachtung ist nicht gerade billig. Nicht mal, wenn das Frühstück darin enthalten ist.«

»Tja, so ist Paradise nun mal.«

»Können Sie mir mehr über die Gegend verraten?«

»Zum Beispiel?«

»Sie haben hier doch bestimmt die typischen Probleme. Haben Sie auch mit Gangs zu tun?«

»Offiziell nicht. In Wirklichkeit schon.«

»Was soll dann ›offiziell nicht‹ heißen?«

»Paradise ist ein Touristenort. Von den Millionen Leuten, die jedes Jahr in den Panhandle reisen, kommen viele hierher. Deshalb haben wir offiziell kein Gangproblem.«

»Verstehe. Woraus besteht Ihr inoffizielles Gangproblem?«

»Es gibt hier keine der typischen ethnischen und rassischen Trennlinien. Keine Bloods und Crips gegen Latinogangs oder Skinheads.«

»Sie meinen, dass in Ihren Gangs Vielfalt herrscht? Multikulti? Sehr lobenswert.«

Sie warf ihm einen seltsamen Blick zu. »Warum fragen Sie eigentlich? Ist etwas passiert?«

»Nichts Besonderes. Ist die Kriminalität auf die ärmeren Viertel beschränkt?«

»Gewaltdelikte größtenteils schon. Gang gegen Gang. Aber die Eigentumsdelikte greifen aus offensichtlichen Gründen auch in die Gegenden mit höheren Einkommen über.«

»Man geht dorthin, wo man die teuren Klamotten klauen kann.«

»Exakt. Die wirklich exklusiven Anwesen hier in der Gegend verfügen allerdings über ihre eigene Security. Entweder hinter Siedlungsmauern mit Mietcops oder hinter eigenen Toren mit Sicherheitsprofis.«

»Da eröffnet sich einem ja plötzlich eine ganz andere Seite von Paradise.«

»Solche Dinge passieren nun mal, wenn sich Geld an Armut reibt.«

»Das trifft dann aber auf ganz Amerika zu.«

»Dazu kann ich nichts sagen.«

»Wer leitet die Untersuchung hier eigentlich?«, fragte Puller.

»Chief Bullock persönlich. Er kennt die Familie.«

»Ist er ein guter Ermittler?«

»Er ist der Chief.«

»Sie haben die Frage nicht beantwortet.«

Sie seufzte. »Ich nehme an, wir werden es herausfinden.«

»Ich nehme an, das werden Sie.«

23

Puller setzte sich auf einen Strandstuhl und schaute zu, wie Landry und ein anderer uniformierter Beamter gelbes Polizeiabsperrband um den Ort des Leichenfundes spannten. Sie befestigten das Band an Metallstäben, die sie in den Sand getrieben hatten.

Ungefähr zwanzig Minuten später geschah das, womit Puller gerechnet hatte. Ein Volvo hielt, und eine Frau stieg aus. Sie hatte kurzes graues Haar, war in den Fünfzigern und trug eine weiße, ärmellose Bluse, einen blauen Rock, der bis unter das Knie reichte, und Sandalen. An einer Kette baumelte eine Gleitsichtbrille. In der Hand hielt sie eine Arzttasche.

Louise Timmins, die Gerichtsmedizinerin, war eingetroffen. Sie sah gehetzt und ein bisschen gereizt aus. Auf direktem Weg ging sie zur Polizeiabsperrung und wurde von Landry durchgelassen. Timmins duckte sich unter dem Band durch und marschierte zu der blauen Plane, wo sie von Bullock erwartet wurde. Nach einer kurzen Unterhaltung schlüpfte die Ärztin hinter den provisorischen Sichtschutz. Puller wusste, dass sie auf so engem, erhitztem Raum kein angenehmer Anblick und keine angenehmen Gerüche erwarteten.

In solchen Fällen musste man einfach weiteratmen, und der Geruchssinn versagte über kurz oder lang. Glücklicherweise.

Nach Pullers Uhr war eine halbe Stunde vergangen, als Timmins wieder ins Sonnenlicht trat. Sie war ein bisschen grün um die Nase und sah ziemlich mitgenommen aus. Puller fragte sich, ob sie die Verstorbene kannte oder ob dort mehr als nur eine Leiche lag.

Sie sprach mehrere Minuten lang mit Bullock, worauf dieser nickte und irgendetwas in einen Block mit Spiralheftung schrieb.

Als Timmins zurück zu ihrem Auto ging, trat Puller auf sie zu.

»Dr. Timmins?«

Die Ärztin sah zu ihm hoch. Sie brachte es gerade mal auf eins sechzig, deshalb musste sie den Kopf in den Nacken legen.

»Ja?«

»John Puller. Wir haben telefoniert.«

»Ach ja, richtig. Ihre Tante.« Sie schien nicht erfreut zu sein, ihn zu sehen. »Ich wollte Sie anrufen, um Ihnen Bescheid zu sagen, dass es später wird, als ich von der Sache erfahren hatte, aber dann ist mir die Zeit weggelaufen.«

»Schon in Ordnung«, erwiderte er. »Wir können einen neuen Termin vereinbaren. Ich weiß, dass Sie nicht mit dieser Sache am Strand gerechnet haben.«

Er betrachtete sie genauer, als sie den Wagenschlüssel aus der Handtasche holte. Aus der Nähe sah sie blass, abgespannt und verschreckt aus.

»Nein, damit habe ich nicht gerechnet. Um ehrlich zu sein, es hat mich umgehauen.«

»Ist es jemand, den Sie kannten?«

Abrupt sah sie zu ihm hoch. »Wieso fragen Sie?«

»Sie sehen ziemlich erschüttert aus. Mehr, als der Anblick einer Leiche erklären würde, selbst wenn man sie aus dem Wasser geholt hat.«

»Dem Tod ins Auge zu blicken ist nie einfach.«

»Aber Sie sind Ärztin und Gerichtsmedizinerin. Sie werden

ständig mit dem Tod konfrontiert, in den unterschiedlichsten Erscheinungsformen. Und da Paradise eine Stadt am Meer ist, wird es bestimmt nicht der erste Ertrunkene gewesen sein, den Sie gesehen haben.«

»Ich kann wirklich nicht mit Ihnen darüber sprechen.«

»Ich weiß. Und ich möchte Ihre Zeit nicht verschwenden. Können wir uns wegen meiner Tante zusammensetzen?«

Sie warf einen Blick auf die Uhr.

»Ich würde Sie gern zum Essen einladen«, fügte Puller hinzu. »Falls Sie Appetit haben.«

Sie blickte zurück zu der blauen Plane. »Ich kann nichts essen, aber vielleicht würde ein Ginger Ale meinem Magen guttun.«

»Okay. Das Café, in dem wir uns treffen wollten, ist nur ein paar Querstraßen von hier. Möchten Sie zu Fuß gehen oder fahren?«

»Fahren. Im Moment sind meine Knie ziemlich wackelig.«

Als sie zu ihren Autos gingen, drehte Puller sich um. Er sah, dass Bullock und Landry sie beobachteten. Der Polizeichef sah angepisst aus, Landry bloß neugierig.

Sie fuhren getrennt zu dem Café und parkten an der Straße. Der Laden war gut besucht, aber es gab noch einen freien Tisch.

Timmins bestellte ein Glas Ginger Ale, Puller eine Coke. Es war nach sieben, und es waren immer noch um die dreißig Grad, nur dass hier die Meeresbrise fehlte.

»Fühlt sich eher wie die Hölle an als wie das Paradies, nicht wahr?«, sagte Timmins, nachdem sie ihre Getränke bekommen hatten. Sie nahm einen großen Schluck Ginger Ale und lehnte sich zurück. Sie sah ein bisschen besser aus.

»Ich nehme an, Sie gehören zu den Zugereisten«, sagte Puller.

»Wie kommen Sie darauf?«

»Ihre Haut ist ziemlich blass, und Sie sind es nicht gewohnt, Sandalen zu tragen, die für Frauen hier vermutlich ein tägliches Accessoire sind.«

Sie blickte auf ihre Füße, wo die Sandalenriemen rote Striemen auf der Haut hinterlassen hatten.

»Je länger Sie Sandalen tragen, umso mehr gewöhnt Ihre Haut sich daran«, fuhr Puller fort.

»Sie sind sehr aufmerksam.«

»Dafür bezahlt mich die Army.«

»Nun ja, ich komme eigentlich aus Minnesota. Bin vor sechs Monaten hergezogen. Das ist mein erster Sommer hier. In Minnesota kann es im Sommer auch sehr heiß werden, aber nicht so.«

»Warum sind Sie hierhergezogen?«

»Mein Mann ist gestorben, und ich war die langen Winter in Minnesota leid. Ich erfuhr, dass ein mir bekannter Arzt seine Praxis hier verkaufen wollte. Als ich herausfand, dass zu dem Job die Stelle des Distriktgerichtsmediziners gehört, habe ich zugegriffen, denn ich habe mich schon immer für forensische Pathologie interessiert.«

»Und dass dieser Ort Paradise heißt, hat Sie bestimmt nicht gestört.«

»Die Prospekte waren sehr verlockend«, erwiderte sie mit einem müden Lächeln.

»Wollen Sie zurück in den Norden?«

»Ich glaube nicht. Dieser Ort hier wächst einem ans Herz. Von Juni bis August ist Paradise hoffnungslos überfüllt, und Hitze und Luftfeuchtigkeit sind schlimm, aber den Rest des Jahres ist es ganz nett. In St. Paul hätte ich im Februar nie in Shorts spazieren gehen können.«

Puller beugte sich vor und beendete das Geplauder. »Meine Tante …«

»Sie haben sich ihre Leiche angeschaut.«

»Woher wissen Sie das?«

»Carl Brown von Baileys hat es mir gesagt. Wir sind befreundet. In Florida haben Ärzte und Bestattungsunternehmer oft miteinander zu tun. Viele meiner Patienten sterben. Irgendwann holt jeden von uns das Alter ein.«

»Ja, ich habe die Leiche meiner Tante gesehen.«

»Und?«

»Und was?«

»Ich habe mich nach Ihnen erkundigt, Agent Puller. Ich habe ein paar Kontakte beim Pentagon. Mein Bruder ist bei der Air Force. Man hat mich darüber informiert, dass Sie in Ihrem Job ein Ass sind und das Wort Hartnäckigkeit nicht mal annähernd Ihre Entschlossenheit beschreibt, wenn Sie auf der Jagd sind.«

Puller lehnte sich zurück und betrachtete Timmins jetzt in einem anderen Licht. »An der rechten Schläfe der Toten war ein Bluterguss.«

»Habe ich gesehen, ja. Außerdem gab es einen kleinen Blutfleck auf der Steinfassung des Brunnens.«

»Also Ursache und Wirkung. Aber weshalb ist sie gestürzt? Ist sie gestolpert? Hatte sie einen Herzinfarkt oder Schlaganfall? Ist ein Aneurysma geplatzt?«

»Nichts davon. Organisch war sie in einem erstaunlich guten Zustand. Herz, Lunge und die anderen Organe waren nicht von Krankheiten betroffen. Sie hatte eine schlimme Osteoporose und eine verkrümmte Wirbelsäule, aber das war es auch schon. Sie ist an Wasser in der Lunge gestorben. Asphyxie.«

»Aber warum ist sie gestürzt?«

»Sie hatte ein Gehgestell. Möglicherweise war der Boden rutschig von Spritzwasser aus dem Brunnen. Sie stürzt, schlägt sich den Kopf an, wird bewusstlos und ertrinkt in sechzig Zentimeter hohem Wasser. So was passiert.«

»Wie oft?«

»In diesem Fall ist einmal schon genug.«

»Sonst gab es an der Leiche nichts Verdächtiges?«

»Keine Abwehrwunden, keine Ligaturmale, keine sonstigen Blutergüsse, die ein Hinweis auf einen Angriff wären.«

Puller nickte. Das deckte sich mit seinen eigenen Beobachtungen. »Der Toxscreen?«

»Dauert noch eine Weile. Aber ich habe keine Anzeichen einer Vergiftung entdeckt, wenn Sie darauf hinauswollen. Es gab auch keine Hinweise auf Alkohol- oder Drogenmissbrauch.«

»Ich glaube, meine Tante hat höchstens mal ein Glas Wein getrunken. Jedenfalls, soweit ich mich erinnere.«

»Das bestätigt die Autopsie. Wie schon gesagt, von den Problemen mit der Wirbelsäule abgesehen war sie in einem erstaunlichen Zustand für eine Frau in ihrem Alter. Sie hatte noch etliche Jahre vor sich.«

»Sie hatte einen Brief geschrieben. In diesem Brief hat sie ihre Besorgnis geäußert. Über irgendetwas in Paradise.«

»Worüber genau?«

»Über Leute, die nicht sind, was sie zu sein scheinen. Über mysteriöse Geschehnisse in der Nacht.«

»Nun, wie ich schon sagte, ich wohne erst seit sechs Monaten hier. Ich kenne nicht genug Leute, um sagen zu können, ob sie nicht das sind, was sie zu sein scheinen. Und mysteriöse Geschehnisse? Falls Ihre Tante es mysteriös fand, wenn Horden besoffener Männer und Frauen um zwei Uhr morgens halb nackt über die Hauptstraße tanzen, stimme ich ihr zu.«

»Sonst können Sie mir nichts sagen?«

»Ich fürchte, nein. Ich weiß, dass der Tod Ihrer Tante sinnlos erscheint, Agent Puller. Aber Unfälle passieren nun mal.«

»Ja.« *Aber wenn es ein Unfall war, warum folgen mir dann die Leute im Chrysler?* Puller hatte den Wagen gerade am Café vorbeifahren und in der Nähe seiner Corvette parken sehen. Das Fenster war nach unten geglitten, und er war sich ziemlich sicher, einen Blitz gesehen zu haben. Die Personen im Wagen hatten ein Foto gemacht. Doch ehe Puller auch nur in Erwägung ziehen konnte, zu dem Chrysler zu rennen, fuhr er weg.

»Alles in Ordnung, Agent Puller?«

Er konzentrierte sich wieder auf Timmins. »Alles in Ordnung.«

»Ich hoffe, ich konnte Ihre Bedenken wegen Ihrer Tante zerstreuen.«

»Meine Bedenken sind genau dort, wo sie sein sollten.«

24

Als Puller das Café verließ, summte sein Handy.

»Puller«, meldete er sich.

»Mr. Puller, hier ist Griffin Mason. Sie haben mein Büro wegen Ihrer Tante angerufen?«

»Ja. Können wir uns heute Abend noch treffen, oder ist es schon zu spät?«

»Ich bin noch im Büro, wenn Sie vorbeikommen wollen. Sie kennen die Adresse?«

»Ich bin in zwanzig Minuten da.«

Puller stieg in seinen Wagen und erreichte die Anwaltskanzlei zwei Minuten zu früh. Sie befand sich in einer ehemaligen Wohngegend, wo die Mietshäuser in Gebäude für kleine Firmen umgewandelt worden waren. Der Strand war zwei Querstraßen entfernt; Puller vermutete, dass die Grundstücke mehr wert waren als die Häuser. Aber das galt vermutlich für fast alle Gebäude auf diesem Geländestreifen, an dessen Nordseite sich die Choctawhatchee Bay befand, im Süden das warme Wasser des Golfs.

Auf der Auffahrt parkte ein neues Infiniti Coupé. Die Tür war nicht abgeschlossen. Puller betrat einen kleinen Empfangsraum. Es war niemand da. Vermutlich hatte die Angestellte längst Feierabend.

»Mr. Mason?«, rief er.

Eine Tür öffnete sich, und ein kleiner, schlaffer Mann erschien. Er trug eine graue Hose mit Nadelstreifen, die von Trägern gehalten wurde, obwohl es dank seines beachtlichen Bauchs nicht nötig gewesen wäre. Die Ärmel des weißen, gestärkten Hemds waren aufgerollt. Er hatte einen kurz geschnittenen Bart, in dem sich das erste Grau zeigte, und seine Brillengläser waren so dick, dass sie an die Böden von Colaflaschen erinnerten.

»Mr. Puller?«

»Der bin ich.«

»Bitte kommen Sie herein.«

Sie nahmen in Masons Büro Platz, das mit Leder und weichem, dunklem Holz gemütlich ausgestattet war. Ein Bücherregal enthielt eine beeindruckende Zahl dicker juristischer Nachschlagewerke, und an den Wänden stapelten sich Aktenordner. Sie türmten sich auch auf Masons Schreibtisch, auf dem ein PC stand.

»Das Geschäft scheint gut zu laufen«, meinte Puller.

»Ehrlich gesagt ist jede Anwaltskanzlei, die sich in Florida auf Nachlässe und Erbschaftsfragen konzentriert, ein Selbstläufer. Man muss kein brillanter Rechtsanwalt sein. Man muss nur atmen und kompetent sein. Das Durchschnittsalter meiner Mandanten liegt bei sechsundsiebzig Jahren. Und es werden immer mehr. Obwohl ich vor zwei Jahren einen Anwalt eingestellt habe, musste ich Aufträge ablehnen. Wenn es so weitergeht, muss ich vielleicht noch einen zweiten Anwalt einstellen.«

»Das dürfte ein Problem sein, das einem keine schlaflosen Nächte bereitet. Nun, was meine Tante angeht …«

»Nur eine juristische Formalität. Könnte ich bitte einen Ausweis sehen?«

Puller zückte seinen Dienstausweis und zeigte ihn Mason, der ihn lächelnd betrachtete. »Ihre Tante hat in höchsten Tönen von Ihnen gesprochen.«

»Ich hatte sie länger nicht gesehen.« Puller hatte noch nicht zu Ende gesprochen, als sich auch schon wieder sein schlechtes Gewissen meldete.

»Das hat ihrer Bewunderung für Sie und Ihre Erfolge nicht den geringsten Abbruch getan.«

»Ich bin nur einfacher Soldat. Es gibt eine ganze Menge von der Sorte.«

»Sie sind zu bescheiden, Agent Puller. Ich war nie beim Militär, mein Vater schon. Im Zweiten Weltkrieg. Ihre Tante hat mir von den Orden erzählt, die Sie sich verdient haben. Sehr beeindruckend.«

Puller fragte sich, was Betsy so alles erzählt hatte. Sein Vater war es bestimmt nicht gewesen; so sehr interessierte sein alter Herr sich nicht für das Leben seiner Söhne.

»Ich habe versucht, meine Tante anzurufen, als mein Vater einen Brief von ihr bekam«, sagte er. »Aber es hat sich niemand gemeldet. Dann fand ich heraus, was passiert war. Wie ich hörte, hatte meine Tante eine Pflegekraft. Eine gewisse Jane Ryon.«

»Ja. Ich kenne Mrs. Ryon. Sie ist eine tüchtige junge Frau. Sie hat viele Kunden in Paradise.«

»Ich freue mich darauf, sie kennenzulernen.« Puller hielt inne. »Es war ein ziemlicher Schock, als ich vom Tod meiner Tante erfuhr.«

»Kann ich mir vorstellen. Auch für mich war es eine schockierende Nachricht. Betsy hatte ein paar körperliche Probleme, sicher, aber geistig war sie noch voll da. Ich dachte immer, sie würde hundert Jahre alt.« Er schob ein paar Papiere auf dem Schreibtisch hin und her. »Sie hat Ihrem Vater einen Brief geschrieben? Sind Sie deshalb angereist?«

»Ja. Ich fand, dass es Zeit für einen Besuch ist.« Puller hatte nicht die Absicht, Mason vom Inhalt des Briefes zu erzählen. »Hat sie ein Testament gemacht?«

»Ja. Und ich kann Ihnen den Inhalt mitteilen. Nach Ihrem Anruf habe ich noch einmal meine Erinnerung aufgefrischt.«

»Und wie sieht es aus?«

»Abgesehen von ein paar kleinen Zuwendungen hat sie alles Ihnen hinterlassen.«

Puller starrte Mason an. Damit hätte er nie gerechnet.

»Mir? Nicht meinem Vater?«

»Falls Ihr Vater nicht Chief Warrant Officer John Puller junior ist …«

»Nein, er ist Drei-Sterne-General. Der CWO bin ich.«

»Dann bekommen Sie alles.« Mason verstummte, blickte Puller an. »Sie scheinen überrascht zu sein.«

»Bin ich auch. Wie ich bereits sagte, hatten wir seit vielen Jahren keinen Kontakt mehr. Ich wusste nicht mal, dass meine Tante meinen derzeitigen Rang kennt. Den habe ich noch nicht lange.«

»Sie hatte keine Kinder. Und ihr Mann ist verstorben. Und sie hatte Hochachtung vor Ihnen. War ziemlich stolz. Bezeichnete Sie als den Sohn, den sie sich gewünscht hätte.«

Diese Aussage traf Puller wie ein Hieb in die Nieren. »Okay«, sagte er langsam, denn etwas anderes fiel ihm nicht ein.

»Ihre Tante besaß ihr Haus und verschiedene Kapitalanlagen. Doch bevor Sie neuer Besitzer des Hauses werden können, muss die Erbsache dem Nachlassgericht vorgelegt werden. Ich fürchte, das kann unter Umständen ein ganzes Jahr in Anspruch nehmen.«

»Kein Problem. Ich brauche das Geld nicht.«

»Ich habe Inventarlisten der persönlichen Besitztümer Ihrer Tante. Solche Listen erstelle ich für alle meine Mandanten.

Jedenfalls, auf diese Weise können Sie sich ein genaues Bild machen, was Sie zu erwarten haben. Ich kann Ihnen jetzt schon eine Kopie geben, wenn Sie wünschen.«

Puller zuckte mit den Schultern, nickte dann aber, und Mason reichte ihm mehrere zusammengeheftete Blätter.

»Das ist ziemlich aktuell«, sagte der Anwalt. »Wir sind ihren Nachlass erst vor ungefähr einem Monat durchgegangen.«

»Gab es einen Grund dafür?«

»Nein. Aber für gewöhnlich trafen wir uns einmal im Jahr, um dafür zu sorgen, dass alles auf dem neuesten Stand ist und dass Ihre Tante keine Änderungen wünschte, was ihren Besitz anging.«

»Verstehe.«

Puller überflog die Seiten. Bücher, Bilder, Schmuck, ein paar Hummel-Sammlerstücke und Ähnliches waren aufgelistet. Eigentlich wollte er nichts davon haben.

»Ich nehme Ihre Kontaktdaten auf und informiere Sie über die Fortschritte, in Ordnung?«, sagte Mason. »Sobald das Haus auf Ihren Namen überschrieben ist, können Sie damit machen, was Sie wollen. Dort wohnen, es vermieten oder es verkaufen.«

»Na schön.«

»Gut. Dann wären da noch die Aktien-, Bank- und Pfandbrief-Portfolios Ihrer Tante. Das ist ein beträchtliches Kapital. Sie hat im Laufe der Jahre ein paar gute Investitionen getätigt. Darüber habe ich ebenfalls Aufzeichnungen.«

»Okay.«

Mason musterte ihn. »Das scheint keine große Bedeutung für Sie zu haben.«

»Ich habe noch nie ein Haus besessen. Und ich bin mir nicht mal sicher, ob ich weiß, wie Aktien und Pfandbriefe überhaupt aussehen.«

Der Anwalt lächelte. »Das ist wirklich erfrischend. Die meisten Erben, mit denen ich zu tun habe, wollen alles, und je früher, umso besser.«

»Wann haben Sie das letzte Mal mit meiner Tante gesprochen?«

Mason lehnte sich zurück und verschränkte die Hände hinter dem Kopf, wobei er Schweißflecken unter den Armen enthüllte, obwohl es kühl im Zimmer war. »Lassen Sie mich nachdenken. Das muss vergangenen Donnerstag gewesen sein. Sie hatte mich angerufen.«

»Wie hat sie sich angehört?«

»Wie sie sich angehört hat? Ganz normal.«

»Worum ging es bei dem Anruf?«

»Routineangelegenheiten. Sie hatte eine Frage zu den Kapitalerträgen.«

»Sorgen hatte sie also nicht?«

Mason senkte die Arme. »Nicht dass ich wüsste.«

Im Laufe der Jahre hatte Puller Tausende Leute befragt. Einige sagten die Wahrheit, die meisten hatten gelogen. Lügner verrieten sich immer. Die Atmung beschleunigte sich kaum merklich. Der Blickkontakt riss ab. Die Arme wurden wie schützend vor der Brust verschränkt, als wollten sie die falsche Behauptung oder zumindest ihren Überbringer verbergen. Ein guter Verhörspezialist konnte den Lügner in neunzig Prozent aller Fälle entlarven. Deshalb war Puller ziemlich sicher, dass Mason ihn angelogen hatte, nur wusste er nicht, in welchem Ausmaß.

Puller sagte nichts. Er wartete darauf, dass Mason die Frage stellte, die er längst hätte stellen müssen, wenn er die Wahrheit gesagt hätte.

»Glauben Sie, Ihre Tante hat sich wegen irgendetwas Sorgen gemacht?«

Puller antwortete nicht sofort. Er dachte über eine der Behauptungen Betsys nach.

Leute, die nicht waren, was sie zu sein schienen.

Er fragte sich, ob Griffin Mason in diese Kategorie gehörte.

Und er wünschte sich, er hätte den Inhalt des Briefes nicht der Polizei mitgeteilt. Aber das ließ sich jetzt nicht mehr ändern.

»Ob meine Tante Sorgen hatte?«, antwortete er. »Ich weiß es nicht. Wie gesagt, wir hatten jahrelang kaum Kontakt.«

Mason musterte ihn aufmerksam und zuckte dann mit den Schultern. »Sicher, Unfälle kommen vor. Aber das macht es nicht einfacher, wenn jemand von uns geht. Ich hoffe, es gibt Ihnen Trost, dass Betsy so große Stücke auf Sie hielt, dass sie Ihnen ihren ganzen Besitz vermacht hat.«

»Haben Sie eine Kopie vom Testament, die ich mitnehmen könnte? Und einen Schlüssel für das Haus?«

»Ja. Betsy hat mir einen Satz Schlüssel anvertraut, als sie sich vor einiger Zeit einer Operation unterziehen musste. Ich wollte die Schlüssel zurückgeben, aber Betsy bestand darauf, dass ich sie behalte.«

Mason zog eine Schublade auf, nahm eine silberne Kassette heraus, öffnete sie, wühlte darin und holte zwei Schlüssel hervor.

»Haustür und Hintertür. Und das Testament kopiere ich Ihnen rasch.«

Er fütterte einen Fotokopierer an der Wand des Büros mit den Seiten und reichte Puller das noch warme Papier.

Puller stand auf und zog eine Visitenkarte aus der Tasche. »Hier sind meine Kontaktdaten.«

Mason nahm die Karte. »Fahren Sie jetzt zum Haus?«

»Nein. Morgen früh.«

»Werden Sie lange in Paradise bleiben?«

»Das weiß ich noch nicht«, sagte Puller. »Wenn man einmal im Paradies ist, fällt es einem schwer, wieder zu gehen, oder?«

Er ging.

25

Puller parkte seine Corvette einen Block vom Haus entfernt und ging das letzte Stück zu Fuß. Er hatte beschlossen, sich Betsys Haus jetzt gleich anzusehen, obwohl er Mason etwas anderes gesagt hatte. Aufmerksam hielt er nach Streifenwagen Ausschau. Zwar hatte er jetzt die Schlüssel und den letzten Willen seiner Tante, doch er konnte sich gut vorstellen, dass Hooper ihn einbuchten würde, wenn sich auch nur die geringste Chance bot.

Puller ging die Auffahrt hinauf und blickte zu Cookies Haus. Es war dunkel, und lächelnd stellte er sich vor, wie der mit neunundsiebzig Jahren für Paradise-Verhältnisse »junge Hüpfer« bis in die frühen Morgenstunden Party machte. Puller glaubte Sadie im Haus bellen zu hören, ging aber weiter. Das Bellen ließ ihn seine Katze vermissen.

Er schloss die Haustür auf und trat ein. Im Haus war es dunkel. Er wollte keinen Verdacht erregen, indem er Licht machte, also zog er seine Stiftlampe. Den Grundriss hatte Puller sich bei seinem ersten Besuch größtenteils eingeprägt.

Er durchquerte die Küche und betrat das Schlafzimmer. Das Bett war gemacht. Offensichtlich war Betsy an ihrem letzten Abend nicht schlafen gegangen. Sie war in den Garten gegangen, entweder freiwillig oder nicht. Dort hatte ihr Leben ein Ende gefunden.

Ein Nachtschrank am Bett war mit Büchern gefüllt. Puller konnte sich erinnern, dass Betsy eine eifrige Leserin gewesen war, und sie hatte diese Gewohnheit offensichtlich beibehalten. Er ließ den Lichtkegel über die Titel gleiten. Hauptsächlich Krimis und Thriller. Es wunderte Puller nicht; Betsy war nicht der Typ gewesen, der Liebesromane verschlang.

Pullers Licht huschte über die Oberfläche des Nachttisches und wieder zurück. Schließlich riskierte er es, eine Lampe einzuschalten, weil er besser sehen wollte. Als die Tischlampe brannte, beugte er sich vor und sah, dass sein erster Eindruck richtig gewesen war. Ein kleiner rechteckiger Umriss mit einem leichten Staubmuster an den Rändern. Er griff sich ein Taschenbuch von Robert Crais vom Stapel auf der Ablage darunter und legte es auf das Rechteck. Es passte nicht. Zu klein.

Er versuchte es mit einer gebundenen Ausgabe von Sue Grafton. Zu groß.

Er öffnete die Schublade, entdeckte ein kleines schwarzes Notizbuch, nahm es heraus und schlug es auf. Die Seiten waren leer. Er legte das Notizbuch in das Rechteck. Es passte perfekt.

Es musste ein anderes Notizbuch gegeben haben. Und das schien verschwunden zu sein. Und irgendetwas sagte Puller, dass dieses Notizbuch keine leeren Seiten hatte.

Vielleicht würde es Licht auf die rätselhaften Bemerkungen in Betsys Brief werfen.

Leute, die nicht waren, was sie zu sein schienen.

Mysteriöse Geschehnisse in der Nacht.

Etwas stimmte nicht.

Puller legte das leere Notizbuch zurück, knipste das Licht aus und verließ das Zimmer. Er nahm sich ein paar Minuten, um die oberen Schlafzimmer zu überprüfen, fand aber nichts, das ihm bei seiner Untersuchung helfen konnte. Ein Wandschrank war mit alten Kleidern gefüllt. Da waren Männerhosen und Hemden, die vermutlich seinem Onkel Lloyd gehört hatten. Die anderen Schränke waren mit leeren Kleiderbügeln, alten Staubsaugern, Kisten mit modrigen Laken und Decken und dem üblichen Kleinkram gefüllt, den Menschen im Lauf eines langen Lebens sammelten.

Auf einem Regalbrett hinten im Schrank fand er mehrere Kartons. Einer war mit Schmuck gefüllt, der selbst in Pullers unerfahrenen Augen kostbar aussah. Er ging den Karton methodisch durch. Da war auch ein Sammelalbum mit alten Münzen. Allem Anschein nach ebenfalls sehr wertvoll. Er fragte sich, wie lange Betsy das alles besessen hatte.

Er ging wieder nach unten, durchquerte die Küche und betrat die Garage. Der Camry, der dort stand, sah gepflegt und fahrbereit aus, ohne zu ahnen, dass seine Besitzerin nie wiederkommen würde. Puller leuchtete die Karosserie mit der Stiftlampe ab, suchte nach Beschädigungen oder ungewöhnlichen Kratzern und Beulen, fand aber nichts.

Der Wagen schien in gutem Zustand zu sein. Puller schätzte ihn auf fünf, sechs Jahre. Möglicherweise hatte Betsy ihn gekauft, bevor sie die Rückenprobleme bekommen hatte.

Puller lehnte sich gegen die Wand, dachte nach, versuchte, die Löcher im bisherigen Gesamtbild zu stopfen.

Hatte irgendeine Beobachtung zu Betsys Tod geführt? Dann hatte sie diese Beobachtung Pullers Meinung nach entweder in der Nachbarschaft oder an einem anderen Ort gemacht. Und an einen anderen Ort hätte sie irgendwie gelangen müssen. Cookie glaubte zwar, Betsy sei nicht mehr Auto gefahren, aber nach eigener Aussage war er abends oft unterwegs. Vielleicht war es ihm deshalb entgangen, wenn Betsy ihren Wagen nach Einbruch der Dunkelheit benutzt hatte.

Puller öffnete die Fahrertür und setzte sich in den Wagen.

Der Sitz war für eine große Frau wie Betsy weit genug nach hinten gestellt.

Dann sah er die behindertengerechten Umbauten. Die Kontrollen für Bremse und Gaspedal waren in Griffweite.

Also hätte Betsy den Wagen trotz ihrer Altersgebrechen fahren können.

Pullers Blick fiel auf den Aufkleber an der oberen linken Seite der Windschutzscheibe. Er gehörte einer Werkstatt in Paradise. Das Datum für die nächste Wartung und der Tachostand, den der Wagen bis dahin erreicht haben sollte, waren darauf verzeichnet. Der Aufkleber war vor genau dreißig Tagen ausgefüllt worden. Puller las den aufgelisteten Tachostand ab und richtete das Licht dann auf das Armaturenbrett.

Er rechnete schnell nach. In den sechsundzwanzig Tagen, die Betsy den Wagen bis zu ihrem Tod hätte fahren können, hatte er durchschnittlich zehn Meilen am Tag zurückgelegt. Konnte Betsy mit ihren Rückenproblemen ein paar Hundert Meilen an einem Stück gefahren sein? Zweifelhaft. Hätte sie kürzere Strecken bewältigen können? Gut möglich.

Was, wenn sie jeden Tag die gleiche Strecke zurückgelegt hatte? Und zwar genau zehn Meilen? Selbst mit ihrer eingeschränkten Bewegungsfähigkeit war das machbar.

Also fünf Meilen hin, fünf zurück. Das verschaffte Puller zumindest einen Anhaltspunkt, etwas zum Nachprüfen, wo so vieles unklar war. Er konnte von hier aus sämtliche möglichen Strecken abfahren, in sämtlichen Himmelsrichtungen, und feststellen, wo er nach fünf Meilen landete.

Puller erstarrte. Im nächsten Augenblick stieg er aus dem Wagen, so leise er konnte, drückte vorsichtig die Tür zu, löschte das Licht und zog die M11.

Soeben hatte jemand durch die Vordertür das Haus betreten.

Ohne den geringsten Laut schlich Puller durch die Garagentür zurück in die Küche. Die andere Person im Haus war nicht annähernd so leise. Das konnte gut für Puller sein, aber auch problematisch.

Er schob sich um den Türrahmen zum Wohnzimmer. Über ihm erklangen Geräusche. Der Eindringling musste oben sein. Flüchtig fragte sich Puller, ob es die Polizei sein konnte. Nein, Cops hätten sich angekündigt.

Pullers Finger glitt zum Abzugsbügel.

Wenn er den Abzug berührte, musste er schussbereit sein.

Dann sah er die Person die Treppe herunterkommen.

»Auf den Boden, oder ich schieße«, rief Puller.

Die Person gehorchte nicht.

Stattdessen stieß sie einen gellenden Schrei aus und rannte los.

26

Sie schaffte es nicht bis zur Vordertür, bevor Puller sie erreichte. Er riss sie am Arm zurück, und sie standen sich von Angesicht zu Angesicht gegenüber.

»O Gott, bitte, tun Sie mir nichts!«, flehte sie.

Puller ließ sie los, hielt die M11 aber in einem Winkel von fünfundvierzig Grad, um die Waffe nötigenfalls auf sie zu richten. Er knipste eine Tischlampe an und leuchtete einen Teil des Zimmers aus.

»Wer sind Sie?«

Die Frau war um die fünfundzwanzig. Sie trug verblichene Bluejeans-Shorts, die ziemlich hoch an den Oberschenkeln abgeschnitten waren, ein eng sitzendes limonengrünes T-Shirt und Flipflops, auf deren Riemen »Corona« aufgedruckt war. Ihre blonden Haare waren zu einem Pferdeschwanz zusammengebunden.

»Ich bin Jane Ryon. Und wer sind Sie, verdammt noch mal?«

Ihr Tonfall und ihre Worte waren trotziger geworden, nachdem er erkennbar nicht die Absicht hatte, sie zu erschießen, aber ihr noch immer ängstlicher Blick ruhte nach wie vor auf seiner Waffe, und sie schien noch immer ein bisschen wacklig auf den Beinen zu sein.

»Agent John Puller.« Er hielt Ausweis und Dienstmarke in die Höhe. »CID.«

»Du lieber Himmel, Sie sind Betsys Neffe«, rief sie aus.

»Und Sie sind ihre Pflegerin«, sagte Puller. »Oder waren es.«

»Woher wissen Sie das?«

»Ich stelle die Fragen. Was tun Sie hier?«

Sie öffnete die Tasche, damit er hineinschauen konnte. »Ich hatte noch ein paar Sachen in einem der Schlafzimmer oben. Eine Jacke und eine Hose. Ich wollte sie beim nächsten Besuch bei Betsy mitnehmen, aber dazu ist es ja nicht mehr gekommen.«

Puller steckte die Waffe weg. »Tut mir leid, wenn ich Ihnen Angst gemacht habe.«

»Schon gut. Ich habe ein starkes Herz. Sonst hätte mich längst ein Infarkt umgehauen.«

Die Frau war ungefähr eins fünfundsechzig groß und in guter Form. Die Beinmuskulatur war deutlich definiert. Da sie schlank war, kam Puller zu dem Schluss, dass er eine passionierte Joggerin vor sich hatte.

»Das mit Ihrer Tante tut mir leid«, sagte sie. »Sie war sehr nett. Weiß man, wie sie gestorben ist?«

»Woher wissen Sie davon?«

»An dem Tag, als man sie gefunden hat, war ich hier. Ich hatte einen anderen Kunden in dieser Straße besucht. Die Streifenwagen standen da, und dann kam der Leichenwagen. Ich habe einen der Cops angesprochen. Er sagte, man hätte Betsy tot im Garten gefunden. Mehr weiß ich nicht. Ich ging davon aus, dass sie einen Herzinfarkt hatte oder so.«

»Die offizielle Todesursache war Ertrinken.«

»Ertrinken? Aber man sagte mir, sie wäre im Garten gewesen. Ist sie in Wahrheit in der Wanne ertrunken?«

»Nein, in dem Brunnen im Garten.«

»Aber der ist doch nicht tief.«

»Anscheinend ist sie gestürzt, hat sich den Kopf angeschlagen und ist bewusstlos ins Wasser gefallen.«

»O Gott, wie schrecklich.«

»Wenn sie bewusstlos war, dürfte sie weder Schmerzen noch Panik verspürt haben, aber es ist trotzdem keine angenehme Todesart.«

»Wer hat sie gefunden?«

»Ein Nachbar.«

»Cookie?«

»Ja.«

»Dann ist er sicher am Boden zerstört. Sie waren gute Freunde. Es war immer lustig, die beiden zusammen zu sehen. Er ist klein, und Betsy ist … war groß. Sie hat mich immer an diese Lady aus der Fernsehserie *The Golden Girls* erinnert. Die habe ich als Kind gesehen.«

»Aha«, sagte Puller.

»Betsy war sehr selbstständig, und auch wenn es manchmal nicht einfach war, mit ihr auszukommen, habe ich ihren Mumm bewundert.«

»Ja, Mumm liegt in der Familie«, erwiderte Puller. »Cookie sagte mir, dass Sie ihm auch helfen.«

»O ja. Ich habe in Paradise viele Kunden. Hält mich auf Trab.«

»Kommen Sie von hier?«

»Nein. Und ich wohne auch nicht in Paradise, sondern in Fort Walton Beach, hier in der Nähe. Ich kam vor etwa fünf Jahren aus New Jersey her. Hier sind die Winter viel schöner. Wärmer.«

»Wie ging es meiner Tante in letzter Zeit?«

»Sie hatte die üblichen Schmerzen und Wehwehchen, die man in ihrem Alter so hat. Sie brauchte Medikamente – auch das ist nicht überraschend. Und eine Gehhilfe. Sie war groß, viel größer als ich, aber ihre Wirbelsäule war gekrümmt. Sie hatte ihre guten und schlechten Tage, wie wir alle.«

»Ja, kürzlich hatte sie einen *sehr* schlechten Tag.«

»Also … ja.«

»Wie war ihre Stimmung? Kam sie Ihnen deprimiert vor? Wütend? Besorgt?«

»Nicht mehr als sonst. Ich arbeite schon ziemlich lange als Pflegerin, und nach meiner Erfahrung können alte Menschen an einem einzigen Tag das gesamte Gefühlsspektrum durchleben. Am Morgen sind sie oft besser gelaunt. Gegen Abend lassen sie dann nach. So erlebe ich es zumindest.«

»Ist Betsy überhaupt noch Auto gefahren? Oder haben Sie sie gefahren?«

»Ich habe Besorgungen erledigt … Einkäufe, Apotheke, so was alles.«

»Mit Betsys Wagen?«

»Nein, mit meinem. Die Firma, für die ich arbeite, erlaubt uns nicht, die Wagen unserer Kunden zu benutzen. Wegen der Versicherung.«

»Also ist meine Tante selbst gefahren?«

»Nicht, wenn ich bei ihr war.«

»Und wie oft waren Sie bei ihr?«

»Zwei-, dreimal die Woche.«

»Jede Woche?«

»Normalerweise schon.«

»Haben Sie hier jedes Mal übernachtet?«

»Nein, so gut wie nie. Das brauchte Ihre Tante nicht.«

»Wann sind Sie normalerweise gegangen?«

»So gegen neun.«

»Also hätten Sie es nicht bemerkt, wenn Betsy nachts irgendwohin gefahren wäre?«

»Nein. Aber warum hätte sie das tun sollen? Ich meine … wohin hätte sie fahren sollen?«

»Da fragen Sie den Falschen. Ich bin erst seit Kurzem hier. Kenne mich nicht besonders in der Gegend aus. Aber falls Betsy spazieren gefahren ist, sagen wir, fünf Meilen hin und wieder zurück, wohin käme sie dann?«

Ryon dachte kurz darüber nach. »Falls sie nach Süden gefahren wäre, hätte es sie direkt in den Golf befördert. Im Norden wäre sie bis zur Choctawhatchee Bay gekommen. Dieser Teil der Emerald Coast ist ganz schön lang, aber auch ziemlich schmal, mit Wasser an beiden Seiten.«

»Osten und Westen?«

»Westen. Da wären die Anlegestellen. Aber da gibt es nur Nebenstraßen. Wäre sie auf dem Highway 98 geblieben … der führt nach Nordwesten und hätte sie nach Destin gebracht.«

»Und Osten?«

»Der führt in Richtung Santa Rosa Beach, Seaside und Panama City, aber das sind mehr als fünf Meilen.«

»Gibt es an der Strecke irgendwas Interessantes?«

»Viele Strände. Die Emerald Coast zieht sich über ungefähr hundert Meilen hin. Im Westen ist die Eglin Air Force Base und östlich von Panama City die Tyndal Air Force Base.«

»Hier gibt es viele Militärstützpunkte«, bemerkte Puller.

»Ja, das wissen Sie bestimmt. Sie sind ja beim Militär.«

»Da gibt es noch Pensacola, wo die Piloten der Marine ihre Ausbildung erhalten. Und Hurlburt Field, obwohl das eigentlich zu Eglin gehört. Die Air Force hat dort ihr Hauptquartier für Spezialeinsätze.«

»Sie wissen sicher mehr darüber als ich.«

»Das glaube ich nicht. Ich bin bei der Army. Die Air Force operiert in größeren Höhen.«

»Nun ja, wie ich schon sagte … tut mir leid wegen Ihrer Tante.«

»Und mir tut es leid, dass ich Sie erschreckt habe. Und danke für alles, was Sie für Betsy getan haben.«

Er begleitete Ryon zur Tür, schaltete die Außenbeleuchtung ein, damit sie besser sehen konnte, und beobachtete, wie sie zu ihrem Wagen ging, einem blauen Ford Fiesta mit einer großen Beule in der Beifahrertür.

Als sie losfuhr, sah Puller einen Streifenwagen herankommen. Er wartete, denn er hätte es ohnehin nicht mehr rechtzeitig geschafft, die Tür zu schließen. Außerdem wusste er, dass die Außenbeleuchtung ihn so gut sichtbar machte wie eine Anzeigetafel.

Der Streifenwagen bog nach links auf die Auffahrt ab, und der Fahrer schaltete das Blaulicht ein.

Puller blieb stehen und beobachtete, wie Chief Bullock ausstieg und auf ihn zukam, die Hand an der Waffe und mit finsterem Blick.

27

Bullock blieb anderthalb Meter vor Puller stehen, der vor der Tür wartete. »Verraten Sie mir, was Sie hier tun? Und dann versuchen Sie mir einen Grund zu liefern, warum ich Ihren Hintern nicht auf der Stelle in den Knast verfrachten sollte.«

Puller hob die Haustürschlüssel. »Die habe ich vom Anwalt meiner Tante.« Er zog die Kopie des Testaments hervor. »Sie hat mir das Haus hinterlassen. Steht alles hier drin. Sie können ja den Anwalt anrufen, wenn Sie mir oder dem Dokument nicht glauben.«

Bullock machte zwei schleppende Schritte nach vorn, riss Puller das Testament aus der Hand und las es im Licht der Außenbeleuchtung. Dann faltete er es zusammen und gab es Puller zurück.

»Ich bin kein Anwalt, aber wie es aussieht, sind Sie jetzt stolzer Besitzer eines Hauses. Sollte Ihre Tante ermordet worden sein, haben Sie natürlich ein erstklassiges Motiv.«

»Sieht man davon ab, dass ich nicht in Florida gewesen bin, als sie gestorben ist.«

»Können Sie das beweisen?«

»Wenn ich es muss. Und wenn ich gewusst hätte, dass ich das Haus erbe, warum sollte ich anreisen, meine Tante ermorden, dann hier aufkreuzen und mich verhaften lassen, damit Sie erfahren, dass ich überhaupt hier bin?«

»Vielleicht sind Sie dumm.«

»Da müssen Sie die Army fragen.«

»Ich frage aber Sie, solange Sie in Paradise sind, und zwar so oft ich will.«

»Können wir nicht Waffenstillstand schließen? Falls ich Sie auf dem falschen Fuß erwischt habe, entschuldige ich mich. Das war nicht meine Absicht.«

Bullock wippte auf den Fußballen und atmete lautstark aus. »Schon gut, vergessen Sie's. Ist genauso mein Fehler. Ich bin ziemlich reizbar, wissen Sie.«

»Kein Problem. Kann ich verstehen.«

»Glauben Sie immer noch, dass der Tod Ihrer Tante kein Unfall war?«

»Ich weiß es nicht. Ich habe mit der Gerichtsmedizinerin gesprochen und ihre Leiche gesehen. Mir ist nichts aufgefallen.«

»Aber so ganz überzeugt sind Sie noch immer nicht.«

»Man kann sich nie ganz sicher sein. Aber vielleicht suche ich nach etwas, das nicht da ist.«

»So was gibt's.«

Puller streckte die Hand aus. »Ich weiß, dass Sie viel zu tun haben. Was immer heute am Strand passiert ist, es sah ziemlich wichtig aus. Ich fahre jetzt zurück in mein Hotel. Danke, dass Sie mich nicht verhaften.«

Bullock schüttelte die dargebotene Hand. »Ja, das war ziemlich schlimm.« Er blickte Puller an. »Ich meine, was wir da am Strand gefunden haben …«

Puller verstand es als Aufforderung, nachzuhaken.

»Eine Wasserleiche?«

»Nein. Beide in den Kopf geschossen.«

»Beide? Es gab zwei Leichen?«

»Ja. Ein Ehepaar. Die Storrows. Nancy und Fred. Wie Sie auf

dem Revier bereits gehört haben. Sie waren hier gut bekannt. Waren länger hier als ich. Haben jeden Abend einen Strandspaziergang gemacht. Vor ein paar Tagen kamen sie nicht von einem dieser Spaziergänge zurück.«

»Gibt es Zeugen? Spuren?«

»Die Körper waren stark verwest. Bisher hat sich niemand gemeldet, der etwas gesehen haben will.«

»Und das Motiv? Raubüberfall?«

»Mr. Storrow hatte zwanzig Dollar in der Hosentasche und einen Ehering aus Gold am Finger. Mrs. Storrow trug noch immer ihren Brillantring.«

»Hatten die Storrows Feinde?«

»Nicht dass ich wüsste. Sie waren Rentner. Sind zusammen in Fort Walton Beach aufgewachsen. Eine Highschool-Liebe. Die beiden sind schon vor langer Zeit nach Paradise gekommen. Mr. Storrow besaß mehrere Geschäfte. Nichts Großes. Eine Tankstelle, eine Subway-Filiale, einen Handy-Laden. Er hat vor einiger Zeit alles verkauft. Er und seine Frau haben ihre goldenen Jahre auf ziemlich angenehme Weise verbracht.«

»Und das Paar, das die beiden als vermisst gemeldet hat und heute am Strand war?«

»Chuck, der Sohn der Storrows, und seine Frau Lynn.«

»Haben sie ein Motiv?«

Bullock schüttelte den Kopf. »Der Sohn ist Bankier in der Stadt und hat ein fettes Einkommen. Der braucht keinen Cent von seinen Eltern. Sie standen sich allerdings sehr nahe. Haben jedes Wochenende zusammen Golf gespielt. Bei sich zu Hause Partys gefeiert. Sie haben sich gemocht.«

»Also könnte es ein Zufall gewesen sein. Falscher Ort, falsche Zeit.«

»Wenn Sie mich fragen, ja.«

»Kann man von der Stelle, an der die Leichen angespült wurden, darauf schließen, wo man sie ins Wasser geworfen hat?«

»Ich hoffe. Einige Leute, die sich mit den Gezeiten und Strömungen in dieser Gegend auskennen, kümmern sich darum. Wenn wir es auf eine bestimmte Stelle eingrenzen können, werden wir uns dort umsehen. Einen Zeitrahmen haben wir schon, denn wir wissen, wann die Storrows das Haus verlassen haben.«

»Wenn Sie möchten, dass sich das noch jemand ansieht, übernehme ich es gern, solange ich noch hier bin.«

»Okay, Puller. Je nachdem wie die Dinge sich entwickeln, komme ich vielleicht darauf zurück. Schönen Abend noch. Ich bin froh, dass wir die Sache geklärt haben.«

»Ich auch.«

Bullock ging zurück zu seinem Wagen, und Puller schloss die Haustür ab. Dann stieg er in die Corvette und fuhr zu der Stelle, an der die Leichen der Storrows an den Strand gespült worden waren.

Vielleicht war es wirklich der falsche Ort und die falsche Zeit gewesen. Woraus zu schließen war, dass die Storrows irgendetwas gesehen hatten oder auf jemanden gestoßen waren. Und das hatte sie das Leben gekostet.

Mysteriöse Geschehnisse in der Nacht.

Puller schätzte die Strecke, die er vom Haus seiner Tante gefahren war.

Jetzt ist es mein Haus. Aber was fange ich damit an?

Die Strecke betrug gut zwei Meilen. Hierher war Betsy also nicht gefahren.

Bedeutet das, der Mord an den Storrows hat nichts mit Betsys Tod zu tun?

Diese Frage konnte Puller jetzt noch nicht beantworten.

Ich weiß nicht genug. Vielleicht werde ich auch nie genug wissen.

Er war nicht in seinem Element. Hier hatte er keine Vollmachten. Der Rucksack mit der forensischen Ausrüstung, die er normalerweise brauchte, um Verbrechen aufzuklären, war in Virginia.

Dann kam ihm eine Idee. Er rief das USACIL an, das Kriminallabor der Army in Fort Gillem, Georgia. Dort arbeitete eine seiner Kontaktpersonen, Kristen Craig, mit der er bei mehreren Fällen zusammengearbeitet hatte. Es war schon spät, und Georgia war Paradise eine Stunde voraus, aber Puller wusste, dass Craig oft bis spät in die Nacht arbeitete.

So wie heute. Sie meldete sich beim zweiten Klingeln. Puller erklärte ihr, womit er beschäftigt war und was er brauchte.

»Morgen früh geht eine Lieferung an Eglin raus«, sagte Craig. »Ich kann den Rucksack zum Flugzeug bringen lassen, dann könnten Sie ihn gegen Mittag abholen.«

»Sie sind ein Engel, Kristen.«

»Vergessen Sie nicht, anzurufen und das meinem Boss zu sagen, wenn es mal wieder um die Leistungsbeurteilung geht.«

Craig gab ihm die nötigen Informationen, um die Ausrüstung in Empfang zu nehmen. Bevor sie auflegte, sagte sie: »Sind Sie wirklich an einem Ort, der Paradise heißt?«

»Ja.«

»Wenn Sie Ihre forensische Ausrüstung brauchen, passt der Name wohl nicht so ganz.«

»Ihre Kombinationsgabe wird nur noch von Ihrer Fähigkeit übertroffen, Wunder zu wirken.«

»Wenn Sie mir weiterhin solche Komplimente machen,

wird es mit uns beiden vielleicht doch was.« Sie lachte und legte auf.

Puller schob das Handy in die Tasche und legte den Gang ein.

Heute Abend war seine Arbeit noch nicht getan.

Noch lange nicht.

28

Puller hatte den Laden bereits zuvor entdeckt, eine Hertz-Filiale, die bis elf Uhr abends geöffnet hatte. Er fuhr an den Straßenrand und stieg aus. Es dauerte nur wenige Minuten, den Wagen gegen einen GMC Tahoe einzutauschen. Es schien den Mann an der Theke zu überraschen, dass Puller die Corvette gegen einen schwerfälligen SUV eintauschte, vor allem in einer Stadt am Strand, aber er lächelte und gab ihm die Schlüssel.

»Ich wünsche Ihnen einen tollen Aufenthalt in Paradise, Sir.«

»Danke«, sagte Puller.

Er fuhr zu einem Geschäft für Strandkleidung, kaufte sich eine Baseballmütze mit »Paradise Forever«-Aufnäher, eine Sonnenbrille und Turnschuhe. Flipflops oder Sandalen wären zwar die typischere Strandkleidung gewesen, nur konnte man damit nicht rennen, jedenfalls nicht weit oder schnell. Außerdem erstand er ein paar T-Shirts und Cargoshorts mit großen Taschen, in denen man Waffen und Ähnliches verstauen konnte. Im Umkleideraum zog er T-Shirt, Shorts und Turnschuhe an, setzte die Mütze auf, schob die Sonnenbrille zusammen mit der M11 in die Tasche und machte sich auf den Weg.

Von der Statur her war er eindrucksvoll genug, dass man ihn in einer Menge kaum übersehen konnte, aber die meisten Leute verfügten über eine schlechte Beobachtungsgabe. So wie Puller jetzt gekleidet war, würde er vermutlich direkt an dem Weißen, dem Schwarzen und dem Latino vorbeigehen können, ohne dass sie einen zweiten Blick für ihn übrighatten. Zumindest konnte er darauf hoffen.

Er parkte zwei Querstraßen vom Sierra entfernt, aber auf derselben Straße. Mittlerweile war es dunkel, doch Ruhe war noch nicht eingekehrt. Hier gab es in der Nacht jede Menge Aktivitäten, und das galt nicht nur für den Strand. Wagen fuhren auf und ab, Menschen riefen, untermalt vom Geräusch rennender Füße. Ob die Leute sich irgendwelchem Ärger näherten oder davor flüchteten, vermochte Puller nicht zu sagen, und es war ihm auch egal.

Diego hatte behauptet, seine *casa,* in der er mit seiner *abuela* wohnte, befände sich links ein Stück die Straße hinunter.

Puller schaute auf die Uhr. Dann ließ er den Blick schweifen. Vermutlich waren der Weiße, der Schwarze und der Latino mittlerweile aufgewacht, hatten sich vergewissert, dass ihr Gehirn – sofern vorhanden – noch im Schädel steckte, und befanden sich auf dem Pfad der Vergeltung. Möglicherweise hatten sie sich umgehört und herausgefunden, dass Puller im Sierra wohnte und eine auffällige Corvette fuhr. Deshalb der Wechsel zum SUV. Außerdem bot der Tahoe viel mehr Platz, und Puller ging davon aus, dass er diesen Platz noch brauchen würde. Sein Rucksack würde ziemlich groß sein, und der Kofferraum der Corvette war nicht allzu geräumig. Möglicherweise hatten die drei Typen weitere Schläger rekrutiert, um ihre Rache zu bekommen, nachdem sie einsehen mussten, dass sie es allein nicht schafften. Außerdem waren sie angeschlagen und hatten wahrscheinlich Respekt, wenn nicht sogar Angst.

Dieses Mal würden möglicherweise Kugeln statt nur Fäuste fliegen.

Aber bevor Puller sich dem stellte, wollte er erst etwas überprüfen.

Er ging am Sierra vorbei und rannte fast in einen Jungen, der ihm entgegenkam. Puller schnappte sich seinen Arm, damit er nicht stürzte.

»Alles in Ordnung?«

Das kleine Gesicht des Jungen war wutverzerrt. Er schleuderte Puller einen Fluch entgegen.

»Kannst du mir sagen, wo Diego wohnt?«

Diesmal sprudelte der Junge einen Schwall Beleidigungen in einer Mischung aus Englisch und Spanisch hervor.

Puller zog einen Fünfer aus der Tasche. »Du hast die Wahl. Entweder der hier oder ein Stück Seife, mit dem ich dir den Mund auswasche.«

Der Junge zeigte die Straße entlang. »Das Blaue. Erdgeschoss.«

Puller gab dem Jungen das Geld, der sofort losflitzte.

Mit dem »Blauen« war ein kleines Gebäude mit blauem Vordach gemeint. Es schien eine zweistöckige Pension mit acht Zimmern zu sein – vier Zimmer unten, vier oben. Eine Veranda führte um das Gebäude herum.

Puller stieg die Stufen zur Tür hinauf und klopfte an, doch niemand reagierte. Er hob die Hand, um noch einmal zu klopfen, als die Tür sich öffnete.

Diego stand vor ihm und schaute ihn an.

Puller wusste sofort, dass irgendetwas nicht stimmte.

»Was ist los?«

Hinter Diegos Schulter bewegte sich etwas leicht, und Pullers Frage wurde beantwortet.

Da stand Isabel, Mateo an ihrer Seite. Ihre Gesichter wiesen Blutergüsse auf. Offenbar hatte jemand sie als Sandsack benutzt. Mateo schniefte und hustete. Isabel sagte nichts, starrte Puller nur unfreundlich an.

»Isabel hat mir erzählt, was passiert ist«, sagte Diego. »Ich möchte Ihnen dafür danken, dass Sie ihr und Mateo geholfen haben.«

»Sind sie deine Geschwister?«

»Meine Cousins.«

Isabel trat vor. »Wir wohnen alle bei unserer Großmutter.«

»Wo ist sie?«

»Auf der Arbeit«, sagte Diego. »In einem Restaurant am Strand. The Clipper. Sie arbeitet in der Küche.«

»Als Köchin?«

»Nein, als Putzfrau«, sagte Isabel.

Puller zeigte auf ihre verletzten Gesichter. »Wer hat das getan?«

»Was glauben Sie?«, wollte Isabel wissen.

»Tut mir leid, Isabel, aber ich musste eingreifen. Ich konnte nicht zulassen, dass sie dir das antun.«

»Warum nicht? Es wäre nicht das erste Mal gewesen.«

»Du bist keine *puta*«, erwiderte Diego.

Mateo brach in Tränen aus.

»Vielleicht doch«, sagte Isabel.

»Nein, bist du nicht«, entgegnete Puller. »Diesen Weg willst du nicht gehen.«

»Ja, genau. Ich gehe aufs College und werde Ärztin oder so.«

»Warum nicht?«, fragte Puller.

Sie blickte ihn mitleidig an. »Auf welchem Planeten leben Sie eigentlich?«

»Du bist keine *puta*«, wiederholte Diego. Isabel schaute zur Seite und streichelte dabei sanft Mateos Kopf in der Hoffnung, dass seine Tränen versiegten.

Puller konzentrierte sich wieder auf Diego. »Hast du das Auto gesehen?«

Diego schaute zu Isabel, die ihn und Puller nicht aus den Augen ließ. Dann trat er auf die Straße und zog die Tür hinter sich zu.

»Was ist mit deinen und Isabels Eltern passiert?«, fragte Puller.

Diego zuckte mit den Schultern. »Sie waren eines Tages verschwunden. Vielleicht sind sie zurück nach El Salvador, keine Ahnung.«

»Weiß deine Großmutter nicht, was geschehen ist?«

»Falls sie es weiß, behält sie es für sich.«

»Würden eure Eltern euch einfach zurücklassen?«

»Wahrscheinlich hielten sie es für besser, uns hierzulassen. Sie wollten immer nur das Beste für uns. Jetzt bin ich der Mann im Haus. Ich kümmere mich um alles.«

»Dein Mut gefällt mir, aber du bist noch ein Kind.«

»Kann sein. Aber ich habe Ihren Wagen gefunden.« Er hielt kurz inne. »Und Sie haben was von mehr Geld gesagt.«

»Habe ich das?« Puller hatte bereits einen Zwanziger gezückt. »Okay, verrate mir die Einzelheiten.«

Diego rückte zuerst mit dem Kennzeichen heraus.

»Woher hast du das? Es war verdeckt.«

»Als die Männer essen waren, hab ich mir einen Lappen geschnappt und den Dreck weggewischt. Ehe sie zurückkamen, hab ich ihn wieder draufgeschmiert.«

»Beschreib mir die Männer.«

Diego tat es.

»Bist du sicher?«

»Ja.«

Puller gab ihm die zwanzig Dollar.

»Was ist mit Isabel und Mateo? Ist jemand gekommen und hat sie verprügelt?«

Diego schüttelte den Kopf. »Hier nicht, sonst sähe ich genauso aus wie sie, weil ich versucht hätte, die Typen aufzuhalten.«

»Erzähl mir von den Männern, die ich bewusstlos geschlagen habe. Gehören sie zu einer Gang?«

»Das würden sie gern, aber sie sind so blöd, dass keiner sie haben will. Sie verticken ein paar Drogen auf eigene Faust, aber nicht viel. Und sie verprügeln Leute gegen Bezahlung. Die Typen sind der letzte Dreck.«

»Haben sie Freunde?«

»Hier hat jeder Freunde, wenn er das Geld hat, sie zu bezahlen.« Während er das sagte, faltete Diego den Zwanziger sorgfältig zusammen und steckte ihn in die Tasche.

»Glaubst du, sie warten in meiner Unterkunft auf mich?«

Diego zuckte mit den Schultern. »Ich glaube, Sie sollten sehr vorsichtig sein.«

»Danke für deine Hilfe.«

»Ich mache das nur, um Geld zu verdienen.«

»Ich bewundere deine Ehrlichkeit.«

»Vertrauen Sie niemandem in Paradise, Mister, auch mir nicht.«

»Irgendwann kommt man an einen Punkt, Diego, da muss man jemandem vertrauen. Brauchst du mal Hilfe, kannst du zu mir kommen.«

»Wenn Sie dann noch leben, Mister. Wir werden sehen.«

»Du kannst Puller zu mir sagen.«

»Okay, Puller. *Buena suerte.*«

»Dir auch.«

Puller ging. Ein Teil von ihm dachte darüber nach, sich wieder mit den drei Blödmännern und möglicherweise ihren bezahlten Helfern auseinandersetzen zu müssen. Ein anderer Teil jedoch dachte über Diegos Beschreibung der beiden Männer im Chrysler nach.

Schlank, fit, Kurzhaarschnitt.

Auf sie passte die Beschreibung von Männern, die denselben Arbeitgeber hatten wie Puller.

Das Militär der Vereinigten Staaten.

29

Puller stieg in den Tahoe, kletterte nach hinten, streckte sich aus und dachte über das nach, was er gerade erfahren hatte.

Falls die Typen im Chrysler ehemalige Militärangehörige waren, veränderte es das Gleichgewicht. Es war durchaus möglich, dass sie seine Tarnung durchschauten und das Fahrzeug wechselten. Es bestand auch die Möglichkeit, dass sie schneller auf ihn schossen, als er zurückschießen konnte.

Puller fragte sich, warum sie ihn hier beschatteten, wenn sie noch im aktiven Dienst waren.

Und wenn nicht, stellte sich diese Frage erst recht.

Es war durchaus möglich, dass das Militär ihn nach den Ereignissen in West Virginia überwachen ließ. Puller beschloss, diese Theorie zu überprüfen. Er rief noch einmal Kristen Craig an.

Sie musste seine Nummer erkannt haben, denn statt »Hallo« sagte sie: »Vermissen Sie mich schon?«

»Immer.«

»Im Ernst, schlafen Sie nie?«

»Das müssen Sie gerade sagen.«

»Ich habe gehört, was in West Virginia passiert ist. Nicht die offizielle Geschichte, denn die gibt es ja nicht. Nur Gerüchte, zwischen den Zeilen. Ich glaube, im Augenblick könnten Sie verlangen, was Sie wollen, selbst einen längeren Urlaub.«

»Ich *bin* im Urlaub. Gewissermaßen.«

»Mein iPad steht bereit, Ihren nächsten Auftrag aufzunehmen, Boss.«

Puller unterdrückte ein Lachen. Er fand dieses Mädel einfach großartig. Wäre sie nicht verheiratet, hätte er sie vielleicht sogar zu einem Abendessen eingeladen.

»Ich muss ein Nummernschild überprüfen.«

»Okay. So was mache ich normalerweise nicht, aber ich kenne da ein paar Leute.«

»Können diese Leute das sofort erledigen?«

»Mal sehen. Können Sie mir sagen, worum es geht?«

»Warum?«

»Nur für den Fall, dass man Sie umbringt und ich meine Arbeitsstunden erklären muss. Hat es vielleicht mit dem Militär zu tun?«

»Noch vor fünf Minuten hätte ich Nein gesagt. Jetzt bin ich mir nicht mehr so sicher. Alles fing damit an, dass meine Tante einen Brief geschrieben hat, in dem sie behauptete, dass in Paradise, Florida, etwas nicht stimmt. Als Nächstes erfahre ich, dass sie unter zweifelhaften Umständen gestorben ist.«

»Tut mir sehr leid, Puller.«

»Ja, mir auch. Jedenfalls, ich bin hierhergefahren, und die Dinge wurden noch seltsamer.«

»Und das Nummernschild?«

»Zwei Kerle haben es sich zur Aufgabe gemacht, mir zu folgen. Ihrer Beschreibung nach könnten es Leute sein, die die Uniform tragen oder getragen haben.«

»Gefällt mir gar nicht, was Sie da sagen.«

Ihre Stimme hatte sich deutlich verändert. Das Spielerische war verschwunden; jetzt schwang echte Besorgnis darin mit.

»Mir gefällt's auch nicht.«

»Haben Sie Rückendeckung?«

»Wie ich schon sagte, ich bin in Urlaub.«

»Dann müssen Sie den Urlaub abbrechen und wieder an die

Arbeit gehen. Im Ernst, Puller, besorgen Sie sich jemanden, der Ihnen den Rücken deckt.«

»Ein guter Rat. Ich mach mich auf die Suche. Besorgen Sie mir in der Zwischenzeit, was Sie können. Ich hole die Ausrüstung morgen ab, wie geplant.«

»Sorgen Sie dafür, dass Sie sie auch abholen *können.*«

»Ich werde tun, was ich kann.«

Er gab das Kennzeichen durch, legte auf, befahl seinem inneren Wecker, ihn in zwei Stunden wach zu machen, und schloss die Augen. Seine Hand hielt den Griff seiner M11 umschlossen. Er wusste, er würde drei Sekunden brauchen, um aufzuwachen, zu zielen und auf jeden zu feuern, der ihm Böses wollte. War das nicht schnell genug, war er tot. So liefen die Dinge nun mal.

Nach zwei Stunden erwachte Puller auf der Rückbank des Tahoe, erfrischt und zu allem bereit. Es war ein Uhr nachts; er glaubte, dass diese Zeit genau richtig war, falls etwas passieren würde. Militär und Polizei schlugen gern nachts zu. Zielpersonen waren müde, lagen in ihren Betten, und ihre Waffen befanden sich oft praktischerweise außerhalb ihrer Reichweite.

Aber selbst dumme Kriminelle verstanden es, sich in der Dunkelheit auf einen zu stürzen.

Zehn Minuten später bewahrheitete sich Pullers Theorie.

Der Weiße, der Schwarze, der Latino und drei ihrer besten Freunde marschierten zielstrebig die Straße entlang. Anscheinend hatten sie ausgeknobelt, dass das optimale Zahlenverhältnis bei sechs zu eins für sie lag.

Alle sechs schauten grimmig drein. Der Weiße vielleicht am meisten, da sein Mund verdrahtet war.

Ich muss ihn härter getroffen haben als gedacht, ging es Puller durch den Kopf.

Die sechs Männer gingen am Tahoe vorbei, ohne dem Wagen auch nur einen Blick zu gönnen. Auf dem Schlachtfeld hätte diese Nachlässigkeit ihren sofortigen Tod bedeutet. Aber hier war Florida, nicht Afghanistan. Also verzichtete Puller darauf, sie mit seiner M11 von hinten abzuknallen.

Unter ihren Hemden konnte er die Ausbuchtungen von Waffen erkennen. Zwei von ihnen trugen Baseballschläger, ein anderer hielt eine Eisenstange umklammert. Sie waren für den Krieg gerüstet. Zum Töten bereit.

Nur dass vermutlich keiner von ihnen wusste, wie es war, in *richtige* Kampfhandlungen verwickelt zu werden.

Puller schon.

Und wer solche Kämpfe erlebt hatte, wollte so etwas nie wieder durchmachen. Das war eine Erfahrung, auf die kein geistig gesunder Mensch sich gern einließ. Aber Puller, der geistig völlig gesund war, hatte sich zahllose Male darauf eingelassen, denn er hatte sich von Berufs wegen für diese Tätigkeit entschieden. Sie hatte ihn verändert, vollkommen und unwiederbringlich, und hatte ihn in eine Tötungsmaschine verwandelt. Er kannte Möglichkeiten, Menschen ins Jenseits zu befördern, die sich die meisten Leute nicht einmal vorstellen konnten.

Puller überlegte, ob er diese Nacht ohne den unausweichlichen Zusammenprall verstreichen lassen sollte, sagte sich dann aber, dass es besser sei, es jetzt und hier hinter sich zu bringen. Sonst würde er immer über die Schulter blicken müssen, und dafür hatte er keine Zeit.

Er machte einen Anruf, gab der Person am anderen Ende der Leitung bestimmte Informationen und schaltete das Handy aus. Dann wartete er noch zehn Sekunden und stieg aus dem Tahoe.

Zeit, an die Arbeit zu gehen.

30

Das Stück Strand war abgelegen und verlassen. Aus diesem Grund war er heute Nacht hier. Er war auf einem kleinen Motorroller gekommen. Bei seiner Größe sah er auf der kleinen Maschine irgendwie lächerlich aus, aber das war ihm egal. Es war besser als Laufen, und der Helm verbarg sein Gesicht.

Er stand in der Nähe einer Düne. Aus der Deckung einer Palme beobachtete er die sandige Grenze mit einem Nachtsichtgerät, ein Teil des Willkommenspakets, das er bei seiner Ankunft in Paradise erhalten hatte. Das Meer war riesig und schwarz; es war nahezu unmöglich zu erkennen, wo Wasser und Himmel aufeinanderstießen, zumal es dunstig war. Der konturlose Horizont verschmolz mit dem Meer zu einer scheinbar kompakten Masse.

Der dunkle Golf von Mexiko erregte seine Aufmerksamkeit aus gutem Grund: Was heute Nacht kommen würde, kam übers Meer.

Er schaute auf die Uhr. Man hatte ihm ein paar Rahmenbedingungen genannt, was die Zeit anging, aber das war auch schon alles. Doch seine Geduld war schier unendlich. Er hatte Jahre seines Lebens damit verbracht, auf bedeutungslose Geschehnisse zu warten. Das waren Lektionen, die man nie vergaß. Mentale Narben, die tief in Geist und Seele eingeschnitten waren.

Er holte Luft, verzog das Gesicht. Der Geruch war widerlich, allgegenwärtig.

Er beobachtete den Sand durch sein Nachtsichtgerät.

An diesem Strandabschnitt wurde die Emerald Coast ihrem Namen nicht gerecht. Überall ragten schwarze Felsen aus dem Sand. Als hätte man weiche Haut zurückgezogen, um den darunterliegenden, verbrannten Knochen zu entblößen.

Hier fand man tagsüber keine Sonnenanbeter. Auch nachts würde sich hier niemand aufhalten, es sei denn, er trug eine Gasmaske.

Vierzig Minuten später wurde seine Geduld belohnt. Ein weißes Licht blitzte auf, mehr nicht. Kein Rot, kein Grün, wie es üblich gewesen wäre. Das Boot verzichtete auf Positionslichter, was illegal und angesichts der Bedingungen auf dem nächtlichen Meer extrem gefährlich war.

Aber der Hüne konnte verstehen, dass sie ihre Anwesenheit nicht kundtun wollten. Er wusste, dass es nicht dasselbe Boot war, das ihn zu der verlassenen Bohrinsel gebracht hatte. Er hatte die Schüsse gehört. Er war Zeuge gewesen, wie man den Captain und dessen Leute mit MP-Salven zerfleischt und die Leichen ins Meer geworfen hatte.

Aber dies hier war ein anderes Boot, vermutlich viel größer als das, auf dem er gewesen war. Es war eines von vielen ähnlichen Booten, die ihre kostbare Fracht von einem Ort zum anderen brachten. Und dieser Strandabschnitt war heute Nacht nur ein weiterer Haltepunkt in der Kette. Von hier aus würde es über Land weitergehen, in einem Fahrzeug, das seinen Passagieren nicht den geringsten Komfort bot. Nichts an dieser Reise war auf Behaglichkeit ausgerichtet. Aber die Fahrt selbst würde viel humaner sein als das, was am Ende mit den Leuten geschah.

Das Boot würde nicht an der Küste anlegen, da war er sicher. Für das letzte Wegstück würde man die Fracht in ein kleineres, beweglicheres Fahrzeug umladen.

Der Hüne wandte seine Aufmerksamkeit der Straße hinter ihm zu, wobei er sich tiefer zwischen die Sträucher zurückzog, die neben der Düne wuchsen. Bremsen kreischten, Türen wurden geöffnet und wieder zugeschlagen. Ein Ladetor quietschte, als es in die Höhe gestemmt wurde.

Der Hüne duckte sich noch tiefer, bewegte sich nach links und legte sich flach in den Sand, während er den Lastwagen und die beiden SUV beobachtete, die auf einem kleinen Asphaltplatz neben der Straße parkten. Hinter dem Lastwagen, dessen Ladefläche geöffnet war, standen drei Männer. Zwei weitere gingen den Pfad zum Strand entlang. Der Hüne vermutete, dass sie bewaffnet und bereit waren, ihre Waffen zu benutzen.

Er folgte ihren Bewegungen bis zum Wasser.

Einer der Männer gab Signale mit einer Taschenlampe. Draußen auf dem dunklen Meer wurde das Lichtsignal beantwortet. Ein paar Minuten später war ein kleiner Bootsmotor zu hören. Als er sich der Küste näherte, wurden die Umrisse des Fahrzeugs deutlicher erkennbar. Es war ein neun Meter langes RIB, ein Festrumpfschlauchboot, wie militärische Spezialkommandos es verwendeten. Es war schwarz lackiert und praktisch unsichtbar.

Das RIB kam bis auf ein paar Meter an den Strand heran, dann stellte der Fahrer den Motor ab. Das RIB glitt lautlos weiter, bis der Bug den Sand berührte.

Die Männer eilten los und zerrten Leute aus dem Schlauchboot, bis ungefähr zwanzig Personen am Strand standen. Sie waren aneinandergefesselt, die Münder mit Klebeband verschlossen. Selbst aus dieser Entfernung konnte der Hüne sehen, dass viele davon Kinder waren.

Einige von ihnen trugen blaue Hemden, andere rote oder

grüne. Das war kein Zufall. Die Farben bezeichneten den Zweck und das endgültige Ziel eines jeden Gefangenen.

Die grünen Hemden waren bei Weitem in der Überzahl. Den Hünen überraschte das nicht; er kannte die Bedeutung der Farben. Man hatte das Grün nicht zufällig gewählt. Natürlich ließen auch Blau und Rot ordentliche Summen in die Kasse fließen, aber mit Grün war das große Geld zu machen.

Zwei der Männer am Strand führten die Gefangenen zum Lastwagen und trieben sie auf die Ladefläche.

Derweil legte der Fahrer des Schlauchboots den Rückwärtsgang ein, setzte vom Strand zurück, wendete das Boot und fuhr wieder hinaus aufs Meer. Gleichzeitig kam ein weiteres RIB heran. Auch diesmal wurde der Motor abgestellt; das RIB trieb an den Strand, und das Entladen der Gefangenen wiederholte sich. Das Ganze geschah noch zwei weitere Male.

Nachdem das vierte RIB umgekehrt und die letzte Gruppe Gefangener zum Lastwagen getrieben worden waren, wurde das Ladetor geschlossen und verriegelt. Männer sprangen in die Führerkabine, und der Lastwagen fuhr los. Die SUV folgten ihm.

Der Hüne saß allein am Strand und blickte den Fahrzeugen ein paar Sekunden hinterher, als sie in Richtung Westen fuhren, bis sie in der Dunkelheit verschwanden. Dann schaute er hinaus aufs Meer. Das Dröhnen des letzten RIB war kaum noch zu vernehmen. Sekunden später war es verstummt.

Er zählte stumm. Vier Boote mit insgesamt achtzig Gefangenen. Die Übergabe hatte weniger als zehn Minuten in Anspruch genommen. Zehn Minuten, um achtzig Menschen von Punkt A nach Punkt B zu treiben. Vierzig Grüne, der Rest zur Hälfte Rote und Blaue.

Er war soeben Zeuge geworden, wie Abermillionen Dollar

illegaler Handelsgüter über diesen Strand getrieben worden waren.

Er hatte nicht die leiseste Ahnung, wohin der Lastwagen die Gefangenen brachte. Er wusste nur, dass die RIB zum Schiff zurückfahren würden, das wie ein riesiger weißer Hai da draußen lauerte. Dort würde man die Schlauchboote an Bord nehmen, und das Schiff würde zurück zur Basis fahren. Wahrscheinlich fing morgen Nacht alles wieder von vorn an. Schließlich war das ein Geschäft. Ein Riesengeschäft. Und wie bei den meisten Geschäften war die größte Motivation der Gewinn. Um profitabel zu sein, musste man die Ware so schnell und effizient wie möglich verkaufen, gute Preise erzielen, die Kunden glücklich machen und sie bei der Stange halten.

Die »Dienstleistungen«, zu denen die Gefangenen missbraucht wurden, waren allesamt widerwärtig, aber solange es den Rest der Welt nicht interessierte, wurde nichts dagegen unternommen.

Aber er gehörte nicht zum Rest der Welt.

Er interessierte sich dafür.

Die Lieferung heute Nacht war für die Menschenhändler nur eine von vielen gewesen. Für ihn jedoch, den Hünen, war sie ein Probelauf gewesen, um kostbare Daten zu sammeln. Bald würde der Zeitpunkt kommen, dass diese wertvollen Daten Taten nach sich zogen. Er wünschte sich, es wäre heute Nacht schon so weit gewesen. Aber das wäre vermutlich in einem Blutbad geendet. Er hätte sämtliche Wächter getötet und die Gefangenen befreit, hätte dabei aber jede Chance zunichtegemacht, sein größeres Ziel zu erreichen.

Oder man hätte ihn getötet und seine Leiche im Meer entsorgt.

Der Hüne ging eine Meile den Strand entlang, stieg auf seinen Motorroller und fuhr zurück zum Sierra. Er würde ein bisschen schlafen, bezweifelte aber, dass sein Schlaf erholsam sein würde. Die Bilder der Gefangenen würden in dieser Nacht nicht aus seinen Gedanken verschwinden – und noch lange Zeit darüber hinaus. Diese Menschen hatten es verdient, dass jemand sich um sie kümmerte. So wie er.

Aber er wollte mehr tun, als sich um sie zu kümmern.

Er wollte diese Sache beenden.

Und jemanden finden.

Das war ihm wichtiger als alles andere.

31

Puller betrat das Sierra weder durch den Vordereingang noch die Hintertür. Stattdessen eilte er die Feuertreppe hinauf und benutzte auf dem Dach eine Zugangstür, die unter anderem für die Wartung der Klimaanlage benutzt wurde. Das alles hatte er bereits früher ausgekundschaftet. Es war ihm wichtig, in jeder Unterkunft mehrere Ein- und Ausgänge zu haben.

Ein paar Treppenabsätze tiefer, in der dritten Etage, verließ er das Treppenhaus. Der Flur war dunkel und menschenleer, nur eine einsame Lampe an der Decke flackerte und pulsierte geisterhaft. Pullers Zimmer war das vorletzte auf der linken Seite hinter einer Biegung. In der Dunkelheit ging er in die Hocke und streifte sich eine Nachtsichtbrille über, die er im Außenbezirk von Paradise in einem Laden für Sicherheitsausrüstung gekauft hatte. Garantiert nicht das beste Nachtsichtgerät, das er je benutzt hatte, aber es war brauchbar.

Er schob es über die Augen, und aus der Dunkelheit wurde Helligkeit, als verschwommene, weiche Schemen sich in harte, scharfkantige Umrisse verwandelten.

Pullers Schätzung nach würden die sechs Kerle sich jetzt ihrem Ziel nähern. Sechs gegen einen – eine überwältigende Streitmacht. Glaubten sie wahrscheinlich. Doch Puller war ein erstklassiger Kämpfer und hatte eine ausgezeichnete Nahkampfausbildung genossen.

Aber er war nicht Superman.

Das hier war kein Film, wo er seinen Weg zum Sieg in der

Matrix manipulieren konnte. Es würde ein Kampf furchterfüllter Männer sein, die Fehler machten, aber auch Treffer landeten.

Sehr schmerzhafte Treffer.

Puller brachte ein Gewicht von rund einhundert Kilo auf die Waage. Die Männer, denen er heute Nacht gegenüberstehen würde, brachten zusammen über fünfhundert Kilo auf die Waage. Pullers zwei Fäusten und Beinen standen zwölf Fäuste und ein Dutzend Beine gegenüber.

Sechs gegen einen – das würde bei einem Nahkampf mit ziemlicher Sicherheit in einer Niederlage enden, egal, was für ein Könner man war und wie unfähig das halbe Dutzend Gegner. Drei oder vier würde Puller ausschalten können, aber die restlichen zwei oder drei würden vermutlich einen Glückstreffer landen und ihn zu Boden schicken. Und dann war es vorbei. Baseballschläger und Eisenstangen würden auf ihn herabregnen, bis eine Kugel alles beendete.

Wenn ein wirklich guter Nahkämpfer die Wahl hatte – was manchmal vorkam –, kämpfte er nur, wenn die Bedingungen zu seinem Vorteil waren.

Puller hatte nicht viel Zeit, denn die sechs Typen würden schnell erkennen, dass er nicht in seinem Zimmer war. Dann würden sie abziehen und irgendwann wiederkommen, oder sie stellten ihm eine Falle und warteten. Doch eine Falle machte es erforderlich, dass sie sich aufteilten. Jedenfalls verließ Puller sich darauf. Und dann wurden aus sechs Gegnern vier, drei oder zwei.

Vielleicht sogar nur einer.

Teilen und herrschen.

Das waren die Voraussetzungen, die Puller zum Sieg benötigte. Falls seine Gegner es ihm ermöglichten, umso besser. Irgendetwas sagte ihm, dass es so kommen würde.

Ein gut geplanter Perimeter – eine gute Aufteilung und Absicherung der Räume – konnte die meisten Angriffspläne zunichtemachen, weil ein Angreifer den Perimeter nicht durchdringen konnte. Doch Puller stellte fest, dass der gegnerische Perimeter nicht gut durchdacht war. Deshalb würde er ihn ziemlich leicht durchbrechen können.

Die ersten beiden Gegner standen in der Mitte des Flures. Sie hatten gar nicht erst den Versuch gemacht, ihre Anwesenheit zu verbergen. Einer hielt einen Baseballschläger, der andere eine Pistole. Sie unterhielten sich leise und sahen zufrieden und selbstsicher aus. Der Typ, der den Schläger hielt, ließ ihn durch die Luft sausen. Es würde ein, zwei Sekunden dauern, bis er den Schläger einsatzbereit hatte. Sein Kumpan hielt die Pistole locker zu Boden gerichtet. Vier Finger waren um den Griff gelegt; der Zeigefinger war nicht einmal in der Nähe des Abzugsbügels.

Mit anderen Worten, beide Waffen waren nutzlos.

Die Männer reagierten gar nicht, als Puller dem ersten Gegner den Schläger entriss. Er rammte ihm die Spitze in den Magen und schickte ihn zu Boden. Der zweite Mann riss die Waffe hoch, feuerte sie aber nicht ab, weil er sie gar nicht mehr in der Hand hielt.

Puller hatte die Pistole am Lauf gepackt und schmetterte den Griff gegen die Schläfe ihres einstigen Besitzers. Der Mann gesellte sich zu seinem Kumpel auf den vollgekotzten Teppich. Ein kurzer, trockener Hieb mit dem Baseballschläger an den Kopf des sich krümmenden Mannes genügte, und er lag still.

Der Angriff hatte ganze fünf Sekunden gedauert.

Puller hatte den Schläger des ersten Gegners fast im gleichen Augenblick geschwungen, als er dem zweiten Mann die Pistole aus den Fingern gepflückt hatte. Der einzige Laut war der dumpfe Aufprall der beiden Körper gewesen.

Puller verharrte in der Hocke, den Schläger in der einen, seine M11 in der anderen Hand. Die Pistole des bewusstlosen Mannes hatte er weggeworfen, nachdem er das Magazin herausgenommen und die im Lauf steckende Patrone entfernt hatte. Er schoss nicht gerne mit den Waffen anderer Leute. Eine schlecht gepflegte Pistole konnte für den Schützen gefährlicher sein als für das Ziel.

Stumm zählte er die Sekunden. Zwei Gegner ausgeschaltet, vier noch aktiv. Sein Zimmer befand sich um die Ecke. Diese beiden Trottel waren die Frontlinie gewesen. Puller ging davon aus, dass ein weiterer Mann eine weitere Barriere bildete, während die restlichen drei im Zielgebiet warteten, um den Job zu beenden.

Geduckt schlich er zur Ecke, riskierte einen schnellen Blick und zog sich wieder zurück. Hier war die Dunkelheit beinahe undurchdringlich, weil jemand die Deckenbirnen herausgeschraubt hatte. Eine nette Taktik. Aber mit Pullers Nachtsichtbrille war die Dunkelheit sogar besser als spärliches Licht.

Der dritte Mann stand ungefähr auf halber Länge des Flures. Geduckt lauerte er in einer schmalen Nische, in der die Finsternis noch tiefer war als die umgebende Dunkelheit. Seine Waffe war vermutlich eine Pistole; es konnte aber auch ein Baseballschläger oder eine Eisenstange sein.

Okay, sagte sich Puller. *Finden wir's heraus.*

Ihm standen mehrere Möglichkeiten offen. Er konnte losstürmen und den Mann angreifen, bevor er reagieren konnte. Oder er konnte sich anschleichen, den Gegner lautlos ausschalten und dann weiter vorrücken.

Puller entschied sich für Letzteres.

Auf dem Bauch kriechend bewegte er sich vorwärts, genau wie damals als Ranger in den Sümpfen von Florida und im Sand des Irak. Er wusste, wohin der Mann instinktiv blickte: auf eine Stelle in Augenhöhe. Das war nun mal die menschliche Natur. Nur ausgebildete Kämpfer würden außerdem die imaginäre vertikale Linie vom Boden bis zur Decke abdecken, denn ein erfahrener Angreifer konnte aus praktisch jeder Richtung kommen und in fast jedem Winkel. Und der offensichtlichste Winkel war nie der beliebteste.

Puller kam bis auf dreißig Zentimeter an den Gegner heran. Der Mann ließ den Blick noch immer hin und her schweifen. Als sein Blick gerade wieder die Richtung wechselte, rammte Puller den Baseballschläger nach oben. Der Kopf des Mannes flog in den Nacken, und er krachte zu Boden. Die Kopfwunde blutete schrecklich. Und die dazugehörigen Kopfschmerzen würde der Typ nach dem Aufwachen sein Leben lang nicht vergessen.

Puller hatte bei keinem der drei Männer hart genug zugeschlagen, um zu töten. Er wusste, wie viel Kraft erforderlich war, um einen Schädel zu zerbrechen. Normalerweise hatte er kein Problem damit, diese Kraft bei Männern einzusetzen, die junge Frauen vor den Augen ihrer kleinen Brüder vergewaltigten. Aber die Typen heute Nacht waren nur die Rachemannschaft. Vermutlich waren sie genauso schlimm oder schlimmer als die drei Kerle, die Puller bereits verprügelt hatte, aber er war bereit, ihnen ein bisschen Freiraum zuzugestehen. Wenn sie lebend davonkamen, würden sie die Botschaft verbreiten, dass es klug war, ihn in Ruhe zu lassen.

Der Mann, den Puller soeben ausgeschaltet hatte, hielt eine Eisenstange in den schlaffen Händen. Puller schnappte sie sich und rückte weiter vor.

Drei erledigt, drei standen noch aus.

Die Chancen standen jetzt viel besser, ungefähr so hoch wie im Treppenhaus, als er das Trio Infernal ausgeschaltet hatte, den Schwarzen, den Weißen und den Latino. Die drei Gegner, die er jetzt eben ausgeschaltet hatte, waren die Rachemannschaft – und das bedeutete, dass es sich bei den drei Gegnern, die nun vor ihm warteten, um die Vergewaltiger handelte. Die Dreckskerle waren zweifellos zurückgekommen, um Isabel und den kleinen Mateo fertigzumachen.

Puller beschloss, den Krafteinsatz zu erhöhen.

Mit schnellen Schritten durchquerte er das letzte Stück des Flures. Die Tür zu seinem Zimmer stand einen Spalt weit auf. Puller schüttelte den Kopf, so dämlich war die Taktik seiner Gegner. Eine Tür ein Stück weit zu öffnen war ungefähr so, als würde man eine rote Fahne schwingen und rufen: »Hey, wir warten hier auf dich!«

Also trat man hier schon mal nicht ein. Man begab sich stattdessen ins Nebenzimmer und versuchte, die Trottel durch die Verbindungstür zu überraschen.

Allerdings war man selbst der Trottel, wenn sie einen über den Haufen knallten.

Puller stellte sich vor, wie die drei sich um die Verbindungstür aufgebaut hatten, aber er hatte seine Zweifel, was ihre Aufmerksamkeit anging. Um es überhaupt bis zu ihnen zu schaffen, hatte er ihren Perimeter nahezu lautlos überwinden müssen, und damit rechneten sie garantiert nicht. Sie hatten sich für die Nachhut entschieden, weil sie hofften, dass Puller nie so weit kam. Sie wollten keine zweite Begegnung mit ihm. Welcher vernünftige Mensch hätte das gewollt nach den Prügeln, die sie bezogen hatten?

Puller vermutete, dass sie Karten spielten oder sich Mut

antranken, rauchten oder aus dem einsamen Fenster spähten. Die Penner konnten alles Mögliche tun – aber was es auch sein mochte, es war mit Sicherheit nicht professionell.

Puller traf die Tür zu seinem Zimmer mit solch brutaler Wucht, dass sie aus den Angeln flog. Direkt vor ihm ragten zwei Umrisse auf. Wie erwartet drängten die Typen sich um die Verbindungstür. Die Eisenstange schaltete die ersten beiden aus. Der Weiße segelte aufs Bett. Vielleicht hatte er diesmal tatsächlich den Löffel abgegeben.

Der Schwarze wurde gegen das Fenster geschleudert, krachte durch die Scheibe und blieb im Rahmen hängen, zur Hälfte drinnen, zur Hälfte draußen.

Jetzt noch der Latino.

Er stand in der anderen Zimmerecke. Offenbar war er kurz davor, sich in die Hose zu machen. Die Pistole gezückt, stand er höchstens drei Meter von Puller entfernt. In der Dunkelheit und vom Adrenalin überflutet, das die feinmotorischen Fähigkeiten auf null reduzierte, hätten es genauso gut zehn Meilen sein können.

Er schoss und verfehlte Puller um anderthalb Meter.

Eine weitere Chance bekam er nicht.

Der erste Schlag schmetterte ihm die Waffe aus der Hand.

Der zweite Schlag holte ihn von den Füßen.

Der dritte räumte jeden Zweifel aus, dass der Kampf zu Ende war.

Als Puller sich aufrichtete, wobei seine Muskeln sich bereits entspannten, spürte er es.

Licht.

Körperwärme.

Schweiß.

Blicke, auf ihn gerichtet.

Von der Verbindungstür aus.

Er schaute in die Richtung.

Da standen zwei kleine Männer. Beide Latinos. Bewaffnet. Beide richteten 9-Millimeter-Pistolen genau auf seinen Kopf. Zwei Pistolen, die ihn auf diese Distanz nicht verfehlen konnten.

Die Nachhut, die Puller nicht eingeplant hatte.

Heute Nacht waren acht Männer gekommen.

Nicht sechs.

Er hatte die Sache vermasselt.

Auf unverzeihliche Weise.

Die Strafe dafür war glasklar.

Er war ein toter Mann.

32

Puller erlebte zum ersten Mal, wie Männer ohne Flugzeug flogen.

Zumindest sah es so aus.

Ihre Füße verloren den Kontakt zum Boden, als wären sie mit Klavierdraht umwickelt und jemand hätte einen Schalter umgelegt, der sie gen Himmel hob.

Im nächsten Augenblick krachten ihre Schädel aneinander. Es hörte sich an, als würden zwei Melonen zusammenprallen. Puller konnte verfolgen, wie sich der brutale Zusammenstoß auf den Gesichtern der Männer spiegelte. Die Augen zuckten, rollten zurück und schlossen sich. Die Münder öffneten sich weit, stießen Schmerzensschreie aus und schlossen sich ebenfalls, klappten dann aber wieder auf, während die Körper zu einer toten, schlaffen Last wurden und auf den Boden krachten. Sie schlugen hart auf. Die Pistolen schlitterten durchs Zimmer. Blut strömte aus den offenen Mündern, wo die Zähne tief in die Zungen gebissen hatten.

Hinter den beiden kleinen Männern stand der Hüne, der beeindruckende Mann, den Puller bereits zweimal gesehen hatte.

Anscheinend hatte die Nachhut etwas Unverzeihliches getan: Sie hatte das Zimmer des Riesen ohne dessen Erlaubnis als Falle benutzt. Das war der einzige Grund, der Puller einfiel, warum der Mann getan hatte, was er getan hatte.

Er richtete sich auf, starrte den Hünen an. Die M11 lag

schwer in seiner Hand. Der riesige Mann war unbewaffnet, wirkte aber trotzdem bedrohlich, wenn nicht tödlich, und vollkommen furchtlos, wie er da stand und Pullers Blick erwiderte.

»Danke«, sagte Puller.

Der Hüne schwieg. Er warf einen Blick auf Pullers Handfeuerwaffe, als wollte er abschätzen, ob sie eine Bedrohung war, um die man sich sofort kümmern musste. Dann stellte er einen gigantischen Stiefel auf den Oberkörper des ersten Mannes und schob. Der Bewusstlose rutschte in Pullers Zimmer. Einen Augenblick später schickte ein weiterer Stoß seinen Komplizen hinterher.

Der Hüne sah Puller an.

Puller sah den Hünen an.

»Ich werde versuchen, in Zukunft leiser zu sein«, sagte Puller.

Er glaubte, die Andeutung eines Lächelns zu sehen, bevor der Mann die Tür zu seinem Zimmer schloss. Augenblicke später hörte er protestierend quietschende Bettfedern. Anscheinend legte sich der Riese nach diesem unbedeutenden Zwischenfall schlafen.

Puller steckte die Waffe weg, zog sie aber sofort wieder, fand sein Ziel und war bereit abzudrücken.

»Ich bin's! Ich bin's!«

Cheryl Landry hielt ihre Pistole demonstrativ in die Höhe.

Puller senkte die M11 und schob die Nachtsichtbrille auf die Stirn.

»Tut mir leid.«

Landry betrachtete den menschlichen Abschaum, der im Zimmer verteilt lag.

»Mein Gott, Puller. Was haben Sie hier für ein Gemetzel angerichtet, verdammt? Draußen im Flur liegen noch drei.«

»Ich nehme sie, wie sie kommen.« Er steckte die Waffe weg.

»Es war klug von Ihnen, mich anzurufen. Tut mir leid, dass ich es nicht rechtzeitig geschafft habe.«

»Ich hätte warten können, aber das hier war meine Sache. Sie hätten nichts tun können.«

»Trotzdem«, erwiderte Landry. »Warum haben Sie nicht gewartet, bis ich da war?«

»Das war mein Kampf. Unnötig, Sie darin zu verwickeln. Vom Aufräumen mal abgesehen.«

»Soll ich das so übersetzen, dass Sie der Ansicht sind, ich wäre für so etwas nicht zu gebrauchen?«

»Sie sind Cop, Landry. Hätten wir diese Clowns zusammen bekämpft, müssten Sie den Rest Ihres Lebens Formulare ausfüllen, um den Grund dafür zu erklären. Und Ihre Karriere wäre trotzdem im Eimer. Im Übrigen hätte ich kein Problem damit, wenn Sie mir den Rücken decken. Glauben Sie mir, das sage ich nicht einfach so dahin.«

Seine Worte schienen sie zugleich wütend zu machen und zu beschwichtigen. Sie schob die Waffe ins Gürtelhalfter. Sie war nicht in Uniform, sondern trug Jeans, Tennisschuhe mit schwarzen Sohlen und einen grauen Hoodie mit schwarzem T-Shirt darunter.

Puller beobachtete, wie sie stumm zählte.

Fünf hier, drei im Korridor, interpretierte er.

Ungläubig blickte sie ihn an.

»Sie haben ganz allein acht Kerle ausgeschaltet?« Ihr Blick fiel auf die Pistolen, Baseballschläger und Eisenstangen. »Und die Typen waren bewaffnet?«

Eine Millisekunde lang lauschte Puller dem Schnarchen, das aus dem Nebenzimmer drang. Der Hüne war schnell eingeschlafen. Aber irgendetwas sagte ihm, dass der Mann binnen weniger Sekunden aufwachen und jeden Angreifer umbringen konnte. Er kam zu dem Schluss, dass es viel zu kompliziert sein würde, den Riesen in die Diskussion mit Landry einzubeziehen.

»Es waren acht *dumme* Kerle«, sagte er. »Die Bewaffnung hat nichts damit zu tun. Was nutzen einem die schönsten Brechstangen und Totschläger, wenn man nicht damit umgehen kann.«

»Aber Sie sprachen nur von drei Typen, die zuvor das Mädchen angegriffen haben.«

Puller nickte und zeigte auf den Weißen, den Schwarzen und den Latino. »Die drei Komiker da. Das Mädchen ist zu verängstigt, um Anzeige zu erstatten. Ich übernehme das gerne. Die waren nicht hier, um mich willkommen zu heißen. Das war versuchter Mord.« Er hielt inne. »Und ich bezweifle, dass sie einen Waffenschein haben. Kennen Sie einen von denen?«

Landry zog eine kleine, aber starke Taschenlampe aus der Hoodietasche und leuchtete jeden der dort liegenden Männer an.

Sie nickte. »Ja, die beiden hier.« Sie zeigte auf den Schwarzen und den Weißen. »Soviel ich weiß, gehören sie keiner Gang an. Aber sie sind aktenkundig.«

»Ich habe gehört, dass keine Gang sie will, weil sie zu dämlich sind.«

»Wo haben Sie das denn her?«

»Eine vertrauliche Quelle.«

»Sie sind nicht mal zwölf Stunden hier. Woher haben Sie so schnell vertrauliche Quellen?«

»So was erarbeitet man sich.«

»Ich rufe einen Wagen, damit man sie abtransportiert.«

»Okay.«

»Das Protokoll muss noch aufgenommen werden.«

»Ja, jede Wette.«

»Aber das kann bis morgen warten.«

»Fein.«

»Können Sie anderswo übernachten?«

Puller dachte darüber nach. Das Haus seiner Tante war eine Möglichkeit. Aber im Augenblick betrachtete er es als einen Tatort, an dem noch nicht sämtliche Spuren gesichert waren. Selbst wenn er dort nur eine Nacht verbrachte, konnte das wichtige Beweise vernichten. Deshalb konnte er sich nicht dazu überwinden, obwohl es bequem für ihn gewesen wäre.

»Ich schlafe in meinem Wagen.«

»Die Corvette?«

»Nein. Ein SUV. Ich hielt die Corvette für zu auffällig.«

»Da haben Sie recht.«

»Also werde ich im Auto schlafen.«

»Auf der Straße?«

»Wieso? Sorgen Sie da nicht auch für Sicherheit?«

»Puller, Sie haben gerade acht Kerlen aus Paradise die Scheiße aus dem Leib geprügelt. Ich bin sicher, die Typen haben Freunde und Familie, die gern Vergeltung üben wollen. Sie werden nach Ihnen suchen, ob Sie nun im Auto oder einem anderen billigen Motel unterkommen.«

»Nun ja, ich könnte mir eine Decke besorgen und mich an den Strand legen …«

»Sie verstehen nicht, worauf ich hinauswill. Diese Leute könnten Sie umbringen.«

»Haben Sie einen Vorschlag? Mir fällt gerade nichts ein.«

Landry sah unsicher aus, dann unbehaglich. Diese Veränderung erregte Pullers Interesse. Er fragte sich, was sie sagen wollte.

»Sie können bei mir bleiben. Natürlich nur heute Nacht«, fügte sie schnell hinzu.

»Wohnen Sie in Paradise?«

»Direkt nebenan, in Destin.«

»Wollen Sie nicht in Paradise wohnen?«

»In Destin gefällt mir die Aussicht besser. Außerdem ist es nur eine Viertelstunde entfernt. Aber das ist eine sehr wichtige Viertelstunde, jedenfalls für Sie. Ich bezweifle, dass die Freunde und Familien Sie dort finden.«

»Sie müssen mich nicht aufnehmen.«

»Ich weiß. Ich hätte es Ihnen auch nicht angeboten, wenn ich es nicht wollte.«

»Sie kennen mich doch gar nicht.«

»Mein Bruder ist in der Army, wie ich Ihnen bereits sagte. Er hat Sie in meinem Auftrag überprüft. Er sagte mir, es gäbe keinen Unteroffizier mit einer besseren Dienstakte. Der einzige Minuspunkt ist, dass Sie nicht nach West Point gegangen sind. Und Ihr Vater, sagte er mir, war eine Mischung aus George Patton und Norman Schwarzkopf.«

»Da würde ich nicht widersprechen. Obwohl er vermutlich eher nach Patton schlägt, wenn man danach geht, wie er sich an einem Krankenbett benimmt.«

»Also bleiben Sie bei mir?«

»Okay, aber nur diese Nacht.«

»Nur diese Nacht«, wiederholte sie, zückte ihr Handy und rief Polizei und Krankenwagen für acht Männer, denen man die Scheiße aus dem Leib geprügelt hatte.

Nachdem sie das Handy weggesteckt hatte, sagte sie: »Bullock wird wegen dieser Sache mit Ihnen sprechen wollen.«

»Darauf wette ich. Übrigens bin ich ihm gestern Abend begegnet.«

»Hat er Ihnen den Kopf abgerissen?«

»Ich glaube, wir sind zu einer Übereinkunft gelangt.«

»Gut. Aber ich würde mich nicht darauf verlassen, dass die Übereinkunft nach diesem Blutbad hier noch gilt.«

»Kann schon sein.«

»Irgendwie haben Sie einen neuen Rekord für schwere Körperverletzung in Paradise aufgestellt.«

»Tatsache?«

»Bleiben Sie noch lange?«

»Ich wünschte, ich könnte es Ihnen genau sagen, aber das kann ich nicht.«

»Ihre Tante?«

»Meine Tante.«

»Sie können einfach nicht aufhören, Puller, was?«

»Nein. Warum sollte ich?«

33

Puller folgte Landry zu ihrer Wohnung. Sie fuhr in einem dunkelblauen Toyota FJ Cruiser mit weißem Dach voraus. Der Wagen sah robust aus und war für Asphalt wie auch für Sand geeignet; vermutlich hatte sie ihn aus genau diesem Grund gekauft. Puller hatte sie als nüchtern und sachlich eingeschätzt. Das bestätigte sich jetzt, da sie sich unterwegs strikt an das Tempolimit hielt.

Während der Fahrt rief Puller seinen Bruder im USDB-Gefängnis an. Wie vorgeschrieben war der Anruf vorher angemeldet worden, und man stellte ihn nach wenigen Sekunden durch, obwohl er sich sehr spät meldete.

»Tut mir leid, dass ich jetzt erst anrufe«, sagte Puller. »Mir ist was dazwischengekommen.«

»Schon gut. Ich wollte heute Abend zwar ausgehen, hab mir dann aber gesagt, dass es zu Hause gemütlicher ist.«

»Schön, dass du deinen Sinn für Humor nicht verloren hast.«

»Er ist mein wichtigster Besitz. Vielleicht der einzige, der mir geblieben ist.«

»Das verstehe ich.«

»Wenn dir was dazwischengekommen ist, bedeutet das normalerweise, dass jemand blutverschmiert im Straßengraben liegt.«

»Sie liegen nicht im Straßengraben«, sagte Puller. »Sie schmoren in einer Zelle.«

»Wer sind die Glücklichen?«

»Ein paar Leute, mit denen ich eine Meinungsverschiedenheit hatte. Die haben nichts mit dem zu tun, weswegen ich hier bin.«

»Aber du kannst dir nicht sicher sein.«

»Nein, kann ich nicht. Aber mein Bauch sagt es mir.«

»Erzähl mir mehr.«

Puller berichtete, was im Verlauf der letzten ungefähr ein Dutzend Stunden in Paradise geschehen war. Während er erzählte, staunte er selbst, dass er in so wenig Zeit so viel hineingepackt hatte.

»Du warst ja ganz schön fleißig«, meinte Bobby.

»Aber nicht freiwillig.«

»Also ist ein Notizbuch aus Betsys Haus verschwunden?«

»Sieht so aus.«

»Sie hat jede Nacht eine Fahrt von zehn Meilen gemacht?«

»Ist nur eine Vermutung. Ich muss es noch bestätigen.«

»Und die Kerle, die dir folgen?«

»Eine Bekannte beim Kriminallabor der Army arbeitet daran. Hoffentlich höre ich bald etwas.«

»Tut mir leid, dass du Tante Betsy so sehen musstest.«

»Erinnerst du dich noch an die Sommer, die wir mit Betsy und Onkel Lloyd verbracht haben?«

»An fast jede Sekunde. Sie war unvergesslich. Ein bisschen wie unser alter Herr, nur dass Tante Betsy Mitgefühl und Herz hatte.«

Puller nickte. So hätte auch seine Einschätzung ausgesehen. »Die Sommer damals waren mit die schönsten Zeiten, die wir erlebt haben.«

»Manchmal glaube ich, dass wir mehr wegen Tante Betsy so sind, wie wir sind, als wegen Vater«, sagte Bobby.

»Hab nie darüber nachgedacht«, erwiderte Puller. »Aber je älter ich werde, desto mehr habe ich den Eindruck, dass ich unserem Alten viel zu sehr ähnele.«

»Denk nicht darüber nach, sonst treibt es dich in den Wahnsinn.«

»Vielleicht hat es das schon.«

»Nein. Du bist der vernünftigste Mensch, den ich kenne. Und das will was heißen.«

»Vielleicht, Bobby. Vielleicht auch nicht.«

»Und was glaubst du? Wurde Betsy ermordet?«

»Berücksichtigt man das fehlende Notizbuch, meine Beschatter, die Tatsache, dass der Anwalt mich sehr wahrscheinlich belügt, und was in Tante Betsys Brief stand … ja, ich glaube, sie wurde ermordet.«

»Aber die Polizei sieht das nicht so?«

»Noch nicht. Aber das könnte sich ändern.«

»Wie sehen deine nächsten Schritte aus?«

»Schlafen. Im Augenblick ist mein Tank leer.«

»Noch was?«

Puller zögerte, beschloss dann aber, es anzusprechen. »Es gibt hier einen Kerl. Größer als ich. Stärker als ich. Der könnte mich vermutlich in den Arsch treten.«

»Das ist an sich schon erstaunlich. Welche Verbindung gibt es zu dir?«

»Ich weiß nicht, ob es überhaupt eine gibt. Könnte sich bloß um den falschen Ort und die falsche Zeit handeln.«

»Du könntest ihn erschießen.«

»Er hat mir heute Nacht geholfen. Aber bestimmt nicht, weil er ein guter Samariter ist. Ich glaube, er war nur sauer, weil jemand seinen Schönheitsschlaf gestört hat.«

»Verstehe. Das heißt … eigentlich verstehe ich nicht.«

»Und wie steht's bei dir?«

»Die Aussicht hat sich nicht geändert.«

Puller schmunzelte, wurde aber sofort wieder ernst. »Ja.«

»Und wenn du geschlafen hast, wie geht es dann weiter?«

»Ich fahre die zehn Meilen ab, die Tante Betsy möglicherweise gefahren ist. Schaue mir diesen Rechtsanwalt genauer an. Frage beim Kriminallabor der Army nach. Morgen hole ich mir auf dem Luftwaffenstützpunkt in Eglin mein Zeug ab. Dann kann ich wie ein richtiger Ermittler an die Sache herangehen.«

»Hört sich nach einem guten Plan an. Pass auf dich auf, John. Du bist ganz alleine und weißt nicht, wem du vertrauen kannst. Und so, wie es sich anhört, hast du allen Grund, 'ner Menge Leute zu misstrauen. Jedenfalls im Augenblick.«

»Ein guter Rat, Bobby.«

»Und wie ist das Haus?«

»Was?«

»Tante Betsys Haus. Wie ist es?«

»Nett. Strandnähe.«

»Ziehst du da runter, wenn es dir gehört?«

»Wohl kaum.«

»Komm schon, viele Leute ziehen nach Florida.«

»Für meinen Geschmack ist Paradise ein bisschen zu gefährlich.«

Puller legte auf und fuhr weiter.

34

Landrys Eigentumswohnung befand sich in der zehnten Etage einer zwanzigstöckigen Wohnanlage ein paar Schritte vom Strand entfernt. Im Grunde *war* der Vorgarten des Hauses der Strand. Puller fuhr hinter ihr in eine Tiefgarage und parkte in der Nähe ihres Wagens. Beide stiegen aus, und Landry führte ihn zu den Aufzügen. Die kleine Tasche mit seiner Kleidung hatte Puller sich über die Schulter gehängt.

»Schicke Bleibe«, sagte er.

»Mir gefällt's hier. Ist eine gute Mischung. Jung bis alt.«

»Und der Strand ist nur wenige Schritte weit weg. Zufall?«

»Nein. Ich liebe Wassersport.«

»Und womit vergnügen Sie sich sonst noch?«

Der Aufzug bimmelte, und die Türen glitten auf.

»Scheibenschießen. Böse Jungs fangen.«

Sie stiegen in die Liftkabine.

»Schließen diese Dinge sich gegenseitig aus?«, fragte Puller.

»Ich hoffe nicht.«

Auf der zehnten Etage stiegen sie aus. Puller folgte Landry durch einen geräumigen Flur mit Marmorboden, der in einem schwindelerregenden Farbmuster gefliest war. Vor Apartment 1017 blieb Landry stehen und steckte den Schlüssel ins Schloss.

Sie traten ein, und Puller schloss die Tür hinter sich.

»Ich habe ein Gästezimmer.« Landry zeigte nach links. »Es hat ein eigenes Bad. Die Küche ist da drüben. Der Kühlschrank ist voll. Ich koche nicht viel, aber bedienen Sie sich. Da vorn ist der Balkon. Da haben Sie einen spektakulären Ausblick auf den Golf. Ich habe auch eine Waschküche, falls Sie eine brauchen.«

»Ich brauche nichts«, erwiderte Puller. Er ging in sein Zimmer, warf die Tasche aufs Bett, kam zurück und schaute sich um. Die Möbel schienen ziemlich neu zu sein und verrieten Geschmack. Puller verstand nicht viel von Inneneinrichtung. Sein Apartment in Quantico war sauber und spartanisch, unterschied sich sonst aber durch nichts von einer Wohnung in einem Studentenwohnheim.

Er schob die Balkontür zur Seite und trat hinaus. Hier oben wehte eine kräftige Brise, die den salzigen Geruch des Meeres ungefiltert herantrug.

Es gab eine Gartenliege, einen kleinen Holzkohlengrill und einen runden Gartentisch, auf dem sich Bücher stapelten. An einer Wand lehnte ein Surfbrett, daneben stand ein noch längeres Paddelbrett mitsamt Paddel.

Mehrere Bikinis waren mit Wäscheklammern an der Balkonbrüstung befestigt. Puller betrachtete sie ein paar Augenblicke, dann schaute er hinaus auf den Golf. Landry kam auf den Balkon, sammelte diskret ihre Badeanzüge ein, verschwand in der Wohnung und kam kurz darauf zurück.

Puller lehnte sich gegen die Brüstung und betrachtete die Paddelbretter.

»Sie interessieren sich wirklich für Wassersport.«

»Es wäre schön dumm, hier zu wohnen und sich nicht dafür zu interessieren.«

»Kommen Sie aus Destin?«

»Aus Miami. Ich bin vor fünf Jahren hergezogen.«

»Wieso? Miami soll doch ein prima Ort für junge Leute sein.«

»Schon möglich. Für einige junge Leute vielleicht. Für mich war es nicht das Richtige. Außerdem bin ich da aufgewachsen. Ich habe schon alles gesehen und getan. Es gab nichts Neues mehr. Und es wurde mir dort zu voll. Und zu verrückt. Die Emerald Coast passt da besser. Oder die Redneck Riviera, wie manche sie nennen.«

»Warum sind Sie Cop geworden?«

»Ich wollte es. Mein Vater war Detective in Miami. Ich wuchs inmitten von Polizisten auf. Und mir gefiel, was ich sah. Also trat ich in den Polizeidienst ein. Ich glaube, Dad hätte es gern gesehen, wäre auch mein Bruder in seine Fußstapfen getreten, aber er hat von der Army geträumt.«

»Hat es Ihren Vater gestört, dass Sie Miami verlassen haben und hierhergezogen sind?«

»Wahrscheinlich *hätte* es ihn gestört, wäre er noch am Leben. Aber er ist tot. Ein mit Angel Dust zugedröhnter Psycho hat dafür gesorgt.«

»Das tut mir leid. Aber normalerweise haben Detectives doch gar nichts mit solchen Dingen zu tun. Sie kommen erst später dazu.«

»Dad war nicht bei der Arbeit. Er saß in einer Bar und trank etwas, als der Freak durchdrehte. Mein Dad wollte ihn aufhalten. Hat nicht geklappt.«

»Und was ist mit Ihrer Mutter?«

Sie schaute zu Puller hoch. »Ich glaube, ich habe Ihnen genug von mir erzählt.«

»Ich wollte Ihnen nicht zu nahe treten. Ich mache nur Konversation.«

»Brauchen Sie nicht. Ich schweige gern.«

»Um ehrlich zu sein, ich auch.«

»Tja, ich bin müde. Ich haue mich aufs Ohr. Um das Frühstück müssen Sie sich selbst kümmern. Ich stehe früh auf, gehe ein bisschen an den Strand und bin dann unten im Fitnessraum. Wenn Sie wollen, können Sie mitkommen. Anschließend fahre ich zur Arbeit.«

»Dann überlasse ich Sie Ihrem Programm.«

Landry verschwand. Puller hörte, wie sich Augenblicke später die Tür ihres Schlafzimmers schloss.

Er schaute noch eine Zeit lang aufs Meer. Von diesem hohen Aussichtspunkt schien es, als könne er die ganze Welt überblicken. Dabei wollte er nur sehen, was sich hinter dem Tod seiner Tante verbarg.

Er hörte Wasser laufen. Wahrscheinlich duschte Landry noch, bevor sie ins Bett ging. Sie war ziemlich zurückhaltend. Eine interessante Person. Andererseits war Puller noch keine zwölf Stunden in der Gegend und hatte bereits ein kleines Heer interessanter Personen kennengelernt.

Das Wasserrauschen endete, dann öffnete sich die Duschtür. Er zählte im Kopf die Sekunden, um ihr Zeit zu geben, sich abzutrocknen und ins Bett zu gehen. Augenblicke später hörte er ihr Bett leise quietschen.

Er warf einen Blick auf die Uhr. Es war wirklich spät. Für ihn war es sogar noch später, da er seiner inneren Uhr zufolge eine Stunde verloren hatte.

Er ging zurück ins Haus. Obwohl die Klimaanlage arbeitete, schien es drinnen heißer zu sein als draußen.

Er betrat sein Zimmer, schloss die Tür, zog sich bis auf seine grünen Army-Boxershorts aus und legte sich hin. Die Laken fühlten sich kühl auf seiner Haut an. Die M11 legte er unters Kopfkissen, ein Ritual, das er vermutlich bis zu seinem Tod beibehalten würde. Dafür hatten die Einsätze im Nahen Osten gesorgt. Dort konnte man nie sicher sein, wer Freund oder

Feind war. Es kam auf den Tag an und konnte sich ständig ändern. Und wenn es um Dinge wie Leben und Tod ging, sollte man lieber auf der sicheren Seite sein.

Pullers Gedanken wandten sich dem Hünen zu. Heute Nacht war er ein Freund gewesen, aber wie sah es morgen aus? Es gab nicht den geringsten Grund zu der Annahme, dass der Mann irgendeine Verbindung zu der Sache hatte, wegen der Puller hergekommen war. Aber er wusste, das konnte sich ändern. Neulich in West Virginia hatten sich viele Leute als etwas anderes erwiesen, als sie zu sein behauptet hatten. Und Verbindungen, die absurd erschienen waren, hatten sich als real herausgestellt.

Puller ließ den Nacken kreisen, streckte die langen Beine aus, schloss die Augen und versuchte zu schlafen.

Sollte er träumen, würde es nichts mit Paradise zu tun haben.

Genau wie Landry war ihm die Aussicht auf das Meer lieber.

35

Cheryl Landry regte sich um sechs Uhr morgens.

Um zehn nach sechs trug sie Strandshorts und ein Bikinitop, über das sie ein kurzärmeliges T-Shirt gezogen hatte. Mit Flipflops an den Füßen und einem großen Strandtuch unter dem Arm öffnete sie die Tür ihres Schlafzimmers und sah Puller an dem kleinen runden Küchentisch sitzen, wo er eine Tasse Kaffee trank und die Morgenzeitung las. Er trug Trainingsklamotten: schwarze Shorts, armygrünes T-Shirt und Turnschuhe.

Er schaute auf, bemerkte ihren erstaunten Blick und hielt die Tasse hoch.

»Möchten Sie einen Kaffee, bevor Sie ins Wasser gehen?«

»Nein, danke.« Sie ging zum Balkon und holte ihr Paddelbrett.

»Ich denke darüber nach, auf Kräutertee umzusteigen«, sagte Puller, als sie wieder hereinkam.

»Ernsthaft?«

»Koffein stört die Treffsicherheit. Das wäre Grund genug für das Militär, Kaffee zu verbieten, aber so weit wird es nie kommen. Es ist zu tief eingegraben in die Psyche des Verteidigungsministeriums.« Er hob die Zeitung. »Ich hoffe, Sie haben nichts dagegen. Sie lag vor der Wohnungstür.«

»Kein Problem. Ich bekomme die Zeitung nur, weil sie kostenlos ist. Größtenteils lese ich die Nachrichten online.«

Puller warf einen Blick auf die erste Seite, die von einem

Foto der verstorbenen Mr. und Mrs. Storrow beherrscht wurde.

»Der Storrow-Mord ist das große Thema.«

Sie nickte. »Ich könnte mir vorstellen, dass einige Leute in den Nachbarstädten die Sache aufblasen, um Paradise Touristen wegzunehmen.«

»Ist das Geschäft hier so hart?«

»Wenn es um die Touristendollars geht, schon.«

Puller stand auf, spülte die Tasse aus und stellte sie in die Spülmaschine.

»Kommen Sie mit an den Strand?«, fragte Landry.

»Ich laufe lieber – während Sie tun, was auch immer Sie da tun.« Er zeigte auf das lange rote Paddelbrett.

»Das ist ein Paddelbrett«, sagte sie und schien überrascht zu sein, dass er das nicht wusste.

»Tatsache?«

»Man steht darauf und paddelt.«

»Dachte ich's mir«, sagte Puller.

»Die gibt es schon eine ganze Weile. Sie kommen nicht oft an den Strand, was?«

»Nein.«

»Es ist nicht so einfach, wie es aussieht.«

»Oh, ich finde nicht, dass es einfach aussieht. Ich bin mir nicht mal sicher, ob das Ding mein Gewicht trägt.«

Auf dem Flur fragte sie: »Wie weit laufen Sie?«

»Wie lange paddeln Sie?«

»Ungefähr fünfundvierzig Minuten.«

»Dann laufe ich so lange«, sagte Puller.

»Danach trainiere ich im Fitnessraum.«

»Okay.«

»Sie auch?«

»Ich auch«, erwiderte er. »In letzter Zeit habe ich das vernachlässigt. Ich muss wieder damit anfangen.«

»Sie sehen aus, als wären Sie in Bestform.«

Er hielt ihr die Aufzugtür auf, als sie das lange Paddelbrett in die Kabine bugsierte.

»Der äußere Eindruck kann täuschen.«

Puller fand ein Stück festen Sand und joggte los. Er hatte zugesehen, wie Landry ihr T-Shirt ausgezogen hatte und mit ihrem Brett über die Wellenbrecher hinaus ins Wasser gegangen war. Sie legte sich auf das Brett und paddelte weiter hinaus, wo das Meer ruhig und flach war. Dann stieg sie auf das Brett und benutzte das Paddel abwechselnd auf jeder Seite.

Sie paddelte parallel zum Strand in dieselbe Richtung, in die Puller lief, also konnte er sie im Auge behalten. Zu dieser frühen Stunde waren noch nicht viele Leute unterwegs. Ein paar alte Männer hatten ihre Angeln in den Sand gerammt, unterhielten sich und tranken Kaffee aus Thermoskannen. Eine alte Frau ging mit gesenktem Kopf vorbei und schwang dabei die Arme in elliptischen Bewegungen. Für Puller sah es aus, als machte sie irgendeine physiotherapeutische Übung. Vielleicht waren bei ihr beide Schultersehnen gerissen.

Ein Pärchen joggte vorbei, begleitet von einem irischen Setter. Seemöwen stiegen in den Himmel und tauchten auf der Suche nach Frühstück in die grünen Wellen.

Puller warf einen Blick auf die Uhr, machte kehrt und lief in die Richtung zurück, aus der er gekommen war. Er sah, dass auch Landry umdrehte.

Nach fünfundzwanzig Minuten Laufen fühlte Puller sich gut aufgewärmt. Seine Lunge arbeitete auf Hochtouren, seine Beine fühlten sich lebendig an, seine Arme kraftvoll. Um Army

Ranger zu werden, war er buchstäblich Tausende Meilen gelaufen. Bei den Special Forces ging es hauptsächlich um die Ausbildung an der Waffe und Ausdauer. Ja, sie alle stemmten Gewichte. Und ja, sie alle waren stark wie Bären. Aber es war die Ausdauer, die den wirklichen Unterschied zwischen Leben und Tod bedeutete.

Am Ende der fünfundvierzig Minuten stand Puller an der Stelle im Sand, an der er losgelaufen war, bewegte Arme und Beine und hielt seinen Puls hoch, erlaubte seinem Körper jedoch, langsam abzukühlen.

Landry kam ans Ufer gepaddelt, erreichte die Wellen, stand auf und kämpfte sich zum Strand durch. Sie nahm T-Shirt und Handtuch aus dem Sand und ging mit ihrem Brett zu Puller.

»Ich muss mich rasch umziehen«, sagte sie. »Wie war der Lauf?«

»Wie immer. Sind alle gleich.«

»Sie sind gar nicht außer Atem. Erstaunlich, für eine so weite Strecke.«

»So weit war die gar nicht. Wie war das Paddeln?«

»Erleuchtend.«

»Wirklich?«

»Es gibt einem Zeit zum Nachdenken. Da gibt es nur dich, das Brett und das Wasser.« Sie hielt inne und schaute auf dem Weg zur Wohnanlage zu ihm hoch. »Haben Sie beim Laufen nachgedacht?«

»Jetzt, wo Sie es erwähnen … ich glaube schon.«

»Und?«

»Ich muss noch ein bisschen länger nachdenken.«

Landry trocknete sich ab, bevor sie ins Haus ging. Gemeinsam fuhren sie im Aufzug hinauf zu ihrer Wohnung.

Sie brauchte fünf Minuten, um das Salzwasser abzuspülen und sich umzuziehen. Nach dem Duschen trug sie eine schwarze Trägerhose, die über dem Knie endete, ein enges T-Shirt mit einem Sport-BH darunter und Turnschuhe mit Sportsocken. Ihr feuchtes Haar war mit einem grünen Haargummi zurückgebunden.

Der Fitnessraum der Wohnanlage war groß und effizient eingerichtet. Es gab Universal-Kraftmaschinen, Gewichte, Kniebeugenständer, Hanteln, einen Kardiobereich mit Laufbändern, Crosstrainer und einen Stair Climber. Hinzu kam eine freie Fläche, auf der anscheinend Fitnesstraining gemacht wurde.

Landry trainierte an den Universal-Maschinen, während Puller Lockerungsübungen machte, gefolgt von Klimmzügen, Liegestützen, Freiübungen und Beinübungen. Er forderte die untere Körperhälfte.

Als sie fertig waren, trockneten sie sich ab, holten sich Wasser aus einem kleinen Kühlschrank neben dem Ausgang und gingen zurück zum Aufzug.

»Sie machen viel Beintraining«, sagte Landry. »Die meisten Männer konzentrieren sich auf den Bizeps.«

»Ich hab's nie geschafft, auf den Händen zu laufen.«

Sie lachte.

»Machen Sie das jeden Morgen?«, wollte Puller wissen.

»Wenn ich kann.«

»Dann leben Sie ewig.«

Sie lächelte, wurde aber sofort wieder ernst. »Es sei denn, ich fange mir im Dienst eine Kugel ein.«

»Das kann immer passieren.«

»Ich nehme an, für Sie gilt das Gleiche.« Sie warf einen Blick auf seine Wade und seinen Unterarm mit den Narben, die er im Kampf davongetragen hatte. Sie zeigte darauf. »Irak? Afghanistan?«

Er nahm einen Schluck Wasser. »Beides.«

»Mein Bruder ist noch immer da drüben.«

»Dann hoffe ich, er kommt bald gesund nach Hause.«

»Das hoffe ich auch.«

»Bleibt er dann hier?«

»Wahrscheinlich nicht. Er will die volle Zeit dienen.«

»Die Army ist ein guter Arbeitgeber. Er wird bestens zurechtkommen.«

»Aber Sie sind ein bisschen voreingenommen, nicht wahr?«

»Ich bin sogar ausgesprochen voreingenommen.«

»Was haben Sie heute vor?«

»Ich schaue mich im Haus meiner Tante um und überprüfe ein paar Dinge.«

Sie legte eine Hand auf seinen Arm. »Puller, Sie wissen doch, was Chief Bullock gesagt hat.«

»Das ist alles geregelt. Ich habe Ihnen doch erzählt, dass ich ihm gestern Abend begegnet bin. Am Haus, das meine Tante mir vermacht hat. Die Dokumente sind rechtsgültig. Außerdem hat der Anwalt mir den Schlüssel gegeben.«

Landry nahm die Hand zurück. »Oh. He, das ist großartig.« Sie hielt kurz inne. »Sie glauben wirklich, der Tod Ihrer Tante war kein Unfall?«

»Sobald ich es genau weiß, sind Sie eine der Ersten, die es erfährt.«

Sie kehrten in die Wohnung zurück, duschten und zogen sich um.

Puller machte frischen Kaffee und schenkte Landry eine Tasse ein, als sie in ihrer Uniform erschien. Sie tranken den Kaffee auf dem Balkon und schauten zu, wie die Sonne höher stieg. Unten füllte sich allmählich der Strand; einige Familien lieferten sich Wettkämpfe um die besten Plätze.

»Wollen Sie längere Zeit hierbleiben?«, fragte Puller.

»Darüber habe ich noch nicht weiter nachgedacht. Was ist mit Ihnen? Sie bleiben doch bestimmt bis zur Pensionierung bei Onkel Sam.«

»Vermutlich.«

»Und danach? Sie wären immer noch ziemlich jung.«

»Wer weiß.«

»Sie könnten Polizist werden.«

»Ja.«

Sie lächelte wieder. »Sind Sie immer so gesprächig?«

»Für meine Verhältnisse bin ich regelrecht geschwätzig.«

Sein Handy summte. Er warf einen Blick auf das Display. Es war Kristen Craig vom Kriminallabor der Army. Vielleicht konnte sie ihm sagen, wer die Männer waren, die ihn verfolgten.

Landry deutete auf das Mobiltelefon.

»Zurück an die Arbeit?« Landry sah ein wenig enttäuscht aus.

»Zurück an die Arbeit.«

36

Puller nahm den Anruf entgegen, nachdem er und Landry sich getrennt hatten.

»Hey, Kristen.«

Aber es war nicht Kristen. Es war eine Männerstimme.

»Agent John Puller?«

»Wer will das wissen?«

»Colonel Peter Walmsey, Soldat.«

»Jawohl, Sir«, sagte Puller und nahm ganz von selbst Haltung an, obwohl er nur telefonierte. »Was kann ich für Sie tun, Sir?«

»Ich will wissen, warum Sie das Kriminallabor der Army beauftragen, Dinge zu bearbeiten, die nichts mit Ihren Pflichten für die CID zu tun haben. Halten Sie das führende forensische Labor der Army für Ihren persönlichen Auftragsdienst?«

Puller befeuchtete die Lippen und überlegte, wie er reagieren sollte. »Beziehen Sie sich auf meinen Anruf bei Mrs. Craig?«

»Darauf beziehe ich mich allerdings – vor allem auf Ihre Bitte, dass Craig ein Autokennzeichen für Sie überprüft. Und warum ein Rucksack mit forensischer Untersuchungsausrüstung, die der Army gehört, an die Eglin Air Force Base geschickt wurde, damit Sie, Puller, besagte Ausrüstung in Empfang nehmen und für eine Angelegenheit benutzen können, die nichts mit der CID zu tun hat.«

Scheiße.

»Ich entschuldige mich für das Missverständnis, Sir.«

»Es war ein Missverständnis? Warum sagen Sie mir das nicht so, dass ich keine offizielle Ermittlung gegen Sie einleiten muss, Puller?«

»Ich habe zwei Männer beobachtet, die wie Soldaten aussahen und mich in Florida beschattet haben, Colonel Walmsey. Ich habe Mrs. Craig gebeten, die ihr zur Verfügung stehenden Mittel zu benutzen, um festzustellen, ob diese Männer zu den Streitkräften gehören. Die schnellste Möglichkeit dazu schien, ihr Fahrzeug zu überprüfen. Ich habe mir das Kennzeichen beschafft und an Mrs. Craig durchgegeben.«

»Warum sollten Angehörige der Army Ihnen folgen, Puller?«

»Wüsste ich die Antwort, Sir, hätte ich mich nicht an Mrs. Craig gewandt.«

»Und die Ausrüstung?«

»Hat mit derselben Sache zu tun, Sir. Ich bin wegen einer familiären Angelegenheit hergekommen und hatte keine Ausrüstung mitgebracht. Sollte es notwendig werden, eine Untersuchung anzustrengen, wollte ich vorbereitet sein.«

»Und wann wollten Sie Ihren vorgesetzten Offizier über das alles informieren?«

»Sobald ich zu dem Schluss gekommen bin, dass ich etwas zu berichten habe, was andere Militärangehörige betrifft, Sir. Aber ich möchte betonen, dass ich die volle Verantwortung übernehme. Mrs. Craig ist davon ausgegangen, dass ich an einem offiziellen Auftrag arbeite. Es sollte nichts auf sie zurückfallen, Sir.«

»Sie decken Ihre Freunde, Puller, das ehrt Sie. Aber nur zu Ihrer Information – Mrs. Craig wurde vom Dienst suspendiert, bis die Ermittlung in dieser Angelegenheit abgeschlossen ist.«

Noch größere Scheiße.

»Das bedaure ich sehr, Sir.«

»Nicht so sehr, wie Mrs. Craig es bedauert hat. Und jetzt reden wir über Sie, Puller.«

»Ja, Sir.«

»Die CID hat mich informiert, dass Sie im Augenblick Urlaub haben.«

»Ja, Sir.«

»Und dass Sie in West Virginia einen Auftrag erfolgreich ausgeführt haben, der diesem Land viel Kopfschmerzen erspart hat.«

Puller sagte nichts.

»Im Grunde hat man mir zu verstehen gegeben, dass ich Ihnen die Sache durchgehen lassen soll. Das gefällt mir überhaupt nicht, Puller. Jeder Soldat sollte nach dem gleichen Standard beurteilt werden, stimmen Sie mir da zu?«

»Ja, Sir.«

»Und wie ist dieser Standard?«

Puller glaubte wieder im Ausbildungslager zu sein. »Der größtmögliche Standard, Sir.«

»Anscheinend hat das in diesem Fall keine Bedeutung. Für mich hört sich das wie ein Haufen Scheiße an, Puller.«

»Ja, Sir, allerdings.«

»Aber Sie können etwas dagegen unternehmen. Schaffen Sie Ihren Hintern her und klären Sie die Sache.«

Puller bewunderte die Geschicklichkeit, mit der ihn der Colonel in die Ecke manövriert hatte.

»Das mache ich gern, Sir, sobald ich meine Aufgabe hier erledigt habe.«

»Um was für eine Aufgabe handelt es sich, verdammt noch mal?«, fragte Walmsey, der offensichtlich nicht mit dieser Antwort gerechnet hatte.

»Meine Tante.«

»Was ist mit Ihrer Tante?«

»Das versuche ich herauszufinden, Sir.«

»Können Sie die Frau denn nicht fragen?«

»Das würde ich gern tun, Sir, aber jemand hat sie ermordet.«

»Jemand hat Ihre Tante ermordet?« Walmsey klang skeptisch. »Wollten Sie deshalb Ihre forensische Ausrüstung haben? Ist Ihre Tante bei der Army?«

»Nein, Sir.«

»Offensichtlich dringe ich nicht zu Ihnen durch, Puller. Was Sie vorhaben, ist unerlaubte …«

In diesem Augenblick verlor Puller die Geduld. Es stand im Widerspruch zu seiner Natur, wenn es darum ging, mit einem vorgesetzten Offizier zu sprechen, aber seine kurze Abwesenheit von der Army schien seine professionellen Instinkte geschwächt zu haben.

»Sir, wenn ich das näher ausführen dürfte. Meine Tante hatte einen Brief an meinen Vater geschickt, der sich derzeit im Veteranenkrankenhaus aufhält. In dem Brief stand, dass sie Angst hat und dass hier Dinge geschehen, die sie für verdächtig hält. Mein Vater bat mich, dem nachzugehen. Deshalb bin ich hergekommen. Ich fand meine Tante tot vor. Wie Sie sicher verstehen können, wurde mein Misstrauen geweckt.«

Als Walmsey wieder das Wort ergriff, war sein Ton weniger streitsüchtig. »Ihr Vater? Er ist im Veteranenkrankenhaus?«

»Ja, Sir. Ihm geht es nicht gut, aber er hält durch. Auch wenn er manchmal glaubt, er würde noch immer das Einhunderterste befehligen.«

Schweigen am anderen Ende. Dann sagte Walmsey: »Durchbruch-Puller ist Ihr Vater?«

»Ja, Sir. Ich bin John Puller junior.«

»Davon stand nichts in meinen Infos. Wie kann das sein, verdammt?«

Puller war überzeugt, dass irgendein Mitarbeiter des Colonels dafür den Arsch aufgerissen bekam.

»Nun, Sir, wer mein Vater ist, sollte nichts mit dieser Angelegenheit zu tun haben.«

»Das stimmt«, sagte Walmsey zögernd.

»Es ist nur so … meine Tante war die einzige Schwester meines Vaters. Es hat ihn schwer getroffen. Er war ihr jüngerer Bruder. Haben Sie Geschwister, Sir?«

»Zwei ältere Schwestern. Eine ganz besondere Beziehung, große Schwestern und kleine Brüder.«

»Ja, Sir, das habe ich auch gehört.«

Eine weitere lange Pause trat ein.

»Warum machen Sie nicht da weiter, wo Sie sind, und wir kümmern uns später über die Sache, Agent Puller?«

»Ja, Sir. Vielen Dank. Und Mrs. Craig?«

»Machen Sie sich wegen ihr keine Sorgen. Ich nehme Sie bei Ihrem Wort, dass sie in nichts verwickelt war, das nicht autorisiert gewesen wäre. Sie wird ihren Dienst heute wieder antreten.«

»Danke, Sir.«

»Richten Sie Ihrem Vater einen schönen Gruß aus und überbringen Sie meine besten Wünsche für eine schnelle Erholung.«

»Mach ich, Colonel. Vielen Dank. Äh … besteht die Möglichkeit, dieses Nummernschild zu überprüfen, Sir?«

Aber die Leitung war tot.

Wie es aussah, würde die Army hier keine große Hilfe sein.

Puller eilte zum Tahoe.

Er musste den Rucksack mit der forensischen Ausrüstung abholen.

37

Schweiß rann ihm über den Nacken.

Um acht Uhr morgens arbeitete er bereits seit einer Stunde. Es waren jetzt schon siebenundzwanzig Grad; im Laufe des Tages sollte es noch zehn Grad heißer werden.

Er war wieder auf demselben Anwesen. Man hatte ihm gesagt, das Gelände sei so groß, dass man jeden Tag einen Gärtner brauchte. Er hatte dafür gesorgt, den Auftrag zu bekommen. Dafür hatte Geld den Besitzer gewechselt, und es waren Versprechungen an Leute gemacht worden, denen es völlig egal war, warum er gerade dorthin wollte. Für sie war es nur ein Austausch. Und wenn man mit Leuten zu tun hatte, die wenig Geld besaßen, wurden Tauschgeschäfte zu einer Lebensart. Soweit es diese Leute betraf, wollte er das Haus ausspionieren, um es später berauben zu können. Und Männer, die die Reichen bestahlen, waren ihnen egal. Die Reichen hatten sowieso alles. Sie würden einfach mehr Geld drucken.

Er war bloß ein Arbeiter, der für andere schuftete. Man zahlte ihm einen Lohn, der ihn kaum über Wasser hielt. Und er war nur einen Arbeitsunfall davon entfernt, obdachlos zu werden.

Aber damit beschrieb er mehr die Lebensumstände seiner Kollegen, nicht die seinen. Für ihn hatte Geld keine Bedeutung. Er war hier, um seine eigenen Ziele zu verfolgen, und nichts weiter. Wenn er fertig war, würde er gehen.

Es sei denn, er war tot. Dann würde er für alle Ewigkeit im Paradies bleiben.

Er wischte sich den Schweiß von der Stirn und stutzte die Hecke weiter. Der Besitzer verlangte präzise gestutzte Sträucher und Hecken. Doch bei der Arbeit konzentrierte er sich auch auf das, was er in der vergangenen Nacht am Strand gesehen hatte.

Diese Menschen waren verloren. Für immer. Von dem Augenblick an, als man sie gefangen genommen hatte. Das Boot, der Lastwagen – nichts davon spielte eine Rolle. Nichts konnte die Kette des Besitzes zerbrechen. Um nichts anderes ging es hier.

Hab und Gut.

Ob man das sechzehnte oder einundzwanzigste Jahrhundert schrieb, spielte letztlich keine Rolle. Leute mit Geld, Macht und Einfluss würden immer diejenigen ausnutzen, die nichts von alledem hatten.

Er schnitt weiter und dachte über seinen nächsten Zug nach. Während er den oberen Heckenrand prüfte, ließ er den Blick über die Umgebung des Hauses schweifen. Auf der gepflasterten Auffahrt parkte noch immer der Maserati. Vermutlich war das junge Pärchen über Nacht geblieben. Warum diesen Ort verlassen, wenn man es nicht musste? Er hatte einer Hausangestellten, die die Post geholt hatte, ein paar unverfängliche Fragen gestellt und erfahren, dass das Personal insgesamt zehn Leute umfasste: Dienstmädchen, ein Koch, jemand, der die Rolle des Butlers übernommen hatte, und andere, die für wenig Geld arbeiteten und in den Dienstbotenquartieren des prachtvollsten Hauses an der Emerald Coast wohnen durften.

Es war eine vierköpfige Familie, die hier zu Hause war.

Der Ehemann, die Geldmaschine.

Die verwöhnte zweite Ehefrau.

Der noch verwöhntere Sohn.

Die Schwiegermutter.

Die Geldmaschine war Mitte vierzig, also noch relativ jung, um schon einen solch immensen Reichtum angehäuft zu haben.

Der Hüne hatte das Dienstmädchen nicht gefragt, wie die Geldmaschine an dieses Vermögen gelangt war.

Er wusste es bereits.

Die zweite Frau war Laufsteg-Model gewesen und inzwischen Anfang dreißig. Sie verbrachte den größten Teil ihrer Zeit mit Shopping.

Der Sohn der Geldmaschine – Stiefsohn der zweiten Frau – war siebzehn und besuchte eine Privatschule in Connecticut. Dass ihm jetzt schon der Studienplatz an einer Elitehochschule sicher war, hatte mehr mit der Großzügigkeit des Vaters gegenüber der Universität zu tun als mit den akademischen Leistungen des Sprösslings. Den Sommer über war er zu Hause, um Polo zu spielen, seinen Porsche zu fahren und die zur Verfügung stehenden jungen Frauen aus der Gegend zu vögeln, die unverfroren darum konkurrierten, in prächtigen Villen mit Dienerschaft und allem Drum und Dran leben zu können. Auch das hatte der Hüne herausgefunden, bevor er hergekommen war.

Die Mutter der zweiten Frau lebte in dem großzügig ausgestatteten Gästehaus und war den meisten Berichten zufolge ein Miststück sondergleichen.

Als er in die Richtung blickte, schlenderte die Frau, die er am Vortag am Pool gesehen hatte, aus der hinteren Glastür des großen Hauses. Sie trug einen weißen Rock, der ihre nackten, gebräunten Beine zeigte, ein hellblaues Hemd und riemenlose Stöckelschuhe. Das Haar fiel ihr auf die Schultern. Für eine so frühe Stunde war sie ziemlich aufgedonnert. Vielleicht hatte sie eine Verabredung.

Er beobachtete, wie sie das Gästehaus betrat. Vielleicht wollte sie der dort residierenden Schwiegermutter ihre Aufwartung machen.

Wieder öffnete sich die Hintertür des Haupthauses, und ein Mann trat heraus.

Eins achtzig groß, schlank und fit. Er trug weiße Shorts, die seine gebräunten, muskulösen Waden betonten. Seine Lederslipper sahen teuer aus und waren es zweifellos auch. Hinzu kam ein langärmeliges, hellblau gemustertes Hemd von Bugatchi. Das Hemd war nicht in die Hose gesteckt, zweifellos um zu zeigen, dass er trotz seines immensen Reichtums ein lässiger, hipper Typ war. Sein Haar war braun und gewellt und nur an den Schläfen ein wenig angegraut.

Der Mann schlenderte über das Anwesen und betrat ebenfalls das Gästehaus.

Der Hüne wusste, wer der Mann war. Die Geldmaschine. Dieser Mann besaß das Anwesen und alles, was dazugehörte.

Er hieß Peter J. Lampert.

Als Hedgefonds-Manager hatte er ein Milliardenvermögen gemacht und wieder verloren, zusammen mit dem größten Teil des Geldes, das seine Kunden ihm anvertraut hatten. Dann hatte er ein weiteres gewaltiges Vermögen gemacht, sodass er dieses Anwesen und diverse andere Spielzeuge der Reichen bezahlen konnte.

Aber er hatte sich nicht die Mühe gemacht, das Geld seiner Kunden wieder hereinzuholen. Dafür sei ein Bankrott schließlich da, hatte er erwidert, als jemand ihn gefragt hatte, ob er Reue empfände, weil er die Existenz so vieler Menschen zerstört hatte.

Lampert besaß einen Privatjet, eine Dassault Falcon 900 LX, die auf einem Privatflugplatz ungefähr eine halbe Stunde von hier stand. Die maximale Kabinenhöhe der Maschine betrug eins achtundachtzig, was bedeutete, dass Lampert dort aufrecht stehen konnte, der Hüne aber nicht. Er rechnete aber auch nicht damit, den Jet jemals zu betreten. Privatjets waren nicht für das Hilfspersonal bestimmt.

Am Ende des Anlegeplatzes vor dem Anwesen, dreißig Meter vor der Küste, im tiefen Wasser, lag Lamperts Megajacht, die den Namen *Lady Lucky* trug. Lampert hatte sie nach seiner zweiten Frau benannt, Lucille, die aber jeder nur Lucky nannte, weil sie als zweite Frau Lamperts offensichtlich viel Glück gehabt hatte.

Lucky war im Moment nicht da, wie die Hausangestellte dem Hünen verraten hatte. Eine Einkaufsreise nach Paris und London. Nun ja, für irgendetwas mussten die Reichen ihr Geld ja ausgeben.

Wenn er so darüber nachdachte … es war ziemlich wahrscheinlich, dass Lucky von ihrer Mutter begleitet wurde.

Falls dem so war, gab es eigentlich keinen Grund, warum jemand das Gästehaus besuchen sollte.

Ausgenommen einen.

Der Hüne arbeitete sich an die linke Seite des Gästehauses heran. Dort standen Sträucher, die ebenfalls gestutzt werden mussten. Es sah so aus, als würde er arbeiten, aber er machte mit seinem Werkzeug keinerlei Geräusche. Er schob sich näher an das Fenster heran. Die Jalousie war ein Stück in die Höhe gezogen.

Er hörte es, bevor er sie sah.

Stöhnen und Keuchen.

Der Hüne hielt nach den Sicherheitsleuten Ausschau.

Anscheinend befanden sie sich nicht in diesem Bereich. Er näherte sich noch mehr dem Fenster und ging in die Hocke, um auf diese Weise seine ungewöhnliche Größe zu verringern.

Er warf einen Blick ins Innere.

Die Frau trug nur noch ihr Hemd. Der Rock lag zusammen mit ihren Schuhen auf dem Bett. Ihr Höschen hing um ihre nackten Knöchel. Auf den Zehenspitzen stehend hielt sie sich an einem der vier Bettpfosten fest und beugte den Körper im Winkel von fünfundvierzig Grad vor.

Lampert stand hinter ihr. Er hatte sich nicht die Mühe gemacht, sich auszuziehen. Anscheinend war ihm das alles nicht mehr wert, als den Reißverschluss zu öffnen. Die Frau beugte den Kopf zurück und gab die passenden Geräusche von sich, um ihren Liebhaber anzufeuern.

Lampert stieß wild in sie, grunzte ein letztes Mal heftig, beugte sich vor und stützte sich erschöpft auf ihrem Rücken ab. Keuchend löste er sich von ihr und zog den Reißverschluss wieder hoch. Sie drehte sich um, küsste ihn. Er tätschelte ihren nackten Hintern und versetzte ihm dann einen Klaps.

Lampert sagte etwas, das der Hüne nicht verstehen konnte, aber die Frau lachte. Augenblicke später war Lampert verschwunden. Anscheinend hatte er weitere Termine.

Die Frau legte sich aufs Bett, nahm ein Pillenfläschchen aus der Hemdtasche, legte eine Kapsel auf die Zunge und schluckte sie. Dann zog sie das Hemd aus, schlenderte nackt ins Badezimmer und kam eine Minute später wieder heraus. Ihr Gesicht sah frisch gewaschen aus.

Der Hüne beobachtete, wie sie sich ankleidete, das Hemd glättete und den Reißverschluss des Rocks hochzog, bevor sie in die Schuhe stieg. Als sie das Zimmer verließ, eilte er um die

Ecke des Gebäudes, bückte sich tief und machte sich daran, den Rasen vom Unkraut zu befreien.

Sie verließ das Gästehaus, blickte nach rechts und entdeckte ihn.

Ihre Miene hellte sich auf, als sie ihn sah. Sie lächelte. Ihrem Körper haftete der Geruch von Sex an. Der Hüne fragte sich, ob es ihr bewusst war, obwohl sie sich frisch gemacht hatte. Er fragte sich überdies, was der junge Mann, der sie im Maserati hierhergebracht hatte, wohl sagen würde, wenn er Hinweise auf dieses morgendliche Stelldichein entdeckte.

»Hallo«, sagte sie.

Er nickte ihr zu und schaute zu Boden, beobachtete sie aber aus dem Augenwinkel.

»Du warst gestern schon hier. Wie heißt du?«, fragte sie.

»Mecho.«

»Mecho? Diesen Namen habe ich noch nie gehört.«

»In mein Land bedeutet das ›Bär‹. Ich bin so groß wie ein Bär, Sie verstehen? Ich war schon als Baby riesig, wissen Sie, da hat mein Vater beschlossen, diesen Name offiziell zu machen.« Er stellte die Arbeit ein und lächelte schüchtern.

Sein Englisch war bedeutend besser, und er war von Natur aus kein schüchterner Mann, aber das sollte sie nicht wissen. Sein Name war auch nicht Mecho, aber es *war* sein Spitzname gewesen, und tatsächlich wegen seiner Größe.

»Wo kommst du her?«

»Weit weg von hier. Aber mir gefällt dieser Ort. Mein Land ist oft zu kalt.«

Sie lächelte und verscheuchte mit der Hand eine Fliege. Ihr Lächeln war strahlend, ihre Wangen leicht gerötet.

Sex bekommt ihr gut, dachte er.

»Im Paradies ist es immer warm«, sagte sie.

»He!«

Beide wandten den Kopf. Ein stämmiger Sicherheitsmann kam auf sie zu. Mecho richtete sich hastig auf und bewegte sich von ihr weg.

»He!«, wiederholte der Wächter, als er Mecho erreichte. Es war derselbe Wächter wie gestern. »Du strapazierst meine Geduld, Bursche.«

»Ich habe ihn angesprochen«, sagte die Frau. »Er hat seine Arbeit getan. Ich habe ihn nur etwas gefragt.«

Der Wachmann schaute sie an, als stünde sie unter Drogen. »*Sie* haben *ihn* etwas gefragt. Warum?«

»Weil ich seine Antwort hören wollte«, erwiderte sie spitz. »Lassen Sie ihn gefälligst in Ruhe.«

Der Mann wollte etwas sagen, schien es sich dann aber anders zu überlegen. »In Ordnung, Miss Murdoch. Ich wollte mich bloß vergewissern, dass alles okay ist. Ich tue nur meinen Job.«

»Es ist alles okay«, sagte sie streng.

Der Wächter zog ab. Die Frau richtete den Blick wieder auf Mecho. »Ich heiße Christina«, sagte sie. »Meine Freunde nennen mich Chrissy. War nett, mit dir zu plaudern.«

Er schaute ihr nach. Sie blickte einmal kurz zurück und lächelte wieder, winkte sogar flüchtig.

Dieses wissende Lächeln verriet ihm etwas Interessantes. Sie wusste, dass er Lampert und sie beim Sex beobachtet hatte, da war er sich fast sicher. Und es schien sie nicht im Mindesten zu stören. Im Gegenteil, es schien sie anzuturnen.

Eine wirklich erstaunliche Frau von großer Schönheit.

Ein Teil von ihm hoffte, er würde sie nicht töten müssen.

38

Die Fahrt zur Eglin Air Force Base dauerte dreißig Minuten. Der Rucksack war da, wo er sein sollte. Puller unterschrieb die nötigen Formulare, lud den Sack in seinen Leihwagen und fuhr zurück nach Paradise.

Sein Weg führte ihn durch Destin und an dem Hochhaus vorbei, in dem Landry wohnte.

Das erinnerte ihn daran, dass er eine neue Unterkunft brauchte.

Gegen Mittag traf er in Paradise ein.

In Baileys Bestattungsunternehmen ließ er sich noch einmal die Leiche seiner Tante zeigen.

Anschließend fuhr er direkt zu ihrem Haus. Die Sonne stand bereits hoch am Himmel, der Tag war heiß, und die extreme Luftfeuchtigkeit ließ einen bei der geringsten Bewegung in Schweiß ausbrechen. Aber Puller hatte Jahre seines Lebens in viel heißeren Gegenden verbracht, und es hatte kaum eine Auswirkung auf ihn.

Mit dem Schlüssel, den Rechtsanwalt Mason ihm gegeben hatte, betrat er das Haus. Da er jetzt seinen Rucksack hatte, konnte er eine vernünftige Untersuchung durchführen.

Er packte aus und verbrachte die nächsten fünf Stunden damit, sich ein Zimmer nach dem anderen vorzunehmen.

Das einzig Bemerkenswerte, was er fand, war, dass er nichts fand.

Es gab nur die Fingerabdrücke von Tante Betsy. Darum war

er im Bestattungsunternehmen gewesen: Er hatte Betsys Fingerabdrücke genommen, damit er sie ausschließen konnte.

Es gab keine Hinweise auf gewaltsames Eindringen, keine Anzeichen eines Kampfes.

In einem Wandschrank neben der kleinen Waschküche fand er einen Karton mit Fotoalben. Ein paar blätterte er durch, dann schob er sie in den Rucksack. Er würde sie später genau durchsehen.

Er inspizierte den Garten und folgte dem vermutlichen Weg seiner Tante vom Haus zum Brunnen. Dort ließ er sich auf den Knien nieder und untersuchte die Brunnenumrandung, die durcheinandergebrachten Steine im Wasser und die Löcher, die das Gehgestell im Rasen hinterlassen hatte. Wäre der Leichnam seiner Tante noch hier gewesen, hätte er gesehen, dass etwas nicht stimmte, aber die Tote war längst fort, deshalb sah er es nicht.

Mit einem Mal spürte Puller, dass jemand ihn beobachtete. Er drehte sich um und sah Cookie, der über den Zaun spähte.

»Sind Sie gewachsen?«, fragte Puller.

»Ich stehe auf einer Kiste. Was tun Sie da?«, wollte Cookie wissen.

»Meine Neugier befriedigen.«

»Sie glauben wirklich, dass Betsy ermordet wurde, nicht wahr?«

»Was glauben Sie?«

Die Frage schien Cookie aufzuschrecken. »Ich habe keine Meinung dazu. Ich hielt es für einen Unfall. Ich wüsste auch gar nicht, worauf ich achten müsste.«

»Nun, ich weiß es, aber ich finde nichts.«

»Haben Sie mit Mason gesprochen?«

Puller richtete sich auf und trat an den Zaun. Auf der Kiste stehend, befand Cookie sich auf Augenhöhe mit ihm.

»Ja, ich habe mit Mason geredet. Er hat mir geholfen. Was wissen Sie über ihn?«

»Wie schon gesagt, ein guter Anwalt. Er kümmert sich auch um meinen Nachlass. Das tut er für viele Leute.«

»Kennen Sie ihn privat?«

»Flüchtig. Privat habe ich kaum mit ihm zu tun.«

»Haben Sie von den Leichen gehört, die an den Strand gespült wurden?«

Cookie nickte traurig. »Die Storrows. Ich habe sie gekannt. Nette Leute. Was da wohl passiert ist?«

»Die Polizei ermittelt.«

»Es stand kaum etwas darüber in der Zeitung. Wissen Sie mehr?«

»Wenn es so wäre, dürfte ich nicht darüber sprechen.«

»Arbeiten Sie für die Polizei?«

»Nein. Eigentlich arbeite ich meistens allein. Aber wenn es um solche Dinge geht, bin ich immer schweigsam.«

Cookie schaute über Pullers Schulter hinweg zum Brunnen. »Ich kriege noch immer eine Gänsehaut, wenn ich mir vorstelle, dass Betsy dort gestorben ist.«

»Ich schätze, ich muss mich um das Begräbnis kümmern«, sagte Puller. Er hatte nicht die geringste Ahnung, was er zu tun hatte.

»Betsy hat mir mal gesagt, sie will eingeäschert werden. Es müsste in ihrem Testament stehen.«

»Mason hat nichts davon erwähnt.«

»Hat er Ihnen eine Kopie des Testaments gegeben?«

»Ja.«

»Sie sollten es lesen. Betsy war nämlich sehr eigen, was ihre

Bestattung anging. Bestimmt hat sie alles schriftlich genau festgehalten.«

»Danke. Ich hätte längst einen Blick in ihre Papiere werfen sollen.«

»Sie sind jung. Weshalb sollten Sie über Testamente oder Bestattungen nachdenken?«

»Ich bin aber auch Soldat. Wir denken öfter über den Tod und das Sterben nach als der Normalbürger.«

Puller ließ Cookie am Zaun stehen, ging wieder ins Haus und packte seine Ausrüstung zusammen. Er warf einen letzten Blick in die Runde. Dann ging er mit dem Rucksack zum Leihwagen, setzte sich auf den Fahrersitz und holte Betsys Testament hervor. Nachdem er die rechtlichen Details überflogen hatte – einschließlich des Abschnitts, in dem sie ihm das Haus vermachte –, kam er zu den Anweisungen für ihre Bestattung.

Betsy Simon wollte tatsächlich eingeäschert werden. Sie hatte bereits alles bei Baileys Beerdigungsinstitut arrangiert und bezahlt. Im Preis inbegriffen war eine Urne für die Asche, die man Betsys letztem Willen zufolge in Pennsylvania verstreuen sollte, wo sie aufgewachsen war.

Puller steckte das Testament in die Tasche. Er würde mit Bailey darüber sprechen müssen. Vermutlich hatten sie viel Erfahrung, was Feuerbestattungen anging.

Puller war hungrig, und er hatte keine Unterkunft. Zuerst würde er sich etwas zu essen besorgen, dann eine Bleibe. Außerdem musste er sich bei der Polizei melden. Landry würde seine eidesstattliche Aussage brauchen, um gegen die acht Trottel vorzugehen, die letzte Nacht versucht hatten, ihn zu überfallen.

Puller kontrollierte sein Handy und war erstaunt, keine Nachricht von ihr zu finden.

Oder von Polizeichef Bullock.

Ob Hooper, der Schwachkopf, immer noch kotzte?

Puller steckte den Schlüssel in die Zündung, zog die M11 und steuerte den Tahoe direkt auf den anderen Wagen zu.

Manchmal war der direkte Weg der beste.

39

Puller stoppte den Tahoe Zentimeter vor der Beifahrertür des anderen Wagens. Der Mann, der dort saß, starrte ihn überrascht an und versuchte, den Wagen zurückzusetzen, doch Puller fuhr weiter, bis der Kühler die Beifahrertür berührte. Sollte der Fahrer weiter zurücksetzen, würde er den Wagen beschädigen.

Puller hielt bei beiden Männern nach plötzlichen Bewegungen Ausschau. Er hob die Waffe, sodass sie deutlich zu sehen war, ließ das Fenster herunter und bedeutete den Männern im anderen Wagen, es ihm gleichzutun.

Der Bursche gehorchte, rief aber wütend: »Was soll der Schwachsinn?«

»Das wollte ich nicht hören.« Puller stieg aus dem Tahoe und trat an den anderen Wagen heran. Die M11 hielt er so, dass er binnen einer Millisekunde auf sein Ziel schießen konnte, ohne es zu verfehlen. »Ich wollte hören, wer Sie sind und warum Sie mich beschatten. Also?«

Die drei Männer wandten den Kopf, als Bremsen quietschten und eine Polizeisirene losheulte. Ein Streifenwagen war auf die Straße eingebogen und kam auf sie zu.

Puller erkannte den Fahrer und stöhnte innerlich auf.

Hooper.

Neben ihm saß Landry.

Hooper sah aufgeregt aus.

Landry wirkte unsicher.

Puller schob die M11 ins Gürtelhalfter, als die beiden Cops ausstiegen. Hooper hatte die Waffe gezogen.

Natürlich, was sonst, dachte Puller.

Landrys Waffe steckte noch im Halfter, aber sie hatte die Hand auf dem Griff.

Hooper kam heran und schwenkte die Pistole hin und her, bis er sie schließlich auf Puller richtete. »Sie können es einfach nicht lassen, Schwierigkeiten zu machen, was?«

»Ich wusste noch gar nicht, dass ich in Schwierigkeiten stecke«, erwiderte Puller.

Hooper warf einen Blick auf den Abstand zwischen dem Tahoe und dem anderen Wagen. »Parken Sie immer so nahe an anderen Autos?«

»Wenn ich mit jemandem sprechen will, ja«, sagte Puller.

Landry schnaubte, während Hooper die Stirn runzelte.

»Machen Sie nur weiter mit dieser Scheiße, dann schmoren so schnell in einer Zelle, dass Sie Nasenbluten kriegen«, fauchte der Cop.

Puller kommentierte diese dumme Bemerkung nicht, weil es dazu nichts zu sagen gab. Selbst die Typen im Auto sahen aus, als hätten sie am liebsten gelacht. Vermutlich hätten sie es getan, nur dass Hooper jetzt die Waffe auf sie richtete.

»Könnten Sie Ihren Partner bitten, die Waffe wegzustecken?«, wandte Puller sich an Landry. »Sein Finger befindet sich innerhalb des Abzugsbügels. Für mich bedeutet das, dass er gleich abdrückt.«

»Hoop«, sagte Landry in einem mahnenden Ton. »Keine Unfälle mehr, okay?«

Keine Unfälle mehr?, dachte Puller.

»Wir wissen, dass er bewaffnet ist«, sagte Hooper und zeigte auf Puller.

»Ich bin bewaffnet, weil die Regierung der Vereinigten Staaten es von mir verlangt«, erklärte Puller. »Wenn Sie wollen, können Sie sich ja ans Pentagon wenden, aber ich glaube, dass Bundesrecht vor Landesrecht geht, zumindest in dieser Sache.« Er zeigte auf die beiden Männer im Auto. »Die da könnten ebenfalls bewaffnet sein. Ich kann es nicht mit Sicherheit sagen.«

Landrys Blick glitt zu den Männern im Wagen. Sie trat vor, die Hand noch immer auf dem Pistolengriff. »Würden Sie bitte aussteigen und die Hände so halten, dass wir sie sehen können?«

»Ich krieg die Tür nicht auf«, sagte der Mann auf dem Beifahrersitz. »Der Wagen von dem Typen blockiert sie.«

»Dann rutschen Sie rüber und nehmen Sie die Fahrerseite«, sagte Landry schroff.

Während Hooper auf sie zielte und Puller für den Augenblick ignorierte, stiegen die beiden Männer aus dem Wagen und hielten die Hände ausgestreckt.

»Sind Sie bewaffnet?«, fragte Landry noch einmal.

Die Männer blickten einander an.

»Nein«, sagte der Fahrer.

»Machen Sie Ihre Jacken auf«, verlangte Landry.

Die Männer gehorchten. Außer Hemden und Gürteln war nichts zu sehen.

»Warum sind Sie mir gefolgt?«, fragte Puller.

Der Fahrer sah ihn an. Er war ungefähr eins achtzig groß, mit breiten Schultern und schlanker Taille. Sein Kumpan war ähnlich gebaut. Ihr kurz geschorenes Haar ähnelte sich ebenfalls. Aus der Nähe sahen sie noch mehr nach Militär aus.

»Wer sagt denn, dass wir Ihnen folgen?«

»Ich«, erwiderte Puller. »Das ist jetzt das vierte Mal, dass ich Sie sehe. Zweimal in dieser Straße.«

»Es ist eine kleine Stadt«, sagte der Mann.

»Ich möchte Ihre Ausweise sehen«, verlangte Landry.

Die Männer zogen ihre Brieftaschen und reichten Landry die Führerscheine. Landry schrieb die Informationen in ihr Notizbuch, während Puller vergeblich versuchte, einen Blick auf die Namen und Adressen zu werfen.

Landry gab den Männern die Papiere zurück.

»Wenn Sie keinen Grund haben, uns festzuhalten, können wir jetzt wohl gehen«, sagte der erste Mann.

Landry schaute Puller an, dann wieder die Männer. »Können Sie mir sagen, was Sie in Paradise machen?«

»Urlaub.«

»Sind Sie diesem Gentleman hier gefolgt?«

»Nein, wieso? Ich wollte in dieser Straße ein Haus kaufen. Ich habe mich deswegen sogar an eine Maklerin gewandt.« Der Mann zückte eine Visitenkarte. »Hier steht ihr Name und ihre Nummer. Sie wird für mich bürgen. Wir haben nur hier gesessen und überlegt, welche Häuser wir uns anschauen sollten, als der Typ auf uns zuraste. Statt uns zu befragen, sollten Sie lieber ihn verhaften. Ich dachte, er wollte uns mit seinem Riesenschlitten rammen.«

Landry warf einen Blick auf die Karte; dann schaute sie Puller stirnrunzelnd an. Der Blick verriet Puller ihre Zweifel.

Sie gab dem Mann die Visitenkarte zurück. »Danke für Ihre Kooperation. Entschuldigen Sie die Unannehmlichkeiten.«

»Wollen Sie ihn anzeigen?«, fragte Hooper und zeigte auf Puller.

Der Mann musterte Puller, als wollte er sich jede Einzelheit seines Gesichts genau einprägen.

»Nein. Er scheint den Ärger nicht wert zu sein.« Er lächelte Puller an, während sein Freund schnaubend lachte. »Fahren

Sie einfach Ihren Wagen weg, dann können wir los.« Er trat näher an Puller heran. »Aber wenn Sie so was noch einmal versuchen, werde ich nicht mehr so zuvorkommend sein.«

Landry stellte sich zwischen die beiden Männer. Vielleicht hatte sie Pullers Gesichtsausdruck gesehen, der zu besagen schien, dass er eine Millisekunde davon entfernt war, den Kerl zu halbieren.

»Das reicht«, sagte sie und stieß beide zurück. »Puller, fahren Sie Ihren Wagen weg. Gentlemen, einen schönen Tag noch.«

Puller stieg in seinen SUV und setzte gerade weit genug zurück, dass der andere Wagen langsam an ihm vorbeirollen konnte. Dann gab der Fahrer Gas, bog um die Ecke und war verschwunden.

Puller stieg wieder aus. »Wie heißen die Kerle?«

»Das geht Sie verdammt noch mal überhaupt nichts an«, fauchte Hooper.

Puller warf Landry einen fragenden Blick zu.

Sie schüttelte den Kopf. »Das geht Sie wirklich nichts an, Puller. Und seien Sie froh, dass der Mann Sie nicht angezeigt hat. Halten Sie sich von jetzt an von diesen Leuten fern.«

»Es geht nicht darum, dass ich mich von ihnen fernhalte. Sie folgen mir.«

»Behaupten Sie«, stieß Hooper hervor. »Das heißt aber nicht, dass es die Wahrheit ist.«

»Was diese Männer gesagt haben, klingt logisch. Gut möglich, dass sie in dieser Straße nach einem Haus suchen.« Landry schaute sich um. »Ich sehe drei Zu-verkaufen-Schilder.«

Puller wusste, das alles war Schwachsinn. Die Kerle hatten ihre Tarngeschichte. Aber Diego hatte sie in der Nähe des Sierra gesehen. Puller konnte sich nicht vorstellen, dass die beiden Typen dort nach Grundstücken gesucht hatten. Aber das behielt er für sich.

»Okay«, sagte er. »Vermutlich haben Sie recht.«

Landry glaubte ihm offensichtlich nicht, und Hooper brannte noch immer darauf, ihn zu verhaften.

Puller wandte sich ab, um wieder in den Tahoe zu steigen.

»He! Woher wissen Sie, dass wir mit Ihnen fertig sind?«, fragte Hooper.

Puller drehte sich um und starrte ihn erwartungsvoll an. »Okay. Sind Sie mit mir fertig?«

Die Frage schien Hooper zu überraschen. Er schaute zu Landry.

»Hoop«, sagte sie, »beende die Patrouille in dieser Straße, okay? Ich will mit Mr. Puller sprechen.«

Hooper stieg in den Streifenwagen, schaltete die Signalleiste ein und tippte auf die Lautsprecheranlage. Das krachende Geräusch erwischte Landry unvorbereitet und ließ sie heftig zusammenzucken.

»Verdammt, Hoop, fahr einfach!«, fauchte sie.

Er fuhr schneller, als er es in einer Wohnstraße hätte tun sollen.

»Wie halten Sie es aus, mit diesem Idioten arbeiten zu müssen?«, fragte Puller.

Landry ignorierte die Bemerkung. »Was ist los mit Ihnen?«

»Bitte?«

»Werden Sie jetzt paranoid?«

»Ich bin nicht paranoid. Diese Kerle verfolgen mich.«

»Haben Sie Beweise?«

»Die besorge ich mir.«

»Lassen Sie es auf sich beruhen, Puller. Die Typen sahen nicht so aus, als sollte man sich mit ihnen anlegen.«

»Aber ich schon?«

Sie schaute auf einen Punkt über seiner Schulter, die Arme vor der Brust verschränkt.

»Ich weiß, ich muss aufs Revier und gegen die Männer von letzter Nacht Anzeige erstatten«, sagte er.

»Vielleicht sollten Sie darauf verzichten.«

»Wieso?«

»Die Männer wollen Sie anzeigen.«

»Wiederholen Sie das.«

»Sie behaupten, Sie hätten sie angegriffen.«

»Habe ich auch. Bevor sie mich angreifen konnten.«

»Das sollten Sie vielleicht nicht so laut sagen.«

»Diese Komiker waren in meinem Zimmer und haben darauf gewartet, sich auf mich zu stürzen. Ziemlich schwer, das anders darzustellen.«

»Die Männer wurden bereits freigelassen mit der Zusage, vor Gericht zu erscheinen.«

»So schnell geht das in Paradise?«

»Ich weiß nicht, was ich dazu sagen soll.«

»Ich auch nicht. Ich dachte, die Penner hätten keine Verbindungen zu irgendwelchen Gangs. Dann hat da wohl jemand im Hintergrund ein paar Strippen gezogen.«

»Puller, ich bin nur ein einfacher Cop. Ich habe keinen Einblick in so etwas.«

»Dann sind die Typen bald wieder auf der Straße und lauern auf ihre Chance, mich erneut zu erwischen.«

»Ich glaube nicht, dass Sie sich deswegen Sorgen machen müssen.«

»Warum nicht?«

»Weil ich den Männern gesagt habe, dass Sie ein mörderischer Irrer von einem Spezialkommando sind, der tausend verschiedene Möglichkeiten kennt, sie zu töten. Ich habe ihnen gesagt, Sie würden sie beim nächsten Mal umbringen und dann Ihre Kumpel von der Army holen, die Ihnen helfen, auch noch ihre Familien auszulöschen.«

Puller musste lächeln. »Das haben Sie denen gesagt?«

»So ungefähr. Für die Latinos habe ich es sogar auf Spanisch wiederholt, damit sie es ohne Übersetzung verstehen. Ich habe den Typen Sicherheit garantiert, falls sie Sie in Ruhe lassen. Als sie gegangen sind, haben sie sich vor Angst beinahe in die Hose gemacht. Und ich kann mir auch nicht vorstellen, dass diese Kerle Anzeige erstatten. Die haben viel zu viel Angst vor Ihnen.«

Puller nickte. »Danke für die Hilfe.«

»Keine Ursache. Jetzt können Sie sich auf die Frage konzentrieren, was mit Ihrer Tante passiert ist.«

»Ich wünschte, jeder Cop, mit dem ich bisher gearbeitet habe, wäre so kooperativ gewesen wie Sie«, sagte Puller lächelnd.

»Sie begegnen mir mit Respekt, ich Ihnen auch. Tun Sie das nicht mehr, ist auch bei mir Schluss damit.«

»Damit habe ich kein Problem.« Puller verstummte. Er fragte sich, ob er sich auf dieses gefährliche Terrain wagen sollte. Aber es würde eine gute Möglichkeit bieten, weitere Fragen zu stellen. Außerdem gefiel ihm Landrys Gesellschaft. Falls sich herausstellte, dass der Tod seiner Tante kein Unfall war, würde sie ihm bei diesem Fall eine große Hilfe sein. Also fragte er: »Wollen Sie heute Abend mit mir essen?«

Sie sah überrascht, aber auch erfreut aus, wie Puller fand.

»Sie haben mich kostenlos bei sich übernachten lassen«, fügte er hinzu. »Dafür würde ich mich gern erkenntlich zeigen.«

Sie dachte ein paar Sekunden darüber nach. Puller rechnete schon damit, dass sie ablehnte.

»In zwei Stunden habe ich Dienstschluss. Wo wollen Sie hin?«

»Es ist Ihre Stadt. Ich überlasse es Ihnen.«

»An der Hauptstraße gibt es einen Laden namens Darby's.«

»Okay. Ich bin daran vorbeigekommen.«

»Sagen wir, um acht?«

»Gut.«

Puller stieg in seinen Wagen und fuhr los. Aber seine Gedanken waren schon nicht mehr bei dem Abendessen mit Landry.

Er dachte an Ernie und Bert in der Limousine. Er musste wissen, wer die beiden waren und ob sie irgendwie mit dem Tod von Tante Betsy zu tun hatten.

Vielleicht gab es da eine Möglichkeit.

Er griff nach dem Handy.

40

»Sieh an, sieh an. Ich habe mich schon gefragt, wann Sie sich noch mal bei mir melden.«

»Ich war beschäftigt, General Carson«, sagte Puller.

»General Carson? Wir sind doch zu Julie übergegangen, oder?«

»Sie sind noch im Dienst, Ma'am. Ich war mir nicht sicher, wie Sie darüber denken.«

Julie Carson hatte einen Stern und war im Pentagon stationiert, im Büro des J2. Der J2 war ein Zwei-Sterne-General, der dem Chef des Vereinigten Generalstabes den täglichen Rapport erstattete. Carson war die Vize und übernahm diese Aufgabe, wenn der J2 nicht verfügbar war. Sie hatte Puller in West Virginia geholfen.

Carson war einundvierzig, sehr attraktiv, fit wie ein Triathlet und so hart wie Puller. Anfangs hatten sie einige Probleme miteinander gehabt, aber nachdem sie gemeinsame Interessen gefunden hatten, hatten die Dinge sich geändert.

»Bitte, sagen Sie Julie zu mir.«

»Okay, Julie. Ich brauche einen Gefallen.«

»Was denn, ohne ein Abendessen vorher?«

»Das ist immer eine Frage des Timings.«

Er hörte ihr Seufzen. »Okay, was brauchen Sie?«

Mit kurzen, militärisch knappen Sätzen, die ihr nicht mehr verrieten, als sie zu wissen brauchte, um zu verstehen, worum es ging, erläuterte Puller ihr sein Dilemma. Diese Gewohnheit war so tief in ihm verwurzelt, dass sie ihm gar nicht mehr auffiel.

»Verdammt, Puller. Ich habe gehört, Sie hätten Urlaub. Was treiben Sie in Florida? Wollen Sie sich in allen fünfzig Bundesstaaten in Mord und Chaos verwickeln lassen?«

»Ich habe es mir nicht so ausgesucht, das können Sie mir glauben. Wenn es nicht um meine Tante ginge, wäre ich nicht hier.«

»Tut mir leid, was mit Ihrer Tante passiert ist«, sagte Carson schnell. »Sie glauben, es war ein Verbrechen?«

»Es sieht immer mehr danach aus, obwohl ich nicht den geringsten Beweis habe.«

»Und die beiden Männer im Wagen? Sie halten sie für Militärangehörige?«

»Sie waren es oder sind es. Genau das muss ich herausfinden.«

»Ich kann das Autokennzeichen noch heute für Sie überprüfen. Aber es könnte sich um einen Leihwagen handeln.«

»Ist es vermutlich auch. Trotzdem mussten sie einen Führerschein vorlegen. Das könnte uns einen Anhaltspunkt verschaffen.«

»Ich kümmere mich so schnell wie möglich darum.«

»Das weiß ich zu schätzen, Julie.«

»Das hört man gern.«

»Wie stehen die Dinge beim J2?«

»Ehrlich gesagt, mich langweilt die Routine.«

»Denken Sie über eine Versetzung nach?«

»Der Rest meiner militärischen Laufbahn wird aus Versetzungen bestehen, die mir größtenteils von anderen vorgeschrieben werden. So läuft das nun mal, wenn man auf mehr Sterne aus ist.«

»Ja, das habe ich bei meinem Dad erlebt. Vermutlich einer der Gründe, warum ich mich für die Unteroffizierslaufbahn entschieden habe. Bei der Offizierslaufbahn muss man über schrecklich viele Dinge nachdenken.«

»Sie sind ein cleverer Bursche, Puller.« Sie hielt inne. Als sie weitersprach, nahm Puller eine kaum merkliche Veränderung in ihrer Stimme wahr, als hätte sie aus dem Pentagon-Modus in einen menschlicheren Tonfall umgeschaltet. »Wie sehen Ihre langfristigen Pläne denn aus?«

»Ich werde die Sache hier erledigen, dann geht es zurück nach Quantico. Die CID hat bestimmt einen Job für mich.«

»Davon bin ich überzeugt. Verbrechen beim Militär wird es immer geben, solange Hunderttausende junge Männer auf der ganzen Welt den Macho spielen wollen. Fügt man noch die Milliarden Dollar der Steuerzahler hinzu, wird es kompliziert. Hände greifen in Keksdosen.«

»Und anderen an die Gurgel.«

»Wollen Sie bis zum Ende Militärpolizist bleiben?«

»Ehrlich gesagt, so weit habe ich noch nicht gedacht.«

»Damit sollten Sie langsam mal anfangen. Sie werden nicht jünger.«

Eine Sekunde lang glaubte Puller, sie würde sagen: »*Wir* werden nicht jünger.«

»Ein guter Rat.«

»Nur wenn Sie ihn auch befolgen. Ich rufe Sie an, sobald ich etwas über das Kennzeichen weiß. Versuchen Sie in der Zwischenzeit, sich nicht umbringen zu lassen. Ich fange gerade an, Sie zu mögen.«

»Ich tue mein Bestes.«

»Sie sagten, Ihre Tante hätte Ihnen das Haus hinterlassen?«

»Das hat der Anwalt jedenfalls gesagt.«

»Ein Haus in Paradise?«

»Richtig.«

»Möglicherweise muss ich dorthin und es mir ansehen.«

»Warum denn das?«

»Ist das nicht offensichtlich? Ich war noch nie im Paradies. Ich würde gern sehen, ob es seinem Ruf gerecht wird.«

»Tja, bis jetzt nicht.«

Puller trennte die Verbindung und überlegte, was er jetzt tun sollte. Er warf einen Blick auf die Uhr. Da er nicht ins Revier musste, um Anzeige zu erstatten, hatte er bis zum Abendessen mit Landry noch ein wenig Zeit.

Seine Liste der zu erledigenden Dinge war ziemlich lang.

Rechtsanwalt Griffin Mason überprüfen.

Nach Diego und seinen Angehörigen sehen.

Die zehn Meilen abfahren, die Tante Betsy möglicherweise gefahren war.

Die Entscheidung war schnell gefallen.

Er würde Diego und seine Angehörigen aufsuchen.

Für alle Fälle.

41

»Er ist weg.«

Puller stand vor Diegos kleiner Wohnung und blickte auf Isabel hinunter. Der kleine Mateo hinter ihr hatte den Daumen in den Mund gesteckt.

»Ist das ungewöhnlich?«, fragte Puller. »Dass er nicht da ist? Ich hatte den Eindruck, er verbringt viel Zeit auf der Straße.«

»Er kommt sonst immer zum Mittagessen. Aber diesmal nicht. Sonst kommt er immer um sechs vorbei, aber er kam nicht«, sagte Isabel.

»Habt ihr Telefon?«

Sie schüttelte den Kopf.

»Wann ist er gegangen?«

»Heute Morgen. Ich habe mit *mi abuela* bis spät im Restaurant gearbeitet. Diego hat auf Mateo aufgepasst. Er ist gegangen, bevor ich aufgestanden bin. *Mi abuela* hat ihn auch nicht gehen gehört. Ich mache mir große Sorgen.«

»Hat er gestern Abend gesagt, was er vorhat?«

Wieder schüttelte Isabel den Kopf. »Normalerweise geht er zum Strand. Verkauft irgendwelchen Kram an Touristen. Manchmal arbeitet er für die Hotels.«

»Dafür ist er zu jung, oder?«

Isabel musterte ihn, als hätte er den Verstand verloren.

»Okay, ich halte die Augen nach ihm offen.«

Er betrachtete die Prellungen, die die Bande Isabel und

Mateo zugefügt hatte. »Ist einer dieser Schläger vorbeigekommen, Isabel?«

»Ich habe keinen von denen gesehen. Sie haben diese Männer schon wieder verprügelt, nicht wahr? Und ihre Freunde.«

»Wo hast du das gehört?«

»Irgendwo.«

Puller nickte. »Ich besorge dir ein Wegwerfhandy und gebe dir meine Nummer. Dann kannst du mich erreichen, und ich kann euch erreichen, in Ordnung?«

Isabel nickte.

Es kostete Puller ungefähr eine halbe Stunde, aber er brachte ihr ein Handy, stieg in den Tahoe und fuhr los.

Auch wenn es ihm gar nicht gefiel – Diego würde warten müssen. Er hoffte nur, dass es dem Jungen gut ging.

Aber irgendetwas sagte ihm, dass das nicht der Fall war.

Zwanzig Minuten später bog er in die Straße ein, in der Griffin Mason seine Kanzlei hatte. In der Auffahrt stand derselbe Infiniti.

Puller parkte nicht auf der Auffahrt. Ein Stück weiter die Straße hinunter entdeckte er ein weiteres kleines Haus mit einem Firmenschild auf dem Rasen und parkte am Bürgersteig. Er stieg aus und klopfte an die Tür. Eine attraktive blonde Frau in den Vierzigern öffnete. Sie war klein und kurvenreich und trug einen kurzen schwarzen Rock, schwarze Strumpfhosen und eine dazu passende Jacke. Ihre weiße Bluse stand oben weit genug offen, um einen Einblick in ihr üppiges Dekolleté zu gewähren. Da noch immer über dreißig Grad herrschten, ging Puller davon aus, dass die schwarze Strumpfhose sie schon beim Gang zur Tür hatte schwitzen lassen.

»Kann ich Ihnen helfen?«, fragte sie.

»Mein Name ist John Puller. Ich war gestern hier, um mit Griffin Mason über eine Nachlassangelegenheit zu sprechen. Er ist nicht mein Anwalt. Er vertrat meine Tante, die kürzlich verstorben ist. Er sagte mir, ich solle ruhig Referenzen einholen, bevor ich mich entscheide, ihn sich weiter um die Abwicklung kümmern zu lassen.«

Die Frau wurde blass. »Grif hat mich als Empfehlung genannt?«

»Ja, Mrs. Dowdy. Sie scheinen überrascht zu sein.«

Puller hatte ihren Namen von dem Schild, das auch ihr Bild zeigte, außerdem die nützliche Information, dass sie fließend Spanisch sprach.

»Das bin ich auch. Und ich habe leider keine Zeit, mit Ihnen zu sprechen.«

Sie wollte die Tür schließen, doch Puller zückte seinen Dienstausweis. »Ich bin gestern aus Washington hierhergekommen. Meine Tante ist ganz unerwartet verstorben, und ich kenne keine Menschenseele in dieser Stadt. Ich versuche nur, mich schnell und umfassend zu informieren. Auf die militärische Weise. Ich wäre für jede Hilfe dankbar, die Sie mir geben könnten.«

»Mein Sohn ist in der Navy.«

»Die Navy hat mich oft von einem Ort zum anderen gebracht.« Er schaute sie erwartungsvoll an.

Sie warf einen Blick die Straße hinunter in Richtung Masons Büro. »Ich muss in ungefähr zwanzig Minuten zu einer Verabredung zum Essen, aber bis dahin kann ich Ihnen ein paar Fragen beantworten. Kommen Sie rein.«

Eine Minute später saßen sie in ihrem Büro, das bedeutend freundlicher war als Masons.

»Also, wie ich bereits sage, Mrs. Dowdy …«

»Sagen Sie Sheila«, unterbrach sie ihn und holte eine Zigarette hervor. »Keine Sorge, das ist eine E-Zigarette. Die verflixten Dinger erfüllen tatsächlich ihren Zweck. Ich habe zwanzig Jahre lang geraucht und dann vor einem Jahr aufgehört, von heute auf morgen, mit diesem Ding hier. Ich hoffe nur, meine Lunge kann sich regenerieren.«

Puller beobachtete, wie Wasserdampf aus dem Gerät aufstieg, dann konzentrierte er sich wieder auf die Frau.

»Wie ich bereits sagte, Sheila, ich wollte mich nur nach Mason erkundigen. Ich nehme an, Sie kennen ihn?«

»Oh, und ob ich Grif kenne.«

»Also würden Sie ihn empfehlen?«

»Ich bin Anwältin. Sage ich etwas Negatives, kann mich jemand verklagen. Grif würde das mit Sicherheit tun.«

»Nun, gewissermaßen ist das für sich genommen schon eine negative Antwort«, meinte Puller.

»Aber es ist nicht einklagbar«, erwiderte sie prompt.

»Also würden Sie ihn nicht empfehlen?«

Sie lehnte sich zurück und musterte ihn. »Wer war Ihre Tante?«

»Betsy Simon.«

»Kenne ich nicht. Nun, wenn sie Grif mit ihren Angelegenheiten betraut hatte, ist es vermutlich am kostengünstigsten, ihn damit weitermachen zu lassen. Aber ich gebe Ihnen einen Rat. Behalten Sie die Konten mit Adleraugen im Blick.«

»Könnte das bei Mason ein Problem sein?«

»Ich würde das Wort ›könnte‹ nicht verwenden.«

»Warum hat er dann überhaupt noch Mandanten?«

»Er wird seine Spuren gut verwischen.«

»Aber Sie scheinen darüber Bescheid zu wissen. Wie kommt das?«

»Lassen Sie es mich so ausdrücken. Ich praktiziere in dieser Stadt ungefähr genauso lange wie Grif. Unsere Mandantenlisten sind sehr ähnlich. Wir bearbeiten die gleiche Art von Fällen. Nachlassanwälte lassen sich nicht mit Wirtschaftsjuristen von der Wall Street vergleichen. Wir werden bei dieser Arbeit nicht reich. Ich jedenfalls nicht, und ich schufte mir den Arsch ab, wenn Sie den Ausdruck entschuldigen.«

»Aber Mason ist reich geworden?«

»Lassen Sie sich nicht von dem schäbigen Büro in dem alten Haus täuschen. Ich wohne in East Paradise, zwei Straßen vom Strand entfernt, weil ich mir nichts Besseres leisten kann. Ich fahre einen acht Jahre alten Toyota Camry. Mason besitzt ein viertausend Quadratmeter großes Strandgrundstück, das sich im siebenstelligen Bereich bewegt. Außer dem Infiniti hat er einen Porsche und einen Aston Martin. Und er reist auf der ganzen Welt herum … Afrika, Asien, der Nahe Osten, Südamerika. Dazu muss man kein Genie sein. Das bezahlen nicht alles seine Mandanten. Jedenfalls nicht wissentlich.«

»Dann stiehlt er von den Konten seiner Mandanten? Wie kann es sein, dass niemand ihm auf die Schliche gekommen ist? Sie können nicht die Einzige sein, die wegen dem Haus und den Autos misstrauisch wurde.«

»Man muss es beweisen. Und man muss es beweisen *wollen,* und das wollte anscheinend keiner. Seine Kunden sind alt, und dann sind sie tot. Die Erben kommen für gewöhnlich von weit her. Ich bekomme es mit, weil ich hier wohne und denselben Beruf ausübe wie Mason.«

»Okay. Sonst noch was?«

Sie tippte mit der Zigarette auf den Schreibtisch. »Was ich jetzt sage, haben Sie nicht von mir gehört, okay?«

»Okay.«

»Außer der Sache mit dem Geld geht bei dem Kerl noch etwas vor sich … etwas, das mir eine Gänsehaut bereitet.«

»Und das wäre?«

»Er scheint Kinder zu mögen. Ein bisschen zu sehr, wenn Sie verstehen, was ich meine.«

»Wie kommen Sie darauf?«

»Ich war mal mit ihm zusammen auf einer Veranstaltung. Nachdem sie vorbei war, hat er sich in der Hotelbar abgefüllt. Ich wollte gerade gehen, als er mich zurück auf den Hocker gezogen hat. Ich glaubte, er wollte für einen Quickie mit mir ein Zimmer mieten, als würde ich so etwas jemals in Betracht ziehen.«

»Also hat er schon früher versucht, Sie anzubaggern?«

»Lassen Sie es mich so ausdrücken. Er versucht bei jeder Gelegenheit, mir in die Bluse zu gucken oder mir den Hintern zu tätscheln. Aber dann fing er an, mir die Bilder in seiner Brieftasche zu zeigen.« Sie hielt inne und schürzte angewidert die Lippen. »Sie waren alle von kleinen Jungen und Mädchen.«

»Hat er gesagt, warum er diese Fotos hat?«

»Er hat behauptet, es wären seine Kinder.« Sie lachte. »Er muss sturzbetrunken gewesen sein. Wahrscheinlich weiß er gar nicht mehr, dass er mir die Fotos gezeigt hat.«

»Sind Sie sicher, dass es nicht tatsächlich seine Kinder waren?«

Sie lächelte, zog an der Zigarette.

»Wenn man bedenkt, dass er ein blonder Ire ist, die Kinder auf den Fotos aber schwarz oder asiatisch gewesen sind, bin ich mir ziemlich sicher, dass sie nicht miteinander verwandt waren.«

42

Ein weiterer heißer Arbeitstag hatte Mechos Kollegen schwitzen lassen; alle sehnten sich nach einem kühlen Bier in einer Bar mit Klimaanlage.

Mecho überließ sie ihren Flaschen und kehrte in sein Zimmer zurück. Er unterhielt sich bei der Arbeit nicht mit ihnen und hatte auch nach Feierabend kein Interesse daran. Sie schienen kein Problem damit zu haben. Es hätte Mecho auch nicht interessiert.

Genauso wenig interessierte es ihn, worum es bei dem Aufruhr im Nebenzimmer letzte Nacht gegangen war. Aber er hatte den anderen Mann kämpfen sehen. Er war gut. Sogar hervorragend.

Doch er hatte zugelassen, an der Flanke umgangen zu werden. Hätte Mecho ihm nicht geholfen, wäre er tot.

Vielleicht hätte ich ihn sterben lassen sollen.

Der Mann gehörte nicht hierher. Und Leute, die irgendwo waren, wohin sie nicht gehörten, hatten meist gute Gründe dafür.

Der Mann hatte eine Pistole gehabt.

Eine Sig P228. Aber sie war leicht modifiziert. Das hatte Mecho selbst auf die Entfernung und bei dem schlechten Licht gesehen.

Die Fitness des Mannes, sein kurz geschnittenes Haar, das Geschick im Nahkampf und die Waffe – das alles war bezeichnend gewesen.

Der Mann war beim Militär. Danach zu urteilen, wie er vergangene Nacht mit Mecho gesprochen hatte, beim amerikanischen Militär.

In der Umgebung gab es viele Kasernen und Militärbasen, sodass sich die Frage stellte, warum dieser Mann in einer Bruchbude wie dem Sierra abgestiegen war. Und was er getan hatte, um die Straßenschläger zu verärgern.

Möglicherweise gar nichts.

Auch er, Mecho, hatte nichts getan, um die Typen gegen sich aufzubringen, die ihn an jenem Abend auf der Straße verfolgt hatten. Sie waren wie Hyänen, die an den richtigen Orten nach Beute suchten. Gelegentlich trafen sie auf jemanden, der sich wehrte. Und dann ergriffen sie die Flucht. Das taten Hyänen immer.

Mecho saß auf dem Bett, vergaß Puller und dachte über die zusätzlichen Informationen nach, die er heute auf Lamperts Anwesen gesammelt hatte.

Nach der kurzen Unterhaltung mit Chrissy Murdoch hatte er weitergearbeitet. Er hatte gesehen, wie sich neben einer Baumgruppe eines der Dienstmädchen mit dem Poolmann unterhielt. Er hatte sich den beiden genähert und gelauscht. Als sie ihre Unterhaltung beendet hatten, war Mecho noch näher an das Mädchen herangerückt.

Sie war zusammengezuckt, als sie ihn bemerkt hatte. Aber er hatte sie auf Spanisch angesprochen, und sein Lächeln war entwaffnend. Er hatte den Rasen weiter bearbeitet und sich mit ihr unterhalten. Ihre Zurückhaltung hatte nachgelassen, ihre Antworten wurden länger.

Ihr Name war Beatriz. Sie war sehr schön. Ihre Haut war hellbraun und glatt; ihr Haar, dunkel und voll, roch nach Kokosnuss. Es war offensichtlich, dass sie es gut pflegte. Ihre reine Haut und die glatten Hände verrieten Mecho, dass sie nicht viel draußen gearbeitet hatte. Sie erzählte ihm, dass sie aus El Salvador käme und seit zwei Jahren hier arbeitete. Sie sah gesund und gut ernährt aus. Ihre Uniform war makellos. Sie war nicht mit einem der Boote gekommen, zumindest glaubte Mecho das nicht. Sicher konnte er sich allerdings nicht sein.

Er fragte sie auf Spanisch, wie sie hergekommen war.

Dann bekam er seine Antwort.

Sie schaute zur Seite und eilte davon.

Er fragte sich, ob ihr bewusst war, was ihr Name auf Spanisch bedeutete.

Die Reisende.

Geografisch gesehen war sie nicht weit gereist. Aber er wusste, dass ihre Reise einer Fahrt zum Mond gleichkam.

Und jetzt wohnte sie in dem großen Haus, trug eine makellose Uniform und hatte genug zu essen. Er bezweifelte, dass das in ihrem Heimatland auch der Fall gewesen war.

Also hätte sie glücklich sein müssen.

Aber Mecho wusste, sie war es nicht.

Als Sklave konnte man nicht glücklich sein, egal, wie gut man behandelt wurde. Man war trotzdem Sklave.

Er ging auf die Knie und machte sich daran, Zweige und Blätter aufzusammeln. Man hatte ihm eingeschärft, dass die Lamperts einen perfekten Rasen verlangten, von dem jeder Makel entfernt werden müsse. Dafür zahlten sie gut. Vermutlich gaben sie jede Woche mehr für Gärtner aus, als die meisten Leute im Jahr verdienten.

Und vielleicht wollte Lampert ja keine Schönheitsfehler auf seinem hübschen Rasen, um die hässlichen Wunden zu kompensieren, die er anderen zufügte. Vielleicht war er aber auch gar kein so komplizierter Mann und verschwendete keinen Gedanken daran.

Mecho erhob sich und warf alles in den Müllbeutel, den er bei sich trug.

Er wusste, dass die Sicherheitsleute ihn schärfer im Auge behielten, aber es war anscheinend kein Vergehen, ein paar Worte mit einem Dienstmädchen zu wechseln. Ganz im Gegensatz zu einem Gespräch mit einer der Damen des Hauses.

Mit einem Mal spürte Mecho, dass jemand in der Nähe war. Er drehte sich um und sah, wie Chrissy Murdoch das Haus zusammen mit dem Mann verließ, mit dem sie im Maserati gekommen war.

Der Mann trug einen Leinenanzug, weißes Hemd und rote Fliege, dazu Slipper ohne Socken. Er sah wie auf einer der Werbeanzeigen in einem Hochglanzmagazin aus, auf denen jeder perfekt aussah und ein perfektes Leben führte.

Ist Ihr Leben perfekt, Sir? Wünschen Sie vielleicht ein paar kleine Unvollkommenheiten? Möchten Sie, dass ich Ihre selbstzufriedene Visage in beide Hände nehme und in zwei Hälften reiße?

Chrissy trug ein langes, fließendes weißes Baumwollkleid. Das grelle Licht machte es ziemlich transparent und erlaubte Mecho einen langen, erregenden Blick auf ihre Beine. Ein breitkrempiger Hut schützte sie vor der sengenden Sonne. Ihre schlanken, gebräunten Füße steckten in Sandalen, die ihre pink lackierten Zehennägel sehen ließen.

Chrissy sah Mecho und winkte ihm zu. Mecho blickte über die Schulter, ob sie jemand anderen meinte, aber da war niemand. Der Mann bemerkte es nicht. Offensichtlich war er so in seine eigene kleine Welt versunken, dass er nicht einmal wusste, dass seine Frau von Peter J. Lampert gevögelt wurde.

Mecho wurde misstrauisch. Es war nicht normal, dass jemand wie diese Frau ihm Aufmerksamkeit schenkte. Es musste einen anderen Grund geben. Er erwiderte den Gruß nicht, sondern wandte sich wieder seiner Arbeit zu.

Chrissy und der Mann fuhren in dem Maserati los. Mecho fragte sich, ob Chrissy geduscht hatte, um den Geruch von Sex loszuwerden. Den Geruch von Peter J. Lampert. Vielleicht war es ihr egal. Vielleicht war es auch ihrem Mann egal.

Schließlich war das Leben perfekt.

Mecho ging durch das Vordertor und beschäftigte sich mit den Sträuchern. An einer Stelle, die niemand einsehen konnte, schoss er mit dem Handy ein paar Fotos vom Tor und den Überwachungsgeräten. Er war zuversichtlich, in der Dunkelheit die genaue Position der Strom- und Datenleitung finden zu können. Es wäre jedenfalls besser, wenn es ihm gelang.

Dann hatte der lange Tag schließlich geendet.

Jetzt saß Mecho in seinem Zimmer.

Während er so auf dem Bett saß, wandten seine Gedanken sich wieder Chrissy Murdoch zu. Hier stimmte definitiv etwas nicht. Aber er konnte einfach nicht den Finger darauf legen. Er würde noch eine Zeit lang darüber nachdenken müssen. Es gab viele Dinge, die schiefgehen konnten, und bei einigen würde es der Fall sein. Bei anderen konnte er dafür sorgen, dass alles klappte. Chrissy Murdoch würde eines davon sein. Hoffte er jedenfalls.

In der drückenden Hitze legte er sich aufs Bett. Die Hitze machte ihm nichts aus. Er hatte seine Psyche trainiert, derartige körperliche Beeinträchtigungen zu ignorieren. Und wenn der Geist nicht auf solche Dinge reagierte, tat der Körper es auch nicht. Der Geist kontrollierte den Schmerz. Der Geist konnte Schmerzen sogar verschwinden lassen. Diese schlichte Philosophie hatte Mecho viele Qualen überstehen lassen.

Heute Abend gab es noch zu tun. Zwei Dinge mussten erledigt werden.

Die erste Sache würde problematisch sein.

Die zweite endete möglicherweise in einer Katastrophe.

Aber er war hergekommen, um Risiken auf sich zu nehmen, und nicht, um ihnen aus dem Weg zu gehen.

43

Cheryl Landry hatte die Uniform gegen eine hellblaue Caprihose, eine ärmellose gelbe Bluse und weiße Sandalen getauscht. Ohne die Polizeimütze fiel ihr Haar bis auf die Schultern.

Als sie ins Darby's kam, erhob Puller sich vom Tisch.

Er hatte im YMCA für die tägliche Gebühr eine Dusche genommen und sich umgezogen – Khakihosen, ein kurzärmeliges Hemd und Slipper.

Als Landry sich setzte, wirkte sie ein bisschen gehemmt, als zöge sie die Polizeiuniform mit dem festen Schuhwerk ihrem jetzigen Outfit vor.

Die Kellnerin brachte Speisekarten, und Puller überflog sie flüchtig, während er zugleich verstohlen die anderen Tische musterte.

Landry entging es nicht.

»Kundschaften Sie den Laden aus?«, fragte sie.

»Es ist immer ratsam, einen Reserveausgang zu haben, nur für alle Fälle.«

»Einer ist hinter der Bar. Ein anderer links neben der Küche.«

»Ich schließe daraus, dass auch Sie sich Ihr Umfeld immer genau ansehen.«

»Kann praktisch sein.«

»Was ist hier zu empfehlen?« Puller deutete auf die Karte.

»Schwertfisch, Muscheln. Und das New York Strip Steak, wenn Sie gern Kühe essen.«

Sie orderten das Essen. Puller zog den Schwertfisch der Kuh vor. Nachdem sie bestellt hatten, lehnte Landry sich zurück und schien sich endlich auf Puller zu konzentrieren.

»Haben Sie etwas auf dem Herzen?«, fragte er.

»Ich weiß nicht. Sollte ich?«

»Das Spiel könnten wir tagelang spielen.«

»Sie haben mich zum Abendessen eingeladen, nicht umgekehrt.«

»Auch wieder wahr.«

»Aber Sie machen die Leute nervös, Puller.«

»Das höre ich nicht zum ersten Mal.«

»Das glaube ich gern. Acht Kerle zusammengeschlagen. Um ein Haar einen anderen Wagen gerammt. Sie führen Ihre eigenen Ermittlungen. Außerdem haben wir herausgefunden, dass Sie der Leiche Ihrer Tante die Fingerabdrücke abgenommen haben, um sie ausschließen zu können. Der Chief war nicht sehr erfreut.«

»Kein Gesetz verbietet, dass ich die sterblichen Überreste meiner Tante besuche.«

»Aber es gibt Gesetze gegen die Behinderung von Ermittlungen.«

»Ich hatte den Eindruck, dass Sie keine Ermittlung führen. Was genau behindere ich denn?«

»So einfach ist das nicht, und das wissen Sie.«

»Ach ja?«

Ihre Getränke und die Vorspeise kamen, und beide stürzten sich darauf – vielleicht, um die Unterhaltung ruhen lassen zu können, bis sie absolut nötig wurde. Beide mieden das Thema, bis sie die Vorspeise gegessen hatten.

Landry nahm einen Schluck von ihrem Riesling und blickte Puller an.

»Bereit, den Rosenkrieg fortzusetzen?«, fragte er.

»Ich habe ihn noch gar nicht angefangen.«

»Gut. Denn ich finde, wir sollten auf derselben Seite stehen. Wie eine große Familie.«

»Ich trage eine Uniform. Sie tragen eine andere.«

»So groß ist der Unterschied nicht.«

»Ich sage ja nicht, dass Ihre Tante eines natürlichen Todes gestorben ist.«

»Und ich behaupte nicht, dass es auf jeden Fall Mord war. Darum stellt man ja Ermittlungen an. Deshalb verstehe ich nicht, wo das Problem liegt.«

»Nehmen wir mal an, Sie machen Ihr Ding und finden heraus, dass Ihre Tante tatsächlich ermordet wurde.«

»Okay.«

»Was tun Sie dann?«

»Den Mörder suchen.«

»Falsch. Dafür ist die Polizei da. Das ist mein Job.«

»Sie möchten, dass ich die ganze Arbeit erledige und Ihnen dann die Verhaftung überlasse?«

»Ich brauche Sie nicht, damit ich gut aussehe«, erwiderte sie hitzig.

»Habe ich auch nie behauptet. Wohin also führt uns das?«

»Keine Ahnung.«

»Sie könnten mit mir zusammenarbeiten.«

Sie warf ihm einen scharfen Blick zu.

»Normalerweise arbeite ich allein«, fügte er hinzu. »Deshalb ist es ein besonderes Angebot. Es zeigt, dass ich großes Vertrauen in Sie habe.«

»Und wie genau soll das funktionieren? Soll ich es in meiner Freizeit tun, so kostbar sie auch ist?«

»Ja.«

»Und dann? Wir lösen den Fall und stoßen meinen Chef mit der Nase drauf? Wie sollte das meiner Karriere bei der Polizei förderlich sein?«

»Das behaupte ich ja gar nicht. Wenn es Ihnen nur um die Karriere geht, sollten Sie mein Angebot ablehnen.«

»Was für ein Ziel sollte ich sonst haben?«

»Den Mörder einer alten Dame der Gerechtigkeit zuzuführen.« Puller beugte sich vor, und sein Blick wurde so finster, wie er sich momentan fühlte. »Ich hatte gehofft, dass Sie Ihren Beruf aus diesem Grund gewählt haben.«

»Kommen Sie mir nicht so. Das habe ich nicht verdient.«

»Vor zwanzig Sekunden hätte ich Ihnen da zugestimmt.«

»Wollen Sie wirklich diesen Weg einschlagen? Ich kann Ihnen das Leben zur Hölle machen.«

»Was das angeht, hat die hiesige Polizei schon ganz gute Arbeit geleistet.«

»Mag sein, aber ich bin viel gerissener als Hooper.«

»Ich will mir keine Feinde machen, Cheryl. Ich will nur die Wahrheit herausfinden. Wäre das in Ihrer Familie passiert – ich kann mir nicht vorstellen, dass Sie es so einfach auf sich beruhen ließen.«

Diese Bemerkung schien die Mauer zu durchdringen, die Landry während des Gesprächs um sich errichtet hatte. Sie schaute zur Seite, dann zu Boden und ließ die typischen Zeichen der Kapitulation erkennen, die Puller bei zahllosen Verhören gesehen hatte.

»Ich kann nachvollziehen, wie Sie sich fühlen, Puller. Das meine ich ernst.«

»Okay. Dann stellt sich die Frage, wie ich jetzt weitermachen soll. Denn ich *werde* diese Angelegenheit weiter untersuchen. So bin ich nun mal gestrickt.«

Er hielt inne und betrachtete Landrys Gesicht, um ihre Reaktion nicht zu verpassen. Als sie nichts sagte, fuhr er fort: »Wenn ich etwas Wichtiges finde, komme ich damit zu Ihnen, okay? Dann können wir entscheiden, was wir unternehmen. Ist das akzeptabel für Sie?«

»Falls es ein Verdächtiger oder eine Leiche ist, könnten Sie ein bisschen zu spät kommen.«

»Ich werde mir Mühe geben, Sie ständig auf dem Laufenden zu halten. Wie wäre es damit?«

»Wie wär's, wenn ich in meiner Freizeit mit Ihnen zusammenarbeite?«

Er musterte sie. »Wollen Sie das?«

»Ich glaube schon. Das hatten Sie ja ursprünglich vorgeschlagen, oder nicht?«

»Ja. Ich hatte nur nicht damit gerechnet, dass Sie anbeißen. Warum tun Sie das?«

»Es gefällt mir nicht, wenn Menschen vor ihrer Zeit sterben.«

»Dann sind wir uns einig.«

Als sie das Restaurant verließen, summte Pullers Handy. General Carson hatte eine SMS geschickt. Sie hatte das Nummernschild überprüft.

Puller las die Information, und seine Augen weiteten sich.

Der Fall hatte soeben eine ganz andere Ebene erreicht.

44

»Wollen Sie noch mit zu mir kommen und das weiter besprechen?«, fragte Landry, als sie das Darby's verließen.

Puller antwortete nicht, blickte stattdessen auf das Mobiltelefon in seiner Hand. Genauer gesagt, er las den Text auf dem Display.

»Tut mir leid, wenn ich Sie langweile«, sagte Landry verärgert, mit einem Blick auf Pullers Handy.

Er steckte es weg. »Es hat sich da gerade etwas ergeben. Was haben Sie gesagt?«

»Ich habe gefragt, ob Sie zu mir wollen. Wir könnten am Strand spazieren. Ihre Entscheidung. Wenn Sie nicht möchten, okay. Ich wollte nur freundlich sein.« Sie hielt inne. »Und Sie von der Straße fernhalten und Ihnen Ärger ersparen.«

Puller dachte kurz nach. Er hatte noch immer keine Unterkunft, hielt es aber für keine gute Idee, wieder bei Landry unterzukriechen. Und der Gedanke, in Tante Betsys Haus einzuziehen, bereitete ihm Unbehagen, obwohl er die Ermittlungen dort beendet hatte. Sicher, sie hatte ihm das Haus hinterlassen, also hatte er jedes Recht, sich dort aufzuhalten, aber letztlich lief es darauf hinaus, dass er nicht glaubte, es *verdient* zu haben, solange er nicht herausgefunden hatte, was mit ihr passiert war. Nicht, nachdem er all die Jahre keinen Kontakt zu ihr gehalten und sie aus seinem Leben hatte verschwinden lassen.

»Könnten Sie mir einen Tipp geben, wo ich in Paradise

übernachten kann?« Er lächelte. »Falls Sie es für sicher genug halten.«

»Warum bleiben Sie nicht in Ihrem neuen Haus?«

»Wenn die Typen im Chrysler mir folgen, würde ich ihnen die Arbeit zu leicht machen.«

»Glauben Sie wirklich, die Kerle beschatten Sie?«

»Ich kann es nicht mit Sicherheit sagen. Aber ich will kein Risiko eingehen.«

»Nehmen Sie sich ein Zimmer im Gull Coast an der Gulfstream Avenue, zwei Straßen südlich vom Sierra. Es ist ein bisschen teurer, weil es näher am Strand liegt, aber dort brauchen Sie sich wahrscheinlich keine Sorgen zu machen, beim Zähneputzen umgebracht zu werden.«

»Hört sich gut an. Danke.«

»Wollen Sie dann später zu mir kommen? Ich mache abends immer einen Strandspaziergang.«

»Ich treffe Sie dort in einer Stunde. Das reicht mir, um ein Zimmer im Gull Coast zu besorgen.«

»Okay. Dann in einer Stunde.«

Sie gingen zu ihren Autos. Während Puller aus der Parklücke fuhr, tippte er auf dem Handy die Nummer ein.

»Ich hatte mich schon gefragt, was Sie aufhält«, sagte Carson am anderen Ende der Leitung. »Ich dachte, Sie rufen eine Sekunde nach Empfang der SMS an.«

»Ich wurde aufgehalten. Aber verraten Sie mir etwas. Wie kann man dem Pentagon befehlen, sich zurückzuhalten, weil es ein lausiges Nummernschild überprüft?«

»Wir haben es nachverfolgt. Zu einer großen Wolke irgendwo über dem Indischen Ozean. Natürlich nicht in der Realität, aber es kommt auf das dasselbe heraus. Eine Sackgasse. Ich war genauso überrascht wie Sie. Ich dachte, am Ende würde sich herausstellen, dass es sich um ein Privatunternehmen handelt. Dann bekamen wir einen Anruf und den Rat, die Finger davon zu lassen.«

»Wer hat angerufen?«

»Die Quelle wollte sich nicht vor einem bescheidenen Ein-Sterne-General wie mir zu erkennen geben. Ich habe es von jemandem erfahren, der in der Befehlskette über mir steht.«

»Sind Sie jetzt in Schwierigkeiten?«

»Kann ich mir nicht vorstellen. Aber ich könnte mich irren.«

»Ich hatte eine Freundin beim Kriminallabor der Army gebeten, das Nummernschild zu überprüfen, und bekam daraufhin einen Anruf von einem Colonel Walmsey. Er wollte, dass ich die Sache bereinige, erfuhr dann aber, wer mein Vater ist, und gab auf. Ich frage mich, ob man ihn auch unter Druck gesetzt hat.«

»Davon weiß ich nichts. Aber bei uns war es so. Und J2 ist es nicht gewohnt, einen Klaps auf die Finger zu bekommen.«

»Wer hat so viel Macht?«

»Das ist keine lange Liste. Was die höheren Ränge geheim halten wollen, halten sie auch geheim, ob es richtig oder falsch ist.«

»Als Soldat verstehe ich das. Als Steuerzahler ärgert es mich.«

»Tja, es ist, wie es ist.«

»Was ist mit den beiden Kerlen?«, fragte Puller.

»Keine Ahnung. Wie sahen sie denn aus?«

»Wie ich, nur kleiner.«

»Ex-Militär?«

»Das kann ich nicht mit Sicherheit sagen, General.«

»General?«

»Wir sind wieder im Dienst.«

»Okay«, sagte sie amüsiert.

»Vielleicht sind sie trotzdem auf unserer Seite. Da man sie zurückgepfiffen hat, ist das sogar wahrscheinlich.«

»Ja. Aber daraus ergibt sich die Frage, in was Sie verwickelt sind, Puller.«

»Ein Denkzettel für West Virginia?«

»Könnte sein. Die Sache hat viel Staub aufgewirbelt. Es sah so aus, als wären die Dinge bestens gelaufen und Sie ein Held, aber Sie kennen ja Washington. Das könnte sich geändert haben. Vielleicht sucht man nach einem Sündenbock – aus Gründen, die wir nicht kennen. Wäre nicht das erste Mal.«

»Und ich soll dieser Sündenbock sein?«

»Vergessen Sie nicht, dass auch ich in die Sache verwickelt war.«

»Aber warum sollte man mir ausgerechnet hier folgen …«

Er umklammerte das Handy so fest, dass er zu spüren glaubte, wie das Material nachgab.

»Puller?«

»Ich melde mich wieder.«

»Was ist?«

»Ich melde mich wieder.«

Puller trennte die Verbindung und bog scharf rechts ab.

Weil die Kerle im Chrysler immer dort auftauchten, wo er sich gerade befand, war er davon ausgegangen, dass sie hinter ihm her waren. Doch es gab keinen Grund für diese Annahme.

Natürlich hatten die Kerle ihn beschattet – schließlich waren sie vor dem Sierra gesehen worden –, aber sie mussten sich irgendwo an ihn drangehängt haben.

Puller wusste, wo.

Tante Betsys Haus.

Vielleicht hatte man ihn gar nicht beschattet. Vielleicht hatte das gar nichts mit einem Denkzettel wegen der Geschehnisse in West Virginia zu tun. Vielleicht hatten die Männer Betsy Simons Haus überwacht.

Und es war gar nicht so weit hergeholt, dass sie Betsy getötet hatten. Puller war es egal, ob sie vom Pentagon kamen oder ob jemand ganz oben versuchte, die Hunde zurückzupfeifen.

Wenn sie seine Tante ermordet hatten, würden sie dafür bezahlen.

Er gab Gas, und der Tahoe jagte in die Dunkelheit.

45

Puller parkte zwei Querstraßen vom Haus seiner Tante entfernt und ging das letzte Stück zu Fuß.

Vor einem Zaun blieb er stehen und ließ den Blick über das Gelände schweifen. Es war zweiundzwanzig Uhr; da war es sogar an der Emerald Coast dunkel, wo die Sonne angeblich nie zu scheinen aufhörte. In der Orion Street herrschte Stille. Vom Wasser kam eine leichte, kühlende Brise. Irgendwo ließ jemand einen Wagen an; der Motorenlärm klang überlaut in der Stille.

Puller ging hinter einem Strauch in Deckung, um nicht vom Scheinwerferlicht getroffen zu werden. Der Wagen fuhr vorbei.

Es war nicht die Limousine mit den beiden Männern.

Es war Jane Ryon in ihrem blauen Ford Fiesta. Die Beule in der Beifahrertür erschien im Licht der Straßenlampen übergroß.

Was hatte sie hier zu suchen? Sie hatte ihre Sachen doch längst aus Betsys Haus geholt.

Folgen konnte Puller ihr nicht. Der Fiesta war so gut wie außer Sicht, als er um eine Ecke bog. Bis er seinen Wagen erreicht hatte, um die Verfolgung aufzunehmen, war Ryon längst verschwunden.

Puller trat ins Freie und ging auf dem Bürgersteig weiter. Seine Blicke huschten umher wie ein Radar. Er gelangte zum Haus seiner Tante und beschloss, es durch die Hintertür zu betreten. In Cookies Haus brannte Licht. Offensichtlich war der im Ruhestand lebende Bäcker heute Abend zu Hause geblieben. Oder er war noch nicht losgezogen.

Auf dem Weg durch den Garten hörte Puller ein leises Kläffen. Er ging zum Zaun, spähte hinüber.

Sadie äugte zu ihm hoch und kläffte erneut.

Puller musterte den kleinen Hund. Dann blickte er zu Cookies Haus. Dann wieder zu dem Hund.

Was hatte Cookie ihm noch einmal gesagt? Er kannte die Storrows, das tote Paar am Strand. Sie waren befreundet gewesen. Ihr Tod hatte ihn betroffen gemacht. Genauso wie der Tod seiner Freundin Betsy. Daran war nichts Erstaunliches. Trotzdem stellte sich eine unbeantwortete Frage.

Hatte auch Betsy die Storrows gekannt?

Puller betrachtete die bellende Sadie. Die Hündin schien traurig zu sein. Einsam. Auf ihrem kleinen Hundegesicht lag ein Ausdruck der Verwirrung, falls so etwas möglich war.

Cookie hatte erzählt, dass er Sadie normalerweise am späten Morgen nach draußen ließ, damit sie ihr Geschäft erledigte. Als Puller in Cookies Haus gewesen war, hatte er mehrere Leinen an einem Haken neben der Hintertür hängen gesehen. Und er hatte gesehen, wie Cookie mit der Hündin Gassi gegangen war.

Aber in Florida gab es Schlangen und Alligatoren und andere nächtliche Raubtiere. Es war nicht ganz ungefährlich, einen kleinen Hund abends allein aus dem Haus lassen, selbst in einem eingezäunten Garten.

Puller sprang über den Zaun und landete neben Sadie, die einen überraschten Satz nach hinten machte und wieder zu kläffen anfing. Puller nahm den kleinen Hund auf den Arm und zog mit der rechten Hand die M11. Vielleicht spürte Sadie, dass etwas nicht stimmte, denn sie verstummte. Sanft leckte sie Pullers Arm.

Er hielt den Blick auf das Haus gerichtet. Erreichte die Stufen. Stieg sie lautlos hinauf. Die Tür war nicht verschlossen. Er trat ein und überprüfte die möglichen Angriffswinkel, bevor er sich weiter vorwagte.

Puller sicherte ein Zimmer nach dem anderen, blieb geduckt und hielt sich an der Wand, um es jedem, der sich hier verbarg, zu erschweren, ihn ins Visier zu bekommen.

Pullers Suche endete im Badezimmer im ersten Stock.

Er stellte Sadie ab. Die kleine Hündin fing an, das Wasser vom Boden aufzulecken.

Puller steckte die Waffe weg und blickte auf Cookie hinunter.

Er lag nackt in der Wanne.

Genauer gesagt auf dem Grund der Wanne.

Puller machte keine Anstalten, ihn aus dem Wasser zu ziehen und Wiederbelebungsversuche einzuleiten. Es wäre vergebliche Liebesmüh.

Cookies Augen starrten zu Puller hoch.

Die Augen eines Toten.

Die offizielle Todesursache würde »Ertrinken« lauten. Davon war Puller überzeugt.

Genau wie bei Tante Betsy.

Leute, die man unter Wasser fand, starben für gewöhnlich an Wasser in der Lunge.

Die Frage lautete dann allerdings, wie die betreffende Person unter Wasser gekommen war.

Es gab drei mögliche Erklärungen.

Cookie konnte einen Herzinfarkt, einen Schlaganfall, einen Krampfanfall oder die allergische Reaktion auf ein Medikament erlitten haben, die ihm das Bewusstsein geraubt hatte. Dann war er unter Wasser gerutscht und gestorben.

Oder er hatte sich den Kopf gestoßen, das Bewusstsein verloren und war untergegangen.

Oder jemand hatte ihn unter Wasser gedrückt.

Die vierte Möglichkeit, Selbstmord, hielt Puller für ausgeschlossen. Bei einem Selbstmordversuch durch Ertrinken hatte der Körper seine eigene Notreaktion. Er kämpfte um Luft. Draußen auf dem Meer konnte man sich selbst ertränken, weil man sich der Gelegenheit beraubte, wieder an Land zu kommen, aber nicht in einer Badewanne.

Auf dem Spülstein neben der Wanne entdeckte Puller Medikamentenfläschchen. Er rührte sie nicht an, las nur die Etiketten.

Blutdruckpillen. Entwässerungskapseln. Arthritis. Gefäßleiden. Betablocker. Pillen, die vermutlich die Nebenwirkungen anderer Pillen bekämpfen sollten. Eine endlose Reihe von Fläschchen.

Willkommen im Amerika der Alten, dem Land der Übermedikamentierten.

Puller schaute sich noch einmal um, nahm winzige Details auf, die von Bedeutung sein könnten. Da ihm sonst nichts ins Auge fiel, kam er zu dem Schluss, lange genug Eindringling an einem Ort gewesen zu sein, der jetzt keine Wohnung in einem schicken Viertel mehr war, sondern ein potenzieller Tatort.

Er zog das Handy hervor und wählte 911.

Es wurde bestimmt eine lange Nacht.

46

Die lange Nacht fing gar nicht gut an.

Mit lautem Sirenengeheul und flackerndem Rotlicht kam der Streifenwagen mit quietschenden Bremsen am Bürgersteig zum Stehen und zerriss die Stille des Abends.

Officer Hooper sprang aus dem Wagen und zog seine Dienstwaffe, als Puller sich vom Haus entfernte. Der zweite Cop sah Hooper so ähnlich, dass er sein Bruder hätte sein können. Auch er hatte die Waffe gezogen.

»Also, das glaube ich jetzt nicht«, sagte Hooper bei Pullers Anblick.

»Landry hat Dienstschluss«, sagte Puller. »Warum arbeiten Sie noch?«

»Das geht Sie nichts an«, fauchte Hooper. Er wandte sich an seinen Partner. »Boyd, das ist der Penner, von dem ich dir erzählt habe.«

»Der Tote ist oben im Badezimmer«, sagte Puller.

»Wenn Sie am Tatort etwas verändert haben, stecken Sie bis zum Hals in der Scheiße«, sagte Hooper, ohne die Waffe herunterzunehmen.

»Hey, Hoop«, sagte Boyd. »Könnte der Typ nicht der Täter sein?«

»Ich habe die Sache gemeldet«, sagte Puller. »Und dann habe ich hier auf Sie gewartet. Würde ich das tun, wenn ich der Täter wäre?«

»Ja, gut möglich, weil wir Sie dann nicht verdächtigen würden«, sagte Hooper. »Seid ihr Army-Typen denn alle so beschränkt?«

»Und das Motiv?«, fragte Puller.

»Ist nicht unser Problem«, sagte Hooper. »Sondern Ihres.«

»Unser Rechtssystem hält aber an dem Grundsatz fest, dass man unschuldig ist, bis die Schuld zweifelsfrei bewiesen ist«, sagte Puller. »Also ist es *Ihr* Problem.«

Ein weiterer Streifenwagen kam, gefolgt von einem Rettungswagen. Chief Bullock stieg aus. Er trug Zivilkleidung; offenbar hatte man ihn zu Hause benachrichtigt.

Er ging an Hooper und Boyd vorbei auf Puller zu.

»Was haben wir?«

»Einen Toten in der Badewanne. Keine Anzeichen für einen Kampf. Könnte sein, dass er aufgrund eines krankheitsbedingten Vorfalls das Bewusstsein verloren hat. Das wird uns die Autopsie verraten. Ein paar Minuten bevor ich den Toten fand, habe ich einen Wagen hier wegfahren sehen. Ein blauer Ford Fiesta mit einer großen Beule in der Beifahrertür.«

»Wissen Sie, wer der Fahrer war?«

»Eine Frau namens Jane Ryon. Sie war die Pflegerin meiner Tante. Sie kannte auch den Verstorbenen. Ich kann aber nicht sagen, ob sie aus diesem Haus hier kam oder nicht. Falls ja, wird sie einiges zu erklären haben.«

Hooper und Boyd beobachteten offenen Mundes, wie Bullock und Puller sich unterhielten.

Schließlich warf Bullock seinen Untergebenen einen Blick zu. »Was ist, Hoop, worauf warten Sie noch? Sichern Sie die Gegend. Wir haben hier einen potenziellen Tatort. Sie auch, Boyd.«

Hooper und Boyd steckten ihre Waffen weg und eilten los.

Bullock wandte sich wieder an Puller. »An manchen Tagen frage ich mich, warum ich mir überhaupt noch die Mühe mache, wo meine Truppe aus solchen Armleuchtern besteht.«

»Sie haben Landry.«

»Hätte ich doch nur mehr Leute wie sie.« Er seufzte. »Dann hätte ich keinen Grund, mich zu beklagen.« Er schaute auf das Haus. »Wenn die Sache sich als Mord erweist, wäre das Nummer vier in wenigen Tagen. Das steht in keinem Verhältnis zur Einwohnerzahl von Paradise. Er würde die Touristen verjagen, und das wiederum würde dem Stadtrat nicht gefallen.«

»Das glaube ich gern. Gibt es Spuren im Fall Storrow?«

»Keine einzige. Niemand hat etwas gesehen oder gehört. Aber die beiden wurden ermordet, da gibt es keinen Zweifel.«

»Cookie, der Mann in der Badewanne, kannte die Storrows.«

»Woher wissen Sie das?«

»Er hatte es mir erzählt.«

»Dann gibt es eine Verbindung?«

»Allerdings.«

»Die Spurensicherung wird jeden Moment hier sein. In der Zwischenzeit sollte ich mir das besser mal ansehen.«

»Ja, sollten Sie.«

Bullock stapfte los. Puller rührte sich nicht.

»Kommen Sie?«

»Gleich. Ich muss zuerst etwas überprüfen.«

Bullock betrat das Haus, während Puller zu seinem Wagen ging, wobei er zuerst an Hooper vorbeikam, dann an Boyd. Beide waren damit beschäftigt, gelbes Absperrband mit der Aufschrift »Polizei« anzubringen. Sie warfen Puller scheele Blicke zu, doch er ignorierte sie.

Er öffnete die Heckklappe des Tahoe, zog den Rucksack auf

und fand die Fotos, die er aus dem Haus seiner Tante mitgenommen hatte. Rasch sah er sie durch.

Er brauchte nur zwei Minuten, bis er das gesuchte Foto fand. Er hielt es in die Höhe, ließ das Licht der Innenbeleuchtung darauf fallen.

Auf dem Foto war seine Tante zu sehen. Links und rechts von ihr standen die Storrows. Puller erkannte ihre Gesichter vom Zeitungsbericht am Morgen.

Anscheinend war Betsy mit den Storrows befreundet gewesen.

Genau wie Cookie.

Und jetzt waren alle tot.

Puller warf einen Blick auf Cookies Haus, dann auf Betsy.

Wenn es so weiterging, war die Orion Street bald entvölkert.

47

Puller rief Landry an und setzte sie ins Bild.

»In der nächsten Stunde schaffe ich es nicht«, sagte er. »Tut mir leid.«

»Braucht Chief Bullock mich?«

»Nein, ich glaube, die haben hier alles unter Kontrolle. Nehmen den Tatort auf. Ihr Kumpel Hooper hat die Spätschicht.«

»Das ist Bullocks Strafe, weil er so ein Idiot ist.«

»Langsam gefällt Ihr Boss mir. Ich sehe Sie dann, okay? Ist es in Ordnung, wenn es spät wird?«

»Ich verschiebe meinen Spaziergang. Aber nur, wenn Sie mir alles erzählen, sobald Sie hier sind.«

»Einverstanden.«

Puller schaltete das Handy aus und ging zurück ins Haus. Bullock war mit dem Forensik-Techniker bereits oben.

Cookie war noch immer tot. Lag noch immer auf dem Grund der Wanne.

Bullock schaute sich um. »Tja, im Wasser gibt es keine Fingerabdrücke.«

»Falls es keine Spuren gibt, verrät uns das auch eine Menge«, sagte Puller. »Dann wurde hier sauber gemacht. Und das lässt stark darauf schließen, dass wir es hier mit einem Mord zu tun haben.« Er zeigte auf den Boden. »Feucht. Könnte Spritzwasser sein, falls jemand ihn untergetaucht hat.«

Bullock blickte seinen Mitarbeiter an. »Kümmern Sie sich darum.«

Sie starrten auf Cookies kleine Gestalt unter der Wasseroberfläche.

»Schlimme Art zu sterben«, bemerkte Bullock.

»So ist es jedes Mal, wenn jemand anders als der bärtige alte Typ hoch über den Wolken entscheidet, dass man sterben soll.«

»Sie glauben, der Mann wurde ermordet?«, fragte Bullock.

»Ja. Aber warten wir auf das Ergebnis der Obduktion.«

»Ähnelt sehr der Situation Ihrer Tante.«

»Ja, eben.«

»Ich habe einen Wagen losgeschickt, der diese Ryon überprüfen soll.«

»Gut.«

»Könnte sie es getan haben? Was meinen Sie?«

»Cookie war alt und von kleiner Statur. Sie ist jung, größer und stärker. Ja, sie könnte es getan haben.«

»Und ihr Motiv?«

»Das kann man jetzt noch nicht sagen.« Puller überlegte kurz und beschloss dann, sein Wissen mit Bullock zu teilen. »Meine Tante hat die Storrows ebenfalls gekannt.«

»Halten Sie das für bedeutsam?«

»Es ist immer bedeutsam, wenn man verschiedene Mordopfer auf irgendeine Weise in Verbindung bringen kann. Oder könnte es zumindest sein.«

»Vermutlich.«

»Übrigens, ich wohne jetzt im Gull Coast.«

»Diese Männer, die gestern Nacht in Ihrem Zimmer waren …«

»Was ist mit ihnen?«

»Wir konnten sie nicht festhalten.«

»Das sagte Landry mir schon.«

»Falls es Sie tröstet, ich glaube Ihnen. Acht gegen einen erklärt sich irgendwie von selbst.«

»Ja, das sollte es.«

»Passen Sie auf sich auf.«

»Tue ich immer.«

Auf dem Weg zu seinem Wagen griff sich Puller Sadie zusammen mit einer Leine und ein wenig Hundefutter. Das winzige Tier äugte traurig zu ihm hoch, als es auf seiner großen Hand saß.

»Ich weiß, Sadie, ich weiß«, sagte Puller. »Aber es kommt schon in Ordnung.«

48

Man musste ihnen Angst einjagen, das war der erste Schritt.

Nun, man musste *ihm* Angst einjagen.

Ängstliche Leute handelten meist, um etwas gegen diese Angst zu tun. Und sie machten oft Fehler, wenn sie ängstlich reagierten. Und Fehler waren gut, sofern die andere Seite sie beging.

In der Dunkelheit blickte Mecho hinauf zu dem großen Besitz. Im Mondlicht sah alles anders aus. Aber er wusste, wo was war. Und der Hauptangriff würde nicht heute Nacht stattfinden. Heute Nacht ging es lediglich um den Eröffnungszug.

Sechs Sicherheitsleute patrouillierten über das Grundstück. Wachhunde gab es nicht. Das war gut für ihn, denn sein Geruch hätte sie längst erreicht. In dieser Hinsicht waren Hunde viel bessere Wächter als Menschen.

Aber Menschen waren gefährlicher. Hunde verfügten nur über Zähne, Menschen trugen Gewehre. Und sie töteten mit Vorsatz. Die einzige Spezies, die so etwas tat.

Mecho hatte sich vom Meer aus genähert, war eine Düne hinaufgekrochen und dann über einen Grasstreifen weiter bis zum Zaun. Der Zaun verfügte über keine Überwachungskameras wie das Haupttor. Er stand auch nicht unter Strom. Aber es gab Bewegungssensoren, die mit starken Scheinwerfern gekoppelt waren. Berührte man einen dieser Sensoren, verriet man seine Position. Aber Mecho hatte sie bei der

Arbeit auf dem Anwesen allesamt aufgespürt. Die Scheinwerfer würden ihn nicht aufhalten. Trotzdem musste er vorsichtig sein.

Die Verteidigungsphilosophie auf diesem Anwesen war schlicht, aber effektiv: Am äußeren Perimeter befanden sich ein hoher Zaun und Tore. Bezwang sie jemand, kamen die Verteidigungsmaßnahmen zum Einsatz, die sich in dem engen inneren Ring drängten, der das potenzielle Ziel umschloss, und stoppten den Eindringling.

Zumindest in der Theorie.

Mecho kletterte über den Zaun und landete lautlos am Boden. Schaute nach Osten, dann nach Westen. Die Wächter machten ihre Runden. Das hatte ihm seine frühere Beobachtung verraten. Außerdem hatte er während der Arbeit einigen Leuten vom Dienstpersonal ein paar gezielte Fragen gestellt und interessante Dinge erfahren. Offensichtlich hatten die Angestellten nicht viel für ihren Arbeitgeber übrig.

Vielleicht hielten sie Mecho auch nur für einen Einbrecher, der die Reichen bestehlen wollte. Jemand, der alles hatte, verlor ein paar Kleinigkeiten.

Vermutlich wünschten sie ihm sogar Glück.

Doch Mecho glaubte, dass es einen anderen Grund für die Hilfsbereitschaft der Bediensteten gab. Und das war beunruhigend, denn es ließ in seinem Inneren Zorn brodeln und entfachte in ihm das Verlangen, zuzuschlagen und jemanden zu zerschmettern.

Aber das würde warten müssen. Heute Nacht würde er niemanden zerschmettern.

Wenn es sich vermeiden ließ.

Im Zickzack bewegte er sich über den Rasen und wich den Bewegungssensoren in den Bäumen aus.

Hinter einem Strauch wartete er ab, als einer der Wächter seine Runde machte. Als der Mann auf gleicher Höhe mit ihm war, schlug Mecho zu.

Aus einer Kopfwunde blutend brach der Wächter bewusstlos zusammen. Der Schlag war nicht tödlich gewesen, wie Mecho wusste. Er hatte ihn genau dosiert, um zu verletzen, nicht um zu töten. Und er war ein Mann, der genau wusste, wie das ging.

Jetzt verfügte er über die Waffen des Mannes. Eine Smith and Wesson .44er Halbautomatik sowie eine MP5. Für die Sicherheitspatrouille eines privaten Anwesens war das beinahe schon Overkill, egal, wie reich die Besitzer waren. Und man musste es obendrein mit sechs multiplizieren, denn die anderen Wächter waren genauso ausgerüstet. Florida hatte sehr liberale Waffengesetze.

Als Mecho den bewusstlosen Mann betrachtete, musste er lächeln. Offenbar hatte der Bursche eine Doppelschicht einlegen müssen, denn es war derselbe Mann, der ihn tagsüber angebrüllt hatte, weil er mit Chrissy Murdoch gesprochen hatte.

Heute würde er ausschlafen können.

Mecho setzte sich in Bewegung, näherte sich dem Haus.

Auf dem Hof parkte ein klassischer Bentley.

Ein Geräusch aus einem anderen Gebäude erregte Mechos Aufmerksamkeit.

Das Gästehaus.

Er schaute auf die Uhr.

Konnte das sein?

Er schlich näher heran. Eine kleine Lampe beleuchtete die Vorderseite des Gebäudes.

Mecho entdeckte einen weiteren Wächter neben der Haustür. Seine .44er steckte im Halfter, die MP5 hing am Riemen vor der Brust des Mannes. Er wirkte gelangweilt und rauchte eine Zigarette.

Daran erkannte Mecho, dass er es nicht mit einem echten Profi zu tun hatte. Leute, die wussten, was sie taten, rauchten niemals im Dienst. Seinen Gegner zu riechen, bevor er angriff, konnte manchmal den Unterschied zwischen Leben und Tod bedeuten. Genau wie der Bruchteil einer Sekunde, den man brauchte, um die Zigarette fallen zu lassen und die Waffe in Anschlag zu bringen.

Aber da war man schon im Jenseits.

Von jemandem getötet, der professioneller war als man selbst.

Drei Sekunden später lag der Mann reglos auf den Pflastersteinen vor dem Gästehaus. Mecho nahm die Magazine aus beiden Waffen und steckte sie ein. Dann schleifte er den Mann hinter einen Strauch und schlich zur Tür.

Die Geräusche, die von drinnen kamen, ähnelten denen, die er am Morgen vernommen hatte.

Lautlos öffnete er die Tür und schlüpfte hinein. Das gehörte nicht zum Plan, aber wenn sich Abkürzungen boten, nutzte er sie.

Das Haus lag im Dunkeln, und Mecho ertastete sich den Weg. Das Schlafzimmer befand sich rechts am Ende des Korridors. Fünf Sekunden später hatte er es erreicht. Die Tür war einen Spalt weit geöffnet. Zweifellos rechneten sie nicht damit, gestört zu werden; schließlich stand ein Wächter vor der Tür.

Mecho warf einen Blick ins Zimmer. Das Mondlicht, das durchs Fenster fiel, erhellte das Innere ausreichend, um sehen zu können, was vor sich ging.

Diesmal lag Peter J. Lampert unten.

Aber nicht Chrissy Murdoch war bei ihm.

Es war Beatriz, das junge Dienstmädchen, mit dem Mecho am Morgen gesprochen hatte.

Sie trug nicht mehr ihre makellose Uniform.

Sie trug gar nichts.

Hätte Mecho sich dafür interessiert, ob ihr Körper so attraktiv war wie alles andere an ihr, hatte er die Antwort bekommen.

Sie war umwerfend schön.

Sie saß auf ihrem Arbeitgeber. Seine Hände packten ihre Taille, und Mecho entging nicht, dass er sie mit viel zu viel Kraft auf sich drückte. Peter J. Lampert schien es anzumachen, Frauen grob zu behandeln.

Beatriz stöhnte nicht wie Chrissy Murdoch. Jedenfalls nicht vor Leidenschaft. Sie stöhnte vor Schmerz. Ihre kleinen Brüste wippten auf und ab, ihre Pobacken verkrampften sich bei jedem harten Zusammenstoß mit Lamperts Oberschenkeln.

Mecho spannte alle Muskeln an. Jeder Instinkt befahl ihm anzugreifen.

Stattdessen zog er sich zurück, eilte durch den Flur und gelangte ins Wohnzimmer. Er sah sich um. Okay, dieser Raum war so gut wie jeder andere.

Er tat, weshalb er gekommen war, und ging.

Draußen versetzte er dem Wächter hinter dem Strauch einen Tritt gegen den Kopf. Dabei stellte er sich vor, der Mann wäre Peter J. Lampert.

Es fühlte sich gut an.

Bevor Mecho ging, tat er noch etwas.

Das Paket wurde zwanzig Meter vom Haus entfernt direkt neben dem Bentley abgestellt, auf dessen Nummernschild »The Man« stand.

Als Mecho über den Zaun stieg, zählte er im Kopf die Sekunden.

Er erreichte den Strand, zählte weiter.

Fünfzig Sekunden später hatte er wieder festen Boden unter den Füßen.

Hinter ihm schleuderte die Explosion den schicken Bentley anderthalb Meter in die Luft. Als er auf den Boden prallte, sah er nicht mehr so schick aus.

Ein Feuerball erhellte den Himmel über Paradise.

Mecho schaute ihn sich nicht an, als er seinen Motorroller startete.

Aber er lächelte.

Gute Nacht, Peter J. Lampert.

The Man.

49

Puller fuhr zum Gull Coast und nahm ein Zimmer. Der Angestellte am Empfang war jung und schläfrig. Oder er war einfach nur gelangweilt.

Im Zimmer verstaute er seine Sachen und überlegte, was er nun tun sollte. Er rief Landry an und teilte ihr mit, dass er auf dem Weg sei. Zwanzig Minuten später fuhr er in Destin in die Tiefgarage.

Die Nacht war schwül, kaum ein Lufthauch rührte sich.

Landry erwartete ihn am Aufzug. Sie trug Shorts, ein Tanktop und Sandalen und hielt zwei Flaschen Bier in die Höhe. Ihr Blick fiel auf Sadie.

»Sie haben einen Hund?«

»Zufall.« Puller erklärte ihr, dass Sadie Cookies Hund gewesen war.

»Ich kann sie nicht nehmen, falls Sie das glauben. In diesem Gebäude sind Haustiere nicht erlaubt.«

»Kein Problem. Ich wollte sie heute Nacht nur nicht allein lassen.«

»Lassen Sie uns den Strandspaziergang machen. Am Wasser ist es kühler, und Sie können mich auf den neuesten Stand bringen.« Sie betrachtete Sadie. »Außerdem können Sie Ihren neuen Hund spazieren führen.«

Sie gingen durch den Sand, gegen den die Wellen mit wachsender Intensität anrollten.

»Ist die Brandung nachts immer so rau?«, fragte Puller.

»Haben Sie keine Nachrichten gesehen?«

»In letzter Zeit nicht.«

»Auf dem Atlantik hat sich ein Tropensturm gebildet, Danielle mit Namen, und den Golf erreicht. Man rechnet zwar nicht damit, dass der Sturm noch stärker wird, aber er wühlt das Wasser auf. Irgendwann wird er hier das Land erreichen, nur weiß man noch nicht, wann das sein wird.«

Abgesehen von mehreren jungen Männern, die mit Bierdosen in der Hand herumstolperten, war der Strand so gut wie leer.

Puller verbrachte die nächsten Minuten damit, Landry über die Einzelheiten von Cookies Tod zu informieren, während Sadie brav an seiner Seite ging und gelegentlich zu ihm hinaufäugte. Das kleine Tier musste völlig verwirrt sein, denn es musste viel höher schauen als bei Cookie.

»Was geht hier vor, Puller, was meinen Sie?«, fragte Landry, nachdem er geendet hatte.

Er zuckte mit den Schultern. »Falls diese Leute etwas gewusst haben, wurden sie effizient zum Schweigen gebracht.«

»Falls sie *was* gewusst haben?«

Wieder zuckte er mit den Schultern. »Wüsste ich das, wüsste ich alles.«

Sie gingen weiter und tranken ihr Bier.

Sadie zerrte an der Leine, aber sie war so klein, dass Puller es kaum bemerkte. Als würde er eine Grille spazieren führen.

Das kalte Bier sorgte dafür, dass Puller sich warm fühlte, wärmer als die Luft um ihn her. Die Wellen, die mit gezeitenmäßiger Regelmäßigkeit an den Strand schlugen, entspannten ihn mehr, als es normalerweise der Fall gewesen wäre, vor allem nach dem, was mit Cookie geschehen war.

Er ertappte Landry dabei, wie sie ihn anschaute. »Wollen Sie zurück in meine Wohnung?«, fragte sie.

»Warum?«

Sie schaute zu Boden. »Ich … wir …«

Puller interpretierte ihr Unbehagen richtig. »Ich würde es wirklich gerne, aber ich kann nicht.«

»Okay, verstehe. Ich weiß, dass ich nicht besonders mädchenhaft bin, und ich trage bei der Arbeit eine Waffe, aber ich bin eine Frau. Ich stehe auf Jungs.«

»Ich bin sicher, die Jungs fliegen auf Sie.«

»Nun ja, ich bin in der Gegend hier von jedem Mann unter sechzig angebaggert worden. Zumindest hat es den Anschein. Und die jungen Kerle kommen von außerhalb und halten sich für heiß, sind aber bloß Trottel.«

»Viele Kerle sind Trottel. Mich hat man auch schon beschuldigt, einer zu sein.«

Sie schaute zu ihm hoch, berührte seinen Arm. »Aber nicht bei Frauen.«

Er blickte zu ihr hinunter. »Nein, nicht bei Frauen.«

»Das macht Sie anders. Und attraktiv.«

Ihm war jetzt sehr heiß, viel heißer als die Luft. Auf seiner Stirn perlte Schweiß. Er konnte auch die Hitze fühlen, die Landry ausströmte. Als würden sie beide in einem Ofen stecken.

»Wir arbeiten gemeinsam an einem Fall«, sagte Puller.

»Aber Sie sind nicht bei der Polizei. Wäre es so, würde ich nicht mit Ihnen schlafen wollen.«

»Und Hooper? Ich kann mir nicht vorstellen, dass er Ihr Typ ist.«

»Nur begreift er das nicht. Er versucht es immer wieder.«

»Das glaube ich unbesehen.«

»Aber hier geht es nicht um Hooper.«

»Wir haben nicht die geringste Ahnung, wohin uns das

führen wird, Cheryl. Job und Vergnügen zu vermischen ist niemals eine gute Idee. Sie sind eine sehr attraktive Frau, und unter anderen Umständen sähe meine Antwort vielleicht anders aus. Aber die Bedingungen im Feld sind nun mal so, wie sie sind. Ich hoffe, Sie verstehen das.«

Sie seufzte. »Ja. Tut mir leid, dass ich das Thema aufgebracht habe. Das war nicht professionell von mir.«

»Wir können nicht immer professionell sein.«

Sie lächelte resigniert.

Puller wollte etwas sagen, als ein Handy klingelte.

Landrys Handy, nicht seines.

Und danach war nichts mehr wie zuvor.

50

Puller folgte Landry. Ihr Toyota flog förmlich über die Straße, und Puller musste das Gaspedal des Tahoe fast bis zum Anschlag durchtreten, um sie nicht aus den Augen zu verlieren. In dieser Nacht hielt sich die Polizistin definitiv nicht an die Geschwindigkeitsbegrenzung. Sadie lag neben Puller auf dem Beifahrersitz. Er konzentrierte sich auf Landrys Bremslichter, sofern sie überhaupt bremste.

Landry hatte den Anruf am Strand entgegengenommen, das Handy fest ans Ohr gedrückt. Sie hörte zu, sagte so gut wie nichts, dann trennte sie die Verbindung und wandte sich Puller zu.

»Das war Chief Bullock. Auf dem Anwesen von Lampert hat es eine Explosion gegeben.«

Puller warf einen Blick auf die Uhr. Ein Uhr sechzehn. Ein ebenso guter Zeitpunkt für eine Explosion wie alle anderen, vermutete er.

»Das Anwesen von Lampert? Was ist das?«

»Es gehört Peter Lampert. Der reichste Mann von Paradise. Ach was, vermutlich der gesamten Emerald Coast, vielleicht von ganz Florida. Ich weiß es nicht genau, aber er ist sehr vermögend.«

Puller hatte in Landrys Wohnung gewartet, als sie rasch in ihre Uniform geschlüpft war. Dann hatte er sich Sadie geschnappt, hatte sich in seinen Wagen geschwungen und war Landry hinterhergefahren.

Er hatte den Eindruck, dass Landry sich schuldig fühlte. Sie war nach Cookies Tod nicht wieder zum Dienst erschienen. Aber es waren genug Leute da, die sich um den potenziellen Tatort kümmerten. Und als sich die Explosion ereignet hatte, war sie bei Puller gewesen. Wieder kein Grund, Schuldgefühle zu haben. Aber er wusste, dass Landry zu der Art Cop gehörte, die so gepolt war.

In Rekordzeit erreichten sie Paradise. Puller folgte der Polizistin bis zur östlichen Stadtgrenze. Dort bog sie auf eine Privatstraße ab. Puller folgte ihr. Vor einem beeindruckenden Stahltor, das stabil genug aussah, um dem Angriff eines Abrams-Panzers standhalten zu können, kam der Toyota rutschend zum Stehen.

Landry sprang aus dem Wagen. Puller eilte zu ihr. Sadie hatte er im Tahoe gelassen, zusammen mit einer Schale Wasser und frischer Luft, die durch ein spaltbreit geöffnetes Fenster kam.

»Soll ich Sie begleiten?«, fragte er.

Landry wirkte unschlüssig. Sie hatte ihn gebeten, ihm zu folgen, aber jetzt war ihr Dilemma offensichtlich. Es war gegen zwei Uhr morgens. Warum sollten sie um diese Zeit zusammen sein?

»Ich kann Bullock sagen, dass ich die Explosion gehört habe, Sie durch die Stadt rasen sah und Ihnen gefolgt bin.«

»Danke, Puller.«

Boyd stand vor dem Tor. Hooper hielt sich vermutlich noch immer in Cookies Haus auf und sicherte das Gebäude. Es war gut, dass Bullock Landry gerufen hatte. Er würde die zusätzlichen Leute brauchen. Puller bezweifelte, dass die Polizei von Paradise viel Personal hatte.

Boyd blickte Landry an, wie ein Mann eine Frau anschaut,

nachdem sie ihn zurückgewiesen hat. Puller nahm an, dass das tatsächlich der Grund für diesen Blick war. Schließlich hatte Landry ihm gesagt, Hooper und alle anderen Cops hätten versucht, sie ins Bett zu bekommen. Und Boyds Blick verriet deutlich, dass er die Zurückweisung gar nicht gut aufgenommen hatte. Als er Puller hinter ihr sah, verdüsterte seine Miene sich noch mehr.

»Was hat der denn in Ihrer Begleitung zu suchen?«, fauchte er.

Bevor Puller seine Geschichte zum Besten geben konnte, fauchte Landry zurück: »Er ist hier, um uns beim Tatort zu helfen, Boyd. Wenn Ihnen das nicht passt, beschweren Sie sich beim Chief.«

Ehe Boyd etwas erwidern konnte, eilte sie an ihm vorbei, Puller im Schlepptau.

Als Erstes sahen sie die Überreste des Bentley. Der geschwärzte, verbogene Chromkühler war das einzige noch halbwegs unversehrte Teil, an dem sich das Modell des Fahrzeugs erkennen ließ.

Chief Bullock stand daneben. Sein forensischer Techniker schritt den Umkreis der Explosion ab und stellte dabei Berechnungen an, wie es aussah.

Als der Polizeichef Landry und Puller erblickte, winkte er sie zu sich. Im Unterschied zu Boyd machte er sich nicht die Mühe, sie zu fragen, warum sie zusammen waren, also musste Puller seine erfundene Erklärung nicht vorbringen.

»Ich bin so schnell gekommen, wie ich konnte, Chief«, sagte Landry.

»Wie es aussieht, lag die Bombe direkt unter dem Auto«, erklärte der Polizeichef. »Hat außerdem ein paar Fenster des Hauses zerstört.«

»Hat dieser Lampert irgendwelche Feinde?«, fragte Puller.

»Einen scheint er auf jeden Fall zu haben«, erwiderte Bullock.

»Was wissen Sie über Lampert?«

»Kam ungefähr vor fünf Jahren aus South Beach. Hat dieses Haus gebaut. Das heißt, er hat es gebaut, bevor er herzog. Es hat fast drei Jahre gedauert, das alles hochzuziehen.«

»Wie ist er an sein Geld gekommen?«

»Hochfinanz oder etwas in der Art. Wer kann schon sagen, wie diese Typen ihr Geld scheffeln? Sie greifen dem einen in die Tasche, um den anderen zu bezahlen.«

»Ich gehe davon aus, dass niemand in dem Bentley saß«, sagte Puller.

»Niemand.«

»Sonst noch was?«

»Reicht eine Autobombe nicht?«, meinte Landry.

»Zwei Wachleute wurden angegriffen. Einer in der Nähe des hinteren Zauns, der andere am Gästehaus.« Bullock zeigte in die Richtung des Gebäudes. »Beide bewusstlos. Waren ganz schön kräftige Burschen. Wer immer sie ausgeschaltet hat, mit dem ist zu rechnen. Als sie wieder zu sich kamen, haben wir beide befragt, aber sie haben den Angreifer nicht zu Gesicht bekommen.«

Puller warf einen Blick auf das Gästehaus. »Wohnt da im Augenblick jemand?«

»Nein«, erwiderte Bullock.

»Kann ich mich auf dem Gelände umsehen?«

»Wonach wollen Sie suchen?«

»Das erkenne ich, wenn ich es sehe.«

Puller ließ die Cops stehen und ging den Rand des Anwesens ab. Hier und da sah er Männer in schwarzen Hemden mit

Handfeuerwaffen und MP5 lauern. Sicherheitsleute, die heute den Arsch aufgerissen bekommen hatten. Und Lampert würde ihn diesen Männern vermutlich noch einmal aufreißen.

Aber warum den Wagen in die Luft sprengen? Eine Botschaft? Reichte die Botschaft aus?

Puller schaute zu dem hell erleuchteten Haupthaus.

Dann glitt sein Blick zum dunklen Gästehaus. Es war ihm unverständlich, wozu man ein Gästehaus brauchte, wenn man in einer Villa wohnte, die größer war als das Weiße Haus. Vermutlich stellten solche Anwesen in dieser Einkommensklasse keine Objekte der Notwendigkeit dar, sondern der Begierde.

Puller kamen bestimmte Möglichkeiten in den Sinn. Warum ließ man ein Gästehaus bewachen, wenn sich zurzeit niemand darin aufhielt?

Vorsichtig näherte er sich den Fenstern des Hauses und betrachtete die Blumenbeete im Licht seiner Stiftlampe.

Nichts.

Er umkreiste das Gebäude, suchte den Boden ab.

Nichts.

Aber dann, beim dritten Versuch.

Fußabdrücke. Groß. Sehr groß.

Puller hielt den Fuß über einen der Abdrücke und stellte fest, dass ein gutes Stück fehlte. Seiner Schätzung nach war es mindestens Schuhgröße einundfünfzig. Ein riesiger Mann.

Mit seinem Handy machte Puller ein Foto. Vielleicht war es ein Angestellter gewesen, der sich um die Beete kümmerte.

Er warf einen Blick durchs Fenster. Es schien sich um ein Schlafzimmer zu handeln.

Okay, vielleicht war es doch etwas komplizierter als ein Gärtner. Und der Abdruck befand sich zwischen Beet und Haus. Warum so nahe an das Gebäude herangehen?

Der Fußabdruck sah nicht besonders frisch aus. Es war im Moment schwer festzustellen, aber es musste hier eine Bewässerung geben. Deshalb bezweifelte Puller, dass der Abdruck älter als einen Tag war, sonst hätte das Wasser ihn vernichtet.

Jetzt musste er herausfinden, was die Person sich angeschaut hatte.

51

Die Tür war nicht verschlossen. Drinnen war es dunkel. Puller leuchtete mit seiner Stiftlampe, um zu sehen, wohin er trat.

Technisch gesehen durfte er sich hier vermutlich gar nicht aufhalten, und er wollte auch keine Aufmerksamkeit darauf lenken, dass er es tat. Er überlegte, zu welchem Raum das Fenster gehörte, durch das jemand spioniert hatte.

Augenblicke später betrat er das Zimmer.

Jetzt hatte er die Bestätigung, dass es tatsächlich ein Schlafzimmer war. Wäre es ein Hotelzimmer gewesen, hätte er es sich niemals leisten können.

Er betrachtete das Bett. Es war gemacht, doch Puller war an die militärische Präzision rechter Winkel gewöhnt und an so straff gespannte Laken, dass ein daraufgeworfenes Geldstück hochfederte. So perfekt war dieses Bett nicht gemacht.

Und es hatte einen deutlich erkennbaren Makel.

In der Nähe des Fußteils zeichnete sich eine kleine Beule ab. Im spärlichen Licht war sie schwer auszumachen, in der Dunkelheit fast unsichtbar. Aber nicht für Puller.

Behutsam hob er die Bettdecke und leuchtete darunter.

Es war ein Damenslip. Er schoss ein Foto mit der Handykamera. Jemand hatte das Bett hastig gemacht und den Slip vergessen.

Puller zog die Bettdecke wieder zurecht und schaute zum Fenster. Die perfekte Sichtlinie.

Auf dem Nachttisch fielen ihm zwei Glasabdrücke auf, und

er roch daran. Ein wenig Flüssigkeit war verschüttet worden. Puller war kein großer Trinker; trotzdem verriet ihm der Geruch, worum es sich handelte.

Scotch.

Das Lieblingsgetränk seines alten Herrn.

Als Nächstes sah er sich die Bettpfosten genauer an und entdeckte bei einem mehrere Kratzer. *Fingernägel?*

Er ging ins benachbarte Badezimmer und schaute sich Mülleimer, Toilettenartikel, Dusche und WC an. Im Zusammenspiel verrieten sie Puller eine Menge über das, was sich hier abgespielt hatte.

Als er das Haus verließ, entdeckte er es im vorderen Zimmer. Er richtete die Stiftlampe darauf.

Jemand hatte mit Filzstift auf die Wand geschrieben.

Deine Zeit läuft ab, Pete.

Puller blickte zurück zur Schlafzimmertür, dann wieder auf die Schrift. Er machte ein weiteres Foto mit der Handykamera.

Es war eine Botschaft, die noch direkter war, als ein sündhaft teures Auto in die Luft zu jagen.

Puller hatte nicht den geringsten Zweifel, dass diese Botschaft gesehen worden war. Und er war fest davon überzeugt, dass man sie entfernen würde. Bullock hatte sie nicht erwähnt, also hatte Lampert – falls er sich hier aufgehalten hatte – offensichtlich nicht gewollt, dass die Polizei davon erfuhr. Und es gab keinen Grund für die Polizei, das Gästehaus zu betreten.

Das hatte sie ja auch nicht getan.

Nur Puller.

Unauffällig verließ er das Haus und ging zurück zum Wrack des Bentley, wo Landry sich mit Bullock unterhielt.

Puller ging weiter zu dem forensischen Techniker, der in den Trümmern des Autos stocherte.

»Haben Sie schon die Quelle der Explosion gefunden?«

»Ein paar Teile.« Der Mann hielt eine Beweismitteltüte mit verbogenen Bruchstücken verbrannten Metalls in die Höhe. »Ich glaube, das hier war der Zünder. Genauer gesagt, Teile davon.«

Puller nahm die Tüte entgegen und betrachtete sie. Solche Fragmente hatte er schon mal gesehen, im Nahen Osten. Er hatte dort so viele selbst gemachte Bomben zu Gesicht bekommen, dass es ihm für alle Zeiten reichte. Außerdem hatte er die Überreste vieler explodierter Sprengsätze untersucht. Die meisten Bomben bestanden aus den gleichen Komponenten: Explosivstoffe, Zünder, Timer und Stromquelle. Aber verschiedene Bombenbauer hatten verschiedene Techniken – die Bombensignatur, wie man es nannte. Zum Schluss hatte Puller auf einen Blick feststellen können, welcher örtliche Bombenbauer einen bestimmten Sprengsatz konstruiert hatte.

Diese Zünderreste aber stammten nicht aus dem Nahen Osten. Zumindest entdeckte Puller hier nichts Bekanntes, und er war ziemlich sicher, dass er es erkannt hätte. Also stammte der Bomber nicht aus diesem Teil der Welt. Es wäre ohnehin schwer vorstellbar gewesen. Ein Dschihadist in Paradise, Florida? Das war ein bisschen zu viel Ironie.

Bullock und Landry gesellten sich zu ihm. Bullock zeigte auf die Beweistüte. »Fällt Ihnen etwas zu diesen Bombenresten ein?«

»Ich bin kein Experte, aber ich habe viele Bomben aus dem Nahen Osten gesehen, und die hier gehört nicht dazu. Wenn ich raten müsste, würde ich sagen, sie kommt eher aus Russland.«

»Russland!« Bullock wirkte entsetzt. »Russen, die im Panhandle Floridas Nobelkarossen in die Luft jagen?«

»Nicht unbedingt. Die Bombe mag von Russen gebaut worden sein, aber daraus folgert nicht, dass ein Russe sie gezündet hat. Die Russen verkaufen sie an jeden, der zu zahlen bereit ist.«

Er gab dem Techniker die Tüte zurück und betrachtete das Haupthaus. Es war der größte private Wohnsitz, den er je gesehen hatte. Allein das Gästehaus hatte ungefähr dreihundertsiebzig Quadratmeter. Wie viele hier insgesamt zusammenkamen, vermochte er nicht einmal zu schätzen. Vielleicht maßen sie es ja nicht in Quadratmetern, sondern in Hektar.

Peter Lampert musste wirklich sehr erfolgreich sein.

Aber seine Zeit lief ab, zumindest, wenn man der Botschaft im Gästehaus glauben wollte. Puller hatte sich bereits entschieden, Bullock und Landry nichts davon zu sagen. Er hätte das Gästehaus nicht betreten dürfen; hätte er ihnen von der Botschaft erzählt, hätte er sein Verhalten erklären müssen.

Puller zeigte auf das Haus. »Haben Sie die Leute schon befragt?«

»Das wollte ich gerade«, erwiderte Bullock. »Möchten Sie dabei sein?«

Puller musterte den Chief einen Augenblick lang. Weshalb war Bullock mit einem Mal so entgegenkommend, ja freundlich? Es erfüllte Puller mit Unbehagen. Bullocks Angebot ließ sogar Landry die Stirn runzeln.

»Okay, aber ich halte mich im Hintergrund«, sagte Puller schließlich.

»Wie Sie wollen. Aber wenn Ihnen etwas auffällt, sagen Sie's. Bei dem ganzen Scheiß, der hier passiert, brauche ich sämtliche Hilfe, die ich kriegen kann. Sonst bin ich bald der *ehemalige* Polizeichef von Paradise.«

Sie gingen ins Haus, um Peter J. Lampert und sein Gefolge zu befragen.

52

Peter Lampert war vollständig bekleidet; das fiel Puller als Erstes ins Auge. Weiße Hose, dunkles Hemd und Sandalen. Seine Haare waren noch feucht, also hatte er geduscht.

Um diese Zeit?

Vielleicht, nachdem er Sex gehabt hatte?

Puller fragte sich, wer sonst noch geduscht hatte.

Lampert nippte an einem Drink, den er sich von einer Bar geholt hatte, die eine gesamte Wand eines Raumes von der Größe eines Flugzeughangars einnahm, der allerdings möbliert war wie der Buckingham Palace.

Er kam Bullock entgegen und streckte die Hand aus. »Schön, dass Sie persönlich gekommen sind, Chief«, sagte er mit einer angenehmen Stimme.

Bullock nickte und schüttelte ihm die Hand. »Ist doch selbstverständlich, Mr. Lampert.«

Lamperts Blick streifte Landry flüchtig und kam dann auf Puller zu ruhen. Er musterte ihn, während er das Eis in seinem Kristallglas klirren ließ.

»Und wen haben wir hier?«

»John Puller«, sagte Puller. »Army CID.«

»Er ist nur als Beobachter hier, Mr. Lampert«, sagte Bullock schnell.

Lampert betrachtete Puller noch ein paar Sekunden lang, dann lächelte er und leerte das Glas.

»Sie sind sehr ruhig für jemanden, dessen Wagen gerade in

die Luft gesprengt wurde«, sagte Puller, der beschlossen hatte, aus dem Hintergrund zu treten.

Lampert hielt das leere Glas hoch. »Dazu ist dreißig Jahre alter Macallan da. Stärkt einem augenblicklich das Rückgrat.«

Scotch, dachte Puller. Wie im Gästehaus. Stellte sich nur noch die Frage, wem die Unterwäsche gehörte.

Zwei weitere Personen kamen ins Zimmer, ein Mann und eine Frau. Sie sahen aus wie Models von Ralph Lauren, echte, beinahe makellose Amerikaner. Der Mann trug Shorts und T-Shirt, die Frau einen Morgenmantel aus hellblauer Seide, der bis zum Oberschenkel reichte. Anscheinend waren sie im Bett gewesen, als es passiert war. Der Mann war in die erstbesten Kleidungsstücke geschlüpft, die gerade zur Hand gewesen waren; die Lady hatte sich rasch den Morgenmantel übergestreift.

Das Haar der Frau war trocken.

»James Winthrop und Chrissy Murdoch«, stellte Lampert sie vor. »James ist ein Mitarbeiter, und Chrissy ist seine … äh, Lebensgefährtin.« Er schenkte Murdoch ein kleines Lächeln und richtete die Aufmerksamkeit dann wieder auf Puller.

Puller musterte die beiden genau. James Winthrop wirkte verängstigt, Chrissy Murdoch neugierig. Auf dem emotionalen Barometer war das meilenweit voneinander entfernt; Puller fragte sich, warum ein Mann und seine »Lebensgefährtin« sich so unterschiedlich verhielten, was ihre Reaktionen auf die Geschehnisse dieser Nacht anging. Eine Bombe war schließlich eine Bombe.

»Natürlich haben wir die Explosion gehört«, sagte Chrissy Murdoch.

»Um wie viel Uhr war das?«, fragte Bullock.

»Als ich aus dem Bett sprang, habe ich auf die Uhr geschaut«, erwiderte sie. »Es war ziemlich genau Viertel nach eins.«

Landry notierte es in ihrem Notizbuch.

»Hat einer von Ihnen vor oder nach der Explosion etwas Ungewöhnliches gesehen oder gehört?«, wollte Bullock weiter wissen.

Beide schüttelten den Kopf.

Bullock wandte sich wieder an Lampert. »Wo waren Sie, als es passiert ist?«

»In meinem Zimmer. Meine Frau ist nicht in der Stadt. Ich hatte gelesen, als plötzlich die Hölle losbrach. Vorher habe ich nichts Ungewöhnliches gesehen oder gehört.«

Puller vermochte nicht zu sagen, ob Landry oder Bullock das feuchte Haar Lamperts aufgefallen war. Oder ob sie sich fragten, warum Lampert im Unterschied zu seinen Gästen vollständig bekleidet war.

»Hat Ihr Sicherheitspersonal jemanden beobachtet?«

»Offenbar haben sie gar nichts gesehen. Dabei hielt ich sie für die Besten in der Branche. Am liebsten würde ich sie alle feuern.« Er blickte Puller an. »Army CID?«

Puller nickte.

»Und davor?«

»Ranger.«

»Dann könnten Sie ein erstklassiger Sicherheitsmann sein. Was immer Onkel Sam Ihnen bezahlt, ich verdoppele es.«

Puller hatte keine Ahnung, ob das sein Ernst war oder nicht, aber er sagte: »Tut mir leid, so funktioniert das nicht.«

»Alles ist machbar, man muss es nur wollen.«

»Genau«, sagte Puller. »Haben Sie eine Idee, wer das getan haben könnte?«

»Meine Karriere als Geschäftsmann hatte viele Höhen und Tiefen. Ich habe mir Feinde gemacht.«

»Wenn man jemanden bei Geschäften hereinlegt, hat das

normalerweise eine Klage zur Folge, keinen Bombenanschlag«, erwiderte Puller.

»Wer behauptet denn, ich hätte jemanden hereingelegt?«, fragte Lampert. Sein freundlicher Ton war verschwunden.

Chrissy Murdoch schaltete sich ein. »Ich glaube, er hat das ganz allgemein gemeint, Peter.«

Lampert hielt den Blick auf Puller gerichtet. »Meinten Sie das so? Ganz allgemein?«

»Gehen wir einfach mal davon aus. Steht jemand auf der Liste, der Ihren Wagen sprengen würde?«

»Möglicherweise.«

»Diesen Namen brauchen wir«, sagte Bullock.

»Okay.«

Puller hatte den Eindruck, dass Lampert die ganze Sache nicht besonders interessierte. Die meisten Leute, in deren Auffahrten Bomben explodierten, wären verschreckt gewesen. Lampert war entweder dumm, oder es steckte mehr dahinter. Und Lampert machte nicht den Eindruck, ein Dummkopf zu sein.

»Sonst noch was?«, fragte er. »Ich brauche ein bisschen Schlaf.«

»Wir führen unsere Untersuchung draußen weiter«, sagte Bullock. »Und kommen morgen wieder.«

»Hört sich gut an«, erwiderte Lampert.

Bullock und Landry drehten sich um und gingen zur Haustür.

Chrissy Murdoch und Winthrop drehten sich um und gingen in ihr Zimmer.

Puller blieb stehen, wo er war.

Der hellblaue Morgenmantel der Frau saß ziemlich eng. Ihre Unterwäsche zeichnete sich darunter ab, wie Puller von hinten sehen konnte. Und das Höschen im Gästehaus schien etwas zu klein für sie gewesen zu sein. Natürlich war das kein Beweis, aber trotzdem interessant.

Er drehte den Kopf und sah, dass Lampert ihn anstarrte, als hätte er seine Gedanken gelesen.

»Sind noch andere Gäste im Haus, Mr. Lampert?«, fragte Puller.

Ein schmales Lächeln erschien auf Lamperts Gesicht. »Nein. Nur die Dienstboten.«

Bullock und Landry hatten sich bei diesen Worten wieder umgedreht. Beide schauten Puller verblüfft an.

»Nur die Dienstboten? Danke, Mr. Lampert, das ist alles, was ich wissen wollte.«

Lampert lächelte und hob das Glas. »Davon bin ich überzeugt, Mr. CID. Davon bin ich überzeugt.«

Puller ging.

53

In der Nacht waren weitere achtzig Einheiten geliefert worden.

Wie ein Uhrwerk.

Vier Boote voll.

Sie sahen genauso aus wie die letzte Lieferung.

Erschöpft. Resigniert. Ohne Hoffnung.

Heute Nacht beobachtete Mecho von einem anderen Standort. Er zog es vor, keine festen Verhaltensmuster zu entwickeln. So etwas konnte einen umbringen. Er hatte keinen Grund zu der Annahme, dass jemand seine Anwesenheit vermutete. Aber möglich war es trotzdem, denn er ging davon aus, dass das Leben dieser Männer vom Misstrauen beherrscht wurde.

Genau wie seins.

Nach der Explosion in Lamperts Haus würden sie noch vorsichtiger sein. Es mochte verlockend gewesen sein, die heutige Lieferung abzusagen, aber die Gier nach Geld war anscheinend zu groß. Und vermutlich war das Boot bereits unterwegs gewesen, als der Bentley in die Luft geflogen war.

Also ging die Show weiter.

Diese Leute trugen die farbcodierte Kleidung der vorherigen Gruppe. Mecho kam zu dem Schluss, dass es heute Nacht vor allem Drogenmulis und Prostituierte waren, die bei Weitem profitabelste Gruppe. Die einfachen Arbeiter, die in schmucken Vorstädten im Süden stumm Gras mähten oder im Mittleren Westen genauso stumm Kisten in Lagerhäuser schleppten, brachten das wenigste Geld ein.

Trotzdem war die Gewinnspanne ausgezeichnet, nur eben nicht vergleichbar mit dem Geldstrom der Drogen und Huren.

Das vierte Festrumpfschlauchboot kehrte zum Mutterschiff zurück.

Mecho wandte die Aufmerksamkeit wieder dem Lastwagen zu, in den man die achtzig Menschen gesperrt hatte. Die Ladetür wurde geschlossen und verriegelt. Natürlich war der Laderaum schalldicht isoliert. Schreie würde man nicht hören können, doch Mecho ging davon aus, dass die Gefangenen ohnehin zu verängstigt waren, um einen Laut von sich zu geben.

Er eilte zu seinem Motorroller. Als der Lastwagen losfuhr, begleitet von den beiden SUV, folgte Mecho ihnen im Abstand von mehreren Hundert Metern, ohne befürchten zu müssen, die Fahrzeuge aus den Augen zu verlieren. Als die erste menschliche Ladung am Strand eingetroffen war, hatte er einen Sender unter dem Lastwagen angebracht. Die Wächter hatten den Fehler gemacht, die Fahrzeuge zu verlassen, um näher an den Strand zu gelangen. Sie waren nicht auf den Gedanken gekommen, dass es ein Problem sein könnte, ihre hintere Flanke zu entblößen.

Doch es war ein Problem. Sogar ein großes.

Aber des einen Problem war des anderen Gelegenheit.

Sie fuhren vier Meilen nach Osten. Ihre Route führte weg vom Golf. Das Ziel war keine Überraschung: ein Lagerhaus in einem heruntergekommenen Gewerbegebiet, weit von den Touristenfallen, den makellos weißen Stränden und dem smaragdgrünen Wasser entfernt.

Diese Gegend hatte das Aussehen und den Gestank der brutalen Wirklichkeit. Eine Welt, in der Menschen für einen beschissenen Lohn eine beschissene Arbeit verrichteten und sich fragten, wann sie endlich ihr Glück machten.

Mecho verstand das sehr gut. Er hatte sich das Gleiche gefragt. Weit weg von hier. Ein ganzes Universum weit weg.

Wo bleibt mein verdammtes Glück?

Vielleicht ist dieses Glück ein Schlauchboot mit menschlichem Vieh.

Nachdem der Lastwagen ins Lagerhaus gefahren war, ratterte das Tor nach unten. Ein SUV war dem Lastwagen gefolgt, während der andere draußen stehen blieb.

Mecho konnte sich denken, was in dem Lagerhaus geschah.

In gewisser Weise war es wie beim Zoll, zugleich aber auch das Gegenteil. Die Leute aus dem Lastwagen bekamen andere Kleidung und Dokumente, außerdem etwas zu essen und zu trinken. Und man teilte ihnen Dinge mit, die sie noch mehr verängstigen und demütigen würden. Zum Beispiel: »Du wirst genau das tun, was wir dir sagen. Tust du es nicht, stirbst nicht nur du, sondern deine ganze Familie in dem Kaff, aus dem wir dich geholt haben …«

Man würde ihnen Anweisungen erteilen. Sie würden eine Zeit lang schlafen können. Die zukünftigen Prostituierten würden die besten Ruheplätze und Rationen bekommen, denn ihr Aussehen und ihre Gesundheit waren wichtig, jedenfalls im Augenblick. Später würde sich das ändern, und dann würde man die jungen Frauen eiskalt ausrangieren. Bis dahin waren die meisten von ihnen so hoffnungslos von Drogen abhängig, dass sie keine Chance mehr hatten, jemals wieder clean zu werden. Sie würden sich irgendwo verkriechen und einsam und allein verrecken.

Auch die Drogenmulis bekamen etwas, um ihre Eingeweide darauf vorzubereiten, mehr Drogenpäckchen aufzunehmen, als sie sich je hätten vorstellen können. Bei zehn Prozent von ihnen würden diese Päckchen platzen, während sie sich noch in ihren Körpern befanden. Jeder dieser Mulis würde daran sterben. Heroin oder Kokain, das in so gewaltigen Mengen in den Blutkreislauf gelangt, kann kein Körper verarbeiten.

Gut für die Menschheit, schlecht für die zehn Prozent Mulis.

In der Industrie nennt man diese zehn Prozent »akzeptable Geschäftskosten«. Und genau wie Kreditkartenunternehmen, die ihre Zinsen erhöhten, um die Verluste durch Hacker und Versager auszugleichen, erhöhten die Menschenhändler ihren Viehbestand, um die Verluste zu kompensieren.

Unternehmen reichten die Kosten jedes Mal weiter, ob sie nun Milchprodukte oder Menschen verkauften.

Wieder konnte Mecho nichts tun, um den achtzig Leuten im Lagerhaus zu helfen. Aber deshalb war er auch nicht hier.

Er saß direkt neben dem Eingang an einem Zaun, der den Gewerbepark umschloss, auf seinem Motorroller und wartete.

Er zog ein Foto aus der Tasche. Obwohl es dunkel war und er den Scheinwerfer des Motorrollers ausgeschaltet hatte, bevor er sich den Lagerhäusern genähert hatte, konnte er vor seinem geistigen Auge die junge Frau auf dem Foto sehen.

Sie hatte große Ähnlichkeit mit Mecho. Dafür gab es einen Grund.

Familie war nun mal Familie.

Sie hieß Rada. In seiner Sprache bedeutete das »Fröhlichkeit«.

Davon hatte sie einst im Übermaß besessen.

Aber das war vorbei. Mecho wusste es, ohne es mit Sicherheit zu wissen.

Manchmal wünschte er sich, Rada wäre tot.

Denn am Leben zu sein und zu tun, was sie tat, musste schlimmer sein als der Tod.

Wenn ich nur wüsste, wo sie ist.

Deshalb war er hergekommen.

Um einen Hinweis zu finden.

Aber das war nicht alles.

In seiner Jackentasche steckten noch andere Bilder. Alles Frauen. Alle jung.

Diese Frauen waren nicht mit ihm verwandt, aber das spielte keine Rolle. Es gab eine andere Verbindung. Eine starke Verbindung. Das reichte ihm.

Mecho hatte nicht die leiseste Ahnung, in welchem Teil der Welt sich die Frauen befanden.

Und es war eine große Welt.

Er brauchte Hilfe.

Heute Nacht würde er versuchen, sich Hilfe zu besorgen.

Eine Stunde verstrich, dann öffnete sich das Tor. Der SUV kam heraus, und das Tor schloss sich wieder.

Der zweite SUV blieb stehen, wo er war, während sich der erste Wagen dem Tor des Gewerbeparks näherte. Es öffnete sich automatisch, und der Wagen jagte hindurch.

Mecho wusste, dass in dem SUV vier Männer saßen.

Als er seinen Motorroller anließ, um ihnen zu folgen, war es ihm egal, welcher der vier Männer ihm helfen würde.

Einer *würde* ihm helfen. Er würde sie sich vornehmen, bis er den Richtigen gefunden hatte. Für Mecho waren sie keine Menschen. Genauso wenig, wie die Fracht im Lastwagen für *sie* Menschen waren.

Diese Männer existierten nur noch, um von Mecho für seine Ziele benutzt zu werden. Auf welche Weise, entschied er allein.

In gewisser Hinsicht war auch er Geschäftsmann.

Nur dass sein Profit nicht in Geld gezählt wurde.

Er wurde in Gerechtigkeit gezählt.

Er wurde in Vergeltung berechnet.

In Mechos Fall war beides dasselbe.

54

Das Hotel war viel adretter als das Sierra. Und es stand direkt am Strand.

Der SUV parkte in der Hotelgarage. Die vier Männer waren im Aufzug in die Lobby gefahren und dann auf ihre Zimmer gegangen. Jeder von ihnen hatte sein eigenes Zimmer, eine Vergünstigung dieses Jobs. An Geld herrschte offensichtlich kein Mangel.

Der Mann, der im SUV auf dem Beifahrersitz gesessen hatte, erreichte sein Zimmer in der fünfzehnten Etage und öffnete die Tür mit der Schlüsselkarte. Er zog die Jacke aus und enthüllte die gehalfterte Glock. Auf direktem Weg ging er zur Minibar und mixte sich einen Gin und Tonic. Dann trat er ans Fenster, schaute hinaus auf den Golf. Er holte tief Luft, stippte eine Zigarette aus der Schachtel und zündete sie an.

Es war ein Nichtraucherzimmer, aber das war ihm offensichtlich egal.

Dreißig Minuten später klopfte es an der Tür. Nicht an der Zimmertür, sondern an der Verbindungstür zum Nebenzimmer. In diesem Zimmer wohnte einer der anderen Männer.

Er ging darauf zu. »Donny?«

»Ja.«

»Was ist?«

»Anruf vom Boss, wir müssen los«, erwiderte Donny.

»Scheiße.«

»Ich habe etwas für dich«, sagte Donny.

Der Mann öffnete die Tür.

Der harte Schlag katapultierte ihn von den Füßen. Er flog rückwärts aufs Bett. Seine Nase war gebrochen, aber er merkte nichts davon. Er hatte das Bewusstsein verloren.

Donny stand da, eine Pistolenmündung an der rechten Schläfe.

Mecho ragte hinter ihm auf.

»Bitte, Mann, bring mich nicht um«, stöhnte Donny.

Mecho schob ihn ins Zimmer und schloss hinter sich die Tür. Ein gewaltiger Schlag auf Donnys Kopf schickte ihn zu Boden.

Als er erwachte, war er zusammen mit seinem Kumpan, der ebenfalls wieder bei Bewusstsein war, an das Bett gefesselt. Die beiden Männer sahen sich an.

Mecho stand über sie gebeugt. Er verschloss ihnen mit Klebeband die Münder, zog ihnen die Hosen und Unterhosen herunter und hielt das Messer auf ihre Genitalien gerichtet.

Donny schrie auf, als Mecho ihm dort einen Schnitt versetzte, aber der Knebel erstickte fast jeden Laut.

Im nächsten Augenblick rammte Mecho ihm die Klinge mit solcher Wucht in die Brust, dass die Spitze aus dem Rücken trat und sich in die Matratze grub.

Donnys Kopf rollte zur Seite, als er starb.

Der andere Mann starrte voller Entsetzen auf seinen toten Kumpan.

Mecho riss ihm das Klebeband herunter.

Der Mann verkrampfte sich in Erwartung des Messerstichs, aber Mecho starrte ihn bloß an.

Der Mann warf einen Blick auf den toten Donny. »Warum haben Sie ihn getötet? Er hätte Ihnen alles gesagt, was Sie wissen wollen.«

»Ich habe ihn getötet, weil ich es konnte«, erwiderte Mecho.

»Was wollen Sie wissen?«, stieß der Mann panisch hervor.

Mecho setzte sich neben ihn aufs Bett. »Wie heißt du?«, fragte er leise.

»Joe.«

»Wo kommst du her, Joe?«

»New Jersey.«

»New Jersey? Was ist das?«

»Ein … ein Bundesstaat. In den Vereinigten Staaten.«

»Hast du Familie?«

Joe zögerte, aber Mecho zeigte mit der Klinge auf seine Brust.

»Eine Frau und zwei kleine Mädchen«, stieß Joe hastig hervor.

»In New Jersey?«

Joe nickte, seine Augen füllten sich mit Tränen.

»Willst du sie wiedersehen?«

»Ja«, keuchte Joe. »Mehr als alles andere.«

»Und die Leute in den Booten?«

Joes Brust hob und senkte sich, er schluchzte. »Das ist doch nur ein Job.«

»Die haben auch Familien.«

»Ich mache das nur wegen dem Geld, ich schwör's bei Gott. Das ist der einzige Grund. Ich hab nichts gegen diese Leute.«

»Auch sie haben Menschen, die sie lieben und von denen sie geliebt werden.«

»Es ist doch nur ein verdammter Job«, stöhnte Joe.

Mecho holte das Foto von Rada hervor und hielt es Joe vor das Gesicht. »Erkennst du die Frau? Sie heißt Rada.«

Joes Augen schwammen in Tränen, sodass er kaum etwas sehen konnte.

»Ich … weiß nicht.«

Mecho packte seinen Hals und riss ihn hoch, während er das Bild näher an ihn heranhielt. »Kennst du sie?«

»Ich bin mir nicht sicher … vielleicht.«

»Ihr Name ist Rada.«

»Ich kenne die Namen der Leute nicht. Wir erfahren keine Namen.«

»Sie ist eine schöne Frau. Sie kam vor etwa einem Monat hier durch. Hast du da gearbeitet?«

Joe nickte. Vielleicht spürte er, dass er mit dem Leben davonkam, wenn er nützliche Informationen hatte. »Warten Sie … ja, ich glaube, ich erinnere mich an die Frau. Ja, stimmt, vor einem Monat. Richtig. Rada.«

»Rada«, wiederholte Mecho. »Vor einem Monat.«

»Sie wollen sie unbedingt finden, nicht wahr? Vielleicht kann ich helfen.«

»Vor einem Monat«, wiederholte Mecho. »Rada. Sie ist wunderschön.«

»O ja«, sagte Joe. »Sie sieht toll aus. Ich kann Ihnen helfen. Wenn Sie mich losbinden …«

Mecho rammte Joe die Klinge in die Brust. Joe zuckte und gesellte sich zu Donny ins Land der Toten.

Mecho starrte auf ihn hinunter. »Rada ist seit einem Jahr weg.« Er strich über das Foto. »Und das ist kein Foto von Rada.«

Er betrachtete den toten Donny.

»Dein Freund hat mir in seinem Zimmer bereits alles verraten, was ich wissen muss.«

Er zog das Messer aus Donnys Körper. Ein wenig arterielles Blut quoll aus der Wunde, doch weil das Herz nicht mehr schlug, würde kein weiteres Blut mehr fließen.

»Deshalb wirst du sicher verstehen, dass ich deine Hilfe nicht mehr brauche«, sagte Mecho. »Vielleicht habe ich vergessen, es zu erwähnen. Verzeih mir, Joe. Ich bin sicher, deine Familie in diesem New Jersey wird um dich trauern.«

Er stand auf, wischte die Klinge am Laken ab und starrte auf die beiden Männer hinunter.

Das Geld. Nur wegen des Geldes.

Sie kennen die Namen nicht. Die Namen erfahren sie nie.

Aber ich kenne die Namen.

Ich kenne sie alle.

55

Puller saß in seinem Zimmer im Gull Coast und starrte an die Wand. Sadie hatte sich am Fußende des Bettes zusammengerollt. Die Hündin hatte so viel Wasser getrunken, dass sie in den Tahoe gepinkelt hatte. Puller hatte es weggemacht und mit ihr noch eine Runde gedreht, bevor er auf sein Zimmer gegangen war.

Es war vier Uhr morgens, und er hatte noch nicht geschlafen.

Zu viele Gedanken kreisten in seinem Kopf.

Um halb fünf schloss er die Augen und zwang sich, drei Stunden auszuruhen.

Als er um halb acht aufwachte, fühlte er sich, als hätte er volle acht Stunden geschlafen.

Er duschte und zog sich an, ging mit Sadie raus und gab ihr dann von dem Futter, das er bei Cookie mitgenommen hatte. Er führte den Hund noch einmal aus, damit er sein Geschäft verrichten konnte, ließ ihn dann in dem glücklicherweise mit Klimaanlage ausgestatteten Raum zurück und ging zum Frühstück. Er würde ein anderes Arrangement für Sadie finden müssen, das war ihm klar, aber das stand im Augenblick nicht ganz oben auf seiner Prioritätenliste.

Puller ging zum Strand und entdeckte ein kleines Diner, das im Retrostil der Fünfzigerjahre eingerichtet war. Er bestellte sich das größte Frühstück auf der Karte. Wegen der Hitze draußen – die Temperatur war bereits auf sechsundzwanzig Grad geklettert – trank er Eiswasser statt Kaffee.

Rundum satt verließ er das Diner.

»Haben Sie genug gegessen?«

Er drehte sich um und sah sie neben einem Briefkasten stehen.

Julie Carson war nicht in Uniform. Sie trug Jeans, Sandalen und eine grüne ärmellose Bluse.

Sie sah nicht aus wie der Ein-Sterne-General, der sie war. Sie wirkte wie eine Touristin. Eine sehr fitte, attraktive Touristin.

Puller ging zu ihr.

»Ich bin verwirrt, General«, sagte er.

»Das betrachte ich als Kompliment. Denn ich weiß, wie schwer es ist, Sie zu überraschen, Agent Puller. Übrigens, Sie können Julie zu mir sagen. Heute trage ich keine Uniform.«

»Dann sagen Sie John. Wann sind Sie hergekommen?«

»Ich habe mir einen freien Sitz in einer Frachtmaschine nach Eglin geschnappt. Die kleinen Vergünstigungen, die wir Generäle haben. Bin kurz vor Mitternacht gelandet.«

»Und wie haben Sie mich gefunden?«

»Wie viele Männer, die aussehen wie Sie, gibt es in Paradise?«

Puller wartete auf die richtige Antwort.

»Okay, ich habe Ihre Kreditkarte überprüft und festgestellt, dass Sie im Gull Coast abgestiegen sind.«

»Dann hätten Sie mit mir frühstücken können.«

»Ich habe verschlafen. Ich wusste, dass Sie früh aufstehen würden, um zu essen. Dieses Diner schien Ihrem Stil zu entsprechen. Ich wollte gerade rein, als Sie herauskamen.«

»Warum sind Sie hier?«

»Mir stand noch eine Woche Urlaub zu. Und das J2 kommt auch ein paar Tage ohne mich aus, wie ich entdeckt habe. Ihre Beschreibung von Paradise klang so verlockend, dass die Entscheidung leichtfiel.«

»Es könnte Ihre Erwartungen enttäuschen.«

»Lassen Sie das mal ein Mädchen selbst entscheiden, John.«

»Ich nehme an, Sie möchten erfahren, was es bei meinen Ermittlungen Neues gibt, obwohl Sie im Urlaub sind?«

»Von Informationen kann ich gar nicht genug kriegen. Warum gehen wir nicht zurück in das Diner? Ich kann frühstücken, während Sie einen Liter Wasser trinken, damit Sie nicht dehydrieren. Dabei können wir uns nett unterhalten.«

Und genau das taten sie.

Carson hatte einen ordentlichen Appetit. Sie verputzte Eier, Pfannkuchen, Schinken und Maisgrütze. Dazu trank sie drei Gläser Wasser und zwei Tassen Kaffee.

Beim Essen brachte Puller sie auf den neuesten Stand, auch über den Bombenanschlag bei Lampert.

Carson nahm einen letzten Schluck Wasser und stellte das Glas ab. »Sie waren ganz schön fleißig.«

»Eigentlich habe ich nur reagiert. Keine ideale Situation.«

»Acht Kerle. Ich bin beeindruckt.«

»Ich habe nur sechs ausgeschaltet. Wäre der Riese nicht da gewesen, würden wir dieses Gespräch nicht führen.«

»Nur damit ich das richtig verstehe – Sie untersuchen den Tod Ihrer Tante, weil er Ihnen verdächtig vorkommt. Außerdem kümmern Sie sich um das Verschwinden dieses jungen Diego. Sie werden von zwei Typen beschattet, die so gute Verbindungen haben, dass man das Pentagon ausbremst. Und irgendeinem reichen Penner wird sein Bentley zerbombt. Ach ja, und die Morde am Strand. Die hätte ich beinahe vergessen.«

»Die beiden Kerle sind möglicherweise gar nicht mir gefolgt. Sie könnten meine Spur aufgenommen haben, als ich meine Tante besucht habe.«

»Das würde bedeuten, dass diese Männer sich für Ihre Tante

interessiert haben und nicht für Sie – was die Theorie stützt, dass Ihre Tante ermordet wurde.«

»So sehe ich das auch.«

»Woran sich die Frage anschließt, in was Ihre Tante verwickelt war, dass sie so viel Aufmerksamkeit erhalten hat. Sind Sie sicher, dass sie keine Spionin im Ruhestand mit dunkler Vergangenheit war?«

»Wenn sie es war, hatte sie eine verdammt gute Tarnung. Nein, ich glaube, sie hat irgendetwas herausgefunden, was sie das Leben kostete. Ich wünschte, sie hätte sich in ihrem Brief klarer ausgedrückt, aber das hat sie nun mal nicht.«

»Sie sagten etwas von gefahrenen Meilen.«

»Ja. Fünf Meilen hin, fünf zurück. Nehme ich jedenfalls an. Jane Ryon meinte, bei fünf Meilen sei Richtung Osten am wahrscheinlichsten. Aber wenn man bedenkt, was mit Cookie geschehen ist, bin ich mir bei dieser Frau nicht mehr so sicher.«

»Hat die Polizei sie schon gefunden?«

»Keine Ahnung. Aber mittlerweile müsste es eigentlich der Fall sein.«

»Sie könnte einige Dinge klären, falls sie darin verwickelt ist.«

»Kann sein.«

»Also, wie sieht der nächste Zug aus?«

»Sind Sie sich wirklich sicher, Julie? Sie müssen das nicht tun.«

»Ich habe den größten Teil meiner Karriere Soldaten den Rücken gedeckt. Darum bin ich in den Rängen auch so beliebt. Davon abgesehen ähnelten sich meine letzten Urlaube und waren ziemlich langweilig. Und meine Abkommandierung zum J2 ist zwar für meine weitere Karriere notwendig, aber manchmal ganz schön uninteressant. Ich brauche ein bisschen Action.«

Puller blickte sie über den Tisch hinweg an. »Ich glaube, da haben Sie sich genau den richtigen Ort ausgesucht. Aber vergessen Sie nicht, dass bis jetzt mindestens vier Menschen gestorben sind.«

»Ich kann auf mich aufpassen.«

»Das habe ich auch von mir geglaubt, und beinahe hätte es mich erwischt. Die Schlägertypen, um die ich mich gekümmert habe, sind nichts Besonderes. Ich habe Mist gebaut, aber Glück gehabt. Ich kann mich nicht noch einmal auf mein Glück verlassen.«

Sie erwiderte seinen Blick, und ihre Miene wurde ernst. »Also gehen wir die Sache wie einen Kampfeinsatz an?«

»Wie einen Kampfeinsatz«, bestätigte Puller.

»Und was tun wir als Nächstes?«

»Das Offensichtliche. Wir finden heraus, ob die Polizei Jane Ryon schon abgeholt hat.«

»Und wenn nicht?«

»Dann finden wir sie, bevor jemand anders es tut.«

»Glauben Sie wirklich, sie hat diesen Cookie ermordet?«

»Ich habe nicht die geringste Ahnung. Aber falls sie es war, könnte sie auch meine Tante ermordet haben.«

»Und alles andere, was hier so passiert … Glauben Sie, das hängt alles zusammen?«

Puller dachte ein paar Sekunden darüber nach, während der Verkehrslärm draußen lauter wurde. Paradise erwachte zum Leben.

»Ich glaube nicht an Zufälle.«

»Was meinen Sie damit?«

»Dass ich nicht an Zufälle glaube.«

56

Als sie das Diner verließen, jagte ein Streifenwagen heran und hielt mit quietschenden Bremsen. Cheryl Landry steckte den Kopf aus dem Fenster.

»Sie werden es nicht glauben, aber …«, setzte sie an, bevor ihr Blick auf Carson zu ruhen kam.

Puller entging es nicht. »General Julie Carson, Officer Cheryl Landry«, stellte er die Frauen einander vor.

Als Pullers Blick zwischen Landry und Carson wechselte, verspürte er einen leisen Stich der Schuld. Er war zweimal mit Carson ausgegangen, auch wenn es beim ersten Mal keine richtige Verabredung gewesen war. Aber er spürte genau, dass sie an mehr als bloßer Freundschaft interessiert war. Landry wollte eindeutig eine Beziehung mit ihm. Mit beiden Frauen am selben Ort zu sein rief bei Puller tiefes Unbehagen hervor.

Carson nickte Landry zu. »Nett, Sie kennenzulernen, Officer Landry.«

»Ich bin noch nie einem General begegnet.«

»Jetzt schon. Und wir unterscheiden uns durch nichts von anderen Menschen«, sagte Carson.

»Ich werde was nicht glauben?«, mischte sich Puller ein.

»Noch zwei Morde. Im Plaza Hotel, zwei Querstraßen von hier. Zwei Männer, die man in einem Zimmer erstochen hat.«

»Zwei Männer«, sagte Puller schnell.

Landry nickte. »Ich weiß, was Sie denken. Aber ich habe keine Ahnung, ob es die beiden sind, die Sie für Ihre Beschatter halten.«

»Wollen Sie, dass wir mitkommen?«, fragte Puller.

Landry blickte Carson an, dann Puller.

Puller spürte ihre Unentschlossenheit. »Unterbreiten Sie Bullock das Angebot. Er kann es entscheiden, wenn er will.«

»Danke.«

»Haben Sie Jane Ryon zur Befragung geholt?«

Aber Landry fuhr bereits weiter.

Puller schaute Carson an. »Noch zwei Tote.«

»Wer hätte gedacht, dass es im Paradies so blutig zugeht«, sagte Carson. Sie hob die Brauen. »Und natürlich kann es kein Zufall sein.«

»Glaube ich auch nicht.«

»Also warten wir, bis uns dieser Bullock das Okay gibt. Und was ist mit Ryon?«

»Wir können sie überprüfen. Aber ich will noch etwas anderes herausfinden, solange wir hier sind.«

Er schlug die entgegengesetzte Richtung vom Strand ein. Carson folgte ihm. Die Sonne schien sich den Weg zum höchsten Punkt am Himmel mit erstaunlicher Schnelligkeit zu erkämpfen. Carson wischte sich den Schweiß von der Stirn und legte einen Schritt zu, um Puller einzuholen.

»Wohin?«

»Zu Diego.«

Sie gingen am Sierra vorbei und gelangten zu dem Gebäude mit dem blauen Vordach. Puller stieg die Treppe hinauf und klopfte an. Keine Reaktion.

Er klopfte erneut.

Und ein drittes Mal.

Schritte ertönten hinter ihm. Er entspannte sich ein wenig, als Carson ihn erwartungsvoll anschaute.

Die Tür öffnete sich. Puller hatte entweder Diego oder Isabel erwartet. Vielleicht auch den kleinen Mateo.

Es war keiner von ihnen.

Die Frau, die vor ihnen stand, war in den Sechzigern. Sie war klein und korpulent, ihr braunes Haar von Grau durchsetzt. Ihr Gesicht war mit Falten übersät, und zwischen Wange und Nase wucherte ein großes Muttermal. Sie trug eine Jogginghose, billige Turnschuhe und ein dunkles Top. Neugierig blickte sie von Puller zu Carson.

»¿Si?«

Das also ist die *abuela,* dachte Puller, die Großmutter.

»¿Habla inglés, señora?«

»Ja. *Poquito.*«

»Mein Name ist John Puller. Ich kenne Diego, Isabel und Mateo. Ich habe ihnen neulich geholfen. Vielleicht haben sie Ihnen davon erzählt.«

»Ja, sie mir erzählt.« Dann verlor sie die Fassung, und ihre Schultern begannen heftig zu zittern. Puller hielt ihren Arm fest, damit sie auf den Beinen blieb.

»Was ist passiert?«

»*Los niños,* sie nicht hier.«

»Wo sind sie?«, fragte er.

»¿Donde están los niños?«, ergänzte Carson.

»No sé. Desparecido.«

Puller blickte Carson an. »Sie sind verschwunden?«

Carson nickte. »Das hat sie gesagt.«

Puller wandte sich wieder an die Großmutter. »Haben Sie die Polizei verständigt? *Ha llamado a la policía?*«

Sie schüttelte den Kopf. *»No policía. Nunca la policía.«*

»Hört sich nicht gerade so an, als würde sie viel von der Polizei halten«, meinte Carson.

»Vielleicht hat sie keine Papiere. Die Kinder auch nicht.«

»Stimmt.«

Puller betrachtete die schluchzende Frau. »Es könnten die beiden Kerle gewesen sein. Diego hat mir geholfen, sie aufzuspüren.«

»Dann haben diese beiden Männer sie verschwinden lassen?«

»Das ist die plausibelste Antwort. Diego ist den Typen gefolgt. Vielleicht haben sie ihn entdeckt, und Isabel und Mateo waren bei ihm.« Plötzlich fühlte Puller sich schuldig, dass er Diego in die Sache hineingezogen hatte.

»Es sei denn«, meinte Carson, »die beiden Kerle liegen tot im Plaza.«

»Sie könnten es trotzdem gewesen sein. Vielleicht sind Diego und seine Cousins ihnen entkommen.«

»Nachdem er die beiden Kerle umgebracht hat?« Carson klang skeptisch.

Puller wandte sich wieder an die Großmutter. *»Lo siento. Podemos ayudar de alguna manera?«*

Die Frau schüttelte den Kopf und erklärte Puller, ihr könne jetzt nur noch Gott helfen. Dann schloss sie die Tür. Puller runzelte die Stirn.

»Sollten wir das melden?«, fragte Carson.

»Damit könnten wir die Sache nur verschlimmern, falls den Kindern nichts passiert ist. Am Ende werden sie noch abgeschoben.«

»Immer noch besser, als tot zu sein, John.«

»Ja, ich weiß.«

»Wir können uns hier im Viertel erkundigen. Vielleicht hat sie jemand gesehen.«

»Gute Idee. Diego hat ein paar Freunde. Die könnten was wissen.«

Sie brauchten zwanzig Minuten, um zwei von Diegos Freunden aufzuspüren. Der eine hatte Diego seit zwei Tagen nicht gesehen, der andere war ihm am Vortag begegnet.

»War er mit jemandem zusammen?«, fragte Puller.

Der Junge streckte die Hand aus.

Puller gab ihm einen Fünfer.

»Ja.«

»Wer?«, fragte Carson.

Der Junge streckte wieder die Hand aus.

Carson gab ihm einen Dollar. Der Junge sagte nichts.

»Sagst du uns etwas Nützliches, gibt es mehr. Ansonsten ist der Geldautomat für heute geschlossen.«

Der Junge blickte sich um. Dann sagte er: »Er ist bei den *dueños de la calle*.«

»Den Street Kings?«

»Ja. Street Kings.«

»Was macht er bei denen?«

Der Junge streckte die Hand aus, und Carson legte den nächsten Dollar hinein.

»Ich glaube, er will sich ihnen anschließen. Wenn er das tut, ist er dumm. Das ist eine sehr schlimme Gang.«

»Was ist mit Isabel und Mateo?«, fragte Puller.

Der Junge steckte das Geld ein und zuckte mit den Schultern. »Über die weiß ich nichts.«

»Wo finden wir die Street Kings?«

»Sie wollen die Street Kings nicht finden, *señor*«, sagte der Junge.

»Doch, will ich. Wo?« Puller zog einen Zwanziger. »*¡Ahora!*«

Der Junge nannte ihnen eine Adresse und rannte davon.

Puller blickte Carson an. »Sie müssen mich nicht begleiten.«

»Von wegen. Jetzt wird es doch gerade erst interessant.«

»Haben Sie eine Waffe?«

»Sie fragen einen Ein-Sterne-General, ob sie eine Waffe hat? Andere Frauen interessieren sich für Schuhe und Nagellack. Ich bin auf einer Farm in Oklahoma mit Winchestern und Colts aufgewachsen. Ich habe ein paar schöne Sachen mitgebracht.«

»Okay. Vielleicht sollten wir uns bewaffnen.«

»Verdammt, John, nicht nur vielleicht.«

57

Die kleine Hütte stand hinter einem verlassen aussehenden Gebäude ein gutes Stück vom Meer entfernt. Die Gegend war nicht dazu angetan, sich nachts dort aufzuhalten; selbst tagsüber war es besser, sie zu meiden. Der Ort sah tot aus und schien nichts mit Paradise und seinen in relativer Nähe befindlichen Stränden zu tun zu haben. Anscheinend war die Schönheit der Stadt sehr oberflächlich. Kratzte man daran, wurde sie hässlich.

Drei junge Männer standen vor dem Gebäude und warfen mit Messern auf Konservendosen, die auf einem Müllcontainer standen. Sie konnten gut genug mit dem Messer umgehen, dass jeder von ihnen die Dosen aus einer Entfernung von drei Metern immer wieder traf.

»Nicht schlecht.«

Sie fuhren herum, griffen nach den Pistolen im Hosenbund.

Und erstarrten.

Puller hielt eine MP5 in Händen, die auf Zwei-Schuss-Feuerstoß eingestellt war. Carson hatte nicht übertrieben, was ihre Waffen anging. Der Flug mit einem Militärtransporter hatte es ihr ermöglicht, nach Belieben Waffen mitzunehmen.

»Kluge Entscheidung«, sagte Puller, kam näher und warf einen Blick auf die Fenster der Hütte. Sie waren verhüllt, und er konnte niemanden entdecken, der eine Waffe auf ihn richtete.

»Ich hab da eine Frage.«

Die Street Kings musterten ihn misstrauisch. Puller wusste, dass sie nach einer Möglichkeit suchten, seinen taktischen Vorteil in einen Nachteil zu verwandeln. Aber er machte sich keine Sorgen, denn auf kurze Entfernung war eine MP5 eine harte Nuss.

»Sein Name ist Diego. Er hat zwei Cousins, Isabel und Mateo. Wo sind die drei?«

Die Männer sagten nichts.

Puller trat näher an sie heran. »Diego, Isabel und Mateo. Wo sind sie?«

Die Gangmitglieder schwiegen.

Puller ging weitere dreißig Zentimeter auf sie zu. Mit einer Schwenkbewegung der MP konnte er die drei für alle Ewigkeit zu Boden schicken.

Er schob den Feuerwahlhebel der MP auf Dauerfeuer. »Ich frage noch einmal, aber dann nie wieder.«

»Wir wissen nicht, wo sie sind«, sagte einer der Schläger und starrte auf die Mündung der Maschinenpistole.

»Aber ihr habt es gewusst, stimmt's?«

Die drei Männer blickten einander an. Der Street King, der gesprochen hatte, zuckte mit den Schultern. »Schwer zu sagen.«

»Das stimmt nicht. Du brauchst es bloß auszusprechen.«

Puller kam weitere dreißig Zentimeter näher.

Die Street Kings lächelten.

Puller glaubte den Grund zu kennen.

»Ich würde das nicht tun«, sagte er. »Ich bin nicht allein.«

Irgendetwas bewegte sich in Pullers Augenwinkel.

Ein vierter Mann.

Er war um die Ostseite des Gebäudes gekommen. Und er zielte mit einer flachen Pistole auf Pullers Kopf.

»Sieh mal auf deine Brust«, rief Puller.

Der nervös aussehende Bursche zuckte zusammen, nahm den Blick aber nicht von Puller, da er offensichtlich mit einem Trick rechnete.

Doch die anderen Street Kings schauten in seine Richtung. Der Bursche, der gesprochen hatte, fluchte leise, als er den roten Punkt in der Herzgegend seines Kumpels entdeckte.

Er sagte etwas auf Spanisch. Der Mann mit der Pistole senkte den Kopf und sah nun auch den Punkt. Er fluchte ebenfalls und nahm die Waffe herunter.

Puller richtete die MP5 auf ihn. »Warum wirfst du die Knarre nicht weg und gesellst dich zur Diskussionsrunde.«

Es war keine Frage.

Der Mann ließ die Waffe fallen und ging zu seinen Freunden. Der rote Punkt folgte ihm auf dem ganzen Weg.

»Diego und seine Cousins«, wiederholte Puller. »Sie waren hier, jetzt sind sie weg. Wo sind sie geblieben?«

Die vier Street Kings tauschten nervöse Blicke.

»Sich gegenseitig anzugaffen, anstatt zu reden, macht mich jedes Mal stocksauer«, sagte Puller. »Und wenn ich sauer werde, bin ich unberechenbar.«

Er schob den Feuerwahlhebel zurück auf Zwei-Schuss und gab ein paar Schüsse über ihre Köpfe ab. Instinktiv warfen sich alle in den Staub.

Puller nahm den Finger vom Abzug. »Wo?«

Mit zitternden Beinen standen die Gangmitglieder wieder auf. Einer sagte: »Sie haben sie geholt.«

Einer der anderen starrte den Sprecher düster an. Er schien drauf und dran zu sein, seinem Kumpan ordentlich eine zu verpassen.

Der Sprecher spürte es und redete hastig weiter. »Sie wurden vergangene Nacht geholt. Der Mann hat tausend Dollar für die beiden hingeblättert.«

»Für die beiden? Welche beiden?«

»Los niños. Diego y Mateo.«

»Wer hat tausend Dollar bezahlt?«, fragte Puller scharf.

»Un hombre.«

Zwei der anderen Street Kings zischten, aber der Sprecher starrte sie nur trotzig an.

»Wie hieß er? Wie sah er aus?«

Bevor der Bursche antworten konnte, brüllten Motoren auf. Pullers Blick huschte nach links. Zwei Pick-ups rasten heran. Auf den Ladeflächen standen schwer bewaffnete Männer, die bedrohlich in seine Richtung starrten.

Carsons Stimme knirschte in Pullers Ohrhörer. »Ich glaube, der Tagesbefehl lautet Rückzug!«

Puller schnappte sich den Mann, der mit ihm gesprochen hatte, und zerrte ihn mit sich.

Die Pick-ups änderten die Richtung, als mehrere Schüsse aufpeitschten. Mit platten Reifen kamen beide Fahrzeuge zum Stehen. Auf einer Ladefläche verloren zwei Street Kings den Halt und stürzten vom Fahrzeug.

Den Mann im Schlepptau, rannte Puller um eine Gebäudeecke zu seinem Wagen. Sekunden später kam Carson mit ihrem Gewehr, das mit Zielfernrohr ausgestattet war, von ihrer erhöhten Position auf einem angrenzenden Gebäude. Sie sprang auf den Beifahrersitz. Puller stieß den Straßengangster auf die Rückbank und warf sich in den Fahrersitz. Männer kamen herangestürmt und brüllten auf Spanisch wilde Flüche.

Puller trat aufs Gaspedal. Der Tahoe jagte los, bog um die Ecke und verschwand im Labyrinth der Straßen.

Carson hielt ihr Gewehr auf den Straßenschläger gerichtet,

der auf der Rückbank kauerte. Ruhig musterte sie ihn. »Was für ein Mann hat die Jungen geholt?«

Puller blickte sie fragend an.

»Ich hab's über den Ohrhörer mitbekommen«, erklärte Carson und wandte sich wieder dem Street King auf der Rückbank zu. »Wir brauchen Einzelheiten.«

Der Mann schüttelte den Kopf.

»Du hast schon so viel gesagt«, meinte Carson, »da kannst du auch mit dem Rest rausrücken.«

Der Straßengangster starrte Puller an. »Sie sind groß. Wie der andere Kerl.«

Puller musterte ihn im Innenspiegel. »Welcher andere Kerl?«

»Der Riese. Größer als Sie. Er kann kämpfen.«

»Wohnt er im Sierra?«, fragte Puller.

Der Mann nickte. »Er hat einen unserer Leute hochgestemmt wie nichts. Schleuderte ein Messer sechs Meter weit in eine Wand. *El Diablo.*«

Puller warf Carson einen Blick zu. »Derselbe Kerl, der mir erst vor Kurzem den Hintern gerettet hat.«

Carson nickte, ohne den Street King aus den Augen zu lassen. »Hat *El Diablo* einen richtigen Namen?«

Der Mann zuckte mit den Schultern. »*No sé.*«

»Er hat *los niños* geholt?«

»Nein.«

»Wer dann?«

»*No sé.*«

Carson führte den Finger näher an den Abzug des Gewehres.

Ein Lächeln stahl sich auf das Gesicht des Mannes. »Sie schießen nicht auf mich.«

»Warum nicht?«

»Weil Sie beim Militär sind. Ein General.«

Carson blickte unwillkürlich auf den Ring mit dem einen Stern, den sie am Finger trug.

»Ich war auch mal beim Militär«, sagte der Straßengangster. »Nicht in Ihrem Land, in meinem.«

»Bedauerlich, dass du so tief gesunken bist«, fauchte Carson.

»Wir wollen Diego und Mateo helfen«, sagte Puller. »Hilf uns dabei. Sie sind noch Kinder.«

»Denen kann man nicht mehr helfen.«

»Das weißt du doch gar nicht.«

»Doch. Und es ist mir vollkommen egal. Sie sind nicht mein Problem.«

Carson blickte Puller an und zuckte mit den Schultern. »Mach die Tür auf«, sagte sie dann.

»Was?«, fragte der Kerl.

»Tür aufmachen und springen.«

»Was?«

»Springen!«

Sie richtete das Gewehr auf seinen Schoß. »General oder nicht, du springst jetzt, oder dir fehlen gleich ein paar wichtige Teile.«

Der Street King trat die Tür auf und sprang hinaus, rollte über die Straße und blieb liegen. Carson und Puller beobachteten, wie er aufstand und langsam davonhinkte.

»Ihr Stil gefällt mir«, sagte Puller.

Carson musterte ihn streng.

»Was ist?«

»Wenn Sie das nächste Mal Urlaub machen«, sagte Carson, »suchen Sie sich einen sichereren Ort als Paradise aus.«

Pullers Handy summte. Er nahm den Anruf entgegen und hörte eine Zeit lang zu, bevor er sagte: »Okay.« Dann trennte er die Verbindung.

»Sagen Sie es mir«, verlangte Carson.

»Ich bin offiziell eingeladen, mich an der Mordermittlung zu beteiligen.«

58

Mecho beobachtete die Polizisten.

Er stopfte Zweige in einen Müllsack, während die Beamten die Reste eines sehr teuren Autos einsammelten.

Mecho fragte sich, ob sie auch die Reste des Nummernschildes mit »The Man« gefunden hatten.

Hoffentlich nicht. Hoffentlich ist es ins Meer geschleudert worden, und ein Hai hat es verschluckt.

Als Mecho mit einem Rechen ein paar tote Blätter zusammenharkte, kam Beatriz, das Dienstmädchen, mit einem Tablett voller Limonade und Snacks über den Rasen. Sie war zum Pool unterwegs, an dem sich Lampert, James Winthrop und Chrissy Murdoch entspannten. Ihre Augen waren aufgedunsen, und sie hielt den Blick zu Boden gerichtet, als sie die Getränke und Snacks servierte. Mecho entging nicht, wie Lampert sie von der Seite musterte, als sie über den Rasen zurückging.

Als Beatriz sich dem Haus näherte und aus dem Sichtfeld der anderen verschwunden war, packte Mecho den Müllsack und eilte mit seinen langen Beinen zu einer Stelle, an der sie ihm über den Weg laufen würde. Sie zuckte zusammen, als sie ihn bemerkte. Er war mindestens dreißig Zentimeter größer als sie und wog mehr als das Doppelte.

Er sprach sie auf Spanisch an und erkundigte sich, ob alles in Ordnung sei.

Alles sei bestens, erwiderte sie leise und ging weiter.

Mecho hielt mit ihr Schritt. Er stellte weitere Fragen, sprach Beatriz auf ihren Arbeitgeber an.

Ihre Züge verhärteten sich.

Mecho erkannte sofort seine Chance und hakte nach. »Ich habe gehört, dein Boss verlässt bald das Land.«

Sie musterte ihn scharf. »Woher weißt du das?«

»Das hat mir einer der Männer gesagt. Asien?«

»Und Afrika, soviel ich mitbekommen habe.«

»Wann bricht er auf?«

»Warum willst du das wissen?«, fragte sie misstrauisch.

»Ich würde dich gern einladen. Wenn der Boss nicht da ist, wäre das vielleicht einfacher.«

Ihrer Miene war unmöglich zu entnehmen, ob sie die Bedeutung seiner Worte verstand oder nicht.

»Du willst mich einladen?«, fragte sie argwöhnisch.

»Ich war nicht immer Arbeiter«, sagte Mecho wahrheitsgemäß. »Ich behandle Frauen mit Respekt und Höflichkeit.«

»Es geht nicht. Unmöglich.«

»Verstehe.«

Sie legte die Hand auf seinen Arm. »Nein, du verstehst nicht. Ich darf das Gelände nicht verlassen.«

»Du kannst hier nicht weg?«

Sie schüttelte den Kopf und sprach leise weiter. »Das ist nicht erlaubt. Ich dürfte nicht einmal mit dir sprechen.«

»Ich bin ein Niemand. Ein Niemand ist denen egal.«

Sie schaute zu ihm hoch. »Ich glaube, du bist Jemand«, sagte sie hoffnungsvoll.

»Halten die Wächter dich hier fest?«

»Nicht nur die Wächter.« Sie warf einen Blick über die Schulter zum Pool.

»Du solltest die Polizei rufen.«

Sie schüttelte den Kopf. »Nein.«

»Warum nicht?«

»Es geht nicht nur um mich.«

»Ich verstehe nicht …«

»Da sind noch andere.«

»Deine Familie?«

Sie nickte, Tränen in den Augen. Dann legte sie einen Schritt zu und eilte ins Haus.

Mecho stapfte mit dem Müllsack zum Truck, warf ihn auf die Ladefläche und beobachtete, wie Lampert zu dem Tor ging, das zur Pier führte, und aufschloss. Der Zaun bestand aus zwei Meter hohem Schmiedeeisen. Offensichtlich hatte Lampert nicht die Befürchtung, es könne auf dem Wasser Beobachter geben. Es gab genügend Grünzeug, um Haupt- und Gästehaus vor neugierigen Blicken von einem Boot aus zu verbergen.

Mecho beobachtete, wie Lampert den langen Pier entlangging, an Bord der Jacht stieg und unter Deck verschwand.

Ich könnte ihn töten. Vielleicht sollte ich es tun.

Aber Mecho machte keinen Schritt auf die Jacht zu. Zum Teil hatte das praktische Gründe: Er zählte fünf Sicherheitsleute in Sichtweite.

Es gab keine Möglichkeit für ihn, ohne Weiteres durch das Tor zu kommen. Außerdem hatte er keine Waffe. Jedes Mal hatten die Angestellten der Landschaftsgärtnerei zuerst durch ein Magnetometer gehen müssen, um dann von den Sicherheitsleuten mit Handscannern abgetastet zu werden. Lampert war ein vorsichtiger Mann. Man würde ihn, Mecho, erschießen, bevor er die Jacht erreichte.

Es war besser, der Plan entwickelte sich so, wie er ihn ausgearbeitet hatte.

Während er in der heißen Sonne weiterarbeitete, dachte

Mecho darüber nach, was dieser Donny ihm vergangene Nacht im Hotel verraten hatte.

Die Schiffslieferungen kamen fast jede Nacht. Die letzte Bohrinsel, die man als Sammelstelle benutzt hatte, lag zwanzig Meilen östlich der Küste. Mecho glaubte, dass es sich dabei um die Bohrinsel handelte, auf der er gewesen war.

Er hatte unter anderem erfahren, dass geplant war, Anfang nächsten Monats weitere Sklaven einzuschmuggeln. Das würde auch Menschen aus Asien und Afrika mit einschließen. Das machte Sinn, wenn Lampert zu diesen Kontinenten reisen wollte.

Doch der Zeitpunkt seines Aufbruchs konnte zum Problem werden. Was, wenn noch nicht alles bereit war und Lampert abreiste, bevor Mecho handeln konnte?

Das lasse ich nicht zu. Und wenn ich sein Flugzeug vom Himmel schießen muss. Er kommt nicht noch einmal davon. Nie wieder.

Jemand beobachtete ihn. Mecho spürte es genau. Er drehte sich um. Chrissy Murdoch starrte ihn vom Pool aus an. Sie trug einen Bikini und darüber einen Frotteebademantel.

Mecho arbeitete weiter, während sie auf ihn zukam. Er ging auf die Knie, zupfte Unkraut aus einem Blumenbeet. Wenige Zentimeter vor ihm erschienen ihre lackierten Zehennägel in seinem Blickfeld.

Er schaute auf.

»Mecho?«, fragte sie.

»Ja?«

»Du arbeitest ganz schön hart.«

Er zuckte mit den Schultern und warf das Unkraut in den Sack, den er sich vom Truck geholt hatte. »Ich kenne es nicht anders.«

Chrissy lächelte, als hätte die Bemerkung sie erheitert. »Hast du gehört, was letzte Nacht passiert ist?«

Mecho hielt den Kopf gesenkt. Es war mehr als seltsam, dass sie ihn überhaupt ansprach, ganz zu schweigen davon, dass es um in der Dunkelheit explodierende Bomben ging.

»Ich habe das Auto gesehen«, sagte er mit leiser Stimme.

»Und mich hast du auch gesehen, nicht wahr?«

Jetzt schaute er auf und beschattete die Augen mit der breiten Hand, um nicht von der Sonne geblendet zu werden. »Ich verstehe nicht.«

»Am Fenster vom Gästehaus, gestern Morgen. Du hast zugeschaut. Ich habe dein Spiegelbild gesehen, im Spiegel an der Wand.«

Scheiße, schoss es Mecho durch den Kopf.

»Schon gut. Ich bin nicht böse. Hat dir gefallen, was du gesehen hast?«

Spielte sie mit ihm? Aber aus irgendeinem Grund glaubte er, dass sie tatsächlich eine Antwort erwartete.

»Hat Ihnen gefallen, was Sie getan haben?«, gab er zurück.

Sie schien nachzudenken. Schließlich sagte sie: »Es ist kompliziert.«

»Komplizierte Dinge sind im Grunde ganz einfach.«

»Ach, glaubst du?«

»Sie nicht?«

»Vielleicht. Also, was ist jetzt? Hat es mir gefallen?«

»Nein. Aber wie schon gesagt, das geht mich alles nichts an.«

Sie blickte über seine Schulter zur Jacht. »Er hat von allem nur das Beste. Häuser, Flugzeuge, Jachten.«

»Und Sie? Gehören Sie auch zu seinen Besitztümern?«

»Du scheinst kein typischer Landschaftsgärtner zu sein.«

»Ich bin hergekommen, um ein besseres Leben zu finden.

Das habe ich noch nicht geschafft. In meinem Land hatte ich einen guten Job. Ich brauchte meinen Verstand. Hier brauche ich nur meinen Rücken.«

»Warum bist du dann überhaupt hergekommen?«

»Weil ich es musste.«

»War es in deinem Land so schlimm?«

»Sehr schlimm«, sagte er kurz angebunden.

»Ich verstehe.«

»Wirklich?«

Nachdenklich betrachtete sie ihn. »Warum werde ich den Eindruck nicht los, dass du mehr über mich als über dich selbst sprichst?«

»Weiß der andere Mann Bescheid?«

»James? James gehört Peter mit Haut und Haaren.«

»Den Ausdruck verstehe ich nicht.«

»Peter besitzt James. Also nein, es stört ihn nicht.«

»Dann ist James kein richtiger Mann.«

»Das weiß ich. Ich weiß es nur zu gut.«

»Warum unterhalten Sie sich eigentlich mit mir?«

»Bei Menschen vertraue ich darauf, was mir mein Bauch sagt. Und du hast den Test bestanden.«

»Aber Leute wie Sie reden nicht mit Leuten wie mir.«

»Ist das eine Regel?«

»Ja.«

»Ich verstoße gern gegen Regeln. Schon immer.«

Er zuckte mit den Schultern und kümmerte sich wieder um das Unkraut.

»Bist du noch länger hier?«, fragte sie.

»Und Sie?«

»Keine Ahnung. Das hängt von Peter ab.«

Bei mir auch, dachte Mecho.

59

Das Plaza Hotel in Paradise hatte nicht viel mit seinem berühmteren Namensvetter in New York gemeinsam. Die Fassade war der übliche beige Stuck, das Dach bestand aus den üblichen Terrakottaschindeln, und jeder der Balkone, die aufs Wasser ausgerichtet waren, verfügte über Säulen, die man Palmen nachempfunden hatte.

Aber Puller dachte nicht über die Architektur des Gebäudes nach, als er es zusammen mit Carson betrat. Er dachte an Diego und Mateo. Die Vorstellung, er könnte die beiden Jungen in Leichensäcken zurückbekommen, bereitete ihm eine Gänsehaut. Und er hatte noch immer keine Ahnung, wo Isabel steckte.

»Informieren wir die Polizei darüber, was gerade passiert ist?«, fragte Carson, als sie durch die Lobby eilten, in deren Mitte sich ein Springbrunnen mit Neptun auf einer Säule erhob, umgeben von springenden Delfinen und Meerjungfrauen. Wäre es nicht so kitschig gewesen, hätte man darüber lachen können.

»Ja. Die Cops müssen die Kinder sofort zur Fahndung ausschreiben.«

Landry wartete vor den Aufzügen. Sie fuhren zu der Etage hoch, in der die Morde verübt worden waren. Unterwegs erzählte Puller ihr von Diego und Mateo und ihrem Zusammenstoß mit den Street Kings.

»Sie können von Glück sagen, dass Sie noch auf den eigenen Beinen stehen«, sagte Landry. »Diese Typen sind Tiere.«

»In Afghanistan würden sie keine Minute überleben«, erwiderte Puller.

»Amen«, fügte Carson hinzu.

Landry gab Pullers Informationen ans Revier weiter. Als sie das Handy einsteckte, sagte sie: »Sobald wir etwas hören, sage ich Ihnen Bescheid.«

Als sie aus dem Aufzug stiegen, bemerkte Puller, dass Landry und Carson einander auf eine Weise abcheckten, wie nur Frauen es konnten. Den meisten Männern fiel so etwas nicht auf, Puller hingegen schon, und es erfüllte ihn mit Unbehagen.

Abgesehen von Bullock und den beiden Leichen war das Hotelzimmer leer. Es gab keinerlei Anzeichen, dass hier bereits Spuren gesichert worden waren.

Als wollte der Chief Pullers unausgesprochene Frage beantworten, sagte er: »Ich habe Unterstützung von der State Police angefordert. Und ich versuche mir eine Möglichkeit einfallen zu lassen, wie wir das FBI an Bord holen. Die Sache gerät außer Kontrolle. Leider haben sie sich noch nicht gemeldet. Florida hat das Budget stark gekürzt, so wie jeder andere Bundesstaat. Ich bin nicht sicher, ob wir überhaupt Hilfe bekommen.«

Puller hörte nur mit halbem Ohr zu. Seine Aufmerksamkeit galt dem Bett, auf dem die beiden Männer lagen. Er trat näher heran, gefolgt von Carson.

»Wer hat es gemeldet?«, fragte er.

»Das Hotel. Der Zimmerservice brachte das Frühstück, das einer von ihnen in der Nacht zuvor bestellt hatte. Niemand hat auf das Klopfen reagiert. Daraufhin hat die Angestellte die Tür geöffnet und zusammen mit dem Tablett ihren Mageninhalt auf dem Boden verteilt. Zum Glück hat jemand sauber gemacht, bevor wir kamen.«

»Die Wunden sehen tief aus«, sagte Carson.

»Sind sie auch«, erwiderte Landry. »Die Klinge hat beide Männer durchbohrt und ist auf der anderen Seite wieder herausgekommen.«

»Eine lange Klinge und ein sehr kräftiger Mörder«, stellte Puller fest. Er konzentrierte sich mehr auf die Gesichter. Er hatte bereits gesehen, dass es sich nicht um die beiden Männer handelte, die ihm gefolgt waren.

Als Carson ihn danach fragte, schüttelte er den Kopf. »Nein. Das sind andere. Die habe ich noch nie gesehen.« Er wandte sich an Landry. »Todeszeit?«

»Die Gerichtsmedizinerin hat sie sich flüchtig angesehen und den Tod festgestellt. Ihr zufolge war es irgendwann zwischen zwei und vier Uhr in der Nacht.«

Puller musterte die Körper. »Sie wurden gefesselt.« Er betrachtete die Gesichter genauer. »Waren die Münder verklebt? Da sind Rückstände.«

»Ja, sieht ganz danach aus. Aber der Mörder hat das Klebeband mitgenommen. Und dann gibt es noch das hier ...«

Landry zerrte einem Mann Hose und Unterhose herunter.

»Der Mörder hat an seinen Genitalien herumgeschnippelt?«, fragte Carson.

Landry nickte. »Uns ist das Blut auf der Hose aufgefallen, und die Gerichtsmedizinerin hat nachgesehen.«

»Folter?«, fragte Puller nach. »Wollte man sie zum Reden bringen?«

»Ich schätze, diese Technik würde bei den meisten Kerlen funktionieren«, bemerkte Landry trocken.

»Wer sind die beiden?«, fragte Puller.

»Der rechts heißt Joe Watson. Das hier ist sein Zimmer. Der Steife links heißt Donald Taggert. Er wohnte im Nebenzimmer.«

»Was wissen wir sonst noch über sie?«

»Nicht viel. Sie sind vor ungefähr zwei Wochen hier aufgetaucht. Beide kommen aus New Jersey. Wir überprüfen gerade ihren Hintergrund. Außerdem informieren wir die Angehörigen. Das Übliche halt.«

»Zwei Wochen«, murmelte Puller. »Ganz schön teuer.«

Landry nickte. »Ja.«

»Schicke Anzüge.« Carson schob Watsons Jacke zur Seite, um sich das Etikett anzuschauen. »Die Hände sind manikürt, die Schuhe teuer. Die haben ordentlich Geld ausgegeben, so viel steht fest.«

Bullock gesellte sich zu ihnen. »Ein Bombenanschlag bei Lampert. Morde am Strand. Gangs greifen Leute an. Und ich habe nicht die geringste Ahnung, was hier vor sich geht. Noch letzte Woche war dieser Ort so friedlich wie eine Kleinstadt im tiefsten Kansas.«

»Selbst Kleinstädte haben Probleme«, meinte Puller und dachte an seine Eskapade im ländlichen West Virginia vor einiger Zeit.

»Im Augenblick würde ich mit jedem dieser Kaffs tauschen«, erwiderte Bullock. Er schaute Carson fragend an, und Puller stellte sie vor.

»General?«, sagte Bullock. »Ganz schön beeindruckend.«

»Halb so wild«, sagte Carson. »In der Army gibt es viele Generäle mit einem Stern.«

»Aber es sind bestimmt nicht viele Frauen dabei«, sagte Bullock.

»In dieser Hinsicht könnte die Army mehr tun«, pflichtete Carson ihm bei.

Puller räusperte sich. »Hat der Killer irgendetwas zurückgelassen?«

»Bis jetzt nicht. Niemand hat etwas gesehen. Und das Hotel hat leider keine Sicherheitskameras in den Fluren.«

»Warum nicht?«, wollte Carson wissen.

»Was in Paradise passiert, bleibt in Paradise«, erwiderte Bullock.

»In Vegas gibt es Unmengen von Sicherheitskameras«, meinte Carson.

»Nur in den Casinos. Außerdem sind wir sind nachsichtiger.«

»Bei den beiden hier nicht.« Puller zeigte auf die Leichen.

»Wie kommen Sie mit den Ermittlungen über den Mord an Ihrer Tante voran?«, erkundigte sich Landry.

»Ich mache Fortschritte. Haben Sie mit Jane Ryon gesprochen?«

»Sie war nicht zu Hause. Wir haben ihr auf dem Telefon eine Nachricht hinterlassen und sie gebeten, sich mit uns in Verbindung zu setzen.«

»Wie wäre es mit einer Fahndung?«

»Dafür haben wir keine ausreichenden Gründe. Man hat sie die Straße entlangfahren sehen, aber sie könnte aus jedem Haus gekommen sein. Sie hat in dieser Straße noch andere Kunden, wie wir erfahren haben. Und die Gerichtsmedizinerin hat ihren Bericht noch nicht eingereicht. Wir wissen nicht einmal, ob es sich überhaupt um Mord handelt.«

»Also warten Sie darauf, dass Ryon sich meldet?«, fragte Puller. »Und wenn sie es nicht tut? Wenn sie das Land bereits verlassen hat?«

»Sie könnten dafür sorgen, Chief, dass man jede Benutzung ihres Handys, ihrer Kreditkarte oder ihres Passes meldet«, schlug Carson vor.

Bullock sah nicht überzeugt aus. »Dafür brauche ich einen

Gerichtsbeschluss. Versuchen wir erst einmal, den Fall näher zu durchleuchten. Ich will nicht verklagt werden, nur weil die Frau in Urlaub gefahren ist oder so etwas. Und jetzt muss ich mich um das hier kümmern. Das war Mord, das wissen wir genau.«

Puller wandte sich wieder den Leichen auf dem Bett zu. »Was soll ich tun?«

»Sie sind ausgebildeter Ermittler. Sehen Sie sich um und sagen Sie mir, ob Sie etwas Auffälliges sehen.«

»Ich habe meine Beweismittelausrüstung im Auto. Wenn ich mich umsehen soll, würde ich das lieber auf meine Weise und professionell tun.«

»Dann tun Sie das«, erwiderte Bullock. »Ich bin nicht zu stolz, um zuzugeben, dass ich hier überfordert bin.«

Puller ging los, um seinen Rucksack zu holen.

60

Vier Stunden später erhob sich Puller von der Stelle, an der er gekniet hatte, und tütete ein weiteres Beweisstück ein. Er reichte Landry sämtliche Tüten; dann zog er die Latexhandschuhe aus und streifte die Überzieher von den Schuhen.

Carson, Landry und Bullock hatten ihm zugeschaut, als er den Tatort methodisch bearbeitete, Fotos machte, Messungen vornahm, Fingerabdrücke einstäubte und das Zimmer nach Hinweisen auf die Identität des Killers absuchte. Puller hatte sowohl dieses Zimmer wie auch das Nebenzimmer untersucht.

»Die Army hat Sie wirklich gut ausgebildet, John«, sagte Carson. Sie schien beeindruckt, als er Handschuhe und Schuhüberzieher in den Rucksack warf.

»Ja, das hat sie, *John*«, fügte Landry hinzu.

Puller versuchte, nicht über die zusehends kompliziertere Situation mit den beiden Frauen nachzudenken, während er seine Ausrüstung wegpackte.

Bullock hockte auf dem Rand einer Kommode. Während Puller gearbeitet hatte, hatte Landry Sandwiches und Mineralwasser besorgt. Puller hatte darauf bestanden, dass sie im Flur aßen, um den Tatort nicht zu verunreinigen.

»Irgendwelche Schlüsse?«, wollte Bullock wissen.

»Im anderen Zimmer habe ich am Bettrand einen Teilfußabdruck gefunden. Ein Schmutzmuster, das vermutlich von draußen hereingetragen wurde. Keine offensichtlichen Gerüche. Vermutlich benutzt der Killer kein starkes Eau de Cologne, das sich hält. Ich habe den Toten zu Vergleichszwecken die Fingerabdrücke abgenommen. Die meisten Abdrücke, die ich hier gefunden habe, sind von den beiden. Andere stammen vermutlich vom Hotelpersonal. Aber wir müssen jedem, der mit diesem Zimmer zu tun hat, die Fingerabdrücke abnehmen, um ihn ausschließen zu können.«

»Es sei denn, ein Angestellter hat die beiden Männer auf dem Gewissen«, meinte Carson.

»Stimmt«, sagte Puller. »Dann müssen wir von allen die Fingerabdrücke haben.«

»Wir kümmern uns darum«, erklärte Bullock. Er nickte Landry zu, die hinausging, um alles in die Wege zu leiten.

Puller ließ den Blick noch einmal durch das Zimmer schweifen.

»Sonst noch etwas?«, fragte Carson.

»Forensisch gesehen nicht. Vermutlich erfahren wir mehr, wenn wir über den Hintergrund der Toten Bescheid wissen.« Er schaute Bullock an. »Das sind keine Straßengangster. Aber Sie haben hier ein Drogenproblem, richtig?«

»Welche Stadt hat kein Drogenproblem?«, erwiderte der Polizeichef steif. Landry, die gerade wieder das Zimmer betrat, schwieg.

»Gibt es hier noch andere Probleme, von denen wir wissen sollten?«

Bullock starrte den CID-Agenten an. »Zum Beispiel?«

»Das weiß ich nicht. Deshalb frage ich ja. Sie kennen diese Stadt besser als ich.«

»Was Verbrechen angeht, gibt es an Paradise nichts Besonderes. Vor dieser Gewaltepidemie waren wir völlig unauffällig.«

Puller warf Carson einen Blick zu. Bullock entging es nicht. »Wissen Sie etwas, was ich nicht weiß?«

»Lösen sich Menschen hier in Luft auf?«, fragte Puller.

»In Luft auflösen? Was soll das nun schon wieder bedeuten? Spontane Selbstentzündung?«

»Nein. Aber gibt es hier Personen, die von einem Tag auf den anderen spurlos verschwinden?«

»Vermisste? Nein. Damit haben wir nicht oft zu tun.«

»Wie viele illegale Einwanderer ohne Papiere gibt es hier?«, wollte Carson wissen.

»Paradise ist eine Strandstadt am Golf. Eine ungeschützte Grenze. Ein Urlaubsziel. Billige Arbeitskräfte sind wichtig.«

»Deshalb arbeiten hier viele Leute ohne Papiere«, stellte Puller fest.

»So viele sind es nun auch wieder nicht.«

»Aber wenn einer dieser Leute verschwindet, würden Sie nicht unbedingt etwas davon mitbekommen, oder? Niemand würde etwas melden.«

»Wahrscheinlich nicht. Worauf wollen Sie hinaus?«

»Wenn ich es herausfinde, lasse ich es Sie wissen.«

»Ich kann es Ihnen jetzt sofort sagen, Chief«, warf Landry ein. »Ein paar Kinder werden vermisst. Wir haben eine Fahndung eingeleitet.«

Bevor Bullock reagieren konnte, lud Puller sich seinen Rucksack auf. »Sind Sie soweit?«, fragte er Carson.

»Ja. Gehen wir.«

»Was denn, wollen Sie es dabei belassen?«, fragte Bullock.

»Ich bin hergekommen, weil ich herausfinden wollte, weshalb meine Tante starb. Ich habe vor, diese Mission zu beenden.«

»Und alles andere, was hier vorgeht?«

»Falls es eine Verbindung zu meiner Tante gibt, werde ich

mich auch damit beschäftigen.« Puller zeigte auf das Bett. »Sie sollten die beiden Typen hier wegschaffen. Der Geruch wird unerfreulich, vor allem bei dieser Hitze.«

Carson schloss sich Puller an, während Bullock mitten im Zimmer stand und auf die Leichen starrte.

Puller lud den Rucksack in den Tahoe und stieg ein, während Carson auf den Beifahrersitz schlüpfte.

Landry eilte zu ihnen. »Fahren Sie?«

»Ja. Lassen Sie die Fingerabdrücke nehmen, damit wir sie ausschließen können?«

»Ist bereits in die Wege geleitet.«

»Informieren Sie mich, wenn Sie etwas über die beiden Toten in Erfahrung bringen. Die waren nicht hier, um Urlaub zu machen.«

»Geht in Ordnung.« Landry blickte Carson an. Dann wandte sie sich wieder Puller zu. »Haben Sie später noch Zeit?«

Puller befeuchtete die Lippen und fühlte, wie seine Wangen sich röteten. »Durchaus möglich. Ich rufe Sie an.«

Landry sah aus wie geohrfeigt. Sie richtete den Blick wieder auf Carson. »Wohnen Sie im Gull Coast?«

Zuerst glaubte Puller, Landry hätte ihn gefragt, dann wurde ihm klar, dass er nicht gemeint war.

Carson nickte. »Ja. Ich habe gerade eingecheckt.«

»Ich nehme an, Sie wollen hier Urlaub machen.«

»Richtig.«

»Dann sollten Sie vielleicht ein Hotel nehmen, das näher am Strand liegt. Vom Gull ist es ein langer Weg. Und Sie wollen doch keine Sonne verpassen.«

»Danke für den Tipp.«

»Jederzeit«, sagte die Polizistin kurz angebunden, drehte sich um und stolzierte davon.

Carson runzelte die Stirn. »Störe ich hier irgendwie?«

Puller setzte aus der Parklücke. »Nein.«

»Okay. Wo fahren wir hin?«

»Wollen Sie an den Strand?«

Carson sah überrascht aus. »Wollen Sie denn?«

»Nein. Aber ich arbeite hier, Sie nicht.«

»Ich bin keine Sonnenanbeterin. Und ich bin hier, weil Sie hier sind, also lassen Sie uns arbeiten.«

»In Ordnung.«

»Also, wohin?«

»Wo alles angefangen hat. Ins Haus meiner Tante.«

61

»Wonach suchen Sie?«

Carson schaute zu, wie Puller den Wandschrank durchsuchte.

»Nach Dingen, die nicht da sind.«

Er kramte in seinem Rucksack, fand die zusammengehefteten Seiten und blätterte sie durch. Dann zählte er die Gegenstände auf der Liste und nickte.

»Ein Durchbruch?«

»Könnte man sagen.«

Puller schob die Seiten in die Tasche und blickte zu Cookies Haus hinüber. Das gelbe Polizeiabsperrband war noch immer gespannt, aber es war kein Streifenwagen mehr zu sehen. Vermutlich waren sämtliche Cops am neuen Tatort im Plaza.

»Was ist hier los, John?«

»Ich versuche, ein paar Puzzleteile zusammenzusetzen.«

»Geht es um die Morde?«

»Vielleicht. Vielleicht auch nicht.«

Er ging zu Cookies Haus hinüber, das im Dunkeln lag. Carson folgte ihm. Durch das Tor betraten sie den Garten.

Nach zehn Sekunden hatte Puller die verschlossene Tür geknackt.

»Hat die Army Ihnen das beigebracht?«, flüsterte Carson ihm über die Schulter zu, während er die Tür vorsichtig öffnete.

»Die Army hat mir vieles beigebracht. Das meiste davon ist nützlich.«

Sie folgte ihm ins Haus.

»Wo ich schon mal hier bin, könnte ich auch ein paar Sachen für den Hund mitnehmen«, bemerkte Puller.

In der Küche öffnete er ein paar Schränke, fand das Hundefutter und warf es in eine Plastiktüte, die er aus dem Recyclingmülleimer neben der Tür zur Speisekammer genommen hatte.

»Sind Sie nur wegen den Hundesachen gekommen?«, fragte Carson.

Puller antwortete nicht. Er ging zu dem Schrank, in dem Cookies Uhrensammlung ausgestellt war. Wieder zählte er.

»Das wird langsam ermüdend, Puller«, sagte Carson ein wenig gereizt.

»Ich versuche nur, die Stücke zusammenzusetzen, bevor ich entscheide, was ich tue.«

Carson betrachtete die Uhren. »Und die haben damit zu tun?«

»Sie passen da irgendwie rein. Aber wir müssen noch einen weiteren Ort überprüfen.« Puller warf einen Blick auf die Uhr. »Es ist noch zu früh. Wir müssen noch ein wenig Zeit totschlagen. Lassen Sie uns fahren.«

»Wohin?«

»Nicht wohin. Wie weit. Fünf Meilen.«

Sie verließen Cookies Haus und stiegen in den Tahoe. Puller warf einen Blick in den Innenspiegel.

»Ist von den beiden Kerlen irgendwas zu sehen?«, fragte Carson.

»Nein. Das habe ich auch nicht erwartet.« Puller kontrollierte den Tachometer. »Okay, fünf Meilen hin, fünf Meilen zurück. Wir fahren nach Osten. Jane Ryon zufolge dürfte das die richtige Himmelsrichtung sein.«

Sie verließen die Orion Street und die Wohnsiedlung Sunset by the Sea. Nach drei Meilen ließen sie die Zivilisation hinter sich. Nach vier Meilen gab es nur noch sie, den Sand und das Meer. Nach fünf Meilen hielt Puller schließlich an und schaute sich um. Sie befanden sich noch immer auf der Hauptstraße. Im Norden sah es ein wenig lebendiger aus; in der Ferne waren ein paar Gebäude zu sehen. Im Süden reihten sich Palmen.

»Hinter den Palmen muss das Meer sein«, sagte Puller.

Sie bogen in eine Seitenstraße ein. Puller lenkte den Tahoe auf einen asphaltierten Platz, und sie stiegen aus.

»Ganz schön abgelegen hier«, sagte er. »Keine Menschenseele.«

»Fragt sich, warum«, meinte Carson. »Der Strand sieht doch ganz hübsch aus.«

Sie gingen näher ans Wasser und stellten fest, dass der Sand grobkörnig und der Strand voller scharfkantiger Steine war. Und dann war da noch der Geruch.

Carson hielt sich die Nase zu. »Schwefel.«

»Ja. Das muss eine geologische Anomalie sein. Und dann gibt es noch das da.« Puller zeigte auf das große Schild, das man auf einer Düne errichtet hatte.

Warnung. Starke Strömung. Schwimmen verboten.

»Also ist doch nicht ganz Paradise ein Paradies«, meinte Carson.

»Wir haben Paradise vor einer halben Meile verlassen. Ich bin mir nicht sicher, ob dieser Ort hier einen Namen hat.«

»Es ist ein Wunder, dass der Schwefelgeruch die anderen Strände nicht verpestet.«

»Wahrscheinlich trägt der Wind ihn nicht so weit«, sagte Puller. »Oder es gibt irgendeinen meteorologischen Grund dafür. Ich habe den Schwefel erst in der Nähe des Strandes gerochen.«

»Ich auch. Aber warum in aller Welt sollte Ihre Tante hierhergefahren sein?«

»Gute Frage. Ich habe keine Ahnung. Zumal sie alt war und gesundheitliche Probleme hatte. Sie musste ein Gehgestell benutzen.«

»Also wäre es problematisch gewesen, an einem Strand wie dem hier spazieren zu gehen.«

Sie blieben stehen und ließen den Blick schweifen.

Puller schaute hinaus aufs Meer. »Gibt es da draußen Schifffahrtswege?«

»Anzunehmen. Es ist der Golf von Mexiko. Da draußen sind viele Schiffe unterwegs. Und dann gibt es noch die Bohrinseln.«

»Richtig. Wie diese Ölplattform, die in Brand geriet und den halben Golf verpestet hat.«

»Ja. Ich weiß noch, wie die BP-Quelle geplatzt ist. J2 hat das aus Sicherheitsgründen verfolgt. Und wir haben ein paar Hintergrundinfos über die Gegend eingeholt. Da draußen gibt es zahllose Bohrinseln. Die meisten sind vor den Küsten von Louisiana, Mississippi und Texas konzentriert. Ein paar aber auch am Panhandle.«

»Öl ist der König.«

»Zumindest im Augenblick.« Carson bückte sich, hob einen Stein auf und warf ihn in die Wellen. »Können wir gehen? Ich brauche eine Dusche, um den Gestank loszuwerden.«

»Okay«, sagte Puller.

Sie gingen zurück zum Tahoe. Ehe sie den Wagen erreichten, blieb Puller stehen und ging auf ein Knie hinunter.

»Was ist?«, fragte Carson.

»Der König.«

»Bitte?«

Er fuhr mit dem Finger über den Asphalt. Die Fingerspitze verfärbte sich schwarz.

»Öl«, sagte Puller. »Nicht von einer Bohrinsel. Von einem Fahrzeug.«

62

Mecho schob den Rasenmäher über eine Rampe auf die Ladefläche des Trucks und stellte ihn neben den anderen Gartengeräten ab. Dann drehte er sich um und ließ den Blick über Lamperts Anwesen schweifen. Er hatte keine Ahnung, wie viel der Mann für die Gärtner ausgab, aber es musste ein Vermögen sein. Sie waren jeden Tag gekommen, und sie arbeiteten von früh bis spät. War ein Teil des Gartens fertig, wurde es Zeit, sich den nächsten vorzunehmen. Und war der Kreis geschlossen, fing alles wieder von vorn an.

Als Mecho den Vorarbeiter danach gefragt hatte, hatte der Mann bloß den Kopf geschüttelt. »Lampert gibt mehr für seinen Rasen aus, als ich in meinem ganzen Leben verdiene«, hatte er geantwortet. »Ist das fair?«

»Das ganze Leben ist nicht fair«, hatte Mecho erwidert.

»Stimmt. Es sei denn, du bist reich.«

»Es gibt andere Dinge als Geld, die Glück bringen.«

Der Vorarbeiter hatte herablassend gegrinst. »Wenn du es dir lange genug einredest, glaubst du es vielleicht sogar irgendwann.«

»Ich glaube es jetzt schon«, hatte Mecho vor sich hin gemurmelt, nachdem der Mann gegangen war.

Nun stieg er vom Lastwagen und wusch sich den Nacken mit kaltem Wasser aus einem Eimer, der auf der Ladefläche stand. Er blickte aufs Meer hinaus zur Jacht. Lampert war noch an Bord. Er hatte den größten Teil des Tages dort verbracht.

Aber wenn man so eine Jacht besaß, warum sollte man sie verlassen?

Ob er allein an Bord ist?, fragte sich Mecho. Er bezweifelte es.

Aber Chrissy Murdoch war nicht auf der Jacht, das wusste er. Er hatte sie ins Haus gehen sehen. Und auch Beatriz, das Dienstmädchen, war nicht an Bord.

Aber es gab genügend andere Frauen, und sie konnten die Jacht direkt vom Wasser aus erreichen, ohne dass Mecho sie gesehen hätte. Mit ihrer Länge versperrte die *Lady Lucky* den Blick aufs Wasser.

Mecho schaute zum Gästehaus hinüber, dann auf die Überreste des Bentley. Die Polizei war abgezogen, nachdem sie am Tatort keine Beweise mehr gefunden hatte.

Sie würden auch keine finden, weil er keine hinterlassen hatte. Auch nach einer Bombensignatur würden sie vergeblich suchen. Er, Mecho, hatte improvisiert. Der Sprengsatz würde den Cops tausend verschiedene Erklärungsmöglichkeiten bieten, ohne dass auch nur eine davon zu einem sicheren Ergebnis führen konnte.

Gerade noch rechtzeitig drehte er den Kopf, um zu sehen, wie die Sonne sich in einem der oberen Zimmer des Haupthauses im Glas eines Feldstechers spiegelte. Sofort ging er in die entgegengesetzte Richtung, suchte Deckung hinter einem Baum, kniete sich hin und tat so, als würde er Unkraut rupfen.

Teilweise geschützt von der Baumkrone schaute er nach oben und beschattete die Augen vor dem Sonnenlicht. Er zählte die Fenster. Dritte Etage, zweites Fenster von links. Südwestliche Seite des Hauses.

Er kniff die Augen zusammen, konnte aber nicht erkennen, wer das Fernglas hielt. In Gedanken zog er eine Sichtlinie vom Fenster zu der Stelle, die der Unbekannte beobachtete.

Die Jacht.

Mit einem guten Fernglas und aus dieser Höhe waren auf dem Schiff vermutlich viele Einzelheiten zu erkennen. Was bedeutete, dass der Unbekannte Mecho voraus war, wenn es um Überwachung ging.

In diesem Moment kam Beatriz aus dem Haus.

Mecho bewegte sich schnell genug, um ihr den Weg abzuschneiden. Er begleitete sie ein paar Schritte und stellte ihr die Frage, auf die er eine Antwort brauchte.

Zuerst schien Beatriz nicht antworten zu wollen; vielleicht nahm sie an, er wollte das Haus für einen Einbruch auskundschaften. Aber schließlich verriet sie es ihm doch.

Mecho bedankte sich und versprach, ihr zu helfen.

»Wie?«, fragte sie.

»Vielleicht kann ich dich hier rausschaffen.«

»Das kannst du nicht.« Sie wurde blass unter ihrer braunen Haut. »Schon wegen meiner Familie.«

»Ich weiß. Es ist kompliziert.«

»Es ist nicht kompliziert«, erwiderte sie flüsternd. »Es ist unmöglich. Hilf mir nicht. Mir kann keiner mehr helfen.«

Sie drehte sich um und eilte fort.

Mecho ließ den Blick in die Runde schweifen, um festzustellen, ob sein Gespräch mit Beatriz unerwünschte Aufmerksamkeit erregt hatte, beispielweise von Sicherheitsleuten, doch niemand schenkte ihm Beachtung.

Er und Beatriz waren nur Bedienstete. Unwichtig, uninteressant.

Aber Beatriz hatte ihm verraten, was er wissen musste.

Das Zimmer mit dem Fernglas gehörte Chrissy Murdoch.

Sie spionierte Lampert und seiner Jacht nach.

Warum?, fragte sich Mecho.

63

Peter Lampert lehnte sich im Ledersessel zurück, der in seinem Büro auf der *Lady Lucky* stand. Hier umgab ihn nur das Beste vom Besten: das beste Boot, die beste Ausrüstung, die beste Mannschaft, der beste Wein, der beste Ausblick und der beste Hintern, der sich für Geld kaufen ließ.

Aber es war ein langer Weg für ihn gewesen. South Beach war ein schwieriges Pflaster, wenn man überleben wollte, und erst recht, wenn es darum ging, ein erfolgreiches Geschäft aufzubauen. Lampert hatte es lange Zeit auf legale Weise versucht. Aber am Ende hatte er die vielen Regeln und Bestimmungen und Gesetze, die einen zu Fall bringen konnten, als zu einschränkend empfunden. Es gefiel ihm nicht, wenn Regulierungsbehörden einem über die Schulter blickten. Er kannte keinen Geschäftsmann, dem das gefiel.

Nachdem sein Hedgefond implodiert war, hatte er sich nach reiflicher Überlegung für ein anderes Geschäftsmodell entschieden. Und so hatte er seine Talente einem anderen Tätigkeitsfeld gewidmet. Er hatte bewährte Geschäftsmethoden auf einem Markt eingeführt, der sich oft nur auf brutale Gewalt und oberflächliche Buchführung stützte.

Und er hatte ein unglaublich profitables Imperium geschaffen, indem er Gebühren in Rechnung stellte, die sich am Gewinn orientierten. Wie Tantiemen bei Buchverkäufen. Er berechnete ein Standardhonorar im Voraus, um die Ware zu finden und zum Endverbraucher zu befördern. Erreichte die

Ware bei ihrem Einsatz gewisse Richtwerte, strömte zusätzlicher Gewinn in seine Kasse.

Erzielte eine Prostituierte sechsstellige Einkünfte, bekam er Geld. Absolvierte ein Drogenmuli zehn erfolgreiche Missionen, bekam er Geld. Die einfachste Ware, der gemeine Arbeiter, musste normalerweise einen bescheideneren Richtwert erreichen, weil seine Grundkosten am niedrigsten waren. Aber die von den Arbeitern erbrachten Gewinne summierten sich, weil so viele im Einsatz waren. Und Umsatz war Umsatz.

Sklavenarbeit war in zivilisierten Ländern eines der am schnellsten wachsenden Marktsegmente der Verbrechenswelt. Nicht dass Lampert daran irgendetwas kriminell fand. Seiner Meinung nach tat er diesen armen Leuten einen Gefallen. Als Sklaven bekamen sie zu essen, eine Unterkunft und führten ein anständiges Leben, auch wenn sie nicht frei waren.

Er hatte diese Menschen oft aus Gegenden holen lassen, in denen es nie genug Nahrung gab und wo sie niemals ein Dach über dem Kopf hatten. Und von bezahlter Arbeit konnten sie nicht einmal träumen.

Lampert war der Meinung, dass Freiheit hoffnungslos überbewertet wurde.

An strategischen Punkten hatte er Buchhalter platziert, die vollen Zugang zu den Büchern seiner Partner hatten. Diese Partner, die häufig keine besonders kooperativen Leute waren, hatten sich mit Lamperts Forderungen nur deshalb einverstanden erklärt, weil er das Geschäft bedeutend lukrativer und stabiler gemacht hatte, als es je gewesen war. Und er garantierte einen nicht abreißenden Warenfluss in sämtlichen Kategorien. Was der kritischste Faktor seines Geschäfts war. Denn dazu war ein ununterbrochener Warennachschub aus einigen der abgelegensten Gegenden der Welt erforderlich. Dieser Teil des Geschäfts erlaubte nicht den geringsten Spielraum für Fehler.

Genau aus diesem Grund hielt jedes Boot, das die Ware zu spät brachte, sich nicht mehr lange auf dem Wasser. Ebenso wenig der Captain und dessen Mannschaft.

Lampert schaute aus dem Steuerbordfenster und warf einen Blick auf die Uhr. Dann konzentrierte er sich wieder auf den Computerbildschirm, auf dem ein Strom von Geschäftsdaten über sichere Netzwerke floss.

Seine Vergnügungen waren grenzenlos, aber er schuftete auch schwer. Es war nicht einfach, das aufzubauen, was er geschaffen hatte. Die meisten Menschen hätten dazu weder die Nerven noch den Magen gehabt. Er war an den Ufern des Lake Michigan mit einem Silberlöffel im Mund geboren worden. Sein Vater war Vorstandsvorsitzender eines Fortune-500-Unternehmens gewesen, seine Mutter ein wunderschöne Angehörige der feinen Gesellschaft, die in ihren vielen Häusern oft und großzügig Gäste bewirtet hatte. Seine Eltern hatten das Leben geführt, von dem die meisten Amerikaner träumten.

Er, Lampert, hatte die elitärsten Universitäten besucht und zusammen mit vielen seiner Kommilitonen seine Zelte in der Wall Street aufgeschlagen. Viele waren mittlerweile Industriegiganten und zogen es vor, das Geld und den Einfluss, den dies mit sich brachte, in überschaubaren und bestens kontrollierten gesellschaftlichen Kreisen zu halten, also bei Leuten, die genauso waren wie sie selbst. Es war in Ordnung, wenn die breite Masse von der Möglichkeit sozialen Aufstiegs redete, aber Menschen von Lamperts gesellschaftlichem Status nahmen dieses Gefasel gar nicht ernst. Der Kuchen hatte nun mal eine begrenzte Größe. Warum ihn mit Leuten teilen, die nicht die gleichen Werte teilten?

Die gleiche Vision der Zukunft?

Die gleiche Studentenverbindung?

Die meisten Menschen verstanden einfach nicht, dass es die Risikofreudigen gewesen waren, die Amerika groß gemacht hatten. Angeblich hatten die Reichen sich fast das gesamte Einkommen und damit den gesamten Reichtum angeeignet, der im letzten Jahrzehnt erwirtschaftet worden war. Nun, dachte Lampert, das sollten sie auch. Es war richtig und gerecht. An der Einkommensungleichheit stimmte nur eines nicht: Sie war nicht ungleich genug.

»Wir sind die 99 Prozent«, nannte sich die Besetzt-die-Wall-Street-Bewegung. Nun, diese 99 Prozent waren Schafe und genau dort, wo sie hingehörten. Sie waren die Spieler, die zuletzt in die Mannschaft gewählt wurden. Von ihnen gab es Abermilliarden, und sie sahen alle genau gleich aus. Das eine verbleibende Prozent verdiente alles, weil sie die Elite waren. Sie waren etwas Besonderes. Sie führten die Welt zu neuen Höhen.

Es kümmerte Lampert nicht im Mindesten, dass er auf der falschen Seite des Gesetzes agierte. Die Leute wollten Huren, Drogen und Sklavenarbeiter. Also gab es eine Nachfrage. Und er befriedigte diese Nachfrage. Nicht mehr, nicht weniger. So wie die Tabakindustrie, die Pornobranche, die Fast-Food-Filialen und die Spielkasinos das Verlangen und die Süchte der Menschen befriedigten. Dieses einfache Modell funktionierte seit Beginn der dokumentierten Geschichte.

Befriedige die Bedürfnisse deiner Mitmenschen, so energisch du kannst.

Zehn Minuten später überprüfte er wieder die Zeit und schaute aus dem Fenster. Es wurde dunkel. Gut.

Eine Stunde später hörte er das Dröhnen.

Er stand auf, blickte wieder aus dem Fenster. Die Positionslichter des Hubschraubers näherten sich. Er kam vom Golf, wo ein noch größeres Schiff als Lamperts vor Anker lag.

Ein paar Minuten später fühlte er, wie die Kufen des Hubschraubers den Helikopterlandeplatz am Heck der Jacht berührten. Der Pilot nahm Gas zurück. Auch wenn der Lärm der Motoren alles übertönte, konnte Lampert sich vorstellen, wie sich die Luke des Fluggeräts öffnete und wieder schloss.

Er setzte sich, legte die Finger aneinander und wartete, zählte im Geist die Sekunden.

Die Bürotür öffnete sich, und ein Mann trat ein, eskortiert von einem der Sicherheitsleute Lamperts.

Mit einem knappen Nicken entließ Lampert den Wächter, der die Tür hinter sich schloss.

Der Besucher war ungefähr eins siebzig groß und kompakt gebaut. Sein Kopf erschien selbst für seine muskulöse Gestalt zu groß.

Lampert wusste, dass eine Menge in diesem Kopf steckte.

Der Mann war ganz in Schwarz gekleidet. Seine Schuhe hatten dicke Absätze, damit er größer wirkte, als er war. Es war eine aufschlussreiche Beobachtung, dass ein so mächtiger Mann sich bemüßigt fühlte, seine Größe künstlich zu erhöhen.

Der Mann nickte Lampert zu und nahm ihm gegenüber Platz.

»Hatten Sie eine gute Reise?«, fragte Lampert.

Der Mann zog eine Zigarette aus der Hemdentasche und entzündete sie, ohne zu fragen, ob es gestattet war. Doch Lampert hätte den Entschluss des Mannes, in seinem schwimmenden Palast zu rauchen, ohnehin niemals infrage gestellt.

Peter Lampert fürchtete nicht viele Menschen.

Doch den Mann, der ihm gegenübersaß, fürchtete er.

»Eine Reise, bei der man das Ziel sicher erreicht, ist de facto eine gute Reise«, erwiderte der Mann mit einem Akzent, der erkennen ließ, dass Englisch nicht seine Muttersprache war.

»Die Dinge laufen bestens«, sagte Lampert.

»Sie könnten besser laufen«, erwiderte der Mann, blies Rauch aus und beobachtete, wie er zu der Decke mit den aufwendigen Schnitzereien trieb.

»Die Dinge könnten *immer* besser laufen«, meinte Lampert und lehnte sich ein Stück nach vorn.

Der Mann klopfte seine Zigarettenasche an der Stuhllehne ab und ließ sie achtlos zu Boden fallen.

Lampert reagierte nicht darauf.

»Die Dinge könnten besser laufen«, wiederholte der Mann. »In Paradise, zum Beispiel, gab es einige Morde. Die Polizei untersucht sie. Ihr Wagen wurde in die Luft gejagt. Die Polizei untersucht auch das.« Er verstummte, starrte Lampert über den breiten Schreibtisch hinweg an.

Lampert verzog keine Miene. »Es mussten Schritte eingeleitet werden. Die Auswirkungen sind nun mal unvermeidlich. Die Ermittlungen werden in einer Sackgasse enden.« Er mochte sich vor dem Mann fürchten, aber er konnte sich diese Furcht unmöglich anmerken lassen. Und bei Diskussionen hatte er noch nie klein beigegeben.

»Es ist *Ihre* Meinung, dass die Untersuchung in eine Sackgasse führt.« Der Mann ließ ihn keine Sekunde aus den Augen, während er das benutzte Streichholz zwischen zwei Fingern verbog.

»Meine durch *Fakten* gestützte Meinung, die auf den Verhältnissen vor Ort beruht.«

»Und wenn Sie sich irren?«

»Das glaube ich nicht.«

»Und wenn doch?«

»Dann wird es Konsequenzen haben.«

»Ja. Für Sie.«

»Dann bin ich ja ausreichend motiviert, dafür zu sorgen, dass ich recht habe.«

Der Mann lehnte sich ein Stück nach links, wobei das kostbare Leder ächzte. »Gut. Kommen wir zu etwas anderem. Es wird schwieriger, die Ware zu besorgen. Der Preis muss steigen. Sie werden das allen mitteilen.«

»Um wie viel?«

»Zehn Prozent. Vorerst. Und dann legen Sie bei jeder Kategorie weitere fünf Prozent drauf.«

»Für die oberste Kategorie wäre das also eine Erhöhung um zwanzig Prozent?«

»Korrekt.«

»Das ist eine Menge.«

»Es könnte mehr sein. Aber ich bin ein vernünftiger Mann.«

»Das wird mich einiges kosten.«

Der Mann betrachtete die luxuriöse Einrichtung der Jacht. »Sie werden es überstehen.«

»Vermutlich.«

»Solange Ihre durch Fakten gestützte Meinung sich als richtig erweist. Geld ist nicht alles.«

Lampert lächelte. »Da würde ich Ihnen widersprechen. Geld *ist* alles, denn es öffnet die Tür zu allen anderen Dingen, die für einen persönlich von Wert sind.«

»Möchten Sie mein Schiff sehen? Ich habe ein neues U-Boot. Es kann mehr als dreißig Personen aufnehmen. Die hiesige Unterwasserwelt ist faszinierend.«

»Ich würde Ihr Angebot gern annehmen, aber habe hier einfach zu viel um die Ohren.« In Gedanken fügte er hinzu: *Und ich habe keine Lust, Teil der Unterwasserwelt zu werden.*

Der Mann stand auf. »Jemand, der Bentleys in die Luft jagt und dann wie eine Rauchwolke verschwindet, flößt Respekt ein. Das war eine Botschaft.«

»Ja, allerdings. Vielleicht war sie sogar direkter, als Sie wissen.«

»Und haben Sie die Antwort?«

»Die ist in diesem Augenblick in Arbeit.«

»Darf ich Ihnen einen Rat geben?«

Lampert blickte ihn erwartungsvoll an. »Den würde ich zu gern hören.«

»Rauch deutet häufig auf ein großes Feuer hin, das zu einem Flächenbrand werden kann.« Er hielt inne und drückte die Zigarette auf der Oberfläche von Lamperts Schreibtisch aus, dessen spezielle Anfertigung vierzigtausend Dollar gekostet hatte. »Also arbeiten Sie schneller.«

Im nächsten Augenblick war er verschwunden.

Wie eine Rauchfahne, die aufs Meer getrieben wurde.

64

Mecho hob den Kopf ein Stück aus dem Wasser und beobachtete, wie der Hubschrauber von seinem Landeplatz abhob und in südliche Richtung aufs Meer flog.

Er drehte sich auf den Rücken, ließ sich von leichten Schwimmstößen näher an die Jacht herantragen.

Auf dem Hauptdeck standen Sicherheitsleute, und zwei Männer auf der Pier trugen MP5. Aber im Wasser war niemand. Das war eine große Sicherheitslücke. Andererseits waren die Haie jetzt unterwegs.

Auch wenn Lampert gut zahlte – so gut zahlte er offenbar auch wieder nicht.

Mecho schwamm nahe genug an die Jacht heran, um den Rumpf an der Steuerbordseite berühren zu können. Er blickte hinaus aufs Meer, wo die Lichter des Helikopters noch immer zu sehen waren.

Von Land aus hatte er mithilfe eines Fernglases einen Blick auf den Mann erhaschen können, der aus dem Hubschrauber ausgestiegen und kurze Zeit später wieder eingestiegen war.

Mecho hatte ihn augenblicklich erkannt.

Stiven Rojas.

Dieser Name ließ die Polizei auf der ganzen Welt erblassen.

Man hatte Rojas nie vor Gericht verurteilen können, obwohl es viele Versuche gegeben hatte. Aber wenn im Verlauf eines Prozesses Zeugen, Staatsanwälte und sogar Richter ermordet werden, kommen Urteile nur selten zustande. Rojas hatte dem Begriff »skrupellos« eine ganz neue Definition verliehen.

Dieser Mann ließ einige der schlimmsten Terroristen der Welt vergleichsweise harmlos aussehen.

Er hatte als Waise auf den Straßen von Cali angefangen und war zu einem Kartellboss von beinahe mythischem Ausmaß aufgestiegen. Trotz seiner durchschnittlichen Statur gingen doppelt so große Männer auf die Knie, wenn Rojas sich ihnen näherte. Er tötete ohne Warnung, ohne Provokation.

Aber es war etwas geschehen, mit dem nicht einmal Rojas gerechnet hatte. Er hatte erleben müssen, wie sich die Drogenpipeline nach Amerika aus seinem heimischen Kolumbien nach Mexiko verlagert hatte. Aber er hatte reagiert und sich auf ein neues Geschäft verlegt: Rojas sorgte für die Kuriere, die Drogen in die Vereinigten Staaten transportierten – in Inneren ihres Körpers. Darüber hinaus sorgte er für einen beständigen Nachschub an anderen wertvollen Waren, vor allem Prostituierte und Sklaven. Insbesondere Sklaven waren die neue Wachstumsbranche. Illegale Einwanderer erwarteten, frei zu sein und wenigstens einen geringen Lohn ausbezahlt zu bekommen. Sklaven erwarteten gar nichts. Sie hofften nur, nicht sterben zu müssen. Alles, was darüber hinausging, war ein Bonus für sie – nicht dass es etwas gegeben hätte, das man als Bonus für diese Menschen hätte betrachten können.

Rojas und Lampert waren Partner im größten Menschenhändlerring der Welt. Sie standen kurz davor, das Geschäft zu vergrößern.

Wenn man sie nicht aufhielt!

Mecho bewegte sich die Steuerbordseite des Schiffes entlang. Er hielt sich an der Umrandung eines der Bullaugen fest und zog sich ein Stück aus dem Wasser, sodass er ins Schiffsinnere schauen konnte. Der Raum, in den er blickte, war dunkel und leer.

Er ließ sich wieder ins Wasser gleiten, bewegte sich zum nächsten Bullauge.

Beim vierten Bullauge wurde er fündig.

Er sah Beatriz, die noch immer ihre Dienstbotenuniform trug. Sie stand in einer Ecke der großen Kabine, während Lampert an einem Tisch saß und aß. Er aß langsam, kaute methodisch. Als er einen Blick auf die Weinflasche warf, die nur wenige Zentimeter neben seinem Arm stand, eilte Beatriz zu ihm und schenkte ihm nach.

Als sie sich dabei ein Stück nach vorn beugte, griff Lampert ihr grob an den Hintern. Beatriz zuckte nicht einmal zusammen. Anscheinend war sie so etwas gewöhnt. Sie füllte das Glas und zog sich zurück, den Blick unterwürfig zu Boden gerichtet.

Kurz darauf blickte Lampert auf das Körbchen mit dem Brot.

Wieder flitzte Beatriz an den Tisch, nahm ein Brötchen, brach es entzwei und butterte es mit einem kleinen Messer.

Während sie damit beschäftigt war, knetete Lampert ihre linke Brust und schob die andere Hand unter ihren Rock. Mecho konnte Beatriz' Gesicht sehen, während sie das Brötchen bestrich: Unter der Oberfläche scheinbarer Gleichgültigkeit waren Schmerz und Demütigung zu erkennen – in Verbindung mit einem Hass, wie er Mecho nur selten begegnet war. Beatriz' Hand mit dem Messer zitterte kaum merklich. Mecho wusste, dass sie Lampert am liebsten die Klinge in die Brust gestoßen hätte.

Nun mach schon, Beatriz.

Dann schaute er nach rechts und sah, warum sie es nicht tat.

Da stand ein Mann, der eine Pistole genau auf ihren Kopf richtete.

Beatriz schob das Brötchen auf Lamperts Brotteller, legte das Messer auf den Tisch und zog sich in ihre Ecke zurück.

Der Mann mit der Pistole entspannte sich und steckte die Waffe wieder ins Halfter.

Mecho ließ sich zurück ins Wasser sinken.

Peter J. Lampert war kein Mann, der ein Risiko einging.

Mecho ließ sich von der Strömung treiben, die ihn von der Jacht wegtrug.

Als er weit genug entfernt war, schwamm er mit langen, kräftigen Stößen.

Und mit jedem Stoß stellte er sich vor, Lampert eine Klinge in die Brust zu rammen.

65

Puller fuhr sehr schnell.

Carson musterte ihn vom Beifahrersitz.

»Wohin jetzt?«

»Ich muss mit meinem Anwalt sprechen«, antwortete Puller.

Er parkte den Tahoe in der Straße, in der Griffin Mason sein Büro hatte, ungefähr hundert Meter davon entfernt am Bürgersteig. Dann griff er in den Rucksack, zog das Nachtsichtgerät hervor, hielt es vor die Augen und richtete es auf Masons Büro.

Carson folgte seinem Blick.

»Ihr Anwalt?«

»Eigentlich ist er der Anwalt meiner Tante. Er verwaltet ihren Nachlass.«

»Macht er einen guten Job?«

»Nein. Nicht so gut.«

Puller betrachtete die anderen Gebäude an der Straße. Alle waren dunkel.

In Masons Auffahrt stand kein Wagen, und im Büro brannte kein Licht.

»Was halten Sie denn von einem kleinen Einbruch?«, fragte Puller.

»Das ist ein Kapitalverbrechen.«

»Dann können Sie hier warten. Ich bin gleich zurück.«

Carson griff nach seinem Arm. »Denken Sie darüber nach, Puller. Sie wollen doch nicht Ihre militärische Karriere leichtfertig aufs Spiel setzen.«

»Ich will Gerechtigkeit für meine Tante. Und das schließt einen harten Schlag gegen einen Mistkerl ein, der sie betrügt.«

Carson seufzte. »Ich komme mit. Ich kann Schmiere stehen.«

»Es war nicht fair, Sie darum zu bitten. Sie haben eine viel größere Karriere zu verlieren als ich.«

»Lassen Sie sich nicht erwischen, Puller. Falls man Sie schnappt, weiß ich von nichts.«

»Und ich werde Ihre Aussage hundertprozentig unterstützen.«

»O ja, Soldat, das werden Sie.«

Augenblicke später gingen sie die Straße entlang. Als sie Masons Haus erreichten, bog Puller nach links ab und betrat den Garten. Am Zaun befahl er Carson, zu warten und aufzupassen.

»Es sollte nicht lange dauern«, sagte er.

»Sorgen Sie dafür.«

Das Haus verfügte über ein Sicherheitssystem, aber ein Blick durch das Fenster der Hintertür verriet Puller, dass das System deaktiviert war: Die grüne Lampe auf der Tastatur brannte. Puller war erstaunt. Warum ließ der Mann ein teures Sicherheitssystem installieren, wenn er es nicht benutzte?

Mit einer Sperrpistole aus seinem Rucksack knackte Puller den Türriegel in wenigen Sekunden. Er öffnete die Tür, knipste seine Stiftlampe an und ging über den Flur zum Büro des Rechtsanwalts.

Er brauchte dreißig Minuten, um zu finden, was er suchte.

Mason führte seine Unterlagen sehr sorgfältig.

Ein bisschen zu sorgfältig.

Puller betrachtete die mitgebrachte Inventarliste, die Mason ihm von den persönlichen Besitztümern seiner Tante gegeben hatte, und verglich sie mit der Inventarliste in Masons Unterlagen.

Sie stimmte bis auf den letzten Gegenstand überein.

Dann suchte er nach der Inventarliste von Cookies Besitz und sah sie ebenfalls durch.

Und fand das Gesuchte.

Er steckte Cookies Inventarliste zusammen mit der seiner Tante ein. Dann schloss er den Aktenschrank.

Er dachte an die Äußerungen der Nachlassanwältin Sheila Dowdy: Mason fuhr einen Aston Martin und einen Porsche. Er unternahm Reisen in alle Welt. Er hatte ein großes Haus und ein riesiges Strandgrundstück.

Alles fügte sich zusammen. Schneller und einfacher, als es normalerweise der Fall war.

In diesem Augenblick vibrierte Pullers Handy.

Er warf einen Blick auf die Nachricht.

Bogey auf sechs Uhr, meldete Carson per SMS.

Jemand war gerade auf Masons Auffahrt eingebogen.

Jetzt begriff Puller, warum die Alarmanlage nicht eingeschaltet war.

Außerdem verriet es ihm, dass es sich vermutlich nicht um Mason handelte, der ins Büro zurückkam. Er hätte die Anlage eingeschaltet und dann wieder ausgeschaltet. Der Ankömmlinge musste jemand sein, dem Mason seinen Alarmcode nicht geben wollte.

Vielleicht sollte der Betreffende gar nicht hier sein.

Mit dem Daumen tippte Puller eine Antwort an Carson.

Beschreibung?

Blauer Kleinwagen. Junge Frau. Blond, schlank.

Als Puller den Text las, wusste er, dass sie nicht mehr nach Jane Ryon suchen mussten.

Sie war zu ihnen gekommen.

66

»Holen Sie etwas, oder bringen Sie etwas?«

Jane Ryon schrie auf und sprang zurück, als das Licht aufflammte.

Puller starrte sie an.

Ryon warf sich herum und rannte los, lief aber direkt in Carson hinein, die die andere Tür versperrte. Ehe sie die nächste Bewegung machen konnte, war Puller bei ihr und hatte ihr Handgelenk gepackt.

Ryon versuchte nicht einmal, sich zu befreien; sie wusste, es war unmöglich.

»Was tun Sie hier?«, fragte Puller.

»Das könnte ich Sie auch fragen«, erwiderte sie trotzig. »Ich darf mich hier aufhalten.« Sie hielt einen Schlüssel in die Höhe. »Den hat Mr. Mason mir gegeben.«

»Warum gibt er Ihnen einen Schlüssel zu seinem Büro?«, fragte Carson.

Ryon runzelte die Stirn. »Was geht Sie das an?«

»Ich habe Sie gesehen, als Sie vergangene Nacht Cookies Haus verlassen haben, Jane«, sagte Puller. »Kurz darauf fand ich seine Leiche auf dem Boden der Badewanne.«

Er blickte ihr ins Gesicht, achtete auf ihre Reaktion.

»Cookie ist tot?«, fragte sie in gespieltem Entsetzen.

Puller schüttelte traurig den Kopf. »Sie sind keine gute Pokerspielerin, Jane. Sie wussten, dass er tot ist. Und die Polizei sucht nach Ihnen. Wo haben Sie sich versteckt?«

»Ich habe mich nicht versteckt! Warum sollte ich? Und warum sollte ich Cookie etwas antun? Ich habe ihn gemocht.«

Mit der freien Hand zog Puller die zusammengehefteten Seiten aus der Tasche.

»Das hier ist eine Inventarliste der persönlichen Besitztümer meiner Tante. Mason hat sie mir gegeben. Da gibt es nur ein Problem. Der Schmuck meiner Tante ist nicht vollständig aufgelistet. Es fehlen zwei Ringe, drei Paar Ohrringe und eine Halskette. Alle ziemlich wertvoll. Außerdem fehlen ein Dutzend alter Goldmünzen in einem Münzalbum.«

»Davon weiß ich nichts«, erwiderte Ryon.

»Doch. Sie wissen sogar alles. Die Stücke befanden sich in Ihrer Tasche, als ich Ihnen im Haus meiner Tante begegnet bin. Ich hatte Mason gesagt, dass ich mich am nächsten Morgen dort umsehen will, aber dann hatte ich es mir anders überlegt und war noch am gleichen Abend dort. Mason hatte Sie hingeschickt, um den Schmuck und die Münzen zu holen, bevor ich Gelegenheit hatte, mir den Nachlass anzuschauen. Sie hatten die betreffenden Gegenstände bereits aufgelistet. Dann hat Mason entschieden, was Sie für ihn holen sollten, und die echte Inventarliste geändert, damit sie wieder stimmt. Aber Sie mussten die Sachen holen, bevor ich es mir ansehen konnte.«

Puller blickte Ryon fragend an, doch sie schwieg.

»Nur hatte ich den Schmuck und die Münzen bereits vor Ihrem Besuch entdeckt«, fuhr er schließlich fort, »aber das wusste Mason nicht. Als ich später zurückkehrte, fehlten die betreffenden Gegenstände. Sie haben sie genommen. Das Gleiche haben Sie bei Cookie gemacht. Sie haben ein paar seiner Uhren gestohlen. Die Inventarliste von Cookies Besitz habe ich hier in der Akte gefunden. Auf der Liste fehlen die gestohlenen

Uhren. Und ich weiß, dass sie fehlen, weil Cookie mir seine Sammlung gezeigt hat. Was sagen Sie dazu?«

Ryon hüllte sich weiter in Schweigen.

Puller fuhr fort: »Sie und Mason haben da einen hübschen Schwindel laufen. Sie verschaffen sich Zugang zu den Häusern der alten Leute, die Mason vertritt, und schnüffeln herum, welche Wertsachen sie haben. Sterben die alten Leute, stehlen Sie die Sachen. Mason ändert die Inventarliste entsprechend und verkauft alles unter der Hand. Die Erben bekommen nichts davon mit. Mason aber kann sich seinen Aston Martin und seine Weltreisen leisten. Und ich wette, Sie kassieren bei der Sache auch ordentlich ab.«

Bei jedem Wort Pullers verlor Ryons Gesicht an Farbe.

»Vielleicht haben Sie Ihren Opfern sogar ins Jenseits geholfen«, fügte Carson hinzu. »Cookie, zum Beispiel. Sie haben ihn getötet, um schneller an seinen Besitz zu kommen, ist es nicht so?«

»Ich habe Cookie nicht umgebracht!«

»Aber Sie waren in seinem Haus.« Puller deutete auf ihre Tasche. »Machen Sie sie auf.«

»Was?«

»Machen Sie die Tasche auf.«

»Sie haben kein Recht …«

Puller nahm ihr die Tasche ab und öffnete sie. Vier von Cookies Uhren lagen darin, in ein Seidentuch eingeschlagen.

Puller blickte sie finster an. »Verabschieden Sie sich von Ihrem Leben, Jane.«

Ryon brach in Tränen aus. »Ich habe ihn nicht umgebracht. Ich schwöre bei Gott, ich war es nicht!«

»Erzählen Sie das der Polizei. Sie sind in Cookies Haus eingedrungen und haben seinen Besitz an sich genommen, an den

Sie erst nach seinem Tod herankommen konnten. Und er lag zufällig tot im Bad? Die Geschworenen werden sich köstlich über diese Geschichte amüsieren, bevor sie Sie für den Rest Ihres Lebens ins Gefängnis schicken.«

»Mason hat mir befohlen, die Uhren zu holen …«

»Befohlen?«

»Ja!«, rief sie aus.

»Und Sie haben sich nicht gefragt, wie Sie das anstellen sollen, wo Cookie noch lebte?«

Schaudernd holte sie Luft. »Mason hat mir gesagt, dass Cookie … dass er tot ist«, sagte sie mit zitternder Stimme.

»Woher wusste er das?«

»Keine Ahnung.«

Carson wechselte einen Blick mit Puller. »Mason bringt Cookie aus irgendeinem Grund um, und dann befiehlt er ihr, die Sachen zu holen.«

»Warum hat Grif die Uhren dann nicht einfach mitgenommen, wenn er bereits dort war?«, fragte Ryon.

»Grif? Nicht mehr Mr. Mason?« Puller schüttelte müde den Kopf. »Und die Antwort lautet natürlich, weil er wollte, dass Sie die Sachen stehlen und nicht er. Damit haben Sie einen Tatort betreten. Sobald Sie von Cookies Tod erfahren, werden Sie misstrauisch, sagen aber nichts, weil Sie ebenfalls im Haus waren. Mason hat Sie reingelegt.«

»Dieser Hurensohn«, fauchte Ryon. Sie weinte nicht mehr.

»Aber warum sollte er Cookie denn umbringen?«, fragte Carson.

Puller legte Ryon die Hand auf die Schulter. »Haben Sie eine Idee?«

»Nein. Mir gegenüber hat er nichts erwähnt. Er hätte keinen Grund gehabt, Cookie zu töten.«

»Wann hat er Sie angerufen, damit Sie Cookie besuchen?«, fragte Puller.

»Gestern Abend. Ich war in der Gegend, deshalb habe ich nur ein paar Minuten gebraucht.«

»Hätte Mason Cookie denn besucht?«

»Keine Ahnung. Vielleicht hat er ihn auf einen Drink besucht. Oder um ein paar Törtchen zu schnorren«, sagte sie gefühllos.

Puller schüttelte sie. »Ein alter Mann ist tot. Hatten Sie etwas mit dem Tod meiner Tante zu tun?«

»Nein. Ich schwör's.«

»Warum glaube ich Ihnen nicht?«

»Ich sage die Wahrheit!«, rief Ryon aus.

»Nun, das werden die Geschworenen entscheiden. Wo steckt Mason jetzt, dieser kleine Hurensohn?«

»Das weiß ich nicht.«

Puller schüttelte sie wieder. »Versuchen Sie es noch einmal.«

»Ist er zu Hause?«, fragte Carson.

»Das glaube ich nicht.«

»Warum nicht?«, hakte Puller nach.

»Er hat noch ein anderes Quartier … abgeschiedener.«

»Wozu braucht er Abgeschiedenheit?«, fragte Puller.

»Manchmal braucht er das einfach.«

»Hat es mit den Fotos der Kinder in seiner Brieftasche zu tun?«

Ryon starrte verblüfft zu ihm hoch. »Wovon reden Sie?«

»Der Kerl ist ein Pädophiler«, fauchte Carson.

»Wo ist dieser Ort?«, fragte Puller scharf.

»Nördlich von hier, in der Nähe der Bay. In der Umgebung gibt es praktisch nichts.«

»Kennen Sie die Adresse?«

»Ja.«

»Warum? Stehen Sie auch auf Kinder?«

»Nein, natürlich nicht!«, rief Ryon und brach wieder in Tränen aus.

Puller umfasste ihr Kinn mit der Hand und blickte ihr fest in die Augen.

»Wir geben Ihnen die Gelegenheit, etwas wiedergutzumachen, Jane. Aber Sie bekommen nur diese eine Chance. Wenn Sie es vermasseln, ist alles vorbei. Haben Sie verstanden?«

Die Furcht stand ihr ins Gesicht geschrieben, als sie Pullers Blick erwiderte.

»Ja. Ich verstehe.«

67

Mecho steckte das Handy weg, nachdem er den Anruf gemacht hatte.

So lange hatte er noch nie telefoniert. Der Mann am anderen Ende der Leitung war kritisch, was den Erfolg von Mechos Aufgabe betraf. Der Mann wusste das, und Mecho wusste es auch.

Es ging um Geben und Nehmen. Mecho würde dem Mann geben müssen, was er verlangte, wenn er sein Ziel erreichen wollte. Und noch nie hatte Mecho etwas so sehr gewollt.

»Du wirst es mir beweisen müssen, Mecho«, hatte der Mann gesagt. »Jeder mit einem Mund und einem Funken Verstand kann alles Mögliche behaupten.«

»Es wird erledigt«, hatte Mecho ihm versichert. Jetzt musste er sich nur noch überlegen, wie das zu schaffen war.

Er verließ sein Zimmer im Sierra und ging zu einem Diner in der Nähe. Für einen so großen Mann aß er wenig. Er hatte noch nie viel gegessen, aus dem einfachen Grund, dass es für ihn nie viel zu essen gegeben hatte. Im Lauf der Jahre verkümmerten sowohl der Magen wie auch der Appetit.

Aber zu einem Teil war es der Hunger, der ihn antrieb und seine Aufmerksamkeit nährte. Bequemlichkeit und Selbstzufriedenheit waren Begriffe, die Mecho nicht akzeptierte und auch nicht richtig verstand.

Doch er trank Unmengen von Wasser. Die Tortur, den Golf durchschwimmen zu müssen, steckte ihm noch immer in den

Knochen. Er hatte das Gefühl, nie wieder genug Flüssigkeit in sich zu haben.

Er bezahlte mit den Dollars, die er sich verdient hatte, indem er Peter Lamperts Besitz in makellosem Zustand hielt. Mecho betrachtete es als Blutgeld. Alles, was diesem Mann half, war in seinen Augen Blutgeld.

Mecho schaute sich in dem kleinen Diner um. Er war nicht allzu überrascht, zwei uniformierte Polizeibeamte bei ihrer Mahlzeit zu sehen. Ein Mann und eine Frau. Der Mann hatte einen geschorenen Kopf und war klein und stämmig. Die Frau war größer, athletisch gebaut, und hatte blondes Haar. Sie unterhielten sich angeregt. Der Mann sah wütend aus, die Frau schien ihn aufzumuntern.

Anscheinend ist es die Bestimmung der Frauen, den Zorn der Männer zu beschwichtigen, dachte Mecho.

Als er aufstand, um zu gehen, hoben beide Polizisten den Blick und schauten ihn an.

Mecho nickte, versuchte ein Lächeln und verließ den Laden. Für die Polizei hatte er nicht viel übrig. Für ihn war sie genauso ein Gegner wie sein eigentlicher Feind. Sie mussten das Gesetz aufrechterhalten.

Doch es gab kein Gesetz, das Peter Lampert oder Stiven Rojas jemals zum Verhängnis werden würde. Sie waren viel zu clever, als dass etwas so Ohnmächtiges wie Recht und Gesetz ihnen etwas anhaben konnte. Sie mussten auf andere, direktere Weise bestraft werden.

In der Gluthitze lief Mecho der Schweiß über die Schultern und den breiten Rücken hinunter. Er beschloss, einen Strandspaziergang zu machen, um noch etwas von der Meeresbrise mitzubekommen, bevor er in den Backofen seines kleinen Zimmers zurückkehrte.

Er stapfte durch den Sand, ohne die anderen Strandbesucher zu beachten, doch seine Antennen waren noch immer ausgefahren, und er blieb wachsam.

Glaubte er zumindest.

»Mecho?«

Er drehte sich um, wusste aber schon, wer ihn angesprochen hatte.

Chrissy Murdoch stand da, ihre Sandalen in der Hand. Sie trug ein weißes Sommerkleid, das der Wind um ihre schlanken Beine flattern ließ.

Mecho blieb stehen.

Chrissy kam zu ihm, schaute zu ihm hoch.

»Warum sind Sie hier?«, fragte der Hüne.

»Ich bin am Strand spaziert und habe dich gesehen.«

»Mr. Lampert hat einen Privatstrand. Der ist viel schöner als dieser hier.«

»Vermutlich. Ich bin erstaunt, dass du das weißt.«

»Genießen Sie Ihren Spaziergang.«

Er wandte sich ab, um zum Sierra zurückzugehen. Seine inneren Alarmglocken schrillten so laut, dass er beinahe taub war.

»Mecho?«

Wieder blieb er stehen, drehte sich diesmal aber nicht um.

Er spürte Chrissys Hand am Arm, schaute sie noch immer nicht an.

»Ich habe gehört, dass du dich nach meinem Schlafzimmer erkundigt hast«, sagte sie.

Diese Frage hatte er nicht erwartet.

Chrissy stellte sich vor ihn.

»Warum hast du dich danach erkundigt?«, wollte sie wissen. »Abgesehen von dem offensichtlichen Grund, versteht sich.«

»Was ist der offensichtliche Grund?«

Sie lächelte entwaffnend. »Sex. Was sonst.«

Mecho erwiderte das Lächeln nicht. Sie spielte ein seltsames Spiel mit ihm. In Wirklichkeit war es natürlich gar kein Spiel. Es war nie ein Spiel, wenn Menschen starben.

»Ich bezweifle, dass die Wächter mich ins Haupthaus lassen würden«, sagte er.

»Aber jetzt sind wir nicht im Haupthaus. Wo wohnst du?«

Mecho wandte sich ab und stapfte davon.

Sie folgte ihm mit beschwingten Schritten.

Er blieb so abrupt stehen, dass sie beinahe gegen ihn geprallt wäre. Er drehte sich um, blickte auf sie hinunter.

»Und was ist der nicht so offensichtliche Grund?«, wollte er wissen.

Die Frage schien sie nicht zu überraschen.

»Da er nicht offensichtlich ist, weiß ich das nicht so genau.«

»Gehen Sie mit allem so lässig um?«, fragte er.

»In der Stadt ist dein Englisch viel besser.«

»Ich lerne schnell.«

»Auch was mein Schlafzimmer angeht?«, wollte sie wissen.

»Wer hat Ihnen gesagt, dass ich Fragen stelle?«

»Ich bin gern in der oberen Etage. Das bietet einem interessante Perspektiven.«

»Inwiefern?«

»In verschiedener Hinsicht.«

»Warum sind Sie bei Lampert?«

»Ich bin Mr. Winthrops Begleiterin.«

»Der Mann, dem es egal ist, wenn ein anderer Mann Sie fickt?«, fragte Mecho grob.

»Solche Männer gibt es wie Sand am Meer, Mecho.«

»Ich gehöre nicht dazu.«

»Das kann ich mir auch nicht vorstellen.« Sie schlüpfte in die Sandalen. »Selbst um diese Zeit ist der Sand noch heiß. Also, wo wohnst du?«

»Warum wollen Sie das wissen?«

»Es gefällt mir, Bescheid zu wissen.«

Mecho setzte sich in Bewegung.

»Ich kann das auch selbst herausfinden, weißt du?«

Er blieb stehen und drehte sich wieder um, während sie näher kam.

»Was wollen Sie von mir?«

»Vielleicht das Gleiche, was du willst.«

»Woher wollen Sie wissen, was ich will?«

»Vielleicht bist du nicht so raffiniert, wie du glaubst.«

Mecho starrte durch sie hindurch.

»Weißt du, Mecho, ich bin mir nicht sicher, ob wir beide bekommen, was wir wollen. Das kann nur einer von uns.«

»Das kann nur einer von uns«, wiederholte er.

Er ließ sie stehen. Diesmal folgte sie ihm nicht, und er schaute nicht zurück.

Er hatte nur einen Gedanken.

Ich werde sie doch umbringen müssen.

68

»Jane? Was tust du hier, verdammt?«

Griffin Mason blickte Ryon an, die auf der Vordertreppe seines Ferienhauses an der Choctawhatchee Bay stand. Er hatte einen Morgenmantel übergeworfen, und sein Haar war zerzaust.

»Tatsächlich ist es ein Dreier«, verkündete Puller und baute sich rechts von Ryon auf, während Carson von links aus der Dunkelheit erschien.

Masons Gesicht verlor alle Farbe.

»Wir müssen uns drinnen unterhalten«, sagte Puller.

Der Anwalt blickte nervös über die Schulter. »Das ist jetzt kein guter Zeitpunkt …«

Bevor er den Kopf wieder nach vorn genommen hatte, schleuderte ein harter Stoß Pullers ihn ins Haus. Der Morgenmantel klaffte auf und enthüllte seinen nackten Körper.

»Das war keine Bitte.« Puller baute sich über Mason auf, der rücklings zu Boden gefallen war. »Wo sind sie?«

»Wo ist wer?«, keuchte Mason.

Puller packte ihn bei der Schulter und riss ihn auf die Füße. »Die Kinder.«

»Welche Kinder?«

»Diego und Mateo.«

Carson warf Puller einen fragenden Blick zu.

»Das ist mir unterwegs klar geworden«, sagte er. »Dieser Schweinepriester kann sich tausend Dollar leisten, um sich ein Kind zu kaufen.«

Im Nebenzimmer ertönte ein Laut. Puller eilte zur Tür, stieß sie auf.

»He, Mann«, brüllte Mason. »Sie dürfen da nicht rein.«

»Das wollen wir mal sehen«, erwiderte Puller. An der Schwelle blieb er wie angewurzelt stehen. Die anderen gesellten sich zu ihm.

Alle starrten ins Zimmer.

Ein Schlafzimmer.

Jemand lag auf dem Bett.

Es war nicht Diego. Oder Mateo.

Es war Isabel.

Und sie war nackt.

Hastig zog sie sich eine Decke über den Körper.

»Isabel …«, sagte Puller.

Sie starrte ihn an. Ihr Gesicht war wutverzerrt. »Scheiße, was geht hier vor, Grif?«, rief sie aus und blickte Mason an.

Der Anwalt packte Pullers Arm und versuchte ihn herumzureißen, aber Puller war so groß und schwer, dass Mason das Gleichgewicht verlor und erneut zu Boden stürzte. Hastig rappelte er sich auf. »Ich verklage Sie!«, rief er mit überkippender Stimme.

Puller wandte sich ihm zu. »Was hat sie hier zu suchen?«

»Das geht Sie nichts an, verdammt!«, kreischte der Anwalt, rasend vor Zorn.

»Das geht mich sehr wohl etwas an.« Puller wandte sich Isabel zu. »Bist du freiwillig hier?«

»Natürlich.«

»Sie haben es gehört. Und jetzt schaffen Sie Ihren Arsch hier raus«, brüllte Mason. »Sie sollten sich einen Anwalt suchen. Denn mir wird Ihre Militärpension und alles andere gehören, was Sie sonst noch haben, auch das Haus Ihrer Tante.«

»Was ist mit den Kinderfotos in Ihrer Brieftasche?«, fragte Puller. »Das schwarze und das asiatische Kind?«

»Woher wissen Sie davon?«

»Was sind das für Kinder?«

»Es sind *meine* Kinder«, explodierte Mason.

»Was?«

»Meine Ex und ich haben sie vor Jahren adoptiert. Sie sind jetzt beide erwachsen. Aber ich habe ihre Kinderbilder immer in meiner Brieftasche dabei. Nicht, dass Sie das irgendwas angeht …«

Carson räusperte sich. »Isabel, wie alt bist du?«

»Sechzehn«, erwiderte sie.

»Sag die Wahrheit, Isabel. Wir können es ganz leicht herausfinden. Aber es ist besser, du sagst es uns.«

Isabel zögerte. »Ich bin fast sechzehn. In anderthalb Jahren.«

Puller warf dem Anwalt einen angewiderten Blick zu. »Sie gehen mit einer Vierzehnjährigen ins Bett?«

»Sie hat mir gesagt, sie ist sechzehn! Schauen Sie sich doch ihre Titten an. Sie sieht aus wie achtzehn.«

»Wie viel bezahlt er dir?«, fragte Puller das Mädchen.

»Ich bezahle ihr gar nichts«, brüllte Mason. »Das hat nichts mit Prostitution zu tun.«

»Natürlich nicht. Sie ist nur hier, um einen alten fetten Sack zu vögeln, weil es viel cooler ist, als es mit den jungen Kerlen zu treiben.«

»Er schenkt mir was«, sagte Isabel.

»Zum Beispiel?«, wollte Carson wissen.

»Sag nichts, Isabel«, verlangte Mason. »Die wollen dich reinlegen. Ich rufe jetzt meinen Anwalt an.«

»Unzucht mit Minderjährigen ist Unzucht mit Minderjährigen«, bemerkte Puller. »Da gibt es keine Verteidigung.«

Mason trat einen Schritt zurück. »Hören Sie, wir können das klären. Das alles ist ein Missverständnis.«

»Das spielt keine Rolle. Sie wandern in den Knast, auch ohne die Unzucht mit Minderjährigen.«

»Was?« Mason sah verwirrt aus.

»Wir haben Ihren Betrug aufgedeckt.«

»Welchen Betrug?«

Puller blickte Ryon an, die wiederum Mason ansah.

»Ich habe sie mit dem Diebesgut aus den Häusern der alten Leute erwischt, die Ihnen vertraut haben«, erklärte Puller. »Sie hat Sie verpfiffen. Jetzt wissen wir, wie ein Nachlassanwalt sich einen Aston Martin leisten kann. Also sollten *Sie* sich lieber einen Anwalt nehmen.«

Mason starrte Puller ein paar Sekunden an, dann stürzte er sich auf Ryon. »Du dämliches Miststück!« Seine Hände fuhren an ihren Hals, und er drückte mit aller Kraft zu.

Puller riss ihn von Ryon los und schleuderte ihn gegen die Wand.

Nach Atem ringend, sank Ryon zu Boden. Auf ihrem Gesicht spiegelte sich Todesangst.

Puller zerrte Mason die Hände auf den Rücken und legte ihm Plastikhandschellen an.

»Prima, jetzt kriegen wir Sie auch noch wegen Körperverletzung und versuchtem Mord dran. Danke für den Gefallen.«

»Du dämliche Schlampe!«, schrie Mason die schluchzende Ryon an.

»Ja, ja, wir haben es schon beim ersten Mal kapiert«, sagte Carson.

Puller packte den Anwalt am Hals. »Und vielleicht helfen Sie Ihren Opfern ein bisschen schneller ins Grab, damit Sie abkassieren können, Grif?«

Mason blickte ihn ausdruckslos an. »Was?«

»Cookie schwamm in seiner Badewanne. Sie waren da. Sie haben Ryon befohlen, seine kostbarsten Uhren zu holen. Das konnte nur funktionieren, wenn Cookie bereits tot war.«

»Ich habe ihn nicht umgebracht!«

»Ja, ist klar. Und meine Tante? Haben Sie ihr zu einem Kopfsprung in den Brunnen verholfen? Sie unter Wasser gedrückt?«

»Nein, verdammt, ich schwör's bei Gott!«

»Wir wissen, dass Sie in Cookies Haus waren.«

»Okay, okay, ich war da. Zu einer Besprechung. Ich fand ihn tot vor.«

»Scheißdreck.«

»Nein. Er war wirklich tot. Deshalb habe ich Jane ja gesagt, sie soll ihren Hintern bewegen. Ich wollte die Uhren dort rausschaffen, bevor jemand das Haus betritt. Haben Sie eine Ahnung, was die wert sind?«

»Sparen Sie sich das für Ihre Verhandlung.« Puller wandte sich wieder Isabel zu. »Zieh dich an. Ich bringe dich nach Hause. Übrigens ist deine *abuela* ganz krank vor Sorge.«

»Ich habe mein eigenes Leben.«

»Wo sind Diego und Mateo?«

»Weiß ich nicht.«

»Hast du gewusst, dass sie vermisst werden?«

Trotzig starrte sie ihn an; dann zuckte sie mit den Schultern. »Die kommen schon wieder.«

»Zieh dich an«, sagte Puller leise und schloss die Tür.

Als sie Mason und Ryon nach draußen zerrten, summte Pullers Handy. Er las die SMS, die gerade eingetroffen war. Ihm klappte der Kiefer herunter.

»Verdammter Mist.«

»Was ist?«, wollte Carson wissen, während sie Ryon und

Mason auf die Rückbank des Tahoe luden und die Türen zuschlugen.

Puller blickte sie über das Wagendach hinweg an.

»Die Gerichtsmedizinerin ist mit Cookies Autopsie fertig. Er wurde nicht ermordet. Er starb an einem geplatzten Aneurysma.«

»Also ist Mason gar kein Killer?«, sagte Carson.

»Und kein Pädophiler. Er ist nur Abschaum, der alte Menschen beklaut und minderjährige Mädchen ins Bett zerrt.« Puller seufzte und lehnte sich an das Autodach. »Also sind wir wieder ganz am Anfang.«

»Das gilt dann auch für Diego und Mateo.«

»Es gilt für alles«, sagte Puller leise und blickte auf die Uhr. Es war Viertel nach eins.

In diesem Augenblick wurde ihm schlagartig etwas klar. Vermutlich war dieses Wissen immer schon da gewesen, nur hatte er ihm bis zu diesem Augenblick keine Beachtung geschenkt.

»Was ist?«, fragte Carson.

Doch Puller hörte sie gar nicht. Ein Teil von ihm konnte es einfach nicht glauben. Ein anderer Teil schon. Aber er musste sichergehen. Er würde ein paar Anrufe machen müssen. Er würde graben müssen, wieder Ermittler sein müssen.

Wurde auch Zeit, dachte er. *Höchste Zeit.*

69

Mason und Ryon befanden sich im Gewahrsam der Polizei von Paradise. Puller hatte Chief Bullock, der immer noch am Schreibtisch saß, einen genauen Bericht erstattet. Es hatte Stunden gedauert, ihm alle Einzelheiten zu erklären, und noch ein paar weitere Stunden, um den Papierkram zu erledigen. Die Justiz war von Formularen besessen.

Bullock war nicht besonders erfreut darüber, noch einen Fall aufgeladen zu bekommen, aber er ließ seine Leute die nötigen Formulare ausfüllen und Mason und Ryon in Zellen verfrachten. Mason schrie herum, die Stadt zu verklagen, aber Ryon hatte ein Geständnis unterschrieben, und es wurde bestätigt, dass Isabel erst vierzehn Jahre alt war. Die Anklage wegen Unzucht mit Minderjährigen stand auf einem soliden Fundament.

Isabel wurde in die Obhut ihrer Großmutter entlassen, nachdem sie eine schriftliche Aussage über die Geschehnisse gemacht hatte.

Puller hatte außerdem Vermisstenmeldungen für Diego und Mateo eingereicht und Bullock von der Behauptung erzählt, ein Mann habe tausend Dollar für die beiden gezahlt.

Bullocks Gesicht war dunkel angelaufen, als er davon hörte.

Carson, die sich im Hintergrund gehalten hatte, sagte: »Haben Sie mit solchen Dingen ein Problem in Paradise?«

Bullock blickte sie scharf an. »Was meinen Sie damit?«

»Dass man Menschen auf diese Weise kauft«, sagte Puller.

Bullock runzelte die Stirn. »Hören Sie, wir haben hier im Süden eine große Zahl von Leuten ohne Papiere, und das auch ohne die umgekehrte Immigration wegen der schlechten Wirtschaft. Bei den Illegalen erfährt man kaum, wenn jemand verschwindet. Leute kommen und gehen.«

»Hier geht es um zwei Kinder«, hielt Puller dagegen. »Sie lebten bei ihrer Großmutter.«

»Das habe ich schon begriffen, Puller. Aber mir fehlt das Personal, um jeden Vermisstenfall zu bearbeiten. Das kann nicht einmal mehr die Polizei in den großen Städten. So sind die Dinge nun mal.«

»Dann laufen die Dinge verkehrt«, erwiderte Puller.

»Okay, sie laufen verkehrt. Und was soll ich Ihrer Meinung nach tun?«

»Sie haben dem Fall Lampert viel Personal zugeteilt.«

»Bei denen ist eine Bombe hochgegangen, verdammt!«

»Aber niemand wurde verletzt.«

»Darum geht es nicht.«

»Nein, es geht darum, dass Lampert das größte Haus in Paradise besitzt.«

Bullock blätterte in Papieren und erwiderte nichts.

»Irgendwelche Hinweise auf den Bombenbauer?«, fragte Carson.

»Nein«, erwiderte Bullock, der noch immer in den Papieren blätterte.

»Was ist mit Cookie?«, wollte Puller wissen.

»Das ist kein Mordfall. Ein geplatztes Aneurysma. Falls Sie glauben, dass in der Orion Street ein mörderischer Irrer sein Unwesen treibt und auch Ihre Tante umgebracht hat … vergessen Sie's.«

»Nur weil Cookie eines natürlichen Todes gestorben ist,

heißt das noch lange nicht, dass meine Tante nicht ermordet wurde.«

»Puller, ich weiß zu schätzen, dass Sie Mason und Ryon erwischt haben. Sollte ihre Schuld sich erweisen, sind sie Abschaum, der es verdient hat, in den Knast zu gehen. Aber ich will nicht, dass Sie in der Stadt herumrennen und Detektiv spielen.«

»Ich habe Ihnen meine Dienste schon einmal angeboten. Sie sagten, Sie kommen darauf zurück.«

»Ich sagte vielleicht. Und ich habe mich dagegen entschieden. Sie gehören diesem Revier nicht an. Sie sind beim Militär. Sie haben hier keinerlei Amtsgewalt, und ich habe keine Autorität über Sie. Das könnte sehr schnell sehr kompliziert werden.«

»Gut, das kann ich verstehen.«

»Danke. Und wenn Sie mich jetzt entschuldigen würden, ich muss mich um den Papierkram wegen Mason und Ryon kümmern.«

Puller und Carson verließen das Revier und traten hinaus in einen neuen Tag, an dem die Sonne bereits hoch am Himmel stand. Die Hitze und Luftfeuchtigkeit fühlten sich an, als hätte man einen warmen Bierkrug über sie ausgeschüttet.

Carson streckte sich und ließ den Kopf kreisen, um die Muskelverspannungen im Nacken zu lösen. »Tja, ich bin offiziell müde.«

»Das passiert, wenn man nachts nicht schläft.« Puller blickte auf die Uhr. »Es ist bereits Zehnhundert.«

»Wir sollten uns ein wenig Pritschenzeit gönnen, John. Sonst sind wir zu nichts gut.«

Während Sadie es sich auf einem großen Strandhandtuch in der Ecke bequem machte, duschte Puller. Er trocknete sich ab, schlüpfte in seine Boxershorts und ließ sich aufs Bett fallen. Er wollte schlafen, konnte aber nicht. Noch nicht. Er stand wieder auf und verbrachte die nächsten beiden Stunden damit, seine Handyminuten zu verbrauchen. Dabei sammelte er eine Menge interessanter Informationen. Und alles passte wunderbar zu dem, was er sich bereits gedacht hatte. Hätte er in der Nacht nicht auf die Uhr geschaut, wäre er nie darauf gekommen. Manchmal arbeitete der Verstand auf wundersame Weise. Er musste noch tiefer graben und weitere Anrufe tätigen, doch erst einmal legte er sich aufs Bett und schlief sofort ein.

Stunden später überraschte ihn ein Klopfen an der Tür. Er stand auf und zog die M11 aus dem Halfter.

»Ja«, sagte er von links neben der Tür.

»Sie können sich entspannen. Hier ist nur Ihre nette Nachbarin mit dem Stern. Sind Sie vorzeigbar?«

Puller öffnete die Tür. Carson trug ein eng anliegendes, ärmelloses blaues Kleid mit V-Ausschnitt und Schuhe mit fünf Zentimeter hohen Absätzen.

»Wie spät ist es?«, wollte Puller wissen, der bei ihrem Anblick von schlaftrunken auf hellwach geschaltet hatte.

»Siebzehnhundert.«

»Verdammt. Ich muss wirklich tief geschlafen haben. Es kommt mir vor, als wäre es nur eine Stunde gewesen.«

»Darf ich reinkommen?«

Er trat zurück und ließ sie durch. Sie roch nach Ingwer und Flieder. Ihre Haut glühte. Ihr Haar war zurückgekämmt. Das Kleid endete ungefähr in der Mitte des Oberschenkels.

Sie setzte sich aufs Bett und schlug die langen Beine übereinander, während Puller die Tür schloss.

»Ich dachte, wir könnten über den Fall sprechen und dann übers Abendessen nachdenken. Es sei denn, Sie wollen sich mit Officer Landry treffen.«

Sie blickte ihm nicht ins Gesicht, sondern ein gutes Stück tiefer.

Puller folgte ihrem Blick und wurde sich bewusst, dass er noch immer nur seine Boxershorts trug.

»Sie müssen wirklich eine andere Definition von präsentabel haben als ich, Puller.«

»Ich will mich nicht mit Officer Landry treffen«, sagte er knapp.

»Mehr muss ich nicht wissen.«

Sie stand auf, schlüpfte aus den Schuhen, öffnete den Verschluss auf dem Rücken ihres Kleides und ließ es zu Boden fallen.

Sie trug nichts darunter.

»Das muss sehr aufdringlich von mir erscheinen.«

»Nun ja … nicht, dass es mich stört.«

Sie fuhr sanft über seine Wange. »Die Army hat mir etwas beigebracht. Will man eine Position erobern, tut man es einfach. Zögern ist für Verlierer.«

Sie legte sich aufs Bett und schlug die Decke zurück. »Ich weiß, dass du lange geschlafen hast, aber willst du nicht wieder ins Bett kommen? Du wirst nicht wieder einschlafen, das garantiere ich.«

Zuerst küssten sie sich behutsam, dann leidenschaftlicher, während ihre Hände einander erkundeten. Als sie sich voneinander lösten, sah Carson unsicher und verletzlich aus; ihr Haar war durcheinander, ihre Lippen leicht geöffnet. Sie war eine taffe Frau und trug einen Generalsstern, aber jetzt war sie nackt, hilflos und buchstäblich in Pullers Händen. Mit dem Finger fuhr er die Konturen ihrer Lippen nach.

Worte waren unnötig.

Er hob sie hoch, und ihre langen Beine schlangen sich sofort um seine Taille. Er legte sie behutsam zurück aufs Bett. Ihr Rücken war schweißbedeckt, und Puller griff kräftiger zu. Zielstrebig schwang er sich auf sie. Seine Hände glitten zu ihrem Po, hoben ihr Becken an.

Sie stieß einen spitzen Schrei aus, als er in sie eindrang. Ihr Stöhnen wurde lauter, schneller, je kräftiger er zustieß. Sie krallte die Finger in seine breiten Schultern und drängte sich ihm voller Gier entgegen.

Kurz darauf erschauderte Puller bei einem überwältigenden Höhepunkt, während Carson aufschrie und sich wild unter ihm aufbäumte.

Langsam lösten sie sich voneinander und streckten sich Seite an Seite auf dem Bett aus.

Carson versuchte, ihren Atem unter Kontrolle zu bringen.

»Das war unglaublich«, stieß sie hervor.

Das war es tatsächlich, dachte Puller und sagte es ihr auch.

Sie drehte sich zu ihm um und küsste ihn, zuerst auf die Wange, dann auf die Lippen, und streichelte dabei sein Gesicht.

Für Puller war es eine Weile her gewesen. Er hatte sich sogar ein wenig Sorgen gemacht, ob er die nötige Lust und Leidenschaft aufbringen würde. Aber wie es aussah, war es ihm gelungen, voll und ganz, und das erfüllte ihn mit Zufriedenheit und Erleichterung, als er nun neben ihr lag. Auch er atmete noch immer schwer, als hätte er soeben den Zwei-Meilen-Lauf der Army in Rekordzeit absolviert.

»Ich mache so etwas nicht einfach so, nur damit du es weißt«, sagte Carson.

»Dafür bist du auch nicht der Typ.«

»Stimmt genau«, sagte sie, stemmte sich auf einen Ellbogen und schaute ihn an.

»Ich auch nicht«, sagte Puller.

»Ich weiß.«

»Woher? Hast du mich überprüft?«

»Deine Personalakte spricht für sich. Da ist nicht viel Platz für Privates drin.«

»Bei dir auch nicht.«

»Klar, wenn man den Sternen hinterherjagt.« Sie rieb mit der flachen Hand über seine Brust. »Und? Wie geht es jetzt mit uns weiter, Großer?«

Ruckartig setzte Puller sich auf und blickte sie an.

Carson lachte. »Keine Bange, ich erwarte weder einen Verlobungsring noch ein Hochzeitsdatum. Ich rede vom Essen. Ich bin halb verhungert.«

Puller lächelte erleichtert. »Dann lass uns gehen.«

Sie küsste ihn erneut und strich mit einem Finger über einen Teil seiner Anatomie. Er schauderte.

»Ist das ein Befehl, Soldat?«, raunte sie ihm ins Ohr.

»Bei allem Respekt, Ma'am, ja.«

70

Gesättigt lehnten Puller und Carson sich von ihren leeren Tellern zurück und betrachteten einander.

»Du schaust mich an, als hätte sich unsere Beziehung verändert«, sagte Carson.

Puller legte den Kopf schief. »Ist es denn nicht so?«

Sie saßen in der hinteren Ecke eines Restaurants. Es war noch relativ früh, sodass die Flut der Abendgäste noch nicht eingesetzt hatte. Sie hatten den Laden fast für sich allein.

»Warum? Weil wir miteinander geschlafen haben?«

»Ich wüsste keinen anderen Grund.«

»Hat es dir etwas bedeutet?«

»Ich schätze, dir nicht.«

»Sei nicht sauer, John, aber wir schreiben das einundzwanzigste Jahrhundert. Wir Mädels wollen es manchmal aus keinem anderen Grund als ihr Kerle: Wir haben einfach Lust darauf.«

»Okay.«

Sie lächelte. »Fühlst du dich benutzt?«

Puller erwiderte das Lächeln. »Drehst du den Spieß jetzt um, was die männliche Psyche angeht?«

»Wird doch mal Zeit, findest du nicht?«

»Ich bin kein typisches Exemplar eines Mannes.«

»Das mag ich an dir. Nimm zum Beispiel Landry.«

»Was ist mit ihr?«

»Sie ist jung und heiß. Sie will dich ins Bett zerren, dazu

braucht man kein Detektiv zu sein. Aber zweifellos hat jeder Cop im Revier sie angebaggert.«

»Vermutlich.«

»Glaubst du, im Verteidigungsministerium geht es anders zu?«

»Bitte?«

»Mir haben genug Ein-Sterne und Vier-Sterne in den Hintern gekniffen. In West Point war es das Gleiche. Dozenten und starrköpfige Penner. Und später im Feld, wo alle möglichen Lamettaträger der Ansicht sind, dass es völlig okay ist, wie sie mit den Frauen in den Rängen umspringen. Scheiße, bei meinen Kampfeinsätzen im Nahen Osten hatte ich manchmal den Eindruck, als müsste ich an beiden Flanken kämpfen.« Sie trank einen Schluck Eistee. »Bist du überrascht?«

»Die Antwort der Army sollte wohl lauten, ja, es überrascht mich.«

»Und deine Antwort?«

»Du kennst meine Antwort. Es ist nicht die Antwort der Army.«

»Ständig angemacht, belästigt, bedroht und sogar angegriffen. Willkommen in der Armee des ›Mannes‹, richtig?«

Seine Hände ballten sich auf dem Tisch zu Fäusten, er beugte sich vor. »Für diese Scheiße gibt es Verfahrensweisen, Julie. Das muss man nicht mit sich machen lassen. Wie du gesagt hast, wir schreiben das einundzwanzigste Jahrhundert.«

»Ja. Und Teile dieses Jahrhunderts sehen nicht anders aus als früher. Männer sind noch immer Männer, so aufgeklärt sie auch sein mögen oder wie sehr drohende Disziplinarverfahren, das Kriegsgericht, zerstörte Karrieren oder angepisste Ehefrauen sie an die Kandare nehmen. Trotzdem erlauben sie sich diesen Schwachsinn, weil sie glauben, sie kommen damit durch. Das glauben sie immer.«

»Also nimmst du es einfach hin?«

»Das habe ich nicht gesagt.« Sie hielt die Faust hoch. »Manchmal habe ich das hier benutzt. Manchmal auch ein Knie in die Nüsse. Manchmal auch nur einen bösen Blick. Und ja, manchmal waren es auch eingereichte Beschwerden und torpedierte Karrieren. Aber manchmal habe ich weder etwas gesagt noch getan. Manchmal bin ich einfach gegangen.«

Puller betrachtete sie. »Du scheinst nicht der Typ zu sein, der einfach geht.«

»Ich hatte langfristige Pläne, Puller. Die Army war nicht nur eine Laune von mir. Ich wollte große Dinge tun. Ich wollte Sterne. Einen habe ich. Ich will noch mindestens zwei mehr.«

»Also macht man mit, um weiterzukommen? Nicht meine Art der Führung.«

»Führung ist eine merkwürdige Sache. Die Parameter verändern sich ständig. Aber bei einer Sache kann man keine Kompromisse eingehen.«

»Und welche Sache ist das?«

»Wenn es um die Frage geht, ob man sich am nächsten Tag noch im Spiegel ansehen kann. Das konnte ich immer. Ganz egal, was geschehen war. Es war nicht mein Problem. Es war ihres. *Sie* sollten nicht in den Spiegel schauen können. *Sie* sind diejenigen, die ihren Schwanz nicht unter Kontrolle haben.«

»Und wohin führt uns das?«

»Ich bin nicht hergekommen, um dich ins Bett zu kriegen. Na gut, vielleicht ein Teil von mir. Jetzt, da wir das erledigt haben, kann ich mich auf das konzentrieren, weshalb ich wirklich hergekommen bin.«

»Urlaub?«

»Dir dabei zu helfen, einen Fall zu lösen. Was machen wir als Nächstes?«

»Ich bin nicht daran gewöhnt, dass Generäle mich nach der Richtung fragen.«

»Die besten Anführer lassen ihre Leute das tun, was sie am besten können. Du bist vom CID. Ich habe nicht die geringste Ahnung, wie man Verbrechen untersucht. Also, was machen wir als Nächstes?«

»Die Storrows.«

»Die Storrows?«

»Das Paar, das am Strand ermordet wurde. Sie kannten meine Tante.«

»Glaubst du, man hat sie deshalb umgebracht?«

»Ich glaube, die Storrows waren viel unterwegs. Manchmal zu Fuß, manchmal mit dem Wagen.«

»Mit dem Wagen. So wie fünf Meilen hin, fünf Meilen zurück?«

»Vielleicht.«

»Und sie haben deiner Tante erzählt, was sie gesehen haben?«

»Oder zu sehen geglaubt haben. Oder vermutet haben. Also hat sie diesen Brief an meinen Vater geschrieben. Aber eigentlich wollte sie, dass ich komme und es mir ansehe. Sie hätte mir mehr erzählen können, hatte aber nicht mehr die Gelegenheit.«

Puller zog den Brief aus der Tasche und schob ihn Carson zu. Sie las ihn.

»Mysteriöse Geschehnisse in der Nacht … Leute, die nicht sind, was sie zu sein scheinen … Etwas stimmt nicht. Alles ziemlich rätselhaft.«

»Meine Tante neigte nicht zu Übertreibungen. Bei ihr sind diese Worte beinahe so etwas wie ein Hilfeschrei.«

»Wenn deine Theorie stimmt, was ihren Tod angeht, dürfte es tatsächlich ein Hilfeschrei gewesen sein. Aber da die Storrows tot sind … wie machen wir weiter?«

»Der Sohn und die Schwiegertochter. Sie haben sie als vermisst gemeldet. Ich hoffe, sie können ein paar Lücken füllen.« Er stand auf. »Bist du bereit?«

Sie lächelte zu ihm hoch. »Nach der Runde im Bett? Ich bin so gut wie zu allem bereit.«

71

Mecho trank Wasser aus einem Vier-Liter-Kanister und starrte auf das große Haus. Alles daran war perfekt geplant und perfekt ausgeführt. Das Äußere war von erstaunlicher Schönheit. Nur was darunterlag, war weniger schön.

Aber so war die Welt nur allzu oft.

Er wischte sich den Mund ab, stellte den Kanister wieder auf den Truck, schnappte sich einen Rechen und ging zu einem Teil des Gartens, in dem mehrere Bäume standen. Ein großer Springbrunnen leitete Wasser in ein Auffangbecken aus Beton. Der Rand dieses »Geheimen Gartens« war mit üppigen Pflanzen und Holzbänken in Nischen ausgestattet, deren Böden gepflastert waren.

Mecho hatte schon in diesem Teil des Gartens gearbeitet. Er fand ihn friedlich und beschaulich. Vermutlich hatte Mrs. Lampert ihn angelegt. Er konnte sich nicht vorstellen, dass Peter Lampert auf einen so friedlichen Ort Wert legte.

Als er um die Ecke bog und sich mit seinem Rechen an die Arbeit machte, stellte er überrascht fest, dass eine der Bänke besetzt war.

Chrissy Murdoch hielt ein Buch in Händen, las aber nicht. Sie blickte aufs Meer hinaus, das nahe genug war, um die anrollenden Brecher hören zu können. Sie trug hellgrüne Shorts, eine weiße Bluse und Tennisschuhe mit Söckchen. Ihr Haar war zu einem strengen Zopf geflochten. Gefiltert durch die Äste eines nahen Baumes spielte das Sonnenlicht über ihr Gesicht.

Mecho betrachtete sie, für einen Moment verzaubert von ihrer Schönheit und Melancholie.

Als sie zusammenschreckte und in seine Richtung blickte, machte er sich wieder an die Arbeit, harkte Blumenbeete und schichtete den Mulch zu ordentlichen festen Hügeln auf.

»Ein wunderschöner Tag, nicht wahr?«, sagte sie.

»In Paradise ist jeder Tag wunderschön«, erwiderte er.

»Das wissen wir beide besser, oder?«

Seine großen Finger fassten den Rechen fester, doch er schwieg.

»Hast du über unsere Begegnung am Strand gestern Abend nachgedacht?«

»Haben Sie?«

»Ich habe an nichts anderes mehr gedacht.«

»Ich habe auch darüber nachgedacht. Ich glaube, Sie verwechseln mich mit jemandem.«

Sie stand auf, klappte ihr Buch zu und ging langsam zu ihm.

»Also bist du nur ein einfacher Arbeiter, der den Besitz eines reichen Mannes in Ordnung hält?«

»Ich arbeite mit einem Rechen. Mein Hemd ist schweißgetränkt. Ich fahre auf einem Truck. Ich wohne in einem Loch. Ziehen Sie Ihre eigenen Schlüsse.«

»Aber du bist gebildet.«

»Gebildet oder nicht, ich muss meinen Lebensunterhalt verdienen. Hier ist nicht meine Heimat. Ich muss ganz unten anfangen. So ist das in jedem fremden Land.«

»Manch einer fängt oben an.«

»Wenn er Beziehungen hat. Oder eine reiche Familie. Ich habe weder das eine noch das andere. Und Sie?«

»Ich habe mein Aussehen. Und eine gewisse Anmut. Ich weiß, welches Besteck man zu welchen Speisen benutzt, wie man sich kleidet und wie man Small Talk macht. Ich kann italienischen Wein von französischem unterscheiden. Einen Monet von einem Manet. Alle andere kann ich vortäuschen.«

»Dann haben Sie ja Ihr ganzes Leben geplant.«

»Nein.«

Er stützte sich auf seinen Rechen. »Was wir tun, ist sehr gefährlich. So offen miteinander zu reden, meine ich. Hier gibt es überall Ohren und Augen.«

»Hier nicht. Nicht im Geheimen Garten. Dafür hat Mrs. Lampert gesorgt.«

»Ist sie eine Lady?«

»Das wohl nicht. Aber im Gegensatz zu mir ist sie echt.«

»Dann sind Sie eine Betrügerin?«

»Das sind die meisten von uns.«

»Sie haben mir am Strand ein Ultimatum gestellt.«

»Ja.«

»Ich habe es nicht verstanden.«

»Ich dachte, die Bedingungen wären glasklar.«

»Sie glauben nicht, dass ich der bin, der ich angeblich sein soll? Welche Beweise haben Sie?«

»Der Beweis steht direkt vor mir.«

»Was interessiert Sie an Lampert?«

»Er ist in vieler Hinsicht ein interessanter Mann.«

»Sie haben mit ihm geschlafen.«

»Findest du das widerlich?«

»Sie nicht?«

»Vielleicht.«

»Warum lassen Sie es dann zu?«

»Das Leben ist ein ständiges Abwägen von Kosten und Nutzen«, sagte sie.

»Weshalb tun Sie das?«

»Ich dachte, das am Strand wäre klar gewesen.«

»Was haben Sie gegen ihn vorzubringen?«

»Und du?«

Er stand hoch aufgerichtet da, und seine Hand fuhr den Rechen auf und ab.

»Dein Timing ist wirklich bemerkenswert. Deins und meins«, sagte sie.

»Ich würde es nicht als bemerkenswert bezeichnen.«

»Bist du der Ansicht, dein Timing ist schlecht?«

»Wie Sie schon sagten, es kann nur einer von uns sein.«

»Also gibst du deine Absicht zu?«

Mechos Miene verfinsterte sich. Er war ein Narr gewesen. Sie hatte ihn eingewickelt, ohne dass er es gemerkt hatte.

Er blickte sich um. Rechnete damit, dass Lamperts Sicherheitsleute kamen. Schaute sie wieder an, versuchte, das Mikro unter ihrer Bluse oder ihren Shorts zu entdecken.

»Nein, Mecho, so ist es nicht«, sagte sie, als hätte sie seine Gedanken gelesen.

»Wenn Sie es sagen.« Er wandte sich zum Gehen.

»Trittst du zurück?«

Er sagte nichts, rührte sich aber auch nicht.

»Trittst du zurück?«, wiederholte sie.

»Tun Sie es?«

»Dann kenne ich jetzt wohl deine Antwort.«

»Ja.«

»Es war für uns eine lange Zeit, Mecho. Eine lange Zeit. Mit vielen Qualen.«

»Glauben Sie, das gilt für Sie allein?«

»Nein. Aber ich habe Verpflichtungen. Das Endergebnis wird dir gefallen.«

»Ich habe auch Verpflichtungen.«

Er ging schnell los und entfernte sich von ihr. Entfernte sich vom Geheimen Garten, der keine Geheimnisse mehr enthielt.

Jetzt musste alles beschleunigt werden. Der sorgfältig aufgebaute Zeitplan war zerstört.

Aber da war auch noch etwas anderes.

Für gewöhnlich wurde ein Ultimatum auch ausgeführt. Preise mussten bezahlt werden.

Gerade war seine hintere Flanke entblößt worden. Jetzt kämpfte er an zwei Fronten, obwohl er nur mit einer gerechnet hatte.

Er blickte zu ihr zurück.

Sie stand da, ihr Buch in der Hand, und schaute ihm hinterher.

Er sah Traurigkeit auf ihrem Gesicht. Resignation.

Vor allem aber Entschlossenheit.

Mecho ging weiter. Er selbst empfand weder Traurigkeit noch Resignation.

Aber Entschlossenheit.

Jetzt war der Krieg wirklich ausgebrochen.

72

Peter Lampert senkte das Fernglas, beobachtete den großen Mann aber weiter, der über den Rasen ging und seinen Rechen auf dem Truck der Landschaftsgärtnerei abstellte.

Er schätzte die Größe des Mannes.

Zwei Meter, vielleicht sogar mehr.

Um die hundertdreißig Kilo, dabei keineswegs massig, sondern schlank, mit gewaltigen Schultern und stämmigen Beinen, deren knotige Muskeln sich deutlich unter dem Stoff seiner zu kurzen Hose abzeichneten.

Ein interessanter Bursche.

Lampert hatte ihn mehrmals mit Beatriz, dem Dienstmädchen, sprechen sehen. Ihm war auch nicht entgangen, dass Chrissy Murdoch ihm Aufmerksamkeit geschenkt hatte. Er war ja auch ein passabel aussehender Mann. Zweifellos würden ihn Frauen als markant bezeichnen.

Und seine auffallende Größe. Frauen standen auf so etwas, wie er wusste.

Das alte Sprichwort, dass große Füße auf andere große Körperteile hindeuteten, war immer noch beliebt.

Große Füße, dachte Lampert.

Größe einundfünfzig, wenn nicht mehr.

Vielleicht dieselben Füße, die in dem Blumenbeet vor dem Fenster des Gästehauses gestanden hatten. Er fragte sich, wie wohl die Schrift des Mannes aussah. Ob sie zu der Botschaft an der Wand seines Gästehauses passte?

Seine Leute hatten ihm von dem großen Mann berichtet, dem Riesen, wie sie ihn genannt hatten, der von der Ölplattform mit einem Sprung ins Wasser entkommen war. Man hielt ihn für tot. Was sollte man bei einem Sprung von der Bohrinsel ins dunkle Meer auch anderes erwarten? Niemand hätte von dort aus an Land schwimmen können.

Dennoch.

Vielleicht hatte dieser Mann ja, was man dazu brauchte. Oder er hatte Hilfe gehabt.

Lampert ging Risiken ein, das hatte er immer schon getan. Das Risiko, den Mann zu eliminieren, selbst wenn sich herausstellen sollte, dass er keine Bedrohung war, kümmerte ihn nicht. Kollateralschäden waren ihm völlig egal.

Noch wusste er nicht, was davon zu halten war, dass Chrissy Murdoch mit dem Riesen gesprochen hatte. Winthrop konnte Chrissy nicht einmal annähernd sexuell befriedigen, das wusste er. Deshalb auch das gelegentliche Rendezvous im Gästehaus.

Vielleicht stand Chrissy ja auf riesige Männer – in jeder Beziehung riesig. Vielleicht war es wirklich so einfach.

Auch das war eine Frage des Risikos.

Stiven Rojas schaute Lampert stets über die Schulter, wann auch immer, wo auch immer.

Nein, verbesserte sich Lampert. *Er atmet mir in den Nacken.*

Ein Mann wie Rojas tolerierte keine Fehler. Deshalb war Lampert hoch motiviert, keinen Fehler zu begehen.

Er beobachtete weiter, wie der große Mann in der heißen Sonne schuftete.

Lampert musste heute etwas erledigen. Es war riskant, aber er musste es tun.

Und während der Fahrt würde er entscheiden, was er mit dem Riesen machen sollte.

Lampert wusste nicht, dass jemand ihn im Auge behielt, während er den Riesen beobachtete.

Chrissy Murdoch stand hinter einem Baum und spähte mit einem kleinen Fernglas, das sie in ihrer Tasche trug, zwischen den Ästen hindurch. Sie hatte das Aufblitzen von Lamperts Fernglas gesehen, als er Mecho beobachtete.

Rasch analysierte sie die Situation. Es konnte ein Vorteil für sie sein, Lampert zu erlauben, ihre Konkurrenz auszulöschen. Mecho, um genau zu sein, den sie nun als Rivalen betrachtete.

Sie hatte einen zu weiten Weg zurückgelegt, hatte zu viel geopfert und alles riskiert, um die Position zu erreichen, in der sie jetzt war. Sie hatte niemanden an die Sklaverei des einundzwanzigsten Jahrhunderts verloren. Mecho anscheinend schon.

Aber ein Teil von ihr fragte sich, ob es richtig wäre, so zu handeln. Mechos Tod zuzulassen. Denn sie war überzeugt, dass Lampert genau das plante. Sie hatte Mecho an jenem Tag vor dem Fenster des Gästehauses gesehen. Und wenn er ihr aufgefallen war, hätte er auch Lampert auffallen können.

Und die Nacht, als der Bentley explodiert war?

War auch das Mecho gewesen?

Hatte er Lampert mit einem Sprengsatz Angst einjagen wollen? Falls ja, war dieses Vorhaben kläglich gescheitert. Es hatte lediglich Lamperts Alarmbereitschaft erhöht. Und das hieß schon etwas, denn dieser Mann war höllisch wachsam.

Vielleicht sollte man diesen Fehler allein schon als Anlass nehmen, Mecho beseitigen zu lassen. Dann hätte sie freie Bahn.

Aber so leicht war die Entscheidung dann doch nicht. Als sie Mecho das erste Mal gesehen hatte, war irgendetwas in seinem Blick gewesen, das sie einfach nicht vergessen konnte.

Er war ein Mann, der eine schwere Verletzung erlitten hatte. Doch es war eine unsichtbare Wunde, denn er verschloss die Schmerzen in seinem Inneren.

Wenn ein Mann wie Peter Lampert im Spiel war, konnte so etwas passieren. Das wusste Chrissy Murdoch nur zu gut.

Lampert war perfekt für das, was er tat. Er hatte kein Gewissen. Er interessierte sich nur für sich selbst. Er würde jeden opfern, um seinen Willen zu bekommen, sogar seine Frau und sein einziges Kind. So war er nun mal.

Aber selbst einen Mann wie Lampert konnte man empfindlich treffen, und zwar da, wo es ihn schmerzte. Diese Stellen waren gut verborgen, aber es gab sie.

Und Chrissy Murdoch war entschlossen, genau diese Stellen ins Visier zu nehmen.

Sie verließ die Deckung des Baumes, ging langsam zurück zu dem Geheimen Garten, setzte sich wieder auf die Bank und schlug das Buch auf.

Noch hatte sie keine Entscheidung getroffen, weil sie sich nicht entscheiden konnte.

Leben oder Tod, Mecho?

Leben oder Tod?

Aber da lag etwas in seinem Blick.

Chrissys Augen füllten sich mit Tränen, als sie darüber nachdachte.

73

Lynn und Chuck Storrow warteten in ihrem Haus, nur ein paar Minuten vom Strand entfernt. Puller hatte sich und Carson telefonisch angemeldet. Es war ein einstöckiges Gebäude, das einen großen Teil des Grundstücks beanspruchte.

Chuck Storrow führte die Besucher hinein.

Seine Frau saß zusammengesunken auf der Couch. Sie hatte sich in ein Schultertuch gewickelt, obwohl draußen brutale Hitze herrschte.

Als sie den Kopf hob, war ihr die Trauer über den kürzlichen Verlust ihrer Schwiegereltern deutlich anzusehen.

Puller und Carson drückten ihr Mitgefühl aus.

»Bitte setzen Sie sich«, sagte Chuck. »Sie sind bei der Army, sagten Sie?«

Puller und Carson nahmen dem Paar gegenüber auf einem kleinen Sofa Platz, das kaum breit genug für sie beide war.

»Das sind wir beide«, antwortete Puller. »Aber ich bin wegen dem Tod meiner Tante Betsy hier in der Stadt.«

»Dann sind Sie John Puller, ihr Neffe?«, sagte Chuck, während Lynn sich die Augen mit einem Papiertaschentuch abwischte und mit einem Mal interessierter erschien.

»Ja. Wenn ich recht informiert bin, waren meine Tante und die Storrows befreundet.«

»Das stimmt«, antwortete Lynn leise. »Sie waren sehr gute Freunde. Wir kannten Betsy ebenfalls. Eine wunderbare Frau.«

»Sehr seltsam, dass die drei in so kurzem zeitlichen Abstand gestorben sind, nicht wahr?«, sagte Puller. »Und unter so verdächtigen Umständen.«

Chuck musterte ihn verwirrt. »Ich dachte, Betsys Tod war ein Unfall.«

»Dieser Meinung ist vielleicht die Polizei. Ich nicht.«

»Warum nicht?«, wollte Lynn wissen.

Puller nahm den Brief aus der Tasche und reichte ihn ihr.

Die Storrows lasen ihn gemeinsam.

Chuck schaute auf. »Mysteriöse Geschehnisse?«

»In der Nacht«, fügte Lynn hinzu.

Puller nickte. »Ganz recht, in der Nacht. Betsy ist in der Nacht gestorben. So wie Ihre Eltern, Chuck.«

Tränen traten in Lynns Augen. Chuck legte ihr einen Arm um die Schultern.

»Ich sehe da keine Verbindung«, meinte er.

»Ihre Eltern und meine Tante waren befreundet. Vielleicht haben sie einander etwas anvertraut. Vielleicht wussten sie, was meine Tante in ihrem Brief gemeint hat.«

»Aber das hätten sie uns gegenüber doch erwähnt«, sagte Chuck.

»Und das haben sie nicht getan?«, fragte Carson.

»Natürlich nicht. Sonst hätten wir es Ihnen gesagt.«

»Waren Sie die ganze Zeit hier?«, wollte Puller wissen. »In den letzten Wochen, meine ich?«

»Nun, ehrlich gesagt …«, begann Chuck.

»Wir waren drei Wochen weg«, erklärte Lynn. »In Afrika. Eine Safari. Nach unserer Rückkehr habe ich meine Schwiegereltern anzurufen versucht, aber sie meldeten sich nicht. Ich nahm an, dass sie ihren üblichen Strandspaziergang machten. Als ich am nächsten Tag noch einmal bei ihnen anrief und wieder keine Antwort bekam, machte ich mir Sorgen. Da haben wir die Polizei verständigt.«

»Ihre Eltern haben nicht versucht, während Ihres Urlaubs Verbindung mit Ihnen aufzunehmen?«, fragte Puller den Ehemann.

»Sie haben nicht gerne telefoniert, und sie hätten niemals ein Auslandsgespräch geführt, obwohl ich ihnen gesagt hatte, dass ein Anruf auf meinem Handy kein Auslandsgespräch ist. Ich glaube nicht, dass sie das richtig verstanden haben. Ihre Generation war sehr sparsam. Sie haben auch nie eine E-Mail versandt oder eine SMS.«

Lynn schluchzte leise. »Wir hätten *sie* anrufen sollen.«

Chuck schüttelte den Kopf. »Der Handyempfang da drüben ist nicht besonders gut. Ich dachte schlimmstenfalls an einen Unfall, als sie sich nicht gemeldet hatten. Ich hätte mir nie träumen lassen, dass jemand sie …« Er verstummte.

»Das kann ich verstehen«, meinte Puller. »Sind die beiden noch selbst mit dem Auto gefahren?«

Lynn nickte. »O ja. Sie waren noch ausgesprochen aktiv in allen Dingen.«

»Hätten sie meine Tante irgendwohin gefahren?«

»Das kam schon mal vor. Aber Betsy fuhr ja selbst noch Auto. Sie hatte ihren Wagen mit einer Handkontrolle ausgestattet.«

»Ja, das habe ich gesehen.«

Chuck musterte die Besucher. »All diese Fragen. Und dieser Brief. Haben Sie eine Ahnung, was ihnen zugestoßen sein könnte?«

»Ich bin mir noch nicht sicher. Wir folgen jeder Spur, die sich ergibt. Hat einer von ihnen ein Tagebuch geführt?«

»Ein Tagebuch?«, wiederholte Lynn. »Nein, das glaube ich nicht. Warum?«

»Es könnte eins aus dem Haus meiner Tante verschwunden sein.«

»Wären wir hier gewesen, wäre ihnen das vielleicht nicht passiert«, sagte Lynn langsam.

»Liebling, wir dürfen uns deshalb keine Vorwürfe machen. Wir hatten den Safariurlaub seit Jahren geplant.«

»Sie trifft wirklich keine Schuld«, meinte Carson. »Das ist es nicht wert, und Ihre Schwiegereltern hätten das auch bestimmt nicht gewollt.«

Lynn putzte sich die Nase.

»War der Anwalt Ihrer Eltern zufällig Griffin Mason?«, fragte Puller.

»Nein. Sie hatten meinen Anwalt«, antwortete Chuck.

»Gut. Ich glaube, Mason wird in nächster Zeit ziemlich beschäftigt sein.«

Sie erhoben sich, um zu gehen.

Lynn legte Puller eine Hand auf den Arm. »Wenn Sie etwas herausfinden, irgendetwas … wer dafür verantwortlich ist …«

»Sie sind die Ersten, die es erfahren«, versprach Puller.

Chuck schüttelte beiden die Hand. »Viel Glück.«

»Gott segne Sie«, fügte Lynn hinzu.

»Ich glaube, wir brauchen jeden Segen«, murmelte Puller kaum hörbar.

Puller zögerte, den Motor anzulassen.

Carson wandte sich ihm zu. »Bleiben wir hier sitzen und schwitzen, oder fahren wir?«

Puller drehte den Zündschlüssel, und der Motor sprang an. Er legte den Gang ein und fuhr los.

»Und wie hat uns das jetzt weitergebracht?«, fragte Carson, während sie die Klimaanlage auf volle Leistung stellte.

»Informationen. Selbst wenn die Storrows etwas entdeckt haben sollten, haben sie es vielleicht niemandem außer meiner Tante erzählt.«

»Du hast doch gesagt, sie ist diese vielen Meilen in ihrem Auto gefahren.«

Puller kam zur Hauptstraße und trat aufs Gas. »Richtig.«

»Und du glaubst, sie hat Notizen gemacht?«

»Ja.«

»Vielleicht hat sie etwas herausgefunden und es ihnen erzählt, nicht andersherum. Vielleicht hat man sie entdeckt oder belauscht, also mussten sie alle sterben, erst deine Tante, dann die Storrows. Vielleicht auch umgekehrt. Vielleicht auch gleichzeitig.«

»Könnte sein. Und der Ölfleck, den wir in der Nähe dieser Schwefelgrube gefunden haben?«

»Vermutlich ein Pkw oder ein Lastwagen. Aber warum an dieser Stelle?«

»Ein guter Ort für heimliche Manöver«, bemerkte Puller.

»Stimmt. Da stinkt es, und man kann den Strand nicht benutzen.«

»Trotzdem müsste es ein nächtliches Unternehmen sein.«

Carson nickte. »Ja. Ich ahne schon, was wir heute Nacht tun werden.«

»Da liegst du richtig.«

»Aber etwas ist noch ungeklärt«, meinte sie.

»Vieles ist noch ungeklärt.«

»Ich meine etwas ganz Bestimmtes.«

»Die beiden Männer in der Limousine, die es geschafft haben, dass das Pentagon den Schwanz einklemmt.«

»Exakt«, sagte Carson. »Das macht mir Sorgen.«

»Das alles macht mir Sorgen«, erwiderte Puller.

74

Er konnte hören, wie ein großes Tor geöffnet wurde. Er wusste nicht genau, was die Geräusche verursachte, aber sie machten ihm Angst. Alles und jeder hier machte ihm Angst.

Jemand tippte ihm auf die Schulter. Er zuckte zusammen und drehte sich um.

Diego blickte Mateo an. Mateo blickte Diego an.

Sie waren in einem zwei Quadratmeter großen Käfig aus Stahlstangen eingesperrt. Nun lagen sie auf dem Boden des Käfigs, der die letzten beiden Tage ihr Zuhause gewesen war.

»Ich habe Angst, Diego«, flüsterte Mateo.

Diego nickte und nahm die Hand des kleinen Jungen.

Diego war zu den *dueños* gegangen, den Street Kings, um zu fragen, ob sie ihn und seine Cousins vor den drei Männern beschützen würden, die Isabel und Mateo geschlagen hatten. Mateo hatte er mitgenommen, weil niemand im Haus seiner *abuela* auf den kleinen Jungen aufpassen konnte. Außerdem hatte Diego sich nicht vorstellen können, dass sie ihm etwas tun würden, wenn er Mateo dabeihatte.

Ein schrecklicher Irrtum.

Was dann passiert war, war Furcht einflößend gewesen.

Männer waren gekommen.

Man hatte ihnen etwas zu trinken gegeben. Von da an erinnerte er sich an nichts mehr, erst wieder an diesen Ort. Er hatte nicht die leiseste Ahnung, wo er war oder wie er hergekommen war.

Er legte die Hand an Mateos Ohr. »Es wird alles wieder gut«, flüsterte er.

Das war eine Lüge, und Mateos Miene verriet, dass er es wusste.

Das Licht hier war so gedämpft, dass es Diego Übelkeit bereitete. Mateo hatte sich bereits übergeben, vielleicht eine Nachwirkung dessen, was man ihnen ins Getränk getan hatte.

Sie waren nicht allein. Zehn solcher Käfige standen hier, und alle waren gefüllt. In Diegos Käfig waren zehn weitere Leute eingepfercht. Alles Halbwüchsige und Erwachsene. Man hatte die Männer von den Frauen getrennt. Nun hockten die Männer in Diegos Käfig am Boden und starrten in die Lücke zwischen ihren Knien, ohne Hoffnung. Besiegt.

Genauso fühlte Diego sich auch.

Er wusste nicht, warum man ihn und Mateo entführt hatte, aber er hatte auf der Straße Geschichten gehört.

Secuestradores de personas.

Menschenräuber.

Diego hätte nie geglaubt, dass man ihn entführen würde.

Er betrachtete Mateo. Er war erst fünf. Kaum älter als ein Baby. Warum sollten sie Mateo entführen? Das ergab doch keinen Sinn!

Ein Wächter kam mit einem Krug Wasser und einem Tablett Brot und Obst. Er schob es durch einen Schlitz im Gitter.

Die größten Männer im Käfig nahmen sich das Tablett und die Kanne. Sie aßen und tranken, so viel sie wollten; die Reste wurden weitergereicht. Für Diego und Mateo blieben nur noch ein Schluck Wasser, ein paar Krümel Brot und ein Stück Apfel übrig. Diego überließ Mateo alles und versuchte, seinen Durst und das Magenknurren zu ignorieren.

Er lehnte sich mit dem Rücken an die Gitterstäbe und betrachtete die Reihe der anderen Käfige. Sein Blick blieb an einem Käfig voller Frauen hängen. Keine von ihnen sah älter als dreißig aus. Viele waren Teenager.

Diego konnte verstehen, warum man sie entführt hatte.

Putas, dachte er. Sie waren sehr viel Geld wert.

Sein Blick glitt zur hohen Decke, wo Luftschächte und Stromleitungen zu sehen waren.

Diego war klar, dass es sich hier um eine Art Lagerhaus handelte, aber er hatte keine Vorstellung, wo es sich befand. Er wusste nicht einmal, ob er sich noch in Paradise aufhielt. Oder in Florida.

Er dachte an seine *abuela,* und seine Augen füllten sich mit Tränen. Er dachte an Isabel, die sich bestimmt fragte, wo sie waren, und die Tränen brannten noch mehr.

Dann dachte er an den großen Mann, der ihn gebeten hatte, die beiden Typen in dem Auto zu suchen. Der Mann schien an ihm interessiert gewesen zu sein. Er hatte Isabel und Mateo geholfen. Er konnte Leute verprügeln. Er war groß und stark. Und er hatte einen tollen Sportwagen gefahren. Vielleicht war er reich. Vielleicht würde er kommen und sie befreien.

Aber diese Hoffnung hielt kaum länger als eine Sekunde.

Das ist Quatsch, sagte sich Diego. *Der Mann kommt nicht. Niemand kommt.*

Er schaute sich wieder die anderen Käfige an. Das hier war offensichtlich ein großes Geschäft. Sie waren organisiert, und es steckte viel Geld dahinter. Sie holten Menschen und verkauften sie überallhin. Das war dem Jungen klar.

Er sah Mateo an.

Würde man sie zusammen verkaufen? Oder würde Mateo allein gehen?

Ohne mich?

Mateo würde schrecklich weinen, das wusste Diego nur zu gut. Und vielleicht würden die *secuestradores de personas* ihn dann umbringen, damit er still war.

Er packte Mateos Arm so fest, dass der kleine Junge aufstöhnte.

Ich lasse dich nie los, Mateo, gab Diego ein stummes Versprechen.

Das Licht wurde noch schwächer. Wieder kroch eisige Furcht in Diego hoch. Er sah sich um. Die anderen Gefangenen in den Käfigen taten es ihm gleich, ließen ebenfalls den Blick schweifen, versuchten sich dabei aber so klein wie möglich zu machen, um ja keine Aufmerksamkeit zu erregen.

Alle spürten, dass irgendetwas geschehen würde.

Und dass es für sie alle nichts Gutes bedeutete.

Der Mann stieg langsam die Stahltreppe hinauf und blieb vor der Käfigreihe stehen. Peter Lampert war nicht deutlich genug zu sehen, als dass Diego ihn hätte erkennen können. Außerdem war er Lampert noch nie begegnet; er hätte ihn ohnehin nicht identifizieren können.

Hinter Lampert kamen andere Männer. Einer davon war James Winthrop. Alle trugen elegante Blazer, weiße Hemden und Hosen, die offensichtlich maßgeschneidert waren. Allein die Schuhe kosteten tausend Dollar. Sie hätten Investmentbanker auf dem Weg zu einer Besprechung sein können.

Winthrop hielt einen Tablet-PC in Händen und machte Notizen, während Lampert seine Ware inspizierte und Entscheidungen traf. Er ging vor den Käfigen auf und ab und erteilte Winthrop Anweisungen, der sie gehorsam in das Tablet eingab. Genauso gut hätten sie Vieh in einem Schlachthaus oder Autos auf einem Fließband inspizieren können. Hier ging bloß ein

Geschäft über die Bühne, auch wenn das Produkt menschlich war, fühlte und atmete.

Schnell atmete.

Zwei andere Männer kamen heran. Sie trugen in Plastik verpackte Bündel. Lampert schnipste mit den Fingern, und die Männer eilten zu ihm.

Lampert inspizierte die Bündel und schlitzte sie dann mit dem Finger auf. Er zog vier blaue Hemden hervor, warf einen Blick auf die von Winthrop erstellte Liste und zeigte auf vier Männer in drei verschiedenen Käfigen. Man gab ihnen die Hemden und forderte sie auf, sie anzuziehen.

Dann wurden rote Hemden hervorgeholt und an die besonders kräftigen, muskulösen Männer verteilt.

Grüne Hemden gingen an die jüngeren, hübschen Frauen und einige der jüngeren, weich und feminin aussehenden Männer und Jungen.

Alle Hemden wurden verteilt, mit Ausnahme von zwei besonderen Exemplaren in einer Extrapackung. Lampert öffnete die Verpackung und holte die Hemden hervor.

Sie waren gelb.

Er ging die Liste auf Winthrops Tablet durch.

Dann drehte er sich um und musterte die Käfige, bis sein Blick auf Diegos Gefängnis zu ruhen kam.

Er sah die beiden Jungen und lächelte. Dann sagte er etwas zu Winthrop, das Diego nicht genau verstehen konnte, aber es klang wie »neue Produktlinie«. Weitere Bemerkungen folgten, die Diego nicht mitbekam.

Dann schnappte er wieder etwas auf: »Familieneinheit«, sagte Lampert. »Geringere Überprüfung. Erzielen auf dem Markt einen guten Preis.«

Er reichte die gelben Hemden an einen Mann weiter, der

den Käfig betrat und Diego und Mateo zwang, die Hemden anzuziehen.

Wenig später gingen andere Männer – düster und bedrohlich aussehende Typen – durch die Käfige und sagten den Gefangenen, was mit ihnen geschehen würde, wenn sie an ihrem geplanten Zielort auch nur ein Wort darüber verloren, woher sie kamen.

»Jeder, der euch etwas bedeutet, wird abgeschlachtet, kapiert? Jeder Familienangehörige wird einen schrecklichen Tod sterben. Wir wissen, wo sie sind. Viele von ihnen stecken sogar in solchen Käfigen wie die hier. Wenn ihr auch nur ein Wort sagt, bringen wir euch die Köpfe eurer Eltern, Frauen und Kinder, damit ihr nie vergesst, was ihr getan habt.«

Sie starrten auf Diego und Mateo und fragten sie, ob sie den abgetrennten Kopf ihrer *abuela* in den Händen halten wollten. Mateo schluchzte, verstummte aber, als einer der Männer ihn auf den Mund schlug.

Diego stellte sich zwischen Mateo und dessen Peiniger, aber der Mann lachte nur. »Willst du den Kopf deiner *abuela?*«, fragte er.

Diego schwieg, starr vor Entsetzen.

Alle anderen erlebten eine ähnliche Begegnung, die deutlich machte, dass die Männer über jeden von ihnen Informationen hatten. Die Gefangenen glaubten den Wärtern jedes Wort, sogar die älteren, stärkeren Männer. Keiner von ihnen würde reden. Keiner von ihnen würde auch nur im Traum versuchen, die Wahrheit zu sagen.

Schließlich trat Lampert an Diegos Käfig, zog etwas aus der Tasche und hielt es durch die Gitterstäbe. Diego sah, dass es sich um eine Art Anhänger handelte.

»Nimm ihn«, sagte Lampert.

Diego rührte sich nicht.

»Nimm ihn. Sofort.«

Aus dem Augenwinkel sah Diego einen Mann mit einer Pistole näher kommen, deren Mündung auf Mateos Kopf zielte. Sofort streckte Diego die Hand aus und nahm den Gegenstand. Es war ein runder Anhänger an einer Kette.

»Das ist ein Christophorus-Medaillon«, sagte Lampert. »Du weißt doch, wer der heilige Christophorus ist?«

Diego sah auf und schüttelte langsam den Kopf.

Lampert lächelte. »Christophorus beschützt Kinder. Leg ihn an. Sofort.«

Diego zog sich die Kette über den Kopf. Das Medaillon kam auf seiner Brust zu liegen.

»Jetzt kann dir nichts mehr passieren«, sagte Lampert, noch immer lächelnd, während Winthrop vor Lachen prustete. Lampert wandte sich ab und ging davon. Winthrop folgte ihm

Diego starrte auf die elegante Kleidung der Männer, ihre wohlgenährten Körper. Dann riss er sich den Anhänger ab und warf ihn zu Boden. Er blickte auf den silbernen Ring an seinem Finger, einen Ring mit einem Löwenkopf, den sein Vater ihm gegeben hatte.

Als er den Löwen betrachtete, kehrte sein Mut zurück.

Er schaute auf, hob langsam die Hand, bildete mit den Fingern eine Pistole nach, feuerte und tötete sowohl Lampert wie auch Winthrop. Immer wieder und wieder.

75

Mecho telefonierte wieder.

Mit seinem »Freund«.

Man besprach Einzelheiten. Die letzte Begegnung mit Chrissy Murdoch hatte Mecho überzeugt, dass der Zeitplan beschleunigt werden musste.

Der »Freund« war verständnisvoll und war einverstanden, sich bereitzuhalten. Aber er erinnerte Mecho an ihren Deal.

Ungeduldig antwortete Mecho dem Mann. Er würde alles erledigen. Er beendete das Gespräch und starrte auf den Boden seines Zimmers im Sierra.

Ein Stück Papier wurde unter der Tür durchgeschoben. Mecho erstarrte, bewegte sich ein paar Sekunden lang nicht und fragte sich, ob jemand oder etwas dem Papier folgen würde.

Ein Griff unters Bett, und Mecho hielt die Pistole in der Hand, die er zwischen Matratze und Rahmen geschoben hatte. Er stand auf, bewegte sich lautlos zur Tür, berührte das Papier mit dem Fuß, zog es zu sich. Ohne den Blick von der Tür zu nehmen, ging er in die Hocke, hob den Zettel auf, rückte von der Tür weg und öffnete das zusammengefaltete Schreiben.

Da standen nur zwei Worte.

Zwei inhaltsschwere Worte.

Sie kommen.

Mecho faltete den Zettel zusammen und steckte ihn ein.

Er hätte versuchen können, demjenigen zu folgen, der ihm die Warnung hatte zukommen lassen, entschied sich aber dagegen.

Sie kommen.

Zwanzig Minuten später spürte er es. Vielleicht war es ihr Geruch, der Odem des Todes.

Er griff unter das Bett, holte zwei weitere Gegenstände hervor, richtete sich auf, öffnete die Tür und bewegte sich mit einer Geschwindigkeit, die seine massige Gestalt niemals hätte vermuten lassen, nach links.

Doch hier war es zu hell für das, was er vorhatte. Er betrat das Treppenhaus, eilte nach unten, eine Etage nach der anderen, und verharrte auf jedem Treppenabsatz, wartete, witterte. Er setzte Fähigkeiten ein, die die meisten Menschen nicht besaßen und nie besitzen würden. Aber wenn man ein Leben geführt hatte wie Mecho, entwickelte man diese Fähigkeiten von ganz allein.

Zumindest diejenigen, die überlebten.

Mecho verließ das Gebäude im Erdgeschoss und bewegte sich in westliche Richtung.

Diese Leute verstanden ihren Job. Nicht weil sie ihn im Sierra gefunden hatten – das war nicht schwer. Nein, sie waren Könner, weil sie ihm von seinem Zimmer auf die Straße gefolgt waren.

Er konnte spüren, wie sie näher kamen. Zwei Gruppen. Die eine von links, eine andere von rechts.

Mecho schob das Ausweidemesser in den Hosenbund und schraubte den Schalldämpfer auf die Pistolenmündung.

Dabei ging er weiter, bewegte sich im Zickzack und näherte sich dem Strand.

Die Nebenstraßen lagen verlassen da. Nicht einmal die

dueños waren unterwegs. Vermutlich hatte man ihnen befohlen, sich von der Straße fernzuhalten.

Die *dueños* hielten sich so lange für stark, bis sie jemandem begegneten, der *wirklich* stark war. Dann wurden aus den harten Straßenjungs die feigen Ratten, die sie waren, und sie huschten zurück in die dunklen Löcher, aus denen sie hervorkrochen.

Mecho war nicht feige und würde es niemals sein.

Instinktiv änderte er ständig die Richtung, hielt aber unverrückbar auf das Wasser zu, auf den Golf, der ihn aus der Sklaverei hierhergeführt hatte, auch wenn er auf dem letzten Teil seiner Reise um sein Leben hatte schwimmen müssen.

In dieser Nacht würde er sich zurück ins Wasser begeben. Es würde entweder sein letzter Ruheort sein oder nur ein weiteres Hindernis auf der langen Straße seines Lebens. Dann sollte es eben so sein. Mecho hatte nie zu den Menschen gehört, die jammerten oder etwas bedauerten. Nicht wenn es ums Überleben ging.

Er kam an ein paar spätabendlichen Nachzüglern vorbei, die zu betrunken waren, um zu bemerken, dass er eine Pistole in der Hand hielt.

Schließlich bog er in eine Seitenstraße ein.

Vor ihm lag die Weite des Meeres.

Hier war es abgeschieden und stockdunkel. Es waren keine Menschen in der Nähe, die beobachten konnten, was passieren würde. Oder die dabei zu Schaden kommen konnten.

Die Flut kam.

Mecho beschleunigte seine Schritte.

Wenige Sekunden später saß er auf seinem Motorroller, den er hinter einem Müllcontainer versteckt hatte, und raste über den Sand.

Damit überraschte er seine Verfolger, wie es seine Absicht gewesen war. Mecho wollte sie von der Stadt fortlocken, weit weg von neugierigen Blicken.

Zwei Meilen weiter saßen die Verfolger ihm noch immer im Nacken. Mecho war nicht schnell genug gewesen, um sie abzuschütteln.

Ich kann es genauso gut jetzt hinter mich bringen, sagte er sich.

Er hatte sich ausgerechnet, dass er es mit sechs Männern zu tun bekam. Sie würden hervorragend ausgebildet, gut bewaffnet und extrem vorsichtig sein, und sie würden Erfahrung im Nahkampf mitbringen, um das immer größere Schlachtfeld einschätzen zu können.

Voraus lagen Dünen. Mecho stellte den Motorroller ab und eilte zu Fuß weiter. Eine Minute später stapfte er durch eine schmale Lücke zwischen zwei Dünen. Seine vordere Flanke war nun eine Art Trichter, den seine Verfolger passieren mussten. Aber dieser Trichter bot nur jeweils einem Mann Durchlass, sodass sie gezwungen waren, hintereinander zu gehen. Dies ermöglichte Mecho eine klassische Verteidigungsstrategie, wie die Spartaner sie benutzt hatten, um die bedeutend stärkere persische Armee aufzuhalten, sodass der Hauptteil des griechischen Heeres der Vernichtung entkommen konnte – eine Taktik, die man noch heute an den Kriegsschulen lehrte.

War der Gegner zahlenmäßig überlegen, musste man es ihm so schwer wie möglich machen, diese Überlegenheit zu seinem Vorteil einsetzen zu können.

Mecho hatte gewusst, dass es möglicherweise zu einer solchen Konfrontation kommen würde, deshalb hatte er kurz nach seiner Ankunft in Paradise nach taktischen Vorteilen gesucht.

Die Dünen boten Deckung vor fast jedem Beschuss, egal mit welcher Munition, es sei denn, die Gegner attackierten ihn mit tragbaren Raketenwerfern. Aber da hatte er seine Zweifel.

Im Moment hatte er nur zwei Sorgen.

Zum einen seine Rückseite.

Zum anderen, dass etwas anderes als ein Mensch durch den Trichter in den Dünen kam.

Mit seinen nächsten Schritten würden er beide Probleme zugleich in Angriff nehmen.

Die Männer, die Mecho verfolgten, schwärmten in klassischer Angriffsformation aus. Bei ihrem zahlenmäßigen Vorteil von sechs zu eins konnten sie gegen jeden Gegner bestehen.

Schließlich lag der Trichter in den Dünen vor ihnen. Ein solches Hindernis war diesen Männern nicht unbekannt. Ein Weg rein, ein Weg raus.

Doch keiner von ihnen hatte einen Plan oder gar das Verlangen, den Trichter zu stürmen, solange Mecho darauf wartete, sie nacheinander auszuschalten.

Dennoch waren die Angreifer auf ein solches Szenario vorbereitet.

Der erste Mann rückte vor, wobei er sorgfältig darauf achtete, dem Trichter nicht zu nahe zu kommen. Dann holte er den wie eine Faust geformten Gegenstand aus der Tasche, machte ihn scharf und schleuderte ihn in den Trichter hinein.

Es war keine Granate, aber fast genauso wirksam.

Blitzschnell wandte der Mann sich vom Trichter ab und schützte die Ohren zusätzlich zu den Ohrstöpseln mit beiden Händen.

Die Blendgranate explodierte.

Ein grelles Licht, ohrenbetäubender Lärm und eine Druckwelle, die für eine Gehirnerschütterung oder Schlimmeres gut war.

Jeder in den Dünen würde jetzt bewegungsunfähig sein.

Und leicht zu töten.

Die sechs Männer schwärmten durch die Lücke. Von der Blendgranate emporgeschleuderter Sand und Staub lagen wie Nebel in der Luft. Die Männer hielten die Waffen bereit, um den betäubten Gegner zu erschießen, der irgendwo vor ihnen im weichen Sand liegen musste. Er würde nicht einmal mitbekommen, dass er starb.

Der trichterförmige Durchgang zwischen den Dünen maß ungefähr drei mal drei Meter. Wind, Erosion und die unterschiedliche Konsistenz des Sandes hatten ihn geschaffen.

Die Männer stürmen hindurch.

Und entdeckten keine Spur von Mecho.

Dafür sah der Anführer des Kommandos ein mit Knoten versehenes Seil, das in der Mitte des Durchgang baumelte. Sein Blick folgte dem Seil bis zum dicken Ast eines Baumes sechs, sieben Meter über ihnen.

Keiner der Männer hatte vor dem Angriff darauf geachtet. Sie hatten sich nur auf die Lücke konzentriert.

Das rächte sich jetzt.

Mecho landete mit seinem riesigen Gewicht auf zwei der Männer und brach ihnen das Genick.

Einen dritten Mann tötet er mit dem Messer.

Nummer vier fing sich zwei Kugeln aus seiner Pistole ein.

Nummer fünf versuchte zu fliehen, doch ein muskulöser Arm um seinen Hals stoppte seine Flucht und brach ihm das Genick.

Nummer sechs hatte Glück. Mecho war über Nummer fünf gestolpert, als der Sterbende im Todeskampf um sich trat.

Nummer sechs richtete seine MP5 auf Mecho. Der Feuerwahlhebel stand auf Dauerfeuer – dreißig Kugeln, in wenigen Sekunden abgefeuert. Falls es überhaupt so viel Zeit in Anspruch nahm.

Eine solche Salve konnte nichts und niemand auf der Welt überleben. Dagegen waren Pistole und Messer nutzlos.

Mecho blickte Nummer sechs an, auf dessen Gesicht ein triumphierendes Lächeln lag. Der Zeigefinger des Mannes näherte sich dem Abzug.

Mecho hatte nur noch Sekunden zu leben.

Und es gab nichts, was er dagegen tun konnte.

Ein Schuss dröhnte.

Aber er kam nicht aus der Maschinenpistole.

In der Stirn von Nummer sechs erschien ein Loch. Die MP5 wirbelte durch die Luft, und ihr Besitzer fiel kopfüber in den Sand. Ein Teil seines Gehirns war an die Dünenwand hinter ihm gespritzt, da der Schuss in Mechos Rücken erfolgt war.

Mecho fuhr herum, Messer und Pistole bereit.

Chrissy Murdoch stand da.

Heute Nacht trug sie weder Hermès noch Chanel oder einen Bikini. Sie war ganz in Schwarz gekleidet. Unter ihren Augen und auf den schmalen, hohen Wangenknochen lag breitflächig verteiltes schwarzes Make-up. Ihr Blick unterschied sich sehr von dem der verwöhnten Frau, die sich auf Peter Lamperts Anwesen am Pool gerekelt hatte.

Dieser Blick war hart und kalt.

Genau wie meiner, dachte Mecho.

Sie hielt eine Pistole. Die Mündung war auf Mechos Herz gerichtet.

Sie schaute ihn an. Mecho erwiderte den Blick.

Dann schob sie die Pistole in ein Gürtelhalfter. »Wir müssen die Leichen loswerden«, sagte sie. »Ich habe ein Boot. Beeilen wir uns.«

Als sie sich in Bewegung setzte, konnte Mecho sie nur anstarren.

Sie mühte sich ab, einen der Toten anzuheben.

Mecho hatte sich noch immer nicht bewegt.

Sie runzelte die Stirn. »Los geht's, habe ich gesagt.«

»Hast du mich gewarnt?«, fragte Mecho.

»Wer sonst?«

Er steckte Pistole und Messer weg, um ihr zu helfen.

76

Puller löste sich aus der Deckung des Baumes und sah sich mit seinem Nachtsichtgerät um. Den Überwachungsplatz hatte er mit der gleichen Sorgfalt ausgewählt wie auf einem Schlachtfeld. Er verschaffte ihm maximale Übersicht und setzte ihn minimal neugierigen Blicken aus.

Carson trank einen Schluck aus einer Flasche Wasser und schaute ihm zu. Es war heiß und schwül, und der Schwefelgestank war übelkeiterregend.

Außerdem war es zwei Uhr morgens, und sie waren seit drei Stunden hier.

»Irgendwas zu sehen?«, fragte Carson leise.

Puller schüttelte den Kopf, ohne dabei die Beobachtung einzustellen.

»Wie lange warten wir noch?«

»So lange wir müssen, General. Bei solchen Dingen gibt es keinen Zeitplan.«

»Also die ganze Nacht?«

»Beim ersten Tageslicht gehen wir. Selbst an einem Ort wie dem hier werden sie am Tag nichts unternehmen.«

»Was glaubst du, worum geht es?«

Puller zuckte mit den Schultern, lehnte sich wieder an den Baum, blieb aber angespannt und bereit, sofort zu reagieren. »Drogen. Waffen. Die Kolumbianer haben die Drogenpipeline an die Mexikaner verloren. Aber im Golf wimmelt es noch immer von Schmugglern.«

»Dann könnte es heute Nacht brenzlig werden. Möglicherweise haben wir nicht genug Feuerkraft.«

»Bei diesem Einsatz geht es nur um das Sammeln von Informationen, nicht um Konfrontation. Wir melden unsere Erkenntnisse den zuständigen Behörden.«

»Was die Konfrontation angeht, könnten wir keine Wahl haben, falls man uns entdeckt.«

»Das Risiko hat man auf jedem Schlachtfeld.«

»Und dann noch auf amerikanischem Boden. Das hat man uns nicht beigebracht, als es um Strategie und Taktik ging.«

»Ja. Es wäre besser gewesen.«

»Stimmt. Ich werde mit den zuständigen Leuten darüber reden. Falls ich es überlebe, mit dir herumzuhängen.« Sie schwiegen, bis Carson fragte: »Beschäftigt dich sonst noch etwas?«

Puller beschäftigte tatsächlich noch etwas. Er hatte die Ermittlungen deshalb weitergeführt, weil er vor Masons Versteck auf die Uhr geblickt hatte. Und alles, das er herausfinden konnte, hatte seinen Verdacht verstärkt. Das betrübte ihn nicht, es machte ihn wütend. Aber er würde diesen Zorn in produktive Kanäle leiten. Er freute sich sogar auf die Gelegenheit.

»Nichts Konkretes«, sagte er.

Carson wollte etwas erwidern, aber Puller hob die Hand. »Bleib unten«, zischte er.

Wenige Sekunden später hörte Carson, was Pullers schärfere Sinne bereits registriert hatten.

Der Lastwagen kam über die von den Bäumen verdeckte, unbefestigte Straße. Er bog ab, fuhr langsam in Richtung Strand und hielt auf dem kleinen Parkplatz. Der Fahrer stellte den Motor ab. Mehrere Männer stiegen aus, während Puller und Carson sich auf ihrem Beobachtungsposten so klein wie möglich machten.

Puller hob einen Finger und bedeutete Carson, dass sie sich von nun an nur mit Zeichen verständigen würden. Sie nickte.

Im Sand liegend verstärkte Puller die Leistung seines Nachtsichtgeräts und richtete es auf den Lastwagen, der sich ungefähr hundert Meter von ihrer Position entfernt befand.

Zuerst glaubte er, dass sich ein anderes Fahrzeug mit dem Lkw treffen würde, aber das machte keinen Sinn. Zwei Lastwagen an einem heimlichen Treffpunkt, das war nicht logisch. In einem Lagerhaus konnte man einen Austausch unbeobachtet vornehmen, aber nicht hier. So nahe parkte man nur aus einem einzigen Grund am Wasser: wenn man dort eine Lieferung erwartete.

Eine Minute später erwies sich Pullers Schlussfolgerung als zutreffend.

Der Bootsmotor war nicht laut, aber auf dem Wasser trugen Geräusche weit. Das Boot bewegte sich schnell. Dreißig Sekunden später erkannte Puller die Umrisse eines RIB. Es war der gleiche Typ Amphibienboot, den die Rangers benutzten.

Als das RIB sich dem Ufer näherte, konnte Puller die Menschen an Bord ausmachen. Es waren viele – zu viele für das kleine Boot.

Carson berührte seinen Arm und zeigte zum Land. Puller blickte in die gewiesene Richtung und sah, wie die Männer vom Lastwagen zum Strand liefen.

Jetzt hätte er ein Vermögen für eine Nachtsichtkamera gegeben, um zu dokumentieren, was dort gleich passieren würde. Menschen wurden vom RIB gezerrt. Puller konnte sehen, dass sie gefesselt und geknebelt waren. Außerdem trugen sie Hemden in verschiedenen Farben. Puller schob das Nachtsichtgerät hoch, um die Farben erkennen zu können: Die Hemden waren grün, rot und blau.

Er spürte einen sanften Druck am Arm und drehte sich um. Carson blickte ihn fragend an. Er schüttelte den Kopf und wandte sich wieder dem Geschehen am Strand zu.

Die Leute wurden zum Lastwagen getrieben, wo zwei Männer sie bewachten.

Puller richtete seine Aufmerksamkeit wieder auf den Strand, wo das erste RIB mittlerweile verschwunden war, während ein zweites landete. Alles, was sich gerade eben zugetragen hatte, wiederholte sich bei der zweiten Gruppe Gefangener.

Ein drittes RIB landete am Ufer, entlud seine Passagiere und legte wieder ab.

Dann kam ein viertes RIB, und noch einmal wiederholte sich alles.

Nachdem das letzte RIB wieder auf dem Meer verschwunden war, wurde der Lkw verriegelt, und drei Männer stiegen ins Führerhaus.

»Was tun wir jetzt?«, flüsterte Carson.

Puller beschäftigte dieselbe Frage.

Was tun wir jetzt?

»Wir müssen sofort die Polizei rufen«, drängte Carson.

Puller schüttelte den Kopf. »Nein.«

Ungläubig blickte sie ihn an. »Bist du verrückt? Diese Leute waren Gefangene, Puller.«

»Ja, das habe ich gesehen.«

»Dann rufen wir die Cops.«

»Noch nicht.«

»Wann würde es dir denn passen?«

Puller verfolgte, wie der Lastwagen losfuhr. »Gehen wir«, sagte er.

77

Puller blieb so weit hinter dem Lkw zurück, wie er konnte, ohne ihn aus den Augen zu verlieren.

Er war nicht einfach. Scheinwerfer zu dieser Stunde würden die Männer im Lastwagen zweifellos misstrauisch machen.

Carsons Blicke wechselten zwischen den Rückleuchten des Lasters und Pullers Gesicht.

»Ich verstehe diese Taktik noch immer nicht, Puller«, sagte sie gereizt. »Wenn man die Polizei nicht wegen so einer Sache verständigt, weshalb dann?«

Puller erwiderte nichts, hielt den Blick auf den Lkw gerichtet, der durch die zu beiden Seiten von hohen Bäumen gesäumten Kurven steuerte. Sie hätten genauso gut in einem Wald sein können. Abgesehen von einer gelegentlichen, nach Salz und Wasser riechenden Brise deutete nichts auf die Nähe des Meeres hin.

Schließlich sagte Puller: »Eine Operation nach Stoppuhr. Eine abgeschiedene Stelle, mitten in der Nacht. Man bringt die Leute übers Wasser her und schafft sie mit dem Lastwagen weg.«

»Ja, und?«

»Was glaubst du, in wie vielen Nächten sie das tun?«

»Keine Ahnung.«

»Sagen wir, sie machen das drei-, viermal die Woche. Vielleicht sogar sieben Tage die Woche.«

»Vielleicht auch nicht. Vielleicht haben wir auch einfach nur Glück gehabt.«

»So viel Glück hat niemand.«

»Worauf willst du hinaus?«

»Vielleicht hat meine Tante genau das beobachtet. Oder die Storrows.«

»Ja, könnte sein.«

»Meine Tante war eine gute, aufrechte Bürgerin. Und die Storrows waren allem Anschein nach Säulen der Gemeinde.«

»Und?«

»Und glaubst du, diese alten, grundehrlichen Leute haben gesehen, was wir gesehen haben, und es nicht der Polizei gemeldet?«

Carson wollte etwas erwidern, hielt dann aber inne. »Du meinst, sie haben es der Polizei gemeldet, und nichts ist passiert?«

»Oh, es ist schon was passiert. Sie sind tot.«

»Glaubst du, die Polizei ist darin verwickelt?«

»Ich wüsste nicht, wie man eine solche Operation durchführen und sich darauf verlassen kann, dass die Cops einen nicht irgendwann erwischen. Wenn nur ein einziger Polizist auf Patrouille die Positionslampe eines der Boote oder den Lastwagen sähe, würde die Sache auffliegen.«

»Könnten sie es nicht einfach riskiert haben?«

»Du hast doch vorhin die vier RIB gesehen. Die sind nicht für lange Distanzen gedacht. Das bedeutet, dass da draußen ein größeres Schiff liegen muss, von dem sie ablegen. Ich habe insgesamt achtzig Personen gezählt, die ausgeladen und in den Lastwagen gepfercht wurden. Wir reden hier von Ausrüstung, Geld und ausreichend Personal. Das muss der Profit rechtfertigen.«

»Wie du bereits gesagt hast: Drogen, Waffen.«

»Das waren Menschen, General. Keine Waffen, keine Drogen.«

»Also Drogenmaultiere?«

»Es waren auch junge Frauen dabei. Also Prostituierte. Und ältere, kräftige Männer. Vielleicht Sklavenarbeiter.«

»Sklavenarbeiter? In Amerika?«

»Warum nicht?«

»Haben wir nicht den Bürgerkrieg ausgefochten, um dieses Übel auszumerzen?«

»Ja, vor hundertfünfzig Jahren. Wenn es profitabel genug ist, kann jedes Übel wieder auftauchen, genau wie Krebs.«

»Verdammt, Puller, glaubst du wirklich, dass es darum geht?«

»Eine Pipeline ist eine Pipeline. Da kann man alle möglichen Sachen durchschleusen.«

»Und die Polizei?«

»Ein Teil der Gleichung. Paradise ist reich und ein Touristenziel, und niemand will das Boot zum Schaukeln bringen. Vielleicht bezahlt man die Cops, damit sie wegschauen. Verdammt, vielleicht sogar die ganze Stadt.«

»Das kann ich nicht glauben.«

»Aber es ist möglich. Wäre ich der Drahtzieher, würde ich keine so große Operation aufbauen und das Risiko eingehen, dass zufällig ein Cop darüberstolpert.«

»So etwas muss von ganz oben kommen. Bullock?«

»Vielleicht. Ich fand es jedenfalls erstaunlich, wie schnell er mein Freund wurde.«

»Wer ist dann wohl für das andere Ende der Operation zuständig?«

»Ich wette, es ist dieser Kerl, dessen Bentley in die Luft geflogen ist.«

»Lampert? Wie kommst du darauf?«

»Ich habe den Burschen überprüft. Hat ein Vermögen gemacht und es wieder verloren, hat sich dann aber noch einmal eine goldene Nase verdient. Ich konnte allerdings nicht herausfinden, wie der Kerl das angestellt hat. Außerdem vögelt er die Angestellten. Vielleicht sind sie auch gar nicht angestellt. Vielleicht hat er Sklaven auf seiner Plantage.«

»Okay, nehmen wir mal an, Lampert steckt dahinter. Warum sollte jemand seinen Wagen in die Luft jagen?«

»Vielleicht hat ein Typ mit Schuhgröße einundfünfzig eine Rechnung mit Lampert offen.«

»Schuhgröße einundfünfzig?«

Puller erzählte von den Fußabdrücken vor dem Fenster des Gästehauses. »Das ist derselbe Kerl, der mir neulich den Hintern gerettet hat. Ich glaube nicht, dass er es aus purer Menschenfreundlichkeit getan hat. Vielleicht bedauert er es mittlerweile. Aber er könnte derjenige sein, der hinter Lampert her ist. Er ist bei einem Landschaftsgärtner angestellt. Jede Wette, dass er auf Lamperts Grundstück arbeitet.«

»Und was hat er gegen Lampert?«

»Keine Ahnung. Möglicherweise belle ich auch den falschen Baum an. Aber so große Kerle, die über solche Fähigkeiten verfügen, sind dünn gesät. Und ich kann mir nicht vorstellen, dass er hergekommen ist, um Rasen zu mähen.«

»Und was fangen wir jetzt mit diesem Wissen an? Verständigen wir die Army? Die Drogenfahndung? Die Grenzpatrouille?«

»Wir müssen noch mehr herausfinden. Wenn wir jetzt Krach schlagen, und diese Leute haben einen Maulwurf eingeschleust, bekommen wir nie die Beweise, die wir brauchen, um sie aus dem Verkehr zu ziehen. Sie werden einfach verschwinden und nie wieder auftauchen.«

»Wenn wir herausfinden, wohin der Lastwagen fährt, finden wir vielleicht die nötigen Beweise«, meinte Carson.

Plötzlich trat Puller aufs Gas. Der Tahoe machte einen Satz vorwärts.

»Was tust du da?«, rief Carson aus. »Sie werden dich bemerken.«

»Man hat uns längst bemerkt.«

»Was?«

»Zwei Bogeys hinter uns. Sie stürzen sich auf uns wie eine Brigade Abrams-Panzer auf ein wehrloses Ziel.«

Carson warf einen Blick nach hinten und erblickte zwei Paar Scheinwerfer, die viel zu schnell näher kamen.

»Verdammt!«

Carson zog ihre Pistole aus dem Halfter, doch Puller schüttelte den Kopf. »Auf diese Entfernung und aus dieser taktischen Position bringt das nichts. Nimm das Gewehr. Ich lass die Heckscheibe runter. Nimm hinten Position ein. Stütze das Gewehr auf die Heckklappe.« Er warf wieder einen Blick in den Innenspiegel. »Ich schätze, das sind fünfzig Meter. Ziele auf die Windschutzscheibe und den Kühler.«

Carson stieg über den Sitz, nahm ihre Position ein und hob das Gewehr. Dann aber zögerte sie. »Und wenn es das FBI oder die Polizei ist?«

Eine Kugel zerschmetterte die Heckscheibe und ließ die Splitter auf Carson regnen.

»Das glaube ich kaum«, sagte Puller. »Schieß. Jetzt.«

Carson pumpte fünf Kugeln aus ihrem Gewehr in die Windschutzscheibe und den Kühler des ersten Wagens. Er geriet ins Schleudern. Rauch quoll unter der Motorhaube hervor.

Carson feuerte noch zweimal. Die Windschutzscheibe zersplitterte; ein großes Stück brach aus dem Rahmen. Sie konnte einen Blick auf den zusammengesunkenen Fahrer werfen, bevor das Fahrzeug von der Straße abkam.

»Ein Bogey abgeschossen«, rief sie.

»Verkünde noch nicht den Sieg«, rief Puller.

Aus dem dichten Rauch, den das erste Fahrzeug verbreitete, kam der zweite SUV hervorgeschossen und näherte sich ihnen mit hoher Geschwindigkeit.

Diese Leute gingen kein Risiko ein.

Zwei Schützen, die sich aus den Fenstern lehnten, entfesselten einen Kugelhagel.

Der linke Hinterreifen des Tahoe zerplatzte.

»Puller!«, rief Carson.

»Ich weiß.«

Er kämpfte mit dem Lenkrad und hielt den Wagen auf dem Asphalt.

Carson erwiderte das Feuer, hörte dann aber auf.

»Schieß weiter!«, rief Puller.

»Ladehemmung!«

»Verdammt.« Wieder warf Puller einen Blick in den Innenspiegel. Der Bogey näherte sich schnell, und er hatte weit überlegene Feuerkraft. Sie hatten lediglich einen kaputten Reifen. Ein Blick auf das Armaturenbrett zeigte Puller, dass der Zeiger der Benzinuhr sich im Sturzflug befand. Eine Kugel musste den Tank getroffen haben.

»Wir verlieren Benzin«, rief Carson. »Ich kann es riechen.«

»Ja, die haben den Tank getroffen.«

Carsons Augen weiteten sich, als sie den SUV heranschießen sah. Der Kühler näherte sich rasend schnell dem Heck des Tahoe. Dann bremste der SUV abrupt und fiel zurück. Im ersten Augenblick glaubte Carson, sie würden sich zurückziehen, aber das war ein Irrtum.

»Puller!«

»Was ist?«

»Sie haben ein RPG!«

Der Mann auf der rechten Seite des SUV beugte sich weit aus dem Fenster. Auf seiner Schulter ruhte ein russischer Granatwerfer mit einem raketengetriebenen Geschoss. Ein anderer Mann im Wagen hielt ihn fest.

Deshalb also waren sie zurückgefallen. Um der Explosion aus Rakete, Tahoe und defektem Benzintank zu entgehen.

Carson duckte sich und klammerte sich fest, als der Mann feuerte. Das war ihr Glück, denn Puller, der alles im Innenspiegel beobachtet hatte, riss das Lenkrad in genau dem Moment nach rechts, in dem die Granate abgefeuert wurde.

Der Tahoe erbebte, reagierte dann aber.

Die Granate verfehlte sie auf der rechten Seite, traf eine Baumgruppe und explodierte.

Der Tahoe kam von der Straße ab, schoss die Böschung hinunter und kam in einer Staubwolke zum Stehen. Die Heckklappe wurde nach oben gerissen. Dann packte eine große Hand Carsons Arm und zerrte sie aus dem Wagen.

Im nächsten Augenblick liefen sie und Puller um ihr Leben.

78

Sie hatten zwei Pistolen und ein Gewehr mit Ladehemmung.

Puller führte Carson hinter einer Düne in Deckung. Es war nicht perfekt, aber das musste es auch nicht sein.

Sie tauschten einen Blick, als sie Schritte hörten, die sich ihnen näherten.

»Eine beschissene Situation«, sagte Carson.

Puller überprüfte die Waffen. »Wir waren beide schon in brenzligeren Situationen. Noch haben sie uns nicht aufgespürt. Das wird einige Zeit in Anspruch nehmen.«

»Aber sie *werden* uns aufspüren, oder?«

»Ja.«

»Sie sind zahlenmäßig überlegen und haben mehr Feuerkraft.«

»Keine Frage.« Puller nickte. «Wir sind hier die Underdogs.«

»Na ja, ein bisschen Nachdenken bringt uns vielleicht zurück an die Spitze der Nahrungskette.«

»Dein Selbstvertrauen gefällt mir.«

Carson warf einen Blick auf ihr Handy. »Die Kavallerie können wir nicht rufen. Kein Netz.«

»Ich weiß. Das hatte ich schon gecheckt.« Im Sand kauernd, blickte Puller sich um. »Wir brauchen eine höhere Position.«

»Soldaten wollen immer die höhere Position.«

Puller musterte sie, versuchte die Reaktion auf die Frage abzuschätzen, die er ihr nun stellen musste. »Hast du ein Problem damit, Befehle von einem Unteroffizier entgegenzunehmen?«

Sie brachte ein Lächeln zustande. »Unter diesen Umständen bestehe ich sogar darauf. Ich habe zu lange hinter dem Schreibtisch gesessen. Deine Kampfstiefel sind erfahrener als meine.«

Puller wischte sich einen Schweißtropfen aus dem Augenwinkel. »Glaubst du, du kannst diese Position allein halten?«

Als Erwiderung kroch sie zum Kamm der Düne, ließ den Blick über den Strand schweifen und gesellte sich dann wieder zu ihm.

»Wenn diese Bastarde noch ein RPG-Geschoss haben, dann nicht. Aber wenn es Pistole gegen Pistole geht, schaffe ich das. Ungefähr zehn Minuten, wenn ich meine Munition ordentlich einteile.«

»So lange brauche ich nicht. Außerdem überlasse ich dir beide Pistolen.« Er gab ihr die Waffen.

»Was hast du vor?«

»Eine höhere Position einnehmen.«

»Als Scharfschütze? Aber das Gewehr hatte Ladehemmung.«

Puller öffnete den Verschluss des Gewehrs, überprüfte den Schussmechanismus und erklärte es für einsatzfähig.

»Glaubst du, jemand hat gehört, was passiert ist?«, fragte Carson. »Die Schießerei, die Explosion? So weit sind wir nicht von der Stadt entfernt.«

»Wir sind zu weit weg. Und die Wellen sind eine ziemlich laute Geräuschkulisse.«

»Okay.«

»Wir schaffen das, General.«

»Na klar. Andererseits will das jeder Soldat glauben. Viel Glück.«

»Es geht um mehr als Glück.« Sie berührte Pullers Arm. »Ich verlasse mich darauf, dass du zurückkommst, John.«

»Nur eine Sache kann mich aufhalten.«

Carson wusste, was er meinte.

Der Tod.

Sie holte tief Luft und nickte. »Okay.«

Puller schlang sich das Gewehr über die Schulter und machte sich auf den Weg. Wenige Sekunden später war er verschwunden.

Carson blinzelte ungläubig. Es war, als hätte Puller sich in Luft aufgelöst. Ein so großer Mann brauchte dazu sehr viel Geschick.

Aber er ist Ranger, dachte sie. *Das ist ihre Aufgabe.*

Sie nahm ihre Glock, vergewisserte sich, dass eine Kugel im Lauf steckte, schob ihre Zweitwaffe, Pullers M11, hinten in den Hosenbund und nahm dann ihre Verteidigungsposition in einer Mulde ein, die sie auf dem Kamm der Düne gegraben hatte. Sie versuchte sich so unsichtbar wie möglich zu machen. Man konnte nicht töten, was man nicht sah.

Wenn die Gegner mit Pistolen angriffen, konnte sie diesen Hügel eine Zeit lang halten.

Dann aber würde das Unausweichliche eintreten. Sie würde sterben. Und wenn die Gegner eine weitere Granate abschossen, wurde sie zerfetzt.

Sie bekreuzigte sich, machte sich klein und brachte die Waffe in Anschlag.

79

Puller hatte das Schlachtfeld eingeschätzt und eine höhere Position gewählt. Jetzt musste er sie nur noch einnehmen, und zwar schnell und mit Nachdruck.

Stand man einer Überzahl mit überlegener Feuerkraft gegenüber, war es von entscheidender Bedeutung, die andere Seite schnell und hart zu treffen, möglichst an mehreren Stellen. Das sorgte für Verwirrung, bremste den Schwung aus, den der Gegner möglicherweise hatte, und zwang ihn im Idealfall zu einem taktischen Rückzug.

Puller reichte schon die Verwirrung. Aber er hätte auch kein Problem damit gehabt, sie allesamt auszuschalten.

Er erreichte seine Position, kletterte den Baum hinauf und zog sich auf die Gabelung zwischen einem kräftigen Ast und dem Stamm. Er legte das Gewehr an, spähte durch das Zielfernrohr und nahm die nötigen Feineinstellungen vor, wobei er den Wind, die Entfernung zum Ziel und andere Faktoren berücksichtigte.

Es waren sechs Mann. Sie hatten sich in zwei Dreiergruppen aufgeteilt. Beide in V-Formation, jeweils ein Anführer mit zwei Leuten. Von Pullers Warte auf dem Baum aus gesehen erschienen die beiden Gruppen wie zwei Pfeilspitzen, die sich auf den Strand zubewegten. Offenbar hatten diese Männer eine militärische Ausbildung gehabt, die aber nicht so gründlich gewesen war, wie sie hätte sein sollen. Puller kontrollierte den Bereich hinter ihnen und suchte nach Verstärkung, die auf ihren Einsatzbefehl wartete. Den Fehler, nicht darauf zu achten, hatte er im Sierra gemacht; das würde ihm kein zweites Mal passieren.

Doch es gab keine Reserve. Sie schickten ihre gesamte Streitmacht gegen einen, wie sie glaubten, schwächeren Feind.

Puller hatte seine Taktik bereits festgelegt. Er wählte nicht nur ein Ziel, sondern vier. Zwei aus jeder Gruppe. Dann stand es zwei gegen zwei – ein Kräfteverhältnis, das ihm bedeutend besser gefiel.

Er beobachtete, wie Carson sich auf dem Kamm der Düne eingrub. Sie würde den anrückenden Feind sehen, aber mit dem Schießen warten, bis er das Feuer eröffnet hatte. Danach würde sie wissen, was zu tun war, denn genau wie Puller war sie Soldat. Auf dem Schlachtfeld spielten Rangabzeichen keine Rolle mehr. Hier waren sie nur zwei gut ausgebildete Kämpfer, die ihr Können und ihre Erfahrung einsetzten, um die Gegenseite zu besiegen.

Puller blickte aufs Meer hinaus und entdeckte etwas Merkwürdiges. Wie es aussah, näherte sich ein Boot dem Ufer. Die Positionslichter brannten rot und grün, also hielt es direkt auf den Strand zu.

Möglicherweise war es Verstärkung, die vom großen Schiff draußen auf See geschickt wurde. Falls dem so war, musste er das Scharmützel am Strand schnell beenden.

Er atmete aus, brachte sein physiologisches Barometer auf null, was perfekt war für minimale Muskelbewegungen, und richtete das Fadenkreuz auf das Ziel Nummer eins.

Peng.

Nummer eins ging zu Boden.

Peng.

Nummer zwei landete im Sand.

Puller hatte gewusst, was die anderen vier tun würden, wenn

die ersten beiden stürzten: Sie spritzten auseinander. Aber sie taten es in einem vorhersehbaren Muster.

Peng.

Eines von Pullers 7.62 NATO-Geschossen stanzte ein Loch in die Brust des Mannes.

Peng.

Dieser tödliche Schuss kam aus einer Glock.

Nummer vier ging zu Boden und blieb dort.

Carson leerte das Magazin ihrer Glock in ihr rechtes und linkes Schussfeld, die einzigen beiden Richtungen, in die zu zielen sich lohnte, da man auf diese Weise alle Bewegungen nach vorn oder hinten abdeckte.

Dann ließ Carson die Glock fallen und zielte mit der M11, schoss aber nicht.

Die beiden Überlebenden hatten es in eine gute Deckung geschafft, die sie vor Carsons und Pullers Feuer schützte.

Aber Puller hatte größtenteils erreicht, was er beabsichtigt hatte.

Jetzt hieß es zwei gegen zwei.

Die einzige Unbekannte war das sich nähernde Boot.

Aber was das anging, würde Puller abwarten und die beiden Gegner dort unten so lange festnageln, bis sie die Geduld verloren und zu fliehen versuchten.

Es würde eine kurze Flucht sein. Puller würde den einen erwischen, Carson den anderen.

Aber das Boot kam schnell näher, also konnte Puller sich den Luxus langen Wartens nicht leisten.

Er schaute im selben Augenblick nach unten, in dem Carson nach oben blickte. Er wusste nicht, ob sie ihn ohne Nachtsichtgerät sehen konnte, aber sie hatte das Boot nun ebenfalls gesehen oder gehört.

Puller kletterte den Baum hinunter und landete lautlos im Sand.

Eine Minute später war er wieder an Carsons Seite.

»Noch zwei übrig«, sagte er.

»Aber es kommt Verstärkung von See her.«

»Ich weiß. Hab ich gesehen.«

»Und jetzt? Die beiden Bastarde stehen zwischen uns und der Straße.«

»Deshalb müssen wir das Hindernis beseitigen.«

»Wir haben keine Zeit für die übliche Zangenbewegung.«

»Was schlägt der General vor?«

»Habe ich jetzt wieder den Befehl?«

»Der höhere Rang verliert nie die Befehlsgewalt. Vorhin hast du dich meinem Urteil gebeugt. Die Führung geht automatisch an dich zurück.«

Sie blickte sich um. »Fintieren, aus der Deckung locken und zuschlagen. Schnell und endgültig.«

Puller nickte zustimmend. »Ich kümmere mich um das Fintieren und Aus-der-Deckung-Locken.«

»Ich dachte, umgekehrt. Du bist besser mit dem Gewehr.«

Er schüttelte den Kopf. »Wir sind nahe genug, um die Pistolen einzusetzen. Und ich weiß, dass deine Berechtigungsscheine für Handfeuerwaffen auf dem neuesten Stand sind.«

»Woher?«

»Du bist hinter dem zweiten Stern her. Du würdest etwas so Simples nicht zum Stolperstein werden lassen.«

»Bei Entfernungen unter fünfundzwanzig Metern bin ich mit einer Handfeuerwaffe verdammt gut.«

»Dann sind wir ja in deiner Wohlfühlzone.«

»Aber der mit dem Ablenkungsmanöver wird das Feuer auf sich lenken.«

»Darum geht es ja.«

Sie blickte ihn an. »Hast du dich denn in Afghanistan und im Irak auch so bereitwillig für jedes gefährliche Unternehmen gemeldet?«

»Da waren alle Unternehmen gefährlich«, erwiderte Puller und ließ den Blick wieder übers Meer schweifen. Das Boot war fast da. »Wir haben keine Zeit mehr.«

»Okay, legen wir los.«

Es funktionierte nahezu perfekt.

Aber unter diesen Umständen war alles, was nicht *ganz* perfekt war, problematisch.

Fünfzehn Meter von der linken Flanke der Ziele entfernt bezog Puller Stellung. Der Gegner hatte den taktischen Fehler begangen, sich auf dieselbe Stelle zurückzuziehen. Dadurch bündelte er zwar seine Feuerkraft, machte sich aber zur Zielscheibe.

Carson hatte ihre Angriffsposition fünf Meter neben Pullers linker Flanke eingenommen. Sie lag im Sand, die M11 auf die harten Reste eines seit Langem toten Meeresgeschöpfs gestützt. Das Nachtsichtgerät trug nun sie. Sie hatte ein kristallklares Schussfeld.

Jetzt war es Pullers Aufgabe, die Finte richtig zu führen.

Und das tat er.

Beinahe.

Scheinbar aus dem Nichts kam er angerannt, ein fast zwei Meter großer Schemen, der im Zickzack über den Sand spurtete, als würde er ein Minenfeld überqueren.

Die beiden Männer eröffneten augenblicklich das Feuer, doch Puller hatte seine Route gut gewählt. Er lockte beide Männer aus der Deckung.

Carson gab vier Schüsse ab, gut gezielt und dicht nebeneinander platziert. Es waren Schüsse, die für den Nahkampf gedacht waren und den größtmöglichen Schaden anrichten sollten.

Zwei Kugeln trafen einen Mann in den Oberkörper. Die anderen beiden erwischten den zweiten Gegner an genau der gleichen Stelle.

Getroffen stürzten sie zu Boden.

Puller aber auch.

80

»John!«

Carson rannte über den Sand und erreichte ihn binnen weniger Sekunden. Er hatte sich bereits auf ein Knie erhoben.

»Wo?«, fragte sie.

»Linke Seite. Glatter Durchschuss«, sagte er. »Ich glaube, es war der erste Schütze. Offenbar wusste er, wie man auf ein bewegliches Ziel schießt.«

»Wir sollten uns lieber davon überzeugen, dass die Kugel draußen ist.«

Sie zog Pullers Hemd in die Höhe, tastete nach der Eintritts- und Austrittswunde und fand beide.

»Du blutest ziemlich stark. Wir müssen dich ins Krankenhaus bringen.«

»Darüber will ich jetzt nicht streiten. In meinem Rucksack im Tahoe habe ich Verbandszeug. Ich flicke mich selbst zusammen.«

»Das übernehme ich.«

Puller warf einen Blick über die Schulter. »Okay«, sagte er, »aber jetzt musst du ein kleines Ziel bieten, deine Waffe bereithalten und dich umdrehen.«

Carson zuckte zusammen.

»Das Boot?«

»Das Boot«, erwiderte Puller.

»Mist!«

Sie drehte sich um und sah, was Puller bereits gesehen hatte.

Das Boot lag verlassen am Strand.

»Anscheinend ist der Gegner bereits ausgeschwärmt«, sagte Puller.

»Das ist kein RIB. Vielleicht sind es weniger Leute.«

»Mehr als zwei sind schon ein Problem. Wir sind nicht in bester Verfassung, du und ich.«

»Schaffst du es denn?«, fragte sie.

»Ich wurde nicht das erste Mal angeschossen.«

»Ich weiß.«

Puller zog das Hemd aus und wickelte es sich fest um den Körper, um die Blutung zu stoppen. Dann schnappte er sich das Gewehr und stand auf.

»Wie viele Patronen hast du in der M11?«, fragte er.

»Zehn. Und du?«

»Fünf, dann ist Schluss.«

»Wie willst du es machen?«

»Suchen und zerstören. Ich gehe nach rechts, du nach links. Siehst du mich feuern, schießt du auf mein Ziel. Ich mache es bei dir genauso.«

»Teilen wir uns die Munition sorgfältig ein.«

»Wir müssen so viele Gegner ausschalten, wie wir können, General. Danach Nahkampf, falls nötig.«

»Ein Schlag auf deine Wunde, und du gehst zu Boden.«

Er blickte sie an und sagte leise: »Dazu braucht es mehr als einen.«

Carson betrachtete Pullers blutiges Hemd und setzte zu einer Erwiderung an, sagte dann aber doch nichts.

Sie trennten sich. Carson ging zum Wasser, Puller in die entgegengesetzte Richtung. Fünfzehn Meter voneinander getrennt schlichen sie voran, die Blicke unablässig in sämtliche Richtungen, nach oben, nach unten, nach rechts und nach links.

Puller blieb stehen, als er es roch.

Schwefel.

Der Geruch kam von rechts, von Carsons linker Seite. Der Gegner befand sich vor ihnen. Der Gestank der Kleidung der Gegner, die dort lauerten, wurde vom Wind in ihre Richtung getrieben.

Dann erst begriff Puller, was das bedeutete: Ihm und Carson haftete der gleiche Gestank an. Und da der Wind wechselte, trug er ihren Geruch in die Richtung des Gegners.

»Runter«, brüllte Puller.

Im selben Moment peitschten Schüsse über sie hinweg.

Puller landete im Sand, erwiderte das Feuer aber nicht. Ihm fehlte ein deutliches Ziel, und da er nur fünf Patronen hatte, konnte er es sich nicht leisten, auch nur eine zu verschwenden.

Er hoffte nur, dass Carson seine Warnung rechtzeitig gehört hatte.

Puller wartete. Sein Pulsschlag hämmerte in seinen Ohren. Er wollte nach Carson rufen, aber das war zu riskant. Schließlich hatte er der Gegenseite mit seinem Warnruf bereits verraten, dass sie mehr als einer waren.

Er teilte das Terrain gedanklich in Planquadrate ein, aber das half ihm nicht viel weiter. Carson hatte das Nachtsichtgerät. Sie würde Dinge sehen können, die ihm entgingen. Ein Blick zur Seite verriet ihm, dass Carson sich auf dem Bauch vorwärtsschob. Die von der Brandung verursachten Geräusche überdeckten jeden Laut.

Puller folgte ihrem Beispiel.

Doch Carsons Bewegungen wurden schneller, und da er angeschossen war, hatte er Mühe, mit ihr mitzuhalten. Dann erst wurde ihm klar, dass Carson zuerst dort sein wollte, um den

Angriff oder Gegenangriff auf sich zu lenken, bevor er, Puller, ins Fadenkreuz geriet.

»Von wegen«, murmelte er und verdoppelte seine Anstrengungen.

Sekunden später sprang Carson plötzlich auf und riss ihre Waffe hoch.

Puller war eine Millisekunde später ebenfalls so weit, und auch sein Gewehr fand sein Ziel.

Eine Waffe war auf Carson gerichtet. Sie gehörte Chrissy Murdoch.

Eine zweite Waffe war auf Puller gerichtet. Sie gehörte Mecho.

Mecho und Puller erkannten einander sofort. Carson und Murdoch hatten diesen Vorteil nicht.

»Verdammt, wer sind Sie?«, fragte Puller.

Mecho erwiderte seinen Blick, den Finger einen Millimeter vom Abzug seiner Waffe entfernt.

Murdoch hielt den Blick fest auf Carson gerichtet. Die Mündungen der Waffen beider Frauen waren kaum zwei Meter voneinander entfernt.

»Verdammt, wer sind *Sie?*«, fragte Murdoch.

»Brigadier General Julie Carson, United States Army.«

»Special Agent John Puller, CID, United States Army«, sagte Puller, ohne den Blick von Mecho zu nehmen. »Und jetzt will ich endlich wissen, wer Sie beide sind.«

Mecho schwieg weiter.

Puller schaute zu Murdoch hinüber. »Als ich Sie das letzte Mal gesehen habe, trugen Sie auf Lamperts Anwesen einen Bademantel und nannten sich Chrissy.«

»Das ist mein Deckname. In Wahrheit bin ich Lieutenant Claudia Diaz von der kolumbianischen Nationalpolizei. Ich bin einer gemeinsamen Task-Force aus Ihrem und meinem Land zugeteilt.«

»Zu welchem Zweck?«, fragte Puller.

»Eine Antimenschenhandel-Ermittlung. Ihr State Department hat es autorisiert.«

»Und er?«, fragte Puller und wies mit dem Kopf auf Mecho.

»Er unterstützt mich.«

»Er sieht mir nicht nach einem Kolumbianer aus.«

»Weil ich kein Kolumbianer bin«, sagte Mecho.

»Aber Sie haben mir in dieser Nacht den Hintern gerettet«, sagte Puller. »Warum?«

»Mir gefiel die Chancenverteilung nicht. Zu viele gegen einen.«

»Wussten Sie, wer ich bin?«

Mecho schüttelte den Kopf.

»Warum helfen Sie ihr?«

»Das ist meine Sache«, erwiderte Mecho.

»Können wir alle einen Ausweis zeigen?«, schlug Carson vor.

Puller, Carson und Diaz holten ihre Ausweise hervor.

Mecho nicht.

»Wo kommen Sie her?«, wollte Puller wissen.

»Nicht von hier«, sagte der Hüne.

»Sie machen es schwerer als nötig.«

»Das ist nicht mein Problem.«

Diaz räusperte sich. »Wir wurden von einem halben Dutzend Menschenhändlern angegriffen.«

»Das wächst sich anscheinend zu einer Epidemie aus«, sagte Carson. »Wir nämlich auch.«

»Und Sie haben offensichtlich überlebt«, stellte Diaz fest.

»Genau wie Sie«, erwiderte Carson.

»Wir haben die Leichen ins Meer geworfen. Ich empfehle, dass wir das Gleiche für Sie tun«, sagte Diaz.

»Warum?«

»Um unsere Spuren zu verwischen. Damit der große Fisch nicht davonschwimmt.«

»Ich fürchte, das ist bereits geschehen«, meinte Puller. »Der Lastwagen mit den Gefangenen ist weg.«

»Verdammt!«, fluchte Diaz und steckte als Erste ihre Waffe weg.

Carson folgte ihrem Beispiel.

Die beiden Männer rührten sich nicht; ihre Waffen blieben auf den jeweils anderen gerichtet.

»Nimm die Waffe runter, Mecho«, sagte Diaz. »Die beiden gehören nicht zu den Sklavenhändlern.«

»Puller, nimm die Waffe runter«, sagte Carson.

»Von wegen. Er zuerst.«

»Nein. Du zuerst«, sagte Mecho.

Carson und Diaz wechselten einen verzweifelten Blick.

»Männer«, sagte Diaz. »Sie haben einfach zu viel …«

»Testosteron«, vollendete Carson den Satz. »Wollen wir?«, fügte sie hinzu, und Diaz nickte.

Die Frauen stellten sich zwischen die erhobenen Waffen der Männer.

»Die Knarren runter«, sagte Diaz.

Da ihre Ziele verdeckt waren, senkten Puller und Mecho langsam die Waffen.

»Sie sind ja angeschossen!«, stieß Diaz hervor.

»Halb so wild«, sagte Puller. »Sie beide müssen uns ins Bild setzen.«

»Aber wir haben nicht viel Zeit«, erwiderte Diaz. »Wenn der Lastwagen davongekommen ist, wissen diese Mistkerle, was passiert ist. Sie werden die Operation abbrechen, und wir verlieren sämtliche Beweise.«

Puller starrte Mecho finster an. »Dann haben wir ja wohl keine Zeit zu verlieren. Ich hoffe, Sie können einen Reifen wechseln, Großer.«

81

Mecho wechselte den Reifen des Tahoe und stopfte das Loch im Tank, während Carson und Diaz Pullers Wunden verarzteten.

»Du brauchst trotzdem ärztliche Behandlung, Puller«, sagte Carson.

»Sie hat recht«, pflichtete Diaz ihr bei.

Puller zog das Hemd wieder an. »Zuerst schnappen wir uns die bösen Jungs, dann lasse ich mich zusammenflicken. Einverstanden?« Er warf Mecho einen Blick zu. »Sind Sie endlich fertig?«

Mecho zog noch einmal an der letzten Schraube und richtete sich dann auf, den Montierhebel in der Hand. »Fertig. Ich fahre.«

»Nein, ich«, sagte Puller. »Zeigen Sie mir die Richtung.«

Die Frauen setzten sich nach hinten, reinigten ihre Waffen und luden sie nach.

Mecho setzte sich neben Puller und beschrieb ihm die Route zum Lagerhaus.

»Können Sie mit Ihrer Wunde kämpfen?«, fragte Mecho dann, ohne einen Blick für ihn übrigzuhaben.

In der Frage lag kein Mitgefühl. Aber Puller erwartete und wollte auch keins. Mecho wollte lediglich über den körperlichen Zustand seiner Waffenbrüder Bescheid wissen. Er wollte wissen, ob er sich auf Puller verlassen konnte oder seine Schwächen kompensieren musste. Puller hätte im umgekehrten Fall das Gleiche wissen wollen.

»Ich habe ein Schmerzmittel genommen, das ich dabeihatte. Ich kann schießen, ich kann kämpfen, und ich kann Schmerzen ertragen. Also machen Sie sich wegen mir keine Sorgen. Ich leiste meinen Beitrag. Sie leisten den Ihren.«

»Was ist mit Ihrer Frau?«, fragte Mecho. »Kann sie kämpfen?«

»Was ist mit *Ihrer* Frau?«, fragte Puller. »Kann sie es?«

»Diaz wird das schon schaffen.«

»Carson auch.«

Die nächste Minute fuhren sie schweigend. Die einzigen Geräusche kamen von den Frauen, die die Waffen bereit machten.

Schließlich sagte Mecho: »Mein Name ist Gavril. Das ist mein Vorname. Mein Nachname würde Ihnen nichts sagen. Aber man nennt mich Mecho.«

»Sie sind Bulgare«, sagte Puller.

Mecho warf ihm einen Blick zu. »Woher wissen Sie das?«

»Damals im Irak habe ich zusammen mit einigen von ihnen gekämpft. Sie waren großartige Kämpfer und konnten jede andere Nationalität unter den Tisch trinken. Sogar die Russen.«

Mecho lächelte. »Die Russen halten Wodka für Gold. Aber das ist bloß parfümiertes Wasser. Das lässt einem nicht mal Haare auf der Brust wachsen.«

»Waren Sie beim Militär?«

Mechos Lächeln verblasste. »Früher mal. Dann haben die Dinge sich verändert.«

»Welche Dinge?«

Die Männer bemerkten nicht, dass Carson und Diaz mit ihrer Arbeit fertig waren und aufmerksam dem Gespräch lauschten.

»Natürlich gehörte Bulgarien nicht mehr dem Warschauer Pakt an. Aber manche Dinge verändern sich nie. Ich liebe mein Land. Es ist wunderschön, auch wenn die Menschen hart arbeiten müssen. Aber sie lieben ihre Freiheit, und sie sind gut. Leider bedeutet das nicht, dass auch jeder unserer Anführer gut ist und den Respekt des Volkes verdient. Und manchmal, wenn man ihnen nicht blindlings folgt, passiert einem was.«

»Waren Sie im Gefängnis?«

Mecho warf ihm einen scharfen Blick zu. »Wie kommen Sie darauf?«

»Weil die Sowjets gern so verfuhren. Und Bulgarien war lange Zeit Teil dieser Welt.«

»Ja«, sagte Mecho. »Länger, als ich wissen will.«

»Wie kommt es, dass Sie jetzt hinter Menschenhändlern her sind?«

»Ich komme aus einem kleinen Dorf im Südwesten meines Landes. Im Rila-Gebirge. Meine Familie lebt noch da. Es ist sehr abgelegen. Die Menschen müssen schwer arbeiten, und es verschlägt nur selten Fremde dorthin.«

»Aber es sind Fremde gekommen?«

Mecho nickte und schaute aus dem Fenster, damit man die Tränen nicht sehen konnte, die in seinen Augen schimmerten.

»Es kamen Männer. Sie versprachen ein besseres Leben für unsere jungen Leute. Und Bildung, Jobs. Alle möglichen guten Dinge. Sie nahmen ungefähr dreißig von ihnen mit.« Er hielt inne. »Meine jüngste Schwester war dabei. Wir sind eine große Familie. Sie ist viel jünger als ich. Sie war erst sechzehn, als sie ging.« Wieder hielt er inne. »Nein, nicht als sie ging. Als man sie verschleppt hat.«

»Es waren Menschenhändler«, sagte Puller.

Mecho nickte. »Sie glaubten, ein kleines Dorf in den bulgarischen Bergen würde nicht zurückschlagen. Ich hätte es niemals zugelassen, aber ich war nicht da, als es passierte. Ich habe viel von der Welt gesehen, die Leute in meinem Dorf aber nicht. Sie sind vertrauensselig. Nachdem ich zurückgekehrt war und herausgefunden hatte, was passiert war, habe ich meine Schwester und die anderen gesucht.«

»Wie heißt Ihre Schwester?«, fragte Carson, die eine Hand auf Mechos große Schulter gelegt hatte.

»Rada. Hier, das ist sie.«

Er brachte ein Foto zum Vorschein und hielt es Carson hin. Sie betrachtete es aufmerksam.

»Sie ist sehr schön«, sagte sie schließlich, und Diaz nickte beipflichtend.

»Ja. Gar nicht wie der Rest der Familie«, sagte Mecho. »Die anderen sehen mehr wie ich aus. Groß und hässlich.«

»Du bist nicht hässlich, Mecho«, sagte Diaz. »Du bist ein Mann, der versucht, das Richtige zu tun. Es gibt nichts Attraktiveres.«

»Und Sie haben die Leute aus dem Dorf bis zu Lampert verfolgt?«, fragte Puller.

Diaz antwortete, während Mecho das Foto von Rada wieder in Empfang nahm und stumm darauf blickte. »Wir haben uns unterhalten«, sagte sie. »Tatsächlich hat er die Sache von der anderen Seite aufgerollt. Durch Stiven Rojas.«

»Rojas«, rief Carson aus. »Er steht ganz oben auf unserer Liste der meistgesuchten Verbrecher. Er wurde sogar als nationales Sicherheitsrisiko eingestuft. Ist er in die Sache verwickelt?«

»Er sammelt die Ware ein – die Leute, die dann in dieses Land geschafft werden«, sagte Diaz. »Lampert übernimmt sie hier. Er hat überall Käufer und bringt die Menschen zu ihnen. Man sortiert sie in drei Hauptkategorien. Prostituierte sind die wertvollsten. Dann kommen die Drogenkuriere. Dann die gewöhnlichen Arbeiter.«

»Sie tragen unterschiedliche Farben, mit denen ihre Kategorie bezeichnet wird«, fügte Mecho hinzu. »Ich habe es beobachtet.«

Diaz nickte.

Puller sagte: »Wir haben es heute Nacht gesehen.«

»Und Sie sagen, er hat Käufer in den Vereinigten Staaten? Für Sklaven?«, sagte Carson.

»Sklavenhandel war noch nie lukrativer«, sagte Diaz. »Da Regierungen härter gegen Drogen und Waffen vorgehen, wird das immer populärer. Man braucht Menschen, um Drogen zu befördern. Man braucht Huren, um Geld zu verdienen. Und man braucht Leute für die Feldarbeit und die Fabriken. Wenn man ihnen nichts oder nur sehr wenig bezahlt, steigert das den Nettogewinn.«

»Aber man kann solche Leute doch nicht eingesperrt halten. Prostituierte, Drogenkuriere, Arbeiter. Warum hauen sie nicht einfach ab? Amerika ist ein großes Land«, meinte Puller. »Und es ist immer ein Polizist in der Nähe.«

»Weil man ihnen sagt, dass man bei einem Fluchtversuch oder dem Versuch, die Behörden zu informieren, ihre Familien umbringt«, erklärte Mecho.

Diaz musterte ihn neugierig. »Woher weißt du das?«

»Ich habe mich mit zwei von Lamperts Männern unterhalten. Sie haben es mir erzählt. Und sein Dienstmädchen ... das wenige, was sie mir erzählt hat, hat mir klargemacht, dass sie eine Sklavin ist. Sie hat Angst um ihre Familie. Und Lampert hatte Sex mit ihr.«

Während er das sagte, schaute Mecho zu Diaz, aber sie wurde rot und sah schnell weg.

»Sie haben sich mit zwei von Lamperts Männern unterhalten?«, fragte Puller. »Waren das die beiden, die im Plaza wohnten?«

Mecho antwortete nicht, was Puller als Antwort reichte.
»Also haben Sie die beiden einfach umgebracht?«
»Das waren keine Menschen. Nicht mehr.«
»Sie haben sie trotzdem ermordet.«
»Haben Sie noch nie getötet?«
»Ich habe noch nie jemanden *ermordet.*«
»Das können wir später klären«, meinte Diaz.
Puller schwieg einen Moment. Dann fragte er: »Wissen Sie etwas über den Tod einer alten Dame und eines alten Ehepaares, Mecho?«
»Als ich hierhergekommen bin, habe ich beobachtet, wie ein altes Paar am Strand getötet wurde.«
Puller warf ihm einen scharfen Blick zu. »Am Strand? Haben Sie den Mörder erkannt?«
Mecho schüttelte den Kopf. »Nein. Aber es war nur einer. Er hat die Leute durch Kopfschüsse getötet und die Leichen einfach ins Wasser geworfen. Die Ebbe hat sie dann ins Meer gezogen.«
»Und Sie haben das einfach zugelassen?«, fragte Puller.
»Ich konnte nichts tun. Es ging zu schnell.«
»Die Leichen wurden also ins Meer gespült«, nahm Carson den Faden wieder auf. »Und der Mörder? War er ein Mann? Groß oder klein? Weiß oder schwarz?«
»Nicht besonders groß. Und die Hautfarbe konnte ich nicht deutlich erkennen, aber ich glaube, er war weiß. Und schlank, aber offensichtlich sehr kräftig.«
»Und Sie haben Lamperts Bentley in die Luft gejagt«, sagte Puller.
Verblüfft sah ihn Mecho an. »Woher wissen Sie das?«
»Sie haben große Füße.«
»Das kann doch alles warten«, sagte Diaz. »Wir müssen uns

auf das vorbereiten, was in den nächsten Minuten auf uns zukommt.«

Mecho nickte. »Das Lagerhaus. Dort halten sie die Sklaven gefangen. Da fahren die Lastwagen hin.«

»Dann sollten wir die Polizei rufen«, sagte Carson.

»Nein«, widersprach Diaz. »Lampert und Rojas haben überall ihre Leute. Wir können der Polizei nicht vertrauen.«

»Dann das Militär. Eglin liegt gleich um die Ecke.«

»Bis die jemanden schicken können, ist es zu spät«, beharrte Diaz.

Puller kam ein Gedanke. »Sie sagten, das sei eine gemeinsame Aktion mit den USA. Haben Sie vielleicht mit Männern zusammengearbeitet, die nach Militärangehörigen aussahen und einen Chrysler fuhren?«

»Ja«, antwortete Diaz. »Sie haben mir von ihrem Zusammenstoß mit einem Amerikaner berichtet. Ich schätze, damit waren Sie gemeint.«

»Vermutlich. Haben diese Männer mich oder meine Tante beschattet?«

»Eines Nachts war ihnen in der Nähe des Übergabeorts ein Wagen aufgefallen, der Ihrer Tante gehörte. Sie haben ihn bis zu ihr zurückverfolgt. Dann wurde sie ermordet. Und die Männer nahmen ihre Beobachtungen auf.«

»Wo sind sie jetzt?«, fragte Puller.

»Nach ihrem Zusammenstoß mit Ihnen wurden sie versetzt. Es sind noch keine neuen Leute eingetroffen.«

»Toll«, murmelte Puller.

»Okay, beschreiben Sie uns das Lagerhaus, Mecho«, sagte Carson. »Falls sie noch da sind, müssen wir schnell und hart zuschlagen.«

»Wir *werden* schnell und hart zuschlagen«, sagte Mecho.

»Und wir werden töten, wenn es sein muss.« Er sah Puller an. »Es sei denn, Sie haben ein Problem damit, Menschenhändler zu eliminieren.«

»Nein«, erwiderte Puller. »Nicht wenn sie versuchen, mich zu ermorden.«

»Darauf können Sie sich verlassen«, sagte Mecho.

82

Das Lagerhaus hatte vier Seiten, und alle wurden gedeckt. Dazu hatten sie ihre Streitmacht vierteln müssen, aber es war nicht akzeptabel, eine Lücke zu schaffen, durch die jemand entkommen konnte.

Puller übernahm die Hinterseite, Mecho die Vorderseite.

Carson die linke Seite, Diaz die rechte.

Sie hatten sich auf einen Krieg vorbereitet.

Sie fanden ihn nicht.

Sie fanden niemanden.

Das Lagerhaus stand leer.

In den provisorischen Zellen waren keine Gefangenen.

Sie durchsuchten das Gebäude in zehn Minuten und trafen sich dann in der Mitte.

»Die sind aber schnell, das muss man denen lassen«, sagte Puller.

»Aber wo sind sie hin?«, fragte Carson. »Wir können eine Fahndung herausgeben. Diese Mistkerle brauchen Lkws für den Transport.«

»Auf dem Highway fahren viele Lastwagen«, meinte Puller. »Man kann sie nicht alle stoppen und durchsuchen.«

Er blickte über Carsons Schulter und erstarrte. Dann rannte er an ihr vorbei zu einer Stelle an der Wand, bückte sich und hob irgendetwas auf.

Die anderen kamen zu ihm.

»Was ist das, Puller?«, fragte Carson.

Puller hielt es in die Höhe. Es war ein Ring. Ein kleiner silberner Ring mit einem Löwen.

»Der gehört meinem Freund Diego«, sagte Puller.

»Diego?«, fragte Mecho.

»Ein Junge. Ungefähr zwölf. Sein Cousin heißt Mateo. Er ist fünf. Wahrscheinlich waren beide Jungen hier. Diego hat diesen Ring vermutlich als Hinweis hinterlassen. Er ist ein cleverer Junge.«

»Ein Fünfjähriger«, sagte Diaz. »Warum sollten sie zwölf- und fünfjährige Jungen entführen?«

»Prostitution, nehme ich an«, meinte Puller. »Da draußen gibt es genug kranke Bastarde.«

»Nein. Rojas ist ein skrupelloser Krimineller, aber er hat noch nie so junge Leute entführt.«

»Diego kam nicht durch die normale Pipeline. Er wohnte in Paradise und wurde auf der Straße entführt, zusammen mit Mateo.«

Diaz sah beunruhigt aus.

»Was ist?«, fragte Carson.

»Dann war es wohl Lampert, der das befohlen hat. Nicht Rojas.«

Puller steckte den Ring ein. »Und was bedeutet das?«

»Es könnte bedeuten, dass Lampert sein Warenangebot vergrößert, und zwar ohne Rojas' Zustimmung, vielleicht sogar ohne sein Wissen.«

»Vergrößert? Wie denn?«

»Terroristen.«

»Was?«, rief Carson aus.

»Man baut falsche Familien auf, um keinen Verdacht zu erregen. Eine Mutter. Einen Vater. Mit jungen Kindern. Reist man mit Kindern, lässt die Sicherheit instinktiv nach. Es ist wider die menschliche Natur, die eigenen Kinder in die Schusslinie zu bringen.«

»Nicht im Nahen Osten«, sagte Puller. »Dort geschieht das dauernd.«

»Ja, man hat Kinder als Schilde und manchmal auch als Bomben benutzt, ich weiß«, sagte Diaz. »Aber hier ist nicht der Nahe Osten. Und die Leute, die Kinder als Schilde und Bomben benutzt haben, waren nicht ihre Eltern.«

»Sie sagen also, dass es eine großartige Tarnung ist, mit kleinen Kindern zu reisen«, sagte Puller. »Um der Entdeckung oder zumindest größerer Aufmerksamkeit zu entgehen.«

»Vielleicht um das Land zu verlassen oder zu betreten«, fügte Carson hinzu.

»Ja, das glaube ich«, sagte Diaz.

Puller sah Carson an. »Ich hätte Lampert in der Nacht erschießen sollen, in der ich ihn kennengelernt habe.«

»Wir müssen die Leute finden«, drängte Diaz.

»Die Entführer müssen sie mit Lastwagen weggeschafft haben«, sagte Puller. Er wandte sich an Mecho. »Haben Sie eine Vorstellung, wie viele Menschen hier gefangen gehalten wurden?«

Mecho betrachtete die leeren Zellen. »Ich habe den Strand zwei Nächte lang beobachtet. Jedes Mal brachte man ungefähr achtzig Gefangene.«

»Vermutlich sind sie im Moment zum Interstate Highway unterwegs«, sagte Diaz.

Puller dachte darüber nach. »Da bin ich mir nicht so sicher.«

»Wohin sonst?«, fragte Diaz.

»Wäre ich Lampert und wüsste, dass meine Pipeline nicht mehr geheim ist, würde ich die Ware nicht zu meinen Käufern bringen. Schließlich könnte er verfolgt werden. Außerdem bringt es ihm das Todesurteil durch Rojas ein.«

»Aber was dann?«, fragte Carson. »Was macht er deiner Meinung nach?«

Puller blickte in Richtung Golf. »Ich glaube, er schafft sie zum Absender zurück.«

»Zurück nach Kolumbien?«, sagte Diaz.

»Dorthin, wo immer sie herkamen«, erwiderte Puller. Er wandte sich Mecho zu. »Wie sind Sie eigentlich hergekommen?«

»Ich bin größtenteils geschwommen«, antwortete Mecho, aber Puller konnte seinem Gesicht ablesen, dass der Mann die Antwort auf seine Frage kannte. »Ich gehörte zu den Verschleppten. Das hat mich eine Weile abgelenkt. Aber ich entkam. Die Mannschaft, die mich transportierte, hatte nicht so viel Glück. Sie hat sich verspätet, was sie das Leben kostete.«

»Von wo bist du denn geflohen?«, wollte Diaz wissen.

»Von einer Bohrinsel vor der Küste. Natürlich ist sie nicht mehr in Betrieb. Die Menschenhändler benutzen eine ganze Kette solcher Bohrinseln, von Mexiko bis Florida. Auf diese Weise wird die Ware transportiert.«

»Ich wusste gar nicht, dass es vor der Küste Floridas Bohrinseln gibt«, meinte Diaz.

»Doch, die gibt es«, sagte Carson. »Die meisten stehen vor den Küsten von Louisiana und Texas. Ein paar auch vor Alabama. An der Atlantikseite Floridas gibt es keine Ölbohrplattformen. Und so gut wie alle Ölquellen, die im Lauf der Jahre im Golf von Mexiko gebohrt wurden, sind versiegt.«

»Okay«, sagte Puller. »Aber Mecho sagt, dass dort eine Bohrinsel steht. Wie kann das sein?«

»Mitte der Achtziger bis Mitte der Neunziger haben einige Ölkonzerne Gasvorkommen entdeckt«, fuhr Carson fort. »Ungefähr fünfundzwanzig Meilen vor der Küste. Aber der Staat Florida hatte etwas dagegen, dass das Gas gefördert wurde, also hat die Bundesregierung Anfang der Zweitausender dem Ausbeuten der Lagerstätten ein Ende gesetzt. Trotzdem wurden mehrere Bohrinseln gebaut, weil man damit rechnete, das Gas fördern zu können. Normalerweise müssen Energiekonzerne die Ölplattformen nach einer gewissen Zeit abwracken, aber ich glaube, um die hier gab es einen Rechtsstreit. Wenn erst die Anwälte im Spiel sind, zieht sich so was hin.«

Puller blickte sie an. »Woher weißt du so viel darüber?«

»Ich habe für das Verteidigungsministerium ein Weißbuch erstellt. Ich hatte dir doch erzählt, dass wir uns aus Gründen der nationalen Sicherheit für diese Dinge interessierten. Man hatte die Sorge, dass Terroristen aufgegebene Bohrinseln benutzen könnten, um in dieses Land zu kommen. Also habe ich so gut wie jede Ölplattform im Golf aufgenommen. Und es gibt Tausende von ihnen, die aufgegeben wurden und entweder gerade abgewrackt oder in Riffe für die Meeresflora und -fauna umgewandelt werden.«

»Und hat das Verteidigungsministerium sich nach deinem Papier gerichtet?«, fragte Puller.

»Nein. Meine Vorschläge verschwanden in dem schwarzen Loch, in dem die meisten Weißbücher verschwinden. Aber wir hätten nie damit gerechnet, dass die Bohrinseln von Menschenhändlern benutzt werden könnten.«

»Warum solltet ihr auch«, sagte Mecho. »Leute wie Rojas und Lampert verbringen jede Minute ihres Lebens damit, einen Schritt vorauszuplanen. Geld. Das ist alles, was sie interessiert.«

»Also die letzte Bohrinsel vor der Küste«, sagte Puller. »Wissen Sie, wie man dort hinkommt?«

»Ich glaube schon«, erwiderte Mecho. »Ich habe mir alle Mühe gegeben, mir ihre Position zu merken.«

»Wir könnten die Küstenwache rufen«, meinte Carson. »Die könnte diesen Dreckskerlen ein Schnellboot auf den Hals schicken. Einer solchen Feuerkraft hätten sie nichts entgegenzusetzen, egal, wie schlimm Lampert und Rojas sind.«

»Ein Schnellboot ist ein großes Schiff«, hielt Mecho dagegen. »Sie würden es auf mehrere Meilen Entfernung entdecken. Und dann würden sie alle Gefangenen töten und wären verschwunden, ehe das Schnellboot auch nur in die Nähe kommt. Gleiches gilt für Flugzeuge.«

»Aber wir müssen etwas unternehmen«, drängte Carson. »Wir können diese Menschen nicht einfach verschwinden lassen.«

»Eine kleine Streitmacht. Verstohlen. Nachts«, sagte Puller. »Das ist unsere einzige Chance.«

»Wir sind nur zu viert«, erinnerte Diaz ihn.

»Eine kleine Streitmacht, wie Puller schon sagte«, bemerkte Mecho. »Klein in der Zahl, groß im Kampf.«

»Aber können wir nicht wenigstens Hilfe von den Ortsansässigen anfordern?«, meinte Carson.

Diaz schüttelte den Kopf. »Ich vertraue niemandem.«

»Ich auch nicht«, sagte Puller. »Wir versuchen es. Aber zuerst muss ich einen Anruf machen.«

»Bei wem?«, wollte Carson wissen.

»Ich brauche eine Antwort. Und die bekomme ich nur auf diese Weise.«

83

Sie fuhren auf den Parkplatz des Polizeireviers von Paradise. Es war vier Uhr morgens, und in der Stadt war alles dunkel und still.

Das war nicht anders zu erwarten.

Aber vom Polizeirevier hätte man erwartet, dass es vierundzwanzig Stunden geöffnet ist.

Doch auch hier war alles dunkel.

»Wie viele Beamte gibt es hier?«, fragte Carson.

»Anscheinend nicht so viele«, meinte Puller. »Aber mitten in der Nacht war ich noch nicht hier.«

Er betrachtete das dunkle Gebäude. Dann richtete er den Blick auf die Straße, wo soeben zwei Scheinwerfer um die Ecke bogen und in ihre Richtung kamen.

»Ein Streifenwagen«, sagte Carson.

»Gut beobachtet«, kommentierte Puller trocken.

Der Wagen fuhr auf den Parkplatz und hielt. Cheryl Landry stieg aus. Sie trug Uniform und war anscheinend auf Patrouille gewesen. Sie sah verschwitzt und wütend aus.

Puller öffnete die Tür und stieg aus.

Landry blickte mit zusammengekniffenen Augen in seine Richtung. »Puller?«

»Ja. Wo stecken die denn alle?«

»Wen meinen Sie?«

Er zeigte auf das Revier. »Ist der Laden denn nicht Tag und Nacht besetzt?«

»Nein, nicht mehr. Budgetkürzungen. Selbst in Paradise.«

»Was ist mit Notrufen?«

»Nach außerhalb vergeben. Aber natürlich haben wir eine Nachtpatrouille. Dazu war ich eingeteilt. Bis Sie mich angerufen haben. Was ist los?«

»Sie fahren allein? Wo steckt Hooper?«

»Gute Frage. Er ist nicht zur Arbeit gekommen. Ich habe gestern Abend um acht bei ihm angefangen, und meine Schicht geht noch vier Stunden. Also, warum wollten Sie mich zu dieser Stunde sehen? Das haben Sie am Telefon nicht gesagt.«

Puller zeigte auf den Tahoe. »Ich habe da drüben ein paar Freunde. Wir brauchen Hilfe.«

»Was für Freunde?«, fragte Landry. »Und um was für eine Hilfe geht es?«

»Später«, erwiderte Puller. »Wo steckt Bullock?«

»Warum wollen Sie das wissen?«

»Nur so.«

»Ich nehme an, er liegt zu Hause im Bett.«

»Wie viele Beamte hat das Revier?«

»Sechzehn, wenn man Bullock mitzählt.«

»Kleine Besatzung.«

»Kleine Stadt. Wir haben noch vier Verwaltungsangestellte und einen forensischen Techniker, den Sie ja kennengelernt haben. Und jetzt beantworten Sie meine Frage. Was für Freunde? Und um was geht es bei dieser Hilfe?«

»Paradise hat ein großes Problem.«

Sie sah ihn skeptisch an. »Und das wäre?«

»Leute verschwinden.«

»Was soll das, Puller?«

»Paradise ist Teil einer Pipeline, durch die Sklaven in die Vereinigten Staaten gebracht werden.«

Landry erstarrte. »Was?«

»An dem Strand, der nach Schwefel stinkt.«

»Ich kenne diesen Strand. Da fährt niemand hin.«

»Sie irren sich. Da gehen sogar viele Leute hin.«

»Ich meinte, niemand aus Paradise.«

»Also patrouilliert die Polizei dort nicht?«

»Das gehört nicht mehr zur Stadt. Das ist Niemandsland zwischen Paradise und der Nachbarstadt.«

»Deshalb ist es für die Pipeline perfekt.«

»Haben Sie Beweise? Dann müssen wir das FBI verständigen. Sofort.«

»Wir haben keine Beweise. Die Beweise schafft man in genau diesem Augenblick weg.«

»Was wollen Sie dann hier?«

»Wir brauchen noch jemanden, der mit einer Pistole umgehen kann.«

Wieder warf Landry einen Blick zu Pullers Wagen. »Wer sitzt da drin?«

»Carson. Außerdem der große Bursche, der mir im Sierra das Leben gerettet hat. Und noch eine Person, für die ich bürge. Also, sind Sie dabei?«

»Ich bin im Dienst. Ich bin auf Patrouille. Ich kann nicht einfach alles stehen und liegen lassen, um mit Ihnen auf eine verrückte Jagd zu gehen.«

»Das ist keine verrückte Jagd. Und Sie könnten jemanden rufen, der Sie ablöst.«

»Puller, ich kann nicht.«

»Können oder wollen Sie nicht? Hören Sie, Landry, wenn wir diese Bande auffliegen lassen, stehen Ihnen bei jeder Polizeibehörde sämtliche Türen offen.«

»Mir gefällt es hier.«

»Dann helfen Sie uns, ein paar wirklich üble Bastarde festzunehmen. Dazu tragen Sie doch Ihre Marke, oder?«

»Hat das mit Ihrer Tante zu tun? Und den Storrows?«

»Ich glaube schon.«

»Wurden sie von Menschenhändlern ermordet?«

»Ja. Weil sie herausgefunden hatten, was hier vor sich geht.«

Landry holte tief Luft.

»Kommen Sie schon, Landry. Wir brauchen Sie, um das zu schaffen. Sie sind hier die Einzige, die ich fragen kann.«

»Lassen Sie mich ein paar Anrufe machen. Vielleicht finde ich jemanden, der für mich einspringt.«

»Warum rufen Sie nicht Hooper oder Bullock an?«

»Warum sie?«

»Rufen Sie sie einfach an.«

Landry versuchte es, bekam aber niemanden an den Apparat.

Sie steckte das Handy weg. »Bei beiden meldet sich die Voicemail. Vermutlich schlafen sie.«

»Das glaube ich nicht.«

»Wieso?«

»Ich glaube es einfach nicht.«

»Sie wollen doch wohl nicht andeuten, dass die beiden in diese Sache verwickelt sind?«

»Wir haben keine Zeit für Erklärungen. Kommen Sie, oder kommen Sie nicht?«

Landry holte tief Luft.

»Ich glaube, die Stadt kommt ein paar Stunden auch ohne Sie aus«, sagte Puller.

»Und wenn mich das meinen Job kostet?«

»Dann dürfen Sie mich in den Hintern treten. Und ich helfe Ihnen, einen neuen Job zu finden.«

Landry lächelte resigniert. »Und Ihre Freundin? Der General?«

»Sie hilft Ihnen auch.«

»Klar, ganz bestimmt. Ich betrachte uns allerdings nicht als beste Freundinnen.«

»Sie wären überrascht. Gehen wir.«

»Und wohin?«

Puller zeigte hinaus auf den Golf.

»Nach da draußen.«

84

Das Boot war nicht groß, und der Seegang war heftig. An allen Seiten spritzte Wasser über Bord.

Puller hatte sämtliche Waffen in einen wasserdichten Staukasten sperren lassen. Mecho hatte seine Pistole nur zögernd abgegeben. Puller konnte es ihm nicht verdenken. Auch er fühlte sich ohne Waffen unwohl.

Er stand am Steuer des sechseinhalb Meter langen Bowrider, zu dem Diaz sie geführt hatte. Es war dasselbe Boot, mit dem sie die Leichen der von ihnen getöteten Männer hatten verschwinden lassen.

An einer Reling klebte noch immer Blut.

Der Anblick hatte Landry überrascht, aber Pullers Blick hatte sie zum Schweigen gebracht. Seitdem lag Misstrauen in ihrer Miene. Sie stand neben ihm am Ruder, während das Boot über die Wellen tanzte.

Mecho hatte Puller die ungefähre Richtung beschrieben, die sie zur Bohrinsel bringen sollte. In der Dunkelheit navigierte er nach dem Kompass und dem Kartenplotter.

»Sind Sie sicher, was die Richtung angeht?«, fragte Puller.

Mecho nickte, sah aber nicht besonders zuversichtlich aus.

Carson trat neben sie. Sie hielt ihr Smartphone.

»Bevor wir abgelegt haben, habe ich mein Büro angewiesen, mir die Position jeder Bohrinsel im Umkreis von fünfzig Meilen durchzugeben. Eine steht viel näher an der Küste als alle anderen. Hier sind die Koordinaten.«

Puller verglich die Zahlen auf ihrem Phone mit seinem Plotter und nickte Mecho zu. »Sie haben ein gutes Gedächtnis. Die Bohrinsel steht ziemlich genau da, wo Sie sagten.«

Eine Welle traf sie, und Puller musste scharf ausweichen. Er warf Landry einen Blick zu, die den Seegang mit Unbehagen verfolgte.

»Warum ist es hier draußen so rau?«, fragte er.

»Erinnern Sie sich an den Tropensturm Danielle? Er ist hierher unterwegs. Könnte auf der Saffir-Simpson-Hurrikan-Skala eine Kategorie eins werden. Wir kriegen die Vorboten mit.«

»Das Timing gefällt mir«, meinte Puller.

»Soll ich das Ruder übernehmen?«

»Nicht nötig.«

Landry sah zu Diaz herüber. »Das ist doch die Frau aus Lamperts Villa. Murdoch, richtig?«

»Richtig.«

»Was macht sie hier?«

»Ihr Name ist nicht Murdoch.«

»Wie heißt sie dann?«

»Diaz. Sie ist Polizistin. Sie wurde bei Lampert eingeschleust.«

»Lampert? Ist er darin verwickelt?«

»Anscheinend verdankt er seinen Reichtum dem Menschenhandel.«

»Mein Gott! Und warum wurde sein Auto in die Luft gejagt?«

»Eine nicht gerade subtile Warnung, dass ihm jemand auf die Schliche gekommen ist.«

Landry zeigte auf Diaz. »Sie?«

»Nein, der große Bursche da drüben.«

»Warum er? Ist er auch Polizist?«

»Nein. Ich glaube, für ihn ist es eine persönliche Sache.«

Mecho saß auf einem der Achtersitze und blickte starr geradeaus. Das Schwanken des Bootes schien keinerlei Wirkung auf ihn zu haben.

Carson und Diaz waren grün um die Nase und beugten sich über die Reling.

Das blieb Landry nicht verborgen. »Die haben keine Seebeine.«

»Carson ist bei der Army. Sie ist an festen Boden unter den Füßen gewöhnt. Zu Diaz kann ich nichts sagen.«

Das Boot lief quer auf eine große Welle auf und wäre beinahe gekentert. Alle wurden mit eisigem Wasser überschüttet. Mit Mühe gewann Puller die Kontrolle über das Boot zurück und konzentrierte sich wieder auf das vor ihm liegende Meer. »Setzen Sie sich, Landry, und halten Sie sich fest.« Er drehte sich zu den anderen um. »Jeder legt sofort eine Schwimmweste an. Das wird noch schlimmer.«

Sie gehorchten, aber Mechos Weste war viel zu klein. Sie bedeckte nicht einmal seine Brust, deshalb hielt er sie einfach zusammen.

Der Himmel war pechschwarz, obwohl die Morgendämmerung nicht mehr fern war. Puller hätte gern mehr Licht gehabt, um die anstürmenden Wellen besser sehen zu können, andererseits zog er die Dunkelheit vor. Selbst mit einer Übermacht war es keine gute Idee, einen solchen Gegner im hellen Tageslicht anzugreifen.

Außerdem würden sie auf keinen Fall die Übermacht haben, sondern deutlich unterlegen sein. Obendrein hatten die Menschenhändler die Möglichkeit, aus ihren Gefangenen Geiseln zu machen. Es brauchte Perfektion, um die Sache zu einem erfolgreichen Ende zu führen. Nur dass man auf dem Schlachtfeld nie Perfektion erreichte.

Das Kurzwellenfunkgerät unter dem Ruder erwachte quäkend zum Leben. Diaz musste es so programmiert haben, dass es sich bei Wetterberichten automatisch einschaltete.

Puller nahm das Mikrofon und hörte sich die vorher aufgenommene Ankündigung an. Dann steckte er das Mikrofon zurück in die Halterung und schaute grimmig drein.

Carson arbeitete sich breitbeinig auf ihn zu, während das Boot von Wellen geschüttelt wurde, die bedeutend höher waren als das Boot selbst.

»Was ist?«, fragte sie.

»Gerade wurde eine Warnung für Kleinboote herausgegeben. Sie sollen sofort an Land zurückkehren.«

»Wir sind in die andere Richtung unterwegs.«

»Bist du gern auf dem Wasser?«

»Wenn es so wäre, hätte ich bei der Marine angemustert.«

»Wenn ich könnte, würde ich dich direkt zurück an Land bringen.«

»Das würde ich nicht zulassen. Army, Navy, die Marines oder die Air Force … wir alle gehen dorthin, wo der Kampf stattfindet. Ganz egal, wie wir hinkommen.«

»Mit dieser Einstellung schaffst du mindestens drei Sterne, General.«

»General?«

»Wir sind wieder im Dienst.«

Sie schaute nach vorn. »Hast du eine Vorstellung, wie weit es noch ist? Selbst bei dem Sturm wird es heller.«

»Ja. Aber bei diesem Wetter ist es schwer, die Fahrzeit zu schätzen.«

Im nächsten Augenblick machte ein Blitz die Nacht zum Tag. Ihm folgte ein gewaltiger Donnerschlag, der den Bowrider bis in seinen Glasfaserkern zu erschüttern schien.

»Dieses Boot ist nicht für ein derartiges Wetter gebaut«, meinte Carson.

»Menschen auch nicht.«

»Wenn wir sinken, überleben wir bei diesem Seegang nicht.«

»Ein toller Urlaub für dich, was?«

Sie berührte ihn an der Schulter. »Ich würde es nicht anders haben wollen.«

»Okay, du hast meine Stimme für die vier Sterne.«

»Wie sieht der Plan aus, wenn wir da sind?«

»Wir schalten die Bande aus und retten die Gefangenen.«

»Das Konzept habe ich durchaus verstanden. Aber wie gehen wir es an?«

»Ich glaube nicht, dass wir hier einen taktischen Schlachtplan entwerfen können. Das diktieren uns die Bedingungen vor Ort. Es ist eine Ölplattform. Wir legen unten an und arbeiten uns nach oben. Bei ihrem Vorsprung sind die Entführer bereits da. Und bei so einem Sturm müssen sie drinnen Schutz suchen. Ich bezweifle, dass sie Wachen aufstellen. Heute Nacht werden sie nicht mehr mit einem Angriff rechnen. Wenn der Sturm vorbei ist, brechen sie auf und nehmen sämtliche Beweise mit.«

»Und dann?«

»Dann richten sie die Pipeline irgendwo anders ein. Diese Kerle sind wie Bakterien. Sie mutieren immer weiter, um den Antibiotika stets einen Schritt voraus zu sein.«

»Dann sind wir das Penicillin?«

»Ich hoffe, wir sind etwas viel Stärkeres.«

»Und wenn sie weiter oben in den Quartieren sind?«

»Das verschafft uns eine Chance. Heimlichkeit plus Fertigkeiten plus Glück. Diese Kombination hat auf mehr Schlachtfeldern zum Sieg geführt, als du und ich zählen können.«

»Dann wollen wir hoffen, dass wir ein weiteres Schlachtfeld zu der Liste hinzufügen können.«

»Ich tue mein Bestes.«

»Ich weiß, Ranger. Und falls du dich geirrt hast und sie nicht aufs Meer zurückgekehrt sind?«

Puller schaute nach vorn. »Setz dich wieder, General.«

»Was?« Auch Carson blickte voraus, konnte aber nicht erkennen, was Puller sah.

»Setz dich, Julie. Sofort. Und halt dich fest. Sag es den anderen. Schnell.«

Carson eilte los.

Sie hatte in Pullers Stimme etwas gehört, was sie dort nie zu hören geglaubt hätte.

Angst.

85

Es kam keine Riesenwelle auf sie zu.

Vielleicht wäre das sogar besser gewesen.

Doch was auf sie zukam, war ein hochseetüchtiges Schiff von gewaltigen Ausmaßen.

Irgendwo ertönte der durchdringende Klang eines Horns.

Puller sparte sich die Mühe, ebenfalls das Horn zu betätigen. Es konnte weder den Sturm noch den Maschinenlärm des näher kommenden Schiffes übertönen.

Außerdem hatte er ein unmittelbares Problem. Er musste die herankommenden Wellen in einem Winkel von ungefähr fünfundvierzig Grad anfahren, denn bei neunzig Grad hätten sie die kinetische Energie der heranrasenden Welle voll mitbekommen.

Es war durchaus möglich, eine Welle »hinaufzureiten«, nur um bei Erreichen eines vertikalen Punkts ohne Wiederkehr zu kentern. Ragte der Bug steil in die Luft, war man erledigt. Man überschlug sich rückwärts, das war so gut wie unausweichlich. Und die Passagiere an Bord wurden entweder vom Boot zerschmettert oder ins Meer geschleudert, wo sie ertranken.

Wollte Puller dem Kurs des herankommenden Schiffes ausweichen, musste er fast direkt in die Wellen hineinsteuern. Das Schiff war riesig und aus Stahl; es war stabil genug, um die Wellen nicht fürchten zu müssen. Tatsächlich schuf es selbst eine gewaltige Bugwelle, während es sich mit einer Geschwindigkeit von ungefähr zwölf Knoten durch die Wogen kämpfte und Millionen Liter bereits aufgewühltes Golfwasser vorn und an den Seiten vor sich her schob wie ein Schneepflug den Schnee.

Im letzten Augenblick, das Dröhnen des Schiffshorns in den Ohren, riss Puller das Ruder scharf nach links. Er musste nicht nur dem Schiff ausweichen, er musste auch dessen Kielwasser meiden, das den Bowrider mühelos kentern lassen konnte.

Dazu musste er einen großen Bogen um das Schiff machen und sich schnell von ihm entfernen, indem er die Geschwindigkeit erhöhte, nur war das bei diesem Seegang so gut wie unmöglich. Die Hälfte der Zeit ragte die Schiffsschraube aus dem Wasser und drehte sich nutzlos in der Luft.

Puller erreichte sein Ziel nicht ganz.

»Alle festhalten!«, brüllte er.

Die Ausläufer des Kielwassers prallten wie eine Breitseite gegen sie. Die Backbordseite des Bowriders kippte nach unten, die Steuerbordseite stieg mit einem Ruck in die Höhe.

Carson und Landry rutschten über Deck und prallten gegen die Backbordreling.

Carson wäre ins Meer geschleudert worden, hätte Mecho, der einen Handlauf umklammerte, nicht mit festem Griff ihr Bein geschnappt.

Landry konnte sich an der Reling festklammern, doch ihre Beine baumelten über die Seite, bevor sie das Gleichgewicht wiedererlangte und zurück ins Boot kippte.

Diaz war nach vorn zwischen Pullers Beine gerutscht. Eine Hand fest am Steuer, packte Puller die junge Frau mit der anderen und zerrte sie hoch.

Unglücklicherweise traf sie die vom Kielwasser in die Höhe gedrückte Woge in dem Augenblick, als das Boot sich wieder ausrichtete.

Puller spuckte Salzwasser aus und rief: »Wir werden überschwemmt!«

Alle schnappten sich Eimer, die Mecho unter einem Sitz fand, und machten sich daran, Wasser zu schippen. Die Abläufe des Bootes halfen zwar, aber die Menge des Meerwassers war zu groß.

Puller musste hilflos zusehen, wie die Reling immer tiefer sank.

Mecho arbeitete mit zwei Eimern wie eine Maschine. Puller übergab Diaz das Ruder und schnappte sich ebenfalls einen Eimer.

Bald sanken zuerst Landry, dann Carson erschöpft in dem Wasser zusammen, das wie ein Strudel im Boot schäumte. Jetzt standen nur noch die beiden Männer Seite an Seite und beförderten das Wasser ein wenig schneller über Bord, als es ins Boot gischtete. Die Wirkung von Pullers Schmerzmittel ließ nach, seine Wunde fing an zu pochen, aber er hörte nicht auf.

»Wir kommen wieder hoch«, rief Diaz. »Hört nicht auf!«

Der Zuruf setzte auch bei Carson und Landry neue Kräfte frei. Sie schöpften mit den Händen Wasser. Das Blatt begann sich zu wenden.

Vierzig Minuten später übernahmen die Abläufe und die Bilgepumpe, und das Bootsinnere wurde relativ trocken.

Erst dann steckten Carson und Landry die Köpfe über die Reling und erbrachen das Salzwasser, das sie unfreiwillig geschluckt hatten.

Auch Puller übergab sich, übernahm dann wieder das Steuer von Diaz und führte seinen Kampf gegen die Ausläufer von Danielle weiter.

Mecho ließ die Eimer fallen und stand durchnässt da. Seine gewaltigen Arme baumelten an den Seiten, und er atmete schwer. Sein Blick war unverwandt nach vorn gerichtet, als könnte er spüren, dass etwas passieren würde.

Am Ruder behielt Puller die Benzinuhr im Auge. Vor ihrem Aufbruch hatte er den Tank mit den Kanistern gefüllt, die Diaz an Bord gehabt hatte. Aber das anstürmende Wasser hatte dazu geführt, dass sie bedeutend mehr Treibstoff verbraucht hatten, als bei ruhiger See zu erwarten gewesen wäre.

Puller nahm eine schnelle Berechnung vor. Das Ergebnis war eindeutig und sehr beunruhigend.

Wir haben nicht genug Benzin für die Rückfahrt.

Er warf Mecho einen Blick zu, der noch immer dastand, gegen die Achtersitze gestemmt. Der Hüne beobachtete ihn, als hätte er seine Gedanken lesen können, während er die Anzeigen vor sich überprüfte. Dann blickte er über Pullers Schulter und streckte langsam den Arm aus.

Puller blickte in die gewiesene Richtung.

Im tobenden Sturm wurde eine gewaltige Stahlkonstruktion sichtbar.

Neptuns Thron lag direkt voraus.

Sie hatten das Schlachtfeld erreicht.

Jetzt begann der eigentliche Kampf.

86

Fast zweihundert Menschen drängten sich in Käfigen, die nur die Hälfte hätten aufnehmen sollen.

Diego und Mateo hockten in einer Käfigecke. Die Fahrt hierher hatte beide seekrank gemacht. Vielen anderen erging es nicht besser. Überall lagen Pfützen aus Erbrochenem. Der Gestank rief bei den Gefangenen noch mehr Übelkeit hervor, was die erbärmlichen Zustände in den Käfigen weiter verschlimmerte.

Diego hielt Mateos Hand und schaute sich um.

Die Wachen waren überall, aber jetzt sahen sie nicht mehr so selbstsicher aus.

Vielleicht, weil sich hier viel mehr Gefangene als sonst aufhielten.

Vielleicht auch, weil sie alle den Ansturm des wütenden Meeres gegen die Bohrinsel fühlen konnten. Der Raum, in dem sie sich aufhielten, bebte bei jeder Riesenwelle.

Mit weit aufgerissenen Augen starrte Mateo an die Decke, und bei jeder aufprallenden Woge fasste er Diegos Hand noch fester.

»Es wird alles wieder gut, Mateo«, flüsterte Diego ihm ins Ohr. »Uns passiert schon nichts.«

Mateo erwiderte nichts, starrte stumm an die Decke und verstärkte seinen Griff.

Diego betrachtete seinen Finger. Die Stelle, wo der Ring gewesen war. Er hatte ihn an dem Ort fallen lassen, an dem man sie gefangen gehalten hatte. Er hoffte, dass ihn jemand finden würde. Jemand anders als diese Leute.

Für Mateo gab er sich zuversichtlich. Aber ihre Chancen, hier herauszukommen, schwanden zusehends. Diego hatte keine Ahnung, was mit ihnen geschehen würde oder wo sie am Ende landeten, falls der Sturm sie nicht vorher umbrachte.

Bei diesem Gedanken packte ihn Entsetzen, und er verstärkte den Griff um Mateos Hand.

Vielleicht spürte Mateo diese Gefühlsaufwallung, denn er führte den Mund zu Diegos Ohr und flüsterte: »Es wird alles wieder gut, Diego. Uns passiert schon nichts.«

Puller nahm das Gas zurück und schob das Nachtsichtgerät über die Augen, um mehr sehen zu können.

Er betrachtete das Ungetüm, das sich aus dem tosenden Sturm geschält hatte und nun düster und bedrohlich vor ihnen aufragte. Es schien bis in den Himmel zu reichen. Wellen überspülten den unteren Teil. Millionen Tonnen Wasser, getrieben von den Sturmwinden, die Hurrikan Danielle landeinwärts schickte, trafen die Stahlbeine und ließen sie erbeben.

Puller suchte zuerst nach Wächtern.

Dann nach Zugängen.

Dann nach Schwachpunkten.

Mecho gesellte sich zu ihm ans Ruder.

»Das Anlegen wird ein Problem«, meinte Puller und betrachtete die schwimmende Anlegeplattform, die heftig auf den Wellen schaukelte.

»Ich glaube nicht, dass wir dort anlegen können. Das Boot würde zerschmettert.«

»Wir können aber nicht ins Wasser springen und schwimmen. Der Wind kommt direkt von der Plattform auf uns zu.

Wir würden binnen Sekunden auf das offene Meer hinausgetragen.«

Puller ließ den Blick erneut über die Bohrinsel schweifen.

»Ich glaube kaum, dass sie bei so einem Sturm mit Besuchern rechnen. Vermutlich sind sie drinnen, um sich warm zu halten.«

»Vermutlich.«

»Und sie können unmöglich wissen, dass wir den Weg zu dieser Bohrinsel kennen.« Trotz der Koordinaten, die Carsons Leute übermittelt hatten, kam ihm plötzlich ein erschreckender Gedanke. »Sie sind sich doch sicher, Mecho, dass es die richtige Bohrinsel ist?«

»Ja. Ich bin von dem Deck dort gesprungen.«

Puller schaute zwölf Meter in die Höhe. »Und dann sind Sie bis zur Küste geschwommen?«

»Ja. Mithilfe von ein paar Fischern.«

»Es gibt keine Wachtposten, und der Wind kommt von Süden …«, sagte Puller nachdenklich.

»Wie sieht Ihr Plan aus?«, fragte Mecho.

»Kommt auf das Timing an.«

Puller teilte den anderen mit, was er sich vorstellte.

Carson blickte kopfschüttelnd auf die raue See und den heraufziehenden Sturm.

»Wir dürfen uns keinen Fehler leisten, Puller«, sagte sie.

Landry runzelte die Stirn. »Ist das der einzige Weg?«

»Der einzige, der mir einfällt«, antwortete Puller. »Und wenn wir noch lange warten, geht der Plan nicht mehr auf.«

»Wir müssen es versuchen«, sagte Mecho.

Diaz nickte. »Okay, holen wir die Waffen raus. Wir werden sie brauchen.«

»Darum kümmere ich mich«, sagte Puller.

»Und sobald wir auf der Bohrinsel sind?«, fragte Diaz.

Mecho zeigte auf eine Lagerhalle im oberen Teil der Konstruktion. »Sie werden da drin sein. Es gibt mehrere Eingänge und Ausgänge. Die Wärter sind nicht besonders gut ausgebildet, aber sie werden schwer bewaffnet sein. Die haben mehr Feuerkraft als wir.«

»Also müssen wir sie überraschen und so hart und schnell treffen wie nur möglich«, sagte Carson, als wieder eine Welle das Boot traf und alle zwang, sich festzuhalten. »Das wird ihre Übermacht und die bessere Bewaffnung wettmachen.« Sie blickte Puller an. »Wie willst du uns da reinbringen?«

»Zwei auf einmal«, erwiderte er.

»Was heißt das genau?«, erkundigte sich Landry.

»Dass ihr springen müsst. Zwei auf einmal.«

87

Puller richtete den Bug direkt auf die Anlegeplattform der Bohrinsel. Der Bowrider kämpfte sich durch Wind und Wellen.

Im letzten Augenblick wich er aus und verfehlte die stampfende Stahlplattform um dreißig Zentimeter.

»Jetzt!«, rief er.

Mecho und Diaz sprangen von der Steuerbordreling und landeten auf der Anlegestelle.

Puller steuerte das Boot von der Bohrinsel weg und überließ dann Landry das Ruder, während er den Stauraum aufschloss und das wasserdichte Fach öffnete, in dem er die Waffen verstaut hatte. Mit geübtem Blick sortierte er das Arsenal, während Landry sich darauf konzentrierte, das Boot auf Abstand zu halten.

Als Puller mit den Waffen fertig war, verstaute er sie in einem wasserdichten Seesack, verschloss ihn und reichte ihn Carson. Dann übernahm er wieder das Ruder und steuerte das Boot zurück.

»Der ist nicht gerade leicht«, sagte er nach einem Blick auf Carson und den Sack. Er nickte Landry zu. »Dazu braucht es Teamarbeit.«

Landry schnappte sich ein Ende des Sacks. »Wir schaffen ihn rüber.«

»Okay.« Puller schob den Gashebel vor und steuerte den Bowrider wieder auf die Stahlplattform zu, um erneut in letzter Sekunde abzudrehen.

Landry und Carson warfen den Seesack. Er flog über das tobende Wasser, und Mecho fing ihn auf.

Wieder ließ Puller das Boot eine Runde fahren und jagte durch die aufgewühlte See der Bohrinsel entgegen.

Landry war grün im Gesicht. Carson erging es nicht viel besser.

»Seid ihr bereit, oder soll ich noch eine Runde drehen?«, fragte Puller.

»Bloß nicht!« Carson winkte ab. »Ich will nur noch von diesem verdammten Boot runter.«

Landry nickte beipflichtend.

In letzter Sekunde riss Puller das Ruder nach backbord.

»Jetzt!«, rief er.

Beide Frauen sprangen von der Reling. Landry erreichte ihr Ziel, rollte sich ab und kam in eine sitzende Position. Carson hatte nicht so viel Glück. Als sie sprang, rutschte ihr Fuß vom nassen Boot ab. Sie kam nicht weit genug und landete nur mit dem Oberkörper auf der Plattform. Sie verlor den Halt und drohte ins Wasser zu stürzen. Mecho schnappte sich ihren Arm und hob sie mit spielerischer Leichtigkeit in Sicherheit.

Erstaunt über seine immense Kraft blickte Carson zu ihm hoch.

Mecho verteilte die Waffen, und sie gingen in die Hocke. Als Diaz und Landry ihre Waffen in Empfang nahmen, lächelten beide. Carson blieb es nicht verborgen. Auch sie musste lächeln, als sie ihr Gewehr in der Hand hielt. »Waffen können der beste Freund eines Mädchens sein«, sagte sie.

Noch hatte niemand auf sie geschossen. Noch schien niemand zu wissen, dass sie da waren. Der Sturm hatte den Bootslärm offensichtlich übertönt. Und ihre Landung auf der Anlegestelle war nichts verglichen mit den Schlägen, die der Ozean der gewaltigen Konstruktion versetzte.

Sie schauten hinaus aufs Meer, auf dem Puller das Boot zur letzten Vorbeifahrt manövrierte.

»Ich verstehe noch immer nicht, wie er es schaffen will«, sagte Landry. »Er kann nicht gleichzeitig steuern und springen.«

»Wir werden sehen«, sagte Carson.

Im Boot bereitete Puller sich auf die letzte Fahrt vor. Er nahm das Ende eines Ankertaus in die Hand und gab den anderen ein Zeichen, ihm Platz zu machen. Sie wichen zurück.

Puller schaute aufs Wasser, prüfte die Windrichtung und schätzte die Höhen und Tiefen der Wellentäler. Ein Blitz schlug in solch unmittelbarer Nähe ein, dass seine Nackenhärchen sich aufrichteten.

Jetzt oder nie.

Er schob den Gashebel nach vorn und richtete den Bug direkt auf die Anlegeplattform.

Noch zweihundert Meter.

Puller konzentrierte sich. Jede Einzelheit der hoch aufragenden Stahlkonstruktion gewann trotz des tosenden Sturms und der gischtenden See an Konturen.

Hundert Meter.

Mit einem Scharfschützengewehr das Visier auf sein Ziel richten. Sich ausrechnen, wie man sechs Gegner binnen weniger Sekunden ausschaltet, ohne dabei einen tödlichen Gegenschlag zu kassieren.

Noch fünfzig Meter.

Sich etwas einfallen lassen, wie man bei einer Geschwindigkeit von vierzig Meilen die Stunde von dem Boot herunterkommt und auf nassen Stahlplatten landet. Es erforderte absolute Konzentration, besondere Fertigkeiten und Glück.

Vor allem Glück.

Puller sprach ein stummes Gebet und gab noch mehr Gas.

Zehn Meter.

Er riss das Ruder nach backbord und rammte den Gashebel in genau dem Moment auf Leerlauf, als er sprang.

Die Vorwärtsbewegung des Bootes trug ihn mit sich, während es sich drehte und mit den Hartgummifendern, die Puller vor diesem Manöver angebracht hatte, gegen die Stahlplattform krachte und mit fürchterlicher Wucht wegkatapultiert wurde.

Puller befand sich in der Luft. Er schleuderte das Ankertau von sich, um nicht vom Boot mitgerissen zu werden. Ein Blick nach unten zeigte ihm schäumendes Wasser. Über ihm war nur der dunkle, drohende Himmel.

Unter ihm kamen Stahlplatten in Sicht.

Eine Sekunde später prallte er hart auf, rollte sich ab und ließ sich vom eigenen Schwung auf die Beine tragen. Mecho hechtete nach dem Tau. Im letzten Moment erwischte er es, zerrte das Boot heran und vertäute es.

Die Kanten der Anlegeplattform waren mit Gummi verkleidet, damit anlegende Boote nicht beschädigt wurden, und dank seiner Fender schien der Bowrider beim Zusammenprall keinen ernsthaften Schaden davongetragen zu haben. Aber so hoch und kräftig, wie die Wellen schlugen, würde das Boot vielleicht leckgeschlagen und in kürzester Zeit sinken.

Carson warf Puller seine M11 und die MP5 zu.

Es blieb keine Zeit mehr, sich zu fragen, wie er das geschafft hatte. Keine Zeit, Gott für die Hilfe zu danken.

Puller führte sie die Stahltreppe hinauf.

Stunde null.

88

Eine Lagerhalle in einem hoch gelegenen Teil der Bohrinsel.

Der Zugang zu dem geschlossenen Raum würde gesichert sein. Puller interessierte sich sehr dafür.

Schon unter normalen Umständen war eine Beobachtung schwierig, unter solchen Umständen war sie beinahe ein Ding der Unmöglichkeit.

Aber Puller fand eine Lücke. Ein stählerner Fensterladen war nicht richtig geschlossen. Er winkte Mecho heran.

Diaz, Carson und Landry hatten Stellungen um die Halle eingenommen.

Es goss in Strömen. Der Wind wehte so heftig, dass man kaum aufrecht stehen konnte.

Puller spähte in die rechte Seite des Fensterladens, Mecho nahm sich die linke Seite vor.

Ihnen bot sich der Blick in einen großen, offenen Raum. Dann sahen sie die Käfige, die in der Mitte dieses Raumes standen und voller Menschen waren.

Das war problematisch, kam aber nicht unerwartet.

Es gab aber auch Positives.

Die Wächter standen in regelmäßigen Abständen in Gruppen zusammen. Sie wirkten nicht besonders aufmerksam und hielten die Waffen locker in der Hand. Ein paar von ihnen rauchten, tranken aus großen Wasserkanistern und Bierdosen, während andere auf dem Boden saßen, die Waffen in den Halftern, und vor sich hin starrten.

Verstecke gab es nur wenige. Aber immerhin ein paar diskrete Schusspositionen. Wenn sie auf die in Gruppen zusammenstehenden Wächter feuerten, konnten sie in sehr kurzer Zeit sehr viel Schaden anrichten, ohne sich offen dem Gegenfeuer aussetzen zu müssen.

Puller sah Mecho an, dass er die gleiche Analyse vorgenommen hatte und zu einem ähnlichen Ergebnis gekommen war.

»Glauben Sie, dass Lampert oder Rojas hier sind?«, fragte Puller.

Mecho schüttelte den Kopf. »Große Fische schwimmen nicht zusammen mit den kleinen.«

»Das glaube ich auch. Also angenommen, wir kommen am Perimeter vorbei …?«

»Die Wächter werden den Befehl haben, die Gefangenen zu töten.«

»Als würden sie Beweise vernichten?«

»Ja. Möglicherweise war das die ganze Zeit ihr Plan. Die Gefangenen töten, ihre Leichen versenken und die Haie ihre Arbeit machen lassen.«

»Aber dann ist ihnen der Sturm dazwischengekommen.«

Mecho nickte.

Puller warf einen Blick zu den Frauen hinüber. Carson und Landry wirkten entschlossen und konzentriert, Diaz jedoch nervös und unsicher.

»Ihre Partnerin sieht nicht gut aus«, sagte Puller.

»Sie wird es schaffen.«

»Kennen Sie sie gut?«

»Ich kenne sie gar nicht.«

»Woher wollen Sie es dann wissen?«

»Man lernt eine Menge über einen Menschen, wenn dieser Mensch einem das Leben rettet.«

Puller nickte. »Stimmt.« Er spähte wieder durch die Lücke. »Wir könnten von hier oben schießen. Es sind zwanzig Wächter. Wir haben acht Waffen, einschließlich einer MP5.«

»Einige von denen werden wir verfehlen.«

»Ich will ihre Zahl so schnell wie möglich verringern.«

Puller entdeckte etwas, was ihm zuvor entgangen war. Diego und Mateo hockten in der Ecke eines der überfüllten Käfige. Direkt vor ihnen stand ein Wächter.

Puller nahm sich vor, diesen Mann als Ersten auszuschalten.

»Schießen wir durch die Lücke, oder versuchen wir reinzukommen?«, fragte er.

Mecho zuckte mit den Schultern. »Hätten wir mehr als eine Fensterlücke mit mehreren Schusslinien, wäre ich mit dem Fenster einverstanden, aber das haben wir nun mal nicht.«

»Und wenn wir durchs Fenster schießen und gleichzeitig die Halle stürmen?«

Mecho nickte. »Der Plan gefällt mir besser.«

»Ich schlage vor, das Zugriffsteam besteht aus mir, Ihnen und Landry. Diaz und Carson können von hier oben Deckung geben. Wir dringen durch die Tür da drüben ein, so leise wie möglich.« Puller zeigte nach links. »Sobald wir drin sind, bilden wir ein Angriffsdreieck. Ich übernehme die Spitze, Sie links, Landry rechts. Wir räumen jede Sektion und bleiben ständig in Bewegung. Wächter, die auf die Gefangenen in den Käfigen schießen, haben höchste Feuerpriorität. Sie müssen sofort eliminiert werden.«

Wieder nickte Mecho. »Gut. Das wird funktionieren. Und nachdem wir alle Wachen ausgeschaltet haben?«

»Nicht alle. Wir brauchen ein paar, die aussagen.«

»Die Mistkerle wissen bestimmt nichts über Lampert oder Rojas.«

»Vielleicht doch. Deshalb dürfen wir kein Risiko eingehen.«

»Und die Gefangenen?«

»Die holen wir raus wie besprochen.«

Mecho überprüfte seine Waffe. Puller gab ihm seine M11.

»Hier. Die ist verlässlich.«

»Ich nehme Sie beim Wort«, sagte Mecho.

Puller hob die MP5 und stellte sie auf Zwei-Schuss-Feuerstöße. Dauerfeuer kam nicht infrage. Er musste seine Munition sorgfältig einteilen. Es wäre gefährlich, sich in einer Situation, die zweifellos im Chaos endete, die Zeit für einen Magazinwechsel zu nehmen.

Damit das Glück ihm beistand – und weil es ein Kampfritual war –, tippte er dreimal auf das Ranger KA-BAR-Messer in seiner Lederscheide. Das Messer fühlte sich seltsam fremd und berauschend zugleich an.

Er sah, dass auch Mecho ein Messer im Hosenbund stecken hatte. Dieser Mann wusste bestimmt, wie man die Klinge mit größtmöglicher Effizienz einsetzte.

Puller rief die Frauen zu sich und erklärte ihnen den Plan.

»Ich wäre lieber bei dir, beim Zugriffsteam«, sagte Carson.

»Nein. Du hast ein Scharfschützengewehr. Ich verlasse mich darauf, dass du es erfolgreich einsetzt.«

»Okay«, erwiderte Carson.

Puller musterte Diaz. Sie sah noch immer nervös aus. »Kommen Sie klar?«

»Ja«, erwiderte sie, aber ihr Gesichtsausdruck besagte etwas anderes. »Ich bin aber immer noch seekrank«, fügte sie tonlos hinzu.

Mecho legte ihr seine große Hand auf die Schulter und blickte ihr in die Augen. »Das ist nicht der richtige Zeitpunkt, um krank zu sein. Jetzt müssen wir kämpfen.«

Sie nickte.

Puller ließ den Blick in die Runde schweifen. Möglicherweise war es das letzte Mal, dass sie sich sahen.

»Viel Glück, Leute«, sagte er und wandte sich Landry zu. »Eine Kugel im Lauf?«

»Immer.«

Er nickte Mecho zu. »Dann los.«

Zu dritt eilten sie die Stahltreppe zu ihrem Durchbruchspunkt hinunter.

89

Der Eröffnungsangriff verlief nach Plan.

Die Durchbruchstür war nicht abgeschlossen.

Carson und Diaz waren instruiert worden, das Feuer zu eröffnen, sobald die Tür aufging.

Sie flog auf. Eine Millisekunde später eröffneten die Frauen das Feuer. Die Wächter wurden von dem Angriff völlig überrascht. Sie sprangen auf, ließen Zigaretten und Bierdosen fallen und griffen nach den Waffen.

Zu spät.

Mit der ersten Salve schalteten Carson und Diaz fünf Gegner aus.

Dann trafen Mecho und Puller sie wie ein Abrams-Panzer mit Vollgas.

Sie benutzten ihre Schusswaffen, ihre Messer, ihre Fäuste und ihre Beine. Ein Wächter nach dem anderen fiel ihrem überwältigenden Angriff zum Opfer. Sie waren eine Zwei-Mann-Armee. Kaum hatte Puller einen Gegner ausgeschaltet, wandte er sich dem nächsten zu – ein Tornado aus Kraft und kontrollierter Wildheit.

Neben ihm kämpfte Mecho nicht weniger effektiv.

Von oben kam präzises Gewehrfeuer: Carson zielte und schoss, eliminierte einen Wächter nach dem anderen. Unten drängten Puller und Mecho die Gegner so entschlossen zurück, dass sich unter der Wachmannschaft trotz kräftemäßiger Überlegenheit Entsetzen ausbreitete.

Dann aber liefen die Dinge aus dem Ruder.

Die Kugel eines Wächters traf einen Fünfzig-Gallonen-Tank und verwandelte ihn in einen Flammenball. Vom Sauerstoff gefüttert, loderte er drei Meter empor. Fetter, giftiger schwarzer Rauch breitete sich aus.

Die überlebenden Wächter verloren sämtliche Hoffnung, die Eindringlinge besiegen zu können, und feuerten auf die Käfige. Ein Gefangener nach dem anderen ging zu Boden.

Puller und Mecho taten ihr Bestes, die Menschenhändler auszuschalten, aber der Rauch erschwerte es ihnen, die richtigen Ziele zu finden, zumal die Gefahr bestand, die Gefangenen zu töten.

Diaz' und Carsons erhöhte Position verwandelte sich wegen des dichten Rauchs von einem Vorteil in einen Nachteil. Schließlich mussten sie das Feuer einstellen, weil sie nicht mehr sehen konnten, auf wen sie feuerten.

Geduckt huschten Mecho und Puller durch den Rauch.

Sie eliminierten, wen sie konnten.

Puller erreichte den ersten Käfig und schoss das Schloss ab. Die Gefangenen strömten heraus, nachdem er ihnen bedeutet hatte, den Kopf unten zu halten.

Mecho tat das Gleiche bei einem anderen Käfig.

Puller erreichte Diegos und Mateos Käfig. Diego sah ihn und rief im gleichen Augenblick: »Hinter dir!«

Puller fuhr herum, das Rangermesser stoßbereit.

Der Wächter stürzte mit aufgeschlitzter Kehle zu Boden.

Mateo fing an zu schreien.

Diego schnappte ihn sich und zerrte ihn durch die Öffnung.

Puller packte den Arm des Jungen. »Gute Idee, deinen Ring zurückzulassen.«

»Was anderes ist mir nicht eingefallen.«

»Nehmt die Tür, durch die wir gekommen sind. Dann die Treppe rauf. Da oben sind Leute, die euch helfen.«

Diego nickte, ergriff Mateos Arm und rannte los.

Puller rief den anderen in jeder ihm bekannten Sprache zu, den beiden Jungen in die Sicherheit zu folgen.

Mittlerweile waren alle noch lebenden Gefangenen frei und entkamen durch die Tür.

In der Zwischenzeit schaltete Mecho zwei weitere Wächter aus, einen mit dem Messer, den anderen mit der Pistole. Eine Revolverkugel durchschlug seinen linken Unterarm, doch er kämpfte mit rechts weiter.

Puller trug eine Schnittwunde am Bein davon, bevor er dem Angreifer eine Kugel in den Kopf jagte.

Die beiden Männer sahen sich um, entdeckten aber keine Gegner mehr.

Mecho schnappte sich eine Decke und versuchte, die Flammen zu löschen. Puller riss einen Feuerlöscher von der Wand und machte sich von der anderen Seite an die Arbeit. Das Feuer erstarb.

Schließlich ließ Puller den leeren Feuerlöscher fallen, drehte sich um.

Und erstarrte.

Landry stand da, inmitten schwarzer, wabernder Rauchschwaden. Sie sah aus wie die einzige Überlebende der Apokalypse.

Ihre Pistole war auf Puller gerichtet.

»Ich habe mich schon gefragt, wo Sie geblieben sind«, sagte er.

»Tut mir leid.«

»Von wegen«, erwiderte Puller.

Sie drückte zweimal ab.

Die Pistole krachte.

Aber Puller stand unbeeindruckt da.

Sie drückte zwei weitere Male ab.

Puller schüttelte den Kopf. »Ich trage keine Schussweste«, sagte er. »Sie können es ja mit einem Kopfschuss versuchen.«

Sie tat es. Zielte genau zwischen Pullers Augen.

Nichts.

Als sie jemand hinter sich spürte, fuhr sie herum.

Mecho riss ihr die Waffe aus der Hand und drehte ihr grob den Arm auf den Rücken. Sie schrie vor Schmerzen auf.

Puller nahm von Mecho die Pistole entgegen und ließ das Magazin herausgleiten.

»In meinem Rucksack habe ich Platzpatronen, um Warnschüsse abgeben zu können. Als ich die Waffen vorbereitete, habe ich Ihre scharfe Munition durch die Platzpatronen ersetzt. Aber ärgern Sie sich nicht – hätten Sie eine andere Waffe in die Finger bekommen, hatte Diaz den Befehl, Sie auszuschalten. Vermutlich war sie deshalb so nervös, einen Cop zu erschießen. Geht ihr vermutlich gegen den Strich, selbst wenn der Cop ein Miststück ist.«

Alle schauten in die Höhe, wo Diaz mit entschlossener Miene ihre Waffe direkt auf Landrys Kopf gerichtet hielt.

Landry stöhnte auf. Mecho ließ sie los. »Warum haben Sie mich gebeten, Sie zu begleiten, wenn Sie es wussten?«

»Ganz einfach. Halte deine Freunde nahe, aber deine Feinde noch näher.«

»Ich begreife nicht, woher Sie das wissen konnten.«

»Ist alles eine Sache des Timings, Cheryl.«

»Ich verstehe nicht …«

»Ich würde es ja erklären, aber im Moment stehen ein paar wichtigere Dinge auf unserer Liste. Und Sie werden uns helfen, diese Liste abzuarbeiten.«

»Einen Scheiß werde ich!«

»Aber, aber …«

»Fahren Sie zur Hölle!« Landry fuhr auf dem Absatz herum und rammte Mecho das Knie in den Unterleib. Er krümmte sich. Sie riss das Messer aus seinem Gürtel und wollte es ihm in den Nacken stoßen, als ihr jemand die Klinge aus der Hand schlug.

Sie drehte sich gerade noch rechtzeitig um, um Pullers Faust auf sich zurasen zu sehen.

Das war ihr letzte Wahrnehmung, bevor die Faust sie krachend am Kinn traf.

Bewusstlos stürzte sie zu Boden.

Puller stand über ihr.

»Doch«, sagte er leise, »du wirst uns helfen.«

90

Sie hatten das Boot aufgetankt und rasten zurück in Richtung Festland.

Die befreiten Gefangenen befanden sich noch immer auf der Bohrinsel, aber ein Schiff der Küstenwache war trotz des Sturms zu ihnen unterwegs. Es war groß genug, um alle an Bord zu nehmen und in Sicherheit zu bringen.

Diego und Mateo hatten Puller und die anderen im Boot begleiten wollen, doch Puller hatte sich geweigert. »Auf dem Schiff der Küstenwache seid ihr sicherer«, hatte er den Jungen erklärt. »Ich weiß ja nicht mal, ob wir diese Badewanne heil zurück nach Florida bekommen.«

Aber der Tropensturm hatte den größten Teil seiner verheerenden Kraft verloren, nachdem er aufs Festland getroffen war. Die Rückfahrt war schlimm, aber nicht halb so schlimm wie die Hinfahrt.

Unterwegs erhielt Puller ein Netzsignal, und es gelang ihm, noch einen Anruf zu machen. Carson übernahm, als die Unterhaltung hässlich wurde. Puller verfolgte mit Bewunderung, wie die Frau mit dem Generalsstern den Mann am anderen Ende zur Schnecke machte; sie bat ihn nicht, ihren Wunsch zu erfüllen, sie befahl es ihm.

»Das ist eine Angelegenheit der nationalen Sicherheit, Lieutenant. Und die Armee der Vereinigten Staaten nimmt so etwas sehr ernst. Sie haben Ihre Befehle. Ich erwarte von Ihnen, dass sie mit der Schnelligkeit und Professionalität ausgeführt werden, wie die Uniform es gebietet. Sind wir uns da einig?«

»Ja, Ma'am«, antwortete der Lieutenant hastig; vermutlich kämpfte er darum, dass seine Stimme nicht brach.

Carson unterbrach das Gespräch und reichte Puller sein Handy zurück.

Er lächelte.

»Was ist so lustig?«, wollte sie wissen.

»Ich höre dir einfach gern zu, wenn du den General raushängen lässt.«

Auf dem halben Weg zur Küste hatte Landry das Bewusstsein wiedererlangt. Carson steuerte das Boot, während sich Puller und Mecho auf ihre Gefangene konzentrierten. Pullers Faustschlag hatte Spuren in Landrys Gesicht hinterlassen, doch sie sah wütend aus und zeigte keine Reue.

»Wie?«, verlangte sie zu wissen.

»Wie bereits gesagt, das Timing.«

»Das sagt mir nichts.«

»Lamperts Wagen ist in die Luft geflogen.«

»Ich war das nicht.«

»Diaz zufolge ist er um ein Uhr fünfzehn explodiert. Um ein Uhr sechzehn erhielten Sie einen Anruf, während wir beide am Strand waren. Sie sagten, es wäre Bullock. Aber das war unmöglich. Lampert musste erst herausfinden, was vor sich ging. Er musste die Polizei rufen und Bullock an den Apparat bekommen. Der Polizeichef hätte erst alle Fakten erfahren müssen; erst dann hätte er ein paar Beamte angerufen. Aber Sie waren nicht im Dienst. Sie hätte er garantiert nicht als Erste angerufen. Das alles hätte wesentlich mehr Zeit als nur eine Minute in Anspruch genommen. Nur um sicherzugehen, habe ich mich gestern Abend telefonisch bei Bullock erkundigt. Er sagte, Sie hätten ihn in dieser Nacht auf der Fahrt zu Lampert angerufen, nicht umgekehrt. Er sagte, Sie hätten in den Nachrichten etwas von einer Explosion gehört. Der Anruf, den Sie bekamen, war von Lampert.«

Landry schüttelte den Kopf. »Das reicht nicht, Puller. Auf der Grundlage so dürftiger Hinweise hätten Sie niemals eine Entscheidung getroffen.«

»Habe ich auch nicht. Ich habe die Punkte miteinander verbunden. Lampert kommt aus Miami. So wie Sie. Sie beide sind ungefähr zur selben Zeit hier eingetroffen. Ich habe über das Timing des Anrufs nachgedacht, den Sie erhalten haben, und einige Leute angerufen. Sie sagten, ein zugedröhnter Junkie hätte Ihren Vater in einer Bar erschossen.«

»So war es ja auch.«

»Ich weiß. Aber ich habe mich mit Ihrem ehemaligen Sergeant bei der Polizei unterhalten. Wie ich herausfand, waren Sie von diesem Augenblick an ein anderer Mensch. Es schien Ihnen nicht mehr so wichtig zu sein, das Richtige zu tun. Statt nach dem Tod Ihres Vaters den Abschaum noch energischer zu verfolgen, haben Sie den anderen Weg eingeschlagen. Ihnen war alles egal. Dann haben Sie sich mit Lampert zusammengetan, und es ging erst richtig los.« Er hielt inne. »Ich habe auch Ihre Eigentumswohnung überprüft. Vierhunderttausend. Und Ihre Hypothek beträgt weniger als fünfzigtausend. Cops verdienen nicht so viel. Zumindest nicht die ehrlichen. Vielleicht wollten Sie deshalb in Destin wohnen. Ich wette, Sie haben noch keinen Kollegen nach Hause zu einem Drink eingeladen. Es war dumm von Ihnen, mich einzuladen, Landry. Es hat mich nachdenklich gemacht.«

Er blickte Mecho an.

»Die Storrows wurden am Strand ermordet. Mecho war

dort. Er war Zeuge. Aber was noch viel wichtiger ist – er hat Sie gesehen. Sie haben den Storrows eine Kugel in den Kopf geschossen und sie dann in die Brandung gezerrt. Sie sind kräftig genug, um das zu schaffen, Cheryl. Kein Wunder, bei dem vielen Paddelbrettfahren. Zwei alte Menschen waren für Sie kein Gewicht.«

Landry erwiderte nichts, aber sie warf Mecho einen hasserfüllten Blick zu.

»Deshalb hat sich niemand gemeldet, als Sie Bullock und Hooper anriefen«, fuhr Puller fort. »Ich hatte den beiden befohlen, es nicht zu tun. Ich wollte nicht, dass Sie auf die Idee kommen, ich würde Ihnen misstrauen. Bullock wollte nicht glauben, dass Sie ein dreckiger Cop sind, aber als ich ihm sagte, was ich herausgefunden hatte, konnte er Sie nicht mehr in Schutz nehmen.«

»Das behaupten Sie.«

Puller sah sie nur an. »Der Strandabschnitt mit dem Schwefel. Er gehört zu Paradise. Danach habe ich mich auch bei Bullock erkundigt. Er wird nicht regelmäßig patrouilliert, weil dort nie etwas passiert. Aber er hat mir verraten, dass sich einer seiner Leute freiwillig gemeldet hat, diesen Strandabschnitt gelegentlich zu überprüfen. Wollen Sie raten, wer dieser Freiwillige war?«

Landry schwieg weiter.

Puller beugte sich näher an sie heran. »Als Sie eines Nachts bei dieser Patrouille in Wirklichkeit das Eintreffen der nächsten Sklavenlieferung überprüft haben, haben Sie meine Tante gesehen, die mit einem Notizbuch in ihrem Camry saß, alles beobachtete und dokumentierte. Betsy konnte kaum noch laufen, aber sie wollte ihre Unabhängigkeit nicht aufgeben. Und die bekam sie, indem sie spät in der Nacht, wenn es nicht mehr so heiß war, mit ihrem behindertengerechten Wagen durch die Gegend fuhr. Eines Nachts sah sie etwas. Und sie erzählte es ihren Freunden, den Storrows. Vermutlich sind sie auch dort rausgefahren und haben gesehen, was Betsy gesehen hatte. Und sie kamen zu Ihnen, Officer Landry. Sie sind in ihrer Gegend Streife gefahren. Diese alten Leute haben Sie respektiert. Sie haben Ihnen berichtet, was sie gesehen hatten. Und Sie haben so getan, als würden Sie ein Protokoll anfertigen – und dann haben Sie die alten Leute verraten.«

Er beugte sich noch näher an Landry heran und zog sein KA-BAR aus der Scheide. »Also begaben Sie sich an den Strand, wo die Storrows gern abends spazieren gingen, wie Sie genau wussten. Sie haben sie erschossen und ihre Leichen hinaus ins Wasser gezerrt, damit die Gezeiten sie aufs offene Meer trugen.«

Er führte die Spitze des Messers bis einen Zentimeter an Landrys Hals heran. Diaz sah nervös zu, während Carson das Boot steuerte, aber immer wieder einen Blick nach hinten warf, wo sich diese Szene abspielte.

Mecho saß da, hielt sich stoisch den Unterarm und starrte Landry an.

»Aber ich glaube, meine Tante Betsy hat Sie verdächtigt. Wissen Sie noch? ›Leute, die nicht sind, was sie zu sein scheinen.‹ Auf so etwas verstand sie sich sehr gut. Und vielleicht ist Ihnen klar geworden, dass Betsy Sie verdächtigt hat. Also sind Sie in Betsys Haus eingedrungen, haben ihr Notizbuch gestohlen, haben Betsy zum Brunnen gezerrt und ihren Kopf unter Wasser gedrückt, bis sie tot war.«

»Sie können nichts davon beweisen!«, fauchte Landry.

Puller packte ihr Haar und riss ihr den Kopf in den Nacken. Die Adern an ihrem Hals traten deutlich hervor. Puller drückte die Spitze des KA-BAR gegen die Halsschlagader.

»Bei diesem Seegang werden wir alle ganz schön durchgeschüttelt, was? Da könnte ich leicht die Kontrolle über die Klinge verlieren. Und plötzlich sind sämtliche Gefäße zu Ihrem Gehirn durchtrennt. Das wäre Pech für Sie, großes Pech.«

»Mit toten Augenzeugen können Sie vor Gericht nicht viel beweisen«, stieß Landry hervor, starrte Puller an und versuchte, seine Absichten zu erkennen.

Puller erwiderte ihren Blick mit tödlicher Ruhe. In diesen Sekunden befand er sich in einer anderen Sphäre. Er war konzentriert wie nie, als müsste er unter glühend heißer Sonne auf tausend Meter Entfernung einen Feind eliminieren und hätte nur eine einzige Chance, ohne den geringsten Spielraum für einen Fehler.

Die ganze Welt bestand nur noch aus ihm und Cheryl Landry.

»Wer hat etwas von Beweisen gesagt?«, fragte er leise.

Landry versuchte ein hämisches Grinsen zustande zu bringen und den Eindruck zu erwecken, als hätte sie die Situation wenigstens zum Teil unter Kontrolle, obwohl das nie der Fall gewesen war und auch nie der Fall sein würde.

»Sie werden mich nicht umbringen«, presste sie hervor. »Nicht vor all den Zeugen.«

»Wir sind zu viert losgefahren«, sagte Mecho, »und wir sind zu viert zurückgekommen.«

Diaz zuckte resigniert mit den Schultern.

Carson sagte: »Der Ozean ist groß, Landry. Manchmal geht etwas verloren und wird nie wieder gefunden. Abschaum sinkt immer auf den Grund.«

»Soweit man auf Ihrer Dienststelle weiß, sind Sie immer noch auf Patrouille«, fügte Puller hinzu. »Sie haben sich nicht abgemeldet, und *ich* habe es bestimmt nicht für Sie getan.«

Landry richtete den Blick wieder auf Puller. Jetzt standen Tränen in ihren Augen. »Hören Sie … vielleicht können wir einen Deal machen.«

»Vielleicht können Sie einfach die Klappe halten, und ich sage Ihnen genau, was Sie tun werden.«

»Warum sollte ich?«

»Weil Ihr Arsch sonst im Golf von Mexiko landet.«

Landry blickte auf das tosende Meer. Die Reling war nur einen Schritt entfernt. »Sie sind beim Militär. Sie können mich nicht einfach umbringen.«

»Leute wie Sie bringe ich ständig um.«

»Ich bin Cop.«

»Nein, Sie sind der Feind. Was Sie getan haben, war ein Verbrechen gegen dieses Land und alles, wofür es steht. Das macht Sie nach meinen Regeln zur Terroristin. Und nach meinen Regeln haben Terroristen keine Rechte. Sie haben nicht das Recht zu schweigen. Sie bekommen keinen Anwalt. Und ich werde verflucht noch mal nicht meine Steuerdollar dafür verschwenden, dass Sie gemütlich in einem amerikanischen Knast sitzen. Ich werfe Sie einfach ins Wasser. Das Letzte, was Sie sehen, bevor die Haie kommen, werde ich sein.«

Landry keuchte, schniefte, hustete und versuchte, so hilflos und mitleiderregend wie möglich auszusehen.

Puller reagierte nicht darauf.

Sie war keine junge, attraktive Frau mehr.

Sie war abstoßend.

Sie hatte ihre Rechte verwirkt, als sie geholfen hatte, andere zu Sklaven zu machen.

Als sie skrupellos drei alte Menschen ermordet hatte, die nur das Richtige tun wollten. Und dabei hatte sie die ganze Zeit die Uniform getragen.

»Wären Sie in der Army«, fügte Carson hinzu, »würden wir Sie erschießen.«

Landry erkannte, dass Puller nicht bluffte.

»Was soll ich tun?«, fragte sie schließlich mit bebender Stimme.

91

Lampert befand sich auf seiner Jacht und dachte über den Zerfall seines Imperiums nach. Die Operation am Strand war aufgeflogen. Mindestens vier Personen waren daran beteiligt gewesen: Puller, die Frau in seiner Begleitung, der Hüne und Chrissy Murdoch, von der Lampert jetzt wusste, dass sie nicht die war, die zu sein sie vorgab.

Er hatte einen Maulwurf in seiner Mitte gehabt und es nicht einmal erkannt, bevor es zu spät war.

Sein Geschäftspartner Winthrop hatte bereits den höchsten Preis dafür bezahlt, ihnen eine Spionin ins Haus gebracht zu haben, ob er es nun gewusst hatte oder nicht. Sein zerstückelter Körper versank in den Tiefen des Golfs, während Lampert auf seinem Luxusschiff saß.

Lampert wusste nicht, wo Puller und die anderen steckten. Er hatte besonders auf den Tod des Hünen gehofft, aber jemand hatte den Mann gewarnt.

Chrissy Murdoch.

Lampert wusste nicht, ob sie einer rivalisierenden Bande angehörte oder bei der Polizei war, aber beides war gleichermaßen problematisch.

Ironischerweise bereitete ihm die Polizei von Paradise keine Sorgen. Dort hatte er noch ein paar Trümpfe im Ärmel. Aber Stiven Rojas machte ihm Sorgen. Der Mann hatte ihm ein Ultimatum gestellt. Und das war *vor* diesem gewaltigen Fehler gewesen.

Er hatte das Lagerhaus geräumt und die Ware zurück aufs Meer geschickt. Der Sturm hatte seinen Plan gestört, aber nur in begrenztem Maße. Er wollte die Gefangenen dort verwahren, bis er einen neuen Landeplatz gefunden hatte und das Geschäft wieder aufnehmen konnte.

Vermutlich würde das nicht in Florida sein. Seine Leute beschäftigten sich bereits mit der Frage, welche Möglichkeiten es gab, die Ware durch Alabama zu befördern.

Im Augenblick jedoch waren die Bohrinseln ein Gottesgeschenk. Den Ölfirmen wurde eine gewisse Zeit gewährt, um die Entscheidung zu treffen, was nach der Stilllegung mit den Bohrinseln geschehen sollte. Viele wurden unterhalb der Wasserlinie abgetrennt und an andere Standorte geschleppt, um als künstliche Riffe zu dienen. In vielen Fällen war das die billigere Alternative. Andere Firmen entschieden sich dafür, die Bohrinseln abzuwracken. Wieder andere, denen das Geld ausgegangen war oder die Konkurs angemeldet hatten, gaben sie einfach auf.

Die Zahl der aufgegebenen Ölplattformen im Golf ging in die Tausende. Weder die Küstenwache noch sonst jemand konnte sie alle überprüfen.

Aber er, Lampert, konnte die Ware dort nicht für alle Ewigkeit unterbringen. Er würde einen neuen Landeort finden und sofort mit der Auslieferung anfangen müssen.

Sein nächstes Problem war offensichtlich: Chrissy Murdoch und die anderen. Wie viel wussten sie? Was würden sie mit diesen Informationen anfangen?

Soll ich das Land sofort verlassen? Warum sollte ich warten, bis ich verhaftet werde oder Vorladungen bekomme?

Andererseits – was konnten sie schon gegen ihn in der Hand haben?

Zu ihm führten keine Spuren. Selbst wenn einer seiner Männer redete, hatten sie keine Beweise. Davon abgesehen konnte er sich nicht vorstellen, dass einer seiner Leute den Mund aufmachte. Lampert hatte überall Freunde, auch bei der Justiz, sogar in den Gefängnissen. Das hatte man allen eingebläut, die für ihn arbeiteten.

Und wenn sie nicht genug Angst vor ihm hatten, Lampert, dann vor Stiven Rojas.

Dieser Bastard kann jeden jederzeit und überall erwischen. Selbst im Zeugenschutzprogramm. Natürlich bedeutet das, dass Rojas auch mich erwischen kann …

Lampert griff nach dem Telefon und sprach mit seinem Sicherheitschef. Seine Worte klangen angespannt. »Keiner kommt rein, keiner geht raus. Benachrichtigen Sie mich sofort, wenn sich jemand nähert.«

Dann rief er den Captain der Jacht an. »Sorgen Sie dafür, dass wir in der nächsten Stunde aufbrechen können.«

»Das Meer ist noch sehr unruhig«, sagte der Captain, den der Befehl offensichtlich überraschte. Sie waren auf den Golf hinausgefahren, damit die Jacht den Sturm am Anker abritt. Doch das Meer war noch immer so aufgewühlt, dass Lampert sich übergeben hatte. Aber das war immer noch besser, als das Hirn aus dem Schädel gepustet zu bekommen.

Wenn er fliehen musste, würde er seine Frau und seinen Sohn zurücklassen müssen. Aber das ging in Ordnung. Er konnte sich eine neue Frau besorgen. Und sein Sohn entwickelte sich ohnehin zu einem Arschloch.

Mit seinem Treuhandfonds konnte er ganz von vorn anfangen.

»Dafür bezahle ich Sie«, sagte er nun zum Captain. »Eine Stunde. Verstanden?«

»Ja, Sir.«

Lampert legte auf und schaute sich in seiner Kabine um: Die besten Materialien aus aller Welt, verarbeitet von den besten und teuersten Spezialisten.

Ja, er hatte von allem nur das Beste. Das stand ihm auch zu. Er schuftete wie kein Zweiter. Das Fußvolk hatte ja keine Ahnung, wie viel Arbeit es erforderte, ein Vermögen anzuhäufen. Und vor allem, es zu behalten. Die Steuern waren unverschämt hoch. Gesetze, Vorschriften und Einschränkungen raubten dem Geschäft die Luft zum Atmen.

Aber Lampert ließ sich nicht unterkriegen. Und er war Arbeitgeber. Er schuf Jobs, wo es zuvor keine gegeben hatte.

Das Gleiche hatte er an der Wall Street getan. Und war für seine Bemühungen verteufelt worden.

Er schüttelte den Kopf. Das Geschäft kam gerade erst richtig in Schwung. Er hatte riesige Summen in die Infrastruktur, die Ausbildung, die Ausrüstung und das Personal gesteckt. Seine Risiken waren gewaltig. Und es zahlte sich alles aus. Die ganze Welt beneidete ihn um seine Pipeline. Er setzte fünfmal mehr an Waren um als alle anderen. Er hatte einen ehemals schmutzigen, chaotischen Geschäftszweig neu organisiert und in Schwung gebracht.

Und im Gegensatz zu Öl oder Gas oder anderen Ressourcen gab es einen unendlichen Nachschub an Ware. Er konnte seine Auswahl treffen, bis der Welt die Armen ausgingen. Und solange er noch ein Wörtchen mitzureden hatte, würde es nie so weit kommen.

Lampert hatte schon immer gewusst, dass er für Großes bestimmt war.

Aber er musste überleben, musste an der Spitze bleiben. Doch an der Spitze gab es nur begrenzten Raum. Und er würde seinen Platz nicht aufgeben.

In seiner Branche war das Risiko am größten. Deshalb verdiente er so viel – weil es ihn *alles* kosten konnte. Auch sein Leben.

Er konzentrierte sich wieder auf die vor ihm liegenden Aufgaben.

Rojas wusste nichts über Lamperts letzte Manöver. Der Sturm hatte Rojas' Schiff weit hinaus aufs Meer gezwungen. Lampert bezweifelte, dass der Mann einen Helikopterflug riskierte, wenn Wind und Wetter so unberechenbar blieben. Und das verschaffte ihm, Lampert, was er im Augenblick so dringend brauchte.

Zeit.

Zeit, alles zu durchdenken.

Die nächsten Züge zu planen.

Zu überleben.

Die Unbekannten in der Gleichung waren natürlich Puller und seine Komplizen. Sie waren dem Lastwagen mit der Ware gefolgt. Offensichtlich wussten sie, was hier vor sich ging. Am Strand hatte es eine Schießerei gegeben. Lampert hatte nichts mehr von seinen Leuten gehört, also wusste er, dass sie verloren hatten.

Was hatte Puller vor?

Der Versuch, die Bohrinsel anzurufen, war gescheitert – der Sturm. Er kam wirklich im ungünstigsten Augenblick.

In diesem Moment summte wie als Antwort auf seine Gebete sein Handy. Ein Blick auf die Nummer ließ ihn lächeln.

Er nahm den Anruf an. »Ich hatte gehofft, von Ihnen zu hören.«

»Ich muss Sie über vieles informieren«, sagte Cheryl Landry. »Können wir uns sehen? Sofort?«

92

Obwohl längst Tag war, verdunkelte der Hurrikan Danielle den Himmel noch immer und peitschte dichten Regen vor sich her. Schwarze Wolken sperrten das Sonnenlicht aus. Genauso gut hätte es früh am Morgen sein können.

Jemand klopfte an Lamperts Tür. Lampert öffnete selbst. Inzwischen war er an Land gefahren. Jetzt hoffte er auf gute Nachrichten.

Vor ihm stand Landry. Sie war völlig durchnässt, und ihr Gesicht wies Blutergüsse auf.

»Du lieber Himmel, was ist denn mit Ihnen passiert?«, fragte Lampert.

»Darf ich erst mal reinkommen? Und könnte ich einen Drink haben?«

»Ja, sicher. Kommen Sie.« Lampert führte sie in sein privates Arbeitszimmer und schloss die Tür hinter ihnen. »Wollen Sie etwas anderes anziehen?«

»Erst einen Drink.«

Lampert ging zum Barschrank an der Wand und schenkte ihr einen Scotch ein. »Ich war auf der *Lady Lucky* und habe über Flucht nachgedacht«, sagte er, als er ihr das Glas reichte.

»Glauben Sie mir, ich auch.«

»Am Telefon sagten Sie, Sie hätten gute Nachrichten.«

Landry trank einen Schluck und setzte sich auf einen Stuhl gegenüber vom Schreibtisch. Lampert nahm ebenfalls Platz, legte die Fingerspitzen aneinander und blickte sie erwartungsvoll an. »Nun?«

Sie nahm noch einen Schluck und drückte das Glas dann gegen einen der Blutergüsse.

»Ihr Unternehmen ist aufgeflogen.«

»Ich weiß.«

»Murdoch ist eine Spionin.«

»Auch das ist mir bekannt.«

»Ihr Name ist Lieutenant Claudia Diaz. Sie arbeitet für die kolumbianische Nationalpolizei.«

Lampert konnte sie einen Augenblick lang nur anstarren, bevor er ausrief: »Scheiße!«

Seine Reaktion ließ Landry lächeln. »Offenbar wussten Sie das noch nicht.« Sie hielt das Glas hoch. »Vermutlich werden Sie auch einen Drink brauchen.«

»Was ist passiert?«

Landry lehnte sich zurück und atmete tief aus. »Ich habe Ihren den Hintern gerettet, das ist passiert.«

»Wie das?«

»Ich habe Winthrop und Murdoch nie vertraut.«

»Klug von Ihnen. Und weiter?«

»Deshalb habe ich sie beobachtet. Winthrop war sauber. Chrissy Murdoch nicht. Es war klar, dass sie Winthrop nur an sich heranließ, damit sie nahe an Sie herankam.«

»Das weiß ich jetzt auch.«

Lächelnd legte Landry den Kopf schief und schaute ihn an, während draußen der Regen prasselte und die dichten dunklen Wolken die Sonne fernhielten. »Und hat sie Sie rangelassen?«

»Das ist für unser Gespräch zwar irrelevant, aber die Antwort lautet Ja.«

»Also wurden auch Sie hinters Licht geführt.«

»Frauen sind meine Schwäche. Und ich glaube, Sie haben recht: Ich brauche jetzt auch einen Drink. Aber reden Sie weiter. Es interessiert mich, wie Sie meinen Hintern gerettet haben, um Ihre Worte zu benutzen.«

Während er sich einen Whisky einschenkte, fuhr Landry fort: »Das Killerkommando, das Sie auf diesen Zweimetermann angesetzt hatten, ist gescheitert. Diaz hat ihn gewarnt.«

Lampert setzte sich mit seinem Scotch an den Schreibtisch. »Warum hat sie das getan? Arbeitet er für sie?«

»Das spielt keine Rolle mehr. Beide sind tot.«

Lampert verschluckte sich, als er den Scotch in den falschen Hals bekam. »Tot? Wie ist das passiert?«

»Wie ich schon sagte, ich habe Ihnen den Hintern gerettet. Puller hat ebenfalls ins Gras gebissen.«

»Was ist mit der anderen Frau? Sie haben mir gesagt, sie ist General. Sie heißt Carson, richtig?«

»Auch tot. Alle hat's erwischt. Wir konnten keinen von ihnen am Leben lassen.«

Lampert blickte sie zornig an. »Sie haben gerade einen Scheißsturm entfacht, Cheryl. Das Pentagon wird sich darauf stürzen.«

»Wäre Ihnen die Alternative lieber gewesen? Sie würden der Spur direkt bis zu Ihrer Haustür folgen.«

»Das wird nicht passieren.«

»Es *ist* passiert, Peter.«

Er schwieg und starrte sie an, als wäre sie das Letzte, was er im Leben zu Gesicht bekam.

»Sie haben das Lagerhaus gefunden.«

»Ich habe es geräumt. Da war nichts mehr.«

»Sie haben auch die Bohrinsel da draußen gefunden.« Sie zeigte aus dem Fenster in Richtung Golf.

Lampert stellte das Glas ab und rutschte auf seinem Stuhl nach vorn. Sein Gesicht hatte sämtliche Farbe verloren. »Das ist unmöglich.«

»Dieser Riese hieß übrigens Mecho. Er war auf dieser Bohrinsel. Ihre Leute haben ihn in Mexiko entführt, aber er konnte entkommen und hat es bis zur Küste geschafft. Er hat Sie beschattet, Peter. Und er hatte es auf Ihr Leben abgesehen und auf alles, was Sie besitzen. Er hätte sein Ziel um ein Haar erreicht.«

Lampert nahm das Glas und schleuderte es gegen die Wand. »Dieser Hurensohn!«

Landry beobachtete, wie der Scotch die ehemals makellose Tapete herunterlief.

»Kriegen Sie sich wieder ein, Peter. Wie ich bereits sagte, diese Leute sind tot.«

»Wie ist es geschehen? Erzählen Sie.«

»Ich bin völlig durchnässt, und mein Gesicht ist grün und blau. Was sagt Ihnen das?«

»Ein Kampf im Hurrikan.«

»Ja. Auf Leben und Tod. Auf der Bohrinsel. Ich werde nicht lügen und behaupten, wir hätten keine Verluste. Die haben wir sehr wohl. Die haben fast alle Ihre Leute umgebracht, aber am Ende haben wir sie durch unsere Übermacht und einen Funken Glück besiegt.«

»Wieso waren Sie eigentlich da?« Misstrauisch schaute er sie an.

»Ich bin Diaz gefolgt, wie ich schon sagte. Sie bestiegen ein Boot. Ich ebenfalls. Sie fuhren zur Bohrinsel hinaus. Ich auch.«

»In dem Sturm? Wie ist das möglich?«

Ungläubig sah sie ihn an. »Ich bin in Florida aufgewachsen und fahre Boot, seit ich zehn bin. Wäre es ein Sturm der Kategorie eins oder zwei gewesen, hätte ich vielleicht den Schwanz eingekniffen, aber einen Tropensturm kann man schaffen, wenn man weiß, was man tut. Sie können von Glück sagen, *dass* ich es getan habe. Dafür hatten Sie mich ja angeheuert. Und wegen meiner Ortskenntnisse. Und weil ich unter Druck die Nerven behalte.«

»Was ist passiert?«

»Ich rief dort an. Zuerst funktionierte mein Handy nicht, aber dann hatte ich ein Signal. Ich sagte Bescheid, dass sie kommen. Man hat auf sie gewartet, aber es war trotzdem ein harter Kampf. Die vier waren echte Kämpfer, das muss ich denen lassen. Sie sind nicht leicht gestorben.«

»Und die Ware?«

»Größtenteils unversehrt. Aber es gab auch da ein paar Verluste.«

»Was ist mit den Leichen?«

»Die sind im Meer. Man wird Diaz und die anderen nie finden. Wir haben ihnen die Lungen rausgeschnitten. Die Leichen werden versinken und in der Tiefe bleiben.«

»Gut. Und ich weiß zu schätzen, dass Sie die Storrows und diese alte Frau getötet haben. Sie hätten alles ruinieren können. Der Bonus, den ich Ihnen dafür gezahlt habe, war vermutlich nicht angemessen. Nach letzter Nacht haben Sie sich eine weitere Prämie verdient. Und eine Beförderung. Wir werden Sie aus dieser Uniform holen und in einen Anzug stecken. Sie können Winthrops Position übernehmen.«

»Wird er damit kein Problem haben?«

»Nein.«

»Wie kommt das?«

»Ich habe ihn umbringen lassen, weil er Diaz bei uns angeschleppt hat. Außerdem verlegen wir das ganze Geschäft.

Meine Logistikfachleute rechnen gerade alles durch. Ich denke an Alabama.«

»Aber da gibt es ein Problem.«

»Und welches?«

»Stiven Rojas.«

»Was ist mit ihm?«

»Er ist Ihr Partner beim Menschenhandel.«

»Und?«

»Sie haben mir gesagt, er hätte Ihnen ein Ultimatum gestellt.«

»Hat er auch.«

»Und was meinen Sie, was er nach alledem tun wird? Das ist nicht gerade ein sauberer Ausstieg.«

»Ich glaube, ich bin wichtig genug, dass Señor Rojas auf meine Bedingungen eingehen muss. Die Pipeline ist wichtiger als die Ware. Außerdem kann ich meine eigene Ware besorgen. Das habe ich bereits getan. In Asien und Afrika. Dort gibt es viele arme, dumme Menschen. Sicher, an die käme Rojas auch heran, aber er kann meine Pipeline nicht nachbauen. Dazu fehlen ihm die Verbindungen.«

»Trotzdem ist es ein gefährliches Spiel mit diesem Mann.«

»Ich unterschätze ihn nicht. Aber wenn man im Vorteil ist, muss man ihn nutzen.«

»Der Meinung bin ich auch.«

Diese Bemerkung kam nicht von Landry.

Puller hatte die Tür aufgetreten und kam ins Büro.

Hinter ihm stürmten Diaz, Carson und Mecho herein.

Alle hatten die Waffen gezogen und auf Lampert gerichtet.

Fassungslos starrte Lampert zuerst die Eindringlinge an, dann Landry.

»Sie haben mich reingelegt?«

»Ich fürchte, ja.«

»Ist Ihnen eigentlich klar, was Sie da angerichtet haben, Sie blöde Kuh?«

»Ich bin mir nicht sicher, ob *Ihnen* die Tragweite klar ist.«

Landry öffnete die obersten beiden Knöpfe ihres Hemds, zog Mikro und Aufnahmegerät hervor und drückte beides Puller in die Hand. Dann wandte sie sich wieder Lampert zu.

»Ich habe eine Gelegenheit gesehen und sie beim Schopf gepackt«, sagte sie. »Aber ich habe nicht das Gefühl, etwas Besonderes bekommen zu haben. Statt der Nadel ein Leben im Gefängnis. Ein toller Deal.«

»Ich glaube nicht, dass Sie den gleichen Deal bekommen«, sagte Puller zu Lampert.

»Wie sind Sie an meinen Sicherheitsleuten vorbeigekommen?«, wollte Lampert wissen.

»Sie sollten ihnen raten, das Fahrzeuginnere gründlicher zu durchsuchen. Weil Landry am Steuer saß, haben sie uns einfach durchgewinkt.«

Lampert starrte wieder Landry an. »Du dämliches Miststück.«

»Sie haben mich erwischt, Peter. Tut mir leid.«

»Ich lasse dich im Gefängnis umbringen!«

»Das können Sie versuchen«, meinte Puller. »Aber ich glaube, Sie haben andere Sorgen.«

»Ich besorge mir die besten Anwälte.«

»Die werden Sie auch brauchen«, sagte Diaz. »Und ich werde mich unermüdlich dafür einsetzen, dass man Sie in Kolumbien vor Gericht stellt. Die Amerikaner sind viel zu weich. In meinem Land arbeitet die Justiz schneller und resoluter.«

Puller legte Landry und Lampert Handschellen an.

»Gehen wir.« Er wedelte mit der M11.

Lampert konnte den Blick nicht von Landry nehmen. »Du bist tot. Ihr *alle* seid tot.«

Dann verließ er den Raum, gefolgt von den anderen.

Sie betraten die Auffahrt. Puller blieb abrupt stehen.

»Was ist?«, fragte Carson.

Auch Mecho schaute sich misstrauisch um.

»Alle runter!«, rief Puller.

Er hatte noch nicht ausgesprochen, als die Schüsse loshämmerten.

93

Einen Sekundenbruchteil bevor Puller auf der regenfeuchten Erde landete, hatte er die Position der Schützen entdeckt.

Er zog die M11 und feuerte, leerte das gesamte Magazin, wobei er die Waffe in einem Bogen schwenkte. Es war eine Verteidigungsmaßnahme, die dazu diente, ihm ein paar Sekunden zu verschaffen, eine neue Position einzunehmen und einen Gegenangriff zu planen.

Er ging hinter einem Auto in Deckung, griff nach der MP5 und ließ den Blick über das Gelände schweifen.

»Puller!«

Er schaute nach hinten. Carson hatte hinter einer der Steinsäulen vor dem Eingang Stellung bezogen. Sie zeigte nach links.

Puller folgte der Richtung ihrer ausgestreckten Hand, und sein Magen verkrampfte sich.

Diaz lag kopfüber in einer Pfütze aus Blut. Selbst auf diese Entfernung und bei dem schlechten Licht erkannte Puller, dass sie tot war.

Er suchte nach Lampert und Landry. Landry kauerte hinter einem Baum.

»Wo ist Lampert?«, rief er Carson zu.

»Abgehauen!«

Puller blickte wieder nach vorn zu den Schützen.

Einer wurde noch vermisst.

Mecho.

Puller konnte sich nicht vorstellen, dass der große Mann geflohen war. Wie Puller ging auch er keinem Kampf aus dem Weg.

Eine Salve wurde über seinen Kopf hinweggefeuert. Er blickte zu Carson zurück. Durch Handbewegungen gab er ihr seinen Plan zu verstehen. Sie nickte, packte ihre Waffe fester.

Puller richtete die Aufmerksamkeit wieder nach vorn und musterte alle bedeutsamen Punkte.

Beim zweiten Durchgang entdeckte er ihn.

Mecho befand sich direkt an der hinteren Flanke der Schützen und zielte auf sie.

Saubere Arbeit, ging es Puller durch den Kopf.

Es gab sechs Schützen.

Puller suchte nach den Wagen, mit denen sie gekommen waren, konnte sie aber nicht entdecken. Also mussten es Lamperts Bodyguards sein.

In der nächsten Sekunde entdeckte er die am Boden liegenden Körper.

Das waren die Bodyguards.

Die Angreifer waren eine neue Streitmacht.

Und sie waren nicht mit dem Auto gekommen.

Puller überdachte die taktische Situation. Vor ihm waren drei Gegner, gegenüber drei weitere.

Seiner Meinung nach war die Gegenseite kläglich unterlegen. Sie hätte mehr Leute schicken sollen.

Puller zählte bis drei, rollte sich aus der Deckung und eröffnete mit der MP5 das Feuer. Doch es war nur eine Finte. Er zielte nicht, sondern zog die Aufmerksamkeit auf sich. Im nächsten Augenblick wurde er beschossen. Sie konzentrierten sich nur auf ihn.

Carsons Pistole krachte zweimal. Einer der Schützen ging zu

Boden. Ein anderer griff sich an den Arm und ließ die Waffe fallen. Er war so gut wie kampfunfähig.

Zwei erledigt. Blieben noch vier.

Das war die Lage, bevor Mecho von hinten angriff.

Eine Sekunde später gingen die beiden Schützen, die sich dem großen Mann am nächsten befanden, zu Boden. Einer mit einer Kugel in der Wirbelsäule. Der andere durch einen Messerstich ins Herz.

Selbst mit einem verletzten Arm verfügte Mecho über mehr als genug Kraft, um mit der Klinge einen tödlichen Stoß zu führen.

Vier erledigt. Blieben noch zwei.

Die beiden letzten Schützen richteten ihre Aufmerksamkeit jetzt auf Mecho.

Nun war Puller an der Reihe.

Im Zickzack rannte er nach links und schoss dabei nach rechts. Er suchte seine Ziele, gab zwei Schüsse mit der M11 ab. Beides Kopfschüsse. Beide tödlich.

Sechs erledigt. Das war's.

Aber dann musste er unwillkürlich an das Hotelzimmer im Sierra denken.

Binnen einer Millisekunde verarbeitete sein Verstand alle Fakten.

Sechs Schützen gegen vier. Vorher musste man Lamperts Bodyguards ausschalten. Selbst bei einem Überraschungsangriff musste man mögliche Verluste mit einbeziehen. Alle Toten trugen die Uniform von Lamperts Sicherheitsleuten. Also hatte es dabei keine Verluste gegeben. Sechs war ihre volle Stärke gewesen.

Sie hatten davon ausgehen müssen, dass Puller und seine Leute hier waren. Das wiederum bedeutete, dass sie ernsthaft unterlegen waren, wenn man Lamperts Bodyguards hinzunahm.

Doch Puller musste jetzt damit rechnen, dass Rojas' Schützen kamen. Und Stiven Rojas war ein schlauer Fuchs. Männer wie er schickten keine unterlegene Streitmacht.

Die Millisekunde war vorbei. Puller reagierte.

»Die zweite Welle kommt«, rief er.

Carson und Mecho suchten sofort Deckung und nahmen neue Schusspositionen ein.

Puller eilte zu Landry. Sie blickte ihn flehentlich an. »Um Himmels willen, Puller, nehmen Sie mir die Fesseln ab und geben Sie mir eine Waffe. Ich helfe bei dem Kampf.«

Puller lud nach und warf ihr einen Blick zu. »Das glaube ich kaum, Landry. Sie haben schon einmal versucht, mich zu töten. Ich halte nichts von zweiten Chancen.«

»Ich bin schutzlos!«

»Nein, Sie haben mich. Und ich bin sehr motiviert, Sie am Leben zu erhalten.«

»Was für ein Motiv haben Sie denn?«, fauchte sie.

Er beugte sich nahe an sie heran, während er ein neues Magazin in der MP5 einrasten ließ, und flüsterte ihr ins Ohr: »Dafür zu sorgen, dass Sie den Rest Ihres Lebens im Knast verbringen.«

Er stellte die MP5 auf Dauerfeuer.

»Puller, bitte …«, sagte sie schluchzend.

Er beachtete sie nicht.

Dann war es so weit. Die zweite Welle traf auf das Ufer.

Und sie würde härter aufschlagen als ein Tropensturm.

Aber Puller hatte ein Ass im Ärmel.

Hoffte er zumindest.

Wenn dieser Trumpf nicht stach, waren sie tot.

94

Die zweite Welle war bedeutend erfahrener als die erste.

Deshalb vermutete Puller, dass die erste Welle nur ein Ablenkungsmanöver gewesen war. Sie hatte sie Diaz gekostet und ihre Streitmacht um ein Viertel verringert. Es war clever, sechs Männer zu opfern, wenn man dafür sehr viel mehr in die Schlacht werfen konnte.

Und das konnte der Gegner tatsächlich, wie sich herausstellte.

Nach Pullers rascher Zählung waren es zwanzig Mann. Sie bewegten sich in Vierergruppen und trugen kugelsichere Westen. Ihre Feuerkraft war der von Pullers MP5 haushoch überlegen. Sie nahmen taktische Positionen für ein klassisches Zangenmanöver ein.

Puller warf Carson einen Blick zu. Beide kannten die Taktik und wussten, wie das unvermeidliche Ergebnis aussah.

Puller brachte die MP5 in Anschlag. Es gab einen alten Army-Wahlspruch, den sein Vater ihm beigebracht hatte: *Es ist keine Schande, kämpfend unterzugehen.*

Er leerte sein Dreißig-Schuss-Magazin auf die beiden Gruppen vor ihm. Zwei Männer gingen zu Boden und würden nie mehr an diesem Kampf teilnehmen.

Puller lud nach. Er hatte dreißig Kugeln verschossen, um zwei Angreifer zu töten. Damit waren noch achtzehn Gegner übrig. Er wusste schon jetzt, dass er nicht genug Munition hatte, um sie alle auszuschalten.

Es war eine erfahrene, gut ausgebildete Einheit, denn sie

konzentrierten ihre Kraft auf ein Ziel und lenkten ihr geballtes Feuer darauf.

Der Wagen, hinter dem Puller in Deckung ging, wurde regelrecht durchlöchert. Mehrere Geschosse durchschlugen das dünne Blech und rissen um ein Haar Pullers Gliedmaßen ab. Ihm blieb nur der Rückzug.

Carson gab ihm Deckung und wurde dabei zum nächsten Ziel des Gegners. Das konzentrierte Feuer machte ihre Deckung zunichte. Und sie hatte nicht so viel Glück bei ihrem Rückzug. Mit Schusswunden an Arm und Bein ging sie zu Boden.

Puller eilte nicht an Carsons Seite, denn dadurch hätte das gegnerische Feuer sich noch mehr auf sie konzentriert. Stattdessen schoss er aus seiner neuen Position zurück. Sofort konzentrierte sich das gegnerische Feuer wieder auf ihn.

Puller entfernte sich weiter von Carson und wich den Schüssen aus, indem er keinem bestimmten Muster folgte. Nach den Jahren im Nahen Osten hatte er einen siebten Sinn dafür entwickelt. Beinahe schien er zu ahnen, wohin seine Gegner zielten.

Die Männer, die ihm gegenüberstanden, hätten Schussraster erstellen und jeden möglichen Weg, den Puller wählen konnte, mit geballtem Feuer abdecken sollen, dann hätten sie ihn vielleicht erwischt. Aber das hatten sie nicht, und deshalb lebte er noch.

Kaum war Puller in relativer Sicherheit, drehte er sich um und erwiderte das Feuer.

Jetzt waren nur noch er und Mecho übrig. Zwei gegen fast zwanzig.

Aber das sollte sich ändern.

Sein Handy vibrierte. Er holte es hervor und warf einen Blick auf das Display.

Dann tippte er mit dem Daumen ein Wort als Antwort ein.

Jetzt.

General Julie Carsons Befehle standen vor der Ausführung.

Alle Köpfe drehten sich, als sich aus nördlicher Richtung der Lärm näherte.

Der MH-60L DAP war ein modifizierter Black-Hawk-Hubschrauber mit zusätzlicher Feuerkraft, darunter Hellfire-Panzerabwehrraketen und Miniguns vom Kaliber 7.62. Im Einsatz beim 160. Special Ops Aviation Regiment der Army, das den Spitznamen »Night Stalker« trug, war dieser Helikopter eine vielseitige Kampfplattform. Zum Glück für Puller war eine dieser Maschinen in Eglin stationiert, um an gemeinsamen Übungen von Air Force und Army teilnehmen zu können.

Nun donnerte der Helikopter über den Zaun hinweg auf Lamperts Anwesen. Seine 30-Millimeter-Kanone nahm die Gruppen von Männern ins Visier, die darauf warteten, den unterlegenen Gegner zu überrennen.

Einige der Männer richteten ihre Maschinenpistolen auf den Hubschrauber. Als zwei von ihnen das Feuer eröffneten, hatte Puller nur einen Gedanken:

Keine gute Idee.

Er warf sich flach auf den Boden und hielt sich die Ohren zu.

Die 30-Millimeter-Kanone dröhnte. Sie konnte sechshundert Kugeln in der Minute auf eng begrenzte Schussfelder abfeuern und bewirkte einen »nicht zu überlebenden Vorgang«, wie man es bei der Army nannte.

Weniger als zehn Sekunden später lagen fast zwanzig Männer am Boden.

Der Hubschrauber landete. Puller rannte auf ihn zu, nachdem er die MP5 abgelegt hatte. Er legte keinen Wert darauf, von einer 30-Millimeter-Kanone getroffen zu werden.

Die Tür des Hubschraubers glitt auf.

»Wir brauchen einen Sanitäter«, rief Puller gegen das Dröhnen der Rotoren an. »Hier liegt ein General mit Schussverletzungen.«

Ein Arzt und ein Sanitäter schnappten sich ihre Notfallausrüstung und sprangen aus der Maschine, um Puller zu Carson zu folgen.

Sie war erschreckend blass, aber bei Bewusstsein. Puller kniete neben ihr nieder und hielt ihre Hand, während der Arzt und der Sanitäter sie an einen Tropf anschlossen.

Carson öffnete die Augen und schaute zu Puller hoch.

»Du blutest«, sagte sie, hob langsam die Hand und berührte seinen Arm.

»Scheint eine Epidemie zu sein.«

»Schaffe ich es?«

Beide Kugeln steckten noch in ihrem Körper. Sie hatte sehr viel Blut verloren und war blass und schwach. Als Puller den Arzt anschaute, blickte er in ein verzweifeltes Gesicht.

Puller richtete den Blick wieder auf Carson, drückte ihre Hand und sagte: »Ja, du schaffst es.«

Der menschliche Verstand war die stärkste Medizin der Welt. Und manchmal brauchte er nur eine kleine Aufmunterung, um Wunder zu wirken. Das hatte Puller zahllose Male auf dem Schlachtfeld erlebt. Auch an ihn selbst waren solche aufmunternden Worte gerichtet worden, als ihn im Irak eine Sprengfalle beinahe das Leben gekostet hätte.

Du schaffst es.

Manchmal war das alles, was nötig war.

Carson erwiderte Pullers Händedruck und schloss die Augen, als das vom Arzt verabreichte Schmerzmittel seine Wirkung tat.

Puller stand auf und joggte zu der Stelle, an der Landry mit noch immer auf den Rücken gefesselten Händen saß.

»Vergessen Sie unseren Deal nicht, Puller«, sagte sie. »Ich habe Ihnen Lampert geliefert.«

»Ja. Damit können Sie sich trösten, wenn Sie Ihren achtzigsten Geburtstag im Gefängnis feiern. Und ich glaube nicht, dass es da Paddelbretter gibt.« Er winkte einen Soldaten heran und zeigte ihm seine Dienstmarke. »Sergeant, diese Frau ist Gefangene der Army der Vereinigten Staaten, bis sie an die örtlichen Behörden überstellt werden kann.«

»Ja, Sir.«

Der Sergeant richtete die Waffe auf Landry.

Puller hörte ein Geräusch.

Im ersten Augenblick glaubte er, Lampert wäre wieder aufgetaucht und würde einen Fluchtversuch unternehmen.

Aber es war nicht Lampert.

Es war Mecho.

Er sprintete zum Strand.

Puller rannte ihm hinterher. Er wusste genau, auf wen der Hüne es abgesehen hatte.

Auf Peter J. Lampert.

Genau wie Puller selbst.

95

Lampert war so schnell gelaufen, wie er konnte. Das war nicht einfach mit auf den Rücken gefesselten Händen. Er war in einer ordentlichen körperlichen Verfassung, aber nicht fit genug für einen Kampf. In seinem ganzen Leben hatte er noch keine Waffe abgefeuert. Er beschäftigte andere, um das für ihn zu erledigen. Und er hatte noch nie um sein Leben laufen müssen.

Dafür bezahlte er jetzt.

Der Gefechtslärm war verstummt. Jetzt hörte Lampert nur noch das Rauschen der Wellen am Strand.

Sein Schiff lag eine Viertelmeile entfernt vor Anker.

Er würde überleben und weiterkämpfen.

Nur nicht in diesem Land. Aber das war in Ordnung. Das Leben hier wurde ohnehin langweilig.

Er drückte den Unterarm gegen seine stechende Seite und eilte weiter auf den Pier zu.

Dort wartete sein Sechs-Meter-Boot.

Draußen auf dem Meer konnte er seine Jacht sehen.

Er war sicher, das Boot selbst zur Jacht steuern zu können. Wenn Landry es in einem Tropensturm bis zur Bohrinsel schaffte, würde er es bei ruhigerer See auch bis zu seiner Jacht schaffen.

An Bord des Zubringerbootes befand sich ein Messer, mit dem er die Plastikfesseln durchschneiden konnte. Wenn er das geschafft hatte, war es eine problemlose Fahrt. Das Boot war stabil, und die Wellen wurden harmloser, weil der Wind nachließ.

Ja, er konnte es schaffen.

Er hatte den Pier fast erreicht, als er es sah.

Im ersten Augenblick begriff er nicht, worum es sich handelte, aber dann verstand er.

Es war der Kommandoturm eines U-Boots.

Rojas' U-Boot. Er hatte es während der Besprechung auf der Jacht erwähnt. Es konnte viele Menschen an Bord nehmen.

So also waren die Killer auf sein Anwesen gekommen. In einem Unterseeboot.

Plötzlich erschien es Lampert problematisch, das Zubringerboot zu nehmen. Was, wenn sie ihn verfolgten? Das Meer war noch immer unruhig. Was, wenn das U-Boot sein Sechs-Meter-Boot rammte und zum Kentern brachte? Wenn er ins Wasser stürzte? Er würde jämmerlich ertrinken.

Lampert blieb stehen, drückte noch immer gegen den dumpfen Schmerz in seiner Seite. Er hätte mehr Sport treiben sollen. Sein Problem war, dass seine körperliche Betätigung vor allem aus Sex bestand. Und das bereitete einen nicht auf lange Läufe in unebenem Gelände vor.

Verzweifelt suchte er nach einem anderen Ausweg.

Wenn nicht das Boot, was dann?

Die Straße, die von seinem Grundstück führte, kam nicht infrage, denn von dort waren Sirenen zu hören, die näher kamen.

Lampert ging parallel zum Strand weiter und dachte angestrengt nach.

Es musste einen Weg geben.

Vielleicht sollte er es einfach mit dem Boot riskieren. Es war auf jeden Fall besser zu manövrieren und wendiger als ein U-Boot.

Oder nicht?

Er wusste es nicht. Aber ihm wollte keine Alternative einfallen.

Dann versank das U-Boot langsam im Wasser. Es wendete und nahm mit wachsender Geschwindigkeit Kurs aufs Meer hinaus. Nur der Turm war noch immer zu sehen.

Vielleicht hatten auch sie die Sirenen gehört. Oder sie hatten einfach angenommen, dass die Sache schlecht lief und dass es besser war, den Rückzug anzutreten.

Was immer der Grund sein mochte, Lampert hatte jetzt seine Chance.

Die *Lady Lucky* hatte einen Stahlrumpf. Sie konnte es mit dem Ansturm des Meeres aufnehmen. Lampert hatte mit der Jacht schon einmal den Atlantik überquert. In internationalen Gewässern würde er sich viel sicherer fühlen. Landry und die anderen würden erst ihre Aussagen bei der Polizei machen müssen, und das kostete Zeit. Haftbefehle mussten ausgestellt werden, Fahndungen ausgeschrieben. Man würde die Polizei losschicken. Bis dahin konnte er weit weg sein.

Hinter Lampert ertönten Geräusche.

Er drehte sich um. Als er sah, was auf ihn zukam, rannte er verzweifelt auf sein kostbares Boot und aufs offene Meer zu.

Es sah aus, als wäre der Teufel persönlich hinter Lampert her.

Und in gewisser Weise stimmte das.

Puller hatte Mecho eingeholt, und nun liefen die beiden hünenhaften Männer Seite an Seite.

Mecho schaute nicht zu Puller hinüber und sagte auch nichts. Seine Konzentration war ganz und gar auf den Mann vor ihnen gerichtet.

Puller und Mecho liefen wie die Soldaten, die sie waren.

Auch wenn sie nicht die Schnellsten waren, liefen sie mit geübten Bewegungen und einer Kraft und Geschmeidigkeit, die es ihnen erlaubte, mit dem geringsten Einsatz von Energie maximale Resultate zu erzielen. Im Kampf musste man oft laufen. Bewegliche Ziele überlebten eher. Stehende Ziele starben oft.

Sie lagen noch immer Kopf an Kopf, als sie sich ihrem Ziel näherten. Doch es war schließlich Puller, der sich im letzten Moment nach vorn warf und Lampert erwischte.

Der Mann ging zu Boden.

Mecho bückte sich und riss Lampert mit einem wilden Ruck in die Höhe.

Puller stand langsam auf und beobachtete die beiden.

Mecho starrte Lampert schweigend an. Seine Züge waren wie aus Stein gemeißelt.

Auf Lamperts Gesicht spiegelte sich Furcht. »Was haben Sie eigentlich gegen mich, verdammt?«, rief er.

Mecho stieß ihn zu Boden, griff in die Tasche, holte ein Foto hervor und hielt es Lampert vors Gesicht.

»Erinnerst du dich an sie?«, fragte er mit angespannter Stimme.

Puller wartete weiterhin ab. Er war sich nicht sicher, wie er reagieren würde, falls Mecho den Versuch unternahm, Lampert zu töten. Lampert war Pullers Gefangener – ein potenzieller Zeuge gegen einen der größten Verbrecher der Welt. Mecho war verwundet, aber das war Puller ebenfalls. Kam es zum Zweikampf zwischen den beiden Riesen, war der Ausgang völlig offen. Puller kannte seine Stärken, aber auch seine Grenzen; er war sich nicht sicher, den größeren Mann besiegen zu können.

Andererseits würde er sich vielleicht selbst überraschen.

Dabei gab es nur ein Problem.

Puller wollte es gar nicht erst so weit kommen lassen.

Mecho war nicht sein Feind.

Lampert blickte verwirrt auf das Foto. »Muss ich diese Person kennen?«

»Ihr Name ist Rada. Du hast sie aus einem Dorf im Rila-Gebirge entführen lassen, in Bulgarien. Sie und viele andere. Das war *mein* Dorf.«

Lampert warf Puller einen Blick zu. »Meint er das im Ernst? Glauben *Sie*, ich würde mich an so jemanden erinnern?«

Puller starrte ihn mit steinerner Miene an. »Falsche Antwort, Pete.«

Wieder zerrte Mecho den Mann aus dem Sand, hielt ihn mit einer Hand fest, nahm den anderen Arm zurück und versetzte Lampert einen so harten Schlag, dass mehrere seiner Zähne aus dem Mund flogen. Er wurde anderthalb Meter nach hinten geschleudert und prallte mit solcher Wucht auf die im Rücken gefesselten Arme, dass er sich beide Schultern ausrenkte.

Vor Schmerzen brüllend versuchte er, sich nach hinten wegzuschieben.

»Sei still«, sagte Mecho.

»O Gott!«, kreischte Lampert. *»O Gott!«*

»Halt die Klappe.«

Mecho trat ihn. »Du erinnerst dich nicht an sie? Du erinnerst dich nicht an Rada?«

»O Gott …« Lampert spuckte Zahnsplitter aus und wälzte sich im Sand.

Puller ging neben ihm auf die Knie, durchtrennte die Fesseln und renkte ihm mit zwei schnellen, energischen Bewegungen beide Schultern ein.

Leise schluchzend blieb Lampert auf dem Rücken liegen.

Mecho starrte auf ihn hinunter. Seine riesigen Fäuste öffneten und schlossen sich unablässig. Seine gewaltige Brust wölbte sich bei jedem Atemzug.

Puller stemmte sich hoch. »Wie soll das hier laufen?«

»Der Kerl kommt mit mir zurück.«

»Er ist in meinem Gewahrsam. Er wird hier wegen Verbrechen gesucht.«

»Er kommt mit *mir* zurück«, knurrte Mecho.

»Mecho, wir sorgen dafür, dass er nie wieder das Tageslicht sieht.«

»Er hat uns alles genommen, was wir hatten. Ich habe ein Versprechen gegeben.«

Puller zog die Pistole und richtete sie auf den riesigen Mann. Im Magazin waren keine Patronen mehr, aber das wusste Mecho nicht.

»Ich will Sie nicht verletzen, Mecho. Das wäre wirklich das Letzte, worauf ich scharf bin. Aber ich habe einen Job zu erledigen, und das werde ich tun. Dieser Kerl ist verantwortlich dafür, dass meine Tante ermordet wurde. Dafür wird er bezahlen.«

Mecho musterte die Pistole, dann wandte er sich wieder Lampert zu und hielt noch einmal das Foto hoch. »Sag mir, wo sie ist. Sofort.«

»Ich weiß es nicht«, schluchzte Lampert aus seinem blutigen, zerschlagenen Mund. »Ich schwöre es bei Gott.«

Mecho riss ihn auf die Füße. »Du weißt es. Du wirst es mir sagen.«

»Ich weiß es nicht! Ich weiß es wirklich nicht, Herrgott noch mal!«

Mecho ließ ihn los. Lampert fiel schluchzend auf die Seite.

Der Hüne betrachtete das Foto. Plötzlich liefen ihm Tränen über die Wangen, und er zitterte am ganzen Körper.

Puller schaute hinaus aufs Meer, wo Lamperts Jacht zu sehen war. So viel Geld. Begründet auf Not, Schmerz und Elend. Auf Brutalität und nackter Gier. Auf der Zerstörung des Lebens anderer Menschen.

Er warf einen Blick auf Mecho, steckte die Pistole zurück ins Halfter und stieß einen tiefen Seufzer aus. Was er jetzt tun würde, verstieß gegen sämtliche Regeln, die ihn geleitet hatten, seit er ein erwachsener Mann war.

»Wie wollten Sie ihn hier wegschaffen?«

Mecho hob den Kopf. »Warum?«

»Es interessiert mich.«

»Ich habe einen Freund. Er hat ein Frachtschiff. Er bringt uns nach Hause, ohne Fragen zu stellen.«

»Wo und wann?«

»Heute Abend. In Port Panama City.«

Lamperts Schluchzen war verstummt. Er hörte aufmerksam zu.

»Das … das kann nicht Ihr Ernst sein«, stammelte er mit blutigem Mund und blickte Puller flehend an. »Sie dürfen nicht zulassen, dass dieses Ungeheuer mich nach Bulgarien bringt!«

Puller starrte auf ihn hinunter. »Warum nicht? Sie waren doch schon da. Hatten eine schöne Reise, nicht wahr? Haben alles … nein falsch … haben *jeden* bekommen, den Sie brauchten, richtig?«

»Das können Sie nicht machen …«

»Können Sie Ihrem Freund vertrauen, Mecho?«

»Ja.«

»Was geschieht mit Lampert in Bulgarien?«

»Wir haben dort eine Justiz, genau wie Sie hier.«

»Haben Sie die Todesstrafe?«

»Wir haben Schlimmeres.«

»Schlimmeres? Und was?«

»Er wird leben. In einem Teil Bulgariens, in dem sich niemals jemand freiwillig aufhalten würde. Dort wird er den Rest seines Lebens verbringen. Und er wird eine jede Minute eines jeden Tages beschäftigt sein, bis er stirbt, weil er sich zu Tode geschuftet hat. Wir Bulgaren sind erbarmungslos, wenn es um Leute geht, die uns Schmerz und Leid gebracht haben.«

Lampert kämpfte sich in eine sitzende Position hoch. Blut strömte aus seinem Mund. »Um Himmels willen, Puller, das können Sie nicht zulassen! Sie sind Cop! Sie müssen Ihre Pflicht erfüllen. Sie dürfen nicht erlauben, dass dieser Kerl mich mitnimmt. Er ist Ausländer. Er entführt einen amerikanischen Bürger. Ich bin Steuerzahler! Ich bezahle Ihr beschissenes Gehalt! Sie arbeiten für mich!«

Puller beachtete ihn gar nicht. »Und Ihr Freund tut das kostenlos? Warum?«

»Nicht gerade kostenlos. Ich habe ihm etwas versprochen, aber ich weiß nicht, wie ich es beschaffen soll. Ich bin nicht mal sicher, was es ist.«

Mecho beschrieb die Bitte seines Freundes.

Puller lächelte und warf einen Blick auf Lampert. »Das ist okay. Ich weiß, was das ist.«

Mecho blickte Puller überrascht, aber auch hoffnungsvoll an. »Dann können Sie diese Sache besorgen?«

»Kann ich«, sagte Puller.

96

Panama City, Florida, war Generationen von Collegestudenten ein Begriff, die zum Spring Break in die Stadt einfielen.

Port Panama City war ein Hafen, der durch einen neun Meilen langen Kanal einen mühelosen Zugang zum Golf gewährte.

Ozeandampfer entluden hier Touristen. Frachtschiffe brachten ihre Ladung nach Amerika und nahmen in den USA produzierte Waren an Bord, um sie in alle Welt zu verschiffen.

Selbst in der Nacht war es ein lebendiger Ort.

Puller stand am Dock, eine Kiste im Arm, und betrachtete die kyrillische Schrift an der Seite des Frachtschiffs. Kräne luden Metallcontainer ein und stapelten sie aufeinander.

Während er dort stand, trugen zwei Männer eine große Holzkiste an Bord.

Der eine Mann war Mecho. Er hatte die Kampfspuren beseitigt. Seine Wunden waren versorgt und wurden größtenteils von der Kleidung verborgen.

Hätte jemand genauer hingesehen, hätte er bemerkt, dass die Holzkiste zwei Luftlöcher aufwies.

In der Kiste lag Peter J. Lampert. Gefesselt, geknebelt und unter Drogen gesetzt.

In sechs Stunden würde er aufwachen.

Dann würde das Frachtschiff weit draußen auf dem Golf sein. Es würde seinen Weg um die südliche Spitze Floridas nehmen und dann seine lange Fahrt über den Atlantik antreten. Das Frachtschiff würde eine durchschnittliche Geschwindigkeit von zehn Knoten machen. Siebentausendsechshundert nautische Meilen weiter und einen Monat später würde es in Bulgarien eintreffen.

Sobald Lampert bulgarischen Boden betreten hatte, würde er ihn nie mehr verlassen.

Als die Kiste sicher an Bord verstaut war, kam Mecho die Landungsbrücke wieder herunter, gefolgt von einem stämmigen Mann, der so stark wie ein Stier aussah.

Sein Hals mit den hervortretenden Adern hatte den Umfang des Oberschenkels eines gewöhnlichen Mannes. Die aufgerollten Ärmel enthüllten Unterarme mit dicken Muskelbündeln. Er trug eine Kapitänsmütze, und zwischen seinen Lippen ragte eine Zigarre hervor.

Vor Puller blieben beide Männer stehen.

Mecho stellte den Mann als seinen Freund und Captain des Frachtschiffes vor.

Der Captain betrachtete Puller abschätzend. »Mecho behauptet, Sie hätten etwas für mich.«

Puller hielt die Kiste hoch. »Zehn Flaschen.«

Der Captain hob den Deckel und blickte hinein.

Augenblicklich legte sich ein Lächeln auf sein Gesicht.

Puller reichte ihm die Kiste, und der Captain bedankte sich und trug sie aufs Schiff.

Mecho blickte Puller an.

»Was ist das, ein dreißigjähriger Macallan?«

»Scotch. Ein sehr guter.«

»Er ist wirklich dreißig Jahre alt?«

»Das behaupten sie zumindest.«

»Wo haben Sie ihn her?«

»Sagen wir einfach, es war eine weitere Gelegenheit für Peter J. Lampert, etwas gutzumachen, und belassen wir es dabei.«

Mecho konnte es nicht glauben. »Sie haben das aus seinem Haus mitgenommen? War da keine Polizei?«

»Die haben nicht besonders auf mich geachtet.«

Mecho streckte die Hand aus, und Puller schüttelte sie.

»Ich danke Ihnen für alles.«

»Ich hoffe, Sie finden Ihre Schwester.«

Mecho nickte bedächtig. »Ich höre niemals auf zu suchen.«

»Wenigstens müssen Sie Lampert nicht mehr suchen.«

Mecho lächelte grimmig. »Ich weiß jetzt immer, wo er ist.«

Er drehte sich um und ging die Landungsbrücke hinauf. Auf halbem Weg machte er Halt und winkte Puller zu.

Puller erwiderte den Gruß.

Augenblicke später war Mecho verschwunden.

Eine Stunde später war auch das Schiff verschwunden.

Lampert hatte seine lange Reise zu seinem letzten Aufenthaltsort angetreten.

»Auf Nimmerwiedersehen«, murmelte Puller auf dem Rückweg zu seinem Auto.

97

Als Julie Carson die Augen aufschlug, sah sie als Erstes das helle Deckenlicht. Dann erst sah sie Puller, der am Krankenbett saß.

Er nahm ihre Hand.

»Ich habe es geschafft«, sagte sie benommen.

»Da hatte ich nicht den geringsten Zweifel. Du wirst im Handumdrehen so gut wie neu sein, haben die Ärzte gesagt.«

»In Uniform bin ich noch nie angeschossen worden. Nur wenn ich mit dir rumhänge.«

»Scheint ein berufsbedingtes Risiko bei mir zu sein.«

Sie setzte sich ein Stück auf. »Verstehe das jetzt bitte nicht falsch, aber ich glaube nicht, dass ich noch mal mit dir Urlaub mache.«

»Das ist nur zu verständlich.«

»Was ist mit Landry passiert?«

»Sitzt im Gefängnis. Hört gar nicht mehr auf zu reden. Bullock hat eigentlich über den Ruhestand nachgedacht, aber nach dieser spektakulären Festnahme könnte er für das Amt des Gouverneurs kandidieren.«

»Dann bekommt Bullock sämtliche Lorbeeren?«

»Die Lorbeeren sind mir egal, General.«

Sie drückte seine Hand. »Julie. Wir sind außer Dienst.«

»Julie«, sagte er.

»Was ist mit Diaz?«

»Die Kolumbianer haben bereits ihre sterblichen Überreste abgeholt. Sie starb als Heldin. Das wird man würdigen.«

»Und Mecho?«

»Er hat es mit ein paar Schrammen überstanden. So wie ich.«

Carson betrachtete die Verbände, die Puller an Arm und Bein trug. »O Gott, John, mir ist gerade wieder eingefallen, dass du ja auch verwundet wurdest.«

»Bloß ein paar Narben mehr.«

»Bitte sag mir, dass man Lampert erwischt hat. Meine letzte Erinnerung ist die, dass er mit gefesselten Händen davongerannt ist.«

Puller zögerte. »Wenn ich dir die Wahrheit sage, schwörst du mir dann, es niemals jemandem zu verraten? Selbst wenn man dich in den Zeugenstand ruft?«

Sie setzte sich noch weiter auf und blickte ihm ins Gesicht. »Was?«

»Vielleicht sollte ich es einfach auf sich beruhen lassen. Ich will nicht, dass du irgendwann einen Meineid schwören musst.«

»Wovon redest du?«

Puller betrachtete die Schläuche, die in einem einzigen Zugang mündeten, den man ihr am Schlüsselbein angebracht hatte.

»Ein Morphiumtropf gegen die Schmerzen«, sagte sie, als sie seinen Blick bemerkte.

»Morphium beeinträchtigt die Erinnerung.«

»Manchmal. Aber wir sprachen von Lampert.«

»Tatsächlich?«

»John!«

»Er hat sich für eine kleine Auslandsreise entschieden.«

»Er ist davongekommen? Mit seiner Jacht?«

»Nach Bulgarien. Er bleibt für immer dort, weißt du.«

»Wie kann das sein? Hat die Polizei ihn denn nicht verhaftet?«

»Die Polizei war ein bisschen langsam. Wir haben Lamperts Boot zu einer abgelegenen Stelle am Strand gebracht. Von dort fiel es nicht schwer, ihn in einen Wagen zu verfrachten und wegzubringen. Soweit es die Polizei betrifft, ist er entkommen. Zumindest haben wir ihnen das erzählt, als sie gefragt haben.«

Carson starrte ihn lange an. »Ich glaube, ich spüre förmlich, wie das Morphium mein Kurzzeitgedächtnis löscht.«

»Das ist gut.«

»Wann kann ich hier raus?«

»In ein paar Tagen.«

»Kommst du mich besuchen?«

»Ich habe hier gewohnt.« Er zeigte auf einen Stuhl neben dem Bett, auf dem ein Kissen und eine Decke lagen.

Carson lächelte voller Zärtlichkeit. »Diego und Mateo?«

»Sind wieder bei ihrer *abuela*. Und sie wohnen im Haus meiner Tante. Die anderen Gefangenen werden vernommen und dahin zurückgebracht, woher sie gekommen sind. Das schließt Lamperts Personal mit ein.«

»Rojas?«

Puller schüttelte den Kopf. »Heute nicht. Aber seine Zeit kommt.«

Das schien Carson aufzuregen, und Puller legte beruhigend die Hand auf ihren Arm. Ein paar Minuten später wirkte das Morphium, und sie schloss die Augen.

Puller verließ das Zimmer und rief seinen Bruder im USDB an. Er erzählte Robert so gut wie alles und ließ nur Lamperts Schicksal in Bulgarien aus.

»Verdammt, John«, sagte Bobby. »Du brauchst noch einen Monat Urlaub, um dich von den letzten Urlaubstagen zu erholen.«

»Aber nein. Ich glaube, ich bin wieder fit für den Dienst.«

»Und was erzählst du dem alten Herrn?«

»Das weiß ich noch nicht.«

»Wirst du ihm sagen, dass seine Schwester tot ist?«

Puller dachte darüber nach. Schließlich antwortete er: »Nein, werde ich nicht.«

»Da sind wir einer Meinung.«

Puller hatte Sadie, den kleinen Hund, Diego und Mateo überlassen. Die beiden Jungen und der Hund hatten sofort Freundschaft geschlossen. Puller hoffte, dass die Unterbringung in einer besseren Gegend weit weg von den Gangs ein Vorteil für ihr weiteres Leben sein würde. Außerdem hatte Bullock versprochen, sie im Auge zu behalten.

Es gab viel Papierkram und Gespräche mit Bullock, der State Police und den Bundesbehörden. Man hatte betont, dass es die Jagd auf Stiven Rojas beschleunigen würde. Aber hinter Rojas stand die geballte Macht eines riesigen Verbrecherkartells.

»Versuchen Sie es weiter«, sagte Puller, bevor er die letzte Besprechung verließ.

Zwei Tage später wurde Carson aus dem Krankenhaus entlassen – in Verbände gehüllt, zerschunden und müde.

Aber lebendig.

An diesem Morgen flogen sie und Puller in einem Privatjet, den die Army geschickt hatte, nach Hause.

»Eine Gulf Five«, sagte Puller. »In so einer Maschine bin ich noch nie geflogen.«

»Halte dich an einen aufstrebenden General, und sie zeigt dir die tollsten Dinge auf Erden«, erwiderte Carson, während der Steward ihnen zwei Gläser Champagner einschenkte.

Puller fuhr in seine Wohnung, nachdem er Carson versprochen hatte, zum Abendessen zu ihr zu kommen. Während seiner Abwesenheit hatte sich ein Freund um Unab gekümmert, aber er ließ die Katze lange Zeit hinaus und spielte sogar noch länger mit ihr.

Am nächsten Tag fuhr er mit einem kleinen Päckchen nach Pennsylvania. Er parkte in der Nähe eines grünen Feldes, stieg aus und ging bis zur Mitte des Ackers. Dort öffnete er die Urne und nahm sich Zeit, als er die Asche seiner Tante auf dem Boden Pennsylvanias verstreute, so wie sie es gewollt hatte. Dann verschloss er die leere Urne und schaute zum Himmel. »Leb wohl, Tante Betsy. Was immer es wert sein mag, vor langer Zeit hast du einem kleinen Jungen die Welt bedeutet. Und der Mann, zu dem der Junge wurde, wird dich nie vergessen.«

Puller wusste, was er jetzt zu tun hatte. Es war schon lange überfällig.

Er fuhr zurück nach Virginia, duschte, zog seine Ausgehuniform an und begab sich ins Veteranenkrankenhaus.

In kerzengerader Haltung schritt er über die sterilen Flure.

Er hörte seinen Vater, bevor er auch nur in die Nähe seines Zimmers kam.

Auf dem Flur begegnete ihm dieselbe Krankenschwester wie zuvor.

»Die letzten paar Tage war es schlimm«, sagte sie. »Er hat ununterbrochen nach Ihnen gerufen. Dem Himmel sei Dank, dass Sie hier sind.«

»Ja«, sagte Puller. »Es ist ein gutes Gefühl, hier zu sein.«

Die Schwester warf ihm einen merkwürdigen Blick zu, als er an ihr vorbeiging und die Tür zum Zimmer seines Vaters öffnete.

Puller senior trug wie immer eine blaue Hose und ein weißes T-Shirt. Er sah aufgeregt und verwirrt zugleich aus.

Puller nahm Haltung an und salutierte schneidig. »Ich möchte Bericht erstatten, General.«

Die zittrige Aufregung fiel von Puller senior ab. Er furchte die Stirn und musterte seinen Sohn mit vorwurfsvollem Blick.

»XO, wo haben Sie gesteckt, verdammt noch mal?«

»Draußen im Feld, Sir, wo ich Ihre Befehle ausgeführt habe.« Puller betonte jede Silbe, wie man es ihm in der Army beigebracht hatte.

»Und das Ergebnis?«

»Auftrag ausgeführt, General. Mast- und Schotbruch.«

»Gute Arbeit, XO. Verdammt gut. Rühren.«

»Jawohl, Sir«, sagte John Puller, senkte die Hand und setzte sich neben seinen Vater aufs Bett.

In diesem Moment war er kein Soldat mehr.

Nur noch ein Sohn.

DANKSAGUNG

Für Michelle, die dafür sorgt, dass alles geerdet bleibt und dass man den Spaß nicht verliert.

Mein Dank geht an David Young, Jamie Raab, Mitch Hoffman, Emi Battaglia, Tom Maciag, Maja Thomas, Martha Otis, Karen Torres, Anthony Goff, Lindsey Rose, Bob Castillo, Michele McGonigle und allen anderen bei Grand Central Publishing, die mich jeden Tag unterstützen.

Außerdem geht mein Dank an:

Aaron und Arleen Priest, Lucy Childs Baker, Lisa Erbach Vance, Nicole James, Frances Jalet-Miller und John Richmond – das beste Team, das ein Schriftsteller haben kann.

Des Weiteren danke ich Anthony Forbes Watson, Jeremy Trevathan, Maria Rejt, Trisha Jackson, Katie James, Aimee Roche, Lee Dibble, Sophie Portas, Stuart Dwyer, Stacey Hamilton, James Long, Anna Bond, Michelle Kirk und Natasha Harding bei Pan MacMillan, die mir in Großbritannien zu neuen Höhen verholfen haben.

Dank auch an Arabella Stein, Sandy Violette und Caspian Dennis, meine wundervollen Partner auf der anderen Seite des Großen Teichs, an Ron McLarty und Orlagh Cassidy, die die Hörbücher weiterhin zu großartigen Erlebnissen machen, sowie an Steven Maat von Bruna, der mich in Holland an die Spitze geführt hat.

Bob Schule danke ich für seine Freundschaft, seinen Enthusiasmus und seine redaktionellen Fähigkeiten.

Chuck Betack danke ich, dass er mich bei allen militärischen Dingen auf dem Laufenden hält.

Ich hoffe, den Familien von Jane Ryon, Griffin und Mason haben die Charaktere gefallen.

Dank auch an meinen guten Kumpel Carl Brown. Ich hoffe, es hat dir Spaß gemacht, deinen Namen gedruckt zu sehen.

Auch Kristen, Natasha und Erin möchte ich herzlich danken. Ohne euch wäre ich hoffnungslos verloren.

Und zu guter Letzt danke ich Roland Ottewell für die wieder einmal hervorragende Redaktion.

Lust auf mehr von John Puller?
Dann lesen Sie weiter in

DAVID BALDACCI
ESCAPE

ISBN 978-3-453-27010-7

Oder als E-Book ISBN 978-3-641-16405-8

Überall im Buchhandel erhältlich

Es galt als absolut ausbruchsicher: Fort Leavenworth am Ufer des Missouri, das bestgesicherte militärische Hochsicherheitsgefängnis in den Vereinigten Staaten. Bis dem einstigen Shootingstar der US Army, Robert »Bobby« Puller, wegen Hochverrats zu lebenslänglich verurteilt, eine abenteuerliche Flucht gelingt. Sein Bruder John, genauso intelligent und gerissen wie Bobby, soll ihn wieder hinter Gitter bringen. Es ist ein Auftrag, den John sehr widerwillig übernimmt, zumal er nicht richtig an die Schuld seines Bruders glaubt. Aber so hofft er wenigstens, dafür sorgen zu können, dass Bobby lebend verhaftet wird.

Es macht die Sache nicht leichter, dass John eine attraktive Agentin zur Seite gestellt wird, die möglicherweise eigene Ziele verfolgt und sich obendrein als genauso clever erweist wie John. Während der Jagd auf Bobby erfährt John endlich die Wahrheit über seinen Bruder. Und ihm wird klar, dass er Bobby so schnell wie möglich finden muss.

1

Das Gefängnis sah aus wie der Campus eines Kleinstadt-Colleges, nicht wie ein Ort, an dem Männer zehn und mehr Jahre wegen Verbrechen einsaßen, die sie in der Uniform der Armee der Vereinigten Staaten begangen hatten. Es gab keine Wachtürme, dafür zwei versetzt stehende, vier Meter hohe Sicherheitstürme, bewaffnete Patrouillen und genug Überwachungskameras, um jeden Millimeter des Geländes im elektronischen Blick zu behalten.

Die United States Disciplinary Barracks befanden sich am nördlichen Ende von Fort Leavenworth, direkt am Ufer des Missouri, auf vierzig bewaldeten Morgen im Hügelland von Kansas – eine Erhebung aus Ziegeln und Stacheldraht, die ein grüner Daumen errichtet hatte. Es war das einzige militärische Hochsicherheitsgefängnis für Männer in den Vereinigten Staaten, bekannt unter der Abkürzung USDB oder kurz »DB«.

Sechs Kilometer südlich des DB befand sich eine Haftanstalt für Zivilisten, eines von drei Gefängnissen auf dem Gelände von Fort Leavenworth. Zusammen mit der Regionalen Justizvollzugsanstalt der Streitkräfte, ebenfalls ein Militärgefängnis, befand sich eine vierte, privat geführte Anstalt in Leavenworth, womit die Gesamtzahl der Insassen aller vier Gefängnisse auf etwa fünftausend Personen stieg. Das Fremdenverkehrsamt von Leavenworth, das offensichtlich jede bekannte Einrichtung in der Gegend touristisch ausschlachten wollte, um Besucher anzulocken, hatte diese außergewöhnliche Ansammlung von

Knästen mit dem Slogan »Lebenslang in Leavenworth« in die Werbebroschüren eingeflochten.

Regierungsgelder flossen durch diesen Teil von Kansas, schwappten wie eine Flut aus grünen Papierheuschrecken über die Grenze nach Missouri, kurbelten die lokale Wirtschaft an und füllten die Kassen von Läden, Schnellrestaurants und anderen Etablissements, in denen die Soldaten mit geräucherten Rippchen, kaltem Bier, schnellen Autos und billigen Nutten versorgt wurden.

Im DB saßen ungefähr 450 Häftlinge ein. Die Gefangenen waren in ausbruchsicheren Zellen untergebracht, darunter eine Special Housing Unit oder SHU, eine Isolationshaftzelle. Die Mehrzahl der Insassen war wegen Notzuchtvergehen hier. Sie waren größtenteils jung, ihre Haftstrafen lang.

Im Schnitt befanden sich an jedem beliebigen Tag etwa zehn Häftlinge in Einzelhaft, während die anderen im normalen Trakt untergebracht waren. Es gab keine Gitter an den Türen; sie bestanden aus festem Metall, und am Boden war ein Schlitz eingelassen, durch den die Tabletts mit dem Essen geschoben wurden. Diese Öffnung ermöglichte es obendrein, dem Gefangenen eiserne Fußfesseln anzulegen, wenn er transportiert werden musste.

Im Gegensatz zu anderen Staats- und Bundesgefängnissen wurde im DB Wert auf Disziplin und Respekt gelegt. Es gab keine Machtkämpfe zwischen den Häftlingen und dem Aufsichtspersonal. Hier herrschte das Militärgesetz, und die häufigste Antwort der Gefangenen lautete »Yes, Sir!«, dicht gefolgt von »No, Sir!«, wie auf dem Appellplatz.

Das DB verfügte über einen Trakt mit Todeszellen, in dem zurzeit ein halbes Dutzend verurteilte Mörder saßen, darunter der Fort-Hood-Killer. Außerdem gab es eine Hinrichtungskammer. Nur die Anwälte und Richter konnten entscheiden, ob einer der Bewohner der Todeszellen jemals in Kontakt mit der tödlichen Injektionsnadel kam – und das wahrscheinlich erst nach Jahren und Millionen von Dollar an Anwaltshonoraren.

Der Tag war schon lange in die Nacht übergegangen. Die Lichter einer zivilen Piper Cherokee, die vom nahen Sherman Airfield abhob, waren die einzigen Anzeichen von Aktivität. Es war jetzt still, doch eine düstere Unwetterfront, die sich bereits seit geraumer Zeit zusammenbraute, rückte aus dem Norden heran. Ein weiteres Tiefdrucksystem, das sich in Texas gebildet hatte, donnerte wie ein Güterzug mit defekten Bremsen auf den Mittelwesten zu und würde bald auf seinen nördlichen Gegenpart stoßen, was eine meteorologische Schlacht epischen Ausmaßes zur Folge haben würde.

Die gesamte Region duckte sich bereits in angespannter Erwartung.

Als die beiden zornigen Wetterfronten drei Stunden später aufeinanderstießen, war das Ergebnis ein Sturm von verheerender Wucht, mit schartigen Blitzen, die kreuz und quer den Himmel durchzuckten, Regen wie aus Kübeln und Sturmböen, deren Kraft keine Grenzen zu haben schien.

Die Stromleitungen verabschiedeten sich zuerst; sie wurden von umstürzenden Bäumen wie Bindfäden zerrissen. Dann gaben die Telefonleitungen den Geist auf, ehe weitere Bäume entwurzelt wurden und Straßen blockierten. Der benachbarte Kansas City International Airport war frühzeitig geschlossen worden. Keine Maschine startete oder landete, und der Terminal quoll vor Reisenden über, die das Unwetter aussaßen und Gott im Stillen dankten, dass sie auf festem Boden und nicht hoch oben in diesem Mahlstrom waren.

Im DB machten die Wärter ihre Runden, nippten im Pausenraum an ihrem Kaffee oder unterhielten sich leise und machten belanglosen Small Talk, damit ihre Schicht schneller vorüberging. Niemand dachte an den heftigen Sturm, der draußen tobte; sie wähnten sich in dieser Festung aus Stein und Stahl sicher. Das DB war wie ein gigantischer Flugzeugträger, dem eine steife Brise und schwere See zusetzte, ohne ihm etwas anhaben zu können. Nicht gerade angenehm, aber sie würden es problemlos überstehen.

Selbst als die reguläre Stromversorgung ausfiel, nachdem beide Transformatoren des benachbarten Umspannwerks in die Luft geflogen waren und das Gefängnis in vorübergehende Dunkelheit getaucht hatten, war niemand übermäßig besorgt. Der riesige Notfallgenerator sprang automatisch an; er war in einer bombensicheren Anlage mit eigener unterirdischer Energiequelle aus Naturgas untergebracht, die sich wohl niemals erschöpfen würde. Dieses sekundäre System setzte so schnell ein, dass der kurze Stromausfall nur ein paar flackernde Lampen und blinde Flecken bei den Überwachungskameras und Computermonitoren zur Folge hatte.

Einige Wärter tranken ihren Kaffee aus und tratschten weiter, während andere durch die Gänge stapften und in den Zellentrakten verschwanden, um sich zu vergewissern, dass die Welt des DB in Ordnung war.

Und das war sie – jedenfalls so lange, bis auf einmal Totenstille einsetzte, nachdem der angeblich narrensichere Generator mit dem angeblich endlosen Energievorrat in der angeblich bombensicheren Einrichtung ein Geräusch machte wie ein Riese mit Keuchhusten und den Geist aufgab.

Sämtliche Lampen, Kameras und Computerterminals erloschen gleichzeitig. Lediglich ein paar Überwachungskameras waren mit Sicherungsbatterien ausgestattet und arbeiteten deshalb weiter.

Dann wurde die Stille von rauen Schreien und den Geräuschen schneller Schritte vertrieben. Funkgeräte knisterten und knackten. Taschenlampen wurden von ihren Halterungen an Ledergürteln gerissen und eingeschaltet, boten aber nur spärliches Licht.

Und dann geschah das Undenkbare: Sämtliche automatischen Zellentüren öffneten sich.

Das sollte nun *gar nicht* passieren. Das System war so ausgelegt, dass die Türen sich automatisch von selbst verriegelten, wenn die Stromversorgung ausfiel, was zwar wenig erfreulich war für die Häftlinge, wenn ein Feuer ausbrach, aber so war es nun mal. Genauer gesagt, so sollte es sein. Doch nun hörten die Wärter im gesamten Gefängnisbau das Klicken von Zellentüren, die sich öffneten. Und dann strömten auch schon Hunderte von Häftlingen auf die Gänge.

Im DB waren keine Schusswaffen erlaubt. Den Wärtern standen lediglich ihre Autorität und Ausbildung zur Verfügung, dazu ihr Verstand und die Fähigkeit, die Stimmung der Insassen zu deuten. Ihre einzige Bewaffnung waren Schlagstöcke, um die Ordnung aufrechtzuerhalten. Nun packten sie diese Schlagstöcke mit Händen, die nass waren vor Schweiß.

Da es beim Militär Regeln für jeden erdenklichen Notfall gab, galt auch für solch einen Fall eine sogenannte SOPS, eine Standardvorgehensweise. Die Army hatte normalerweise zwei Absicherungen für alle kritischen Belange. Im DB galt die Absicherung durch den Generator mit dem natürlichen Gasvorkommen als narrensicher.

Aber die hatte jetzt versagt. Nun fiel es den Wärtern zu, die Ordnung wiederherzustellen. Sie waren die letzte Verteidigungslinie. Das primäre Ziel bestand darin, alle Häftlinge wieder hinter Schloss und Riegel zu bringen. Das sekundäre Ziel war, die Knackis wieder sicher zu verschließen. Alles andere würde nach jedem militärischen Standard als inakzeptables Scheitern gelten. Karrieren – und mit ihnen Sterne und Streifen auf Uniformen – würden wie vertrocknete Nadeln von einem Weihnachtsbaum fallen, der Ende Januar noch nicht entsorgt war.

Da es weit mehr Gefangene als Wärter gab, waren einige taktische Überlegungen nötig, wollte man die Knackis wieder sicher wegsperren. Die wichtigste dieser Überlegungen sah vor, dass man sie im großen offenen Zentralbereich zusammentrieb, wo sie sich dann bäuchlings auf den Boden legen mussten. Das schien etwa fünf Minuten lang ganz gut zu klappen. Dann geschah etwas, das die Wachen noch tiefer in die Army-Handbücher blicken ließ und dafür sorgte, dass sich mehr als ein Afterschließmuskel – ob nun der eines Wärters oder eines Häftlings – fest zusammenzog.

»Schüsse!«, brüllte ein Wärter in sein Funkgerät. »Hier wird geschossen!«

Die Nachricht wurde weitergegeben, bis sie in den Ohren eines jeden Wärters klingelte. Schüsse fielen, und niemand wusste, woher sie kamen oder wer sie abgab. Und da kein Wärter über Schusswaffen verfügte, musste einer der Häftlinge sie haben. Vielleicht mehr als nur einer.

Die ohnehin verworrene Lage wuchs sich zum Chaos aus.

Und dann wurde es noch schlimmer.

Das Krachen einer Explosion erklang im Innern von Zellenblock Drei, in dem sich die Isolationshaftzelle befand. Nun geriet die Situation, die sowieso schon an Tumult grenzte, völlig außer Kontrolle. Nur ein überwältigender Aufmarsch bewaffneter Streitkräfte konnte die Ordnung wiederherstellen. Und es gab nur wenige Organisationen auf Erden, die solch einen Aufmarsch besser hinbekamen als die Armee der Vereinigten Staaten. Besonders, wenn diese Streitmacht sich gleich nebenan in Fort Leavenworth befand.

Wenige Minuten später preschten sechs grüne Lastwagen der Army durch die Tore der nun stromlosen Zäune des DB, deren Hightech-Systeme zum Aufspüren von Eindringlingen nicht mehr funktionierten. Militärpolizisten in SWAT-Ausrüstung, mit Schilden, schussbereiten Maschinenpistolen und Schrotflinten, strömten aus den Trucks und rückten in das Gefängnis vor. Dank ihrer Nachtsichtbrillen der neuesten Generation hatten die Männer klare Sicht; die Dunkelheit im Gefängnis wirkte für sie so hell und klar wie ein Xbox-Spiel.

Die Häftlinge gaben sofort auf. Wer noch stand, warf sich auf den Bauch und verschränkte die Arme hinter dem Kopf. Die Gefangenen wussten, dass sie gegen hervorragend ausgebildete Soldaten, die auf einen Kriegsfall eingerichtet waren, keine Chance hatten.

Die Ordnung wurde wiederhergestellt.

Ingenieuren der Army gelang es schließlich, die Stromversorgung wiederherzustellen. Die Lampen flammten wieder auf, die Türen konnten wieder verriegelt werden. Mittlerweile hatten die Militärpolizisten von Fort Leavenworth die Einrichtung wieder den Wärtern übergeben und auf demselben Weg verlassen, auf dem sie gekommen waren. Der Gefängniskommandant, ein Colonel, atmete dankbar auf, als die Last der Welt – zumindest die einer Wand, die plötzlich zwischen ihm und seiner nächsten Beförderung errichtet worden war – von seinen Schultern genommen wurde.

Gefangene schlurften zurück in ihre Zellen, dann wurden sie durchgezählt.

Die Liste der Häftlinge, deren Anwesenheit festgestellt wurde, wurde mit der offiziellen Liste der Insassen verglichen.

Anfangs stimmten die Zahlen überein.

Anfangs.

Doch bei einer weiteren Überprüfung stellte sich heraus, dass dem nicht so war.

Ein Häftling fehlte. Nur einer, aber ein wichtiger. Er verbüßte hier eine lebenslange Haftstrafe. Nicht weil er einen ungeliebten Vorgesetzten getötet oder andere Mitmenschen ermordet hatte. Oder weil er jemanden vergewaltigt oder aufgeschlitzt oder etwas in Brand gesetzt oder in die Luft gesprengt hatte. Der Mann saß nicht einmal im Todestrakt. Er war hier, weil er ein Verräter war. Er hatte sein Land in Belangen der nationalen Sicherheit hintergangen – ein Begriff, bei dem jeder aufhorchte und über die Schulter blickte.

Noch unerklärlicher war, dass auf der Pritsche in der Zelle des vermissten Gefangenen ein anderer lag – ein noch nicht identifizierter Toter, der mit dem Gesicht nach unten ausgestreckt unter dem Laken ruhte. Das war der Grund, weshalb die ursprüngliche Zählung die richtige Anzahl an Insassen ergeben hatte.

Das Gefängnispersonal durchsuchte jeden noch so kleinen Winkel des DB, einschließlich der Luftschächte und aller anderen noch so kleinen Spalten, die ihnen auf die Schnelle einfielen. Anschließend suchten sie außerhalb des Gefängnisbaues im allmählich abflauenden Sturm, rückten methodisch in Kolonnen vor und drehten jeden Stein um.

Aber dieses winzige Fleckchen der schweren, guten Böden von Kansas brachte nicht hervor, was sie suchten.

Der Häftling war verschwunden. Niemand konnte erklären, wie das geschehen konnte. Niemand vermochte zu sagen, wie der Tote auf die Pritsche gekommen war. Niemand konnte sich auch nur den kleinsten Reim auf die Sache machen.

Es gab nur eine offensichtliche Tatsache: Robert Puller, ehemals Major der United States Air Force und Experte für Atomwaffen und Cybersicherheit – darüber hinaus Sohn eines der berühmtesten Angehörigen der Streitkräfte überhaupt, des nun im Ruhestand befindlichen Generals John Puller senior –, war aus der ausbruchsicheren Haftanstalt entkommen.

Und er hatte einen unbekannten Toten an seiner Stelle zurückgelassen, was noch unerklärlicher war als die Frage, wie Puller den Ausbruch bewerkstelligt hatte.

Nachdem man den Gefängniskommandanten über diese scheinbare Unmöglichkeit informiert hatte, die trotzdem nackte Realität geworden war, griff er nach dem sicheren Telefon in seinem Büro und verabschiedete sich dabei gleichzeitig von seiner vielversprechenden Karriere.

2

John Puller richtete seine M11-Pistole auf den Kopf des Mannes.

Eine allseits beliebte Beretta 92 – beim Militär als M9A1 bekannt – war seinerseits auf John Puller gerichtet.

Es war ein Duell des 21. Jahrhunderts, das keinen Sieger haben konnte, nur zwei tote Verlierer.

»Ich lasse mir das nicht in die Schuhe schieben!«, tobte Private Tony Rogers. Er war ein Schwarzer Mitte zwanzig, dessen Unterarme Tätowierungen der drei Asteroiden auf dem »Terrible Towel« zierten, dem »Schrecklichen Handtuch«, Symbol des Footballteams der Pittsburgh Steelers. Rogers war eins fünfundsiebzig groß, sein Schädel rasiert, seine Schultern breit und massig, seine Arme und Beine die eines Schwerathleten mit klar definierten Muskeln. Ein Körper, der so gar nicht zur hohen Stimme seines Besitzers passte.

Puller trug eine Khakihose und einen marineblauen Anorak, auf dessen Rücken die goldenen Buchstaben »CID« prangten – die gebräuchliche Abkürzung für »Criminal Investigation Division«, die Militärstrafverfolgungsbehörde der Army, für die Puller als Spezialagent arbeitete. Rogers war mit seinem Army-Kampfanzug, schweren Stiefeln und einem Armee-T-Shirt bekleidet, dazu trug er eine Dienstmütze. Er schwitzte, obwohl die Luft kühl war. Puller schwitzte nicht. Sein Blick war ruhig und wich keine Sekunde von Rogers' Gesicht. Er wollte Ruhe ausstrahlen in der Hoffnung, dass sie auf den Private übergriff.

Die beiden Männer standen sich in einer Gasse hinter einer Bar am Stadtrand von Lawton, Oklahoma, gegenüber. John Puller war in seiner Eigenschaft als Agent der CID hier und versuchte, Rogers, den vermeintlichen Mörder, zu verhaften, der dieselbe Uniform trug wie er selbst und nun seine von der Army ausgegebene Faustfeuerwaffe auf ihn richtete.

»Dann erzählen Sie mir Ihre Version der Geschichte«, verlangte Puller.

»Ich hab niemand erschossen! Kapieren Sie das nicht? Wenn Sie behaupten, ich hätte jemand umgelegt, haben Sie sie nicht mehr alle, Mann!«

»Ich behaupte gar nichts. Ich bin nur hier, weil das mein Job ist. Schön für Sie, wenn die Anklage nicht zutrifft. Verteidigen Sie sich.«

»Was? Wovon reden Sie?«

»Davon, dass Sie sich einen cleveren Anwalt nehmen, der Ihre Verteidigung übernimmt, und vielleicht vom Haken kommen. Ich kenne ein paar gute Juristen und könnte Ihnen einen empfehlen. Aber was Sie jetzt tun, hilft Ihnen nicht weiter. Also lassen Sie die Waffe fallen, und wir vergessen, dass Sie weggelaufen sind und die Pistole auf mich gerichtet haben.«

»Blödsinn!«

»Ich habe einen Haftbefehl gegen Sie, Rogers. Ich tue nur meinen Job. Lassen Sie mich die Sache friedlich zu Ende bringen. Sie wollen doch nicht in einer schäbigen Gasse in Lawton, Oklahoma, sterben. Und ich will es auch nicht.«

»Die werden mich lebenslang wegsperren! Ich muss meine Mommy unterstützen …«

»Ihre Mommy würde auch nicht wollen, dass es so endet. Sie kriegen Ihre Chance vor Gericht. Man wird sich Ihre Version der Geschichte anhören. Sie können Ihre Mutter als Leumundszeugin aufrufen. Lassen Sie das Rechtssystem seine Arbeit tun.« Puller sprach mit gleichmäßiger, beruhigender Stimme.

Rogers musterte ihn argwöhnisch. »Warum gehen Sie mir nicht einfach aus dem Weg, damit ich aus dieser Gasse rauskann? Und aus der dämlichen Army gleich mit.«

»Wir beide tragen dieselbe Uniform. Ich kann versuchen, Ihnen zu helfen, Private. Aber ich kann nicht einfach davongehen.«

»Ich leg Sie um, Mann. Ich schwör's, ich leg Sie um!«

»Trotzdem gehe ich nicht einfach.«

»Ich schieße nicht daneben! Ich hab die besten Bewertungen auf dem beschissenen Schießstand!«

»Wenn Sie schießen, schieße ich auch. Dann sterben wir beide. Aber es wäre dumm, es so enden zu lassen. Ich weiß, Sie sehen das ein.«

»Dann rufen wir einfach einen Waffenstillstand aus, und Sie hauen ab, okay?«

Puller schüttelte den Kopf, während sein Blick und die Pistole auf Rogers gerichtet blieben. »Das kann ich nicht tun.«

»Warum nicht, verdammt?«

»Sie sind bei der Artillerie, Rogers. Sie müssen eine Aufgabe erfüllen. Es hat die Army eine Menge Zeit und Geld gekostet, Sie dafür auszubilden, oder?«

»Ja, und?«

»Und das ist *mein* Job. In meinem Job gehe ich nicht einfach weg. Ich will Sie nicht erschießen, und ich glaube nicht, dass Sie mich erschießen wollen. Also lassen Sie die Waffe fallen. Das ist die einzig richtige Entscheidung, und das wissen Sie.«

Puller hatte den Mann in der Bar aufgespürt, nachdem er mehr als genug Beweise gefunden hatte, um ihn für lange Zeit ins Gefängnis zu bringen. Doch Rogers hatte Puller entdeckt und war geflohen. Die Flucht hatte in dieser Gasse ihr Ende gefunden. Es gab keinen anderen Weg hinaus als den, durch den die beiden Männer hineingekommen waren.

Rogers schüttelte den Kopf. »Dann werden wir sterben, Sie und ich.«

»So muss es nicht enden, Soldat«, gab Puller zurück. »Benutzen Sie Ihren Verstand. Entweder der sichere Tod oder eine Gerichtsverhandlung, bei der Sie zu einer Haftstrafe im Militärgefängnis verurteilt werden. Vielleicht spazieren Sie sogar als freier Mann davon. Was hört sich für Sie besser an? Was würde sich für Ihre Mommy besser anhören?«

Das schien bei Rogers eine Saite zum Schwingen zu bringen. Er blinzelte. »Haben Sie Familie?«

»Ja. Und ich würde sie gerne wiedersehen. Erzählen Sie mir von Ihrer Familie, Rogers.«

Rogers fuhr sich mit der Zunge über die spröden Lippen. »Mommy, zwei Brüder und drei Schwestern. Alle in Pittsburgh. Wir sind Steelers-Fans«, fügte er stolz hinzu. »Mein Dad war im Stadion, als Franco 1972 diesen wahnsinnigen Spielzug gemacht hat.«

»Lassen Sie die Waffe fallen, und Sie können sich noch viele Spiele anschauen.«

»Sie hören mir nicht zu, verdammt! Ich lasse mir das nicht in die Schuhe schieben! Der Typ hat die Waffe gezogen und auf mich gerichtet. Es war Selbstverteidigung!«

»Dann sagen Sie das vor dem Kriegsgericht. Möglicherweise verlassen Sie die Verhandlung als freier Mann.«

»So wird es nicht kommen, das wissen Sie genau.« Rogers hielt inne und musterte Puller. »Sie haben Beweise gegen mich, oder Sie wären nicht hier. Sie wissen von den verdammten Drogen, oder?«

»Meine Aufgabe besteht nicht darin, ein Urteil zu sprechen, sondern Sie festzunehmen.«

»Wir sind hier am Arsch der Welt, Mann! Ich brauche ein bisschen Stoff, um klarzukommen. Ich bin Stadtmensch. Ich mag keine Kühe. Da bin ich nicht der Einzige.«

»Sie haben eine gute Dienstakte, Rogers. Das wird Ihnen helfen. Und wenn es Selbstverteidigung war und die Geschworenen glauben Ihnen, spazieren Sie als freier Mann davon.«

Rogers schüttelte starrsinnig den Kopf. »Ich bin am Arsch, Mann. Sie wissen das, und ich weiß es.«

Puller fiel eine Möglichkeit ein, wie er die Situation entschärfen konnte. »Verraten Sie mir was, Rogers. Wie viele Drinks hatten Sie in der Bar?«

»Was?«

»Wie viele Drinks?«

Rogers Hand krampfte sich um die Pistole, während ein Schweißtropfen seine linke Wange hinunterrann. »Zwei große Bier und ein paar Whisky zum Runterspülen. Verdammt noch mal«, brüllte er plötzlich los, »was spielt das für 'ne Rolle? Willst du mich verscheißern, Blödmann?«

»Ich will Sie nicht verscheißern. Ich versuche nur, Ihnen etwas zu erklären. Hören Sie sich an, was ich zu sagen habe. Es ist wichtig für *Sie.*«

Puller wartete darauf, dass der Mann antwortete. Er wollte Rogers beschäftigen, ihn zum Nachdenken bewegen. Menschen, die nachdachten, drückten selten ab. Es waren die Heißsporne, die den Abzug betätigten.

»Na gut. Also?«

»Sie haben eine ganze Menge Fusel intus.«

»Scheiße, ich kann doppelt so viel saufen und noch immer einen Paladin fahren.«

»Ich spreche nicht davon, einen Paladin zu fahren.«

»Wovon dann?«

»Ich würde sagen, Sie wiegen um die fünfundsiebzig Kilo«, fuhr Puller ruhig fort. »Selbst bei Ihrer Adrenalinspitze haben Sie schätzungsweise ein Promille im Blut, mit den paar Whisky noch mehr. Deshalb sind Sie aus rechtlicher Sicht zu betrunken, um noch Moped zu fahren, ganz zu schweigen von einer siebenundzwanzig Tonnen schweren Panzerhaubitze.«

»Verdammt, worauf wollen Sie hinaus?«

»Alkohol beeinträchtigt die Feinmotorik, die nötig ist, um mit einer Waffe zu zielen und sie richtig abzufeuern. Bei vermutlich mehr als ein Promille wie bei Ihnen sprechen wir von einer ernsten Verschlechterung der feinmotorischen Fähigkeiten.«

»Ich werde Sie aus drei Meter Entfernung bestimmt nicht verfehlen.«

»Sie werden überrascht sein, Rogers. Meiner Berechnung zufolge haben Sie fünfundzwanzig Prozent Ihrer normalen feinmotorischen Fähigkeit eingebüßt. Ich nicht. Also bitte ich Sie noch einmal, Ihre Waffe fallen zu lassen, weil eine Minderung von fünfundzwanzig Prozent ziemlich sicher gewährleistet, dass diese Sache hier nicht gut für Sie endet.«

Rogers feuerte und rief gleichzeitig: »Leck mi…«

Er konnte das Wort nicht mehr ganz aussprechen.

Lesen Sie weiter:

DAVID BALDACCI
ESCAPE

ISBN 978-3-453-27010-7

E-Book ISBN 978-3-641-16405-8

REISEN, LESEN, GEWINNEN

Für unterwegs immer das richtige Buch!

GROSSES GEWINNSPIEL

mit attraktiven Buchpaketen

Machen Sie mit! Im Internet unter
www.reisenlesengewinnen.de

Direkt zum Gewinnspiel

REISEN, LESEN, GEWINNEN

Teilnahmeschluss ist der 15. November 2016
Viel Glück wünscht Ihnen Ihr Wilhelm Heyne Verlag

Eine Teilnahme ist nur online unter www.reisenlesengewinnen.de möglich. An der Verlosung nehmen ausschließlich persönlich eingesandte Antworten teil. Mehrfacheinträge (manuell oder automatisiert) sind nicht zugelassen. Der Rechtsweg ist ausgeschlossen.

HEYNE